中國歷代地方總集叢刊

羅海燕◎主編

本書爲天津社會科學院2019年度重點課題『天津詩文總集研究』結項成果
本書獲得天津社會科學院學術著作出版資助

天津華氏家族文學總集

羅海燕◎整理

天津社會科學院出版社

圖書在版編目（CIP）數據

天津華氏家族文學總集 / 羅海燕整理. -- 天津 : 天津社會科學院出版社, 2024.12. -- (中國歷代地方總集叢刊 / 羅海燕主編). -- ISBN 978-7-5563-0992-4

Ⅰ. I211

中國國家版本館 CIP 數據核字第 20241WM545 號

天津華氏家族文學總集
TIANJIN HUASHI JIAZU WENXUE ZONGJI

選題策劃： 韓　鵬
責任編輯： 李思文
裝幀設計： 高馨月
出版發行： 天津社會科學院出版社
地　　址： 天津市南開區迎水道 7 號
郵　　編： 300191
電　　話： （022）23360165
印　　刷： 高教社（天津）印務有限公司
開　　本： 710×1000　1/16
印　　張： 38.5
字　　數： 595 千字
版　　次： 2024 年 12 月第 1 版　2024 年 12 月第 1 次印刷
定　　價： 98.00 元

本書介紹

《天津華氏家族文學總集》是《中國歷代地方總集叢刊》中的一種，是繼《華世奎集·華承彦集》之後，再對天津華氏家族文獻的系統整理。其中，《華蘭集》《華亭集》《華長卿集》《華長忠集》《華光鼐集》及《通四晴雲公支華氏宗譜詩文輯録》分别對《皖城集詩存》《居易齋吟草》《梅莊詩鈔》《倦鶴龕詩鈔》《東觀室詩遺稿》與《通四晴雲公支華氏宗譜》等進行了全面搜輯和深度整理。由之，彙集了作爲『文獻故家』的天津華氏一脉的碩彦俊才以及文學典籍，展現了『天下無二華』的華氏作爲中國歷史上綿延至今的鉅家大族的人文之盛，助推了當前的家族文學研究、津派文化研究和中華優秀傳統文化的創造性轉化、創新性發展。

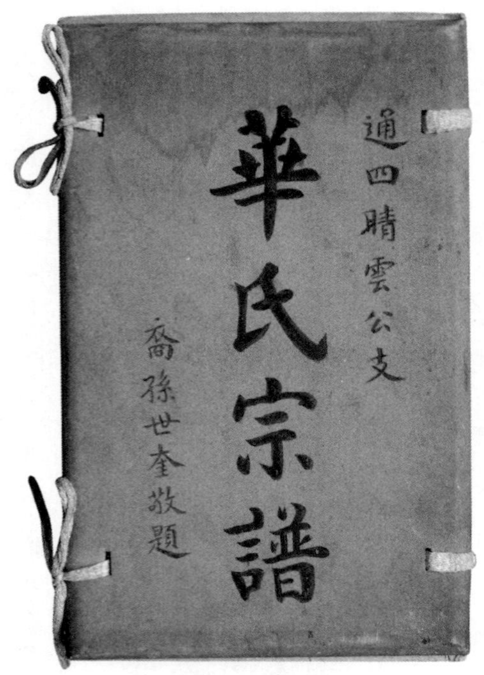

《通四晴雲公支華氏宗譜》書影

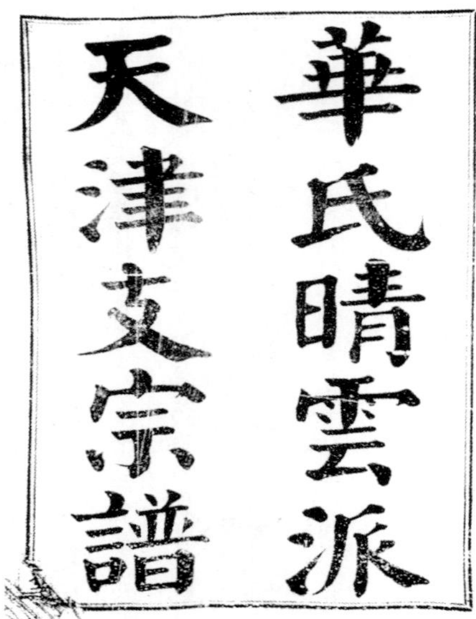

《華氏晴雲派天津支宗譜》書影

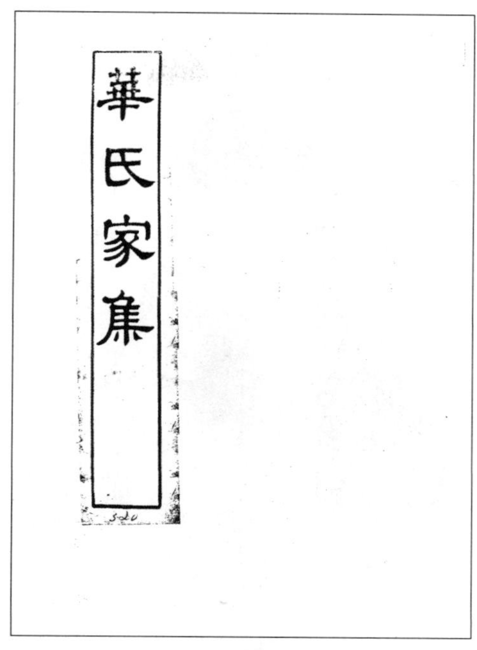

《華氏家集》書影

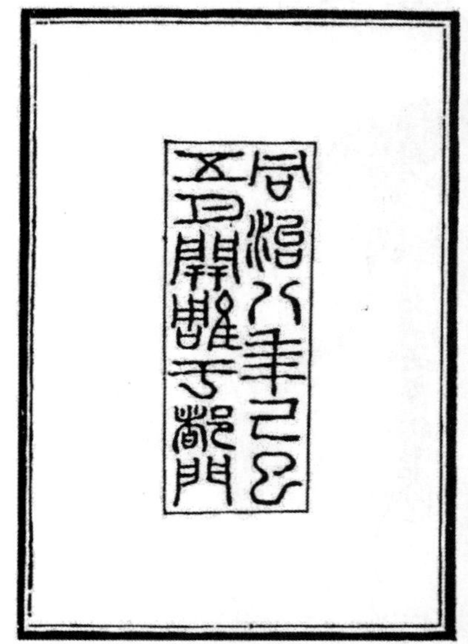

《梅莊詩鈔》書影

魏司徒安樂侯華公像

魏司徒安樂侯華公像

晋上虞令華公像

晋上虞令華公像

晉長岑令華公像

晉長岑令華公像

徐陵亭侯華公像

徐陵亭侯華公像

孝祖遺像

孝祖遺像

宋大理寺卿華公像

宋大理寺卿華公像

宋翰林學士華公像

宋翰林學士華公像

宋叅知政事華公像

宋參知政事華公像

七世祖通四公遺像

七世祖通四公遺像

八世祖子舉公遺像

八世祖子舉公遺像

九世祖栖碧公遺像

九世祖栖碧公遺像

十世祖貞固公遺像

十世祖貞固公遺像

十世祖晴雲公遺像

十世祖晴雲公遺像

天下之本在國，國之本在家，諸多家庭構成了家族。在古代社會，家族不僅擔負維持共同生計的使命，而且更多的是擔負維持家族的延續擴大以及管理和調整内部成員行爲職能的使命。

從歷史來看，家族制度的前身是宗族制度。西周時期，受分封制和宗法制影響，血緣關係與等級制度兩大要素融合起來，并在西周之後又與封建制度相互滲透，形成了貫穿我國兩千多年的家族制度。司馬遷在撰寫《史記》時，就曾考察帝王世家的家族起源和發展脉絡。降及近代，潘光旦在《明清兩代嘉興的望族》一書中則運用血系分圖、血緣網路圖和世澤流衍圖，分析明清嘉興張氏、陳氏和鄭氏等家族的世系分佈情况。自二十世紀八十年代以來，家族研究逐步開始納入傳統文化和社會結構等領域。

作爲不可替代的社會階層結構，古代的名門望族不但是重要的社會組織形式，而且也成爲良好家風的傳承載體。因爲優良家風的培育，不僅需要當時整個家族的共同努力，更需要家族一代一代地接續克昌。不同家族對家風的踐履和弘揚，構成了中國歷史上獨特的家風文化。

中華民族一貫重視家風，如孔子『詩禮傳家』的『庭訓』故事，在孔門子孫中世代傳承，形成了歷史上孔門家族英才輩出、世業繁盛的亮麗風景，也在一定程度上影響了我們民族品格的形成。可以説，中國傳統家風文化在個體人格塑造、健康家庭營造和社會風氣優化等方面，起着重要的推動作用。對此，我們需要重視學習和踐行優秀家風文化，并賦予其新的時代内涵。

新時代新征程，家風是文明社會風氣形成的重要源泉，也是提高全社會文明程度建設的重要基礎。實踐證明，良好家風能够涵養淳厚之民風，在社會交往中産生輻射效應，進一步引領社會道德水準和文明素養的培育，從而帶動社會風氣整體向善、向好發展。

天津有着豐富的歷史文化資源與深厚的歷史文化底藴，文脉廣、文緣深、文氣足。可以説，一些大的家族曾發揮了不容忽視的作用。清代學者梅成棟言：『大抵津門詩學，倡其風者，推遂閑堂張氏爲首；繼之者，則于斯堂查氏也。……又頡頏於張、查間者，有子昇金氏、麓村安氏，宏獎風流，争樹壇坫，人皆慕仿。故英華所萃，效亦隨之。計張氏一門，得詩人十一，而成進士者二；查氏一門，得詩人九，而成進士者三；金氏一門，得詩人八，而成進士者二。禮賢之報，可不謂厚歟？且夫都人氏之好尚，一方之風會繫焉。』他所提及的張氏家族、查氏家族和金氏家族等，都是天津歷史上名重一時、影響深遠的大家族。他們的道德、文章和功業都足以彪炳後世。不過遺憾的是，長期以來對這一重要歷史文化資源的挖掘不夠，相關的文獻整理也較少。梅成棟曾對此深有感慨，他説：『津門匯九河之秀，縈紆注海，氣之所蓄，必有所鐘。明代甲科輩出。本朝二百餘年，斯文益盛。而詩學淵源，或缺焉未著。非擅此者無人，采輯而表章之者，曩實無人耳。』正是由於缺少對相關文獻的搜集整理和評論闡釋，導致『詩學淵源，或缺焉未著』。同樣，也影響了當代對家族家風文化的弘揚傳承和活化利用。

天津社會科學院文學所羅海燕博士自入職以來，即致力於天津文學、文獻與文化方面研究，先後出版了《天津文學文獻整理與研究》《小穿芳峪藝文彙編》《華世奎集·華承彦集》等著作。這次他又對天津華氏家族的文學文獻進行了深度整理，結集爲《天津華氏家族文學總集》，煌煌數十萬字，這對於今後推進天津的家族研究、家風研究和文學研究無疑有着極大助益。

華氏家族是中國歷史上綿延至今的鉅家大族，源於南方之無錫。汪海平曾言：『吾邑之村居，十室之邑，必有華氏。華氏所居之地，數世必興』。其中兩支在清代遷居到天津。最先遷入天津者係『北華』，另一支被稱爲『南華』。無論是『北華』還是『南華』，都堪稱人文鼎盛。『北華』至清嘉慶年間後科名日益繁盛，共誕生了七名舉人、五名進士，此外還有兩名中鄉試副榜。『南華』則出現了七名舉人、一名進士、一名副榜。研究天津文學史者一般以遂閑堂張氏、水西莊查氏以及金氏爲文學大宗。清道光年間郭師泰曾言：『若人文之盛，又有張氏遂閑堂、查氏于斯堂。大江南北知名之士聚集於斯者，踵相接。津沽文名，遂甲一郡。』而通過這次整理的天津華氏家族文學文獻可知，在這几家之外，還有華氏一族。華氏家族成員的文學思想、師友交游、雅集唱酬、文集刊刻等，都是天津文學史與中國文學史的重要組成部分，又承前啓後，自成一脉一派。通過他們的創作，可以見出當時的歷史變遷、社會風情和文學生態。

二〇二四年春節前夕，習近平總書記到天津視察，指出以文化人、以文惠民、以文潤城、以文興業，展現城市文化特色和精神氣質，是傳承發展城市文化、培育滋養城市文明的目的所在。深入學習貫徹習近平總書記視察天津的重要講話精神，全面發掘歷史文化資源，對天津的歷代文化典籍進行系統性整理，雖然只是其中的一個着力點，但若能善作善成，則對於打造具有鮮明特色和深刻内涵的天津文化品牌，具有一定的學術意義和現實價值。對此，也期望在《天津華氏家族文學總集》之後，羅海燕博士能够全面推進天津的家族家風研究和文學文化研究，以學術之爲做好中華優秀傳統文化的創造性轉化和創新性發展。

王偉凱

（作者係天津市中國特色社會主義理論體系研究中心秘書長、研究員）

前言

清代紀昀主持修訂《四庫全書》時曾概括總結總集的起源與功用：『文籍日興，散無統記，於是總集作焉。一則網羅放佚，使零章殘什，并有所歸；一則删汰繁蕪，使莠稗咸除，菁華畢出。是固文章之衡鑒，著作之淵藪矣。』從歷史來看，地方文學總集的匯輯和編纂，既是當地文化自覺的重要體現，也是當地文學繁盛的必然産物。截至一九四九年，天津出現過大量的成就非凡、影響深遠的地方詩文總集。據整理者最新確考統計，現在留存的天津（不包括歷史上屬於天津府轄的鹽山、青縣、慶雲、南皮、滄州）文學總集達四十六種（同名續作、補編視爲一種）。其數量之衆多、内容之豐富、體例之完備，在全國也堪稱罕見，這有力地展示了天津歷史文化的深厚底藴。這些專門輯録天津作家作品（不含白話文創作）的選本、全集、合稿與叢刻等，既是天津地域文化不可或缺的組成部分，也是傳承和發展天津文脉的基本載體。對它們加以整理、研究和闡釋，具有重要的學術價值和現實意義。

不過，相對於其他省市的同類研究，學界對屬於古典文學範疇的天津文學總集的整理及其與文脉傳承關係的研究不多，關注也較少。目前的研究，大致有三大類型：一是書目著録與文獻提要。如高洪鈞《天津藝文志》等側重於天津文學總集的書目著録和内容提要，它們以自明清到當代的各類天津地方志中的『藝文』爲代表。其中《天津文學文獻整理與研究》一書對天津文學總集叙録最爲詳細，設有專章『詩文總集與叢書』，爲《津門詩匯》《津門文鈔》《津門古文所見録》《龍泉師友遺稿合編》等二十餘種總集作了著録和提要。二是標點校勘與影印出版。其中最爲重要的整理，當屬二十世紀八十年代來新夏主編的《天津風土叢書》，所收張仲點校的《梓里聯珠集》和卞僧慧等點校的《津門詩鈔》，都是重要的天津文學總集。二十一世紀以來，《歷代地方詩文總彙編》、李國慶與王振良主編《天津文獻集成》、閆立飛等主編《天津歷代文集叢刊》（第一輯）等，對多種天津地方詩文總集進行了影印整理和標點整理。至此，亦堪爲大觀的天津地方詩文總集，逐漸以整體面目呈現出來。三是多元視角的文本研究。地域文化研究熱潮的持續推動以及京津冀協同發展戰略逐步實施的影響之下，天津文學總集的研究開始增多。近年來，一些有分量的論著不斷問世。如王長華《畿輔背景下清代天津詩歌的空間特色及文化成因——以〈津門詩鈔〉爲中心的討論》，在近代畿輔文化大背景下，以《津門詩鈔》爲中心，歸納總結了清代天津詩歌表現出的典型的空間特徵。《中國歷代地方總集叢刊》是擬在《歷代地方詩文總集彙編》（國家圖書館出版社二〇一六年版）基礎上對我國歷代地方文獻中的文學文獻進行進一步的深度整理，既能爲今人重編地方藝文提供文獻資料，也能爲地方文獻和文學研究提供便利。其中，《天津華氏家族文學總集》是第一種，其作爲肇始，既屬於地方文學文獻，又屬於家族文學文獻。

一　『天下無二華』

華長源曾在《先賢像記序》道：『天下無二華。』在他看來，人得姓之始，如樹之根、水之源。樹折接移，植而分株，所以每株而千枝萬葉。但是，若以各株之枝葉來看，却宛然無二，都生自一根。也如同水一樣，最初發於一泉一眼，然後流溢地中，各自爲江河，每條河流分爲了渚澤溝渠，但是千支萬派總歸還是同一水源。他也因此提出：

> 凡我子姓，自俗情觀之，果有智愚之分。自祖宗視之，原無窮達之異。誠能心祖宗之心，法神宗之法，以列祖律己，處家善後之道，如《黄楊》《慮得》《傳芳》諸集中數百年來之徽猷懿行。敦根本，重祠墓。崇信義，惜廉耻。讀書好禮，訓誨子孫。親親有殺，長幼有序。急難相扶，吉凶相恤。在彼無惡，在此無妒。各飭廉隅，人思奮勵。尊有德而敬禮其賢，矜其愚而教其不足。有事則商酌，而各盡其忱。同其榮辱，均其欣慼。有釁則曲爲調停，使潛消默奪其嫌疑。斯疏者親而遠者

近，高者隆而下者升矣。先儒猶謂民胞物與，而况宗族乎？所謂天下無二華也。

正是在這種家族理念影響之下，華氏家族成爲中國歷史上綿延至今的鉅家大族。華世奎在《修輯通四晴雲公支華氏宗譜序》中曾梳理華氏一族的發展脉絡。他説：『我華氏受姓於春秋，宋譜則始於趙宋。先世自南齊孝祖公世居無錫，爲無錫人，厥後遷汴四世。宋既南渡，三一公復歸於錫，是乃華氏統譜第一世。祖歷七世，分通奇十五大支。』之後，遷居天津的華氏家族有兩支，被稱爲『北華』和『南華』，分屬於怡翼派和晴雲派，分别從無錫和紹興遷入。最先遷入天津者系『北華』。第十八世祖華維援，字萬廉，明附監生，係怡翼派天津支始祖。華維援的祖父華金爲明正德十六年（一五二一）進士，嘉靖年間任天津兵備道（掛山東按察副使銜），華維援隨華金從無錫來津。後華金轉山東按察副使，華維援則定居天津，『厥後子姓繁衍，甲於津門』，被後世視爲怡翼派天津支始遷之祖。明代華文炳，字益先（一六〇七至一六六六），行六十七，曾候選同知，又授奉政大夫。明末因爲戰亂奉母北遷，先於順治三年（一六四六）僑寓順天府之東安縣，寄籍在此。後又於康熙二年（一六六三）卜居天津。華文炳在明清鼎革後不肯仕進，『常勖子以讀書爲本。性耽書史，以書法名於時』。他被後世視爲晴雲派天津支始遷之祖，這一支俗稱『南華』。而無論是『北華』還是『南華』，都人文鼎盛。『北華』至清嘉慶年間後科名日益繁盛，共誕生了七名舉人、五名進士，此外還有兩名中鄉試副榜。『南華』至玄孫華蘭，始登科第，共出現七名舉人、一名進士、一名副榜。

天津的華氏家族出現了許多藝文之士。其中，華琮，字以錦，行四東，天姿豪邁，文有雄偉之氣，屢薦不售，遂『肆力於詩、古文詞』。華堂之妻沈氏，工吟詠，喜觀《列女傳》，書得晋唐楷法。華長吉，字藹士，號筠莊，行十六，候選訓導，著有《小游仙館制藝》四卷、《浣石居詩文鈔》四卷等。華世奎，字弼臣，行七，歷官至内閣閣丞，著有《思闇詩集》等。華鼎元，字問三，號文珊，行二。曾任刑部司務兼山東司行走，後截取同知，分發江蘇。光緒己卯科鄉試，充江南鄉試搜檢官，署蘇州府海防同知。又以知府升用，欽加鹽運使銜，誥授通議大夫。著有《津門徵獻詩》六卷、《津門通典》八卷、《爾雅注》三卷、《儒林傳旁證》

六卷、《梓里聯珠集》五卷與《問山詩文集》等。華學瀾，字瑞安，光緒十一年（一八八五）舉人，次年成進士，改庶吉士，授編修，生平嗜算，著有算書多種。華學涑，字實甫，晚年自號石斧，光緒二十三年（一八九七）舉人，官刑部主事，庚子事變後，投身於化學製造業，并創辦初等工業學堂。辛亥革命以後，又致力於骨甲金石文字之學，著述甚多。而尤其以華亭、華蘭、華長忠、華長卿、華光鼐等人文名最盛。

《天津華氏家族文學總集》即對清同治八年（一八六九）華鼎元都門刻本《梅莊詩鈔》、清光緒九年（一八八三）刻本《華氏家集》、清宣統元年（一九〇九）華承彦續輯《華氏晴雲派天津支宗譜》、民國十四年（一九二五）存裕堂刻本《通四晴雲公支華氏宗譜》等進行整理。而《華氏家集》之《嚮言集》，因已收録在《梅莊詩鈔》中，爲避免重複，故不做整理。

其中，華蘭（一七四九至一七九二），字省香，號春圃，行七。邑庠生。乾隆丁酉科鄉試挑取謄録，庚子科舉人，後充四庫全書館謄録、武英殿校尉，議叙知縣，曾分發安徽，補全椒縣知縣，歷署含山、當塗、五河等縣知縣，安慶府江防同知。華蘭天才卓犖，至性過人，以孝聞於鄉里。友愛兄弟，重交游，博通經史，酷好《左氏傳》。工詩，善畫，旁及篆隸、射弈，無不精妙。居京師久，所交多海内知名士，詩壇文宴，樹幟一時。因校秘閣書多年，學益富。出宰皖江時，慎廉明，江北以循吏稱，以勞瘁卒於官。著有《皖城集》等。華亭（一七七七至一八四〇），字鶴立，號午嵐，行十二。太學生，議叙候選州同。華亭爲人英敏練達，學識過人。因遭家難，棄舉子業，後出應時務四十年，經理裕如。尤工詩，著有《居易齋吟草》等。華長卿（一八〇五至一八八一），榜名長懋，字枚宗，號梅莊，一字鏴菴，行十一。縣學增廣生，道光辛卯恩科舉人，甲辰科大挑二等。試用訓導，署房山縣教諭，選授奉天開原縣訓導，欽加國子監學正銜。《畿輔通志》有傳。著有《古本周易集注》十二卷、《尚書補闕》一卷、《毛詩識小録》四卷、《春秋三傳異同辨》二卷、《唐宋陽秋》五卷、《説雅》六卷、《史駢箋註》四卷、《歷代宰相表》五卷、《三國兩晋南北朝年表》三卷、《聖廟崇祀圖考》二卷、《正字源》八卷、《石鼓文存》一卷、《漢碑所見録》三卷、《説文形聲表》十五卷、《説文引經考》一卷、《俗音正誤》一卷、《韻籟》一卷、《方輿韻編》二卷、《疑年録小傳》四卷、《查初、白張船山年譜》二卷、《姓藪》四卷、

《樂譜》二卷、《畿輔人物表》一卷、《津門選舉録》六卷、《西嶽山房文鈔》四卷，及《梅莊詩鈔》十六卷、《續鈔》八卷、《臘香館詞鈔》二卷。華長忠（一七五〇至一八五八），字葵生，行一。縣學廪膳生，道光庚子恩科舉人，咸豐癸丑科會試大挑二等，選授三河縣教諭。著有《四瓶齋文鈔》二卷、《詩鈔》六卷、《倦鶴龕律賦》四卷等。華光鼐（一八二六至一八五七），字少枚，一作少梅，號伯銘，行一。縣學庠生。著有《東觀室詩文集》六卷，輯有《津門文鈔》三十二卷。

此外，存裕堂刻本《通四晴雲公支華氏宗譜》還存有華幼武、華渚、華希閔、華惟偉、華方苞、華允誠、華學泉、華鴻模、華悰韡、華贊孝、華學瀚、華孳亨、華鑰、華孳亨、華秉鈞、華堂等數十位華氏家族成員的詩文，以及自宋元至明清以來如王安石、真德秀、楊維楨、王世貞、陳弘謀等大家之作。現統一整理爲《通四晴雲公支華氏宗譜詩文輯録》。

二 『文獻故家』

津沽詩文大家楊光儀在《華氏家集序》中曾論天津華氏家族的文獻、文學之盛及其在天津文學史上的重要地位。他説：

> 吾邑不乏詩人，而後先繼美，萃於一門，則惟遂閑堂張氏、水西莊查氏。同時金子昇先生以風義相高，詩名亦無多讓。再傳至黄竹老人，工詩善畫，其風趣在陶弘景、林和靖之間。於是詩與畫傳爲家法，則又共推金氏。梅樹君先生輯《津門詩鈔》三十卷，非一家言也，而所選三家詩爲最多，家學詩源概可見矣。華梅莊孝廉爲樹君先生高弟，著述甚富，而艱於一第，蓄其所有，每見之於詩，與寶坻高寄泉、任邱邊袖石有『畿南三才子』之目。仲子文珊既刊《梅莊詩鈔》，文孫聽橋復於家集之僅存者彙而録之，人各一卷。《皖城集》《居易齋》，詩格清整，餘味曲包，非襲取聲調者比。知梅莊之閎而後肆、窮而後工，固有開乎其先者矣。家嗣少梅不幸早逝，而雛鳳聲清，迥非凡響，不獨壎篪迭奏，抹月批風，爲一門韻事也。查氏詩略，久已刊行。近聞張笨山先生全稿、金芥舟先生遺詩，皆將付梓。而是集之出，適丁其時文獻之徵，吾

且爲聽橋望之。

在楊光儀看來，華氏一族可與遂閑堂張氏、水西莊查氏、津門金氏等相媲美，四大家族共同構成了津門文壇的主脉。

華氏家族成員的文學造詣之深、成就之高，在當時即爲人稱道。華蘭曾久居京師，與詩文名家徐彬等人過從甚密，往來唱酬贈答很多。如《春柳追和袁簡齋先生韻》其一云：『東皇雨露被恩先，正是燕南二月天。水底閲人如隔世，風前話别感經年。新愁歷亂隋堤舞，舊夢依稀漢苑眠。寄語青驄游賞客，不須重過夕陽邊。』《送杏艖師之任永甯》云：『一聲驪唱下燕臺，三晋雲山倦眼開。争説蒼生望霖雨，爲娱白髮出蒿萊。憂時久裕匡時略，論世誰爲曠世才。此去定知游宦好，太行秋色撲人來。』這些詩作往往清拔朗逸、屏絶藻繢。清人陶樑撰輯《紅豆樹館詩話》特收録華蘭詩多首。

清人吴鼒曾評論華亭：『清白吏應有才子，詩書氣不減前人。』華亭所作詩雖不多，但是能出唐入宋，并兼二者之美。其中，五言如『輕帆尋水市，寒日背漁家』『晴添棲鳥亂，寒逼爨煙低』『月明喧牧笛，風静送歸樵』『朔風鳴野店，落日冷孤村』，頗得中唐風味。而七言如『常邀明月尋仙夢，不羡青雲謝世緣』『十里湖山春水緑，一溪煙雨杏花紅』『檐牙鳥穴黏餘潤，墻角蛛絲掛晚涼』『滿紙雲山皆快境，四時花月助閑情』，却有宋人意致，且清逸超妙，可入詩話作爲士子學詩楷則。

華長卿與高繼珩、邊浴禮樹幟清代詩壇，被時人目爲『畿南三子』。華長卿先後詩從沈兆澐、董懷新、樊彬、余堂、梅成棟等人研習歷代大家之作，其師法對象自唐宋之明清，絶不限於一家，早年即被稱爲『詩翁』。他認爲『詩者，可以識性情之所近』，一生作詩近四千首，雖曾自謙『予詩隨意謳吟，直抒胸臆，多淺率謭陋語』，其實博通經籍，精熟史鑒，於詩古文詞從未曾廢。《梅莊詩鈔》輯録其《先庚集》《庚庚集》《嗜痂集》《三庚集》《南行草》《白門集》《江中吟》《白門續集》《返棹集》《借帆集》《萍梗集》《於越吟》《賃春集》《于役草》十四種。他曾自述與諸師友交往及各詩集由來：

道光丙戌，鄭夢白觀察集闔邑諸生，月課以古文詩賦。予得與梧侯、文卿兩先生常并列超等，始知肆力于詩。庚寅，受業于梅樹君師沽上詩家，與慶雲崔念堂同爲張船山先生門下士也。時予專攻舉業，而友朋贈答，懷古詠物，亦未嘗廢也。壬辰後，讀禮家居，始與邊袖石訂交。袖石年少氣盛，淵博穎鋭，詩筆迴不猶人。甲午、乙未間，互相淬厲，頗得他山之助。辛丑，南游金陵，依舅氏十載，得交海内詩人，不祇丁柘塘、孔繡山也。時馬鶴船僑寓金陵，亦騷壇奪席者。詩無體不工，評定尤細。予南船北馬，詩每得諸道途。至于衙齋兀坐，橅金石，校説文，考證經史，詩又不多作矣。丙午，南游蘇杭、紹興，得詩一卷。辛亥，溯大江游黄州、武昌，歸舟復由皖至汴，遇王子梅倡予和汝，亦足樂也。癸丑，同賀杏槎出居庸關，由宣大赴太原，又得詩一卷。甲寅，出渝關，抵開原，相與談詩者遂無人矣。冷齋獨學，尚友古人而已。當是時，同寮中工詩賦駢體文者，祇王雪庵一人。而遼東能詩者，又得兩人，一爲遼陽劉仙樵，一爲鐵嶺魏子亨，皆與予友善。泗州傅味琴亦久幕瀋陽，以駢體詩古擅長者也。今則風流雲散，差喜與故鄉老友姚菊坪同寓旅館，話舊論詩，有不可多得者矣。次兒鼎元供職京師，請刊予舊作，爰鈔輯嘉慶庚辰迄咸豐辛亥詩，删存得一千三百餘首，先付剞劂。其壬子至今，又有二千餘首，仍存篋衍。

華長忠生平饒有才氣，但鬱鬱以終，爲詩往往放縱自適，但是目前留存詩作大多斂才就範，淡雅清新。如《初夏偶成》：『茅齋几净一瓶花，簾外奚奴自煮茶。長日如年無客到，閑看松影上窗紗。』《桃花寺》：『籬外魚罾曬夕陽，水村風景似江鄉。春風飲馬桃花寺，一樹垂楊斷井旁。』不過，其奇崛之氣仍在，集中『幽』『愁』『狂』『野』『疏』等字眼頻現。

華光鼐爲華長卿之子，楊光儀與之交好，常在一起切磋談詩論道。楊光儀推崇華光鼐，稱『其爲詩也，蒼凉悲壯之中，别有纏綿不盡之致』。如《塞上曲》：『天地動秋色，男兒賦遠征。病烏嘑曠野，疲馬戀邊城。雲擁月無迹，風搜沙有聲。腰間懸寶劍，常作不平鳴。』《開原寫望》：『慕容曾此建都京，千五百年几易名。一水澄泓接遼海，萬山突兀壓邊城。黄塵擁塔日無色，白骨聚沙風有聲。莫向戍樓高處望，中原烽火尚從横。』大多凄凉雄壯，寓於憤激。而《絶句》：『雲影白依塔，山光緑過城。清河流不盡，總是别離聲。』《冒雨曉行》：『密雲几樓上重巖，好雨隨風響轡銜。但得田家沾溉普，何妨濕透舊青衫。』則語含纏綿，意味悠長。

三　『家之粹即國之粹』

清代夏孫桐在《錫山秦氏詩鈔序》中曾論家族文學，認爲他們中的儒宗、經師、名臣、循吏及其道德、功業、文章具有規範社會的重要功用，所以説『家之粹即國之粹也』。華氏家族人才輩出，留存著述豐碩，對他們的文學文獻進行整理，因此具有重要的文化意義與學術價值。

其一，具有凝聚家族人心與傳承中華文脉的文化價值。

《孟子·離婁上》云：『天下之本在國，國之本在家，家之本在身。』法家則稱：『國家者，一家族之集合體也。』華堂對此曾論道：『蓋社會之始，本不過一血族小團體耳。久之而其力彌張，組織彌固。乃由血族而氏族，而部族，而民族，於是集合而爲國家。』他指出了中國古代家族與國家之間的同構關係。華氏家族肇自春秋，至晉朝華寶以後開枝散葉，子孫雲集，一直繁衍至今。究其原因有三，即有譜、有法、有人。

譜即宗譜，所謂『譜也者，發乎情，止乎禮，世愈亂而用愈大也』。華氏家族歷代重視修譜。華氏宗譜始於元代至正初年，由華椿輯。之後，明代洪武年間華悰韡再續，正統年間華靖輯《隆亭華氏世譜》，弘治年間華守正輯《會通譜》，嘉靖間華守吉輯《聽竹譜》。到清代，順治間華允誠輯《佩揚譜》，康熙間華應璋輯《英玉譜》，乾隆間華希閔輯《子宏譜》。此外，尚有華渚、〔無錫〕《勾吴華氏本書》，華廷藩等〔常德〕《華氏家譜》，華師慎黄岡《華氏家譜》，華鴻模《華氏祠墓圖考略》、〔無錫〕《華氏通四三省公支宗譜》、〔無錫〕《華氏通四公梯公支宗譜》《華氏通四三省公支傳芳集》，華文柏〔鵝湖〕《華氏山桂公支宗譜》，華鈞謀《華氏潭子頭門樓下支譜》，華希閎［江蘇無錫］《華氏通八支宗譜》，華方苞《華氏奇五支重訂溯源編》，華鳴珂［無錫］《華氏通十支宗譜》，華立均［無錫錫山］《華氏通九支宗譜》，華山心《華氏通九支傳芳集》，華步照《華氏通四堠陽晴雲公支宗譜》，華季宣［鵝湖］《華氏通四興二支宗譜》，華國棨［鵝湖］《華氏通四興二支宗譜》，華錦球［無錫］《華氏通十支宗譜》，華開驥《華氏通四怡隱公支宗譜》，華贊孝［蕩口］《華氏西房支譜》與華紹慧《華氏晴雲派天津支宗譜》等，多達數十種。修纂宗譜可見家族之盛與先祖的德行、詩文、功業，既知報本追遠，又增强歸屬感，提高認同度。

法即制度，華氏家族之所以一脉獨盛，也與其祭田有法、歲祀有度、經理有道、捐輸有約等有着密切關係。華汝高《康熙三十五年八月通四永喜支膠山派樂勤支椿桂山派晴雲支松江派三分公約》曾記載對家族輪流承值墓祭的公約，其云：『自明以來，惠山祠祭，五墓墓祭，俱西房承值。蓋因鴻山發迹，相沿以後，鵝湖繼之。三十五年，須正侵漁祭祖，通族覺察，公憤不服，以致鳴官。自後天逸等從中調處，酌議祠祭西房承值，墓祭通族輪流承值，其祭田有力者掌管。每年一祭，發祭費銀十兩、舟金三兩，以作與祭者舡錢，永爲定式。若祠祭春秋兩次有不成禮處，通族攻擊西房；墓祭或有不成禮處，西房攻擊通族，皆此一議起。見其文雖未經刊刻，存之以知其繇。』

人即所謂賢子孫。華氏家族歷代人才輩出，僅以華文炳（第十九世）一支而論，其後第二十世中，華朝勛爲康熙己酉科舉人，華銓任江蘇吴縣木瀆司巡檢，華廷鉉任福建寧化縣典史，華廷錦爲康熙乙卯科拔貢生；第二十一世中，華存仁敕授徵仕郎，華秉義敕授修職郎，華廷柱敕授儒林郎，華廷樑敕授修職郎；第二十三世中，華昇精通醫術故鄉里稱長者，華蘭爲庚子科舉人，華雯爲布政司理問加二級誥；第二十四世中，華峻誥封奉政大夫，華堂敕封文林郎，華亭議叙候選州同，華均候選布政司理問；第二十五世中，華長震爲嘉慶丁卯科舉人，華長忠爲道光庚子恩科舉人，華長治候選縣丞，華長恩爲六品銜候選府經歷，華長卿爲道光辛卯恩科舉人，華長新候補欽天監博士，華長華任天津鎮標即補把總六品銜；第二十六世中，華光瑞爲五品銜候選巡檢，華承烈叙候選鹽大使欽加五品銜，華承澐爲廣東候補知府，華承勛任直隸州州判，華鼎元以知府升用欽加鹽運使銜，華觀澄任刑部司務廳司務兼雲南司行走，華承禧爲五品頂戴候選通判；第二十七世中，華世鏞爲光緒癸巳恩科舉人，華世銘爲光緒壬午科舉人，華世中爲宣統己酉欽賞陸軍工科舉人，華世奎歷任至内閣閣丞。華氏家族成員以德行、仕宦、文學、藝術、慈善等名重一時，而且他們中的許多人都有强烈的家國情懷和責任心。華世奎《修輯通四晴雲公支華氏宗譜序》曾道『家有我，我有責，我即有權可爲也』。正是這種主人翁的責任感和使命感所在，華氏家族因得以長盛不衰。

汪海平曾言『吾邑之村居，十室之邑，必有華氏。華氏所居之地，數世必興』，這種可貴的家族行爲，值得後世學習。家如此，國也如此。華氏家族文學文獻是中國歷代文化典籍的一部分，對其加以整理，不僅可以梳理家族歷史，也可以呈現國家歷史，而且有助於提煉家族精神和文化精髓，同時反過來也可以讓當代和後世的華氏家族進一步了解自己家族的歷史和成就。

其二，具有收集、輯佚、校勘及補史存人的文獻價值。

天津華氏家族文學總集保存了相對集中的學者著述和作家詩文，這些作品賴此而得以流傳後世。其中尚有許多散佚之作、集外之作，對於補足文集、校勘文字，具有重要的意義。如《通四晴雲公支華氏宗譜》存有王安石《司徒安樂侯華公傳》。其云：『公諱歆，字子魚，一代偉人也。漢末爲豫章太守，爲政清静，吏民信愛。後因衆服其德，入朝拜尚書令。陳登曰：「歆，淵清玉潔。」魏文帝受禪，遷司徒，封安樂侯。與管氏擲金割席。爲尚書令，以苦節馳名。公潔净爲心，謙虚成性，通和發於天，挺敏達表於自然。學邁元儒，博通子史。流連文藝，沉吟道奥。古之名士，何以加之？熙寧二年五月望日，翰林學士兼參知政事臨川王安石撰。』但是經檢覽，此文不存於王安石各類文集及歷代選集中。當代劉成國先生整理《王安石文集》（中華書局二〇二一年版）亦未收録此文。可見，這是王安石的一篇佚作。再如，元人黄溍曾爲華幼武撰墓碣銘，元刊本《金華黄先生文集》與民國十三年（一九二四）永康胡氏夢選樓刻續金華叢書本題爲『華府君碑』，《通四晴雲公支華氏宗譜》則題爲『元故處士華公墓碣銘』，且多出二百餘字。《金華黄先生文集》中有缺字，如『母曰袁氏，實□□人』，金華叢書本雖作『實人之璞』但明顯文字不通，而宗譜中則爲『母曰袁氏，實同州人』。由之可見，宗譜所存最接近原稿。此外，此次整理的文獻中存有大量的人物傳、藝文志與交游録等，這對於糾正歷史訛誤、補充史闕有著重要價值。不再一一。

其三，具有梳理文學變遷、展示作家細節、補足史實空白、呈現文學生態等文學價值。

治天津文學史者，一般以遂閑堂張氏、水西莊查氏以及金氏爲文學大宗。如清道光年间郭师泰曾言：『若人文之盛，又有张氏遂闲堂、查氏于斯堂。大江南北知名之士聚集于斯者，踵相接。津沽文名，遂甲一郡。』通過天津華氏家族文獻可知，三家之外，尚有華氏一族。華氏家族的文學思想、師友交游、雅集唱酬、文集刊刻等，都是天津文學史與中國文學史的重要組成部分。他們是中國文學史的重要構件，又前承後續，自成一脉、一派。通過他們的創作可以窺見當時的歷史變遷、社會風情與文學生態。如華長卿曾作《津門新樂府》六首，其中，『《堆鹽坨》，戒游惰也』『《海船塢》，足民食也』『《鈔關橋》，裕財賦也』『《冰鮮市》，勵清節也』『《三岔河》，通漕運也』『《十字圍》，興水利也』。詩中所寫鹽坨、海船塢、鈔關橋、冰鮮市、三岔河、十字圍，都是具有標志性的天津行業和景觀。其《鈔關橋》云：

> 鈔關橋，往來商賈停雙橈。輸將黄標共紫標，揚帆直下海門潮。潮來飽看桃花漲，日斜風正濤聲壯。橋上津關橋下船，繭絲豈肯隳屏障。皇華亭畔柳條青，河房兩岸多疏欞。樓臺燈火人聲沸，魚蝦曉市春風腥。繁華靡麗何時已，蘇杭閩粵皆如此。寄語持籌握算人，可能似此河流水。二分明月數聲簫，匝地垂楊絮亂飄。闌干倚遍人如玉，鬢髴揚州廿四橋。

世人論天津的地理與城市，常言『九河下梢天津衛，三道浮橋兩道關』。其中，詩中所言『鈔關橋』即『兩關』中的鈔關浮橋。清康熙五十五年（一七一六），天津道朱綱等人倡議利用修造西沽浮橋剩餘的木材，并由長蘆鹽綱捐資，於距天津城北門外運河處建造而成。華長卿在詩中叙寫了天津商業的富饒、橋兩邊的繁華和美景，以文學之筆填補了歷史地理和人文的細節。

此外，宗譜中還輯録了自晋唐、宋元至明清以來碩儒文宗對華氏家族人物、祠堂、德行、功業、著述等吟詠和叙記，相對集中地展示了家族文學的内容、特徵。這對於進一步推進和深化當代的家族文學研究，具有重要作用。

最後要説的是，華氏家族的文獻著述不止本書所整理，尚有許多著述不及收録，深望有志者能進一步整理，形成『大全』。同時，由於學力微淺，所作整理不免疏漏舛訛，亦望同道不吝指出，待以後再作修訂。

凡例

一、本書題爲『天津華氏家族文學總集』，是『中國歷代地方總集叢刊』之一種。

二、本書對天津華氏家族文學總集進行整理，底本有四：一是清同治八年（一八六九）華鼎元都門刻本《梅莊詩鈔》十六卷。二是《天津圖書館珍藏清人別集善本叢書》所收稿本《東觀室詩遺稿》，整理時將原批語以『羅按』形式標註。三是清光緒九年（一八八三）刻本《華氏家集》。其中，華長卿《嚮言集》所收詩均存於《梅莊詩鈔》，故不録；華光鼐《東觀室詩遺稿》所收詩爲《天津圖書館珍藏清人別集善本叢書》本所覆蓋，亦不録。三是清宣統元年（一九〇九）華承彦續輯《華氏晴雲派天津支宗譜》。四是民國十四年（一九二五）存裕堂刻本《通四晴雲公支華氏宗譜》（十三卷，首三卷，末一卷）。

三、尊重底本，基本依據底本順序編排。

四、底本之古今字、通假字，一般不做改動；異體字、俗體字、簡化字改爲規範的繁體字；筆畫誤刻，或明顯手民誤植者，徑改而不出校記；因避諱的缺筆字，由整理者補足。

五、本書除序、前言、凡例、後記外，分華蘭集、華亭集、華長卿集、華長忠集、華光鼐集、通四晴雲公支華氏宗譜詩文輯録六部分。附録有二：一是華氏晴雲派天津支宗譜，二是現存華氏家族論著匯目。

六、本書採用繁體豎排，依據《中華人民共和國國家標準 標點符號用法》加以標點。

目録

華蘭集

華　蘭◎原著
羅海燕◎整理

皖城集詩存

華氏家集序

吾邑不乏詩人，而後先繼美，萃於一門，則惟遂閑堂張氏、水西莊查氏。同時金子昇先生以風義相高，詩名亦無多讓。再傳至黄竹老人，工詩善畫，其風趣在陶弘景、林和靖之間。於是詩與畫傳爲家法，則又共推金氏。梅樹君先生輯《津門詩鈔》三十卷，非一家言也，而所選三家詩爲最多，家學詩源概可見矣。華梅莊孝廉爲樹君先生高弟，著述甚富，而艱於一第，蓄其所有，每見之於詩，與寶坻高寄泉、任邱邊袖石有『畿南三才子』之目。仲子文珊既刊《梅莊詩鈔》，文孫聽橋復於家集之僅存者彙而録之，人各一卷。《皖城集》《居易齋》，詩格清整，餘味曲包，非襲取聲調者比。知梅莊之閎而後肆、窮而後工，固有開乎其先者矣。家嗣少梅不幸早逝，而雛鳳聲清，迥非凡響，不獨壎篪迭奏，抹月批風，爲一門韻事也。查氏詩略，久已刊行。近聞張笨山先生全稿、金芥舟先生遺詩，皆將付梓。而是集之出，適丁其時文獻之徵，吾且爲聽橋望之。

光緒癸未冬十月，香吟楊光儀拜撰。

余秋室典試湖北詩以送之

十載相依久，三生結契真。傾杯燕市上，挂席楚江濱。畫擅無雙品，才推第一人。好張珊網去，收盡洞庭春。

臨清道中喜晤沈東巖嶧丹崖峻昆弟

夙擅雙丁譽，爭誇八斗才。旅懷逢客共，妙論自天開。舊畫雲容黯，新詩雨意催。匆匆暫相聚，對酒且徘回。

甲辰秋日偶作劍閣圖并題

萬里西陲指劍南，排空倒影盡蒼嵐。人傳劍閣當形勝，何日捫蘿乘興探。

回首峰峰別一天，潺湲是處響流泉。圖成試展屏風上，身在雲煙鳥道邊。

又成劍閣懷古詩二首

百戰征袍血染腥，三千子弟未凋零。丸泥上策誰爲主，痛哭成都夜不扃。蜀漢將軍姜維

鳥嗁花落蜀山青，玉輦南巡此暫停。猶記當年和淚教，最傷神處雨霖鈴。唐元宗明皇帝

丁未秋日爲馮坤三同年作畫并題

不須支遁買山居，寫幅林泉意自如。只要繞籬皆種竹，何妨圍榻盡藏書。半瓢名酒詩成後，滿樹天香月上初。最是西風秋色老，新紅霜葉繡吾廬。

渡黄河

一曲流千里，黄河盡向東。帆飛煙樹外，山峙雪濤中。岸遠歸雲白，天低落日紅。船頭長立處，志欲效乘風。

夜過徐州

歌風臺上緑楊秋，雲暗天低泗水流。鐙火蓬窗蘆葦夜，半帆飛雨下徐州。

秋涉揚子江

一棹輕舟客路忙，雲山風景入秋凉。敗蘆始見他鄉白，殘菊依然故國黄。身病不嫌人欲老，家貧翻覺道彌長。興來聊作塗鴉戲，繪得江楓萬樹霜。

江行夜泊

征帆幅幅認模糊，夜泊紅橋月影孤。一片荻花秋水闊，隔江鐙火是蕪湖。

自適

新茗半甌人醉後，好香一炷夢醒時。官閑門少膏粱客，家遠書無唱和詩。老屋孤鐙披舊畫，寒窗夜雨譜秋棋。登盤小饌餘佳味，聊把來其當肉糜。

江鄉初夏即景

翩翩蝴蝶多花黄，十里長堤秀女桑。纔出新蠶將飼葉，村村争祀馬頭娘。
三閑茅屋傍江居，椿繋輕舟認老漁。細雨初晴斜日好，柳花橋畔賣鰣魚。
麥風梅雨緑楊煙，正是江南四月天。一抹粉墻聞笑語，蒲萄架底戲鞦韆。
斜陽獨自上江樓，緑是鴛鴦白是鷗。最愛新荷初放候，沿堤來去木蘭舟。

游定夫祠 祠在車轅嶺定夫講學故處

祠老斷碑横，名儒游廣平。春風欣滿座，夜雪立三更。講貫尋中派，淵源繼大程。至今過高嶺，恍聽讀書聲。

同潘蘭如瑛蘇虚谷廷煜張竹軒葆光宴馮秋山齋中分詠雪花菜二首

淮南菽乳饒風味，湘錡匙翻瀌汁餘。何必菜羹推玉糝，自堪雪黍當園蔬。嘉名合是冰壺侶，清品宜參櫻笋厨。想見浄心無俗嗜，妙談霏屑夜窗虚。

光風轉蕙酒鱗生，筯滑鐙明屑落輕。同社往時矜麗句往年曾與友人賦此題詩，高齋此際愜幽情。絶憐謝女形容巧，愈覺郇君氣味清。却笑餐霞但虚語，玉柈重疊愛晶瑩。

附和作 雁門馮廷正秋山

煮雪烝花滋味別，霏霏誰識豆羹餘。偶分天女盤中屑，借作齋郎饌裹蔬。自信吹齏非熱客，何妨冷齒説冰厨。尊前幸不嗟投箸，翻笑何曾食譜虚。

論才君是玉溪生，千首詩成萬户輕。詠物重賡前度曲君自注昔年曾賦此題，登盤應念故人情。品差陶穀山中美，味比蘇卿塞上清。欲就洪鑪浄渣滓，神仙服食是瓊瑩。

七月十二日同張竹軒葆光吴山尊鼒王鶴嶼肇奎再游滁州訪醉翁亭

山色盡含青，環滁列畫屏。一時賢太守，千古剩斯亭。水落明溪石，風疏息塔鈴。夕陽人影散，把酒記曾經。

中秋憶家

酒杯在手望遥天，每到中秋不敢眠。料得故鄉明月好，今宵亦若此團圓。

東關

群峰對峙大江寒，吴魏分疆甚險難。赤壁若非全獲捷，此關先已屬曹瞞。

送賓桐山熙還鄉

送客含山道，沿堤柳色青。多情花外鳥，無迹水中萍。鄉夢路千里，歸心草一汀。夕陽挂帆去，惆悵短長亭。

濡須隖懷古在含山西南百餘里孫仲謀築偃月城拒曹孟德處

偃月城荒急暮潮，江東霸業去迢迢。悔無良策雄三楚，幸有新詩誦二喬。往事東風談尚壯，衰年北面恨難銷。至今遺迹濡須隖，兩岸峰青閱六朝。

題孫嘉瑜吟秋小照

落葉哀蟬懷彼美，歸風送遠感余心。試吟臨水登山意，秋思誰如九辯深。

謫仙有言秋興逸，孤高興與風相宜。霜鐘乍歇微雲斂，相見悠然得句時。

答徐小巢贈言原韻

含山名勝地，花木四時新。我本天涯客，來游江岸塵。畫情慚米芾，詩句愧盧綸。志小真如蠖，胸懷任屈伸。

殊覺余才陋，英雄自有真。言如秋水淡，賦比落霞新。逸性花爲友，閑情竹是鄰。座談終日對，風滿一庭春。

附原作　雲閑徐來鳳小巢

自公官此地，壁壘一番新。庭决梗陽獄，座祛案牘塵。性情耽翰墨，胸腹貯經綸。驥足知難絆，偏隅志未伸。周旋几一載，交誼淡彌真。心似冰壺潔，言霏玉屑新。携琴將就道，飛舄總爲鄰。福曜移臨處，争迎有脚春。

自題畫扇

陂塘十里漾清渠，高柳陰濃六月初。好向此中消永日，一瓢名酒一編書。

送陳静山一章之杭州

送君芳草路，花落西泠渡。情遠路迢迢，斜陽半江樹。

朱石君撫軍索畫醉後寫得横幅并系以詩

每憶王孫桂樹間，比來作宰未能閑。桑根山名，在全椒。翠接華陽路，儘見淮南入畫山。

喦屋雲林絶點塵，此中定不少幽人。何當稱意觀黄海，三十六峰俱寫真。

自安慶之全椒

挂帆我獨乘風去，江北江南落日時。千里關山千里夢，半船書畫半船詩。奇峰突兀吞孤塔，野渡崎嶇露古祠。何處有人吹短笛，無邊煙水月生遲。

自題山水小幅

巍巍螺髻插雲端，山色還宜四面看。野老自憑閑杖履，半林紅葉步珊珊。

懷徐小巢廣文二首

插脚風塵九折盤，壯心何日快乘鸞。江聲催送英雄老，山色常留天地寬。月到短亭人未卧，歌聞長笛興初闌。熱腸且盡壺中酒，莫笑書生耐冷官。第二首亡

附和作　雲間徐來風小巢

辛苦功名鳥道盤，眼前枳棘尚栖鸞。早欽作吏勤兼慎，更悉臨民猛濟寬。君以鳴琴娱晝永，我惟擁卷度宵闌。年來冷署生徒滿，只類村師不類官。

椒觴曾記醉初春，大雅忘形主與賓。一代文章心契在，連朝贈答笑言親。漫云庇宇無多日，如此憐才有几人。官閣梅花看漸放，懸知冷興自頻頻。

題李石帆刺史廷儀瓊齋詩集

先生襟抱净冰雪，詩品亦同人品潔。毫端屈鐵字生棱，興來逸氣如雲騰。杜韓門逕喜獨造，王韋高澹推兼能。性情之妙乃如此，良由植學有原委。簡珠隨璧發精光，杜庫曹倉聽驅使。觀君政術重皖江，仙吏風流惟仰止。

華亭集

華　亭◎原著
羅海燕◎整理

居易齋吟草

序

華君鶴立，乃春浦先生之子。幼時隨宦江南，即喜吟詠，師事張竹軒先生。年十六，詩文俱卓然可觀，爲吴山尊太史賞識。後於嘉慶己巳相晤於都門，山尊贈楹聯云：『清白吏應有才子，詩書氣不減前人。』鶴立奉諱歸里，服闋，應試不售。因母老家貧，遂棄舉子業，就户曹掾，兼理鹽筴計畫，爲朋儕推重。惜中年殞謝，未克展其所學。詩稿零落，兹從其猶子枚宗孝廉得《居易齋吟草》一卷，借觀披讀。五言如『輕帆尋水市，寒日背漁家』『晴添棲鳥亂，寒逼爨煙低』『月明喧牧笛，風静送歸樵』『朔風鳴野店，落日冷孤村』，頗得中唐風味。七言如『常邀明月尋仙夢，不羡青雲謝世緣』『十里湖山春水緑，一溪煙雨杏花紅』『檐牙鳥穴黏餘潤，墻角蛛絲挂晚凉』『滿紙雲山皆快境，四時花月助閑情』，亦有宋人意致。清逸超妙，可入詩話也。

道光辛丑九月，吟齋弟梅成棟拜讀并識。

咏梅

雪後寒梅放，鐙前瘦影横。敝廬春一點，香案月三更。對坐心俱静，偕眠氣亦清。花中多逸品，良夜詠詩情。

除夕口占

今夕已除夕，光陰又一年。桃符千户换，爆竹萬聲連。杯有迎春酒，囊無壓歲錢。兒童欣樂甚，鼓腹慶堯天。

醉後放懷

四十年來老戰場，壯心無際海茫茫。青衫愁灑淚千點，白髮悲傾酒一觴。老去詩書仍性命，狂來歌笑亦文章。眼前成敗何須問，轉瞬光陰易斷腸。

郊游

漁家最好傍河居，雲水鄉中樂有餘。人立紅橋喧日暮，携籃争買上竿魚。

秋日北上

凉月逐人行，高秋客北征。風沙喧大野，煙水破孤城。遠浦斜帆穩，空橋老樹横。夜深辭旅店，喔喔聽鷄鳴。

邊戍

戍鼓起烽煙，邊疆六月寒。黄沙衰草亂，白日雁聲酸。舉目關山小，昂頭天地寬。風塵何日埽，吊古莫三嘆。

雪霽偶成示梅莊侄

新晴春鳥呀，雲散風相送。階雪落殘花，檐冰滴餘凍。中庭景物閑，鄰衙弦管弄。得句示兒曹，賢哉諸伯仲。

同友人游城南

野館酒初濃，游人醉曳笻。林疏常露鳥，寺遠不聞鐘。花柳明三徑，雲煙畫一峰。那知春色去，獨笑撫孤松。

雨後郊游

好雨初過後，幽尋趁晚晴。屐聲傳野巷，雲影墜孤城。芳草連畦長，微煙隔浦生。香塵飄蕩處，一路夕陽明。

消夏園

消夏知何處，前村數畝園。夕陽明野塢，殘雨濕柴門。院静鳥能語，庭幽花解言。納凉醒午夢，蝴蝶過荒垣。

途中遇友人

風塵遠去獨蕭森，忽值良朋淚滿襟。馬上相逢怕開口，一般愁緒故鄉心。

江上晚游

江邊初落日，極目黯魂銷。寒浦漁鐙點，孤村夜火燒。月明喧牧笛，風静送歸樵。去去頻回首，沙灘聽暮潮。

題水月庵道院

道院無人處，焚香入座清。境幽知客少，坐久看雲行。徑曲吞花影，林深擱鳥聲。凭欄閑領略，野鶴共忘情。

無題

春色融融半畝塘，北窗卧近黑甜鄉。柴門半閉無人叩，一院梨花自有香。

海光寺晚眺

欲訪煙林寺，殘陽照古門。暢懷看碧落，信步踏黄昏。凍雀棲孤塔，歸僧話短垣。雨餘遥望處，展齒破苔痕。

秋暮客河西務二首

小住河西務，蕭然避世譁。輕帆尋水市，寒日背漁家。古戍千年迹，平原一徑斜。徘徊游眺處，遥望晚雲霞。

一帶人煙密，村坊景物賒。衙中兵弄笛，參將署前有鼓吹樓，早暮均用笛吹，土人謂之細樂。門外嫗簪花。寺冷疏鐘徹，園荒敗柳遮。欲歸仍戀戀，作客惜年華。

好静

此生惟好静，永日掩荆關。野鳥向空没，浮雲同我閑。敲棋松徑下，話酒竹堂間。名利都非願，應知世事艱。

夏日同陳懷芳甥奕棋於浣石居

日長最好試棋枰，寂静無言落子輕。竹影半窗回鶴夢，松陰一逕斷蟬鳴。妙於幻處愁都却，還向危時心愈平。敲罷不知斜日没，疏簾高捲暮雲横。

秋登望河樓

秋風無限恨，秋老送人行。山抱吞雲勢，河流落日聲。無邊飛葉下，到處亂煙生。把酒登樓望，蒼茫萬里情。

和龔劍雲年長原韻

遯迹凡僚亦樂貧，論君本是舊松筠。如冰心血常多熱，結俗情懷不染塵。獨倚書窗肱作枕，閑開小逕竹爲鄰。蕭條非盡煙霞志，天地悠悠自在身。

獨流寓中

風雪交加景未殊，無何客思自清娛。聊將瓦甕爲冰硯，借得花盆當火鑪。夢裏吟詩醒不記，鐙邊飲酒醉還呼。淡然旅況皆稱快，敢謂冰心在玉壺。

秋日途中題壁

寄栖投野館，日暮竟如何。凄切雁聲急，離愁鄉夢多。夜寒生枕席，霜信度關河。即此經行處，頻年載酒過。

感舊

舉杯欲飲對花慚，此境清貧味轉甘。五十餘年悲往事，不堪回首夢江南。

華長卿集

華長卿◎原著
羅海燕◎整理

梅莊詩鈔

叙一

京師爲天下文人淵藪，臺閣之彦，胄監之英，吴、楚、閩、粤、燕、齊、秦、蜀之士，霞蒸而雲集。天津密邇京師，聲名文物爲畿輔要區，吾友華梅莊實産於此，曩與寶坻高寄泉、任邱邊袖石樹幟詞壇，稱畿南三子者也。歲戊戌，晏在都門，與梅莊同寓客邸，賞奇析疑，始訂交焉。時於宣南坊舍，與漢陰温東川檢討、仁和錢冬士農部、鎮江李晴湖廣文、曲阜孔繡山孝廉凡十一人，爲詩酒宴集。梅莊、繡山年最少。梅莊贈晏詩云：『儀廩文章妙斬新，何如淮上有傳人。千秋子建逢知己，屈宋心思托洛神。』蓋指余所撰《陳思王年譜》也。憶昔晏年廿四，受知於蕭山湯夫子，貢入京師，主同鄉汪文端家。嗣後公車留滯，所識多海内知名士，樽酒論文，於問學深有助焉。丙申夏，曾與宜黄黄樹齋、歙縣徐廉峰、晋江陳頌南、甘泉汪孟慈爲江亭展禊之會。吾友湯海秋、郭羽可、黄香鐵、張亨甫、蔣子瀟、藩四農、許印林輩凡十六人，各爲詩文以紀之，固一時之盛也。今忽忽已十年矣。樹齋侍郎、頌南給諫，先後解組歸里。廉峰、亨甫、海秋、四農，俱中年隕謝。東川、孟慈、繡山諸君，或羈宦遠方，或客游他省，皆不得一見。獨梅莊佐幕金陵，頻歲過淮，藉得時親緒論，以詩文相切劘。天假之緣，何其幸也。夫有聚必有散者，人情之常耳。然而簪纓之會，車馬紛闐；闤闠之交，殺蔵雜還。方其聚首拍肩，酬醋甚密；及其去也，如雲飛鳥散，杳不知其所之。惟文字交經一二十年，雖境過情遷，未能恝置。江雲渭樹，時時繫之於懷。以此知問學之友與勢利之交，果不可同年語也。梅莊能文章，工篆隸，著述甚富。近裒所爲詩十六卷，屬序於晏。晏與梅莊有契交之雅，夫何敢辭。惟余戢影淮涘，絶迹金臺，無復進取之志。而梅莊發爲詩歌，潤色鴻業，備承明著作之選。佇見翺翔京師，接天下之賢俊，講求濟時經畫，坐言起行，以副其生平所學。此編不過嘗鼎一臠云爾。山陽丁晏。

叙二

髫年從雲巢舅氏讀書，外家授予唐人五七言及青邱五律。年十四五，在家塾從董梧侯師學作詩文。家藏唐宋來詩集最富，師才思敏妙，酷似温、李、冬郎。常鈔選歷朝及本朝吴、施、朱、王、查、袁諸家詩數十卷，予每竊窺，即心焉好之，而未得門徑也。師與樊文卿先生年皆未盈三十，已卓然成家，推津門兩巨手。迨予弱冠，拜從余階升師，謬蒙以詩賦見許。嘗終朝成八韻詩三首，同學訝然，輒戲呼予爲『詩翁』。是年應童子試者十餘人，祇予一人得入泮。道光丙戌，鄭夢白觀察集闔邑諸生，月課以古文詩賦。予得與梧侯、文卿兩先生常并列超等，始知肆力于詩。庚寅，受業于梅樹君師沽上詩家，與慶雲崔念堂同爲張船山先生門下士也。時予專攻舉業，而友朋贈答，懷古詠物，亦未嘗廢也。壬辰後，讀禮家居，始與邊袖石訂交。袖石年少氣盛，淵博穎鋭，詩筆迥不猶人。甲午、乙未間，互相淬厲，頗得他山之助。辛丑，南游金陵，依舅氏十載，得交海内詩人，不祇丁柘塘、孔繡山也。時馬鶴船僑寓金陵，亦騷壇奪席者。詩無體不工，評定尤細。予南船北馬，詩每得諸道途。至于衙齋兀坐，橅金石，校説文，考證經史，詩又不多作矣。丙午，南游蘇杭、紹興，得詩一卷。辛亥，溯大江游黄州、武昌，歸舟復由皖至汴，遇王子梅倡予和汝，亦足樂也。癸丑，同賀杏槎出居庸關，由宣大赴太原，又得詩一卷。甲寅，出渝關，抵開原，相與談詩者遂無人矣。冷齋獨學，尚友古人而已。當是時，同寮中工詩賦駢體文者，祇王雪庵一人。而遼東能詩者，又得兩人，一爲遼陽劉仙樵，一爲鐵嶺魏子亨，皆與予友善。泗州傅味琴亦久幕瀋陽，以駢體詩古擅長者也。今則風流雲散，差喜與故鄉老友姚菊坪同寓旅館，話舊論詩，有不可多得者矣。次兒鼎元供職京師，請刊予舊作，爰鈔輯嘉慶庚辰迄咸豐辛亥詩，删存得一千三百餘首，先付剞劂。其壬子至今，又有二千餘首，仍存篋衍。予詩隨意謳吟，直抒胸臆，多淺率譾陋語，原不足以灾棗梨。然綜計生平，由少而壯，壯而老，得力于師友之益者良多，何敢一日忘？故歷述之，俾讀予詩者，可以識性情之所近焉。

同治己巳端陽，長卿自識。

敘三

右詩鈔十六卷，家大人著也。家大人博通經籍，精熟史鑒，詩古文詞特餘事耳。是編爲任邱邊袖石、當塗馬鶴船兩先生鑒定。少年所作十存一二中，年所作十汰二三，選擇精當，頗稱平允。歲己巳，鼎元宦居京師，爰取是編，細心讎校，授之手民開雕于己巳五月，蕆事于庚午三月。其餘經解史論及文集詞集俟續刊云。

同治九年三月，男鼎元敬識。

梅莊詩鈔卷一 庚辰至己丑

先庚集

樓中望春庚辰

粘天芳草映紅橋，閑倚樓欄看畫橈。千樹桃花半潭水，縱無離別亦魂銷。

郊外書所見

春約詩人去，名園几度過。落花深巷老，飛絮板橋多。草閣開三面，漁船泊一河。夭桃看未了，殘照浸清波。

西郊偶成

枯草寒煙繞墓門，殘陽黯澹照荒墩。帘飄獨樹臨河店，犬吠疏籬落葉村。怪鳥隨人尋鬼迹，荒池埋骨縮潮痕。碧燐夜夜明于火，知有沙場戰死魂。

巫山高

巫山接雲漢，望望有高臺。宋玉不作賦，神女何時來。雨氣黯巫峽，仙風吹不開。幽夢無迹尋，但聞猨聲哀。

秋暮游望

古道無人野菜香，隔河烏柏染新霜。清溪落葉隨流水，茅舍疏籬帶夕陽。破廟狐繙經半卷，斷碑苔繡字三倉。王孫莫問蕭蕭草，一度秋來一度黃。

小園 辛巳

小園春晝閉門時，四壁陰濃夢醒遲。滿院海棠無客到，碧闌干外雨如絲。

讀史雜詩

庭花玉樹歌千古，王氣金陵送六朝。到底狂魂終不滅，胭脂井畔教吹簫。
宮女争誇巧樣妝，鬬鷄臺上夢凄凉。景華宫殿埋荒草，誰放流螢過短墻。
馬嵬坡下草青青，羅襪香生死後靈。南内至今明月好，并無人唱雨霖鈴。
可憐艮嶽成焦土，馬上追填絶妙詞。五國城邊沙似雪，夜深猶夢李師師。

秋暮晚眺

夕陽城郭漲炊煙，海氣全銷卵色天。僧寺飢鴉投壞木，漁家破網曬空船。詩情漭瀁邀吟侶，酸態模糊問酒仙。措大無端争好古，錦囊貯遍五銖錢。

冬晚即景

負郭河流急，冥濛野色昏。人煙橋外市，鐙火樹間村。霜冷烏嗁月，天寒犬吠門。沽來新釀酒，排悶强開樽。

馬上書所見壬午

穹野平如掌，寥廓無四極。白日照行人，彳亍古道直。風吹車鐸聲，仄逕多荆棘。策蹇過危橋，攬轡無人識。遠望有荒村，野店枕谿側。帘影寫香醪，黯澹斜陽逼。下馬倚長劍，寒氣填胸臆。酒味淡于水，飲啗藜藿食。惡草不適口，饑饉殊難得。道逢一丐者，狀類含沙蜮。短褐不蔽體，面目深黧黑。向人伸鬼手，一錢尚可值。安得千銅山，速救斯民亟。生者聞之樂，死者長太息。吁嗟溝壑中，朽骨紛如織。

三婦艷癸未

大婦采蓮子，中婦采蓮花。小婦蕩桂槳，照水還自誇。瞥見緑鴛鴦，交頸睡晴沙。

五君詠

淳于髡

青齊有贅婿，酒後無不可。髪秃薄簪纓，口張類炙輠。滅燭客盡散，坐中留一裸。放眼海岱間，管晏皆幺麼。

東方朔

歲星照炯炯，譎諫千載無。割肉遺細君，毋乃類狗屠。餓骨飢不死，果腹鄙侏儒。乃知古神仙，不盡在江湖。

司馬相如

登徒雖好色，未解其中妙。倦眼過臨邛，琴心遇同調。消渴有文君，酒人定狂叫。三復白頭吟，傾城豈在貌？

禰衡

大兒爲孔融，小兒爲楊修。鼓聲懾老瞞，目無厨顧儔。狂才生亂世，懷刺何所投。殺身始成名，含笑鸚鵡洲。

李白

天末有酒星，墮地光千里。詔賦清平調，君臣訂知己。巨眼識王侯，雄名壓詩史。拋却青蓮筆，甘學靈均死。

大水

一片桑乾水，奔流萬馬聲。蛟龍起滄海，風雨撼孤城。浪捲荒郵没，潮來壞樹平。何人獻奇策，賈讓涕縱横。

古寺

怪樹集寒鴉，空房跳飢鼠。古寺静無人，風吹塔鈴語。

和十二叔父病中遣興元韻甲申

慣飲韓康藥，重煎顧渚茶。月光窗外雪，梅影鏡中花。舊夢留詩稿，新愁問酒家。阿咸吟思苦，獨有步兵誇。

絶句

雨絲雲片攪清明，夢醒朱樓聽曉鶯。楊柳如煙春似海，酒旗風裏賣花聲。

擬五月耕織詩

田園當仲夏，繡陌含煙長。一犂足甘雨，臺影聚朝陽。矯首望白雲，卓午汗如漿。灌園有桔槔，宛轉聲悠揚。柴門臨水側，楊柳夾成行。榴花紅照眼，蒲艾滋青蒼。把酒豆棚下，笑語出短墻。几日隴頭麥，薰風吹餅香。嫁作田家婦，炎夏尚紡績。憶昔養蠶時，箔上鋪蘆荻。不眠飼桑葉，吐絲聲寂寂。煮繭午風香，汲泉曉露滌。機聲勞軋軋，孤燈照四壁。破屋濕雲埋，暑雨苦淋濕。羡彼紅閨女，不禁珠淚滴。裏遍綺羅身，誰解當窗織。

高卧

高卧北窗眠，神游小洞天。一簾通鳥語，半榻颺茶煙。月影清隨夢，花香妙入禪。床頭有村酒，不用阮囊錢。

擬太白襄陽曲

斷雲和雨來峰頭，峴山萬叠青于油。古城坐擁檀谿水，石尤風吹行人舟。行人到此多駐足，殘陽掩映魚鱗屋。至今不唱白銅鞮，水色依然春酒緑。春酒年年解醉人，景升臺畔草橫生。可憐鸚鵡空留賦，斷送平原禰正平。荒沙曲岸多奇樹，依稀王粲宅邊路。萬古酒人夢不歸，習家池館還如故。詩魂不復識蕭梁，選樓帝子今何方。漢皋解佩逢游女，別有花邨號木香。吁嗟乎，生不能識韓荆州，死當對我醉鄉侯。醒不能跨黄鶴游，但見到處皆我之酒樓。漢陽樹，魚梁洲，此身江上一沙鷗。古來勝境皆如此，襄水東南日夜流。

宿古寺

古寺臨河岸，蒼凉早得秋。殿深禪座冷，佛老夜燈幽。拜月狐升塔，敲鐘鬼上樓。志公愛詞客，借榻任句留。

感遇乙酉

梅花生空谷，根株堅似鐵。抱此歲寒心，吐萼凌冰雪。豈無桃與李，妖艷争求説。繁華能几時，潔白志不屑。山静色彌澹，天寒香自别。但願明月照，何須美人折。

弱冠讀詩書，頗懷廊廟志。致君如堯舜，始了平生事。願大每難副，愧無過人智。翰墨誤蒼生，何貴祕書記。乃知名公卿，繇來不識字。

親者日以疏，疏者日以親。世情多顛倒，顛倒繇婦人。托身在華胄，動輒耻賤貧。寒畯視富貴，霄漢澹浮雲。富與富者親，所親在金銀。貴與貴者親，所親在搢紳。金盡書種絶，視之如路人。

江河流萬古，滔滔無盡時。夏雨漲百川，不久涸深池。源遠流不息，物盈輒易虧。寄語望洋者，無本不足師。

孫陽既棄世，世遂無孫陽。冀北多良馬，伏櫪思邊疆。黄金土同價，頑石玉争光。苟有芻秣恩，生平不敢忘。誰于風塵中，卓識辨驪黄。

四月十七日夢中作

亂緒如潮湧，尋春到廢園。殘陽留樹影，破屋覓詩魂。徑僻花生石，庭空草上垣。幽蹤偏寂静，日色冷柴門。信步上沙堤，崎嶇路欲迷。水環荒寺外，花落板橋西。室静枯僧坐，林深怪鳥啼。行行無處宿，回首白雲低。

田家

田家逢樂歲，遍地稻粱肥。草色潤朝雨，菜香含夕暉。烏鴉争樹噪，黄蝶繞籬飛。馬上鞭遥指，孤帆天際歸。

通州

青青山色繞河流，古道緇塵撲馬頭。指點夕陽煙外樹，一尖塔影是通州。

登高

九日上高閣，遥空一望寬。林中疏木葉，天際隱山巒。秋色人煙老，河聲落日寒。好憑風兩袖，振羽學鵬摶。

正月十九日記夢丙戌

夢中人不覺，夢裏竟何之。快讀有聲畫，閑吟無字詩。山川非熟路，花柳記年時。欲問桃源客，相逢似故知。

春日郊游

負郭多栽柳，春風水一灣。沙堤明似雪，煙樹暗如山。寺古有佛坐，巢空無鳥還。夕陽將盡處，惆悵白雲間。

長夏

長夏不知夜，真如入定僧。怒蛙喧急雨，健風瞰昏鐙。凭几抄詩卷，杜門辭友朋。養閑兼養病，面目有誰憎。

陸氏小園

緑樹成陰一徑遮，讀書客去鳥空譁。夕陽小院無人到，鄰女携童來摘花。

夏夜露坐

夜深風露覺，獨自坐中庭。鐙影穿窗見，碁聲隔壁聽。水明疑上月，螢遠欲迷星。花氣消殘暑，宵光冷畫屏。

枕上口占

蕭齋滅玉釭，别院停碪杵。深夜静無聲，寒蛩相對語。

庭中有奇樹

庭中有奇樹，枝葉何青蒼。不堪持贈君，聊以慰所望。相隔萬里遠，别離意轉長。欲折須折盡，莫待飛秋霜。

杜門

杜門謝俗客，書史即生涯。知己無如月，多情惟有花。愁深人似佛，病久藥爲茶。骨瘦怯風冷，重重掩碧紗。

大筆

如椽大筆震騷壇，落紙淋漓眼界寬。萬古文章歸掌握，一生福命藴毫端。勁揺五嶽譚何易，横埽千軍撼已難。燕許高才西漢手，風樓聲價滿長安。

大樹

識得將軍舊姓馮，南陽佳氣鬱葱葱。曾棲鸞鳳陰仍滿，縱撼蚍蜉勢更雄。過眼六朝成大器，聳身百丈起秋風。十年未上瑯邪道，枝葉于今又不同。

驄馬行

懸光入陣道路開，追風掣電驍騰來。縱横萬里無人敵，安西都護真奇才。青驄一出駑駘横奮，鐵甲邊疆思叱撥。昂頭不肯受人羈，抱才未試心如渴。玉鞍金絡纏身早，踏碎胡沙嚙枯草。霧鬣曾掀天柱山，霜蹏復躪交河道。一時聲價震長安，此馬休作他馬看。皮毛瘦脱錦纕帶，壯心猶在關山外。

登樓有懷沈桂舫孝廉維鉅

登樓一長望，今古各相催。斜日水中落，好風松下來。多情惟沈約，與我共裵回。思爾不相見，何時酒一杯。

秋夜

醉餘人定後，秋老夜如年。竹影半簾月，茶香一榻煙。挑燈題舊畫，倚枕讀殘編。瓶插黄花好，深宵伴我眠。

塞下曲

匈奴昨夜度陰山，烽火興師指顧間。百萬貔貅飛不到，笳聲先出玉門關。
前軍今已駐凉州，匹馬從戎敢暫留。莫笑書生無策略，侯封不許大刀頭。
聞道軍中有二楊，威名先已震燉煌。漢家土地千金值，不教單于死戰場。
獵獵西風吹戰袍，雪花如手滿弓刀。皋蘭河北全軍覆，露布猶聞汗馬勞。

休洗紅

休洗紅，洗多紅在手。一幅舊羅裙，十年新嫁婦。昔時玉指殊纖纖，如今刺繡針難拈。
休洗紅，洗多紅變黄。枯柳有衰葉，殘花無艷香。點脂傅粉今都舊，腰支劇减十分瘦。

擬左太沖詠史

南山有丹鳳，翽翽鳴高岡。北山有紫芝，爍爍發奇光。華胄生英俊，嶄然氣軒昂。俯仰千萬載，雲漢皆文章。常懷班定遠，投筆志四方。又懷馬文淵，立功在邊疆。未能脱穎出，毛錐甘處囊。相知在意氣，金石爲中腸。
我有松柏心，取容耻脂韋。爾有金玉音，日月争光輝。高步追龍比，百世仰芳徽。肝膽期相許，視死真如歸。羞爲黥彭醢，弓藏鳥倦飛。左眄皋蘭山，草荒馬正肥。
才華凌昭代，英風追太始。高才兼捷足，功名拾青紫。朝讀古人書，暮接天下士。好客平原君，翩翩佳公子。馬卿未遇時，貰酒成都市。英雄不得志，千古無殊軌。作賦擬班揚，吟詩繼蘇李。一字抵千金，價貴雒陽紙。
交情無今古，相知在心血。送客萬里遠，携手河梁别。易水生暮寒，蕭蕭慘風雪。快哉博浪椎，傷哉漢臣節。魯有奇男子，田横殊英烈。高風直到今，海水聲悲咽。

朝采首陽薇，暮摘湘江蘭。蘭香正可紉，薇苦不忍餐。别有山水音，箕潁成古歡。吴門隱仙尉，繼者嚴陵灘。離蔬釋屩易，急流勇退難。四海少知己，寸心誰識丹。側身江漢水，縱目天地寬。富貴等浮雲，遼東管幼安。

驅馬登太行，舉首凌滄洲。白日谷中没，黄河天外流。輟耕吟澤畔，秋風生田疇。此中有佳士，笑傲輕王侯。羅胸有星宿，豎儒非吾儔。禰衡愧自薦，字滅刺難投。伏處鄙薄宦，榮名任去留。三畝子雲宅，百尺元龍樓。嘯歌滿天地，澹然無所求。

射雕

風烈馬蕭蕭，將軍正射鵰。雙飛盤絶塞，一箭入層霄。飲羽威猶壯，摩雲氣不驕。匈奴雖未滅，應避霍嫖姚。

展翅凌空起，黄沙亂草翻。暮雲沈大野，落日照平原。毛血淋漓灑，雄威顧盼存。落雕高侍御，長笑出横門。

津門新樂府

堆鹽坨 戒游惰也

堆鹽坨，堆鹽坨，護坨堤岸風生波。草蕩百里膏且腴，魚鹽美利蘆商多。蘆商公子多豪富，雙臂纏金腰束繡。醽醁當筵門碧鷄，琵琶一曲抛紅豆。朝騎款段馬，暮坐雕輪車。笋輿飛去人喧譁，紫雲亂擁櫻桃花。堆鹽坨，曬鹽灘，海風獵獵海日乾。朱樓高聳嵌瓊欄，呼盧夜照燭華殘。或驅鷹犬逐狐兔，彎弓覰雀彈金丸。堆鹽索，築鹽場，昔昔五色光生芒。舉頭不見蓬萊島，但見奔騰海水隨波揚。海水桑田終不改，古商豪富今安在。大兒奢侈小兒驕，十年積聚一年銷。君不見，鹽堆百丈秋風高。

海船塢足民食也

武帝臺高入碧空，熒熒一點摇燈紅。飛艘轉運萬餘里，海波日夜東南風。海風挂席絶弦箭，濤頭滚滚來如綫。吴舲楚舫集津門，大河争碾菱花面。艤船築塢塢藏船，繞船寒月凝冰堅。金穰玉粒不計數，船家祈禱多豐年。年豐處處觴稱酒，用等泥沙較升斗。船去船來總莫停，布帆無恙隨風走。海船海船環深塢，河流活活多門户。門户多，羅若屋。祭海神，焚香祝。不願連城希代珍，但願四海之内無飢民。

鈔關橋裕財賦也

鈔關橋，往來商賈停雙橈。輸將黄標共紫標，揚帆直下海門潮。潮來飽看桃花漲，日斜風正濤聲壯。橋上津關橋下船，繭絲豈肯墮屏障。皇華亭畔柳條青，河房兩岸多疏櫺。樓臺燈火人聲沸，魚蝦曉市春風腥。繁華靡麗何時已，蘇杭閩粤皆如此。寄語持籌握算人，可能似此河流水。二分明月數聲簫，匝地垂楊絮亂飄。闌干倚遍人如玉，仿佛揚州廿四橋。

冰鮮市勵清節也

冰鮮市，市冰鮮，河明如鏡清且漣。榜人解網風初静，良夜敲冰月照船。冰鮮冰鮮多皎潔，白凝美玉寒霏雪。此味凡人那得知，纖塵不滓真超絶。頭銜凛凛一條冰，玉壺心迹宵光澂。門前一任車如市，胸中戰慄尤兢兢。脂膏自潤多溷濁，鮑魚臭味無人覺。誰能灌頂倩醍醐，槎枒肝肺勤湔濯。沖沖聲鑿寒冰堅，那容饕餮驅腥膻。漁翁曾在廉泉住，不取炎官造孽錢。

三岔河通漕運也

三岔河，水面黄銅鏡乍磨。萬艘蟻集横滄波，但見東西南北行人多。蘼蕪夾岸生青草，垂楊緑接長安道。千家城郭起炊煙，一片危檣逐飛鳥。三岔河，水流北，蒲帆掩映遥岑色。一城煙月四時花，萬家炊火濃于墨。三岔河，水流東，鯨濤日浴玻瓈紅。蜃樓海市何人見，無限神仙葬此中。三岔河，水流南，狹斜曲巷笙歌酣。世間如此多歧路，天下直無插脚處。插脚處，天盡頭，扁舟一葉任遨游。遍頗世路莫輕投，河水終不向西流。

十字圍興水利也

河水澄清紅稻肥，田間燕子雙雙飛。葛沽遥接賀家口，土人相傳十字圍。楝花風起吹紅雨，轆轤聲裏嘑桑扈。十圍零落乘兩圍，插秧猶擊鼕鼕鼓。朝陽含露麥天秋，田水無聲日夜流。近海人家善插蒔，炎風五月尚驅牛。雙港水車聲宛轉，蜻蜓飛起晴絲卷。何人置閘泄春潮，一彎沽水籠煙軟。白玉塘邊碧草茸，遺址依舊水溶溶。土人千載利其利，舉杯一酹汪司農。

冬日訪水西莊遺址用杜工部游何將軍山林原韻

出郭二三里，重尋舊板橋。枯藤纏古木，野鳥亂晴霄。此日僧閑話，當年隱共招。主人水西住，結想夢魂遥。

我愛天行子，慕園老人字天行，構園城西，號水西莊。澄懷水樣清。庭空惟睡鶴，木落不聞鶯。盤設銀絲鱠，杯傾玉糝羹。谿邊尋賸迹，踏葉繞廊行莊中有枕谿廊。

高閣三間聳芸書閣，長橋一木支。藕香迷小榭藕香榭，蓮粉墮荒池。筵盡賓朋散，巢空燕雀知。至今將百載，詩卷各紛披。

半畝茅庵住，籬根種野花。犬寒聲似豹，徑古曲如蛇。玉笈書誰讀，金樽酒不賒。舊時鄰尚在，沿岸兩三家。

一自題襟後，心穀著有《沽上題襟集》，皆一時名士倡和之作。芳筵几度開。樓空尋艷雪對岸爲佟氏艷雪樓，花憶放緗梅。四海詩名著，三江國士來。數帆臺畔路臺在莊中，屐印遍蒼苔。

攬翠軒初起軒亦在莊中，風疏響凍泉。枳霜紅暎日，蘆雪白黏緜。菊釀千壺酒，苔堆一徑錢。亦應移畫舫，候月泊前川。莊有候月舫，亦名泊月舫。

坡號蓮花泠，心穀號蔗塘，又號蓮坡。園名芥子香，高廟巡幸天津，茶蹕於此，賜名芥園，有御製碑文。敗蕉經雨潤，殘芰引風凉。詩社三生結，書厨萬卷藏。小篠餘繡野繡野篠，無處覓清蒼。

一時名勝地，零落剩亭池。歌曲餘簫管，醇醪漉幂羅。才招華省客，詩誦黨家兒。三十年來樂，名園更讓隨。與水西莊同時者，揚州有馬氏玲瓏山館，杭州有趙氏小山堂，吴氏瓶花齋。繼起惟袁氏小倉山房，相去已三十年矣。古碣埋黄土，高樓鎖碧雲。弟兄皆好客，茶垞、儉堂皆心穀弟。兒女亦能文。心穀室人，金氏。子，善和、善長，皆工詩。犁雨田千頃莊有一犁春雨諸勝，浮螺水二分又有碧海浮螺亭。屋南留小築，花柳憶繽紛。

風景已如此，詩人今若何。故園留我住，予家德星別墅在芥園東百餘步，亦水西莊遺址中，有亭亭亭、睫巢山房諸景。遺稿讓君多。心穀著有《蔗塘未定稿》《蔗塘外集》《游盤日紀》《蓮坡詩話》，儉堂有《銅書屋遺稿》，善和有《東軒詩稿》。憶否花間醉，終傷月下歌。亭亭亭畔客，踏雪几經過。

好夢丁亥

好夢初回晝漸長，東風吹暖楝花香。南園春草依然緑，蝴蝶一隻飛過墻。

冬晚游眺

鎮日朔風吼，天垂萬里陰。亂冰吞斷岸，殘雪舞空林。寒覺人煙少，愁添歲月侵。遥知灞橋客，驢背自孤吟。

喜沈桂舫旋津話舊戊子

天涯數知己，獨有沈休文。自別花前酒，神牽沽上雲。關心懷舊雨，總角憶同群。今日重傾蓋，清譚至夜分。

津門雜感

海潮莽割蔚藍天，炯炯霞光萬丈纏。東下亂帆輕似葉，北來幽鳥澹于煙。少年詩思傾囊底，名士風懷問酒邊。多少狂生飢欲死，銅山誰鑄鄧通錢。

艷雪樓頭冷翠屏，水西莊上聚詩靈。酒拚北海千回醉，花供南豐一瓣馨。臺榭半爲新鬼踞，笙歌全付老龍聽。可憐芥子須彌納，難覓浮螺舊草亭。

無邊春色湧新愁，滚滚長河繞郭流。臺廢難尋古章武，月明偏照小揚州。千家鹽米喧城市，四季魚蝦饜酒樓。菊部櫻桃花萬朵，沿街争唱大堤頭。

子牙河畔釣臺存，楊柳青邊野色昏。海氣攢天撈蜃蛤，朝光鋪地散鷄豚。百年祠宇棲淫鬼，十丈城樓妥縊魂。大賈豪華銷似雪，有誰思報信陵恩。

過古祠

識得河邊路，疏林露古祠。客來僧不覺，犬吠鳥先知。寺敗秋風早，樓高落日遲。空庭黄法滿，小立讀殘碑。

偶然作

飢鷹高颺去，遠過凉馬臺。緩急何所恃，飛龍豈將才。三賦阿得脂，白日蔽雲霾。

我愛灌將軍，好武不好文。募士報父仇，破吳建奇勛。名譽滿潁水，高義薄青雲。結交重魏其，肝膽已許君。失寵既無勢，吏士趨田蚡。賓客日盈座，壽酒飲微醺。武安不膝席，嘻笑罵貴人。甘效兒女子，耳語殊難聞。一錢尚不值，熱客奚足珍。

露坐

傍晚空庭坐，花間露濕衣。殘星隨月墮，孤雁帶雲飛。暑氣未全散，秋心猶未歸。燐燐螢火亂，只覺夜光微。

旅懷

秋風吹不斷，誰識范丹貧。暫與妻孥別，遠隨僮僕親。看山宜對酒，見月輒懷人。欲寄家書去，飛鴻在水濱。

落葉

落葉隨風起，驚沙戰水濱。飢鴉鳴似鬼，病鵠立如人。缺月墮無迹，長河看未真。壞雲吹片片，秋色老征塵。

寒夜不寐

古夢去無迹，伏枕殘鐙背。萬籟息深宵，窮巷孤犬吠。元飈瑩窗紙，忽聞柝聲碎。凍骨徹鐵衾，千慮一時廢。

追和曹堯賓大游仙詩元韻己丑

不駕雲輧駕翠華，瑤池擁起赤城霞。人游福地風初静，樂奏鈞天日未斜。八駿何須對紫禁，六龍無處覓丹砂。筵前誰種蟠桃樹，果否能開頃刻花。穆王宴王母于九光流霞館。

人在昆侖第一峰，祥雲靉靆勢如龍。河山五萬頻開眼，宫女三千盡斂容。望去樓臺騰紫氣，來時簫管奏黄鐘。東方曼倩非凡骨，能識神仙有定蹤。漢武帝將候西王母下降。

香煙華氣繞仙壇，益地圖成萬國歡。青鳥曾來宫裏報，紅塵只作夢中看。春光滿座桃應熟，夜氣侵人酒欲寒。果否上方能辟穀，杯盤交錯興彌闌。漢武帝于宫中宴西王母。

一别仙容胡不歸，哀蟬落葉共飛飛。傾城貌死香留夢，絶代魂銷淚染衣。鐙下乍逢顔色頳，帳中重見語音稀。低回難訴相思苦，人影模糊酒力微。漢武帝思李夫人。

戰城南

戰城南，死城南，城南死尸堆如山。戰城北，死城北，城北老兵知報國。老兵髮已皓，年少隨征討。長隸冠軍侯，轉戰康居道。行年將七十，膝下無弱息。朝廷又用兵，將軍重練習。選兵十萬人，大半皆飢民。飢民飢不死，提戈逐沙塵。貴人爲主帥，出師多論議。豈無馬幼常，束手苦無計。一戰祁連山，再戰玉門關。用兵先慮敗，不勝誓不還。朔風吹戰鼓，長槍雜巨斧。昏黑陣雲深，誰識老兵苦。烽火熾妖氛，兵弱難立勛。將軍不可死，兵死替將軍。幸而賊當滅，國耻今朝雪。録成一將功，喋遍千夫血。譎計禽休屠，軍功濫吏胥。屯田屬趙括，未曾讀父書。千金爛羊頭，五萬金魚袋。買得戰場功，屠狗多樊噲。將軍入關奏凱歌，城南城北重經過。夜深燐火如星亂，風吹新鬼哭聲多。

年來

驚覺秋聲到，蕭騷一夜風。空階鳴絡緯，凉露濕梧桐。塵世隨流水，功名付轉蓬。年來辛苦慣，惱煞黑頭公。

冬夜述懷

元飇吼冬夜，廖廓寒如鑄。明月照堅冰，嚴霜被枯樹。白屋凍雲擁，忽忽歲云莫。萬卉盡刁騷，梅華冒古渡。畸士窮不死，轗軻寄豪素。情傷招隱詩，愁寫長門賦。所懷良不惡，苦被儒冠誤。何當奮翼鳴，大鳥天南度。

武帝臺懷古

城南一片寒鴉起，蜃樓萬丈生海底。颶風吹浪高拍天，誰信神仙終不死。神仙仿佛居蓬萊，音容縹緲空徘徊。行人下馬繫枯樹，秋風落日獨登臺。臺高矗矗今已古，不是秦皇是漢武。蘆蒿滿地静無人，鼃羅罘罳紅覆土。當年武帝罷鏖戰，衛霍勛名繪便殿。文成五利帛飯牛，七十二家競封禪。一心欲覓長年藥，抛棄鸞與思跨鶴。登臺翹首望方壺，帝王那及神仙樂。倉卒巫蠱起青宫，鼎湖冤結由江充。博望苑中春草緑，泉鳩水畔野花紅。花開花落春風好，思子宫邊春又老。夕陽重上望思臺，西河淚灑心如擣。傾國傾城在何處，兒女英雄今始悟。可憐一詔下輪臺，白雲黄葉秋風來。吁嗟乎，不求佛不求仙，几經滄海成桑田。留得此臺葬魂魄，茂陵回首空雲煙。

梅莊詩鈔卷二 庚寅至壬辰

庚庚集上

津沽竹枝詞 庚寅

西沽楊柳大紅橋，多少輪蹄別路遥。青眼送君君不見，再來翻覺更魂銷。

小直沽前颺酒旗，麥風翦翦雨絲絲。海棠滿院陰鋪地，又到黄花魚上時。

楊柳青邊多楊柳，桃花寺裏盡桃花。柳條折去花飛去，夫婿三年未到家。

茸茸芳草碧盈村，澹澹梨花白暎門。一抹殘陽初過雨，緑楊城郭賣河豚。

白蓮花艷勝芳鎮，紅藥花開大覺庵。七十二沽花共水，一般風味小江南。

十字圍邊古釣臺，葛沽紅稻花争開。漁翁補網月初落，時有香風撲面來。

當場絲管奏殷勤，酷似揚州月二分。一曲琵琶歌蕩子，斷腸聲調不堪聞。

新來菊部唱凉州，年少王孫争一游。携得梨園佳子弟，四更同醉酒家樓。

徒駭河干多釣徒，如披一幅輞川圖。天寒月黑蘆花岸，几點漁燈丁字沽。

柴堆火起烈風乾，水局傳鑼指顧間。十萬男兒争鬥捷，火場同作戰場看。

海風獵獵水聲凉，河凍堅冰到北倉。不用嬴車不用轎，瑠瓈世界坐冰床。

艷雪樓頭啓文社，水西莊上聚詩才。當年詞客如飛絮，送入東風總不來。

妾薄命學東野體

空廊響病葉，驚散雙鴛鴦。幽月入床側，照我心彷徨。情人隔千里，夫容誰爲芳。下階望牛女，掩面啼殘妝。抱琴撫一曲，訴我九迴腸。欲訴不忍訴，含愁歸洞房。

漢銅雁足鐙歌

建昭三年歲乙酉，元城王鳳爲元舅。渭陵祭器今尚存，銅盤銘勒龜龍紐。當年后父封陽平，外戚無權似竇嬰。王禁已死鳳初嗣，瓊樓金屋鐙光熒。初封二千六百户，益以八千制不古。銅鐙能禁漢家煙，不照詩書照歌舞。考功創令内者造，上林宫中制度巧。一枝盤屈雁足形，小篆書銘曰永寶。斑斕古色光陸離，儼如鼎鼐同鐘彝。蜿蜒屈曲似釵股，六十一字珍珠奇。安成門第五侯家，臺閣鐙光燦九華。後大厨中留古器，籀文鳥篆騰虺蛇。君不見，征南將軍馬伏波，交阯銅柱高巍峨。又不見，洛陽宫門峙銅駝，眼前閱歷荆榛多。此鐙至今一千八百六十有六年，堪與銅駝銅柱同流傳。

追輓外大父存圃先生

慷慨從戎出玉門，直聲强項滿乾坤。風沙萬里詩千首，湖海三人酒一尊。夢裏家山逢骨肉，眼前科第到兒孫。聖朝猶識真循吏，陶令歸來松菊存。

寄徐浣雲孝廉文熣

涼風起蘋末，搖落故園秋。知己不相見，懷人獨上樓。姓名甘潦倒，身世任沈浮。若問平生事，江湖有釣舟。
兩地寸心知，交從總角時。憐君爲客早，悔我著書遲。明月三杯酒，梅花一卷詩。眼前秋色老，紅豆最相思。
古木落黄葉，征人又别家。新歌燕市月，舊夢洛陽花。去國悲王粲，登高憶孟嘉。願隨竿木戲，雲裏望京華。

讀史偶然作

青年几作孫家虜，白首應稱太上皇。社稷有靈傳北地，鄧鍾何敢渡陳倉。
胡不先誅軋犖山，雨鈴空自淚潸潸。長生密誓猶如昨，地下何顔見玉環。
感天蕭后僭遼陽，女亂咸知首漢唐。吕氏野鷄周武曌，一般權術學媧皇。
亭長奇才愧未能，亂臣莽操至今稱。胡盧依樣千餘載，崛起無如皇覺僧。
懷愍青衣曾執蓋，徽欽白骨號重昏。玉關生入新奇事，何必倉皇又奪門。
奸雄易得千年臭，潛德難留百世芳。十七史中多少傳，蠹餘姓字半銷亡。

待雪

東雲黯黮壓城頭，隔牖風聲吹未休。煮酒先宜添獸炭，探梅預擬擁貂裘。炊煙未斷尋袁路，撥棹還思訪戴舟。翹首看天濃似墨，紛紛霰集水邊樓。

車中口占辛卯

催趁輪蹄日欲昏，東南回首別津門。垂楊夾道西風起，一路蟬聲到蔡村。

送沈友竹維璥之松江

不見沈郎久，相逢又別離。濤聲催暮雨，山色助新詩。紅褒添香處時友竹新婚，滄江挂席時。好乘風浪穩，莫遣雁書遲。

揭曉後感成

大父科名五十年，于今續守舊青氈。九方相到追風馬，一第登如上水船。庭訓敢忘增白髮，慈親差可慰黄泉。旁人争許何無忌，慚愧焉能衣鉢傳。中式名次與雲巢舅氏庚午科同，年亦相若。

雜詠史臣

太史龍門萬口稱，百三十卷筆飛騰。可憐冤獄歸蠶室，誰向匈奴問李陵。
身後遺編飽蠹魚，一家勛業竟何如。千秋史筆推才女，夜夜挑鐙續漢書。
躍馬西池顧盼雄，琵琶聲裏怨徐童。臨刑羞煞夏侯色，説鬼難禁血淚紅。
祇知帝魏不尊劉，將略公然議武侯。佳傳既需千斛米，緣何仇國紀譙周。
隱侯文史掞天才，佐命蕭梁實可哀。至竟齊亡緣底事，有人斷舌夢中來。
負才撝扇傲凡賓，紀載模糊半失真。儻使昭明持史筆，一時徐庾盡功臣。
采摭兼搜顧野王，尚書門弟世縹緗。順陽閣下扶孱王，博得瀛洲姓字香。

詰汾世系競增誣，伊霍升天頌爾朱。無怪紛紛稱穢史，亂拋佛助死頭顱。
七齡能解琅邪稻，灰酒沈酣病可醫。豈獨史才誇老壯，詩歌諷誦到樵廝。
宇文昏暴極天元，文牘荒蕪簡冊煩。重購遺書修舊史，五家新例創華原。
老臣何幸繪凌煙，骨鯁堪稱寶鑒圓。死後是非任謠諑，豐碑踣倒大墳邊。
傳家絕學紹箕裘，年少居然國史修。島索不分南北界，文章八代魯春秋。
廬陵史學追班馬，五代新唐筆削嚴。不没宋祁與劉昫，丰神六一取名廉。
宋史剛成稿未刪，復修耶律共完顔。可憐忠烈遭奇毒，千萬人中砥柱山。
何必窮愁始著書，無端姦黨列諸孤。青宮講讀十餘載，抵死殘魂泣道塗。
青巖山裏舊儒林，巡遠英風説到今。碧血青燐逐黄月，滇南終古照丹心。

喜余肅齋茂才作恭自粵東旋津壬辰

一自去南海，相思直到今。逢君重握手，爲我撫瑶琴。静得絲桐趣，別存山水心。子期今在否，慚愧許知音。
燕地五年別，羊城萬里遥。夢中曾識路，相見反魂銷。黄菊影逾淡，白梅香亂飄。愁懷無處訴，合遣酒杯澆。

柬賀星槎茂才兆魁

清風吹海濤，賀監乘馬至。回首望長沙，臨風懷賈誼。弱冠負重名，公卿争羅致。春色滿京華，秋高鵬展翅。別離日雖淺，結交情獨摯。鼓琴問知音，相知與徐稚。

張家灣題壁

木落西風起，行人發浩歌。河從蒲口淺，樹到蔡村多。寺古留殘碣，池荒剩敗荷。張灣城北路，雨後未曾過。

題姨母潘淑人不櫛吟

閨閣神仙第一流，班昭亦欲覓封侯。風塵得句留妝篋，閩海滇池萬里游。苦語思親已半生，劫餘以後變商聲。燕山五桂亭亭立，都賴熊丸母教成。

卧虎橋晚眺

欲到回龍觀，重經卧虎橋。暖雲生谷口，斜日没山腰。城郭猶名薊，河灣尚姓蕭。倚闌西北望，絶勝畫圖描。

贈邊褒石浴禮

瀛海有仙客，褒中藏怪石。五色生光芒，温潤如圭璧。不以持贈人，聊悦性所適。舒之等泰華，斂之不盈尺。夜夢游瑯嬛，圖書炫金碧。援筆賦天臺，鏗鍧聲一擲。孝先生華胄，弱冠窮史籍。趨庭來沽上，而能舉鵬翮。著作几等身，恥言干時策。叔子誠多才，不教青眼白。

楊村道中

午後動征鐸，鞭絲去故鄉。旅人見青草，詩思在斜陽。鴉背寒猶閃，馬蹄晚更忙。長安春色好，紅杏傍垂楊。

早行

夾岸曉風清，長堤殘月明。山嵐濃有雨，河水漲無聲。野犬向人吠，村鷄升屋鳴。柳陰驅馬過，難綰別離情。

柳絮代束桂舫

緑楊三月正飛綿，風雨旗亭魂黯然。几度漫天團作雪，一經墮地化如煙。白眉頓減憑誰畫，青眼無從祇自憐。張緒豐神憔悴盡，令人回首憶當年。

毿毿萬片更千絲，水碧山青日暮時。吹入紅塵人不見，飛來白雨客先知。無聲撲面原輕薄，有意折腰成雖離。落魄何須悲老大，聳身邊占最高枝。

無限晴絲颺碧空，楊花飛盡杏花紅。浮生草草隨流水，別緒依依類斷蓬。萬樓情懷縈落日，一春心事逐東風。詩人莫漫題佳句，謝氏庭前句已工。

亭北橋南半夕暉，顛狂詩共落花飛。萍蹤飄泊生前定，蓬首纏綿夢裏違。裊裊有時沾緑鬢，紛紛無數點朱衣。好風若得頻相送，不上青雲總不歸。

贈高寄泉孝廉繼珩

渤海有高士，相交恨獨遲。與君談一夕，勝讀十年詩。殘月照杯酒，春風吹鬢絲。悲歌争擊節，腸斷杏花時。

沽上知名久，論交四座驚。等身多著作，放眼小蓬瀛。絶調庾開府，離懷張步兵。鑄成青鐵研，濡筆任縱横。

雜詩

腐儒譚俗事，刺刺每不休。何如枕史籍，下筆垂千秋。雌黄論今人，口舌禍難免。苛刻論古人，魂魄無由辯。休詩賦萬言，且讀書萬卷。

禪不始陶唐，征不始成湯。俗儒眼如豆，豈知溯羲黄。海淺泰山低，地狹九州小。麟鳳不足奇，籛聃不爲老。文王子女稀，成周享國少。洪荒無詩書，事迹難搜討。

古聖創奇局，作事多不苟。禪議與征誅，後世反藉口。自待如堯舜，視君如桀紂。除却劉亭長，得國皆可醜。

仕宦喪節義，由于莽大夫。投閣身不死，偷生慚緑珠。中郎哭董卓，毋乃太過乎。既爲權奸用，焉能續漢書。可羡楚兩龔，身死志不污。可笑長樂老，狗彘真不如。

紈袴爲天子，黔黎遭塗炭。隋煬與宋徽，可入文苑傳。文士多無行，此語千載同。二陸與潘張，甘事賈南風。

千古少完人，天性每多缺。劉劭與楊廣，早已人倫絶。老賊雖萬段，友珪那可説。許止不嘗藥，大惡書陽秋。奈何宋光宗，父死淚不流。

霍光學伊尹，擅自主廢立。後有莽卓徒，弄權相沿習。桐宫迎太甲，未聞殺昌邑。可憐既廢君，性命在呼吸。

太白晝經天，足蹀元武血。燭影夜摇紅，戳地斧聲烈。唐宋兩太宗，兄弟偏有缺。政績雖足稱，良心早已亡。魏徵與趙普，胡不思先皇。

舍子而立弟，殷商法良厚。後世不善學，畫虎反類狗。舍子而立侄，宋國敦孝友。後世相争競，貽戚復誰咎。善哉古聖言，立嫡兼立才。燕棣起靖難，此端古未開。妙論方正學，成王安在哉。

千古懼内人，首推漢高帝。生殺由艷妻，妒忌到人彘。劉氏几無遺，野鷄竟稱制。孝武慮太過，鈎弋死含冤。堪笑拓拔珪，猶稱茂陵賢。

可恨唐中宗，下愚不可移。身遭武氏亂，復受制于妻。宮中點雙陸，不忌武三思。如何臨淄王，起兵誅章后。一箇楊玉環，復令三郎走。

黨錮起東漢，列傳垂班史。有唐長慶後，羽翼分牛李。宋立黨人碑，諸賢多竄死。南渡之僞學，傾軋無臧否。賢奸几混淆，報復相終始。可憐明東林，國亡黨不止。小人何足責，釀禍由君子。

結交貴以澹，常耻脂與韋。酒食相徵逐，貴賤生嫌疑。欲廣絶交論，毋寧甘守雌。孫臏殺龐涓，蘇秦害張儀。束髮皆同學，嫉妨成參差，善哉子夏言，不可者拒之。

損友遍天下，便佞與善柔。覿面相標榜，背面多怨尤。好諛恐不工，譽盾復毁矛。豈無直諒人，冰炭難相投。十載空擇交，知己不易求。試讀張陳傳，刎頸成仇讎。

古來錚錚人，焉得人人曉。古來碌碌輩，間有人曰好。毁譽且由他，蓋棺難論定。或稱或不稱，此中亦有命。

孟獻有五友，當時忘三人。元愷十有六，名字焉能真。洋洋廿一史，豈盡皆實録。齊東有足信，稗官亦可讀。有書不識字，何貴書盈屋。所以荒經者，一世高閣束。

好詩不在多，一句即可傳。佳文不貴長，百字勝千篇。充棟詩文集，直無暇覆瓿。我自讀我書，不如且飲酒。毋爲古人愚，百年亦俄傾。蜍志尚能傳，有幸有不幸。

漢河間獻王博士毛公君子館甎歌 甎爲河間苗仙露所藏

炎炎四百年天下，宮闕荒凉無片瓦。可憐白土閟銀鈎，不見青苔埋玉斝。當年文景侯恩澤，功狗勛名垂竹帛。屏藩宏我漢都京，劉氏諸王勢烜赫。吴王跋扈梁王驕，淮南僭亡江都豪。習禮誰解宗大戴，敦詩不知法小毛。兩河之間賢王出，被服造次崇道術。覓得科斗萬卷書，博士譚經無暇日。峨峨大起日華宮，獻樂詔策來三雍。西京文物自王倡，冠裳百代稱儒宗。電掣星馳人易老，以謚名縣堪搜討。曾築别館館毛公，臺甎殿瓦皆荒草。哲王大雅自不群，千秋廟貌氣凌雲。老樹豐碑多榛莽，何人來拜獻王墳。苗君識字心思苦，曾讀瑯嬛辨帝虎。破甎拾帶土花香，隸文兩字足千古，吁嗟從古小人多，君子埋頭奈若何。金石不刊名耐久，小人到底易銷磨。墨華榻遍銀光紙，援古證今同研史。海内詩人競品題，先生不覺掀髯喜。一時佳話傳津門，我友邊生向我言。少壯吟詩癖相埒，前身曾住詩經村。毛公毛公真碩彦，闕名猶列儒林傳。匡鼎説詩徒解頤，毛遂處囊羞自薦。一抔黄土一杯漿，既酹毛公復酹王。留得片甎贈君子，河間從此姓名香。

送邊心巢浴仁褒石浴禮昆仲旋里

滿地生春草，詩人歸故鄉。同行有兄弟，携手拜高堂。知已暫相别，思君情轉長。河間多勝迹，得句貯奚囊。

絶句

日長風静裊晴絲，近郭人家放鴿時。睡起不知春已去，倚闌臨水看魚兒。

宫詞

舸逐鴟夷去，煙波泛五湖。劇憐臺畔草，生死傍姑蘇。吴宫

神女來高唐，不入襄王夢。宋玉非登徒，藉此以托諷。楚宫

燕趙多美女，咸來貯阿房。計年三十六，夜夜夢君王。秦宫

紅粉教歌舞，黄金買畫工。玉顔勝飛燕，猶自泣秋風。漢宫

侍婢皆執刀，夫人意氣豪。螐磯聞杜宇，望斷蜀江濤。蜀宫

鄴城風雨夕，銅爵已凝塵。玉珮兼金枕，由他賦洛神。魏宮

竹葉引羊車，箱篚納小吏。可笑司馬兒，何如賈后智。晋宮

貼地蓮生步，齊亡最斷魂。玉兒勝家令，衹解事東昏。齊宮

朝上望仙閣，暮擁張麗華。胭脂落井底，閑唱後庭花。陳宮

楊花摇落盡，螢火上迷樓。春草年年長，無人吊玉鈎。隋宮

自譜霓裳曲，抛殘一斛珠。樓東知不遠，歌管聽模糊。唐宮

和陶公詠貧士詩

貧士多慷慨，達人每困窮。長歌無和者，彈鋏心更雄。生平鄙肉食，能令人昏蒙。菲薄到卿相，交游寡所同。温飽非吾志，含笑視太空。此中有真樂，陋巷生春風。

翁子困采樵，行行讀漢書。馬卿困酤酒，文君能當壚。豈不思富貴，其奈命何如。所懼蘊蓄少，學飽氣自舒。自視無長物，亭亭七尺軀。天地雖云大，可以爲我廬。

月明凉于水，顧影時自憐。清風吹襟袖，名利兩澹然。臣朔飢欲死，比鄰起炊煙。戰無藏金窖，時有看囊錢。短褐不蔽體，視之勝絲綿。糟糠聊充腹，食之勝肥鮮。

采薇首陽下，餓死身不辭。此志良獨難，繼者有原思。醉卧泰山巔，東海爲酒池。腐肉不填壑，翻覺造物私。白屋少青眼，長貧歲月遲。漂母飯王孫，足以愧鬚眉。

送潤田舅氏之任雲南

仕宦天涯感不禁，參軍從古屬儒林。大才終必騰霄漢，小試何妨作雨霖。卅載功名投萬里，一家衣食累千金。滇南煙樹雲間月，振觸諸甥一片心。

夏日雜詩

長夏渾無事，裁詩貯短筒。眠遲貪對月，坐久愛臨風。鴛瓦微藏雀，蛛絲密羅蟲。吟成四十字，字字耻雷同。
佳客翩翩至，閑敲一局碁。苦茶堪當酒，清話即成詩。短調歌元曲，長吟説楚詞。瓣香神契久，心願繡袁絲。
橘花開未了，蓮葉已田田。鶴避香煙直，魚吞水沫圓。迴闌剛鬥鴨，深柳漸聞蟬。擬向北窗卧，風來欲化仙。
琴擬嵇中散，詩追王右丞。胸懷金粟佛，心迹玉壺冰。散米閑分蟻，垂簾謹避蠅。日長猶覺短，殘月又東升。
芳草緑侵檻，好花紅過墻。芙蓉出清水，荷芰引新凉。待月能堅坐，觀書每健忘。醇醪拼一醉，欲學謫仙狂。
漫埽羊求徑，浮生日日閑。墨精寧待畫，詩好不須删。灑水作微雨，堆冰爲小山。此中可銷夏，何必覓深灣。
蕭齋初過雨，芳草倍萋萋。小院無人到，深林有鳥啼。晚雲蒸玳瑇，淺水漲玻瓈。俯爺得奇句，拈毫紙背題。
粉蝶迷紅豆，飛蟲上碧紗。分棚藤繞竹，支架蔓連瓜。別館人吹笛，疏籬自灌花。臨池難作字，潑墨亂塗鴉。
獨坐看新月，濃陰覆滿庭。花深時見蝶，扇冷欲黏螢。偶搨來禽帖，閑評瘞鶴銘。雨霖歌一曲，凄楚不堪聽。
枕石眠深屋，看雲上小樓。美人空入夢，一雨頓驚秋。讀史易生恨，彈琴難遣愁。盈盈河漢水，几日度牽牛。

秋草

芊綿芳草頓驚秋，衰柳斜陽水畔樓。遠志難醉千里恨，春暉莫報寸心愁。東皇無意垂青眼，南浦何人吊白頭。金粉六朝成底事，隋堤梁苑盡荒邱。

天涯無復緑成茵，滿地黄金莫救貧。戰壘猶存前代血，歌場難買四時春。可傳書帶無多字，不負科名有几人。風雨池塘魂夢冷，王孫别後倍傷神。

一生常伴落花紅，剩水殘山付畫工。富貴到頭危若露，凄凉滿目偃隨風。沙場有客頻驅馬，輦路夫人早閉宫。此下紛紛埋白骨，百年斷送几英雄。

黄雲慘淡暮天低，苦雨凄風路轉迷。野燒未乾心已死，嚴霜初染醉成泥。茫茫世界皆螢火，草草功名問馬蹄。寄語美人莫惆悵，春來依舊緑萋萋。

梅莊詩鈔卷三 甲午

庚庚集下

哭女詩 甲午

近來歲月易銷磨，惟有凋傷骨肉多。哭罷老親哭嬌女，年年不斷淚滂沱。壬辰七月，遭先大人之變。癸巳四月，次女痘殤。今年四月，長女格又以疾卒。相去未兩年耳。

病容半載苦伶仃，刺繡依然手不停。我恨庸醫醫誤爾，藥丸鍼灸總無靈。

最愛幽閑不厭貧，生成瘦骨證前因。小窗依舊留鐙影，不見描花繡字人。

白楊碧草間黄沙，一座新墳小逕斜。擬灌姜家井畔水，繞墳開遍女貞花。

傷廢宅

有客歸故鄉，金珠盈囊槖。離家三十載，猶識舊城郭。家中子若孫，相見皆驚愕。爺年已八旬，精神倍矍鑠。茅屋五六椽，頻遭風雨剥。欲慰老人心，衹恐難棲托。云有某家宅，庭宇頗高廓。賤鬻僅千金，惜無人揮霍。何不往觀乎，老人點首諾。爰换新布衣，爰躡舊芒屨。出城未半里，閭巷殊寂寞。廣厦百餘間，閈闔尚嵬崿。入門不見人，空庭多乾鵲。蛛網羅雕窗，鴿翎堆畫閣。白晝蝙蝠飛，黄昏狐貍躍。碩鼠不避人，跳踉驚睡貉。高樓勢欲傾，灰塵封鐍鑰。枯樹壓頹垣，亭榭生藜藿。一叢艷艷花，無主自開落。老人伫足嘆，此宅記約略。昔屬張太常，後歸李文學。文學死無子，戚族競相攫。妻弟某千牛，盤踞盜橫虐。回祿赫然怒，一旦咸燒灼。基址鬻豪商，豪商本姓駱。駱姓我好友，總角弟兄若。廉值得此宅，土木大興作。，菟裘營五年擬作終身樂。樓閣奂然新，金碧交輝爍。高軒覆鴛瓦，粉壁塗丹雘。窗捲翡翠簾，床設猩紅幕。座有九曲珠，園有千年鶴。好客慕鄭莊，金罇肆酬酢。日食費萬錢，熱客來大嚼。長夜聞呼盧，紅鐙照摴博。買得菊部頭，主人解音樂。聘得邯鄲倡，主人善戲謔。夏日不知暑，冰山聚深壑。冬日不知寒，暖閣園鑪酌。我亦時往來，待我良不惡。自我離故鄉，雙鯉沈漠漠。後聞路人道，及身已落魄。四十三縣鐵，鑄不成此錯。今我復來此，夢境難拋却。舊時采蓮舟，池水今已涸。舊時彈琴臺，山逕今已鑿。倏忽易數姓，仿佛皆如昨。言罷重太息，涼風動檐鐸。

四扇詩同姚菊坪徐浣雲作

諸葛三軍任指揮，羽毛能解百重圍。快譚如在風中坐，漂泊疑從天外歸。握手几人悲失侣，傾身得主定高飛。青蠅瓜上紛紛集，驅逐無權素志違。羽扇

冰紈製就白團團，遮面宜人掩映看。衣錦半生多附熱，受恩一夏不知寒。身如明月圓時少，涼到秋風見更難。除却班姬無好詠，長門近日淚空彈。紈扇

五萬蒲葵勝素羅，昂藏羞向熱中過。遭逢青眼提携易，驚覺秋心拋棄多。揮暑十年黄透骨，摇風九節緑皴波。元規塵起污人甚，障面憑君奈我何。蒲扇

子夜歌成叠扇篇，新翻巧樣自朝鮮。展從掌上風纔起，抱向懷中月半圓。竹削攢成枝个个，紙糊飛作蝶翩翩。處囊且莫輕捐棄，題遍新詩當彩箋。摺扇

枯魚過河泣

枯魚過河泣，河水流不競。下有泣珠人，能治枯魚病。

館中紅蓮盛開李曉樓先生招同吴霖宇玉川昆仲小飲即席得四律

緑意紅情不染塵，亭亭水面寫丰神。凌波欲學潘妃步，顧影誰憐玉女身。几點怕聽秋後雨，一生常對熱中人。華嚴世界真成佛，恐有如來來問津。

可餐秀色净生香，一半濃妝半淡妝。巧對波光迷蛺蝶，戲抛蓮子打鴛鴦。紅裳掩映含微雨，翠褒褊褼倚夕陽。欲向西湖尋伴侣，浣紗人已到錢唐。

芳致纏綿問藕絲，太真浴罷倚闌時。薰風陣陣飄香早，曉日曈曈出水遲。鏡裏美人獨含笑，花中君子解相思。采蓮愛聽歌聲好，不唱桃根唱柘枝。

花光艷艷葉田田，擎露揺風更帶煙。貌似六郎能解語，枝開并蒂頓生憐。群芳誰可成香國，此種真宜號水仙。不是詩人偏愛詠，前身曾識李青蓮。

送李曉樓先生之任黔陽

人生千里與萬里，仕宦不過游而已。白頭循吏走黔陽，天下名山赴眼底。先生綺歲噪京華，文社詩壇許作家。一曲醉歌燕市酒，十年笑插長安花。長安好結游俠友，名重千金才八斗。天潢翹楚學通經，玉檢金泥搜二酉。一行作吏去東萊，笑人鄧禹何爲哉。夷安父老跂足望，太原公子裼裘來。退食委蛇思視膳，雙親迎養來花縣。愛民如赤今龔黄，海濱留蔭恩膏遍。公暇時上讀書樓，金石書畫精研求。數千年物待人出，銅印深鎸高密侯。萊州太守謂船山先生真博古，先生卓識堪爲伍。筆驚風雨酒鱗生，海中波起蛟龍舞。署門今有古翟公謂文泉先生，手摹漢隸群稱雄。耻謁俗吏絶奔競，獨與先生交誼同。船山屬吏文泉友，旗鼓争持不龜手。酒腸詩膽海樣寬，高譚驚座傾心久。一時名望震膠西，十幅蠻箋帶醉題。政績清廉稱報遂，鸞皇枝上暫時棲。不其翠接田横島，即墨雲山處處好。隨車甘雨有脚春，寇君借我惜不早。門墻桃李魯諸生，量才玉尺持文衡戊辰、丙子，兩次分校。輿頌歡騰來歷下，上官拔擢刺東平。誰知椿樹凋零速，父老攀轅齊痛哭。芒鞋破帽走函關，五兩清風吹縞服。短衣匹馬歸鄉里，稚子候門老母喜。出山泉水達臨泉，板輿奉母緇塵起。臨泉蕞爾萬山開，何况公非百里才。子賤彈琴堪卧治，蒼生霖雨滿蒿萊。匆匆兼攝東敬去，大邑紛華公善馭。一朝遽萎北庭萱，卅年栽遍甘棠樹。先生讀禮返津門，棟宇蕭條松菊存。延齡早種南山柏，好客常開北海樽。不嫌鯫生性疏曠，肯垂青眼施絳帳。陳蕃縣榻待徐稚，子雲校字需劉向。公子能讀等身書，濁世翩翩玉不如。鯉訓夙承三世學，驥材好待九年儲。先生瘦骨雲中鶴，花甲已周倍矍鑠。譚鋒犀利生春風，童顔應服長年藥。弓旌忽爾到田間，洋川下邑雜羌蠻。道塗豈憚八千里，不爲服官爲看山。車塵吹送秋風陌，厭聽輪蹄擬泛宅。布颿挂起月當頭，從今自號江湖客。邗溝花月廣陵潮，白門柳色萬千條。楚尾吴頭連夏口，洞庭落葉風蕭蕭。九谿三峽霜天曉，山色重重青未了。舟中静坐樂琴書，沙上閑眠伴鷗鳥。君不見，隱于耕釣隱屠沽，誰解隱于仕宦途。梅福曾作神仙尉，絶域堪尋舊酒徒。吁嗟乎，牂牁風雪夜郎煙，無多鶴俸飲廉泉。驪唱休歌行路難，知心一去誰爲憐。旗亭杯酒魂黯然，此别再見知何年。萬里雲山指顧間，海門翹望魚書傳。

喜徐楊芝仙來津即席口占兼慰墨樵莒生

西風吹木葉，零落滿蒼苔。明月暫時缺，故人何處來。壯懷羞覽鏡，病骨怯登臺。擬醉陶潛酒，黄華猶未開。

答褒石見贈詩元韻

十載學詩誰識我，半生低首獨推君。鴛鴦肯把金鍼度，眯眼難尋刺繡紋。

麒麟星宿快羅胸，如水交情澹勝濃。儻向騷壇開戰壘，挾矛駷馬願相從。

五色文章萬首詩，封侯有骨數偏奇。秋風妄上長安策，地下劉蕡是故知。

雙飛海燕自翩翩，秋讓黃華一著先。殘夢將醒月初墮，子規叫破武陵煙。

貧女

獨有蓬門女，偏知歲月長。懶施殘粉黛，愁補舊衣裳。不識金釵色，誰憐玉骨香。緑窗甘寂寞，羞説富家郎。

三十初度述懷

吹墮紅塵已卅年，年年搔首問青天。雙親遽爾成千古，一第安能慰九泉。夙願難償他日志，虛名敢望後人傳。山中從此琴聲絶，流水無情去杳然。囊學撫琴，自壬辰七月不復彈矣。

含山滁水易銷魂，循吏聲華北斗尊。冰雪頭銜前世凜，詩書手澤至今存。青氈家學慚繩祖，白髮慈顏愛弄孫。往事酸心譚不得，報劉日短負深恩。

曾記當年畫荻時，挑鐙課讀母兼師。九齡莫釋懷中抱，廿載空勞夢裏思。墓草暫埋真樂土，紙錢常挂最高枝。長城五字言猶在，不忍重繙季迪詩。先母曾以青邱五律授讀。

萱草凋零椿樹芳，雙雙雛燕戀朝陽。望成宅相搏千里，愛聽書聲卧一床。搶地輒難驅病豎，呼天無處覓仙方。春風重上長安道，楊柳依依淚萬行。三入鄉闈，俱隨先君子同行。

文陣争誇筆有神，士逢青眼志纔伸。萬金莫報真知己謂受知諸師，一飯難忘舊主人。冀北馬群應脱絆，嶺南鴻信盼來賓。余階升師之任粵東，久無信至肅齋，今科亦未北上。梅花骨格同心少謂梅樹君徐楊梅兩夫子，肯許鯫生去問津。

聯床風雨夜鐙紅，竹弟謂筠莊梅兄意氣同。酒膽敢拼三斗量，詩腸曾敵萬夫雄。科名自古皆關命，書法于今總不工。學臨漢碑，苦不是字。磨墨數升舒尺幅，老梅亂寫萬千叢近復學畫梅。

送客扁舟泛五湖，空庭月白一身孤。連番快睹新文陣，累日争邀舊酒徒。絶少閑情歌子夜，素喜觀劇，兼習南北詞曲。自壬辰後，絶迹歌場矣。驟驚噩夢到姑蘇。時聞外祖母卒于姑蘇官署。蓼莪既廢何堪讀，悵觸當年陟屺圖。

秋聲吹到莽天涯，鏡裏頭顱鬢欲華。愁對癡兒頻問字，夢尋嬌女倩簪花。嶔崎詩思清于水，骯髒人情薄似紗。好待揚槌争樹幟，錦標擁起赤城霞。

送芝仙之秦中

秋色來海上，一鶚乘風搏。回首謝凡鳥，飛入青雲端。托足貴得地，何愁形影單。徐君名家子，秀骨殊珊珊。束髮事翰墨，奇字窮雕鑽。萬卷填心胸，下筆推波瀾。千軍詩横掃，名震風騷壇。初戰耻鍛羽，再戰高揭竿。佳文誦萬口，美譽延千官。折節獨愛我，意氣同金蘭。百杯訂知己，酒腸海樣寬。萬首許同調，字字珍琅玕。我縣孺子榻，夜雨談更闌。君解相如渴，肴覈傾杯盤。秋風鳴得意，接踵騰雲翰。孰知丁厄運，亦復同刳肝。我抱終天恨，君失慈母歡。蓼莪不忍讀，血淚潮痕乾。我方累妻孥，君又驅飢寒。陸機曾入洛，風急雪漫漫。黄河流萬里，落日悲風酸。張翰又歸吴，霜葉楓林丹。姑蘇不可住，苦雨飄江干。郭隗復入燕，臺鑄黄金完。京華不易居，俗塵污儒冠。南海羅夫子，當世荆州韓。寄書遠招致，肯垂青眼看。賈生初入秦，華嶽騁奇觀。量才憑玉尺，彈雀無金丸。關中多豪士，母使沈淵磻。持身須自愛，努力勤加餐。缺月澹無色，落葉隨征鞍。厭聽懊儂曲，休歌行路難。此日一樽酒，明日黄花殘。知己去天涯，青琴不復彈。鬱鬱久居此，渾如蛇蛟蟠。木凋巢雀警，珠亡池魚殫。中夜不能寐，慷慨獨長嘆。何時奮翼去，雲路任盤桓。善哉隨園叟，一語信不刊。天下奇男兒，宜早游長安。

畫梅一幀贈芝仙繫之以詩

旁人笑我太塗鴉，耐得冰霜是此花。折取一枝當楊柳，好隨詞客到天涯。

贈楊莖生上舍禮政

南雁忽飛去，西風生暮寒。海門望明月，之子正凭欄。傲骨病逾瘦，歸心秋更難。酒人遇詞客，有淚莫輕彈。丰采玉峨峨，神仙到大羅。情隨秋葉減，愁此亂雲多。客久黄金盡，功深鐵研磨。雙槐舊庭院，轉盼緑交柯。

菊屏

芙蓉城闕蕊珠宫，可有仙人在此中。秋菊千叢開爛漫，畫屏六曲幻玲瓏。冷香馥郁宜篩月，傲骨崚嶒不隔風。詩句十聯何處寫，硬黄飛白奪天工。

松窗藤枕竹方床，更有屏風壓衆芳。秋在眼前仍顧影，人從背後竊聽香。飛來粉蝶疑張幄，賺得游蜂又過墻。此下醉眠宜隱士，夢魂界斷白雲鄉。

隴上作

雙丸去如駛，彈指今三年。雙親不能見，音容隔重泉。昨夜夢府君，訓勖子孫賢。驚覺兩相失，涕泗空漣漣。十月十三日，服闋心愴然。長卿皆長吉，同拜墓門煙。凍雀噪不已，敗葉飛翩翩。寸草戀斜日，隨風吹紙錢。再拜跪復起，欲語呼号天。府君愛兒篤，如何長棄捐。地下見我母，别緒悲綿綿。我祖及我伯，相見裳同褰。此情兒不知，魂夢通幽玄。近日兒輩狀，欲訴言難宣。授讀又兩載，空被浮名纏。經荒未曾讀，荆棘生研田。黄金苦難鑄，滄海愁難填。嗷嗷十餘口，同居五六椽。蕭然徒四壁，舊物留青氈。阿榮能學語，登與成隨肩。一子兼兩孫，未見心旌縣。阿妹年十二，雲髻垂鬖鬖。阿科年九齡，識字已數千。阿格與阿五，孽病醫難痊。一人殤痘疹，一人傷虚孱。伶仃兩弱鬼，埋首誰爲憐。至今想追隨，膝下衣争牽。嶽嶽二叔父，患疾皆危顛。癘疫一再作，喜遇仙方傳。疾風吹烈火，茅屋焚如煎。大母向空禱，撲滅炎威燀。驚悸一晝夜，如燭風中旋。幸服金丹藥，能令遐齡延。即此兩載中，家事几變遷。樓樓敬相告，如聽啼哀鵑。緇塵污素衣，青鐙照蒲編。漢兵争拔幟，祖生先著鞭。兒輩名不就，府君難安眠。隴上枯草榮，隴頭缺月圓。春風馬蹄疾，待表瀧岡阡。

短鬢

短鬢不堪搔，殘年心更勞。功名抛筆研，骨肉重錢刀。鐙火照孤枕，霜華黯敝袍。願乘舟一葉，痛哭讀離騷。

柬桂舫

隱侯文史擅蕭梁，咫尺雲泥去故鄉。懊惱長安舊詞客，道旁看殺紫薇郎。

柬褒石

敲門聲剥啄，獨有孝先來。凍雪墮無迹，寒梅勒未開。釀成愛奇癖，生就作詩才。牢落登樓後，長歌賦七哀。骨鑄鐵錚錚，逢人説禰衡。琴元待知己，書豈誤儒生。拄腹成詩害，攻心仗墨兵。唾壺敲不碎，空灑淚縱横。破屋透酸風，鐙寒焰不紅。談兵嗤馬謖，問字服揚雄。塵世一枰奕，人情三斗葱。昂藏腰下劍，何日倚崆峒。大蘇耽翰墨謂心巢，小宋愛吟謳。白發雙親健，青氈几世留。慚余增馬齒，愧爾許龍頭。三載論交澹，羞言第一流。

贈樊鶴州茂才景皋

南陽有玉樹，枝葉臨風香。皎皎如明月，并照雙鴛鴦。樊侯産沽水，閥閲夸金張。祖德不勝述，鯉訓勤趨蹌。垂髫弄柔翰，一目千縹緗。麻沙辨金釜，奇字探凡將。青眼逢伯樂，文戰馳膠庠。司户策太工，懊惱槐花黄。靈夔一足刖，鶩鴞隨風颺。揶揄來弱鬼，燐火銷冰霜。因緣結吟骨，才魄招沅湘。旗鼓門三軍，力敵詩中王。初學李長吉，歐血奚奴囊。又學李義山，獺祭陳鱐鱨。千金信可諾，八斗才難量。延納到紅友，不分青蓮狂。如掣三尺劍，出匣騰光芒。如駕千里駒，脱絆争超驤。賤子鈍且拙，寓目經書忘。學詩不成癖，字字搜枯腸。長城多壁壘，力怯偏師當。二十歌泮水，廿七賦靈光。骯髒長安道，馬足春風忙。搔首無所問，一一由穹蒼。墮世三十年，世態羞炎凉。編詩五百首，詩債何時償。攢眉懶入社，喜逐游俠場。君家群昆季，艷説白眉良。亭亭立如鶴，顧影頎而長。璧人衛叔寶，美女張子房。一見意傾倒，再見神飛揚。我自覺形穢，珠玉况在旁。殘年增馬齒，愧我十年强。交情契金石，俠骨中心藏。寄語衆凡鳥，啁嘲空成行。仰天齊注目，獨鶴高飛翔。

海門曲

紫雲千丈衝波起，乖龍怒嚇瘦蛟死。駭浪摇溶奔海門，轟雷挾日聲魂魂。蜃樓硉兀疾風埽，蠹殘桃實扶桑槁。黄銅磨盪千萬春，艅艎捲入瑶華島。怪石鞭碎血倒流，河伯衰耗神王愁。鮫人大笑珠已盡，夜光亂閃燒星球。

棄婦行

睢鳩妒死鶬鶊哭，元飈陡斬連理木。情絲萬縷吹不散，綰地纏天悲蹙蹙。無夫之婦守空房，有夫之婦走他鄉。低頭掩面别兒去，兩兒涕泗霑衣裳。顔色憔悴心難改，亂驅精衛填愁海。餓骨能直几黄金，陽春竟有銅山買。夢魂繞屋青鐙孤，餅師恩絶情不殊。枕衾齷齪小兒叫，腸斷墻東宋大夫。

感懷用袖石韻

孫陽未過馬群空，渴驥誰憐汗血紅。交鑄黃金寧貴濫，策逢青眼不宜工。家風争據三分鼎，市價偏欺五尺童。封到爛羊如狗賤，雪窗伎倆尚雕蟲。

送賀星槎入都

驅馬匆匆去，風尖凛不勝。輪銷三寸鐵，河碾一條冰。愛客惟彭澤，憐才有杜陵。瑯嬛如可到，莫負照藜鐙。

王曉林以愛客聞良朋萃止室兩椽挑鐙夜話余亦厠其中同契者得十八人各繫六言短章以識勿諼

結交歌少年行，酣飲酤女兒酒。鄭虔吝惜黃金，領略此中樂否。任飲薌

管城有食肉相，福時無譽兒癖。觥觥説史譚經，名士何多于卿。解問泉

牢騷非關楚些，感慨不繫吴鈎。坐上太真失色，羞作當時二流。王介眉

入座無輕訬客，應門有寧馨兒。俠骨錚錚似鐵，逢人艷説項斯。王曉林

焦遂雄辯高譚，荀顗洽聞博古。隨風咳唾成珠，驅使黃金如土。王菊農

江淹夢五色筆，阮瞻號三語椽。拔幟獨領一事，伫看騷壇鏖戰。姚菊坪

淳于一石亦醉，鐘繇八分不書。堪號酒仙草聖，文人習氣全除。解秋皋

難兄同入黌序，難弟同聽鹿鳴。偏與王家交厚，亭亭玉樹雙清。王振青

冰壺三世頭銜，金榜十年心血。毫端放萬丈光，那許傖父饒舌。姚玉農

落魄似蘇季子，豪放如劉伯倫。閲盡熱腸冷眼，笑他官鬼錢神。徐浣雲

隱侯擅吟詩癖，晋公曰讀書種。胸中五岳平填，口裏九河亂湧。沈述之

摩詰詩中有畫，輞川畫中有詩。天壤復有王郎，能以書法補之。王雪蕉

賦性得桂薑味，爲我廢蓼莪篇。三軍旗鼓争門，一時丁陸同傳。家葵生

季鷹動秋風興，茂先擅博物名。食盡蟛蜞萬箇，文場詞壘横行。張鶴卿

白眉誇馬季長，青眼遇杜子美。京華酒價增高，馳逐名場傀儡。賀星槎

煌煌華胄才多，默默吉人詞寡。不著文字之中，獨得風流大雅。查挹泉

小蘇酷似大蘇，大宋何如小宋。顧影翩翩自憐，懊惱文章有用。解又銘

懷素種蕉學書，泉明脱巾漉酒。十九人中少年，不愧雁行十九。家竹生

梅花

空山滿地起樓臺，玉帝殷勤爲我栽。乍有香時風引去，絶無人處鶴飛來。粗枝常挂千年雪，老幹猶存上古苔。賞到此花歎觀止，群芳雖艷不須開。

何必千枝更萬枝，園林半樹影離奇。愁深此處宜酣酒，春老今年合詠詩。數點寒生將盡夜，几人看到不開時。天涯緑葉濃陰滿，欲折名花持贈誰。

此生修得即神仙，獨與林家有夙緣。每到黄昏如對月，不逢青眼盡成煙。最宜雪裏兼風裏，酷愛山邊况水邊。擬向羅浮尋好夢，何人此下正高眠。

落落芳蹤早閉門，斷橋破屋自成村。迷離不辨香侵骨，黯澹猶嫌玉有痕。獨立深宵時顧影，忽聞短笛易銷魂。春光漏泄誰先覺，紙帳佳人被已温。

絶世丰姿淺澹妝，一生羞殺牡丹王。驟寒天氣纔微雪，近水人家又夕陽。有月何如無月白，出山不及在山香。廣平別具和羹手，賦罷誰憐鐵石腸。

瑠璃作帳玉成圍，霜後清臞雪後肥。月上高枝獨含笑，風來半樹欲争飛。美人臨水如窺鏡，名士薰香不染衣。莫畫横斜千萬朵，恐防老鶴夜深歸。

瘦骨珊珊迥出群，光明世界路難分。月來谷口都成水，雪花枝頭欲墮雲。尋到夢中還是我，交從林下莫如君。何郎別後神傷否，東閣于今久不聞。

獨卧荒山三十秋，凍雲壓屋小于舟。偶經雨露仍紅粉，耐得冰霜易白頭。眼底茫茫迷去路，空中靄靄失高樓。此身位置原無價，寄語朱門莫浪求。

贈高寄泉旋里

北風捲地天凝霜，晨星歷歷寒無光。驪歌嗚咽不成調，殘年送客登河梁。行人驅馬過橋去，堅冰十丈森如墻。携手相送無熱客，渤海奇士非尋常。束髮弄筆揺五嶽，九千文字羅胸藏。泉州寄居遭排擊，枳棘不肯棲鸞皇。童子軍中快拔幟，文場鏖戰旋騰驤。徐孺早下陳蕃榻，盛名沽水流湯湯。皋比坐擁十餘載，瑯環借讀珍縑緗。駢儷目眯錦五色，去其糟粕留汗漿。淮雨別風辨疑似，浸淫六籍鳴笙簧。髫齡既入崔儦室，弱冠復設彭宣堂。便便腹皮日以大，學高傖父難窺量。更結因緣到香火，欲祈好夢炊黄粱。高足弟子來瘦鶴，南豐一瓣焚心香。獨與邊韶交最篤，愛其神駿年俱忘。青睞復遇楊凝式，絳帳肯邀馬季長。愛我七字新樂府，謬許皮陸兼張王。憶昔相逢把君臂，長安酒市飛壺觴。漸離擊築歌感慨，懊儂一曲聲悲凉。此情此景已陳迹，秋蛩彈指鳴春鶬。東風得意飄杏雨，馬蹄又促詩人裝。九轉丹成參妙果，仙厨未許凡庸嘗。珥筆彤廷邁班馬，詞臣著作羞鋪張。或者玉署不相容，郎官上應星角亢。六曹亦可暫棲足，十年不調卑馮唐。不然冬烘仍毷氉，選材拔出俗人行。或膺邑令宰百里，循良豫傳今龔黄。或官廣文兼三絶，詩歌書畫傳遐方。此皆不許人測度，冥漠位置由蒼蒼。書生伎倆各有用，紛紛傀儡群登場。憐君少孤無所怙，魏舒宅相人占祥。賤子與君將毋同，九齡失恃心傍徨。無忌安能似其舅，力弱難挽千鈞强。蓼莪永廢不忍讀，欲陟屺岵何所望。羡君畫荻賴母教，含飴白髪年無疆。遥想倚閭望子情，眼看落日沈蒼茫。久客津沽知别苦，何如匹馬還家鄉。斑衣戲學老萊舞，關情夢寐酸肝腸。君去輒作十日惡，君來横埽千夫狂。春光轉盼蘇野草，青青萬樓回堤楊。旗亭畫壁詩絶調，酒酣擲地金鏗鏘。達夫既死今復作，拍肩呼我劉文房。不朽事業關天命，姓名泰華千秋揚。

柬繆星潭同年鈐

熙伯情傷薤露歌，美人何處吊湘娥。癡心欲問金錢卜，敲斷珊瑚第几柯。

答褒石元韻

簡傲君容我，襟懷海樣深。風饕宜舞劍，月墮罷彈琴。詩草撑仙骨，梅花證佛心。子昂同範蠡，一一鑄黄金。醉極不知醉，愁深翻諱愁。錢神窮莫禱，藥聖病難求。黠鼠嚙殘蠟，飢鴉啼破樓。羊曇真潦倒，跂足望西州。妻孥飢不死，壞木苦支持。故紙鑽難出，名場到始知。雀臺鎸漢瓦，鴛錦繡袁絲。欲把蛾眉畫，纖纖耻入時。敗壁飄殘雪，晶熒對一鐙。澹交濃似酒，熱客冷于冰。高鳥思先舉，長風願早乘。腹枵禁不得，大口咯紅綾。

戲咏門神

鄂公英武邁黥彭，叔寶雄姿玉樣清。身後誣成千古恨，眼前看透萬家情。少文難入高人座，不戰徒膺上將名。更有一般趨勢輩，官銜争繪六公卿。

不信神仙勢利交，新年都把舊人拋。守門誰識題文字，媚竈專能攫酒肴。蹲踞愁聞獅子吼，顳頊羞惹燕兒嘲。築成避債臺何處，一任催租客亂敲。

將軍橫槊復揮矛，懷刺相逢莫暗投。賴爾衣冠能托足，寄人檐宇敢昂頭。瓣香供到監門尉，妙果修成户牖侯。如過翟公舊庭院，雀羅張滿有誰收。

當年鬱壘共神荼，化作迎門二武夫。攘寇血噴刀劍利，譚兵風刷鬢毛粗。掃除魑魅真奇鬼，媒蘗英雄是豎儒。一樣泥金春帖子，墨痕曾伴舊桃符。

梅莊詩鈔卷四 乙未丙申

嗜痂集上

讀兩當軒詩追吊黃仲則先生乙未

峨峨五嶽莽塡胸，麟在荒郊鶴唳空。太白忽生千載後，涪翁又到一家中。酒酣燕市悲殘骨，馬踏秦關泣落紅。如此仙才竟夭折，敢携奇句問蒼穹。

獨上青蓮舊酒樓，少年傾倒衆諸侯。詩人衹合飢寒死，詞客空懷畎畝憂。身後萬金需俠士，生前几日住常州。吟成一字千行淚，灑向江湖不忍流。

早春感懷

春色滿天地，英雄出草萊。長空飛鳥盡，落日遠人來。拄腹詩千首，撐腸酒百杯。嶔奇多少客，都賺到金臺。

讀袖石詩

夜讀袖石詩，細字如蠶眠。一讀一擊節，金石聲淵淵。奇語雜仙鬼，浩氣兼幽燕。天地存私心，獨與筆如椽。當世多腐儒，皓首逃詩禪。視之疾如讎，叩之心茫然。亦有傖父輩，井底蛙爭喧。不見大官厨，枵腹空垂涎。風雅久不作，塵窟才無權。騷壇大將旗，舍子誰能搴。

我愛袖石詩，兼效袖石體。廿載弄不律，嗜痂情磨已。豈無麟角心，頹風挽正始。所患筆力弱，操觚每率爾。盥手讀君詩，如浣斑蟎髓。焚香讀君詩，如煊涬泥紙。癸甲兩年間，歐血搜囊底。三百十一篇，數若毛詩紀。驥尾附駑駘卷中附長卿和詩四章，笙詩差可擬。拜石復拜石，華嶽歎觀止。

柬袖石兼懷馬鶴船壽齡

心服惟邊讓，神交有馬周。才奇天亦妒，筆橫鬼應愁。塵世高飛鶴，功名不繫舟。長安春似海，洗眼待同游。

春日書懷

春在梅花第几枝，東風吹到艷陽時。嚴冰十丈隨波盡，旭日三竿出海遲。鬢髮蕭騷愁裏覺，頭顱顑頷鏡中知。何當痛飲屠蘇酒，醉把鉛刀斬亂絲。

少年客氣黯然銷，白屋青鐙伴寂寥。前路茫茫昏似漆，舊愁衮衮亂如潮。泥沙過眼憑詩洗，壘塊填胸仗酒澆。竿木逢場萬人海，好排弓矢射金雕。

婦病

婦病成消渴，寒宵思飲冰。殘罏煨冷藥，愁帳閃昏鐙。嗥囈音難辨，呻吟力不勝。小兒尷尬甚，啼到早陽升。

内子飲杜君藥驟愈詩以志喜

全仗刀圭力，沈疴一旦蘇。無緣逃苦海，有淚灑窮途。因果參詩卷，生涯問藥鑪。羞言兒女態，鄭重影相扶。

聽雨

東風吹不起，小雨灑空庭。春自天邊泄，人從枕上聽。壞雲埋徑黑，濕氣逼鐙青。誰唱淋鈴曲，深宵夢未醒。

枕上口占

雨濕檄聲死，模糊聽不真。荒鷄鳴似鬼，窮鼠躍如人。夢裏吟成癖，愁中老此身。所懷多忐忑，徹夜轉風輪。

出門吟

雨亦悲離別，欲留行人住。射壁摇昏鐙，亂夢墮何處。淋泠復淋泠，如對詩人訴。斷續不忍聽，晨鷄啼遠曙。忙束征夫裝，欲去屢回顧。病妻弱不支，刀尺何人助。癡兒懶攻書，廢學恐有誤。誰憐范冉貧，黄金那可鑄。煢煢無所依，哀哀向天謼。三載守蓬廬，未踏長安路。今日始登車，耻學邯鄲步。曉風吹大河，暹陽動高樹。怪鳥四五聲，似勸公無渡。快著祖生鞭，争獻相如賦。僕僕逐黄塵，前途日已暮。

安平道中

急雪銷無迹，春光冷暮秋。風高沙横捲，河漲水争流。野樹亂于髮，荒墩圓似疣。殘宵月初墮，鬼火上更樓。

古薊門行

薊門壞樹中心空，斑斕血迹留深紅。沙埠對峙高矗矗，鴟鴞格磔號悲風。行人到此愁下馬，荒城頹廢埋殘瓦。骷髏朽蠹苔花皴，窮途淚墮空盈把。昔時蕭后號感天，曾於此處焚狼煙。雄兵十萬陷白刃，至今冤魄沈幽泉。夜昏奇鬼作人語，揶揄惡狀驚行旅。生前同攫訣墓金，餓魂尚解婆娑舞。紛紛燐火散如星，陰芒亂鬥宵光青。暾日一出影不見，惟聞戰血鏖風腥。古墳纍纍無人掃，刖足翁仲卧衰草。牧童拾得碎城甎，獨立斜陽拋去鳥。

寓中雜詩

擬學參禪伏毒龍，晝長偏覺樹陰濃。榆錢滿地無人拾，野鸛一聲僧打鐘。

緇塵拂拂颺金臺，問訊何人解愛才。冷澹梅花知己少，敲門獨有鶴飛來謂馬鶴船。

窗篩破月樹參横，亂夢惺松到五更。枕畔有詩吟不得，最銷魂是曉鐘聲。

大沈詞華小沈書謂桂舫、葵軒昆仲，一般傾倒馬相如。酒酣耳熱悲含淚，抵得窮愁萬斛珠。

接家書知筠莊弟長吉縣試冠軍喜得二律

忽得子由信，離奇字數行。驟逢青眼顧，頗羨白眉良。骨挾嵚崎氣，聲馳翰墨場。酒酣呼李賀，不數姓名香。

竟拔軍中幟，群推第一人。無錢經萬選，有淚慰雙親。闔邑休相妒，全家莫厭貧。文壇鏖戰後，珍重苦吟身。

送袖石歸任邱

登高望滄海，壺嶠巍峨峨。上有珊瑚樹，丹碧交枝柯。就中第三株，丰采尤婆娑。遥遥漢司馬，苗裔英才多。頭角嶄然露，齠齔工吟哦。趨庭來沽上，愛我文不頗。結納以詩句，努力争琢磨。七言繼蘇李，五字嗤陰何。君詩如長江，我欲揚其波。君詩如奇峰，我愧升其阿。相交四五載，風雪猶經過。羞爲噲等伍，不顧庸流訶。肝膽鑄金石，投契非婞婗。奈何舍我去，遽唱驪駒歌。易水夏生寒，長揖别荆柯。

堂上有雙親，白髮甘苜蓿。解組賦歸與，空船聚骨肉。元方工書法，筆埽千毫秃。無忌酷似舅，阿買頗類叔。佳兒雛鳳聲，良妻連理木。定有前生緣，消受人間福。賤子初識君，相見自縮恧。蕭齋椽打頭，琳瑯書滿屋。入座生春風，雜花馨馥馥。奇文供我賞，異書借我讀。挑鐙静夜譚，月影簾紋蹙。欲别那忍别，潸潸淚盈掬。古壁閣莓苔，離亭飛蝙蝠。詰朝挂帆去。休作窮途哭。

曙色動遲陽，曉風吹楊柳。此景難爲别，言念詩人否。離家十餘年，住我津門久。君今歸故鄉，反似牛馬走。圓荒松菊存，佳氣滿户牖。埽徑來故人，里黨邀杯酒。虞邱多望族，首屈孝先後。腹笥詩便便，醞釀無不有。君去騷壇隤，錦囊血空歐。欲參玉洞書，疑義無人剖。誤讀金釜字，錯謬無人糾。高寄泉楊蓮卿潘彤侯馬鶴船間，舍子誰與友。摻袪留不住，臨風獨搔首。送君立蒼茫，思君腸回九。三叠當陽關，長卿再拜手。

小梅師賜題拙集依韻奉和

香到梅花得賞音，愛才情比受恩深。草元亭上搜奇字，竟許侯芭抱膝吟。
天涯誰識不羈才，新詠無端到玉臺。老鳳一聲山月墮，桐花滿地洒人來。

秋夜感懷

滿目悲秋色，瓜廬寄此身。焚香非佞佛，對月易傷神。縮地尋良友，呼天哭老親。自知無媚骨，甘守范丹貧。

幸有天憐我，礛礑日夜磨。酒懷因病減，詩思入秋多。苦海填書癖，愁城錮睡魔。牛衣休灑淚，未必老巖阿。

史記爲狐鼠所壞詩以吊之

馬遷遭腐刑，發憤成史記。上下三千年，五十二萬字。簡策缺十篇，少孫補其意。後有小司馬，索隱及巢燧。裴駰撰集解，徐廣作書義。臣瓚如淳輩，訓詁分同異。良史首龍門，紀傳多創例。游俠進奸雄，貨殖崇勢利。蠶室秉筆時，咸寓窮愁志。堪笑班孟堅，剽竊無慚愧。當世誦其文，難免良朋累。後世藏其書，翻來造物忌。或罹水火殃，或被蟲魚噬。何以冥眇中，大用忽擯棄。余家來海上，代有詩書嗜。篔錦大蕫芽，不乏便便笥。舊藏十七史，愛惜殊珍閟。板鐫汲古閣，字字球琳萃。常山相國家書爲真定梁氏故物，什襲已數世。輾轉到蓬廬，拜謝等天賜。充棟數千卷，滿紙珠光膩。浩瀚讀難盡，縱觀壯奇思。陰雨搜紅蟫，炎夏勤曝曬。不料文字厄，咄咄稱怪事。狐鼠餓不死，昏夜跳魑魅。狼藉嚙將殘，污穢雜溷厠。長恩守不住，釀成筆墨祟。有如正直氣，不敵奸邪熾。又如老成人，無端遭刖劓。脉望艴然怒，論説等游戲。始皇喜坑儒秦始皇本紀及高祖功臣侯年表兩卷齕齮尤甚，報復到名位。沛王罵功狗，葅醢及苗裔。古人意難測，令我心惴惴。責我不能讀，困境乏靈慧。嗤我不能鬻，措大拋窮淚。叔世賢不容，競以妖爲瑞。大聲呼子長，斯文真埽地。

得袖石書却寄

閉門懷舊雨，曠隔几由旬。咄咄奇男子，哀哀古鮮民。所遭同一哭，何處寄斯身。縱有書千卷，無方可療貧。

莫灑西河淚時袖石喪子，辛酸益母愁。紅鐙讎緑字，白屋擁緇裘。投筆興長嘆，驅車擬壯游。有人滄海上，埽徑待羊求。

酣豢奇窮味，殘年咀嚼深。鑿山埋餓骨，鑄劍殺愁心。名姓甘淪落，文章耻浸淫。破琴彈不得，天地几知音。

飛來一百字書中附念奴嬌一闋，一字一纏綿。境苦非關命，情真合有緣。錢神禳作祟，詩鬼鍊成僊。駔儈休生妒，人專始可傳。

送桂舫舍人之沂州

纏天絳雪摇濛濛，斗杓北指行人東。情絲萬丈綰不住，馬蹄碾鐵號酸風。沈郎腰亞邊韶大，賦擬班揚文崔蔡。騷腸俠骨莽填胸，廿年交契鍼投芥。五陵春色流丹霞，拍肩醉折櫻桃花。紫凰飛去青鴛哭，羈魂骯髒東陽家。銀床三載羅幃冷，殘月無情照孤影。觥觥侍御縶紅絲，織女黄姑争引領。盈盈沂水春風香，裙裾綷縩鳴環璫。帝遣雕龍賀瑶島，雙成瑟問飛瓊簧。篆鴨温麐薰雀腦，瓷餅艷吐宜男草。鳳閣移來校字鐙，照填一曲人間好。

送張節菴下第之杭州

鎩羽聲聲叫鷓鴣，季鷹落拓始歸吴。坐無梁甫吟難續舊館于星子先生寓，路有袁絲興不孤與錢塘袁君同行。十月星霜鞍馬健，大江風雪浪花粗。情深沽上休回首，我已埋名混釣屠。

蘇堤楊柳六橋煙，一别西湖已七年。夢裏高堂添白髮，客中長物剩青氈。科名毷氉劉蕡策，壯志銷磨祖逖鞭。京兆畫眉宜早學，東風吹綻并頭蓮約于明春北上就婚。

節菴既去愴然有作

憔悴江南客，秋增庾信哀。馬蹄隨月去，鴉背帶霜來。荒草燒仍長，殘花落不開。他鄉莫回首，駿骨賣燕臺。

津門懷古丙申

紅霞一片海潮生，野樹籠煙雨乍晴。欲問漂榆舊時路，亂鴉争噪角飛城。

豆子䴚邊地不毛，海雲湧水去滔滔。野人穿井深千尺，掘得隋時破鐵刀。

子牙河畔櫓聲哀，千古漁翁剩釣臺。一棹扁舟三十里，蓬蒿夾岸野花開。

帽影鞭絲不暫停，曉風殘月短長亭。行人下馬攀條去，飛絮粘天楊柳青。

離離芳草富家村，董永流風今尚存。沽水無聲春浪暖，菜花滿地上河豚。

兩岸樓臺似畫圖，酒旗風裏叫提壺。蜻蜓亂颭三義水，一片蛙聲小直沽。

黑堡城南古戰場，腥風吹墮月昏黄。髑髏帶血無人掩，燐火成團出短墻。

海灘鹹水緑皴波，故道誰知泒九河。捕蟹撈鰕忙不了，祇今誰唱飯牛歌。

途中寒食

咫尺青雲路，功名唾手難。東風吹馬首，柳色滿長安。寺古墻傾佛，墳荒土嚙棺。紙錢飛不起，鬼食定愁寒。何必無家别，征人始斷腸。樹多風力勁，河近水聲長。塞草粘天緑，邊沙捲地黄。京華居最好，休説早還鄉。

送王成言之滇南

欲展鵬程志，飄然賦遠游。此行同泛宅，有客莫登樓。弟妹迎雲棧，妻孥載月舟。故人拼一醉，檢點鷫鸘裘。鑄就神仙骨，珊珊信可人。十年真好客，萬里更尋親。宦海官聲富，滇池柳色匀。行程須努力，囊稿莫辭貧。

哭繆星潭同年

一聲鵬鳥破空來，啼血刳心最可哀。天上罡風摧玉樹，人間舊雨黯金臺。愁魔有命休祈福，病竪無端解愛才。腸斷朱顔蕉萃盡，夫容江畔爲誰開。

束髮騷壇已冠軍，郡試曾列第一，年甫十六。翩翩丰度自超群。江郎筆彩非關夢，荀令衣香不待熏。同榜詩人惟愛我，異鄉書記正需君。然藜天祿終無分，地下先修及第文。

詠絮才華信有無謝夫人歸寧未反，玉顏三載傍蕪湖。家貧身爲功名死，情重人爭姓字呼。千首詞哀心血耗，雙親夢梗淚痕枯。春風慘澹長安月，痛殺高陽舊酒徒。謂葉伯華、周艾衫兩太史。

北邙山下葬詩魂，白骨埋香玉不溫。薑桂性成參妙果，芝蘭心苦護靈根。科場沒世緣難了，才鬼同聲淚暗吞。好爇旃檀携麥飯，青燐隊裏吊王孫。

宿安平

迢遞長安道，驚沙没馬蹄。風聲藏古木，河勢抱長堤。培塿高于屋，帆檣密以籬。吟魂棲不穩，愁聽五更鷄。

渡河

懊惱東風鬢欲皤，升天片片怪雲多。柳灘蕎麥初經雨，布穀聲中喚渡河。

哭張節菴茂才鉞

越江嗚咽吞湖黑，愁雲黯黮星無色。羈魂一樓向北飛，蒼天不語情難測。張生文采殊翩翩，臨風玉樹人爭憐。海上青琴許同調，知音一去成哀弦。空衙蕭瑟紅搖燭，飢鴞生啄連理木。跋浪排山宇宙昏，魍魎嬉笑蛟龍哭。酸風苦雨悲若赦，紙錢百萬空中燒。豐碑應泐張童子，幽壙堪依左伯桃。燐火如星逐冤魄，淚眼仰天看太白。玉樓咫尺近元虛，從今休上劉蕡策。美人悵望隔天涯，六郎枯萎紅蓮花。劫灰甘作巫咸死，醉卧嶢峰擁絳霞。癡情願化雍渠鳥，高飛同瘞蓬萊島。髑髏碧血艷生香，返魂誰種紅心草。啾啾鬼唱鮑家墳，孽緣噩夢攢乖氛。相如不解談因果，欲問成都賣卜人。

送樹君師之大名

大雅今復作，高誼凌軒空。吹噓到枯骨，補鏬天無功。觥觥宛陵冑，筆掃千夫雄。詩以寫性情，羞言窮乃工。九河日趨下，誰解挽頹風。元音追正始，律呂調黃鐘。大聲發水上，凡響皆瘖聾。百尺竹間樓，珠玉森羅胸。皓首弄不律，鉛槧經春冬。梅花起詩社，壇坫群推崇。贈答學公幹，詠史擬太衝。豈無下里音，汪度咸包容。鯫生嗜吟嘯，獺祭蚩雕蟲。初登彭宣堂，陋器勤磨礱。復入崔儦室，閫奥堪追蹤。長城亘萬里，奚慮偏師攻。褊心寡所服，獨奉曾南豐。魏郡古太守，高曠今陶公。英風振昭代，抗志詩書叢。日當代詩人，無過宣城翁。一紙來沽水，致聘同旌弓。三輔多畸士，詩學超儒宗。所患捃摭少，澗底盤虬松。搜詩如搜才，巖谷窮華嵩。選詩如選兵，百鍊精隆衝。幽并豪俠兒，越石人中龍。燕趙慷慨士，慶卿殊難逢。上下二百禩，并入選樓中。渤海高達夫，妙筆攄長虹。手輯萬餘首，素志將毋同。吾師投袂起，此役休辭慵。多收十斛麥，寧食三斗葱。驅車策駑馬，六月暹陽紅。炎風吹短草，壞雲攢奇峰。望望古沙麓，詩思隨飢鴻。回首眄滄海，天半朱霞烘。

莊光私印歌爲高寄泉作

男兒生不能佩印相六國，胡爲埋首耽翰墨。又不能竊印奪三軍，胡爲瞠目窮邱墳。佩印竊印俱堪鄙，高君得印沾沾喜。妙手寫生繪作圖，莊光名氏精鐫摹。避明帝諱易嚴姓，差類席籍與賀慶。成都高隱號君平君平名遵，先生亦名遵，疑後改名光，先生變姓兼逃名。助安青翟非同族，子孟霍光子夏孔光佳名辱。逸民豈藉私印傳，物以人重二千年。銅質瓦鈕形模古，篆文繡澀嗤綬組。靈殳赤伏隨煙銷，黃金官印拉雜燒。剩有衛青同李廣，先生故物真無兩。當年口授君房書，押尾倒印呼狂奴。或者投札吴門卒，丹砂印字光咄咄。晁克一顏叔夏姜夔趙孟頫譜不存，此印後出琳瑯尊。諫議大夫不屑就，王良印鑄沛郡守。朝耕富春山，暮釣嚴陵灘。客星光怪犯帝座，故人夜共文叔卧。殿中司馬關内侯，對此減色空含羞。祠堂頹，桐江冷，四家子姓漁樵等。七里灘邊留釣臺，畫眉聲裏先生來。吁嗟乎，漢代古印殊難得，得印儼立先生側，不遇高君誰物色？

秋暮入都臨發寫懷示筠莊

風吹餓骨不勝寒，王粲依人始跨鞍。韋佩怒從愁裏折，蒯緱怕向客中彈。心灰厭説分金易，齒冷休歌行路難。古道垂楊應笑我，一年三度入長安。

隃糜不律老雕蟲，憎命文章况未工。窺鏡乍驚潘鬢改，閉門誰信阮囊空。綈袍黯澹憐張禄，絳帳凋零泣馬融。人海茫茫竿木戲，摩挲頭頸問蒼穹。

白眉丰采自嶔奇，棣萼生香笑豆萁。詞壘兑誇千里馬，文壇同作五經師。聯床風雨鐙前話，春草池塘夢裏詩。子弟成行皆待教，清門全賴汝撑持。

漫道相如愛遠游，飢驅衹爲斗升謀。應劉才調空垂涕，温李風懷易感秋。絲竹中年悲楚些，功名何日佩吴鈎。岑牟單絞誰能識，刺滅狂奴肯浪投。

湖渠

策馬湖渠路，寒沙水不深。橋危疑虎卧，濤急學龍吟。白日歸荒墓，青山出密林。豐碑多没字，費我屢搜尋。

讀黄石齋先生集

閩南蔚崧嶽，誕降真鐵漢。束髮負異質，經史窮淹貫。占星喜推測，談兵妙籌筭。奇語出空山，狂歌鄙絳灌。中年入理窟，朱陸釋冰炭。壇坫張海濱，都講忽成萬。報國劾貂璫，原情救鄭鄤。温周秉國鈞，一似麒麟楦。厦傾獨木支，釜溉勞薪爨。叔季多偉人，先生爲之冠。出處玉五德，文章金百鍊。漳浦流忠魂，浩氣塞天半。

寓齋不寐

欲雨不成雨，秋心一味涼。空階聞落葉，幽室暗鐙光。戀夢衾如鐵，撩人月似霜。殘年誰骨肉，愁作校書郎。

織簾書屋同雲巢舅氏夜話

書屋小于舟，夜氣凉如水。鐙影蹙簾紋，争説徐無鬼。

長安十載居，吴苑三年住。詞氣凛須眉，誰學邯鄲步。

經濟非文章，儒林出循吏。霖雨慰蒼生，不負東山志。

楚寶搜羅盡，燕臺聲價殊。千金揮翰手，洛紙貴三都。

南海波千尺，西風雁一行。琵琶聽不得，老淚落清商。

韋杜家聲富，飛仙落鳳池。不言温室樹，棲穩上林枝。

慷慨魏陽元，潦倒何無忌。故宅傍龍亭，詩人待吐氣。

舊業青氈冷，新愁緑鬢華。韓門高弟子，零落剩劉叉。

斷句

杜宇聲聲勸客歸，空庭敗葉攪天飛。殘年欲射南山虎，笑著征人短後衣。

馬上口號

馬上看山色，重陽客裏過。功名催鬢短，風雨送愁多。亂樹留燕壘，孤帆走潞河。雙身誰共語，伴我有詩魔。

烏夜啼

凉月墮窗鐙欲死，美人夢覺扶衣起。一聲兩聲啼未已，聲聲送入紅閨裏。寄語西風莫倒吹，行人聽此心含悲。

送寄泉之大名

鷄聲腷膊唱驪歌，舊雨飄零一刹那。壯士離家愁緒少，窮冬送客淚痕多。五言樂府金鍼度，廿載名場鐵硯磨。馬上詩人須努力，蕭蕭冰雪莽關河。

梅花開到晚香亭，巨眼能垂阮籍青謂凫薌師。我輩應修循吏傳，天涯誰草太元經。好留鴻爪傳燕趙，休畫蛾眉鬥尹邢。二百年來文字鬼，一時都在暗中聽。

夢袖石

不見邊生久，今宵入夢來。故人千里别，笑口爲君開。紅豆傳三影，金尊訴八哀。閉門多歲月，愧乏著書才。

題芝仙關中負笈集用小梅師題拙集韻

浣花異代有同音，更得秦風醞釀深。棧道連雲三百里，時聞天半鳳鸞吟。負笈情多慰愛才，一時傖父盡輿臺。怪君筆挾崚贈骨，飽看嵩高華嶽來。

再疊前韻柬芝仙

破琴曾許訂知音，山水輸君閲歷深。匣裏劍光終不滅，每逢風雨作龍吟。廉吏兒孫著作才，相期携手上瀛臺。前身同得如椽筆，豈爲模山範水來。

送心巢歸任邱

東漢傳文苑，奇才數二邊。姓名千載共，兄弟一時賢。聞望圭璋重，交情鐵石堅。相如慚賦骨，閣筆上林篇。

汪汪千頃度，曾到水晶宫夏間有覆舟之厄。才大蛟龍忌，愁深鬼蜮攻。紅珊收鐵網，皤腹吸金虹。策馬河干去，休乘破浪風。

生就如椽筆，揮毫鄙墨豬。情耽摩詰畫，神肖率更書。雒紙三都貴，騷腸萬斛儲。久虚天禄閣，正字待君除。

海上聯同調，青琴始一彈。恥隨時態薄，争學古人難。壯志頻看劍，歸心穩跨鞍。卯君相見後，道我問平安。

冬日書懷

冰雪堆中一楚囚，青鐙炯炯射雙眸。年催馬齒增羞澀，名繫牛心苦校讎。秦篆偏旁宗許慎，漢碑結搆勝鍾繇。談經虎觀知何日，且作人間第二流。

抛却林宗墊角巾，埋頭莫現宰宫身。詩人大半歸科第，才子從來耐賤貧。韓愈奇文休送鬼，魯褒妙論枉通神。平生不識金銀氣，恥向銅山問夙因。

茫茫宦海凍生波，鐵甲將軍唤奈何。徼外荒沙埋恨少，天邊明月照愁多。男兒甘作優婆塞，國士羞稱曳落河。屈指几人恩未報，寶刀寒帶血腥磨。

一字珠璣百鍊金，梅花空抱歲寒心。鄒枚詞賦青雲隔，嵇吕交情碧海深。易水難忘漸離筑，高山誰鼓伯牙琴。輓歌人已歸蒿里，腸斷江干淚滿襟。近爲星潭執紼。

高適才華古錦囊寄泉，楊修不分禰衡狂蓮卿。傳家學勵千秋業，濡墨毫生萬丈光。車笠心傾孫北海子甘，雁魚愁絶沈東陽桂舫久無信至。青門俊侶便便腹，每見元方憶季方。心巢、袖石昆仲。

桃李門墻几度栽，南州高士住蓬萊芝仙。陳琳草檄騰三殿静菴，王粲登樓詠七哀振青。艷説姚崇揮翰手玉農、菊坪，群欽解系掞天才秋皋。封胡羯末亭亭立家葵生、竹生，爲我先營避債臺。

短髮飄蕭鬢欲絲，懶填黃絹外孫辭。崔儦有室貧纔入，賈誼無官樂可知。掩耳怕聽思舊賦，傷心愁育補亡詩。劇憐南阮誰相顧，蠟屐殘年太覺癡。

底事朝朝出北門，寠貧省識舊王孫。臨河船似驚鴻集，夾巷人如狡兔奔。關盼樓中休注目，秦宮花裏最銷魂。長陵小市匆匆過，渴吻誰澆酒一尊。

華冠羞插侍中貂，珠箔銀屏久寂寥。措大忍抛千點淚，美人橫舞一枝簫。改將白眼垂青眼，奪得黃標更紫標。試上通天臺上望，紛紛知己賦劉歆。

少年思作執金吾，酒後談兵笑灌夫。司馬文章辭狗監，封侯骨相屬人奴。身原無賴空求友，生本多情莫學儒。遯迹煙霞三十載，仰天撫缶叫烏烏。

猛虎行

悲風捲地枯草動，野狐竄伏飢鴞恐。敗葉摇樹月墮山，驚雷躍出毛斑斑。食肉不辨心肝苦，於菟夜半逢周處。男兒羞佩嚇連刀，短衣徒手稱人豪。山中猛虎今時寡，虎頭競仗虎威假。封使君，滿天下。

梅莊詩鈔卷五 丁酉至己亥

嗜痂集下

早春喜袖石來天津 丁酉

自別梁園客，情絲萬丈纏。吟魂催昨夢，交道感經年。沽水波無盡，河橋月正圓。中州行迹遍，腹笥更便便。

東風吹舊雨，海色湧詩來。酒國瞢騰入，騷壇頃刻開。賈生辭雪苑，郭隗重燕臺。駿骨甘雌伏，無人解愛才。

攬轡中原去，黄金鑄此身。鄒枚誰賦手，燕趙几詞人。問字休饒舌，偷聲耻效顰。空青袖石詞集千萬叠，陽羡有丰神。重到楊雲宅，群居屋兩頭。挑鐙度元曲，把酒話樊樓。文采推坡潁，詩名繼應劉。狂歌無和者，放眼小齊州。

謝袖石校定拙集

鷄壇傾倒弟兄行，取我狂歌細品量。姓字敢期留宇宙，功名原不藉文章。琴逢牙曠音難悶，藥得參苓味較長。此事推君誰抗手，海天春色正茫茫。

題澹音夫人環青閣遺稿

橫雲萬叠攢簪珥，天遺女星照沽水。詩卷常留舌眼間，一片吟魂終不死。琳瑯彤管貽清芬，摛藻笑嚇凡釵裙。紗幔不容低首拜，令人却憶宣文君。我今捧讀環青集，江雨欲來山鬼泣。白雪行間珠玉霏，墨雲筆底蛟龍吸。蘆花吹起雁聲秋，驛柳纏綿詠絮傳。更有七哀新樂府，毫端寫盡半生愁。春暉喜種階前草謂蓮卿、彥卿昆仲，過門誰肯題凡鳥。畫荻儘教識字多，彈琴得遇知音少。草元亭畔芭蕉來，庇人北海金尊開。李斯小篆鍾繇隸，全付淋漓著作才。鯫生束髮耽詞賦，文場耻被浮名誤。白眼何來阮籍青，紅牙不許周郎顧。我亦丸熊受教人，九齡陟屺淚沾巾。織餘詩稿煙雲散先慈詩多散佚，僅存斷草零句而已，難覓蒿莪未了因。悵觸瑶編重盥手，不櫛進士堪爲偶。《不櫛吟》，會稽潘虛白夫人著。夫人與先慈爲中表姊妹。海上雙峰插碧霄，古之鮑謝今歐柳。賤子學詩十九年，錦囊嘔血成千篇。郊寒島瘦無人賞，好藉名媛卷裏傳。

送樹君師之任永平

振鐸盧龍道，高年仕宦纔。鶯花催夢去，山海送詩來。官勝神仙尉，人欽著作才。渝關三百里，紅杏傍誰開。

長夏讀史記得四五六七言短句十章

今年焚書，明年坑儒。矯立胡亥，冤殺扶蘇。乘輼涼車，遺臭鮑魚。三十七年，奇貨可居。秦始皇

太公陷楚軍，先後三年久。置俎乞分羹，迎門任擁帚。親恩既忍負，何有于功狗。若非用三杰，漢中亦難守。漢高帝

天意偏鍾吕氏，男女皆有奇才。眼見祖龍屠死，又看野鷄飛來。吕后

可憐國士説無雙，雲夢歸來氣未降。貪戀侯封思蒯徹，何如垂釣老寒江。韓信

一椎驚破祖龍魂，不報韓仇報漢恩。莫道清門無將種，淮陰猶是舊王孫。張良

相國安知獄吏尊，功名白首几人存。李斯地下應含笑，黄犬重牽上蔡門。蕭何

起家刀筆耻爲儒，老作平陽一酒徒。死後奇功歸絳灌，肯隨諸吕事娥姁。曹參

功狗勛名問狗屠，高風排闥漢臣無。淮陰已死黥彭醢，僥倖餘生仗呂嬃。樊噲

左祖强于百萬兵，詐謀久已薄陳平。功臣子弟多頑劣，誰及將軍細柳營。周勃

舌劍脣槍兩豎儒，何勞馬上説詩書。九江南海齊歸漢，百戰將軍愧不如。隨何、陸賈

枕上聽雨

一夜蕭疏雨，頻澆萬斛愁。樓臺疑近水，枕簟屯驚秋。倦似襹褷鶴，閑同浩蕩鷗。忽聞歌欸乃，仿佛卧漁舟。

秋夜不寐

萬古詩魂喚不醒，蕭齋獨封一鐙青。空階絡緯聲如織，飽訴閑愁與客聽。

贈楊蓮卿淞即送之寧波用昌黎石鼓歌韻

山陰楊淞江海士，醒眼看天發醉歌。榮名千載期不朽，一官拋棄值几何。破屋勵志惜日短，憤氣倒拔魯陽戈。琳瑯金薤既茫昧，古玉豈用粗沙磨。商盤周鼎秦漢碣，蟲書鳥迹胸中羅。上追倉籀下斯邈，崚嶒健骨巍峨峨。東馬嚴徐皆不賤，子雲獨寐藏巖阿。延譽每藉公卿力，矯俗不顧凡庸呵。鄙薄墨豬工篆隸，嶧山字畫久已訛。淵源鄧氏傳一綫，孫洪與君殊斗蝌。臨摹頃刻書萬本，倏如麟鳳忽鼋鼍。惡如鬼魅森相向，奇如壞木無枝柯。短長肥瘠騁萬狀，摇筆宛轉懸金梭。丰神駘蕩真超絶，裼裘公子非委蛇。妻妾亦解識奇字，朱顔皓頸儔英娥。自是君心有夙慧，蜚聲姓字凌黄沱。豈無文星持藻鑒，珠璧韜彩須隨和。我友邊三與君好，儲材待舉宏詞科。豎儒相士具肉眼，迂拘譾陋奚足多。紛紛餘子競薄宦，以馬腫背爲槖駝。鰥生狂縱里所鄙，草元亭上頻經過。班史荀子互質證，六書疑義長相磋。俯視近代共述古，角逐惡肯隨流波。妙論侃侃震屋瓦，經濟暢達無偏頗。詩賦亦非君

所樂，專營篤志矢靡他。功名有命學有術，脂韋媚世婀婀。干時乏策恐投畀，倖色揣稱羞援挐。平生讀書不讀律，自笑伏首陳編哦。作傳耻乞丁儀米，學字休換羲之鵝。勁敵當前張旗鼓，犀凶遺誚棄甲那。壯士長揖辭易水，茫茫眼底誰荆軻。窮冬送窮復送友，風雪蒼莽吹闕河。四明狂客久相待，君其命駕毋蹉跎。

三月十九日同温東川子巽嵇雲裳文錦邱小遲家燦李采仙雲楣錢冬士步文丁柘塘晏高寄泉繼珩李晴湖復淳徐浣雲文煐孔繡山憲彝劇飲次日登車就道車中得七絶十章戊戌

蓬島仙人瘦骨寒，温岐皓首踞詞壇。漢南真稿金荃集，都付清華舊史官。

中散奇才冠竹林，人間誰識廣陵琴。故鄉無限佳山水，難寫鍾期一片心。

博士無端賦瘦羊，邱遲名亞沈東陽。自成機杼天孫錦，夢裏常生萬丈光。

采仙真是謫仙才，車笠相逢笑口開。更有晴湖湖海士，蟠根對峙古金臺。

江邊一曲詠湘靈，愛我新詩眼獨青。寄語韓門諸弟子，誰憐郊島尚飄零。

儀廙文章妙斬新，何如淮上有傳人。千秋子建逢知己，屈宋心思托洛神。

五十吟詩高達夫，早將慧眼辨驪珠。徵文考獻傳畿輔，管領風騷古不如。

群欽徐邈聖中之，燕市酣歌絶妙詞。客底鶯花春又老，樓桑斜日照荒祠。

東魯儒林第一家，拏雲館主擅才華。名山金石都探遍，舊研歌成萬口誇。

衮衮詩才妙絶倫，攢眉耻效捧心顰。相如儘有耽吟癖，不是梅花社裏人。

六月同張鶴賓毓芳李金坡翰登南城晚眺

共有登臨興，秋生雨後天。高城三面水，斜日萬家煙。市遠人聲寂，村低枝影圓。舊時芳草地，亂泊打魚船。
指點城南路，波光接海光。連天成水國，繞郭度風檣。縱目添幽趣，披襟納晚凉。欲尋倪太僕，詩卷付滄桑。
巷口逢張仲，樓頭拜郭公。鳥啼荒寺裏，人語夕陽中。庭草可憐緑，野花無意紅。殘碑剛讀罷，雨景又濛濛。
良辰聚良友，交道澹于雲。沽水波千尺，揚州月二分。工書張長史，妙畫李將軍。省識狂奴態，中年更樂群。

秋夜

風露驚先覺，青衫冷不秋。簫聲茶客舫，人語酒家樓。缺月銜山出，明星作火流。深閨當此夜，默坐數更籌。

夜至古寺

匆匆行脚客，酷似打包僧。殿角埋荒草，檐牙塞古藤。狐鳴樓上月，鬼語佛前鐙。敲破鐘聲寂，沙彌睡未曾。

懷人詩

細雨初霽，金風驟來。羊徑苔生，由然無俚。屈指舊侶，近者阻隔河山，遠者迢遞江海，思同心而不見，吊子影其誰憐。爰賦短章聊以寫念。芝仙雖相去咫尺而蹤迹頗稀，亦可懷也。

燕市飲漸離，爲我一擊築。慷慨發悲歌，歌聲出矮屋。歸著老萊衣，盤中登苜蓿。高寄泉

南海有成連，移情結夢想。古調不忍彈，知音世無兩。空展摩雲翅，萬里獨來往。余肅齋

同門五進士，知我獨農部。本是布衣交，雲泥肯相阻。願張背水軍，偏師門旗鼓。錢冬士

書生喜讀律，有志定不賤。一作遂平宰，兩校中州彥。應笑渴司馬，猶自林泉戀。姚朗山

八載困京華，灑盡窮途淚。經術與詞賦，舉世久擯棄。獨鶴西南飛，得否栖身地。馬鶴船

驪歌未暇唱，祖餞又相左。思君何所願，願化梅千朵。君入羅浮山，見梅如見我。解秋皋

一枝五色筆，有目皆知愛。生平不作詩，爲我曾破戒。清風几時至，望塵應下拜。邊心巢

梁園有舊客，賈生年最少。詩膽大于天，今古誰同調。和者歌陽春，一市人皆笑。邊袖石

玉署廿載住，學士皆青眼。不肯就參軍，爲人寫手版。勸我勤學書，此意良非淺。張虚谷

海士多豪氣，須眉尤倜儻。高眠互抵足，快論争鼓掌。酣醉酒家樓，所遇皆儈駔。徐浣雲

君家白眉良，蚤學畫荻字。愛才盧相國，聘君管書記。如何棄毛錐，竟作指揮使。汪楓士

子雲飄然去，奇字無人問。睥睨薄冰斯，横埽龍蛇陣。四明多狂客，江海心相印。楊蓮卿

弱冠詞場中，鏖戰屢拔幟。小就貢成均，然藜復校字。蟄龍得甘雨，始遂攀鱗志。賀星槎

中丞有賢孫，秀骨亭亭立。吴下肯依人，關中曾負笈。他日廊廟材，是我舊車笠。徐楊芝仙

我愛楊盈川，耻居子安後。俠骨近今稀，騷腸無不有。秋風吹君來，痛飲黄華酒。楊茝生

不見王子猷，忽忽已四載。相隔萬里遠，夢寐親文采。海濱多故人，刮目久相待。王成言

樊家有雛鳳，生就讀書種。蒹葭倚玉樹，顧盼殊矜龍。一自墮煙霧，欲見每曳踵。樊鶴州

老樹爲吾師，小樹爲吾友。山海拓心胸，詩情生户牖。身騎白鳳皇，雲中亂招手。梅小樹

禁煙行

罌粟花開香馥馥，鴉飛不到嬰兒哭。惡焰薰天帶血腥，流傳海内成酖毒。姦蠻作俑閻羅愁，泥犁獄底添新囚。蜑人載入居

奇貨，蚩氓乍睹疑枯髏。脂膏鍛鍊勝媚藥，紈袴子弟欣然樂。一槍刺死魂不知，踞床猶自誇豪惡。無端狎客來深庭，臥游對語鐙光青。瘴霧蠻煙蒸醉骨，黑甜初入晨鷄鳴。珍羞果腹色如菜，鮮衣被體神似丐。疆者孱弱富者貧，毒哉此物真蜂蠆。碧燐睒睒四十秋，几見朱顔到白頭。王侯第宅開新府，花月笙歌歎舊游。君不見，廣南之戰師無紀，將軍印綬終朝褫。蠢苗陷陣撼山來，甲士枕戈猶未起。鴻臚一唱人鬼驚，秦鏡照膽空中明。祇因片土搜天下，非爲金銀塞禍坑。燕齊吴楚多循吏，羽書旁午衝塵至。報捷河東仗鴉軍，論功霸上同兒戲。滄桑都變介推田，禁到齊州九點煙。京國奔騰走緹騎，廈門安穩泛樓船。官役眈眈勢如虎，閩囝紛紛竄如鼠。泥沙價抵千黃金，可憐一炬成焦土。從今汲引休矜誇，香火因緣滅萬家。好頸頓教吞白刃，血腔豈肯污黃沙。病囚苦拔心中棘，餓魂甘舐刀頭密。吁嗟乎，百年三萬六千日，安能日日皆寒食。

梅小樹來津應試補博士弟子員匆匆別去詩以贈之

拔幟騷壇詡冠軍，長虹吐氣自凌雲。功名况味初書好，詞賦風懷久別殷。凡馬群中誰識我，梅花香裏獨逢君。挑鐙欲訴離情話，祇恐凄凉不忍聞。

關河雲樹莽岧嶢，乍見猶疑夢裏招。昨夜吟魂風雨至，少年綺思雪冰銷。瘦羊業占金閨籍，雛鳳聲參紫玉簫。別後相思付明月，水天分照海門潮。

書高寄泉畿輔拾瀋録後己亥

十斛隃麋墨斬新，笑他干寶枉搜神。談元説鬼皆荒渺，誰及齊諧句句真。

盲左文章萬口誇，腐遷叙贊得專家。怪君舌底青蓮粲，妙論流芬濺齒牙。時君抱微疴，尚未痊愈。

文心賦骨邁班揚，海上風吹翰墨香。慚愧相如封禪稿，怯排旗鼓鬥詞場。

擔荷斯文肯息肩，舊聞日下慕前賢。幽燕趙魏新奇事，都借虞初卷裏傳。

舟泊紅橋

殘月挂疏柳，河干動畫橈。鷄聲催曉日，人語漲春潮。煙水喧魚市，沙灘茁菜苗。鄉音聞約略，舟泊大紅橋。

論詞絶句

樂府遺音久寂寥，謫仙新體創唐朝。詞家鼻祖傳千載，合祀騷壇永不祧。李白

香山夢得與張王，流派無人較短長。名氏不傳詞更妙，莫將艷體認冬郎。白居易、劉禹錫、張志和、王建、韓偓

獺祭曾嗤李義山，何如詞藻冠花間。雕瓊鏤玉金荃集，小令争歌菩薩蠻。温庭筠

西川天子盡無愁，争似王郎與孟侯。唱到冰肌無汗句，摩訶池上氣如秋。蜀主王衍、後蜀主孟昶

羈魂何日度函關，韋相神傷淚暗潸。絶代佳人難再得，那堪填到小重山。韋莊

一卷瓊瑶妙翦裁，巫山雲氣雨中來。毛牛顧鹿皆浮艷，誰及波斯李秀才。李珣、毛文錫、牛嶠、牛希濟、顧敻、鹿虔扆

哀音亡國總堪嗟，惆悵江南小李家。金粉六朝流水去，可憐玉樹後庭花。南唐後主李煜

五鬼才華數大馮，陽春歌罷曲彌工。劇憐庭院深深句，竄入廬陵别調中。馮延己

橘齋刺史黄州老，未得行吟到汴京。笑殺荆南高賴子，那知減字與偷聲。孫光憲

舞低楊柳樓心月，歌盡桃花扇底風。儻在三家村裏住，何能珠玉串玲瓏。晏殊

文章六一有丰神，詞意纏綿更可親。頗恨行間多褻語，碔玞混玉是何人。歐陽修

小山賦骨紹家傳，神似高唐宋玉篇。夢過謝橋參鬼語，竟邀青眼到伊川。晏几道

忍教低唱换浮名。井水村村學倚聲。殘月曉風楊柳岸，教坊傾倒是耆卿。柳永

拼改三中作三影，侑觴度曲昵紅顔。牡丹一闋銷魂否，贖得文姬返漢關。張先

逼人海雨激天風，推倒詞壇一世雄。洗盡綺羅兒女態，銅琶高唱大江東。蘇軾

殘陽鴉點水邊村，目不知丁亦斷魂。黄九那如秦七好，休將學士抹微雲。秦觀、黄庭堅

一寸芭蕉易惹愁，横塘臺榭水東流。滿城風絮黄梅雨，腸斷江南賀鬼頭。賀鑄

省識東堂絶妙辭，坡仙心賞几人知。平分此恨無言語，詞客何容媚太師。毛滂

鎔鑄詩歌妙入神，詞家牙曠是清真。傷心衣袂東風淚，洒濕蘇州岳楚雲。周邦彦

插天翠柳月明高，饒有髯蘇意氣豪。不食人間煙火語，東都名士溷漁樵。朱敦儒

一段離愁付畫眉，搓酥滴粉太情癡。老來重上西湖路，仿佛邯鄲入夢時。左譽

惜香樂府號仙源，恬澹高風萬古存。寄語吴興松雪老，姓名慚否趙王孫。趙長卿、趙孟頫

誰信詞人老戰場，忠肝義膽溢騷陽。玉環飛燕皆塵土，此語安能司壽皇。辛棄疾

南渡無人説中興，狀元忠憤氣填膺。千金一字于湖集，來歷何人注少陵。張孝祥

縫月裁雲推妙手，敲金戛玉翊奇聲。詠梅絶調高千古，豈止詞華媲美成。姜夔

劍南詞華闢仙根，修月全無斧鑿痕。却怪時時掉書袋，驚他枵腹過雷門。陸游

賓王癡語勝蒲江，迥異梅谿與草窗。神妙未經人道過，群花作夢句無雙。高觀國

警邁瑰奇自一家，織綃泉底浄無沙。甘心枉作權奸用，平睨方回未足誇。史達祖

玉林彩筆擅詞場，手輯花菴細品量。冷暖自知工琢句，晴空冰柱鏤秋房。黄昇

片玉真傳得異才，眩人七寶幻樓臺。知音獨有周公謹，頻聽蘋洲漁笛來。吴文英、周密

竹山句共碧山傳，蒼莽悲凉有玉田。白石老翁相鼓吹，賦成春水倍凄然。蔣捷、王沂孫、張炎

任他謡詠嫁時身，巾幗叢中第一人。魯國男兒争下拜，瓣香供奉藕花神。李清照

吴郎樂府名天下，江北争傳人月圓。底事烏衣新燕子，不來王謝舊堂前。吴激

遺山詩派踞金源，中調尤多感慨存。更有嗣音天籟集，令人一讀一銷魂。元好問、白樸

讀罷蜕巖長短句，不禁掩卷費疑猜。外孫虀臼饒餘韻，郿下無人解愛才。張翥

紫色蜚聲儘唱酬，朱明一代廢歌謳。千秋絶學傳三杰，竹坨梅村湖海樓。朱彝尊、吴偉業、陳維崧

盧南石相國師輓詩

夜半弧南墮斗牛，魂騎箕尾赴神州。清門累世推王謝，相業叢來出魯鄒。竟許鯫生參末座，不容豎子厠通侯。到今纔醒黄粱夢，誰向祠堂覓枕頭。

祖帳驚聞薤露歌，感恩不禁淚滂沱。文章知己人間少，詞賦成名世上多。一代直聲今汲黯，三朝宦迹古蕭何。瓣香供奉終身事，青史功勛永不磨。

裒集董梧侯師遺稿愴然有作

天欲斯文喪，青衫共叫號。恩同滄海闊，仰失泰山高。智慧三生業，風流一代豪。等身留著作，展卷淚滔滔。絳帳追隨久，緇帷感激真。劇談皆學問，嘲謔亦經綸。青眼邀諸老，鄭夢白、葉筠潭兩方伯，伍寶生中丞、許滇生少宰、管蕉軒廉訪，尤見器重。朱衣妒此身。九原難瞑目，堂上有慈親。

魂魄飄然去，英靈何處尋。半生艱一第，八卷抵千金古文二卷。詩四卷，詞二卷。短調懊儂曲，長歌梁父吟。嵇琴從此絶，塵世

少知音。

剞劂何年事，常留翰墨香。文章無敵手，豪俠有剛腸。人豈科名著，才難升斗量。問天天不語，對此嘆茫茫。

春秋傳樂府

黃泉誓

寤生真可惡，忍教老母黃泉住，考叔純孝知有母。寤生對之慚愧否，有弟有弟難糊口。賢哉太叔，能暴猛虎，弗傷手足。吁嗟卒中陰謀毒。陰謀毒，譎計姦，闕地入隧融融然。今日扶母出黃泉，他時射王誇中肩。

營菟裘

魯息姑，太姑息，不尸其位學讓國。營菟裘，吾將老，何如臺畔觀魚好。祭鐘巫，齋社圃，變生肘腋由羽父。攘兄臂，襲君位，許田百里輕拋棄。如齊笑飲諸兒酒，登車竟死彭生手。

王心蕩

天方授楚，漢陽同罹刀兵苦。絞輕隨，侈荊尸。舉心不固舉趾高，莫敖之敗狃蒲騷。王心蕩，王無祿。楚王死，楚國福。營軍除道蔑樠木，不謀婦人宜其死。吁嗟乎，鄧曼智勝奇男子。

及瓜代

青齊亂政無重賞，葵邱之戍瓜時往。及瓜期，戍不已。綏綏雄狐見大豕，射之人立啼聲哀，門階床户尸成堆。無知既殺小白來，及瓜而代胡爲哉。小白來，出霸才。

堂阜囚

爾射我鈎，我稅爾囚。稅爾囚，霸諸侯。朝爲階下俘，暮爲朝中佐，生平鮑叔能知我。齊桓才亦庸流亞，假非管仲焉能霸？君不見，仲父死，桓公薨，尸蟲出户五子争。

公傷股

六鷁退飛隕石五，商邱妖孽應兹父，門官殲盡公傷股。公傷股，愛二毛，鼓儳陰隘休持刀。仁義之師戰泓水，何如次睢不用淫昏鬼。

河陽狩

騈其脅，監其腦。十九年，人未老，艱難險陰備嘗飽。左鞭弭，右槁鞬，取威定霸來中原。來中原，召天子，河陽之狩污青史。青史勛名剛八載，生平恩怨今安在。牛聲出柩，墨絰興戎，重耳死後猶英雄。

賦黄鳥

嗟嗟秦穆，不及蹇叔。中壽木拱收兒骨，二陵風雨聞鬼哭。聞鬼哭，三帥歸，悔過作誓行無違。既不殺三帥，何以殲三良。

子車爲殉人云亡，但聞交交黄鳥啼枯桑。

小園初秋

瞥眼秋如此，園亭雨後天。枯蟬隨葉落，瘦蝶抱花眠。細熨衫痕皺，輕抛扇影圓。劇憐貧士態，憔悴晚風前。

贈樊文卿之官楚北

滿城風雨故人來，聽唱驪歌笑口開。七載冷宫辭苜蓿，一時名士出蒿萊。論文曾校三倉字，製錦方儲百里才。此去黄州尋舊迹，傍江應築仰蘇臺。

浣花書屋已荒凉，二十年前舊講堂。衣鉢關心詢羯末（謂葵生、竹生），詩文辭目譽元方。家傳翰墨雕龍手，人許功名逐鹿場。賤子未知能仕否，早窺宦海歎茫茫。

何必紗籠詡木天，青袍黄綬亦神仙。賞花莫負陶潜酒，煮茗重尋陸羽泉（泉在蘄水北鳳棲山下）。指望飛凫傳日下，眼看雛鳳起雲邊（喆嗣月槎景恒、晴滄景升）。題襟沽上人何在，傾倒騷壇倍惘然（梧侯師去冬謝世）。

子雲亭畔叫提壺，燕市欣邀舊酒徒。佳傳覓來千斛米，宦情赢得五車書。果能到處稱廉吏，差免逢人説腐儒。滄海鯫生翹首望，雁聲莫遣落江湖。

後禁煙行

煙花風月小揚州，滿地寒鴉噪不休。白水淘乾千巷哭，黄金括盡萬家愁。將軍自附炎炎勢，大張網罟矜才智。屢見殘煙惡鬼銷，復看餘焰姦回熾。羯奴生小不知兵，百萬軍中竄姓名。猿鶴幽魂難破敵，犬羊素性枉干城。口碑載道千人指，北門鎖鑰今如此。賣劍喜烹渤海牛，拔刀怒殺遼東豕。早知馬上見功難，何若煙中振羽翰。土偶素餐誰畫策，火攻拔幟獨登壇。武夫一倡書生和，貪狼曾在中山臥。蠅營狗苟慕腥膻，同誇悖入多財貨。壞雲片片逐啼鴉，營卒喧豗晚更譁。毒瘴濃迷三里霧，輕煙搜遍五侯家。黔黎蒼赤藏無地，黑壚白墳爭抛棄。買鐙鑽火誘愚氓，向人詡詡稱廉吏。大風吹海作波濤，白馬岡頭殺氣高。商賈萬金誰攫去，太湖不信出楊幺。將軍聞之心膽裂，畫疆分境空饒舌。戰艦爭逃水上軍，好官怕飲刀邊血。盜鈴掩耳苦支持，藉口當年撤水師。海寇難擒恣游弈，士民易罔半羈縻。士農工賈驚騷擾，株連瓜蔓何時了。萑苻小醜儘跳梁，偃旗息鼓無人討。穹蒼震怒驅祝融，亂飄煙焰來東風。宦衙倏變紅羊劫，仿佛曹瞞赤壁攻。回邪喪魄回祿喜，煙銷火滅鴉飛起。愛妾無端井底投，佳兒何故坑中死。噫嘻乎，鄂王兩語至今傳，武臣不惜死，文臣不愛錢，勛垂竹帛名燕然。海門烽火看全埽，永禁千秋萬古煙。

冬日書懷

雄踞詞壇久，窮冬氣更豪。打窗風雪亂，欹枕夢魂勞。才不文章重，書因篆隸高。埽除名士習，飲酒讀離騷。

歲暮送竹生弟入都

莫灑青衫淚，窮途笑口開。人情休怨命，天意總憐才。瘦骨猶能壯，雄心不可灰。春風吹馬首，重會古金臺。

邊徼荒寒地，書生免一游。中年當折節，塵世且埋頭。青眼終能遇，黃金莫漫留。防身三尺劍，羞説報恩讎。

梅莊詩鈔卷六 庚子辛丑

三庚集

題結網圖爲漁莊弟長庚作

楊柳仍依緑到門。桃花漲暖上河豚。隔溪網曬斜陽裏，仿佛江南第几村。
且聽滄浪醉後歌，得魚何必計多多。龍門躍出琴高鯉，不受人間舊網羅。

宮保少司空汪筠溪先生侍妾楊蔡二姬同時殉節詩庚子元夕事

火樹銀花照金谷，罡風吹折雕梁木。大星墮地小星哀，月華慘澹姮娥哭。媥昏婺黯寒無光，紅閨夢魘雙鴛鴦。鬼燐夜閃素幃冷，蝤蠐對繫朱繩長。英皇聞之輾然笑，杜鵑啼血黄陵廟。翟竹摇風淚點斑，凌虚環佩來同調。差池燕燕飄芳魂，美人携手哭聲吞。願作芻靈殉同穴，一死非報司空恩。投繯烈魄登天府，緑珠歌罷紅綃舞。桃根桃葉縮連枝，枯盡花容香萬古。

花朝後二日袖石來津促余北上詩以贈之

名士困畎畝，朝端多豎儒。衡文誇藻鑒，目瞠四子書。豈無巨眼人，光怪搜遺珠。愛才不愛盡，抱璞泣半途。滄海千金椎，胡爲中副車。差喜元方兄，捷足得前驅。覆試靈光殿，妙筆冠鴻都。詩人暫駐足，划船來津沽。到門問詞客，入市邀酒徒。知音世有几，嗜好若合符。賤子甘埋頭，長年守蓬廬。榮名何所貴，才高德不孤。蒹葭倚玉樹，小巫見大巫。慚愧騷壇中，一時推亮瑜。雖未絶塵奔，尚能跬步趨。旗亭一杯酒，良言肯贈吾。前程須努力，當代有歐蘇。莫學厭厭人，李志與曹蜍。

登車口號

又踏長安道，東風撲面涼。離情甦弱草，春色殢垂楊。堤東長河窄，沙蘊曠野荒。何人開水利，辛苦問耕桑。時春帆方伯抵津，勘營田事。

蔡村早發

月墮明星炯，風尖吹未休。斷碑蹲似虎，叢樹吼如牛。遠火來新鬼，殘更到戍樓。巾車有詞客，獨自擁征裘。

謁文丞相祠

柴市風沙捲地黄，狀元枯骨至今香。河山半壁支閩粵，海嶠中流哭陸張。大漠几人歌正氣，小樓終古剩殘陽。東南望斷冬青樹，魂魄惟知拜宋皇。

刀頭一笑血淋漓，人死留名豹有皮。漫道書生難破賊，斷無豪杰不能詩。零丁洋畔風霜苦，惶恐灘邊雪浪吹。廿一史從何處讀，此心衹有叠山知。

都門詠懷古迹

薊門煙樹鬱蒼蒼，春色晴烘萬柳堂。若問名花誰第一，豐臺芍藥壓姚黄。

燕市悲歌意氣豪，再來難覓舊荆高。一腔熱血酬知己，鐙下摩挲看寶刀。

駿馬群空抱此心，高臺何處鑄黃金。瘦餘猶是驊騮骨，寄語孫陽莫浪尋。

招涼豈有夜光珠，都向城南問狗屠。莫道儒生無妙策，滿天風雨讀陰符。

延壽寺宋徽宗被虜居此

烽火倉皇出六宮，道君行色太匆匆。回頭艮嶽成荒窖，翻羨燕京景不同。

王氣東南尚未休，渡江呼馬莫呼牛。劇憐一片西湖水，付與佳兒汗漫游。

碧瓦朱楹夕照黃，汴京天子鬢如霜。河山抛却無須戀，想到師師最斷腸。

五國城邊夜月明，青衣行酒太多情。到來深感金人德，不遣官家執戟行。

衣生蟣虱劇堪憎，夜夜傷心伴佛鐙。幸有闇黎耽翰墨，和南索畫九秋鷹。

紅墻一帶卧明駝，世界琉璃蒼翠多。車馬紛紛城北路，無人重問宋宣和。

楊花四首用漁洋秋柳韻和陳慕青夫人作

兩度春光總斷魂，東風摇曳滿都門。攬成晴雪空留影，捲入殘陽不見痕。芳草碧黏橋畔路，濇雲白糝水邊村。顛狂情緒誰相妒，漫與群花一樣論。

叛兒歌罷几經霜，今日相逢太液塘。眉黛輕盈羞作畫，腰肢瘦損怯開霜。肯垂青眼觀桃李，欲染烏衣問謝王。墮落泥塗悲鍛羽，那堪重過鬥鷄坊。

揉雲搓雪點征衣，驚覺三眠夢已非。風雨旗亭行客少，鶯花門巷舊交稀。半隨流水漂摇去，又逐殘紅歷亂飛。轉盼陌頭春似海，再來休與故人違。

顧影依依祇自憐，官墻咫尺隔爐煙。子規聲裏初飛絮，紅粉樓頭漸脱綿。茵溷何須傷往事，萍蹤曾否憶當年。東皇雨露勤培養，莫遣飄零大道邊。

六月初一日作

罡風摧大厦，震瓦哭聲哀。骨肉誰知己，家庭頗愛才。竹林增涕淚，花蕚會泉臺。駿足鹽車負，慚予薄笨材。

苦霖行

怪鼉跋扈瘦蛟舞，龍蛇吸盡黄金浦。雷電轟轟轉火輪，銀潢倒瀉甘霖苦。春間田麥旱成灾，旱魃嬉笑農人哀。仰天看日悲祈雨，縣官祈雨狂風來。桑林不禱雨聲起，一旬兩旬雨不已。似傾東海助波瀾，雨中夜哭多新鬼。屋瓦亂震排壞墻，人聲鼎沸雨更狂。東山崩裂西山倒，壓死老稚尸骸僵。萬間廣厦成坑坎，産鼃沈竈城門掩。可嘆愚氓死不知，齏身粉首遭奇慘。吁嗟乎，既死冤魄何處鳴，未死餓匈神魂驚。衝風冒雨荷戈去，努力海邊方用兵。

雨夜

風雨從天降，銀河水倒流。平吞牛女恨，銷破鬼神愁。兵氣空中濕，烽煙海外收。聲聲山谷應，疑瀉老龍湫。

齋中讀書有感而作

剩得三椽舊草廬，無多産業數編書。腹藏奇字飢難煮，心醉殘經懶不鋤。身賤屢增兒女累，家貧更覺友朋疏。茫茫前路愁何益，杯水難甦涸轍魚。

秋夜感懷

消盡相如渴，家徒四壁空。孤鐙吟夜雨，老屋識秋風。鏡裏頭將白，刀邊血不紅。耽詩窮徹骨，依舊未能工。

談兵

四海承平久，忽聞刁斗聲。亂鴉驚過客，疲馬戀孤城。巧擅封侯骨，愁生大將營。罪言多妙策，掩耳怕談兵。

中秋對月用東坡定惠院寓居月夜偶出韻

海邊明月東南來，好景一年數今夜。琉璃世界天公鑄，素魄清光澈上下。斗牛瑟縮眾星死，銀漢已涸波難瀉。良宵寂寂肯照人，蟾蜍不讓踆烏亞。顧影有誰知自愛，過去光陰那容借。塵世繁華轉眼空，月中丹桂無時謝。安得置身廣寒府，九州一覽如同舍。無奈前路黑似漆，佳境未到苦食蔗。搔首問天天何言，舉杯邀月醉不怕。但願封之無愧色，笑譚一任庸夫罵。

雜詩

南面攤書擁百城，先生衹以酒爲名。滿腔憂憤何來喜，驀見蠨蛸墜短檠。

亭外荒池剩敗荷，晚花開到剪秋羅。翩翾冷蝶零星粉，猶逐殘香上下過。

雕龍刻鵠几時休，漫道中書尚黑頭。贏得虛名生兩角，吐涎作篆似蝸牛。

紅蓼花開列繡屏，緑蜻蜓間紫蜻蜓。夕陽欲墮風初起，腐草堆中露一螢。

怪石崚嶒潤蘚皮，清泉瀧瀧瀉深地。壞墻褪粉描成畫，時見甎紋走蛤蜊。

黠鼠無端解食鹽，養成羽翼福新添。黄昏月黑飛蝙蝠，暗逐星光出短檐。

茶餘無事繞空廊，差勝瞢騰卧竹床。滿院濃陰人迹少，緑莎階畔墜蜂房。

暮雨初晴漲小谿，殘霞倒影作虹霓。蚰蜒滿壁書蝌斗，腷膊聲聲豢竹鷄。

老蠶蜕繭出飛蛾，甕水緑邊坐碧螺。別有阜螽聲聒耳，竹籠露冷叫哥哥。

衰柳陰中噪晚蟬，殺心忽伏七條弦。螳螂縱有藏身巧，挾彈難防暗裏弦。

誚爾荒經腹笥虚，凝塵滿席半床書。鞠通脉望皆仙去，剩有蠦蜰學蠹魚。

鼓吹門庭兩部蛙，池泥没骭躍蝦蟆。雨酣歷亂喧通夕，酷似群僧誦法華。

漫言緑蟻勸提壺，捷徑能穿九曲珠。蚯蚓夤緣誇得計，一生辛苦在泥塗。

槿花籬畔豆花濃，蟋蟀聲中緑草茸。不是半閑堂上客，亦來踞地鬥秋蛩。

堪恨青蠅早市催，白蚊日暮鬧成雷。天生一樣貪饞性，只爲趨炎附熱來。

松柏無心冒兔絲，寄生小草遍荒祠。花間果蠃螟蛉負，抵死猶爲異姓兒。

蟲傷禾稼苦農人，結隊喧呼罵蜡神。肯把青蚨買蝗子，早秋天氣飼鴿鶉。

蜜官争採百花香，醞釀甘飴味似餹。堪笑轉丸矜智巧，半生逐臭是蜣螂。

儘有絲綸貯腹中，蜘蛛空負織機工。可憐密結羅羅網，衹得人間蚱蜢蟲。

磨蠍身宫志尚豪，雕蟲小技嘆徒勞。一編爾雅君休誤，漫把蟛蜞當蟹螯。

次韻葵生即事書懷

傀儡登場莫改圖，紅綾餅餤列仙厨。因人成事真名士，與我無緑是腐儒。愛客不忘投筆吏，結交曾識守錢奴。陶朱猗頓今何在，漫笑書生伎倆無。

十年辛苦赴長安，銷受東風撲面寒。識曲屢遭公瑾顧，知音羞對伯牙彈。悔無殊藝傳三絶，薄有虚名説二難。日下鶯花春似海，再來休作布衣看。

南風行

南風吹海平如砥，蠻煙未斷烽煙起。百丈艨艟破浪來，電光石火奔雷駛。大嶼山邊戰鼓撾，跳梁封豕走長蛇。污人銅臭腥膻飽，列陣紛紛噪晚鴉。當年瓊島疏防檢，貳師覊地亡天險。尺土能收百萬金，引狼入室門難掩。澳門鼎沸厦門孤，節鉞張皇一策無。巾幗叢中慚鄧曼，梅花香裏夢林逋。煙焰薰天賊計譎，粤東轉戰趨閩浙。颶風猛烈巨濤狂，可憐定海盈城血。寡謀張郃想奇功，撤守雄師伏莽叢。馬上那知談將略，書生籌畫薄姚崇。武夫愎諫城難保，忠魂神往田横島。猿鶴蟲沙頃刻奔，如逢倭寇驚騷擾。烏衣公子欲揚威，三匝盤旋鵲不飛。往日太平工粉飾，臨時籌策冷書幃。蠻軍猖獗飄洋走，登萊鎮帥能堅守。揚帆萬里逐秋濤，乘風直到津沽口。森森芒角動欃槍，旁午軍書鐵騎忙。三百乞兒充一隊，揭竿擁盾雜戎行。將軍戰陣初經略，恐懼臨深如履薄。祇飲瓊筵一勺羹，預儲敗鐵千家鑊。紅衣火炮守墩臺，怕聽聲聲畫角哀。燮理陰陽真宰相，解圍全仗雨師來。決計沈舟需破釜，三旬淫潦商羊舞。避暑深藏高士家，荷戈誰識愚民苦。泥塗跋涉夜深行，不戰何須屢調兵。雷電轟殘韓信壘，甲兵洗净亞夫營。幸有奇謀出微弁，海濱亦學鴻門宴。對席何勞犬豕争，犒軍不憚牛羊獻。開門揖盗禮僬僥，兩紙蠻書萬手鈔。刁斗聲從雲外息，兵戈氣向雨中銷。卸肩粤海非心服，巨鰲漏網將軍福。舢船柁轉指南車，夜叉憤怒鮫人哭。昨朝海畔熾妖氛，九里孤城守護勤。拔纛不遵閫外令，登陴都是火頭軍。折臂營兵脱征調，道旁側目掀髯笑。舊衾敝袴與殘甎，于今都作軍需料。臨陣從來貴用柔，攻心何必費奇謀。虎鬚燕頷封侯骨，且向炎方擁八騶。戰船乍退三軍慶，出没不測猶難定。一夕譌傳復戒嚴，倉皇老卒思逃命。盧循瞻裂怒濤寒，鄭錦魂亡巨浪乾。鑿齒雕題真小醜，肯勞卿相屢登壇。彈丸失守無人惜，浙門未見馳飛檄。毒霧眼看滅蚩尤，瘴煙佇盼殲長狄。誰是淮陰大將才，海邊莫遣戰場開。南風不競北風勁，吹阻樓船永不來。

除夕作

脱却青衿已十年，冬烘猶自擁寒壇。漫誇詩草真無敵，獨與梅花最有緣。歲月漸催塵世改，文章不讓古人傳。策名薄宦知何日，一笑銜杯莫問天。

正月初九日馬頭遇雪辛丑

一白連天地，銀光耀馬頭。隔河茅屋矮，夾岸玉山稠。氈徑埋深轍，巾車擁敝裘。劇憐行路客，疑泛剡溪舟。

曉過吴家營

顛簸輪蹄鐵，詩人凍不勝。病羸涎濺血，疲馬汗成冰。野曠風如刃，天寒月有棱。吴營何處是，遥指半明鐙。

贈宋理門明經釁

春光又到艷陽時，良友相逢合詠詩。轉盼枝頭紅杏鬧，雲箋寫遍子京詞。

熒熒鑪火映鐙光，紙帳梅花夢亦香。消受布衾寒似鐵，有人風雪話連床。

竹屋松窗月影清，快譚容易到三更。梅花又得新知己，鐵石心腸宋廣平。

騷腸賦骨笑狂奴，握管欹斜意氣粗。蓮品濿心誰寫得，斯人端合住菱湖。

出都口號

帶甲滿滄海，征車怕載兵。十千求劣馬，偷過亞夫營。

送郭筠孫孝廉師泰之舞陽

紅杏飄零折柳枝，送行風景斷腸時。知君愛我情無盡，寫遍梅花一卷詩。《十友詩編》抄選拙詩獨多。

羡君撰著等身多著有《滌襟樓》四種、《古文所見録》等集，笑殺經生鐵硯磨。投筆祗謀千斗計，一肩行李渡黄河。

欲尋古迹問荒邱，屠狗英雄絳灌儔。海角大風歌猛士，于今却憶舞陽侯舞陽有樊噲冢。

看人先著祖生鞭，廉吏兒孫不值錢。萬斛離愁何處訴，相逢休待甲辰年。

送徐楊芝仙明府文保之官蜀中

東海有佳士，西川爲宦場。潼關秋色老，劍閣暮雲凉。工部詩名大，坡仙翰墨香。更期作循吏，漢代有龔黄。

未遂登瀛志，都緣一字差。朝考已入上選，因佳韻誤用差字被黜。醉辭燕市月，飽看錦城花。芸牘朝聽訟，蒲鞭午放衙。古來名將相，先要到三巴。

我亦風塵客，輸君早出頭。離情彈别淚，舊雨動新愁。江漢真羈旅，乾坤有釣舟。橦花桃竹路，何日快同游。

恕我狂奴態，相交已十年。論文曾對酒，埽筆共攤箋。此别皆前夢，重逢問後緣。囊中藏錦句，莫貯宦途錢。

秋興八首追和杜工部元韻

潮滿江湖煙滿林，琅邪柳色已森森。西風橫埽千間厦，殘照空留半畝陰。歲月蹉跎悲壯志，科名毷氉損雄心。平生耻作牛衣泣，杵臼聲中賦藁砧。

霜緊天高雁陣斜，澄清攬轡看中華。漫隨李白眠燕市，擬學張騫泛漢槎。樓上何人吹短笛，海邊几處動哀笳。遥知南粤田千頃，罌粟猶開艷艷花。

在山小草慕春暉，腸斷彭咸叩紫微。捧日有心朝北望，摩雲無翅向南飛。趨炎豈肯因人熱，好古何妨與俗違。詄蕩天門高萬里，那知民瘦宰官肥。

羊曇乞墅賭輸棋，猿鶴吞聲草木悲。漫道淮陰真善將，可憐顔駟不逢時。零丁戰士牙檣亂，旁午軍書羽檄馳。試問秋風何處起，蓴羹鱸膾動鄉思。

戴笠相逢飯顆山，詩人終不老林間。莊光未必甘垂釣，梅福何心隱抱關。艷羡六曹書鳳諾，妄希三載覲龍顔。竹木舊友須珍重，好護他年玉笋班。

干戈叢裏募蒼頭，城郭誰知海外秋。黄土摶成媧后恨，朱提買得杞人愁。火光閃爍堂前燕，雲影漂摇水上鷗。相業何如賈秋壑，天威不許到杭州。

挾策書生詡立功，一韓一范在軍中。刀頭痛飲賢人酒，臺上狂歌猛士風。野菊開殘朝露白，亂鴉啼帶夕陽紅。無衣儘有同仇志，莫賦新豐折臂翁。

聞説梁園路選迤，桑田萬頃盡成陂。生同狡兔營三窟，死共鷦鷯借一枝。奇句敢邀東野和，佳文休向北山移。海氛河患誰能靖，長使鯫生淚暗垂。

諸將

粉飾太平久，朝端誰解兵。將軍難靖逆，巨寇任横行。黯澹干戈氣，悲涼鼙鼓聲。海氛今復熾，痛哭五羊城。

不戰亡香港，忠魂赴上游關軍門天培。虎門尸遍野，鳳嶺血成溝。袖手皆良吏，攻心乏遠謀。軍中諸將相，誰釋九重憂。

粵秀山前路，凌虚若有神。颶風銷海市，靈雨静邊塵。金鑄公侯膽，瀾翻太守唇廣州守余保純四次議和。論功膺上賞，慚愧義旗民。

聞道厦門失，風檣又北來。寧波兵力弱，定海戰場開。四鎮蟲沙集，葛雲飛、王錫朋、鄭國鴻皆戰歿，獨余步雲一軍尚全。三軍猨鶴哀。可憐名將後裕魯山制軍爲定西將軍班公孫，含笑入泉臺。

老將猶耽色，庸臣祇愛錢。紅衣吹炮火，碧海起烽煙。募選千鈞弩，安排萬里船。書生能破虜，碣石即燕然。

哭升兒詩

辛丑十月四日，四子升兒殤。竹生子芸年十一矣，亦於是日同時殤。越五日，筠莊次子連寶又殤。余兄弟時運何相若耶，作詩以哭之。

窮愁世界哭佳兒，和淚濡毫又詠詩。低問山妻曾憶否，酉年人日降生時。兒生于戊戌正月七日，尚未立春也。

昨宵猶聽笑言頻，泡影空餘夢幻身。底事天公情太忍，無端奪我石麒麟。

嶄然頭角白眉良，僕媪争誇馬幼常。生恐傳家書種絶，群兒誰紹舊青箱。

讓梨推棗儘多才，頃刻曇花過去來。竹馬紙冠諸戲具，可能携取到泉臺。

鐙前顧影似童烏，亦學諸兄夜讀書。翰墨留香沾齒頰，拈毫伸紙亂鴉塗。

玩器歸貽笑語歡，牽衣亦欲到長安。言猶在耳喃喃説，問我何時始得官。

里謠酤酒唤哥哥，靈氣銷亡一刹那。心血數升嘔已盡，兒以痘疹未出，嘔血死。肯留餘瀋贈詩魔。

同抱西河痛最深謂筠莊竹生，阿芸阿寶共招尋。風摧玉樹亭亭折，腸斷人間老竹林。

辛丑冬日重讀滇游日紀率題三律留别成言

萬里家山遠，三年道路忙。滇池晴漲暖，沽水凍波涼。舊雨成今雨，元方伴季方。秋風知己少，重作校書郎。甲午挑取謄録，庚子復經挑選。

飽啖風霜味，青年屢壯游。灘聲魚腹急，月色洞庭秋。花鳥窺吟筆，江湖送客舟。春光長若此，一曲錦纏頭。

交誼澹能久，詩懷窮轉深。老添行脚債，寒釀遠游心。舊學虚名誤，瓣愁短髪侵。秦淮花萬朵，何日共追尋。

梅莊詩鈔卷七 辛丑

南行草

辛丑十月將之金陵留別

滿天風雪擁征裘，辛苦長途賦壯游。飽讀半生誰説項，飢驅千里且依劉。停鞭欲訪烏衣巷，著屐休登燕子樓。指日海濱烽火息，詩人馬上几回頭。

宅相難成愧魏舒，虚名空慕馬相如。一心望切登科再，卅載恩深上學初自七齡從學於舅氏。志士光陰分寸惜，中年藴蓄斗升儲。寒門支絀勞予季，珍重家傳萬卷書。

枯草粘天野色昏，几聲驪唱最銷魂。封胡忍灑西河淚謂筠莊、竹生兩弟，嵇吕争開北海樽。徐楊墨樵、沈述之、解又銘、王成言、于景庵叠爲祖餞。别緒愁添沽上月，鄉思夢繞水邊村。六朝金粉青山在，一棹扁舟向白門。

冰霜如玉碾輪蹄，縱到窮途路不迷。當代交游風雨散，渡江人物斗山齊。門前且漫題凡鳥，酒後終須養木鷄。此去茫茫窺宦海，好留雪爪認鴻泥。

二十八日與筠莊别於里門馬上作詩寄之

前程千里與萬里，胡爲鬱鬱久居此。飢來驅我作遠游，稿筆依人今日始。北風吹雪舞空林，長河堅冰凍徹底。窮冬忽爾唱驪歌，衹爲陸莊荒盡矣。去去争驅黑白衛，病弱妻孥愁不喜。嗷嗷廿口累季方，巧婦難作炊無米。况值雙雙兒女殤，時升兒、小女阿端、侄連寶、侄女阿富，相繼殤，四人幸免饑寒死。劇憐死别復生離，天公磨厲奇男子。此行非爲鑄黄金，但願青眼逢知己。陸雲大笑唐衢哭，缾罄恐貽罍之耻。轉瞬韶光過眼新，春草池塘吟夢裏。何時夜雨聽聯床，天外雁聲鳴不已。

汪莊展墓愴然有作

澹澹朝曦射墓門，如氈衰草拜兒孫。問尋大父循良績先祖省香公曾筮仕江南，未報重慈教育恩。肯構敬遵前世訓，丸態難侍再生魂。竹林更有憐余意，忍拭黄泉凍淚痕。

車中口號

磨鐵輪蹄不暫停，亂冰殘雪古長亭。行人遠把鞭絲引，煙霧溟濛楊柳青。

行餞朝來到野莊，問名何故號梁王。朱三不是真天子，果否屯兵聚此鄉。

宰相真慚管樂儔，濁流不肯附清流。傷心若問崇禎事，羞向門生説故侯。

官銜猶有破垣存，市井蕭條似小村。艷説太平真景象，荒城欲閉竟無門。

静海道中

天形如覆釜，河勢似盤龍。岸有未銷雪，墳多不老松。碑殘微辨字，寺廢尚留鐘。悵望鹽河道，誰尋馬鬣封。

過滄州抵泊鎮作

春泄河堤卧土牛，新城雉堞問滄州。殘陽欲墮風初起，鐙火黄昏到泊頭。

望中條山

中條山上多古樹，下有陽城讀書處。挂劍潛隱在此間，實學肯爲虚名誤。循吏甘爲下下考，心勞撫字官聲著。當時十友競榮宦，鴻飛冥冥弋何慕。至今樵牧尋舊迹，尚有昌黎來往路。

次韻梅樹君師捷地壁間詩

耻向窗間老一經，風塵頓改舊儒生。詩人未學三年轂，國士誰修萬里城。拔幟騷壇争樹立，奪袍文陣又横行。梅花曾侍程門雪，鍊得冰霜傲骨撑。

原作

露宿風餐苦備經，此行差不負平生。談兵喜到盧龍塞，乞食曾來五鹿城。山驛水程嘗酒送，霜橋月店詠詩行。殘年耻作依人計，笑把清寒骨自撑。

過東光城

廢堞深濠樹兩行，朝暾初上到東光。城西門外匆匆過，菩薩低眉笑我忙。

桑園題壁

種種鬢婆娑，車裘日夜磨。凍雲沈曠野，寒日落荒河。連鎮人煙密，桑園樹木多。今宵入齊境，濟水晚生波。

夜過德州

獨車轆轆夜深行，護送長途仗老兵。好夢如雲隨雨散，舊愁似草茁泥生。貧增家累宜爲客，寒減詩才只好名。消受風塵何日了，黎明又到德州城。

紀莊過盧文肅相國師舊第

恍欲升堂拜，靈輀不可尋。文章知己淚，鐵石古人心。相業山同重，師恩海㨾深。劇憐廣陵散，絶響歎嵇琴。

四女寺

枯樹寒雅噪古祠，河干駐馬夕陽時。雲鬟霧鬢諸神女，仿佛訛傳杜拾遺。

恩縣道中

寒鴦隨雲遠，殘陽向客低。小山隨地凸，短樹匝天齊。峻閣碑爲砌，岑樓土作梯。尚存兩書院近聖、漳南，雁塔几人題。

茌平道中

一車兩馬耐長征，月店霜橋又几程。亂耳靡音聽不得，琵琶聲裏過茌平。

火色薦肩憶馬周，功名未遂少年游。香醪濯足狂奴態，醉把侏儒付濁流。

同城驛

指點同城驛，匆匆策馬過。雲中朝日匾，樹外亂山多。嵐氣迎人爽，晴光撲面和。官橋今已圮，擊楫渡鹽河。

倉頡墓

鴻濛混沌事茫昧，結繩而治多遺忘。中古易之以書契，始制文字惟侯岡。漆書鳥篆與科斗，玉筯金薤森琳琅。豈料中壽墓木拱，騎龍天上隨軒皇。石槨瘞魄非藁葬，誰置翁仲立道旁。芻靈作俑者誰氏，輓歌蒿里聲悲涼。力牧執紼風后哭，賜奠顓頊來高陽。倉公或者乃其後，子孫祭掃拜明堂。周之史籀秦李斯，述古爭爲急就章。說文解字許祭酒，亦能一一究凡將。千秋絕學傳鄧氏完白老人，誰其繼者山陰楊蓮卿。又有潘彤侯何子向與孫子甘辛召棠，俱能把筆工三倉。賤子學書苦未成，隃麋不律非精良。今來古墓跽枯草，妄希供奉一瓣香。人生識字多憂患，几回搔首呼穹蒼。君不見，讀書目不識丁字，昨日入貲今爲郎。

紀事

昨日過茌平，僕夫下車走。少頃復登車，雲遇擔糞叟。問其年几何，甲子七十九。問其歲豐歉，顆粒均無有。問其官清廉，蹙額屢搖首。連年遭水旱，飢饉遍畎畝。縣官報豐年，反謂民逋負。徵收必取盈，荷校施械杻。編氓無處訴，賢哉來太守。太守謂縣官，斯民似無咎。汝其體恤之，循循須善誘。縣官遽遷怒，胥役遣某某。下鄉索地丁，反以良爲莠。小民鬨然聚，老稚摧男婦。荷鋤復秉耜，拋棄升與斗。堆置衙署前，誓不事耕耦。紛紛若聚訟，縣官亦束手。余聞嘅然嘆，太息吁嗟久。唐代有周興，斯人豈其後。入甕剩餘生，死不如速朽。驅車過署前，觀者如堵牖。署門擘窠書，曰民之父母。可笑讀書人，視民若鷄狗。寄語諸君子，勿爲民藉口。

舊縣

磨鐵輪蹄夕照催，僕夫況瘁馬虺隤。泉從白石縫中出，人向青山缺處來。沙磧猶存前代血，斷崖尚挂古時苔。茫茫前路昏如漆，何日方能起草萊。

西楚霸王墓

百戰重瞳白骨埋，楚歌四面憤王哀。至今草木餘王氣，終古河山感霸才。騅馬營中悲叱撥，美人帳下泣徘徊。傷心一片烏江水，斷送英雄去不回。

頓使千軍萬馬驚，拔山蓋世竟無成。死真瞑目看秦滅，生不甘心與漢爭。料得野鷄能煽虐，笑他功盡遭烹。風吹冰雪蕭蕭起，仿佛當年叱咤聲。

東平道中

歷盡崎嶇道，東原始抵平。堠亭殘柝響，驛路亂鷄鳴。古寺石爲壁，荒村山作城。千秋粱灝里，仰止舊聲名。

管仲三歸臺

穀城山色鬱岧嶢，瞥眼青齊霸業銷。指點三歸臺畔路，至今惟有凍雲飄。

王彦章故宅

中原誰敵鬥鷄兒，汴洛興亡一木支。善戰何愁雅作陣，好名能使豹留皮。千秋史筆書梁將，夾寨奇勛破晋師。試問鐵槍今在否，湯湯汶水繞荒祠。

望嶽

一覽小天下，巍巍仰岱宗。青連齊魯郡，翠矗漢秦松。峻嶺排千仞，懸崖隔萬重。問尋封禪處，知在最高峰。

滋陽道中

陂石橋頭路，清泉帶雪凉。朔風喧鳥雀，落日散牛羊。凫繹山皆秀，龜蒙樹亦蒼。離家一千里，回首憶茫茫。

宿南沙河驛

南北沙河路，驚波落日黄。斷橋人迹少，古驛馬蹄忙。瀌瀌清泉湧，瑩瑩積雪凉。下車投冷店，夜夜夢匡床。

駱馬湖

一白連天地，茫茫駱馬湖。遠山圍作幛，短樹寫成圖。水色比西子，嵐光疑小姑。詩人清徹底，心迹似冰壺。

湖上偶成

隔岸蒼山列畫屏，清泉觱沸聚寒汀。湖山有意迎人笑，草木無心送客青。天外虹霓環曉日，水邊雅點散零星。何人試鼓湘靈瑟，風景依稀似洞庭。

嶧山湖

夾堤亂石疊高坡，車馬匆匆渡運河。南向孤桐今在否，嶧山湖外樹陰多。

韓莊題壁

傭保萍蹤聚，相逢又别離。車中尋舊夢，壁上憶新詩。落照沈山疾，浮雲入海遲。晚來風乍起，撲面凍生皮。

山中夜行曲

夜半驅車行道左，登山越嶺羸蹄跛。何來寒士苦奔馳，車中傾側如顛簸。風吹瘦骨冷於冰，重裘坐擁猶疑裸。紙燈閃爍暗不明，對面昏昏惟見我。殘雪尚留古嶺松，凍雲又把高峰鎖。崚嶒亂石叱如羊，大如車蓋小如卵。初疑惡鬼森相向，又疑怪獸皮毛裹。轔轔磨折舊輪蹄，碾碎石棱迸烈火。星斗光焰凍生芒，朔風吹裂枯枝彈。安得曉日出扶桑，五雲捧出群花朵。

宿大泉鹿氏家

歷盡嶧山路，長途尚屬滕。田家懸短榻，杯酒話寒鐙。鷄黍行人飽，庭除月影澄。曲肱聊作枕，好夢遇詩朋夢與寄泉袖石論詩。

初入銅山界

霜華如雪滿晴郊，樹截寒雲僅露梢。忍凍何曾詩思減，吟哦短句自推敲。

彭城懷古

鄭陂遥接吕梁洪，彭祖樓邊泗水東。几見拔山觀戲馬，何人擊築聽歌風。雲生箕谷千重白，日照銅山一點紅。若問當年關盼盼，空留燕子伴簾櫳。

望芒碭山

朝望芒碭山，上有天子氣。暮望茫碭山，下有英雄淚。英雄在何許，亭長曰劉季。仗得三尺劍，赤帝斬白帝。王佐有蕭曹，恥爲刀筆吏。可歎憤王勇，不敵淮陰智。重瞳轉瞬亡，戰争等兒戲。憶昔宴鴻門，項莊已屬意。撞斗笑范增，徒爲遭物忌。吕雉比虞姬，恐難分位次。傷哉烏江水，歌聲悲楚騎。長陵一抔土，漢兵亦垂涕。至今劉氏後，并無尺寸地。殊令廣武歎，澄清誰攬轡。茫茫大澤間，山色横空翠。

圯上張子房進履處

進履橋邊一少年，藏弓烹狗見几先。赤松笑爾稱三杰，黄石曾遺手一編。豈有美人爲宰相，從無孺子學神仙。穀城山下來時路，仲父相逢定惘然。

睢甯道中

我來初經古邳州，黄河堤畔遲陽浮。當年争戰割鴻溝，漢兵笑楚爲沐猴。天意滅項興炎劉，彭城霸業黯然收。東阿墳冢森松楸，虞姬魂住城東樓。拔山蓋世神仍留，一聲叱咤輕王侯。黥彭樊魏非其儔，大敗漢卒太公囚。戰將血染大刀頭，睢水不忍東南流。

夜行黄河堤

月落天光白，黄河萬里流。水聲喧餓虎，風勢吼奔牛。列宿明中夜，群山踞上游。勞勞車馬客，辛苦覓行舟。

曉過皂河

消受風霜苦，輪蹄熱鐵磨。青山蒙白草，紅日射黄河。短髮便懷帽，長堤走白羸。衝寒吟不得，詩思晚來多。

客中長至感賦

年年佳節拜佳城，想到雙親淚暗傾。今日紙錢無處化，斷魂何必到清明。

昨宵葭琯動飛灰，冬至陽生暖意回。遥憶故鄉今夜月，團圓兄弟共銜杯。

刺繡今朝一綫添，閨中寒甚閉重簾。山妻今日停鍼黹，萬棲閑愁上指尖。

稚子喃喃學誦書，四齡解把亂雅塗。而今黄土埋桐槐，誰寫消寒九九圖。

清江浦口占

烏沙河岸水澄清，官吏拏船盡載兵。獨坐小車行得得，御河亭畔看潮生。

淮安懷古

清江一棹過淮關，舟自匆忙客自閑。湖到射陽波浩浩，橋傾胯下水潺潺。廢垣頹壞枚皋宅，峭壁嶒崚老子山。試問劉伶臺畔路，竹林遥想醉時顔。

夜泊寶應

行盡山程又水程，扁舟一棹過淮城。片帆風利不得泊，白馬湖邊夜月明。

蕩舟湖中

未到高郵已見湖，沙灘處處長菰蒲。白連天地清如洗，翠點河山澹欲無。小艇翩翩爭鰋鯉，亂帆拍拍混鷗鳧。煙波萬頃舟千葉，妙手難傳此畫圖。

氾光湖上作

三十六湖水，天光雲影浮。山添殘雪積，波挾亂冰流。江海几詞客，生涯同釣舟。盂城雙塔外，回首看高郵。

高郵阻風

挂帆瞬息到邗溝，惱殺寒飈阻石尤。萬樓炊煙銜舵尾，千層雪浪打船頭。射陽湖水明於鏡，瓜步山光冷若秋。依舊津門今夜月，二分無賴照秦郵。

隋山光寺在揚州北嘉慶八年阮芸臺相國題額

隋代山光寺，開皇第几年。沿堤千畝竹，隔岸萬家煙。螢苑悲荒草，雷塘剩墓田。老僧今在否，汲井問甘泉。

廣陵懷古

蕭梁荷荷付東流，文選昭明尚有樓。草滿蕪城誰作賦，潮通瓜步自成洲。露筋祠裏藏貞魄，召伯湖邊歎舊游。二十四橋殘雪影，空餘凉月照邗溝。

九曲池頭奏管弦，隋堤楊柳澹如煙。狐鳴廢殿聲疑鬼，人到迷樓夢亦仙。螢苑於今皆腐草，鷄臺終古傍甘泉。玉鈎斜畔埋香處，誰向雷塘拜墓田。

省識平山舊草堂，瓊花一樹至今香。從來孽子難爲帝，不信詞人亦號王。水咽琴聲絶中散，鵑啼血淚泣南唐。蜀岡高望新城壘，立馬曾爲古戰場。

扁舟南下悵離群，愁對揚州月二分。几處玉簫吹引鳳，有誰巫峽覓行雲。鶯花過眼都成夢，絲竹關心久不聞。俊侶重逢在何日，可憐腸斷杜司勛。

文峰寺

七級聳浮屠，云是文峰寺。高閣倚河濱，光射斗牛氣。

高明寺

亂竹圍孤塔，寒凝舍利光。紺宫嵌碧瓦，白雪映紅墻。門繞三叉水，碑留四面坊。登高東北望，鐙火認維揚。

夜泊破樹灣

風湧寒濤急，停橈破樹灣。夾堤堆白雪，隔浦看青山。名士多於鯽，參軍竟作蠻。今宵明月好，辛苦照離顔。

舟過儀徵

石尤風緊撲船頭，揚子江邊動客愁。岸雪未銷泥滑滑，一聲欸乃到真州。

泊殺馬洲

封姨阻我渡江行，殺馬洲邊舫自横。隔岸青山殘雪積，沿堤翠竹暮煙平。六朝舊恨人千古，五夜新愁月半明。南望龍潭空艷羨，西風吹送布帆輕。

舟中對月獨酌

揚州風景好，跨鶴更腰纏。客路三千里，行装十萬錢。晚霞紅映水，脩竹緑參天。獨酌無人共，邀來月滿船。

渡江作

波浪掀天萬里風，銅琶高唱大江東。山含積雪青成日，水射朝陽緑雙紅。滚滚長流限南北，茫茫遺恨送英雄。六朝多少興亡事，風景於今迴不同。

江上望棲霞龍潭諸山積雪

銀海生花玉樹稠，漫天帀地雪光浮。詩人未老英雄志，笑殺青山已白頭。

黄天蕩懷古

盈盈天水蟄龍伏，槎枒檜樹參天緑。南風不競北風凉，五岳怒撼蚩尤觸。女真崛起契丹亡，鐵騎如山壓汴梁。五國城邊悲二聖，渡江割據誤汪黄。大家衹愛西湖好，單于跋扈誰招討。蚊蠅嘵市鬧成雷，鄂王幽辱蘄王惱。峥嶸妙計出釵裙，不讓淮陰背水軍。閫内元戎顔似玉，帳前猛將氣如雲。兀术竊瞰長江口，艨艟百萬隨波走。轟轟甲士聚鷄籠，蕭蕭戰馬鳴牛首。横江截路勢偏豪，閫闥何心竟助梟。桴鼓聲驚肝膽裂，完顔部落望風逃。事後論功膺上賞，梁夫人是千夫長。湖橋驢背老英雄，鰲頭幸免漁人網。我來江上欲瞻韓，紅袖誰登大將壇。未得眼看秦氏滅，至今嗚咽怒濤寒。

過盧龍山下

煙水茫茫湧夕暉，渡江擊楫去如飛。盧龍山景濃於畫，赤壁蒼巖白雪肥。

江船夜行

片席挂明月，隨風吹向西。江船孤客夢，村店五更鷄。雲影連山遠，天光與樹齊。挑鐙拈短句，呵凍禿毫題。

泊燕子磯

燕子磯頭一小亭，插天石骨瘦瓏玲。雪經良夜中邊日，松到嚴冬分外青。江水有聲流皓月，山峰倒影遍寒星。觀音門外停舟處，燈火人家亂似螢。

抵金陵作

莫愁湖畔漲潮痕，洗盡梅花旅客魂。欲訪六朝金粉地，划船直到水西門。

梅莊詩鈔卷八 辛丑壬寅

白門集

上雲巢舅氏六十韻辛丑

業紹三公貴，名齊八詠香。始興高閥閱，吏部煥文章莊敏公明季爲南京冢宰。奕奕生崧嶽，觥觥作棟梁。埋頭耽染翰，總角繼青箱。讀史讎三豕，趨庭憶五羊外大父中憲公曾仕粤東。經綸傳里閈，孝弟冠膠庠。益友推梅福謂樹君師，難兄讓幼常。椿庭開廣廈，萱草蔭高堂。少賤追隨久長卿七歲從受業，頻誇宅相良。然鬚增涕淚先慈於嘉慶癸酉年棄養，摩頂暗悲傷。講學循循誘，評文細細商。樗材甘廢棄，神驥早騰驤。辛苦留衣鉢，丁年貢廟廊丁丑入詞林。木天森茂豫，藝苑重圭璋。匏繫官如寄，喬齡鬢有霜時中憲公春秋七十有五。萊衣春侍養，衰絰夜奔喪。讀禮難將母，驅車別故鄉。織簾功力粹，負米道途長。纔下陳蕃榻設帳偉堂先生家，隨山右學使幕，旋催季子裝。高才搜魏晉，古迹訪陶唐。上艾皋比擁主講平定書院，詞壇纛神妙償壬午留館授職編修。瑯嬛披簡册，桃李盛門墻從學登甲乙科者數十人。分校羅燕冀，呈材渡岳湘。戊子典試湖南，己丑分校禮闈，提調國史館。冰壺勤照澈，玉尺妙裁量。文苑傳家學，循聲蔚國光。雲閑來召杜，吴下有龔黄。辛卯放松江太守，甲午調蘇州。海嶠看驅鱷在上海稽查洋艘，江村説捕蝗著有《捕蝗備要》。泖河通水利，修河工竣，欽加道銜。郇雨遍金閶。奬勵忠臣裔，栽培弟子行拔取方正學裔孫及孫文定公曾孫。披星聽獄訟，戴月勸農桑。淚灑歐公荻甲午七月丁太淑人憂，甘留召伯棠。板輿三載奉，靈櫬一舟杭。窀穸謀佳宅，圖書作宦囊。校詩開丙舍，刻石表瀧岡。塋葬後校刻《欣遇齋詩集》并《年譜》及《問石山房墨迹》。祖德醇風厚，君恩湛露瀼。冰銜仍典郡，丙申服闋，即放江寧太守，晋階觀察。膏澤舊分疆。借寇民心愜，瞻韓喜欲狂。金陵隨雨化，玉節順風颺。用濟霈舟楫，持籌重稻粱。轉輸分十郡，賑恤發千倉。舊弊驅降盡，新猷審慎詳。丁胥勤昣恤，捕弁靖譸張。妙手籌灾歉，關情問雨暘。口碑鐫整肅，心簡契明敭。書許兒孫讀，謀詒奕葉昌。身前參佛果，肘後著仙方。愧我傷弓鳥，渾如失道倀。家無田負郭，户少甕儲糧。耕硯猶存舌，搜詩尚有腸。怯登紅杏路，笑對紫薇郎。拋棄青氈去，來依絳帳旁。海氛人北顧，關雪雁南翔。招入蓮華幕，重縫薜荔裳。論文徵學識，把酒話行藏。時雨花都潤，春風座不凉。詩歌追短李，賦筆擬長楊。蹭蹬功名老，蹉跎歲月忙。名場勞逐逐，宦海看茫茫。酷似何無忌，吟成送渭陽。願書千萬本，留表大功坊。

金陵懷古

辛丑仲冬初，來白下游覽山水，裒回陵闕雖陳迹都非而流風尚存。慨自繁華六代，銷歇千秋，至於南唐之割據、南宋之駐蹕，晌息雲散，而朱明之興亡，尤令人感悼。爰得七律十章，以寄憑吊之意云。

葱蘢王氣秣陵秋，虎踞龍蟠繞石頭。兩代雄才窺楚越，三分霸業敵曹劉。談兵誰及周公瑾，生子當如孫仲謀。腸斷橫江沈鐵鎖，悔占青蓋洛陽游。

渡江五馬一龍奔，淚灑新亭最斷魂。九曲煙波王導宅，半山絲竹謝公墩。燕飛不入烏衣巷，鳳去難尋朱雀門。聽罷桓伊三弄笛，畫船鐙火問桃根。

萬金一擲笑摴蒱，擣藥聲聲喚寄奴。帝子有靈仍射雉，王孫無罪竟屠豬。樂游苑裏詩人杳，元武湖邊戰士孤。盗狗歸來看斂版，湘宫煙雨泣蒼梧。

景陽樓上晚鐘沈，宫女争穿乞巧鍼。趙鬼揶揄工讀賦，仲雄懊惱更彈琴。酒邊楊柳枝枝翠，地下蓮花步步金。閲武堂前春夢短，空留家令自孤吟。

蕭郎頗有帝王才，老見東堂戰壘開。三度捨身同泰寺，半生説偈雨花臺。甘心佞佛昇天去，苦口呼人索蜜來。千古滔滔淮堰水，至今波浪有餘哀。

臨平湖水漲泥沙，日照臺城黯澹斜。三閣詞章邀狎客，四更歌舞醉官家。心肝鑿喪推江總，粉黛銷磨剩麗華。井底胭脂流不盡，問誰重唱後庭花。

澄心堂紙色斕斑，畫出秦淮水一灣。藿日填詞誇五鬼，霓裳譜曲艷雙鬟。漫教鼓楫浮梁外，肯許酣眠卧榻間。憶否鴛鴦新寺主，不知何處念家山。

依舊勞勞送客亭，無端忽作小朝廷。岳山埋地冤誰白，檜樹參天色更青。暫假西湖支壞壁，竟教南渡等浮萍。江流浩浩黄天蕩，鼙鼓聲中戰血腥。

一聲鳴鳳亂雲飄，整頓江山勝六朝。劫火光中飛燕子，金川門外集鴟鴞。湖邊缺月人何在，石上忠魂血未銷。十族抄來瓜作蔓，孝陵松柏莽蕭蕭。

宫闕傾頽蔓草荒，莫愁湖水緑茫茫。孱王有意爲陳主，駑馬無知况阮郎。開府干戈同演劇，隔江燈火笑移防。可憐一曲薰風殿，不及桃花艷李香。

雨花臺側謁方公景公二祠

獨上木末亭，寒江如一綫。凉風吹客衣，天際孤鴻健。下岡拜古祠，遺像皆碩彥。正學善讀書，教授志不賤。血淚洒麻衣，哭聲震宫殿。日月照丹心，投筆誅其篡。嶽嶽景御史，老謀有深算。緋衣懷白刃，惜未酬所願。傷哉殲十族，毒矣抄瓜蔓。忠魂偕卞壼，烈魄追袁粲。乾坤有宿儒，至死皆不變。地下見高皇，痛訴元黄戰。我今拜座前，敬爇香一瓣。摹讀碑碣字，愧乏蘋蘩薦。北望金川門，啄肉飛來燕。笑殺李九江，論功誇靖難。

桃葉渡

洞口桃花別有村，空餘桃葉與桃根。劇憐一片青溪水，詞客初來已斷魂。

登報恩寺塔

一覽金陵矮，人煙聚石頭。凍雲連野色，寒日帶江流。烏鵲空中没，樓臺望裏收。四圍山萬疊，顧盼几時游。

聽雨憶筠莊

鐙殘香燼漏聲催，紙帳梅花夢裏開。依舊連床聽夜雨，不知鴻雁几時來。望家書不至

秦淮水榭

萬古秦淮水，經冬亦不寒。何人吹玉笛，有客正憑欄。畫舫波聲急，高樓日影殘。釣魚尋舊巷，無處問丁官。

題馬石樵茂才堯年藤花館詩草

一編吟稿足傳神，如見嵚崎磊落身。何日扁舟渡江去，紫藤花下訪詩人。

贈張劍庵同年元福歸江浦

渡江深悔識君遲，纔得相逢又別離。驛路梅花千萬樹，東風吹放向南枝。

二十二日有感

重泉嘆我竟無成，夢裏猶聞唤子聲。西北關山翹首望，白雲深處是佳城。

背萎萱花祀灶前，含悲風木已多年。關心廿載今爲客，腸斷江南臘月天。

冬夜偶成

殘柝脆于板，頻催五夜忙。惡梟嘻壞木，饞鼠嚙空箱。室静心都死，衾孤夢亦凉。腹枵嘔血盡，猶自索枯腸。

除夕憶家

想到家山淚滿巾，桃符又换墨華新。叩門定有催租客，入座頻添索債人。合眼難尋今夜夢，傷心却憶去年春。聲聲爆竹喧通夕，祇飲醇醪不送神。

早春偕友人游隨園瞻簡齋先生遺像得七律四章壬寅

小倉山占六朝春，濃翠全銷九陌塵。翰墨因緣來吊客是日同人唁車秋舲先生，琉璃世界拜詩人。千竿緑竹能醫俗，萬樹梅花替寫真。我到名園倍惆悵，月明如現宰官身。

奇才久已萬人傳，恨我遲生四十年。未得春風隨杖履，空來福地訪林泉。相公許作真名士謂尹文端公，兒女争呼老謫仙。最是煙雲如意好錫山吴省曾爲先生繪煙雲如意圖，吟魂常在蔚藍天。

樓臺屈曲九迴廊，纔到先生舊草堂。四季名花開錦繡，雙湖新水涣文章。飛來香雪都成海，引得青雲不隔墻。波皺粼粼邀塔影，芙蓉猶未長池塘。

山斗聲靈海鶴姿，渡江人物數袁絲。飽酣經史休官早，老戀鶯花得子遲。黄土一壞埋傲骨先生墓在園中西南隅，青箱三世先生子蘭村明府，孫又村上舍，曾孫茂才、銑銘二人。守荒祠祠堂爲孫淵如觀察篆額。應知絕代風騷主，不僅流傳萬首詩。

游鷲峰寺

初到鷲峰寺，嚴城睥睨斜。濬雲江總宅，殘照段侯家。古渡迷桃葉，荒園冷茶花。老僧知愛客，汲井焙新茶。

憶内

卧聞海燕話深檐，驀地情絲萬樓添。漂絮問誰操井臼，頡羹何處覓臺鹽。屢驚好夢來心上，莫織回紋驗指尖。稚子諵諵須畫荻，紅鐙影裏隔重簾。

花朝登樓對月有懷

水邊春色二分加，詞客憑欄感歲華。明月有情偏照我，孤衾無夢不還家。醉拈彩筆休題鳳，喜爇名香默禱花。今夜團圓千里共，玉人何處弄琵琶。

上元署中作

客裏重爲客，空庭夜不寒。雨昏鐙影濕，風急雁聲乾。支枕吟詩澀，移床入夢難。鼕鼕衙鼓换，聽到五更殘。

雜詩

翠竹森木夕照紅，白門柳色尚葱蘢。當年佳話誰能記，廳事階前長瑞菘。

黜陟全憑筆一枝，好懸明鏡别妍媸。鐙光人影三更後，二十年前應考時。

丱角神童二十齡李鎮，拈毫默寫十三經。春秋背誦如翻水，環堵諸生側耳聽。

亭心甎縫草痕齊，姑惡聲聲向客啼。東閣有詩吟不得，怕風吹過短墻西。

二月二十五日作

笑我頻年受墨磨，鮎魚上竹鵲填河。童場再入真如夢，宦海旁觀尚有波。滿院蒼苔人迹少，隔窗緑竹雨聲多。閑廳剩得禱褷影，紙帳寒鐙喚奈何。

清明有感

一片鄉心埽不開，紙錢飛上雨花臺。遥知姜井汪莊路，少箇兒孫下拜來。

朝天宫西謁卞忠貞公墓

冶城挂殘照，緑净松楸影。尋逕踏蒼苔，叩門聞鶴警。言訪卞公墓，悚然肅仰景。典午南渡後，朝廷勢可憫。將軍多跋扈，來若飄風隼。王導涕沾襟，毋乃奇才窘。庾亮召寇至，種薙尤愚蠢。卓哉尚書令，慷慨義氣猛。都督大桁車，血戰能馳騁。殺身以報國，亮節振臺省。膝下有佳兒，厥名盱與眕。父忠子死孝，俊骨埋童齔。握爪屈如鐵，幽魄殊勁挺。忠孝萃一門，史策光彪炳。至今二千載，生氣猶凜凜。再拜石碣旁，宿草茵鋪錦。高山多白雲，英靈聚山頂。石城袁司徒，招魂酒共飲。

東花園晚眺

鷲峰寺裏磬聲圓，近郭人家釀晚煙。淮水緑于芳草地，菜花黄到夕陽天。雉垣似鋸山斜錯，雁塔如錐穎到懸。舊迹欲尋江令宅，空餘重柳畫橋邊。

三月十一日邢園觀牡丹

邢園春色滿樓臺，傾國傾城頃刻開。埽逕喜邀名士賞，倚闌如見美人來。松棚篩透朦朧日，竹檻低遮淺瞻苔。彈指韶光容易過，一年一度爲誰栽。

貴彩濃姿壓眾芳，嘉名應號百花王。胭脂買得春無價，羯鼓催來睡亦香。檀板金樽歌艷曲，銀盤玉合鬥新妝。南朝别有傷心處，風景依稀似洛陽。

臨芳殿裏雪夫人，絶代銷魂數太真。三月繁華原是夢，半生富貴不知貧。姚黄魏紫花都活，歐碧鞓紅色更勻。記否染衣酣酒處，沈香亭北問前身。

賃春亭畔桂堂東，老圃新開地數弓。國色潤沾鳩婦雨，天香濃惹鼠姑風。奢心巧製千堆錦，妙手痕留一捻紅。栩栩成團黄蛺蝶，問渠何事入花叢。

贈友人

宣武坊西憶舊游，那期同泛秣陵舟。春隨柳色匆匆去，難綰離人萬種愁。

好風吹客到蘇臺，虎阜游人載酒來。草滿滄浪亭畔路，鰣魚初上杜鵑開。

石觀音道院訪周處讀書臺故址

陽羨山中有周處，辭別江東事典午。没水手斬長橋蛟，彎弓又射南山虎。折節讀書工屬文，師事陸機同陸雲。罷政曾除楚內史，論功復拜前將軍。將軍破陣爭鏖戰，橫腰剩有龍泉劍。可恨梁王與夏侯，忍教烈魄忠魂斷。英雄膽裂憤填胸，叱咤頭顱血染紅。一死未酬忠孝志，幸留將種補奇功。憶昔少壯同無賴，故鄉父老憂三害。厲節改行真異人，孝侯品詣殊神怪。我今初過蟒蛇倉，署公遺像神飛揚。石觀音洞爭羅拜，臺畔無人奉瓣香。傳聞滬瀆烽煙繞，談兵紙上書生老。願借將軍死後靈，夷氛百丈看橫埽。飲虹橋廢城南隅，赤石磯邊問舊居。一片清聲起竹末，夜深仿佛讀兵書。

贈馬鶴船壽齡廣文

七載春明別，交深一面緣。養親娱白髮，講學守青氈。屢訪情偏切，重逢喜欲顛。頓驚鬚鬢改，不似舊鳶肩。

詩興隨春去，招尋識草廬。雲山名士老，風雨故人疏。笑我空拈筆，知君早著書。一般詞賦手，合作馬相如。

倦矣飛歸鶴，相知尚有丁時館於丁氏。青袍增感涕，絳帳更窮經。卜易搜羲畫，聞詩紹鯉庭文郎鶴子年十三律詩頗工。芭茱佳弟子謂高足龔李二生，能辨豹文鼮。

風流懷謝傅，賃廡傍溪橋。老圃花三徑，垂楊路一條。冶城微雨霽，鍾阜澹雲飄。莫負看山約，尋君話六朝。

東望

鳳皇飛去後，寂寞杏花村。春色歸滄海，詩人老白門。看山頻送客，對月强開樽。東望烽煙急，將軍細柳屯。

早起偶成

天教來看六朝山，半日尋春半日閑。酒對名花邀月飲，詩同亂草倩人删。良朋久别都疑鬼，獨客無眠竟類鰥。車笠交情鴻案樂，故鄉夜夜夢中還。

夜坐

簾鈎斜月半昏黄，醉後迷離倚枕傍。有夢忽驚春色短，無人偏覺晚風凉。鑪銷殘篆香彌静，詩得閑心味轉長。坐到紙窗燈影暗，竹聲如雨夜蒼蒼。

莫愁湖

望湖樓傍勝棋樓，兒女英雄土一邱。縱使莫愁今尚在，茫茫煙水亦生愁。
不解言愁强笑嚬，蛾眉剩得畫中身。六朝天子匆匆去，二水三山屬美人。
漫説婁湖更蔣湖，城西依舊緑平鋪。玉平門外波千頃，白藕紅蓮問小姑。
彈指華嚴吊夕陽，詩人重到鬱金堂。天津橋北盧妃巷，争及青樓姓字香。

檢點行篋得友人贈答詩寄懷高寄泉

短髮飄蕭不滿梳，撚髭吟興近何如。詩名竟欲追高適，宅相真能學魏舒。君長于外家，爲王古愚先生器重。風雨鷄鳴君子夢，雪泥鴻爪故人書。衙齋寂寞空相憶，誰向樂城問草廬。

五月

五月江南景，陰晴日几回。曙光蒸紫菌，雨氣釀黃梅。螢閃星星火，蚊轟殷殷雷。不知身是客，歲月暗中催。

不寐

不寐翻嫌夏夜長，空齋聽雨倍凄涼。名心未死捫猶熱，鄉林雖真醒漸忘。帳外飢蚊愁覓食，壁間黠鼠任跳梁。枕函誰置閑花朵，卧到殘更尚有香。

海濱

海濱烽火耀天明，羽檄交馳萬馬驚。滬瀆孤城難拒守，吴淞巨舶任横行。竟如倭寇乘風至，誰把妖氛一埽平。佇聽將軍復和議，書生紙上漫談兵。

聞道

聞道狼山外，樓船日夜過。海門烽火疾，江岸陣雲多。巨室悲遷徙，將軍唤奈何。全憑東粤賈，談笑却兵戈。

明瑟軒偶成

炎風薰熱到冰銜，贏得虚名縮似蝸。設饌新登諸葛菜，分畦間種邵平瓜。樓窺塔影山遥拱，樹界溪光日易斜。明瑟軒中銷夏好，水晶盤子薦枇杷。

誰獻

誰獻平戎策，新亡曲逆侯。火攻難對壘，水戰在沈舟。白鬼揶揄笑，蒼生黯黮愁。一灣鵝鼻嵛，見月喘吴牛。

風送

風送樓船趁怒潮，圖山西望過金焦。空横鐵鎖三江險，竟壞長城萬里遥。下邑牛羊迎賊獻，上軍貔虎任人燒。可憐北固樓頭月，光焰衝天火未銷。

負尸行

鐵甕城頭鳴戰鼓，將軍畏敵如畏虎。刀劍光中血肉飛，殺人夾巷尸如堵。森嚴宿衛錦衣行，不捉奸人捉漢兵。枵腹貧儒愁餓死，居奇富賈慘遭刑。閉城七日羞言戰，千户萬户哭聲亂。黑鬼緣堞白鬼來，喪心太守先逃竄。紛紛蟻聚復蜂屯，十萬頭顱帶血捫。烈女殤童争自縊，幽魂解報帝王恩。死尸堆累山邱積，縱横阻隔行人迹。買得蚩氓負出城，兵錢七十民二百。前面負者尸無首，後面負者尸如狗。濺血淋漓污滿腰，監門叱咤鞭之走。一人負尸向南去，一人負尸從北來。亂鴉飛逐啄其骸，死人含笑生人哀。從今休説丹徒好，黄沙碧血無青草。丁卯橋邊惡鬼多，藏春塢口行人少。今日江濱尸如舟，明日江濱水不流。夜深燐火作鬼語，閻羅命我姑蘇游。

感事

金焦山下寇横行，江岸何曾駐守兵。北固炮雷轟地震，南徐烽火燿天明。票鹽流毒民成賊，餓莩盈溝血有聲。夜半新豐軍又潰，倉皇殺剩緑旗營。

火輪船到古真州，驚得維揚滿郭愁。巨室先逃販鹽賈，大江争堵運糧舟。潮添六尺東風疾，月黯三分列宿憂。河伯宣防資保障，麒麟到底勝黄牛。

舳艫衮衮渡江來，日射山城四面開。撤盡雄兵羞對壘，逃存上將又登臺。漫誇虎踞龍蟠勢，只聽風聲鶴唳哀。賴有慈悲和事老，安危全仗濟時才。

妖氛焰灼江入深，刁斗無聲夜氣沈。盪寇不遵天子詔，養癰誰識老臣心。齎粱飽餽三千石，贖地先輸百萬金。城下干戈何日退，將軍惟有淚沾襟。

七月二十一日紀事

古城隍廟看新鬼，陰風慘澹日如水。牛旁阿難競馳逐，夜叉亦愛金陵美。漢兵小隊耀前騶，旌旗五色黯然愁。銀刀似雪來銅狄，鐵騎如雲擁石頭。偏裨譯使并轡走，前有方伯後太守。酋長凶頑類虎狼，蠻奴骯髒同豬狗。凹顴隆準毛髼鬇，目光深碧揺圓睛。反唇裂齒笑如哭，向人時作醜醜鳴。白帽覆頂似掀簸，洋絨赤黑周身裹。上下不分衣與裳，束縛支體形疑裸。左手執炮右持刀，火槍火箭森横腰。據鞍駿馬高六尺，馬蹄亂趁秋風驕。别有島民骨肉墨，頓教鑌鐵無顔色。漆腿健隨馬後奔，回眸屢顧真奇賊。喧傳城市鬼初來，棘院無端變夜臺。建業瑜伽施焰口，皖江冤魄考遺才。老酋盤踞居中坐，我朝將相左右个。當路豺狼食肉飛，處堂燕雀争相賀。花田五畝金萬千，功成和議圖凌煙。早知今日盟城下，悔不當時力守邊。憶昔嘉慶歲丙子，越裳獻雉求通市。却貢嚴威懾百蠻，西戎厎叙天顔喜。我年十二居故鄉，道旁曾看新氐羌。前列鹵簿奏笳鼓，狀頭面貌白于霜。氣象柔服意恭順，我兵耀武誇雄陣。沽上何人撤水師，粤東從此開邊釁。劫灰定海與寧波，厦門香港烽煙過。乍浦寶山及上海，可憐京口哭聲多。舳艫横截長江面，將軍膽裂空言戰。不據維揚據秣陵，六朝風景煙雲變。賴有人奴今衛青，能抒奇計佐阿衡。黄金鋪地人抛甲，白日當天鬼入城。君不見，拂鬚參政瘦宰相，貴人能具鬼情狀。更有南唐大小馮，魑魅魍魎千般樣。吁嗟乎，閻羅鐵面來幽冥，懸鏡照膽秦王庭。莫令鬼子揶揄笑，照得衣冠盡變形。

曉起口占

晨色動窗牖，羅幃生薄寒。荒鷄啼月墮，乳燕惜花殘。知足心常樂，無求夢亦安。几時游華嶽，高卧學陳摶。

報恩寺題壁

東望南徐烈焰紅，漢家貔虎變沙蟲。陽侯忍斷江心鎖，箕伯横吹海面風。几處將軍誰破虜，從來宰相喜和戎。冶城多少金銀氣，都付煙銷火滅中。

鐵艦如飛擁白門，驚濤駭浪走孫恩。乘軒倦鶴愁將戰，當道貪狼怒欲吞。受命犒師來柳下，移家避世入桃源。依然城郭人民去，王謝堂前燕子喧。

封豕長蛇勢怒蟠，漢兵争學沐猴冠。妖氛壓陣軍如墨，殺氣凴城夏亦寒。弟子輿尸誰任咎，小兒破賊盡知難。八公山下需霖雨，百萬蒼生望謝安。

不聞刁斗角弓鳴，細柳深藏大將營。上策攻心堪報國，下民奮志竟成城。憂危幸免紅羊劫，談笑重尋白馬盟。雨洗甲兵銷蜃氣，銀河秋色靖欃槍。

傳説閼氏是休屠，中原誰遣築氈廬。金甌寰海撑銅柱，鐵券盟山鑄玉書。天意竟容魑魅去，人心慣與虎狼居。西江黄雀高飛盡，煙火頻殃涸轍魚。

誰許山魈汗漫游，桂花香冷寺門秋。貞魂有恨冤埋骨，古佛無靈糞著頭。鈐語摇風朝上塔，刀光磨月夜登樓。江天一紙揮鵝管，權把金陵筆底收。

蔣帝山邊集惡梟，小姑祠畔哭聲嬌。浮家競覓三年艾，歸艇重驚半夜潮。兵氣蒼涼秋瑟瑟，人煙寥落水迢迢。六朝金粉飄零盡，不忍重過舊板橋。

太白樓頭濁酒斟，醉中何處覓知音。山川奇氣通蠻語，江海秋聲動越吟。患難肝腸經百鍊，亂離書信抵千金。干戈叢裏詩人老，收斂才華賦上林。

中秋月下偶成

依舊故鄉月，江南分外明。全銷蒼莽色，遠照別離情。我欲乘風去，重歌醉月行。今宵倍惆悵，孑影坐殘更。

枕上偶成

枕簟涼如水，西風透茜紗。愁看樓上月，飽嗅帳中花。活潑吟情動，瞢騰睡味加。竟忘身是客，夜夜夢還家。

二十五日作

江南詞客正思家，醉上高樓看月華。小別嫦娥剛十日，被風吹影到天涯。

羅浮老圃是前身，摧折花枝墮劫塵。三十八年彈指過，古梅樹下一詩人。

梅莊詩鈔卷九 壬寅

江中吟

將之廬江留别徐蔗園表兄瓚兼呈王蓉橋丈

異姓爲兄弟，他鄉骨肉親。况經離亂苦，愈覺性情真。豪氣醻肝膽，奇才困賤貧。願將金百鍊，同鑄百年身。

老入蓮花幕，書生已白頭。干戈醒短夢，風月慰殘秋。重享太平福，休傷離别愁。大江東去水，破浪問扁舟。

登舟口號

輕舟已過鳳皇臺，醉眼模糊倦未開。三疊陽關催客去，萬重山色渡江來。别時歌管翻增恨，亂後乾坤尚可哀。孫楚樓頭沽酒處，大呼李白是天才。

舟中偶成

江上鯨波靖，乘舟客往還。人煙荒市外，塔影亂桅間。舵尾晨炊急，蓬心午夢閒。推窗無限意，回首看鍾山。

江行晚景

六代興亡感，煙霞過眼空。江山争落日，蘆荻戰秋風。雲襯孤帆白，潮蒸暮靄紅。蔚藍鋪一紙，妙手倩關仝。

雙閘夜泊

擁被人高卧，長江一葉舟。五更摇夢去，獨客動鄉愁。燕别烏衣巷，花開白鷺洲。風波猶未定，莫向海天游。

江上暮感

不涉風濤險，焉知康與莊。江聲吞斷岸，帆影挂殘陽。雲隔三山遠，天垂四野長。苦吟窮徹骨，衹剩一詩囊。

雙閘曉發

曉風吹客夢，初日照蘆花。解纜中流去，舟人亂語譁。水肥吞岸闊，帆飽趁風斜。遥指青山外，零星數點鴉。

新林浦謝元暈吟詩處

新林浦隔板橋凉，江樹歸舟路渺茫。賤子有詩吟不得，只愁謝脁笑人狂。

勞勞亭書懷

耻戴南冠泣楚囚，勞勞亭畔水聲柔。渡江名士推無忌，往代才人數莫愁。柳色又添離别恨，烽煙剛靖帝王州。布衣羞作長楊賦，擬向桃林學放牛。

過晋太子洗馬衛玠墓

秋艷新亭路，殘陽照墓門。青山埋俊骨，白酒奠英魂。美玉無疵類，曇花有淚痕。縱教人看殺，文采至今存。

三山晋龍驤將軍王濬駐師處

樓船萬里下江潮，破竹軍聲到板橋。功讓龍驤天塹壞，關開虎踞石城遥。雄兵風勁傾三國，廢壘雲深恨六朝。歸命已降丞相死，可憐遺冢木蕭蕭吴丞相張悌墓在板橋。

和州懷古

英雄匹馬度昭關，一夜西風兩鬢斑。千古漁郎辭劍處，水聲流過歷陽山。
竟教國士詡無雙，百戰山河氣不降。亭長于今成帝業，又來亭長在烏江。
秋光先到水心亭，一代詩魂鬼亦靈。倚棹欲尋張籍宅，桃花塢口晚山青。
廉吏兒孫愛遠游，推篷遥指峴山頭。傷心五十年前，事定有耆民説故侯先大父乾隆庚戌辛亥間曾宰含山。

采石磯懷古

古今才子神仙少，乾坤戰伐將軍老。剩得高山一角青，蒼松萬樹圍荒草。青蓮學士謫仙人，知己初逢賀季真。三叠清平傳絶調，長安市上醉稱臣。電光具眼識汾陽，至德中興走夜郎。亂後干戈窮不死，江天到處酒樓香。濟南别後金陵住，狂歌謝脁驚人句。捉月亭邊著錦袍，空餘奇骨埋荒墓。一將强于百萬兵，韓擒以後有開平。燃犀照遍魚龍膽，牛渚磯頭夜月明。沔陽漁子沿江下，康郎血戰空圖霸。追北和林沙磧平，奇功不在中山亞。柳河川邊隕大星，蔣陵陪葬草青青。夜深烈魄隨華輦，仿佛重游太白亭。我今鼓楫來江岸，烽煙已靖休征戰。從此揮毫更詠詩，臨江釃酒幽魂奠。一杯大呼李太白，一杯又呼常遇春。爲問千秋萬世几忠臣？三山二水几詩人？君不見，大江浪擁英雄去，姓氏常垂不朽身。

太平吊花將軍雲

東邱猛士有花卿，百戰風雲死太平。大澤蛟龍留將種，深山虎豹怖威名。紅顔波底魂無語，白骨刀頭血有聲。回首水橋遺墓在，衣冠束縛草縱橫。

當塗曉發

牛渚朝暾上，姑溪野水連。亂松圍古寺，壞稻没荒田。吊古來狂客，吟詩有謫仙。醉登山絶頂，搔首問青天。

于湖道中

葦花蕭瑟映菰蒲，補網漁家入畫圖。莫笑書生枵腹慣，飽看山色到當塗。

汐漲腥風冷釣絲，荻花灘觜曬鸕鴜。朱顔掩映漁家女，紅到斜陽欲墮時。

江鄉風景真如畫，紅樹青山碧水流。一片鳧鷖飛乍起，蓼花菱葉不勝秋。

水田漠漠認姑溪，打稻聲中唱午鷄。一帶緑樫濃似染，野鷗飛過斷橋西。

姑孰

姑孰谿聲水氣渾，兒時英物笑桓温。十年種樹陰初滿，萬載留名臭尚存。故智漫誇同魏武，可人空自許王敦。枋頭敗後奸雄死，白紵歌成最斷魂。

江行即目

博望山邊古戰場，時平收起舊刀槍。晚來燐火含青血，猶自高飛過歷陽。
依舊屯軍却月城，蛾眉山壓大江横。樓船早已歸滄海，猶在峰頭亂紮營。
不挂輕帆蕩短橈，天門對峙束江潮。西風一陣吹秋雨，唤渡先過普濟橋。
壽春殘卒喜藏弓，短後征衣邊幅紅。閑約山僧共村嫗，倒騎贔屭話秋風。

舟夜口占

大江風捲浪花粗，卧聽千軍萬馬呼。一覺華胥猶未醒，舟師已報到蕪湖。

蕪湖曉發

江雲吹不斷，天半出朝暾。山讓老僧踞，營留殘卒屯。水田園作障，木筏聚成村。回指層臺路，吟詩吊許渾。

舟中薄暮遣懷

朝發采石磯，暮宿濡須塢。雲際認征帆，山腰界古樹。滔滔大江水，日夜向東注。西下巴蜀雪，南隔衡陽鶩。奔騰數萬里，直達滄溟去。海上三神山，蓬瀛在何處。扶桑浴紅日，横江零白露。縣厓石洞間，云有仙人墓。神仙不好名，亦被浮生誤。我今來江上，歲月等閑度。鄉書問斷鴻，空囊乏泉布。苦吟嘔心血，愧少驚人句。亂後學躬耕，時平講征戍。遠游惟仗劍，孤棹入煙霧。一雁西南飛，振翮斜陽渡。

過無爲州有懷米元章

九華樓瞰萬山晴，寶晋齋留死後名。我見石頭還下拜，豈徒低首謝宣城。
君家父子畫通神，潑墨煙雲幅幅新。名勝又教名士奪，襄陽不屬孟山人。

晚泊繁昌舊縣

遠嶺白雲起，疏林紅葉飄。隔溪聞吠犬，仄徑見歸樵。秋澹天逾静，江清路轉遥。阻風行不得，廢堞傍山腰。

縹緲臺

布帆千幅趁風開，勝迹難尋縹緲臺。山色重重看不厭，江天替我送詩來。

重陽書所見

青山叠叠水茫茫，何處漁舟一葦杭。忽見樵青簪鬢菊，始知今日是重陽。

廬江道中即目

纔過蒲塘埂，又到半壁店。獺山鳥雀飛，登高人影散。
治父山前寺，龍池水氣腥。風吹鈴鐸響，荒谷餓魂聽。

策蹇行稻畦，隨人出林麓。小車軋軋聲，驚起幽禽宿。
螃蟹橋崩壞，疏槐聞暮蟬。隔水羅家埠，斜陽争渡船。

廬江懷古

古縣荒城有廢祠，新凉天氣菊花時。劇憐詞客增秋感，重讀廬江小吏詩。
公瑾風流妙若神，阿瞞霸業枉勞薪。水邊月夜聞箏笛，疑是分香賣履人。
姚墩花木帶霜寒，淺水長橋落葉乾。欲訪羅家舊時事，纍纍荒冢斷碑殘。
孤山險峻聚萑蒲，亂後驚濤勢欲呼。鵲尾渚邊風又起行，人不敢渡焦湖。

廬江程秩山茂才大禮年逾七旬隱于醫性耽吟詠愛余詩不忍釋手急索紙筆且讀且鈔殷摯之情竟忘饑渴席間賦此留贈

改業神農術，書生老更豪。愛才如性命，説鬼亦風騷。嘔血吟情苦，撑腸酒量高。愧予知己感，熱淚灑青袍。

羅家埠得識徐晴帆曉齋昆仲談宴數晨夕相得甚歡匆匆登舟留此志別

山色青蒼木葉紅，我來城北訪徐公。弟兄好客聯今雨，耕讀傳家有古風。打稻聲中呼亞旅，挑鐙影裏課兒童。羡君自得團圞樂，對月銜杯憶斷鴻。

登舟志別

萍蹤剛聚首，忽爾唱驪歌。送客争携手，勞人又渡河。長堤荒肆小，短碣亂墳多。回首羅家埠，離情悵若何。

見雁憶舍弟筠莊

鯉魚風緊雁南翔，寫就青天字一行。寂寞鄉書何處達，那堪聽雨憶聯床。

濡須塢阻風

又觸封姨怒，驚濤百萬軍。倒吹江觜樹，横埽嶺頭雲。昏色遲鴉點，餘音送雁群。濡須渺何處，地據鼎三分。

泥汊口口占

繫纜晨炊候，鄉村唱午鷄。夾河秋樹亂，隔浦遠山低。茆屋通樵徑，漁舟入稻畦。牧童牛背穩，騎過草橋西。

舟中即目

輕舟拍浪穩于鳧，遠浦山光澹欲無。楓葉經霜紅似火，稻田没水漲成湖。斜陽曬網勞漁婦，斷岸收罾問蟹奴。買得鱖魚剛一尺，蓬窗獨客且提壺。

登岸遠眺

泥漢關外泊扁舟，相約髯奴上岸游。一片殘陽紅欲墮，亂山西向水東流。

蕪湖夜泊

夜泊鳩兹岸，西風吹敗蘆。人聲雜吴楚，月色滿江湖。徽國祠堂壯，龍神廟貌殊。劇憐賢令尹，忠魄問遺孤（崇陽明府師公舊船。）

舟過采石

采石連牛渚，扁舟一棹還。白雲藏古寺，紅葉艷秋山。仙去詩難和，江平夢亦閑。天光如畫裏，粉本倩荆關。

舟中醉後作

賃廡家無負郭田，飢驅南北自年年。長鞭夜控懸崖馬，短棹孤撑上水船。天繪山川作圖畫，人耽詩酒學神僊。狂吟沈醉醒都忘，免使千秋萬口傳。

舟中無事作憶内詩

廿年雕盡可憐蟲，兒女功名最熱中。憶得盼聽飛捷報，槐花黄後杏花紅。

牛衣蕉萃减秋容，風信蕭騷雨意濃。憶得纖纖呵凍手，敝裘檢點替重縫。

齏鹽薪水尋常事，亦學衡門詠樂饑。憶得甕頭無宿米，開箱重典嫁時衣。

夢中省識舊茅廬，讀畫聽香樂有餘。憶得明窗揩凈几，埽塵整理案頭書。

論文枵腹已心灰，搜盡枯腸日九回。憶得棗糕新煮熟，携兒親送點心來。

四兒一女快承歡，鴻案齊眉興未闌。憶得鐙前同笑語，炕頭圍坐話團圞。

阿升殤後阿端夭，一夜西風緑鬢斑。憶得哭殘小兒女，淚痕减却舊紅顔。

憐卿井臼亦親操，中饋辛勤不憚勞。憶得夜深猶未睡，倚闌同看月輪高。

慚予鐵硯未曾磨，醉後分書作擘窠。憶得攤箋伸素腕，袖邊沾得墨痕多。

我今江上挂征帆，獨客情傷淚濕衫。憶得深閨今夜裏，有人重展舊詩函。

梅莊詩鈔卷十 壬寅 癸卯

白門續集

題屈子祠圖 壬寅

沅湘東下流滔滔，忠魂仿佛來江皋。生遭謡諑殁榮褒，痦君愛國猶鬱陶。血食飢餒悲若殲，身類兜鯀心夔咎。曠代相感書生勞，熱淚默點污青袍。問天奇句首空搔，芳躅遠追汨羅濤。方外今有人中豪，夜深痛哭讀離騷。師門沆瀣同哀號，祠堂結構雄且牢。祔祀侑饗餔其糟，瓣香供奉惟濁醪。雲林妙墨森蓬蒿，赫蹄展卷争揮毫。君不見，泮池淪没輕鴻毛，何如懷沙抱石英風高。

絶句

瓦縫塞秋葉，霜痕壓敝廬。忽經風颯颯，隨瓦墮階除。

寒夜不寐

蕭齋寂閴夢難成，月墮宵殘又五更。敗葉經風作人語，遠鐘時答兩三聲。

送宋式之之當塗

客中頻送客，熱淚凍難收。烽火驚殘夢，雲山訪舊游。時平荒戍撤，歲晚大江愁。我欲隨君去，重登太白樓。

年少酬肝膽，相逢有劇辛。江湖尋俠士，天地困詩人。旅况嘗都慣，貧交味更真。遥憐牛渚上，乘筏渡迷津。

題雲巢舅氏看弈圖

妙手何須苦戰争，讓人先著意難平。茫茫今古無全局，草草河山有敗兵。巨眼早能分黑白，奢心猶自較輸贏。紛紜世事皆如此，且看枯棋試一枰。

動静方圓妙騁思，神仙偶爾坐談時。古松流水人無語，清簟疏簾客詠詩。國手須籌天下計，機心惟有箇中知。桐君橘叟閑相對，含笑欣然自撚髭。

壓梁飛勢兩相攻，神耗經營慘澹中。妄想忽生鴻鵠志，遠謀都似馬牛風。漫嫌當局心思亂，翻羡旁觀眼界空。誰遣白猧蹂躪去，回頭角逐尚争雄。

棗覈留香斧爛柯，等閑歲月暗銷磨。局中得意難求勝，劫後灰心更議和。悮中詭謀憂反覆，怯排疑陣枉張羅。羊曇乞得東山墅，寫入生綃凍筆呵。

能仁寺觀覆水梅癸卯

南郊春色問僧家，修竹當門小逕斜。剥啄一聲飛鳥散，詩人來看古梅花。

蟠根錯節一千春，依舊濃香萬朵新。我見此花應下拜，對花如封六朝人。

春日病中作贈葛芝山

攘臂疑藏袖裏蛇，奇疼如刺樹槎枒。求醫先驗肱三折，索句難伸手八叉。掣肘怪癱呼藕節，捉襟汗血污桃花。寄奴飽飫刀圭藥，爲我頻年太嗜痂。

喜得青囊肘後方，黄金無印繫垂楊。心懷投筆愁多患，力欲彎弓怯用强。痛癢相關惟骨肉，辭磨殆盡剩肝腸。葛洪妙有神仙術，鑪火間聞煮藥香。

癸卯暮春次安圖壁間尹文端公錢湘蓴先生倡和韻送舅氏督艘北上

家在津沽傍海濱，渡江來訪六朝人。園林避俗堪留客，花木逢時易感春。游興難忘前度好，韶華差比去年新。衙齋賃廡鯫生住，明瑟軒中净絶塵。原名夕佳亭，新易今額，命予書匾。

漢碣唐碑細品量，安園詩版拓迴廊。樓觀古塔雲無影，園中有塔影樓、洗心石、友翠亭、一鶴軒諸勝。心洗清流石有光。隔牖時聞鴉雀語，繞籬不斷草花香。瓊瑰玉佩空相贈，剛讀秦風到渭陽。

夜氣深扃白板扉，文星耿耿映流暉。乘風波靖黄天蕩，題句人來采石磯。去秋往返廬江，兩過采石。官味已隨雲共澹，鄉心還約鶴同歸擬于秋杪公車入都。梅花耐得冰霜苦，轉盼春光悟化機。

几人冠蓋問茅廬，笑我狂歌似接輿。蓮幕屢開文士宴，桃源莫泛武陵漁。談兵紙上心猶壯，射策揚中計亦疏。貽患養癰真掣肘時予肘後生癰甫愈，藥鑪聯伴病相如。

擬共群仙唱大羅，簫韶遺響勝雲和。書生結習功名賤，時事關心感慨多。相馬幸逢孫伯樂，彎弓曾學尹公他。任城喜氣連薇省，友竹表弟將補濟寧別駕，貢九表兄由中翰洊升。沆瀣同沾太液波。

南方棠蔭北山萊，争寫驪歌埽石苔。兩岸青嵐隨客去，一江明月逐帆開。蓬蒿野曠頻年集，桃李陰濃到處栽。珍重蒼生望霖雨時方憂旱，雲中丹詔喜重來。

三月三日同王蓉保橋先生訪張斂庵同年丁護國庵晤德峰上人偕游杏花村鳳游寺尋鳳凰臺遺迹謁阮嗣宗墓游瓦官寺眺萬竹園歸過謝康樂祠

抱琴訪鶴敲禪關，偷得勞生半日閑。十丈軟紅銷不盡，來峰閣上看鍾山。

偶同王粲尋張敞，得遇陳群伯輔茂才話未休。更有詩僧真愛客，清譚捉麈快同游。

榆錢拋盡柳飛緜，正是江南上巳天。半幅酒旗尋不見，令人惆悵杜樊川。

池塘芳草傍高臺，難覓吳宮舊日苔。醉把鐵簫吹一曲德峰善吹簫，桐花香裏鳳凰來。

衣冠猶是晉時人，六代興亡過眼雲。留得斷碑埋宿草，有誰來吊步兵墳。

不問陶官問瓦官，少陵曾到此盤桓。可憐一炬南唐火，多少幽魂瘞土棺。

百萬軍中一少年，長江滾滾漫投鞭。英魂昨歲含餘憤，獅子山根集海船。

杏花村裏酒人稀，萬竹園中白鷺飛。欲訪謫仙舊游處，三山二水剩斜暉。

雨後次舅氏元韻

雨後晴烘卵色天，蒼茫獨立興悠然。高飛擬學隨陽鳥，得第如撐上水船。北固烽煙傷往事，東山絲竹感中年。病猶未愈春半老，無限鄉愁墮酒邊時戒酒帀月矣。

送汪永蓀景祚之淮安

龍亢多畸士，相逢慰所思。遺風懷祖德先大父省香公曾宰含山，今雨重交期。春色花將老，雄心酒不辭。山陽一枝笛，忽向柳邊吹。

病起不寐

萬慮心頭湧，擁衾卧五更。喜追年少事，愁想故鄉情。羈客鮮佳夢，荒鷄多惡聲。病餘撑瘦骨，俠氣尚縱横。

觀劇有感

世事真如傀儡場，忽然甲胄忽宫妝。英雄叱咤風雲起，兒女纏綿粉黛香。白面塗成工笑謔，黄金用盡變炎凉。俳優一様垂紳笏，何必銅山煮爛羊。

和舅氏樂官山詩

劫灰燒起秣陵煙，忍向池頭奏管弦。都學海青拚一死，可憐腸斷李龜年。

楊花飛向李家明，楊花飛、李家明，皆南唐樂工。絲竹摧殘血淚聲。俊骨埋香心不滅，山頭時有杜鵑鳴。

五鬼詞華唱輓歌，梨園笑倒敬新磨。楚金兄弟歸梁苑，念到家山痛若何。

焚香午夜誓登壇，竟灑淋漓碧血寒。誰展澄心堂上紙，替他優孟寫衣冠。

雜感

白髮英雄恨，黄金骨肉恩。功名銷劍氣，血淚湧刀痕。羈客天涯夢，勞人海外魂。茫茫千萬載，都是爲兒孫。

次韻答式之

金盡知音少，才多入世難。我方悲老大，君莫怨清寒。弱絮因風起，名花對月看。竟無魚可釣，何必更垂竿。

秋夜不寐

蕭齋吹殺一鐙青，獨卧空幃目不瞑。月色喜從窗隙入，蛩聲愁向枕邊聽。難尋好夢銷良夜，欲遣幽情□□□。世上風波都歷過，只餘宦海未曾經。

送彭友筠之江浦

明珠贈與有情人，願把黄金鑄此身。贏得青樓呼薄倖，名花難買四時春。羞畫蛾眉鬥短長，寒鴉猶自戀昭陽。問君何事渡江去，兩岸青山笑客忙。

秋夜

秋氣入重簾，孤鐙照幽幌。空庭寂無人，墮階黄葉響。
草際亂蛩歇，雲端候雁哀。秋風振竹樹，疑是雨聲來。
夜静動鄉思，鐙昏人未眠。多情有明月，照我到床前。

古寺聞寒鐘，萬慮一齊廢。晨光動窗牖，隔樹雀聲碎。

舊院晚眺

夕陽照蕭寺，秋色滿秦淮。影血猶存石，沈香尚有街。金陵王氣盡，玉樹劫灰埋。長板橋邊客，無心拾墮釵。

九日雨花臺登高同曹春生仁壽作

西風蕭瑟雁南翔，有客登高望故鄉。六代雲山忽秋色，一年風景又重陽。狂歌烏帽吹將落，醉折黃花嗅更香。木末亭邊詩興澀，題餻且莫笑劉郎。

送鄧薌甫賢芬還泗州

秋色來江上，山光送客舟。相逢如舊識，遽別動新愁。壯志雲歸峽，吟情月滿樓。青衫蕉萃盡，含笑看吴鈎。天外數聲雁，征人思故鄉。銷除名士習，珍重少年場。白下留難住，黄華自有香。金臺多駿馬，骨相問孫陽。

和春生見贈詩元韻

分襟六載悵徘徊，白下重逢笑口開。客戀鶯花催夢醒，人隨鴻雁帶秋來。秦淮邀月樽傾酒，蔣徑尋芳屐印苔。窺鏡都非年少事，祇須歡喜不須哀。

放懷寄馬鶴船

依舊長安一酒徒，平生耻學小人儒。争教紅粉憐才子，漫把黄金鑄大夫。磨折名心甘澹泊，揣摩時事要糊塗。一錢不值文章賤，駔儈紛紛入宦途。

初六日早成

黑甜鄉裏卜幽棲，瀛海巫山路不迷。忽被秋聲驚夢醒，曉風吹起亂鴉啼。

雨霽寫懷

龍驅旱魃大荒西，得降甘霖慰耄倪。濁世誰嘗醫俗藥，熱腸難覓辟寒犀。夢聽殘雨人高卧，天放新晴鳥亂啼。黄葉半林摇落盡，墻陰小草尚萋萋。

嫌予

青天問客客何能，識字農夫食肉僧。萬斛鄉愁聽夜雨，廿年書味憶寒鐙。得真才子作奴僕，與古詩人爲友朋。富貴場中難位置，嫌予傲骨太崚嶒。

寒夜口占

衙鼓鼕鼕巷柝忙，荒鷄膈膊恨更長。黔婁布被寒如鐵，夢嚼梅花醒尚香。

送曹春生之贛榆

兩載故鄉別，逢君慰旅愁。聯床聽苦雨，把酒醉殘秋。宦海窮難入，家山話未休。寒風吹客去，蕭瑟擁征裘。

君竟勝于我，萱闈有老親。家貧同作客，身賤更依人。挂席來江上，乘桴問海濱。黄能尋古迹，憑吊羽淵神。

老我鬚眉態，將爲見惡年。詩書拋舊業，翰墨結前緣。月色窺歌席，簫聲訪畫船。板橋送行處，衰柳尚纏綿。

欲上千言策，輸人半局棋。鉛刀删惡夢，血淚迸奇詩。弟妹各分散，妻孥常別離。春風如有約，羞説杏花時。

得蓮卿偶書却寄

夜得故人書，草字如秋蚓。挑鐙争讀之，墨光摇燭影。押尾闕印章，封皮碎蠹粉。反覆再三讀，不覺笑失䫌。前寫寒喧語，後抒肺腑隱。家弟蹶霜蹄，惋惜替含憤。卓哉邊孝先袖石，前茅馳發軔。張仲仲遠振雲翮，頗與相如近。樊侯文卿又入楚，才長將攝尹。燕市困漸離寄泉，心疾罹美疢。天涯數知己，結交頸可刎。鄉貽脱穎毫，中書髠露頂。怪哉竟通神，洪喬封不謹。督郵慣作僞，充飢成畫餅。東施雖效顰，恣態殊娉奵。蘚紙走龍蛇，海市幻蛟蜃。奇字向誰問，世俗何妨哂。真迹已飛去，人間留贋鼎。

自題鉏月圖

當頭明月證前身，孤負空山四十春。重向羅浮尋好夢，相逢定有賞花人。

短衣至骭把長鑱，也學農夫意味閑。月裏嫦娥獨含笑，怪餘底事到人間。

獨立蒼苔手自叉，畫中不寫影横斜。眼前亂草芟除净，纔得開成滿樹花。

良宵顧影自徘徊，二十年前小秀才。我問梅花花問我，几時移種出山來。

少宰毛伯兩夫子輓詩

夜半文星墮，陰雲黯暨陽卒于江陰學使官署。官階終吏部，曲翰林改官吏部主事，仕至右侍郎。遺愛有甘棠。矍鑠雙瞳電，凋殘兩鬢霜。起看江左右，桃李遍門墻。嘉慶庚午、道光辛卯，兩典江西試，近復督學江蘇，今年監臨江南鄉試。

誇我工詩賦以賦賦試天津學，取長卿第二，知音説二難家智谿兄亦于是年蒙拔取選貢。生存增涕淚，死别更悲酸。申浦凍雲合，君山枯樹殘。儻逢吴季子，古樂定同觀延陵墓在江陰。

拜别老墻根京師寓宅，重逢白下門。賞心辜厚望，知己感深恩。玉牒官聲貴官宗人府丞十載，金臺道誼尊省學順天五年。明湖千頃水，月夜照歸魂。

取我秀才日，于今十九年。甲申十一月十八日試津邑士，今年十一月十八日聞歸道山。風檐真寸晷，雪窖等冰天。回首青衫恨，傷心白髮憐。山頽梁木壞，焚稿哭靈筵。

和林少穆先生至西凉友人送行韻

從來勝算在人和，誰遣飛鴻困網羅。前代銅山今又鑄，舊時鐵硯不須磨。窮邊冰雪英雄老，古驛風塵涕淚多。回首粤王臺畔路，只留陸賈共隨何。

西向流沙萬里程，浮雲富貴一身輕。烽煙乍息方投筆，河患初平更遠征。宦海驚濤催夢醒，冰天凉月照人清。玉關生入知何日，衰柳吹殘暮笛聲。

往事傷心問太虚，故鄉寥落子雲居。談兵不肯籌前著，傳食何容載後車。江上鐵横千丈鎖，天涯詩寫數行書。和戎未定從戎去，魏絳兒孫有魏舒。

荷戈絶域鬢毛侵，葱嶺崚嶒擁雪嶔。拊髀空存平寇志，掉頭不負愛君心。龍蛇大澤風波惡，金石名山歲月深。和靖墳邊三萬樹，梅花香裏覓知音。

和崇雨舲方伯恩十雪詩

料峭風初息，遥空雨未成。凝雲低作勢，凍雀静無聲。漸泄衝寒意，頻猜造物情。青天如可問，尺五望蓬瀛。欲雪

飄飄兼颯颯，粉本點樓臺。老鶴夢先覺，寒梅花半開。水邊微見影，山頂漸成堆。有客圍爐坐，傾樽共煮醅。初雪

對此茫茫白，天公玉戲誇。紅塵成變態，青眼眩空花。皎潔三生澈，聰明十倍加。聚星堂上客，禁體鬥尖叉。對雪

拄杖凌寒去，山高不可登。灞橋人迹少，梁苑客懷增。彳亍留鴻爪，崎嶇没屐稜。尋梅迷舊路，驢背問詩僧。踏雪

紙帳香成海，高人抱膝吟。空山清夜永，老屋白雲深。夢冷金銀氣，春回鐵石心。軟紅銷萬丈，塵世几知音。卧雪

鍊出瓊漿味，洪鑪活火燒。冬烘何處熱，傲骨此中銷。荷露喧茶鼎，梨雲貯酒瓢。党家風趣别，只解聽深宵。煮雪

蘊蓄上池水，經冬且待時。栽培清净福，珍重几寒姿。深窖暫韜晦，堅光仍陸離。春風頻醖釀，融化透冰肌。藏雪

隔牖晨光白，開軒旭日紅。晴空山積玉，遠水鏡磨銅。快意傳書法，靈心悟畫工。夜來明月照，清景更玲瓏。晴雪

高樓開霽景，薄暝尚餘寒。葡萄留香少，芭蕉著色難。濃銷村逕滑，密糝竹林乾。問訊南山鶴，猶能耐久看。殘雪

剡溪曾訪戴，回首棹歸艭。高士眠深巷，漁翁隱釣矼。前山靈壓屋，昨夜月横窗。泥爪分明印，飛鴻在遠江。憶雪

梅莊詩鈔卷十一 甲辰

返棹集

早春北上留別金陵

何人先我渡江來，六代雲山過眼哀。老杜曾游瓦官寺，謫仙獨上鳳凰臺。流殘晋苑清泠水，踏遍吴宫淺淡苔。薄倖樊川莫惆悵，酒旗風裏杏花開。

三年淹滯在江鄉，書記埋頭氣不揚。鐵硯滴乾老鸜鵒，金鍼繡壞古鴛鴦。胭脂血淚尋眢井，風月詩魂吊小倉。燕子未歸春草緑，不堪回首大功坊。

白門羈客半詩人，開到梅花又是春。近代文章工粉澤，前朝陵闕幻煙塵。鍾山有恨更名蔣，淮水無聲總姓秦。祠畔小姑獨含笑，問誰珍重嫁時身。

銷魂枕畔夢初醒，紙帳銀鐙冷畫屏。團扇忍從秋後棄，洞簫愁向酒邊聽。可人意緒都傾倒，此去相思付渺冥。桃葉渡頭波萬疊，春來柳眼爲誰青。

破琴抱去向誰彈，欲與鍾期結古難。譬我情懷同笑駡，離人風味更辛酸。雨花岡上閑雲薄，木末亭邊落日寒。臨別依依情不盡，最難拋舍是長干。

扁舟一棹問歸途，滚滚長江雪浪粗。風絮飄零鄉夢冷，關山迢遞客心孤。頻年喜結真名士，何日來尋舊酒徒。拜別石城人去矣，餘情常繞莫愁湖。

渡江口占

五馬渡江處，青山閲六朝。長風吹斷雁，斜日送歸橈。幕府殘雪散，盧龍積雪銷。燕磯一回首，明月照中宵。

燕子磯曉發

膈膊村鷄隔岸鳴，扁舟孤客夢難成。榜人解纜渡江去，櫓打春潮作雨聲。

舟中感懷

棲霞山外挂帆時，漏泄春光草木知。壯士北歸愁日暮，大江東去恨風遲。好從白下留名姓，莫向花前訴别離。羞澀行裝裘已敝，空餘囊底數編詩。

江行偶成

舟過黄天蕩，風波不暫停。江聲吞浪白，山色逼天青。日落迷瓜步，潮來似洞庭。可憐京口樹，鬼火尚零星。

楊子江中望焦山

焦光高隱處，雲窟聚仙靈。風緊山光黯，潮寒水氣腥。江心留勝迹，石骨鍊真形。何日重游此，來尋瘞鶴銘。

揚州踏燈詞

鈔關門外泊扁舟，携伴奚奴入郭游。埂子街心春似海，摘星何處訪迷樓。
流螢腐草吊雷塘，第一繁華小校場。十萬金錢買燈火，煙花争説戴家香。
維揚城市月初升，對此良宵客況增。忽聽城頭金鼓震，樵青戲鬧鯉魚燈。
魚龍曼衍踏歌聲，簫鼓何人打槳迎。廿四橋邊二分月，朦朧不肯照蕪城。

上元夜海陵尉署晤張魯波伯琛留宿冬青館話舊

他鄉遇知己，離别况三年。新歲人如舊，今宵月始圓。窮途悲落魄，樽酒話纏綿。飽訴愁千斛，三更猶未眠。
頓改風塵面，英奇磊落姿。羡君游宦好，恨我渡江遲。止宿佳兒拜，同舟健僕隨。聯床聽夜雨，此别更相思。

留贈李介亭刺史彭齡

浮香亭上客，重問藕花洲。永叔留佳話，坡僊此舊游。喜逢名勝地，銷盡故鄉愁。孤館冬青樹，經春葉更稠。
愛才賢刺史，座上有公卿謂魏笛生先生。身賤慚名字，交深識性情。衙齋同對酒，滄海莫談兵。若問功名事，青衫淚欲傾。

光孝寺贈看雲和尚

背城面水却塵緣，古刹禪僧静若仙。斷碣埋煙無覓處。何人補泐義熙年。

鍋巴山拜謁岳廟喜瞻忠武王父子畫像

英魂縹緲棲叢林，丹青能寫精忠心。焚香再拜謁遺像，鬚眉奕奕神如臨。完顏當日寇淮海，妖氛壓陣烽煙駭。戰馬屯雲響炮車，刀槍耀日明犀鎧。鄂王赫怒師鷹揚，鍋巴山下虛籌糧。孤城固守懾强敵，沙磧曾爲舊戰場。海邊五更吹畫角，容易撼山難撼岳。十萬幺麼喪膽逃，兀朮驚竄如飛雀。雲雷繞膝常相隨，手持博浪千金椎。忠孝一家遭奇禍，獄成三字同增悲。吁嗟乎，賊萬俟卨賊秦檜，繆醜鑄鐵形容壞。縱有妙手能寫生，鬼蜮罔兩難圖繪。東嶽飛來一角青鍋巴山一名泰山，神祠享殿妥威靈。好留粉本傳千載，補寫凌煙閣上形。

重過露筋廟

弱柳含煙雨颺絲，檥舟重拜女郎祠。千年淮水窺明鏡，終古靈風擁翠旗。烈魄長埋階下草，貞珉争揭壁間詩。漁洋句比襄陽好，吟到蓮開月墮時。

高郵吊秦淮海

芳草微雲外，詞仙訪少游。曉風吹短棹，細雨過高郵。宦迹貧逾好，吟魂死不愁。計偕蘇學士，同上小黄樓。

載酒論詩處，文游舊有臺。淮南春未老，吊古客重來。天地真如夢，江山亦愛才。盂城三面水，湖影畫圖開。

甓社湖陰孫莘老讀書處

萬頃波涵甓社湖，湖陰光照夜明珠。扁舟欲訪孫莘老，煙雨空濛半緑蕪。

宿遷道中

纔過桃源路，前途到宿遷。岸沙銷積雨，墳樹聚朝煙。柳色青隨草，湖光白上天。公車行緩緩，羞逐祖生鞭。

車中即景

策馬湖邊路，風車行有聲。晴沙明似水，遠樹固于城。廢塔河濱矗，殘碑隴畔横。春苗千萬頃，雨後有人耕。

過楚蘭陵令荀卿墓

桃花橋畔路，古墓拜荀卿。姓氏更炎漢，荀卿避漢宣帝諱，改爲孫卿文章得盛名。豐碑臨道立，春草繞墳生。楚國多奇士，知音有屈平。

嶧縣作

策馬初來古嶧陽，繞城山色鬱蒼蒼。崎嶇道路疑軍壘，高下峰巒到女墻。隔水斷橋蹲似虎，沿堤怪石叱成羊。孤桐未死難尋覓，梧葉風吹四野香。

滕縣曉發

車馬塵沙擁，猶然意氣豪。五更催客去，殘月照征袍。健僕防身劍，尖風刮骨刀。禦寒拚一醉，魯酒當醇醪。

登濟寧城上太白樓

醉眼看天地，相逢有夙因。一千年後客，來拜古詩人。廟貌依城脊，樓頭瞰水濱。瓣香思供奉，低首薦蘩蘋。

我愛任城令，知交有謫仙。登高同把酒，騎馬似乘船。此事已千古，居人稱二賢。狂吟何處寫，浣筆借清泉。

游南池謁杜少陵遺像

驚人奇語破空來，魏晋齊梁横掃開。千古藎臣歸幕府，兩朝史筆擅詩才。妻孥悵望無家别，戎馬蒼凉有客哀。我到南池謁遺像，似曾相識古丰裁。

到家作

久客歸故鄉，恍如夢初覺。下馬拜祖墓，荒原氣寥廓。斜日照城樓，入自南門郭。抵家已上燈，驚疑胡不樂。乃知叔母亡，一棺掩帷幙。死别淚盈眶，生離記如昨。上堂拜伯母，精神仍矍鑠。姑母在家居，相見意嗃嗃。叔父聞侄來，欣然具杯酌。阿兄聞弟來，倒屣忙著屩。諸弟聞兄來，歡呼如雀躍。子侄環繞膝，一一雙手握。家人各相見，拱揖感唱諾。仲弟往京師，咫尺天涯隔。山妻三載别，辛苦甘藜藿。大兒應童試，勵志頗勤學。阿城同阿貴，讀書尚不惡。小女獨不見，此意殊驚愕。我去女未生，來時一个弱。竟無半面緣，曇花開已落。三五良朋至，叩門聲剥啄。入室吐清芬，索余新著作。離緒雜悲歡，拈髭話約略。憐余旅況愁，風塵慣行脚。羡余恣游覽，山川詩繡錯。詢余烽煙急，壯志賦横槊。悲余空囊歸，意態猶落拓。飢來驅我走，骨肉千金托。翩然向北飛，一隻令威鶴。人生重倫常，厚者那可薄。富不在多金，貴不在好爵。當世立修名，身後愁寂寞。我詩寫真性，揮毫尚卓犖。客散夜已深，春城動寒柝。出户仰看天，星月挂簾角。

同陳静菴世熙游法源寺

訪古入幽寺，春留花半林。荒臺封戰骨，奇佛證禪心。塔影自然直，鐘聲何處尋。靈芝書最妙，延佇斷碑陰。

十九日同静菴過長椿寺觀益都馮相國碑游崇效寺看牡丹西來閣下古丁香阮亭竹垞兩先生手植壁間有唐貞元間王仲堪墓志

暮春天氣雨初收，難得良朋共薄游。舊邸于今成廢寺，空餘奇篆認碑頭。

名園寥落遍桑麻，僧寺偏栽富貴花。貧賤交情忘不了，托根空自委泥沙。

西來閣上净無塵，彈指光陰二百春。錯節蟠根花不死，丁香樹下兩詩人。

墓志題名泐仲堪，千餘年物證瞿曇。不知故鬼歸何處，古佛昏燈共一龕。

緇塵容易污青袍，春老長安酒價高。看到牡丹花事盡，不須回首問櫻桃。

二十二日同貢九静庵舍弟筠莊重游崇效寺牡丹落矣感成

又到招提境，尋芳及暮春。紅塵倦游客，青眼看花人。色褪僧猶戀，香殘蝶不親。蒼苔零落處，流水悟前因。

偶成絶句

細雨初晴日影斜，東風吹放刺梅花。幽窗夢醒寂無語，鸚鵡唤人來泡茶。

都門紀懷

兄弟重逢在帝鄉謂筠莊，外家骨肉静庵、貢九兩表兄話偏長。離情不訴談風雅，金粉南朝顧野王。風吹十丈軟紅塵，車馬如龍氣象新。誰識長安舊游客，蹇驢破帽訪詩人。

高適邊韶耐久朋，與寄泉、心巢、袖石同寓。孔家清德到今稱謂繡山。秺侯又遇新詞客六安金改之工填詞，同上騷壇最上層。説遍當今第一流，太真無語黯然愁。茫茫人海皆皮相，賣菜傭應物色求。

松筠庵爲楊椒山先生故宅瞻謁遺像敬賦二律

松筠庵裏拜神祠，駕部官聲婦孺知。罵賊何須蛇壯膽，傳名終有豹留皮。血含寃獄生前恨，氣補忠魂死後詩。南望鈐山成壞木，令人齒冷説分宜。

鐵面彈章濺肺肝，九重那識寸心丹。朝廷杖湧千年血，枷鎖風吹六月寒。諫疏競傳妻代死，遺言休遣子爲官。願將咫尺階前地，跪鑄姦嵩與逆鸞。

四月八日同静菴筠莊游萬壽寺廣仁宫五塔極樂諸寺

策蹇城西去，言尋古寺來。假山盤石磴，真迹訪金臺。塔影寒煙聚，車聲暮色催。閑花看不得，歸路擁塵埃。

十七日盧溝橋作

曉風殘風過盧溝，爽挹西山翠欲流。席帽緇塵消受盡，那堪回首帝王州。

涿州漢張桓侯故里古井存焉

琉璃世界渡新河，永濟長橋策馬過。義氣千年蟠故里，井中猶有漢時波。

北河謁楊忠愍公祠

昨在都門尋故宅，今來祠墓感威靈墓在東引村。龍蛇畫壁題詩去，獨客徘徊諫草亭壁上六石刻諫草。

保定懷古

馬死千金駿骨驕，風吹易水尚蕭蕭。摩笄山色連燕薊，督亢河聲界宋遼。車騎奔馳憐宦薄，管弦錯雜厭塵囂。太平不恃雄關險，猶有行人説瓦橋。

淀河舟中

漁家曬網小舟横，水色盈盈緑繞城。柳絮如綿飛不斷，菰蒲陰裏棹歌聲。
趙北燕南半水鄉，行宫頹廢最凄凉。千年枯柏無枝葉，賣與民間作棟梁。
雙槳凌波縮漲痕，淀河風景似紅邨。輕舟盪過蓮三泊，荷葉如錢聚葦根。
水田風味飽魚蝦，橋畔蘇家又苑家。一棹丁沽歸去好，緑楊城郭夕陽斜。

題查次齋先生待渡圖

青衫烏笠寫丰神，宦海茫茫欲問津。六十年前傷往事，披圖親拜古詩人。

林於詩卷訂知音，三世交游海樣深。渡得慈航登彼岸，耻隨濁世任浮沈。
廉吏兒孫一例窮，讓他亭長號英雄。儂今羞見江東老，且向青溪訪釣翁。
滚滚長江日夜流，蘆花深處有扁舟。鯫生欲勸公無渡，如此風波莫浪游。

梅莊詩鈔卷十二 甲辰

借帆集

七月十七日雲巢舅氏舟過天津招同附船南下晚泊芥園作

匆匆行色又登舟，九曲河聲抱郭流。依舊水西莊上月，於今來照芥園樓。

楊柳青

仍是依依柳，經霜眼不青。春光枉摇曳，秋意更飄零。泡影風前絮，行蹤水上萍。忽逢佳客到（謂殷雨帆明府嘉樹），疏雨對床聽。

吕官屯阻風遇雨

石尤風緊浪花粗，古木荒堤泊舳艫。天半壞雲烘作墨，河中急雨簇成珠。布帆妄想來滕閣，畫鷁渾疑過宋都。北地波濤狂若此，何如鼓枻泛江湖。

滄州

古廟滄州道，狻猊鐵鑄成。田疇收野色，砧杵動秋聲。疏柳緑依水，夕陽紅到城。欲尋沽酒處，知有豆花棚。

甎河

薄暮田家半掩扉，飽經秋雨蔓菁肥。煙籠廢寺群鴉噪，網曬空船獨客歸。夾岸樹陰臨水立，隔河帆影趁霞飛。蒼茫一幅新圖畫，舵尾樓頭看夕暉。

南皮道中

沈李浮瓜夏日遲，當年文酒宴南皮。夜深射雉臺邊路，定有幽魂聚詠詩。

老和尚寺

廢寺臨河側，碑殘不計年。空廊蹲瘦狗，禿柳曳哀蟬。佛苦應垂淚，僧窮只坐禪。破樓餘一角，尚有啞鐘懸。

舟中無事讀宋史作

燭影摇紅事可疑，斧聲戳地好爲之。武功飲刃涪陵竄，分痛渾忘灼艾時。

夜半陳橋翊戴功，周臣惟有一韓通。揣摩笑煞陶承旨，禪詔何時貯袖中。

手邊指搯血痕新，同拜階前望若神。争及燕山大小寶，清廉不負讀書人。

身上黄袍部下謀，解兵杯酒靖諸侯。流唐吴蜀看全埽，衹剩燕雲十六州。

十瓶海物費平章，再誤盟辭金匱藏。讀得魯論剛半部，鄙夫焉解事君王。

劍門戈戟日光紅，嘆息無人肯向東。又見李家降表出，摩訶池上可憐蟲。

指揮如意據胡床，慚愧中州王鐵槍。攘臂酒酣言在耳，涔涔惟有淚盈眶。

學士説文工解字，后妃譜曲喜填詞。澄心堂裏春無價，兵壓秦淮尚不知。
采石磯頭試戰船，昏昏臥榻儘酣眠。傷心鴆殺林留守，强敵登壇默禱天。
龔李争爲内太師，紛紛象陣競奔馳。笑他執梃降王長，不敢先嘗酒一卮。
抱腹山人有異謀，河東將士不依劉。太原即下攻燕薊，天意分疆畫白溝。
世篤忠貞吴越王，自隳藩蔽出錢唐。布衣何敢稱天子，同約詞人入大梁。
假山權作血山呼，更有難兄世所無。且喜福寧簾外拜，吕端大事不糊塗。
代州刺史楊無敵，百戰軍中剩一身。鐐氣陣雲昏似墨，陳家谷口竟無人。

華家樓

亂樹寒鴉噪未休，頹垣何處覓高樓。几家籬落臨河住，日看輕風送客舟。

德州道中

藩鎮稱兵地，千年息戰争。壞堤荒草覆，古墓斷碑傾（去城五里有明河南布政司參政金公墓）。樹影真如畫（盧相國師祖塋名畫兒樹），河聲最不平。師門知己感，空灑淚縱横。

四女寺

挂席循野岸，遲陽照禾黍。古廟傍河濱，有祠名四女。停舟繫垂楊，入寺瞻堂宇。神像笄而冠，明璫兼翠羽。伯仲叔季間，案祀千年俎。登樓望遠岑，下階尋廢圃。摩挲讀斷碑，苔痕潤柱礎。碑載唐貝州，宋氏有女五。學識勝男兒，才名壓鄒魯。官爲女學士，名字皆可譜。其一獲薄譴，厥四貞儔侣。百年誓不字，耻效鸞皇伍。又載漢景時，傳清景山父。妻羅生女四，傷哉男不舉。四女樂養親，織紝甘賤苦。各植槐一株，枝葉婆娑舞。同心廢蓼莪，慎旃陟屺岵。日誦法華經，拔宅升天府。傳聞雖異詞，載記史闕補。無論漢與唐，事已流芳古。血染曹娥江，淚灑湘妃浦。貞孝警癡男，晨鐘間暮鼓。幽魂聚塵龕，香火誰爲主。薄霧捲靈旗，凉飆動霜杵。有客發高吟，閣鈴相對語。

三望

天風吹客舟，地勢不肯讓。五里一彎環，兩岸土平曠。朝過冷家墳，厥地名三望。吴莊與蘇樓，水草無殊狀。遠帆隔岸迎，帆列似屏障。舟子語相聞，吴音頗瀏亮。划船行逾時，始與彼岸傍。回首去帆過，覿面來帆颺。風不辨順逆，河不覺背向。東西南北間，處處皆依樣。河淺無急灘，波平少惡浪。磨折在人境，力曷敢奔放。一似高克師，逍遥乎河上。不見鯉魚風，誰問桃花漲。羊腸盤九曲，宛轉難舒暢。暮抵鄭家口，始覺河聲壯。

見月

秋色澹如許，水雲天際浮。仰看銀漢影，直接大河流。閃閃星如豆，纖纖月似鈎。推篷正無賴，警夢有更籌。

夾馬營

紛紛五季争戈鋋，朝梁暮晋黔黎瘨。唐宫焚香默禱天，願天早生聖與賢。明宗天成之二年，真龍乃降英雄躔。火光矚照雲霞顛，異香滿室霏龍涎。墮地啼泣聲淵淵，是時防禦岳州遷。聖善杜母殊歡然，香孩誰分洗兒錢。少有大志神獨全，况得虎步隨鳶肩。武功飲刃殊堪憐，厥後南渡血食延。西湖瓜瓞真緜緜，瀛國公裔存幽燕。祚移蒙古重握乾，瀛國竄沙漠，易名臺尊，生子爲元明宗，乞去是爲元順帝，見《水東日記》。北遷朔漠恣腥膻。部落分踞胡沙邊，溯厥發祥地頗偏。古迹或以屯兵傳，豐碑剥落埋高阡。寥寥村舍無人煙，當時恨少湯沐田。吁嗟乎，雖少湯沐田，于今市野産木棉，行人過此歌流連。臨河老樹枯藤纏，長條繫盡往來船。夾馬營中落日圓，冬青枝上空啼鵑。

過武城縣

薄宦紛紛去，牛刀小試多。邑名慚剽竊，雅化半銷磨。密樹深藏屋，荒城緊傍河。子游祠在否，無處聽弦歌。

泊臨清

漳河流不盡，濁派泝蘇門。汶衛三义匯，波濤百尺渾。挽舟人力健，過閘水聲喧。此去秋光好，挑鐙共酒樽。

清平道中

颯颯西風起，林疏葉漸飄。晚雲扶日墜，孤鶻趁霜驕。敗戍餘荒堠，殘甎認廢窑。清平人不靖，賊首道旁梟。

舟過東昌

吴艘銜尾趁風來，日照嚴城暝色開。萬户炊煙千樹柳，問誰同訪魯連臺。

篷窗伏處嘆無聞，風送征帆日又曛。自笑不如檣上燕，高飛早見泰山雲。

過聊成有懷孔繡山山長憲彝

鍛羽分飛各一天，揭來東魯思飄然。論交海内推高適謂寄泉，語別都中憶孝先袖石新入詞林。勝境未能留客住，名山何必藉詩傳。試登光嶽樓頭望，數遍齊州九點煙。

七級閘阻風

曉發官窑口，日出秋風弱。挂帆行十里，忽肆封姨虐。閘水巨波狂，木葉横空落。小鳥得意飛，倏遇鷹鸇搏。蛺蝶入花狂，驟被蛛絲縛。游魚自在行，罹罩不能躍。人生患行路，順拂殊難度。既乘上水船，又遇風濤惡。收帆且檥棹，待時欣有托。宦海歎茫茫，莫謾容插脚。會遇好風至，晌息滕王閣。明日汗漫游，焉知不如昨。急流能勇退，俯仰自綽綽。

晚泊張秋

布帆無恙借風行，俯視河流徹底清。夾岸廢城門對峙，沿堤殘廟樹高撑。時平不講新籌策，鎮古仍稱舊姓名。村隔遠山看不見，推窗喜對月華明。

嘉祥古大野西望南武山曾子故里

大野低隨南武城，時平父老説躬耕。澹臺山色連湖色，中有高人弦誦聲。

南旺分水龍王廟登來汶樓

滔滔汶水自東來，直達中泓忽擘開。岸束波聲環左右，風吹帆影兩徘徊。南流潮過珠梅閘，北去濤奔挂劍臺。白老人功推第一，登樓憑吊布衣才。

八月二十五日重登濟寧太白樓同祝子青孝廉曾雲作

瞢騰醉眼看齊州，河嶽英靈聚上頭。萬古乾坤皆過客，一年風景又登樓。詩人有恨時光老，濟水無聲日夜流。天半長庚芒四射，不須秉燭再來游。

睥睨祠堂祀二賢，醉來騎馬似乘船。翰林何必由科目，名勝于今讓謫仙。岱色蒼茫飛鳥外，湖光瀲灩夕陽邊。狂吟竟欲凌雲去，攀附鯨魚上碧天。

四十初度

年華袞袞擲居諸，結習名心漸埽除。壯志銷磨三尺劍，行裝零落一箱書。家山入夢修荒冢，風雨聯床想敝廬。羽獵長楊應賦就，凌雲佳氣望相如。筠莊弟時應京兆試

三載重逢又別離，小窗鐙影伴梅妻。大兒初解耽文字光鼐應童子試，稚子連城、連匱都能讓棗梨。別緒久沈千里雁，鄉愁怕聽五更鷄。天涯却憶班昭妹，妹適曹氏，寓居保定。畫出峨眉舉案齊。

荒荒秋草悵春暉，蝙蝠依檐不敢飛。沽酒喜同豪士飲，著書多與古人違。名花戀夢香傾國，艷曲銷魂錦織圍。回首懺心慕蘧瑗，已知三十九年非。

七戰春闈總敗軍，九原何處吊劉蕡。神傷冀北空群馬，目極淮南日暮雲。心地那能稱不惑，頭銜差免誚無聞。孝廉兩字難消受，又被人呼作廣文。

飲宴平原十日留，中秋後一日到濟寧，二十八日登舟。月華如水送行舟。解裝屨下陳蕃榻，聯袂重登太白樓。同榜科名悲電掣，同

榜成進士者五十四人，有罷官謝世者。中年絲竹感風流連日有歌伶侑觴。眼前莫同秋光好，折取黃花當酒籌。

華髮飄蕭鬢欲霜，嘔殘心血剩空囊。文章笑我仍貧賤，詩卷曲人説短長。竿木隨身同傀儡，蒲帆馱夢到江鄉。翩然獨抱青琴去，海上移情嘆望洋。文園師督學粵東，書來屢招不得往。

九月四日水漲得風過八閘

微山湖色青茫茫，布帆飽趁秋風揚。下水終朝逾八閘，韓莊南下趨臺莊。夾岸人家半漁舍，沿堤楊柳森成行。上水船緣阻風繫，呢喃秋燕鳴危檣。篙師飽飯舵樓坐，笑指新月蛾眉長。

宿遷古下相西楚霸王故里

河聲流萬古，遺迹識鍾吾。霸業空千載，雄名叱萬夫。地亡才氣憤，戰苦敗軍孤。鷄鶩翱翔去，惟留鳳在笯。

重陽豆瓣集作

碧天秋色冷湖光，每到登高憶故鄉。剩有詩書銷壯歲，絶無風雨過重陽。杯傾紅友難成醉，瓶插黃華不肯香。拈就新詩吟豆瓣，題餻且莫笑劉郎。

天妃閘

浪花擁雪怒滔滔，鼎沸聲中六尺橋。輓粟飛芻諸武弁，肯教河水濺青袍。

清江作

局外閑觀傀儡場，翩翩裘馬爲誰忙。帑金百萬東流去，且向龍宫禱大王。

淮陰侯釣臺

漢祖無陵寢，韓侯有釣臺。大風歌一曲，回首嘆蒿萊。

雨夜偶然作

静夜悄不寐，展轉作奇想。蜃市幻樓臺，境仄心彌廣。却憶平生歡，怦怦中若癢。多情累此身，前途殊惘惘。蝸角嘆虚名，馬齒慚加長。既乏用世心，何必生天壤。秋氣逼床側，篷背雨聲響。魂夢如白雲，飄然自來往。

山陽喜晤丁柘塘晏

春明席上聽驪歌，六載光陰一刹那。笑我抗塵行脚慣，羨君閉户著書多（撰著各集七十八卷，待梓）。雄心磊落曾籌筆（壬寅秋，夷氛不靖，率紳民防堵淮城），瘦骨崚嶒欲負戈。危堞重重資保障（淮安新城舊城中有夾城），射陽湖水静無波。

從古淮陰善將兵，于今衆志竟成城（時董修舊城，工將竣）。蓿盤未許延高士（君待銓廣文），薇省真堪副盛名（因保衛著績，得内閣中書銜）。

鐘底怪鯨收梵響，（近得金天德三年鐘，考證疑識綦詳）。庭前雛鳳繼清聲（哲嗣順伯新舉京兆試）。南山喬木蟠根久，携手金鰲頂上行。

舟夜不寐

涸轍憂魚困，身宫受蝎磨。鄉愁迴短夢，詩思釀奇魔。羈客鼾聲慣，蠻奴囈語多。篷窗如漆黑，前路恐蹉跎。

晚泊氾水望氾光界首諸湖

暮雲吞落日，湖色接天青。帆影飄如葉，人家聚似萍。樹陰秋後薄，水氣晚來腥。鄰舫吹簫客，嗚嗚不可聽。

高郵決口舟阻河干

淮風逆浪決秦郵，十日河干阻客舟。水浸火光燈萬點，一堤如綫邵家溝。

讀船山詩草書後用石琢堂先生韻

乾嘉人物半凋殘，留得詩名永不刊。筆有奇情傳世久，生無媚骨救貧難。變成虎豹三更夢用集中丁巳夢詩，畫出龍蛇萬目看。仙吏酒狂歸浩劫，零星年譜繕初完。

蓬窗悶坐戲集詩韻字

冬霽艷微陽，幽徑蒸絳葉。魚蟹合佳肴，青鹽沁蕭屑。嘯歌恩豪語，狎笑問耕陌。先覺未有文，寒江侵皓月。

梅莊詩鈔卷十三甲辰至丙午

萍梗集

題虞山觀海圖爲曹愷堂作甲辰

我家北海濱，未識東海面。結想望蓬瀛，可夢不可見。今得披此圖，山海壯奇觀。峨峨千仞岡，松檜逼霄漢。汪汪萬頃波，天地無崖岸。巫咸今不作，虞仲何時竄。維摩廟獨存，巋然靈光殿。曹君嗜山水，因緣證墨翰。顧陸能寫生，六幅舒鵝絹。波浪挾魚龍，雲煙動几案。墨皴拂水岩，紅染桃花澗。置身翠微巔，決眦入征雁。黄雲鋪大洋，朱霞曜天半。極目榑桑東，蒸蒸如白練。混茫洗太空，五色須臾變。褒中曾寫照余于庚子年繪褒海圖照，蜃氣樓臺幻。何如親見之，銀海摇光眩。拓我心胸開，輸君腰脚健。會當蠟雙屐，五嶽敖游遍。

寄呈雲巢舅氏

春風氄毴尋常事，且喜重來白下門。羞見江東諸父老，劇憐胯下舊王孫。文章四海誰知己，衣食全家盡感恩。獨上鳳凰臺上望，謫仙猶有未招魂。

自題瞻園餞别圖

梅花先放向南枝，畫裏諸君合詠詩。我是瞻園舊詞客，春風又到送行時。

題袁簡齋先生畫像

曾繪煙雲如意圖，鶴來軒裏又重摹。先生定欲掀髯笑，誰識今吾即故吾。
几篇遺墨重琳琅，宛若音容在小倉。絲繡平原金鑄島，于今都是魯靈光。

題孫淵如觀察小像用吴山尊張船山兩先生韻

盛名洪顧一時同，六代江山几寓公。問字客來尋白下，訪碑人蚤宦齊東。達官不改經生面，遺照猶存國士風。今日荒園半零落，松濤仍作大夫雄。

江行舟中同王成言作乙巳

石尤風惡阻扁舟，燕子磯邊五日留。殘雪乍銷泥滑滑，芒鞵不敢上山游。
清譚頗慰客情孤，每飯閑消酒一壺。燒笋烹魚蒸鴨臛，捧盤忙煞小奚奴。

渡河登車作

黄水東趨海，揚帆趁怒潮。渡河風力健，上馬世情豪。青草生春色，緇塵點敝袍。浮名何日换，忍受道途勞。

贈鉛山華又齋太史日新

河岸相逢問姓名，歡然一笑若平生。瓊林飽啖紅綾餅，猶作公車逐隊行。

華胄高攀愧不如，雁行抗禮太粗疏。好留太史如椽筆，重補君家續漢書。又齋爲晉光禄勛叔駿公裔。

二月十五日鄒縣道中見村舍杏花芳艷可愛折取一枝聊慰旅懷晚宿順橋客邸鐙前顧影明月窺人得詩題壁以志之

墻頭紅杏問誰家，駐馬裴回艷影斜。儂是長安舊游客，探來權作上林花。

百花生日是今朝，詞客尋芳到順橋。鐙下看花人寂寞，邀來明月伴春宵。

送葵生弟之邯鄲

咀嚼離鄉味，銷魂總黯然。名心同瓠落，别緒倍纏綿。明月共千里，春風各一鞭。黄粱誰入夢，醒眼看青天。

八月廿七日車中作

又别鄉園去，輪蹄趁曉風。天晴帆背白，地碱草心紅。塵坱如懸罄，浮生類轉蓬。大聲呼阮籍，拊掌笑途窮。

廿八日登舟作

走馬河干問客舟，毿毿柳色不勝秋。霜風凄緊吹征雁，又送詩人汗漫游。

重陽過武城作和舅氏原韻

桃李争春鬥色香，黄花依舊傲嚴霜。篷窗几硯分餘席，容我高歌唱渭陽。

雉堞傾積一水環，半村黄葉夕陽殷。秋雲天際開圖畫，寫出倪迂萬叠山。

頻年重九在途中，飽看湖山烏柏紅。今過武城尋古迹，弦歌野語半齊東。

燕臺别去上吴艘，柳法空傳祀棗餻。秋色助人詩筆健，撚髭猶作汪年豪。

東阿吊曹子建

就國東阿徙王陳，空名寄地枉勞薪。建安詩筆推才子，洛浦風懷托美人。霸業若傳曹氏璽，侯封不改漢家臣。可憐縱酒遭謡諑，那有閑情賦感甄。

濟寧謁高子祠

殿宇三楹久不開，空庭落葉點蒼苔。聖門弟子愚難學，徑竇餘生死可哀。愧我竟無爲宰命，于今誰是讀書才。漢儒厠坐傳經訓高堂生配享，絶世聰明入室來。

廿五日同宋禮園孝廉釁游玉露庵觀菊

客中偏有賞花心，俊侣敖游好共尋。流水一灣城半角，柳陰蕭瑟寺門深。

辛夷花外隱僧寮，卍字闌干曲徑遥。笑煞佛奴偏愛色，閑庭種遍美人蕉。

不須説法漫和南，佛與黄花同一龕。香火因緣人淡泊，虚齋捉塵縱清譚。

隔墻脩竹有精廬，粥鼓喃喃誦佛書。瞥見素冠輒迴避，不知誰是馬相如。謂王曼雲、司馬長卿。

瓜州守風

鯉魚風緊雁聲哀，六代興亡感霸才。殘照西沈明月上，大江東去片帆來。青山隔岸勢争渡，紅葉滿林秋亂堆。妙絶徐熙新粉本，天公日日畫圖開。

江行

一夜東風送客舟，月明如水正當頭。推篷欹枕眠初熟，滚滚江聲入夢流。

天津樊烈婦挽詩十解

黄鵠折翼，古井皺波。吁嗟乎，人壽几何，之死矢靡佗。一解

賢哉王氏女，嫁爲樊氏婦。璧合藍田，是真嘉偶。惜伉儷未久，空房誰共守？二解

玉臺鏡破，金鳳釵斷。君子云亡，方寸已亂。三解

下無子女，上有翁姑。可代夫以盡孝，胡爲身死以殉夫。四解

烈婦曰：夫尚有弟，已畢茂才。孝養父母，斑彩衣萊。妾生何爲？妾將尋夫于泉臺。五解

傷哉我翁遠宦荆楚，傷哉我姑甫歸故土。我姑哭兒淚如雨，妾慟兒夫情更苦。六解

欲投繯兮無繩，欲刎頸兮無刃。非無繩與刃，恐殺身而致釁。七解

檢點奩具，得金約指。完節保軀，轉悲成喜。縱鐵石心腸，而吞金必死。八解

已矣乎，幽魂一樓，芳名千載。連理雖枯，同心未改。人孰不死，難得如斯之慷慨。九解

殉夫如殉君，深閨夙所聞。彼貪生之男子，識不若釵裙。吁嗟，我夫即我君。十解

贈吴雲佐同年起元

賓鴻鍛羽渡江來，舊侶重逢笑口開。廿載功名成畫餅，六朝風景助詩才。春官桃李年年放，秋水芙蓉處處栽。翹首城南天尺五，昂藏何日出蒿萊。

羡君斑彩慰高堂，况有南飛雁一行。瘧鬼弄人親藥餌君時瘧疾初愈，腐儒先我訓文章選授定興廣文。壺盧依樣官堪笑，苜蓿登盤味亦香。自嘆羈身空抱影，每聽風雨憶聯床。

讓人先著祖生鞭，下駟駑駘上水船。詞賦英靈悲屈宋，詩歌豪氣壯幽燕。鰥生貧賤常爲客，廉吏兒孫不值錢。剩有敝廬書滿架，儘教子弟守青氈。

短髮飄蕭鬢欲皤，中年事業竟如何。毛錐脱穎銜囊出，鐵硯隨身受墨磨。矮屋論文知己少，他山攻玉感恩多。會當了却尚平累，湖海扁舟理釣蓑。

題曹春生停琴佇月圖照

寫出幽静趣，獨坐松樹陰。明月在何處，好風吹羅襟。聊寓絲桐意，别存山水心。囊琴不復彈，江海無知音。

雪後偶成

風静人稀窗紙明，開門雪已没階楹。茫茫畫意從天寫，浩浩詩懷墮地生。晚翠枇杷成玉樹，暖紅榾柮沸銀鐺。向陽高屋銷

融早，檐溜如繩作雨聲。

二月廿六日能仁寺觀梅丙午

郭外尋春色，來觀覆水梅。矮僧迎客笑，古萼向人開。得氣先群卉，蟠根識異才。翩翩人似蝶，臨去尚徘徊。

抛却園林盛，逃名選佛場。樹經千載劫，花吐六朝香。嫵媚神仙骨，槎枒鐵石腸。看他桃杏色，塵世几滄桑。

題張仙槎寶泛槎艤槎諸圖

當年五嶽恣敖游，形勢羅胸拓九州。投筆竟能輕富貴，知名原不藉王侯。交傾海内都青眼，身在圖中到白頭。開卷豈徒傳畫法，自題詩句亦千秋。

清明同曹春生薄游

短橋低映水粼粼，芳草垂楊色未匀。潑墨濃雲天欲雨，東風吹散踏青人。

年年寒食滯京華甲乙兩年皆在都中，萍絮飄零到處家。忽聽哭聲歡笑語，紙錢飛上碧桃花。

昇平橋北緑波連，枯樹泥墻聚晚煙。指點數椽高矮屋，此中帷幕有青蓮。

無限愁懷客裏過，詩人從古别離多。高吟繞郭皆山句，白下清明可奈何。

題王蓉橋讀書譚劍圖照

挾策休譚紙上兵，鬚眉豪氣尚縱横。披圖如見真肝膽，展卷欣逢古性情。漫共豎儒争句讀，好隨俠客語平生。青鐙照壁昂藏久，風雨蕭蕭夜有聲。

三月三十日作

雜花生樹亂鶯飛，庭院深深草漸肥。几度留春留不住，細蜂拖蜜入簾幃。

春來春去黯銷魂，新柳吹棉颺白門。九下韶光彈指過，夕陽猶自戀黃昏。

鰣魚鮮美嫌多刺，况值春寒未可叉。忽憶故鄉好風味，河豚海蟹淀青蝦。

頻年春至別江干，今歲逢春興倍闌。預與東皇期舊約，杏花時節到長安。

題牡丹幃額

富貴無驕態，此花真妙品。寫入羅幃間，良宵伴衾枕。畫工投時好，美人空抱影。含笑謝群芳，春風夢已醒。

對月感懷

欲向蒼天訴，高高不可聞。將心托明月，傳語到青雲。照影自千古，當頭餘二分。遥看滄海上，兵氣尚氤氲。

答友人

不須彈鋏歎無魚，濡墨含毫賦子虛。羈客喜從花底涽，麗人多傍水邊居。泛船載酒情何限，聯騎游山興有餘。莫訪南朝舊宮殿，離離荒草半邱墟。

題畫

鬌翁策杖來，奚奴寒掩口。尋得一枝春，不負雪中走。

無題

成名豎子著朝衫，專把科場分外嚴。乳臭小兒剛識字，牟尼一串署冰銜。捐輸例中，有年七八歲得翰林典簿者。

司農仰屋計開捐，侍御隨聲議貨泉。安得銅山遍天下，大家齊鑄鄧通錢。

果否舟山入版圖，羊城又見萬民呼。開門揖盜踰垣走，衙署宵焚薏苡珠。

海濱烽火有餘哀，又向江邊築炮臺。水勇喧譁争犒賞，閲兵都盼使君來。

梅莊詩鈔卷十四 丙午

於越吟

五月十二日登舟口號

久居鬱鬱真無味，乘興浮槎作壯游。五月渡江入吴越，湖山吟寫到新秋。

登燕磯觀大江游永濟寺至上臺洞

燕子磯頭望，波濤日夜流。呑江書醉石，相傳四字爲李太白書，今重摹。鐵鎖繫危樓俗謂練孤舟。撒手懸崖峭，皈心古洞幽。梵宫遭劫火，僧尚恨夷酋。

游三臺洞

仙境靈巖几度尋，觀音門外拜觀音。攀梯獨訪三臺洞，掬飲清泉洗俗心。

燕磯阻風

阻風兩日悶如何，登岸閑行負手歌。瞰水亭臺飛鳥散，倚山樓閣夕陽多。低田潑雨秧新稻，斷港翻雲颶嫖荷。最是晚來清景好，滿船明月照煙波。

龍潭出江

萬艘雲集水彎環，柔艣聲中客夢閑。揚子江心風浪大，扁舟一葉到金山。

游金山寺次東坡先生原韻

江天一覽寺裏山，古洞深幽尋法海。振袂獨登妙高臺，六朝寂寞山仍在。開山得金老頭陀，孤塔倒印江心波。石壁題名留姓字，古來惟有詩人多。我今渡江争擊楫，中流明滅浴殘日。北顧煙嵐色尚青，南徐炮火痕猶赤。寺僧譚及動魂魄，銅佛低眉黯然黑。中泠泉涸一隙明，玉帶橋邊過客驚。天外群峰人不識，長空萬里變雲物。眼前對峙有焦山，俯視善才石亦頑。登臨一望情何已，亂帆飛下東流水。

泊京口

勝地重經報賽天，繁華依舊似從前。新修雉堞增三尺，回憶狼烽靖四年。山勢雄誇南北路，江風吹集往來船。橋邊皓月明于晝，又聽吴娃奏管弦。

丹陽道中

打槳入城去，河灣水不深。潮痕銷巷口，塔影矗橋心。古寺依墩埠，重樓隔樹陰。舟師作蠻語，漸覺變吴音。

常州作

半河畫舫人如玉，兩岸層樓望若仙。柳下竹棚啜茶坐，唐家灣口看龍船。

蕩口喜晤家秋蘋舍人適園少府紫屏廣文朗亭孝廉

沆瀣原同氣，家鄉此日過。竹林冠蓋盛，時草弟兄多。《二柳村莊集》，秋蘋、適園兩兄詩最多。又《閑吟處詩草》六卷，爲子同兄遺稿。把酒銷殘暑，論文釀太和紫屏重編《錫山文集》二十卷。惠泉山下路，古墓尚峨峨始祖孝子公墓在龍山南。

姑蘇雜感

闔閭城外卸帆時，山水樓臺繡色絲。兒女春來歌舞慣，園林花謝燕鶯知。死當埋我要離冢，喜亦因人短簿祠。至竟吴亡緣底事，不須顰顣怨西施。

七里山塘到虎邱，尋芳先上仰蘇樓。鶴藏古澗聲難覓，劍試荒池迹尚留。水閣蔬肴宜過夏，畫船絲管不知愁。生公説法千人坐，頑石聽經亦點頭。

武功廢弛衹能文，花月笙歌處處聞。芳草緑侵高士宅，殘陽紅上女兒墳。橋邊淺水迷香徑，塔外諸山鎖暮雲。拜訪前朝五人墓，直令羞殺舊將軍。

吴宫茂苑不堪尋，剩有滄浪一水深。熊膽竟償千里恨，鴟夷遂動五湖心。才人曾住桃花塢，怪石重堆獅子林。若過金閶亭畔路，青琴彈斷少知音。

吴江道中見踏水車者戲作

大婦袒酥胸，中婦衣半臂。小婦尚含羞，短袖飄雙翅。躑躅踏水車，似作鞦韆戲。

周家溪阻風

石尤吹送燕呢喃，午泊周溪汗透衫。晝寢初醒篷底卧，看他船跑順風帆。

初入浙江界

不繞吴興路，舟行夏日長。眠桅橋洞矮，繫纜樹陰凉。瀌瀌湖濱水，葱葱陌上桑。遠山青似黛，指日到錢塘。

登吴山謁伍相國廟

去國全忠孝，英名萬古標。楚江悲贈劍，吴市歎吹簫。遺恨吞强越，餘威咽怒潮。浙東資保障，白馬順風驕。

游孤山路訪巢居閣處士橋故址和林和靖孤山寫望詩元韻

湖山依舊景全非，草緑裙腰剩夕暉。柳逕含煙新雨潤，沙堤臨水晚風微。巖間昔日梅争發，亭畔無人鶴自飛。憶否夢中曾到此，斷橋殘雪夜深歸。

關帝廟觀畫竹詩字

玉印猶存照膽臺，侯封漢壽有餘哀。壁間畫竹都成字，勁節虚心寫得來。

過陸宣公祠

祠傍孤山路，唐朝有老成。艱難資内相，治亂繫蒼生。臣骨千金值，君恩一代榮。至今披奏議，妙論尚縱横。

拜岳墳謁武穆王廟

古墓常埋不朽身，䰈䰈廟貌尚如神。獄經媒櫱成三字，血刺精忠敵萬人。侍座奶瓶傳孝女，跽門頑鐵鑄姦臣。墳頭一樣婆娑樹，北向無枝七百春。

六一泉飲茶

入寺來尋六一泉，柏堂竹閣兩茫然。水香甘洌清如許，龍井新茶活火煎。

蘇小小墓

後湖水色柳陰嬌，人在西泠第几橋。黄土一抔埋艷骨，至今過客尚魂銷。

錢王祠謁吴越王像觀表忠觀碑

十國匆匆盡可哀，故宫回首没蒿萊。一家骨肉留王氣，亂世英雄感霸才。整頓錦衣窺鏡去，安排强弩射潮來。表忠觀裏藏奇魄，猶有慈孫拜月臺廟祝錢氏即王裔。

湖上雜詩

藕香居外樹陰齊，聽水亭邊路欲迷。剩得几株舊楊柳，隨風摇曳少鶯啼。
三潭印月水心亭，堤界湖光裏外青。麴院荷花三四里，尋香飛出紫蜻蜓。
望湖樓對水仙祠，舫課無人解詠詩。花港游魚看不盡，漁船不許放鸕鷀。
茶坊嶺上竹陰凉，仙姥墩邊土尚香。西望雷峰餘壞塔，積唐猶自倚斜陽。

游净慈寺觀五百阿羅漢

迢遞南屏路，招尋物外蹤。慈雲生古洞，慧日在中峰。一塔挂殘照，千巖聞晚鐘。修成羅漢果，變作帝王容。

登南山亭觀摩崖石刻周易家人卦

曾傳海岳舊琴臺，小有天園傍水開。石上擘窠書大字，温公真是掞天才。

范忠貞祠

白沙堤上樹蟠根，錦帶長橋没水痕。一半句留成別業，四賢祠畔吊忠魂。

游風篁嶺

一上風篁嶺，參天萬竹齊。浮雲隨客去，幽鳥向人啼。有意尋龍井，無心過虎溪。高僧遺迹在，石洞姓名題。

蘇堤

行盡楊堤又趙堤，嘉名難與大蘇齊。六橋風景依然在，綠柳成行鳥亂啼。

臬署即南宋大理寺故址有感岳鄂王事

五國魂羈二帝靈，官家甘作小朝廷。逃從海島真無地，冤起風波更有亭。南渡君臣誰報怨，東窗夫婦枉勞形。傷心扣馬書生語，乳臭烏珠竟肯聽。

梅莊在西馬塍韓蘄王舊園也戲作二絶

溜水橋西問馬塍，蘄王國址到今稱。我來仿佛重游此，古樹渾如耐久朋。兩字誰爭安石墩，地因人重莫須論。他年結箇茆庵住，雪後花開好閉門。

留别杭州

山水樓臺擬十洲，詩人到此便句留。世間誰是林和靖，天下應無李鄴侯。几見潮頭乘白馬，漫從波底覓黄牛。我今拋却西湖去，何日重來訪舊游。

鑒湖賀季真故居

欲訪高人宅，茫茫綠草平。橋從湖外跨，人在鏡中行。應接真無暇，招尋倍有情。烏篷千百箇，一様棹歌聲。

晉王右軍祠

東晉風流冠，荒祠鎖薜蘿。渚蘭鋪作席，池墨皺生波。勛業同安石，文章溯永和。至今留廟貌，破壁尚書鵝。

蘭亭

山陰道上客流連，游到蘭亭倍惘然。曲水尚存修禊處，茂林依舊放鵝天。昔時觴詠詩何在，佳地風華字可傳。惟有峰巒轉蒼翠，閲人草草二千年。

謁大禹陵

我來會稽謁禹陵，古松矗突山崚嶒。旁有享殿高百仞，緣階拾級褰衣登。瞻拜遺像執圭組，稷契皋益祀兩廡。羽淵含痛悲黃熊，九載成績真幹蠱。當年洚水勢滔滔，塗泥樏橇胼胝勞。庚辰暨亥齊効命，作貢制賦歌簫韶。江淮河漢思明德，巡狩南方兼述職。會計茅山封有功，執玉帛者來萬國。那知一旦墜軒弓，胡髯攀附騎蒼龍。至今窆石亭邊路，執紼難尋隧道通。古墓豐碑標綽楔，後人競説探禹穴。中有人間未見書，并非蘊瘞神王骨。金泥玉檢半銷亡，石簣猶存竹頁香。宛委山頭無隻字，空教太史嘆茫茫。陽明洞外飛來石，傳是曾葬衣冠宅。香爐峰作護砂形，若邪谿水藏龍脉。毋持布鼓過雷門，恐驚萬古生人魂。少康苗裔封於越，卧薪句踐真王孫。三代以上事奇古，帝王後葉編氓伍。守陵數家姒姓人，年年麥飯澆墳土。

登種山最高處上有望海亭

絶頂觀形勢，千巖擁畫屏。好奇探禹穴，選勝訪蘭亭。海氣連天白，湖光隔隴青。山頭風颯颯，知有越王靈。

六月十五日登舟遇雨

埸來吴越倦敖游，暑旱兼旬熱未休。今别武林逢好雨，湖山清氣壓扁舟。

石門道中

高阜城東望，難尋走馬岡。長河新漲緑，短堞嫩花黄。币野多膏壤，彈丸舊戰場。女陽亭畔路，猶説語兒鄉。

夜泊檇李

皎月照溪水，雨洗明于鏡。泊舟檇李亭，良宵雲影净。北岸有古寺，松際出幽磬。云是三過堂，坡仙留佳詠。彈指去來今，長老方入定。我今返棹歸，頗有吟詩興。惜無戒律僧，同參大千乘。仰首聞雁聲，側耳亂蛩應。萬籟何曾寂，悠然滿清聽。

曉過鴛湖

煙雨樓頭鎖翠微，嘉禾城郭静朝暉。南湖水氣濃于染，可有鴛鴦作對飛。

蕩舟湖中望洞庭山

扁舟一棹鳥知還，學得吴音語帶蠻。鶯脰湖邊秋水濶，夕陽紅到洞庭山。

吴門寓樓病中作

暑病入秋發，窮途尤可憐。呻吟銷壯氣，蹭蹬惜華年。月色當窗皎，歌聲到枕圓。凉宵如此好，抱影自孤眠。

贈家秋蘋兄即題印譜

又倚鵝湖棹，招尋到義莊。一家新叙譜，五代喜同堂。秋蘋上侍鳳儀公，下見曾孫，本支瓜緜五世矣。自得琴書樂，常留翰墨香。溯源栖碧派，考宗譜，與兄共九世祖栖碧公。盥手讀黄楊栖碧公集名。嗜好在金石，雕蟲寫性靈。錫山傳絶學，鐵筆篆奇形。間泐蘭亭序，重鐫陋室銘。印成千萬本，洛紙貴都京。

梁谿舟中見龍挂

蒼龍吸水入雲去，龍尾挂雲雲不開。微覺腥風颯颯至，忽驚破空飛雨來。

孟河道中

樫柳沿河直，蟬聲噪夕陽。膠泥沙岸滑，窄木板橋長。禾黍秋仍短，瓜壺午不凉。倮蟲分隊隊，亂踏水車忙。

夜泊江口

扁舟泊江口，獨客坐深宵。月落見漁火，風來生海潮。迅雷驚岸樹，疾電照溪橋。雨勢壓篷背，人聲楚語囂。

舟中望虞山海口

虞山斜對海門開，炮火煙銷又築臺。兩岸蟬聲依樹陡，一江帆影仗風來。傷心邊備真無策，回首夷氛尚可哀。惱恨石尤偏阻客，乘槎空負不羈才。

阻風

郵程屢讓祖生鞭，水驛偏逢上瀨船。鄰舫紛紛渡江去，孤篷深繫緑楊煙。

常潤道中

大瀆山頭望練湖，茫茫秋水澹煙鋪。半生游興詩懷健，一枕濤聲客夢孤。岸陡如岡牛齧草，波平似鏡雁銜蘆。布帆無恙歸來好，且向新豐買臘豬。

如皋贈徐聲仲

客久雄心減，扁舟處處家。游蹤來海角，秋色滿天涯。病骨鶴形瘦，鄉思雁陣斜。窮途逢舊雨，努力晚餐加。

同聲仲訪水繪園故址弔冒辟疆

射雉城頭秋草黄，依依疏柳摇殘陽。登樓俯視默無語，有客臨風空斷腸。當年勝境繁簫管，水繪園中名士滿。氍毹歌舞千黄金，詞賦青錢誇萬選。小浯溪畔湘中閣，閣上主人真好客。迦陵公子最風流，只譚花月神仙樂。黄岡杜濬酒初醒，修禊曾招五阮亭。可憐八十潛夫老，白髮鬖鬖眼倍青。星移物换成荒圃，樓閣傾頽堆糞土。繁華過眼頓成空，故家零落都如許。昔日楊枝早擅名，雲郎才調更多情。櫻桃驚起秋衾夢，定有香魂踏月行。繞籬誰種邵平瓜，畦塍野菜啼寒鴉。三間破屋牽蘿影，一樹紫薇尚有花。人事代謝滄桑改，盛名嘖嘖依然在。朱門再過几成墟，清風明月何人買。于今亭館半莓苔，杜宇聲聲亦可哀。空餘洗鉢池中水，留照詩人弔古來。

梅莊詩鈔卷十五 丙午至己酉

賃春集

偶成丙午

清晨埽地焚香坐，午夜關門洗足眠。抛却俗塵多少事，黑甜鄉裏賦游仙。

重九同友人登高作

良朋携手上梅岡，本末風高瑟瑟凉。卅載蹉跎如逝水，一年容易又重陽。群山繞郭增秋氣，孤塔撑空接大荒。千葉亂帆江一綫，雲天無際歎茫茫。

贈徐樹人茂才善來

亦作依人計，憐君遇不同。他鄉逢舊雨，入座有春風。瓠落悲身賤，萍飄嘆道窮。几聲長短調，高唱大江東。

世襲常爲客，西湖尚有家。茫茫窺宦海，滚滚變流沙。雲路遲征雁，江天起暮鴉。且停袁浦棹，風雪正交加。

梅花

驛使江南去復來，隴頭消息尚徘徊。天心醖釀和煙種，月影參横傍水栽。調鼎即能成大用，作鹽終覺是粗材。自知錯節盤根久，獨抱幽芳不肯開。

看盡繁華鬢欲霜，可憐世態變炎凉。山林寂寞忽春色，天地荒寒生妙香。拔俗自標孤客韻，趨時羞學麗人妝。林家眷屬神仙福，那有閑情聘海棠。

月明似水證前身，萬朵千枝净絶塵。骨傲已含酸氣味，貌臞猶見冷精神。是真潔白誰知己，如此孤高有替人。料得故鄉花事好，漫教桃李占先春。

灞橋風雪逐吟鞭，此去尋芳勝往年。美玉雕成連理樹，古香流出在山泉。鐵心不識金銀氣，粉本常留翰墨緣。春老易增摇落感，可能開到杏花天。

讀味塵軒詩集有懷李雲生大令文瀚

海内論交道，何人同性情。南游得知己，夏間，由蘇赴杭之紹興，得交翟端卿明府。西望有長庚。刺史多循吏，清才副盛名。皖江曾倚棹，低首拜宣城。我友皆君友，謂高寄泉、馬鶴船、邊褏石、丁柘塘，君詩勝我詩，拙稿二千餘首，僅刻《聻言集》一卷。未曾觀妙畫，先得讀傳奇。《繡烏記》《紫荆釵》書達三千里，神交十二時。葭蒼人不見，何以慰相思。

早春感懷丁未

人日題詩在白門，中年絲竹黯銷魂。驚心世事如棋局，過眼光陰付酒罇。國計衹知謀利禄，家傳無不爲兒孫。被風吹上長安道，指點青袍舊淚痕。

不談理學不參禪，先業曾無負郭田。納粟妄籌千石米，理財思鑄六銖錢。封侯安用班超筆，馳馬爭誇祖逖鞭。宦海茫茫波萬叠，逆風上水漫開船。

籌海齊謀善後功，臺邊演炮鐵心紅。將軍未老羞乘馬，武士臨場怯挽弓。幸有奇兵譚紙上，竟無成竹貯胸中。城頭五夜笳聲起，一任萑苻跳盪雄。

紛紛都現宰官身，朝宁新添市井臣。從古男兒多好色，於今君子盡憂貧。斗筲較算稱良吏，租税浮徵困細民。地若產金天雨粟，九州長享四時春。

中秋泊三望望月

一鏡照天地，秋光如此清。百年今夜好，萬里故鄉明。鐙火澹無色，風濤摇有情。圓輝休太滿，彈指悟虚盈十六日月蝕。

書懷

九州四海一閑人，腹有詩書不療貧。簪笏盡爲身外物，鶯花已過夢中春。論文射策誰知己，窺鏡抽毫自寫真。四十三年無箇事，南船北馬厭風塵。

瑶草琪花到處栽，海濱蜃氣象樓臺。驚人事業惟通市，籌國勛名在理財。聚米量沙資餓鬼，煮鹽鑄鐵困粗才。何如點石成金手，萬仞銅山力士開。

命蹇何須怨數奇，鍼心砭骨賴良醫。人情冷暖戛羹釜，世態紛争打劫棋。飽我侏儒餐飯後，看他傀儡下場時。好官面目多塗粉，笑讀南沙紀事詩。

飛將譚兵紀律寬，墩臺炮火任人鑽。赤心循吏憂貧甚，白首書生釋褐難。河北饑民方借著，終南捷徑又彈冠。九重宵旰需良將，誰識軍中有范韓。

九月初五日同沈虚谷昆仲游浣筆泉用壁上木蘭山人元韻

清泉瀧瀧出方池，與客登臨拜古祠。一徑松陰秋雨後，半城柳色夕陽時。從來我輩多耽酒，到此何人不詠詩。獨抱幽懷誰見賞，問天唯有謫仙知。

洳河

世味飽嘗慣，飛鴻受網羅。文章知遇少，骨肉别離多。心迹甘雌伏，身宫耐蠍磨。舟行奇夢醒，雷雨渡洳河。

泊揚州

四年九過廣陵城，寂寂無人問姓名。潮信忽生千尺漲，月華何止二分明。達官沓至避深舫，好友欣逢話舊情。倚棹茱萸灣上客，江天古寺打鐘聲。

得李雲生見和詩倒疊原韻奉和

一紙忽飛到，知交兩地思。文章偏妒我，笑貌耻逢時。紅友曾拚醉，青天許問奇。何年親把臂，重讀畫中詩。

侏儒窮快活用鶴船詩意，南面擁書城。身賤仍憂道，才疏恐好名。雪山剛洗甲聞西師奏凱，洛水正呼庚時河南大旱，發帑賑濟。攬轡登高望，難移海上情。

竹谿從兄之官桂陽道經江寧話别得詩贈行

本爲貧而仕，誰知仕更貧。漫抛司馬淚，兄以截取知縣，借選直隸州同。如現宰官身。塵世容閑客，天涯作旅臣。他鄉逢骨肉，投老倍相親。

翦燭譚深夜，圍爐寓静衙。江湖催短棹，風雪向長沙。宦味涼于水，人情薄似紗。津門居不得，有夢尚思家。

行路難如此，途窮唤奈何。寒霜彭蠡雁，落葉洞庭波。重累扁舟載，殘年萬事和。望衡帆九轉，晚翠嶽雲多。

後會知何日，臨歧感不禁。蹉跎傷病眼，遲暮動愁心。宅相成真似，兄之舅氏陳慎齋先生，曾官福建永春州同。名場慮最深。相期重對酒，聊續楚狂吟。

贈祝蓮舫孝廉曾雲

記曾泲上雪鴻留，扶醉同登太白樓。千古歡場容易散，十年筆債總難酬。劉蕡下第休彈淚，王粲依人又遠游。别後相思寄明月，梅花香裏夢揚州。蓮舫，海寧人，僑寓揚州。

緇塵席帽出京華，銷受南風撲面沙。書劍飄零常作客，文章毷氉暫歸家。重逢白下傳三影，小聚尊前詠八叉。此去還期各努力，莫忘鵲噪共燈花。用湯敦甫相國語。

題博山園雅集圖爲湯雨生都督作

勝境名流聚，全憑妙筆傳。江山增感慨，樓閣入雲煙。餘事亦千古，披圖今十年。將軍觴詠處，回首尚依然。

我至群賢散，追尋舊迹留。六朝供粉本，二老自風流。同集諸公半歸道山，今惟都督與包慎伯先生矍鑠如昔。松影庵中矗，霞光鉢外浮。未曾陪末座，展卷已神游。

二月紀事戊申

跳梁小醜又横行，一艦强于百萬兵。春湧舵樓隨海氣，東風吹到石頭城。
問誰坐鎮大江東，抗禮分廷拜下風。手攫盤餐學夷禮，書生甘作可憐蟲。
報恩寺裏鬧場開，都向南門看鬼來。瓦礫亂抛驚鼠竄，和戎全賴救時才。
圌山關外戍兵閑，京口驚心淚暗潸。送出火輪歸滬瀆，平安如奏凱歌還。

贈沈心梅表侄恩闓

廉吏兒孫大雅才，七年重到鳳凰臺。羡君意氣清如許，曾看西湖山水來。
九十春光彈指過，名園好景問誰家。天公鎮日瀟瀟雨，不許人看富貴花。
鮮魚未上鶗鴂啼，别緒匆匆物不齊。漫道江南春色好，海東蜃氣吐虹霓。
石城楊柳拂輕煙，挂席風吹下水船。隨侍篷窗親筆研，摛詞好賦帝京篇。

次韻贈孔繡山中翰憲彝

東風回首阻瀛洲，公宴于今已十秋。差喜賃春來白下，與君把琖話清流。拏雲詩草騰千口，指日筆花開并頭君時就婚于桐城方氏。記取簾前丁字水，六朝名迹快同游。

題繡山詩集即用集中甲辰見懷詩原韻

性與韓蘇近，學詩室能入。古誼篤交游，懷人多佳什。快讀中秘書，一官著一集。

孔繡山催妝詩

百蝶圖成寓巧思，君元配夢素夫人，有《百蝶圖遺卷》。八分書擬郃陽碑。繼室葆瑛夫人，有《小蓮華室學隸圖》，并摹曹全碑石刻。羡君今復偕嘉耦，戲譜冬郎艷體詞。

千里紅絲一綫長，杏花村裏酒旗香。東坡《題朱陳村嫁娶圖詩》，有『勸耕曾入杏花村』句。重翻嫁娶新圖本，不繪朱陳繪孔方。

安石榴開醋醋紅，鰕鬚簾幕藕花風。小姑祠畔在淮清橋，與君寓奇望街相近。青溪水，雙照人如鏡面銅。

習氣中年漸埽除，匆匆婚宦樂何如。好將西掖詞臣筆，先作東萊博議書。

題孔繡山青天騎白龍圖用太白飛龍引原韻即效其體

仙人謫落于塵世，搏風砂。披砂鍊成丹，騎龍仍上軒皇家，下視寰海空咨嗟。江南玉樹長安花，隨風飄蕩騰煙霞，五雲深處迴仙車。馭短轅，馳騁九層霄，此樂無人言。

謫仙意態何蕭閑，神龍夭矯不可測，聳身直入風雲間。安得妙藥駐童顏，敖游閶闔無時還，道逢善畫之荆關謂司馬繡谷。倩荆關，繪奇語，銀漢槎邊見織女。跨鸞皇，贈我長生不老肘後之仙方。任爾雙丸跳盪須臾光，蓬瀛杯水几時渡，龍性變化多星霜。

和王研雲廣文寶仁六十述懷詩原韻

百卷書成手自編，先生著有《舊德堂正續集》《奉常公年譜》《蔭槐瑣證》《古官制考》《春秋戰國官制考》《周官參證》《論語異義》《韓詩所見録》《説文引詩考》《琴人詩集》《婁水文徵》《舊香居文集詩集》，共百餘卷。論交五載竟忘年。長卿于癸卯七月得識先生于蓉橋齋中，今五年矣。浣薇曾展瑯嬛籍，擊節重披錦繡篇。廢讀蓼莪同悵悵，長卿九歲失恃，廿七歲倖登鄉薦，逾年又遭先君之變。貽謀瓜瓞頌緜緜。婁東家世徵文獻，遺澤清芬海内傳。

烏衣門巷已荒寒，白髮儒生耐冷官。德業于今名世少，清才從古遇時難。浮家未肯成羈旅，射策徒勞論治安。先生四赴春官不第，長卿已九上公車矣。我亦注銓樗散吏，儘留詩卷任人看。拙稿已刊《謇言集》一卷、《四十賢人集》一卷。

廉吏兒孫守一經，先大父筮仕皖江，年甫四十，卒于官。傳家剩有舊氊青。荒田負郭如耕石，舊有薄田數十畝在北倉，頻被水患，今已屬他姓矣。別墅臨河擬聚星。德星別墅，即查氏水西莊遺址，今捨爲花神廟。鑄研愛鎸秦篆刻，攤箋摹寫漢碑銘。平生金石耽奇癖，好付郵籤寄短亭。

不慕浮華不好名，井田封建竟難行。著書耻作雷同説，讀史争誇月旦評。經濟因時期有用，文章誤我嘆無成。賡詩願祝南山壽，五嶽敖游訪向平。

秋日感事

風挾江濤入郭流，居然陸地可行舟。滔天浩劫逢千古，壓境奇殃遍六州。蒿目頓增騷客感，婆心空抱杞人憂。問渠河伯司何事，竟許蛟鼉汗漫游。

吴艘忽向海東來，驚起龍宫澒洞灾。圉圉剛蘇魚轍涸，嗷嗷又聽雁聲哀。人游羅刹都成鬼，波擁桐棺半露骸。尚有生靈需賑恤，漫誇近水有樓臺。

莽蒼秋色滿乾坤，剩有江山六代存。千頃桑田成澤國，一舟萍梗感天恩。泣珠争下鮫人淚，翦紙難招杜宇魂。擬繪流民圖萬本，於今殊少鄭監門。

雲端皓月湧晶盤，照遍灾區不忍看。沈竈産鼃勞夢想，望天雨粟救荒寒。封疆几處謀康濟，朝宁何人策治安。滚滚江河日趨下，倩誰隻手挽狂瀾。

廢園

昔年游宴處，今日客來遲。亂石埋荒草，枯松卧廢池。庭空堆鴿糞，窗破罥蛛絲。園主何時去，危樓一木支。

秋暮同張斂庵同年城西訪菊

鞭絲指向石頭城，馬上應憐髀肉生。十丈軟紅塵不到，羅廊巷裏敲門聲。問誰肯到野人家，殘照銜山樹影斜。茆舍槿籬池水静，同心來訪耐霜花。叢霄境外露荒祠，百步坡前竹萬枝。忽見黄華迎客笑，有人欣賞未開時。紛紛桃李門春光，容易秋風九月凉。十八年來知己少，好留晚節殿群芳。

十一月十四日作

客散更闌酒乍醒，蕭齋抱影一鐙青。東風忽送瀟瀟雨，滴入愁心不忍聽。

己酉暮春讀郇園疇唱詩柬王研雲先生用鏡溪山人原韻

婁江風雅士，曾晤杏花村。人隔三山路，春回萬竹園。雲煙開畫幀，烽火憶兵屯。鶨跖窺心迹，鴻泥印爪痕。清風吹紅到，古誼藉詩存。署冷腸偏熱，官卑道自尊。松筠貞晚節，苜蓿佐芳樽。學擅無雙品，文傳衆妙門。舊香槐庇蔭，先生著有《舊香居文集》《蔭槐瑣證》。新著草删繁成書百卷待刊。遺澤留梅鶴，先德文肅公園亭，有鶴梅一株。高譚證笠豚。結交親孺子謂徐鏡谿司馬，干禄耻顓孫。何日乘槎去，尋君問水源。

感懷和戊申十二月十九日鶴船夢中譚心飲泣旁有女子揶揄詩原韻

外家宅相恐難成，話到功名淚有聲。不信世間無伯樂，豈知夢裏遇瓊英。頭顱容易風霜老，肝膽銷磨歲月更。同在金陵爲寓客，惟君頗重故交情。

豈有佳音入夢徵，頻年刀尺翦吴綾。鶯花過眼春光變，風雨關心客況增。笑我已非初嫁女，依人且作打包僧。天邊鴻雁何時到，屈指誰爲耐久朋。

徐母刲臂行四言四解湖南徐大令壽昌母

賢哉徐母，克孝克順。刲臂療姑，血殷膚寸。姑疾弗瘳，卒以身殉。一解

賢哉徐母，隨姑九泉。侍奉左右，含笑欣然。異香滿室，人疑登仙。二解

賢哉徐母，孝著千載。濤湧姚江，雨霖東海。媲美瑄芬，徽音宛在。三解

賢哉徐母，克昌厥後。丸熊勖學，封底鮓勵。萱草長春，流芳不朽。四解

送伍荔城茂才承宣之淮安

萬選才華久著聞，昂然獨鶴立鷄群。量材玉尺誇皮相，鏖戰詞聲失冠軍。緑綺賞音誰識我，青袍彈淚更憐君。重尋胯下橋邊路，起看江天五色雲。

三月二十八日同友人游清凉山登埽葉樓小飲過隱仙庵訪陶谷不得入遂游隨園永慶寺看牡丹歸舟作

翠微亭子壓清凉，公宴新開選佛場。座上忽來不速客，何妨洗盞更飛觴。

石城虎踞隔紅塵，到此真成物外身。樓上觀書如埽葉，亦應健筆埽千軍。

古梅一樹勢槎枒，老幹曾開六代花。庵裏琴聲成絕調（舊有王道士善撫琴），神仙隱逸半煙霞。

谷口松風拂草萊，山中雲氣閉樓臺。先生（謂陶貞白）亦厭游人俗，不是花時不肯來。

小倉山色竹當門，泉石襟懷海岳尊。留得名園供眺賞，流風餘韻至今存。

看花須及少年時，彈指春光緑滿枝。漫道此花真富貴，可曾移種鳳凰池。

咿啞柔櫓趁波摇，又過青谿舊板橋。一抹斜陽挂垂柳，倚闌人立儘魂銷。

登山涉水暫句留，乘醉歸來已倦游。得句奚奴囊底貯，蟪蛄何必計春秋。

送春有感

衙齋底事苦淹留，春去匆匆付水流。獨客對鐙惟抱影，良朋把琖互澆愁。怯生髀肉思鞍馬，望斷雲天問女牛。花月情懷消受盡，那堪回憶燕鶯儔。

風雨兼旬客窗書懷再疊前韻柬荔城

平生益友盡多聞，大雅超然迥不群。漫道山公能啓事，誰憐記室老參軍。江湖羈迹常爲客，車笠論交最重君。九十韶光風雨慣，澹灾怯看嶺頭雲。

金陵水灾紀事詩用舅氏韻

元武湖堤偷掘開，（堤外甘氏田最多，私令佃户掘堤，湖水俱泄于城裏，制軍已將佃户三人收禁。）江流挾雨入城來。蛙拖萍葉衝衢躍，鷺啄菱花上屋栽。几處蛟龍甘作虐，聞江西、湖南、安徽，皆起蛟。傳聞河漢盡爲灾。高郵開車邏壩，鹽河七州縣田廬又被淹没。湖北漢口水長丈餘，樓房全圮。又聞海州黄河决口。飢氓待賑炊無米，初議放賑，因米價昂貴，改放錢文，每人四十，又減二十。當路紛紛慣理財。

水没高檐静不流，人隨鷄犬聚危樓。盆傾澤國如奔馬，街市中用大木盆往來，裝載便捷，勢如水戰。板積河橋擬造舟。新橋上用划船十餘隻，名曰浮橋，兩旁搭板，行人過者索二文，日可得十餘千，兩月以來已溢于捐費矣。卅口僵尸埋瓦脊，大年藥局某姓家居水西門外，卅口全淹斃，最慘。其餘數口之家被淹死者，不可勝數。萬家餓殍住城頭。棘闈巨浸文場歇，傳命哀鴻速置郵。貢院水深丈餘，鄉試奏請改于九月，恐尚未能舉行也。文廟大成殿東壁傾圮，兩廡水深數尺。先賢公肩子神位漂出，流入道署。

七夕漫興

祇隔紅墻一水遥，淡雲新月可憐宵。雙星不灑人間淚，誰見銀河度鵲橋。

彈指秋光又到今，曝衣樓畔夕陽沈。却思三十年前事，水碗親抛乞巧鍼。

得舅氏東署中諸君依韻奉和

江扼海門潮，滔天勢更驕。水患較上年高八尺。龍蛇吞壩堰，江寧新築閘壩，不能禦水。督工楊刺史時行爲百姓毆傷左臂，憤死。神鬼泛河橋。廟中佛像與民間死尸一同漂流。兵氣光銷滅，星芒影動摇。秋風吹止水，大患幸初消。

開編譚食貨，誰肯志河渠。《史記》八書，河渠先于食貨，自《漢書》而後晋魏隋唐書、《遼史》，俱專志食貨，至宋史始兼志河渠。江漢蛟龍窟，樓臺燕雀居。水明千里月，竹報數行書。百萬拯民溺，惟皇知儆余。今年江蘇、安徽、浙江、湖北，俱大水，頃聞有旨發内帑百萬，分解各省賑恤灾黎。聖恩優渥，立召天和。

和雲巢舅氏詩元韻

連年水患起風波，近代何人善治河。交友喜聞名論廣，在容園齋中獲交日照許印林、商邱楊石卿，譚經濟、金石，累日不倦。結鄰快讀異書多。容園藏書不下三萬卷，多漢魏叢書及歷朝講經學著作，舊搨碑帖尤富。鞠窮誰解通醫術，水勢初消，患痢瘧者甚夥。薤露頻聽唱輓歌。聚寶門出柩，日日不絶。顛倒陰陽須燮理，虞廷颺拜古羲和聞祁大司徒協揆。

前詩意有未盡倒疊原韻敬和

聞道封疆意不和，股肱惰墮廢賡歌。中韓挾律秦廷少，桑孔持籌漢室多。苦雨田間空黍稷，頹風日下挽江河。窮愁著述虞卿老，筆埽吟箋寄衍波。

扁豆次王研雲廣文韻

豆亦尋常物，緣何色倍明。不圓分異種，以扁錫嘉名。籬角延青蔓，墻頭罥紫英。華繁開粲爛，殼㛹透晶瑩。且作依檐計，誰云得地生。饌曾珍野圃，品不入雕甍。簷棧庸須戀，雞塒耻共争。豇香舒翠莢，登好綴金莖。篩月光尤活，經霜味更清。根蟠畸士節，皮相腐儒評。履石卑無論，然萁韻早成。相思抛雪擘，閑話坐秋棚。壓架纍纍熟，銜珠粒粒精。承筐千瓣軟，負擔一肩輕。蜜糝煎湯藥，鹽調下豉羹。蛾眉酥酷煮，雌伏戾㾞烹。鎌裹疑蒸食水角子，俗名扁食，漿揉偶配餳。整瓤寧待剖，半片合來并。姓擬醫稱鵲，名同額署楹。賡詩工賦物，交契訂班荆。

過盧生祠和作

不信神仙自有真，邯鄲道上走風塵。黄粱已熟無佳夢，厮養紛紛誤美人。

三忠祠詩和舅氏元韻

昔過剖心處，烈魄照江水。卓哉文信國，聖廟新崇祀。李公撤復補，先後志合揆。修祠表三忠，足振流俗靡。高士薦蘋蘩，奕代稱仁里。

題王研雲廣文坐看雲起圖

飄然出岫本無心，把臂相逢許入林。多少蒼生望霖雨，有人抱膝自高吟。
雲容舒卷共襟期，日暮江東有所思。飛上青天多變態，可能仍似在山時。
儘人消受是林泉，閱世旁觀已有年。不遣濃陰蔽白日，赤霞烘出晚晴天。
輞川圖畫譜成詩，繪成神仙海鶴姿。洗眼静觀真自在，心閑偏與意俱遲。

梅莊詩鈔卷十六 庚戌辛亥

于役草

于役志感

不署頭銜亦草官，宦途乍入已知難。九重綸綍重馳檄，千里關河穩跨鞍。暑雨喜觀新樂歲，緇塵誰識舊儒冠。郵程傳食真無味，茅店昏鐙冷蓿盤。

北河燕太子丹送荆卿處

燕丹遺事恨難磨，壯士停驂渡北河。易水滔滔流不盡，衹今難得有荆軻。

車中口號

班車號馬走鄰鄰，手版沿途稱部民。銀燭兩條茶一撮，權輿四簋半壺春。

兩馬隨車忽後先，車中仍擁舊青氈。柳圈席蓋薰風裏，正好攤書伏枕眠。

覓店停車住上房，攢眉俑保色凄凉。蚤蝨蚊蚤眠難穩，静夜惟聞馬糞香。

泥淖難行又跨鞍，征衣不耐五更寒。田間野老扶鋤立，説是朝中一命官。

南四工河道行館熊虛谷觀察留宴於望河樓愛才若渴情見乎詞詩以志感

行館延行客，開樽興未闌。逢人談宋玉謂禮園，許我似方干。德政留貽久觀察曾官天津兼攝都轉，奇和遇合難。憂民憂國意，遺憾誤卑官時東安決口。

觀山上出雲有感

天上多白雲，原自山中出。頃刻遍九霄，飄揚而迅速。蒼生望霖雨，沾渥殊不一。忽聚又忽散，未解何妙術。清空滓太虛，萬變煙霞質。如羅復如錦，奇峰殊疏密。胡爲顔色變，罨然蔽白日。安得長風來，吹散神魂失。

密雲遇雨

周易蜜雲占不雨，我今雨過密雲關。也先塔下屯兵處，一片書聲出市闤。

密雲道中

輦路生禾黍，行宫鎖暮煙。泉聲吞碎石，山勢刺遥天。廟塑南無佛，人歌大有年。岡頭頻勒馬，雄鎮控幽燕。

石匣阻雨

斗大孤城傍岩谷，道旁茅店行人宿。暑雨連宵不忍聽，爲予洗盡愁千斛。此地何以石匣名，當年云有奇兵伏。城西橋邊匣尚存，土人掘出大如轆。太平已久人忘戰，老驥甘心餐苜蓿。暴客横行官不問，胥役包庇已果腹。安得良吏清獄訟，有司不及牛羊牧。僕僕征途那得安，空使英雄嘆髀肉。前途阻雨不能行，爲尋古迹來城麓。石匣中有三卷書，不知留待何人讀。

南天門

頒詔南來仗至尊，書生騎馬上天門。青山萬叠城千仞，俯視河流徹底渾。

古北口舊名虎北口

山接長城城繞山，河聲滚滚渡雄關。平沙萬里炊煙少。古嶂千層夕照殷。人老始知戎馬壯。天低彌覺塞雲閑。夜觀牛斗光芒大。直射銀潢水一灣。

楊七郎墓

河滑山脊矗高岡，父老傳聞葬七郎。曾有耕夫鋤箭鏃，鏃尖鏽帶血痕香。

長城北門坡謁楊令公廟

當年何必築長城，飛將當關抵萬兵。一水奔騰無定性，亂山合沓不知名。遥瞻海外多雲氣，忽聽天邊有雁聲。下馬令公祠裏拜，男兒到此意縱横。

立秋旅邸聽雨

旅館聽秋雨，吟詩自解嘲。亂蛩鳴破壁，疲馬戀空槽。熱淚銷殘燭，雄心問寶刀。半生常作客，消受道途勞。

密雲阻雨三日仍用前詩首二句補成絶句

周易密雲占不雨，我今雨渡密雲關。乘輿溱洧何人濟，東星欣傳惠政頒。

周易密雲占不雨，我今雨入密雲關。山川跋涉多辛苦，償得郵亭數日閑。

周易密雲占不雨，我今雨宿密雲關。天公現出拏雲手，不許詩人飽看山。

周易密雲占不雨，我今雨滯密雲關。客中破涕翻成笑，贏得扁舟載月還。

懷柔學署陸蓮圃表兄宴飲話舊

舊雨來新邑，薰風吹故人。欲酬將母志，不現宰官身。奎閣靈光耀，黌宫廟貌新。時重修聖人廟，新築奎星閣於城上。冷齋清夜話，辛苦莫辭貧。

過湯山行宮

温泉仿佛九成宮，蹕路崎嶇積水通。三十年前游幸地，緑槐夾道棗花紅。

過劉蕡故里

文章抗手任横行，廿載徒勞賦帝京。從古才人多下第，翻教豎子盡成名。青山隱恨埋雲氣，老樹含悲作雨聲。司户參軍渺何處，征袍彈淚過昌平。

謁明長陵

燕啄皇孫渡江滸，成王安在歸成祖。東南王氣黯然銷，換得長陵一抔土。昌平山脉有真龍，自選堪輿馬鬣封。繡陌浪翻千頃麥，錦峰濤瀉萬年松。大才整頓江山好，遷都猶自勤征討。榆木川前白日沈，龍髯攀附升天早。豫營窀穸築佳城，高踞山巔殿宇宏。龍穴深深驚不測，至今如有萬人聲。靖難功成荷天眷，内廷家法貽謀善。可憐高煦與宸濠，潢池盜弄稱傳箭。本支奕世十六傳，二百七十有七年。殷墟夏屋滄桑改，葱葱望斷思陵煙。我今于役燕平道，暑雨薰風吹熱腦。揭來瞻謁十三陵，馬蹄踏碎青青草。入山綽楔五雲高，白石玲瓏結構牢。輦路平平二三里，宫墻一帶没蓬蒿。豐碑十丈洪熙建，歌功頌德辭多讕。背鎸高宗御製詩，煌煌天語宸章焕。隆澤門前華表長，翁仲無言立道旁。石人十二，文官左右各四人，武將左右各二人，高丈餘。馬麟駝象獅子吼，石獸二十四，左右各二，立一卧一。鬼斧神工雕琢良。北行河流横去路，斷橋似勸公無渡。泉水澄清石粲然，平岡夾道多梨樹。高坡直上規模尊，下馬入自祾恩門。九楹享殿皆楠木，不死英靈今尚存。長陵自昔稱壽域，墓門洞闢深而黑。謦欬一聲萬籟應，樹濃界破斜陽色。波羅葉密柏子香，昌化石碑紫玉光土人稱朱砂碑。聖諭諄諄禁樵採，皇恩厚德邁尋常。陵外松陰日亭午，敲火烹茶覓陵户。每陵三户，户耕田三十五畝。三十九家耕墓田，至今猶食朱明土。左有三陵景陵、德陵、永陵右九陵，殿宇高卑有廢興。懷宗葬入田妃壙，遥隔峰巒不得登。吁嗟乎，歌傳雨地由讒謗，奪門尚自稱三讓。忠肅墳塋在西湖，郕王園寢無人訪。滇南蹤迹有無間，天道茫茫稱好還。西山老佛墳何在，魂魄猶應傍蔣山。

雨水載塗不能入德勝門繞道由海甸石路入西直門口占自嘲

今年四度赴燕臺，惹得神荼笑口開。席帽緇塵車馬敝，亦從海甸入京來。

都門留贈賀杏槎刺史崧齡

屢下陳蕃榻，知交歲月增。與杏槎訂交已十九年矣。弟兄真骨肉，父子盡賓朋。時甭兒館於君家。賦筆都京貴，書名國史謄。杏槎今年會闈，又挑取謄録。佳兒千里驥，文郎霖官十二齡，已讀諸經及《爾雅》《儀禮》，學作詩文、史論，聰穎絶倫。夜讀伴青鐙。

過琉璃河即拒馬河

秋熟豐年稼，如雲頌大田。羊牛來夕矣，婦稚樂欣然。遠景緑千里，晚霞紅半天。琉璃河畔水，亂泊載煤船。

涿州

石路橋亭似畫圖，月明如晝樹陰鋪。一灣涿水環孤塔，知是軒轅舊帝都。

謁漢張桓侯廟

叢祠瞻拜漢桓侯，殿宇猶存古鐵矛。矛長今尺丈一尺有奇，重七十五斤。又有鐵鞭一，重三十五斤。叱咤風雲懾曹魏，奔馳歲月翼炎劉。姓名死後傳千載，義勇生來冠九州。東望樓桑同梓里，英雄血食賽春秋。

酈亭溝

山色蒼蒼樹色青，客來何處訪酈亭。河干多少循良吏，誰替桑欽注水經。

田家

領略田家味，新秋樂可尋。倭瓜延砌角，扁豆覆墻陰。瘦蝶藏花宿，孤蟬抱葉吟。金風猶未起，涼信試清碪。

晋祖逖故里

起舞聞鷄非惡聲，月明重過定興城。馬蹄緩緩好歸去，恐著先鞭愧祖生。

高碑店

大木連根拔，嘉禾帶穗垂。昨宵風力猛，前路客心危。泥淖車頻陷，虺隤馬更遲。勞勞投旅店，無暇覓高碑。

中元夜枕上口占

漫把他鄉當故鄉，今宵風景倍凄涼。多情惟有天邊月，肯照離人到枕旁。

小北河高漸離擊築處

漸離擊筑憶當年，遺迹經過倍惘然。海内知音人有几，悲歌慷慨問蒼天。

北河楊椒山先生墓道

一疏傳千古，巍巍諫草亭。忠魂埋地黑，浩氣亘天青。肝膽能移俗，文章願乞靈。鹿周明大節，桑梓沐餘馨。

固城燕昭王黄金臺故址

古迹迷茫自有真，燕昭王氣竟通神。空中樓閣春無價，世外煙霞地不貧。朽骨尚存千里馬，雄才誰遇九方歅。何年重把高臺築，先用黄金鑄此人。

八月二十六日望河樓同人宴集即席得五律

眺盡江南海，年來已倦游。扁舟下沽水，詞客聚河樓。詩酒情猶壯，園林色不秋。昨宵鴻雁至，天外一行留。廿五日晚，自潞河旋津。

和東坡謫居三適詩次韻

旦起理髮

霄光銀海暝，休息清虚宫。夢游入紫微，呼吸如喬松。榑桑日出浴，天鷄鳴遠風。散髮繩床卧，未醒神先通。攬衣急盥手，洗沐何匆匆。予髮尚未秃，棼如千絲重。班白伏櫪驥，塵颺分青鬃。櫛齒雖云疏，爬搔指爪同。垢净新盍簪，窺鏡衰顔逢。掀髯一長笑，不類髡鉗公。

午窗坐睡

宴坐宜參禪，合掌柳生肘。盤膝僧人定，恍惚離九有。斗室静焚香，日影窺簾久。閉月寂無聲，通身是眼手。未嘗游醉鄉，况味濃于酒。飽饜青精飯，能益延年壽。我本待皋人，安適忘榮朽。心既無所思，神亦無所受。大夢蘧然覺，肢體清無垢。庭際轉松陰，對此蒼髯叟。

夜卧濯足

自吾來南海，窮困披袛裯。彳亍不得行，北顧忘瘋憂。神傷涸轍鮒，形類撮蚤鶹。豈不欲遠舉，只爲和詩留。嚮晦神形憊，隔牖風蕭颼。湯注老瓦盆，兩足參差投。灌沃四支暢，照影鬆脱鞲。插脚瘴煙間，水色滄浪浮。洗净不跣履，微尰欣然瘳。登床覆大被，伸縮如玃猴。

柴門和廖豸峰明府炳奎

柴門静掩大河濱，入室風生滿座春。陶令猶存三徑菊，龐眉如對六朝人。銷磨宦海雄豪氣，僑置名山著作身。儂亦江南倦游客，願携詩酒結比鄰。

于静涵自山右歸九月仍往太谷詩以贈之

廿載論交悵别離，故鄉萍聚促行期。雲山迢遞同爲客，湖海飄零尚有詩。白業已荒偏耐久，黄華雖好恨開遲。明年走馬長安道，是我丁沽返棹時。

十月初八日登舟志感

又載琴書汗漫游，篷窗兀坐擁征裘。漫天殘雪風斜捲，夾岸空林水亂流。世事紛紜胡忍説，此心澹静更何求。前途去就皆無定，飄泊真如不繫舟。

武城遇雪

寒氣同雲布，歸帆溯水程。風聲吹亂雪，河勢抱孤城。枯樹梅争發，陰崖月又明。推篷看舟子，朗朗玉山行。

宿遷舟中

忽聞征雁悵離群，静對沙鷗狎水濱。殘日烘霞明舵尾，疾風蹴浪打船脣。蕭蕭白髮常爲客，寂寂青山解笑人。欲訪憤王尋故里，英雄到此盡沾巾。

抵揚州作

何必腰纏跨鶴游，被風吹送到揚州。二分明月無人管，鐙火晶熒鬧酒樓。

東風彈指去來今，塵世何人識我心。海内知音問誰是，一聲凄絶廣陵琴。

冬日瓜洲渡江抵金陵感懷三章倒叠李静軒千戎將赴徐州皂河詩元韻

又來瓜步候江潮，吴市聽吹一曲簫。孤塔高撑殘照冷，亂鴉飛趁暮天遥。五陵豪氣隨年减，百種牢愁仗酒消。往日瑯琊親植柳，經春應發萬千條。

孝陵松柏起悲風，禾黍離離感故宫。淮水竟無千尺緑，古梅猶作六朝紅。過橋祠宇疑天上，夾岸樓臺入鏡中。鐙火熒熒簾不捲，几人見慣舊司空。

畫眉學改近時妝，巧樣新翻每健忘。稿筆總因鷄口累，看花空逐馬蹄忙。途窮易灑征夫淚，裘敝難爲季子裝。長鬣飄蕭霜點鬢，那堪回首少年場。

得李静軒書寫懷次滁陽疇唱詩元韻

識得峥嶸氣，如游海外山。訂交期白首，對飲暈朱顔。别後羈思苦，愁中旅夢閑。鸞箋欣乍到，盥露讀回環。

恨余相見晚，契合兩情深。經濟兼文武，詩書證古今。才高虛遠志，客久動歸心。吏隱多清福，隨君訪向禽。

家有歐蘇帖，余家舊藏醉翁亭、豐樂亭石刻二巨册。碑亭搨最先。書名傳奕世，祖德泐重泉。先大父省香公曾宰全椒，有同張竹軒、吴山尊、王鶴嶼再游滁州訪醉翁亭詩。宦迹銷中歲，先大父卒于皖江，年四十有四。交游感昔年。滁陽追往事，振觸倍凄然。

十上干時策，浮雲蔽日幽。賃舂聊寄廡，借箸暫持籌。江海扁舟泛，關山匹馬游。仰天呼壯士，急景付東流。

柬王梧軒

自從未見已相知，何況交深久别離。白下重逢今雨好，朱顔猶似少年時。一鐙花影摇書幌，五夜霜痕染鬢絲。獨坐空齋誰共語，雪窗河凍寫新詩。

喜晴效劍南體

鎮日濃陰喜快晴，觀書眼界十分明。風吹窗罅疑蟲語，雪化檐牙作雨聲。客久每增知己感，歲寒忽動故鄉情。紙鳶飛起兒童樂，好放空中鼓太平。

冬暮漫與戲仿坡仙體

古柏經冬翠欲流，早梅紅過破墻頭。堆庭殘雪白于麪，融逕新泥滑似油。日出狺狺聞蜀犬，月明息息喘吴牛。世情有少見每多怪，笑拉禪僧上酒樓。

感懷再叠前韻

江海飄零感故知，家鄉骨肉悔輕離。一身負累頻添債，滿腹牢騷不合時。慣倒樽罍浮緑蟻，喜臨篆隸界烏絲。春明十上天人策，報國文章誤在詩。乙未、丁未，均以詩律不工被黜。

書感三叠前韻

論交四海几人知，夢裏相逢醒别離。教子每思生子日，近得光甭兒京師書，鼎元、甭兒天津書，復書諄訓。憶甭、鼎兩兒，均生于冬月也。得官却似罷官時。十月廿八日劄，委署理房山教諭，家中爲余告怔仲病不能赴任繳劄。鑄成賈島千金骨，繡作平原五色絲。獨對寒鐙饒樂趣，漢書讀後讀蘇詩。

除夜守歲四叠前韻

天公以外有誰知，除却功名總不離。十載他鄉過今夕，三更良友話多時謂梧軒。關心漏盡留鐙蕊，撲面風寒釀雨絲。不覺流年暗中换，咸豐元日早題詩。

辛亥人日五叠前韻

每到新年憶舊知，池塘春夢草離離。友朋促膝譚心處，兄弟聯床聽雨時。記室三間清似水，鄉愁百種亂如絲。家書寫就剛人日，磨墨攤箋合詠詩。

感事六叠前韻

錢穀兵刑總不知，書生謀國太支離。性無俗好惟師古，熱不因人耻入時。叔世交游無季布，朝端傾軋有袁絲。筵間歌伎何須禁，寄語中丞莫詠詩。

代題得時則駕圖

士有不得志，燕臺凡馬空。千金買駿骨，伯樂何時逢。省識驪黄外，披圖想像中。先鞭須早著，顧盼有英雄。

題徐聲仲采菊小照

傲骨崚贈鬢有霜，釀秋曾伴舊書堂。自從寫入高人格，粉本長留晚節香。

贈聲仲用丙午初秋如皋詩原韻

難得親朋聚，他鄉勝在家。文章傳故業時刊尊人《釀秋書屋文稿》，翰墨老生涯。對酒情猶壯，揮毫字半斜。留人春雨好，別緒几番加。

贈沈貢九

風吹舊雨到長干，賭酒評花興未闌。江海遨游勞碩畫，湖山管領藉閑官。十年珥筆依薇省，五夜挑鐙話藿盤。別後相思千萬樓，一時濡墨吮毫端。

贈方小東茂才朔

異地苔岑合，相逢歲月忘。鶯花評六代，風雨話聯床。壯志低回久，浮名感慨長。蕭齋尋舊伴，遺迹憶南唐。上元署爲南唐官闕故址，時同寓署中。

領略幽井氣，書生筆更遒。論文追漢魏，挾策重王侯。年少偏求古，春色已倦游。滔滔大江水，載月弄扁舟。

皖上多名士，翛然最不群。東陵曾主講，薊鎮有參軍。減字詞流艷刊有采芍詞一卷，攤箋墨吐芬。料應閨閣裏，卜卦望夫君。

姓氏傳昭代，西京溯太初。羨君真曼倩，愧我慕相如。頗得江山助，同耽篆隸書。訂交金石契，努力愛居諸。

上元署齋感懷

恨我功名廿載遲，桃花潭水寄情思謂汪艮山侍講。論文翦燭譚心處，把酒揮毫放膽時。俗吏祇知高爵貴，盛名還共古人期。瑞崧聽事今非昔，擁鼻重吟感舊詩。

北風吹雨破窗寒，促膝狂歌斗室寬。湖海賓朋聯袂至，漢唐著作踞床觀。問無奇字掀髯去，案有高文寓目難。多少白門佳子弟，不持寸鐵上騷壇。

和汪梅邨孝廉士鐸見贈原韻

迢遞春明隔五雲，杏花時節記逢君。青衫分袂風塵老，絳帳傳經講貫勤。舊學切磋同述古，新交磊砢盡超群。近與懷寧方小東、江都任芝田訂交，又于容園座上得議壽湘帆庶常、蔡子涵、孫證之茂才。于今實事都求是，記室埋頭著說文。

華長忠集

華長忠◎原著
羅海燕◎整理

倦鶴龕詩鈔

誠之弟旋里復之景州

紅橋煙雨片帆輕，流水無聲若有情。年少愁君難作客，家貧如我愧爲兄。歸期未卜書頻寄，鄉夢纔回路又行。記得老親初別汝，計程几日盼天晴。

八都車中作

萬家雲樹裏，山色薊門邊。近郭田多墓，滿城塵蔽天。土音四方雜，轍迹九衢填。關吏來迎客，攀轅笑索錢。

午出正陽門

宫墻鳳闕五雲中，衢巷車塵十丈紅。歌管樓臺聲遠近，王侯冠蓋路西東。馬蹄泥帶天街雨，蝶翅花含上苑風。閑倚石欄橋畔立，一灣流水御溝通。

哭慶兒詩

一劑參苓送此身，髫齡空説邁凡倫。消魂最是初冬後，不見鐙前問字人。

醫藥無靈病莫支，讓梨推棗繫人思。傷心猶記前宵事，教得唐賢數首詩。

傷心擁帚去難留，往事重思九月秋老僕穆三九月病卒。薄有紙錢汝携去，黄泉持贈老蒼頭。

冬日遣興

一鑪槐火伴天寒，身自清閑心自安。旨酒只宜名士飲，好花權作美人看。詩惟乘興拈毫易，棋爲求贏落子難。畢竟吾廬真可愛，况多佳客共盤桓。

得王雪蕉濟南書答詩代柬

傳到魚書字字馨，開封仿佛看黄庭。從今沽上懷人夜，夢裏相逢望鶴亭。

年來困我是青氈，俗累全憑醉後捐。若過歷城城外路，一杯爲酹杜康泉。

贈陳静菴

十年窗下自吟哦，一卷真同鐵硯磨。酒亦賞心偏礙病，文非奪目怕登科。交深轉覺詩難贈，情重常疑累獨多。何苦此心常戚戚，對君拍案一狂歌。

上有餘齋夫子

回首秋風鎖院開，自慚樗櫟是庸材。讀書有志酬知己，奪命無文愧茂才。欲爲青衿争一第，常懷絳帳近三臺。程門不遠京華路，待踏槐花負笈來。

峻望巍巍北斗邊，聞聲曾在受恩先。蓬萊館閣推前輩，桃李門墻奉大賢。華衮豈惟榮一字，青鐙已不負三年。至今想像風簾内，扼腕深情尚宛然。

年來知遇感名場，何止南豐一瓣香。愛我都疑緣有舊，因公更覺業難荒。望中環珮皆仙吏，夢裏弦歌在帝鄉。天下文衡憑玉尺，旗懸正正陣堂堂。

燕樹沽雲思渺漫，憐才如此愛酸寒。千間厦廣欣依杜，萬户侯封羨識韓。事可灰心翻自勵，文逢巨眼轉從寬。吾師期許何能負，近作常鈔欲寄難。

醉司命後一日與王振青解秋臯梅莊兄飲酒詩

臘尾無端聚酒徒，富翁僥倖路旁呼。連朝自笑開籠鳥，好友都成轉磨驢。有命何妨先抑塞，逢人最好是糊塗。年來狂態思收斂，醉後摇頭不腐儒。

年光如夢去無痕，卅載關心歲月奔。破帽常斜容我懶，輕裘已典幸冬温。持家最是貧兒樂，對客惟知債主尊。市上人聲方似海，偷閑一聚且開樽。

早因銅臭避錢神，未必詩書累此身。世上狂名歸我輩，眼前厚福讓庸人。貧窮莫救愁何益，禮數全忘味轉真。自笑年來似枯樹，榮華無限或逢春。

搔首欷歔醉態斜，能知此味是鐙花。事經過眼情皆淡，人到談心語不譁。難得弟兄如好友，竟將貧病作生涯。一場歡宴無賓主，各數青銅付酒家。

初夏偶成

茅齋几净一瓶花，簾外奚奴自煮茶。長日如年無客到，閑看松影上窗紗。

夜坐

三更柝響頻，四壁蟲聲歇。借書童未歸，坐看松間月。

贈樊鶴洲

生當濁世自翩翩，名士風流最少年。燕樹常迷清夜夢，沽雲猶戀故鄉天。才高不必師長吉，交廣惟宜愛孝先謂邊袖石。空有文章遇知己，秋風回首合相憐。

王句香布衣八十壽詩

鶴髮龍姿尚宛然，争傳沽上有高賢。文章早得江山助，朋輩惟餘翰墨緣。經爲養心非佞佛，字憑寫意乃如仙。有人欲赴耆英會，好著芒鞋到輞川。

鳩杖閑扶自在身，放情邱壑見天真。不煩桃李推前輩，只覺梅花是故人。詩格猶存長慶體，家風不改永和春。倩誰寫入香山畫，白髮青瞳望若神。

漫興

有生只覺醉爲家，世事無非畫足蛇。自笑營謀如凍雀，人雖富貴亦唐花。詩驚俗目才猶淺，酒入愁腸量更加。日暮閉門無客到，寒鴉無數噪檐牙。

蕭齋兀坐到三更，自分嘔心了一生。捲起茶煙風有色，移開花影月無聲。同人潦倒都成例，半世疏狂浪得名。蝸角蠅頭俱可笑，此心與世欲無爭。

鶴洲將入都賦詩送別

指點居庸鎖翠峰，良朋携手欲相從。水能替客流鄉夢，山爲迎人帶笑容。才不須矜文要細，交如此淡味方濃。帝城雲裏書聲早，似和趨朝長樂鐘。

送邊袖石歸任邱

布帆几日水雲天，錦帶牙籤載一船。名士折殘沽上柳，歸人看遍泊中蓮。不嫌我□情彌洽，愛讀君詩好豈偏。轉瞬燕昭臺畔路，相期一醉酒家眠。

秋闈後送楊茝生歸豫

射策歸來去不辭，到家須在菊開時。白頭皆健親非老，黄甲聯登事未遲。舊若難忘惟縱酒，貧無可贈但吟詩。輕裝檢點君應説，添得生花筆一枝。

雙槐掩映讀書床，翦燭清談味最長。性傲偏能親我輩，才高何止在文章。棘闈舉目無燕趙，茅店歸心憶大梁。料得趨庭當月半，萊衣一片桂花香。

送張節菴下第歸杭州

文場權讓爛羊頭，匹馬青衫出冀州。送别最難剛下第，論交雖廣盡名流。歌聲燕市傷心淚，柳色蘇堤滿目秋。恨不與君攜手去，餘杭形勝任遨游。

不是尋常名士風，當年張緒與相同。身因入世才皆斂，文要逢時體莫工。訪舊或隨春燕至，思君頻唱大江東。湖樓燕樹蓮花泊，鶴洲入都，袖石歸任邱。沽上懷人一夢中。

送王成言之滇南

趨庭萬里古昆州，暫别慈親賦遠游。柳外路通聽瀑閣，花間門鎖讀書樓。關山匹馬遲於蟻，風雨扁舟穩似鷗。沽上滇南同一望，白雲兩處共悠悠。

同此郊寒島瘦身，憐君辛苦又風塵。半生好色狂宜減，四海論交識要真。烟水一城縈旅夢，鶯花三月伴行人。筭輿重奉歸須勸，故國秋來自有蓴。

陳静菴招飲餞王成言即席一首

欲别都無語，舉杯思悄然。忽看天上月，不似昨宵圓。入座忘賓主，隔墻聞管弦。登程期未定，重到酒家眠。

送李石生隨笠樵明府之任沁源

黄花此日滿城開，風雨知君吐鳳才。只爲登高能作賦，眼前山送太行來。

捉麈清談見性真，不分月夕與花晨。一時多少佳公子，文采風流讓此人。

逐隊旌旗柳外停，琴横堂上鯉趨庭。弦歌聲裏書聲好，沁水游魚夜出聽。
欲從馬上數奇峰，隔住丁沽已萬重。握手一年渾似夢，槐花黄後再相逢。

送李生鳳之晋

憶得歸來自武昌，江湖入夢水茫茫。天教多看奇山去，肥馬輕裘到晋陽。
開到黄花欲送君，閑庭半晌立斜曛。太元未授侯芭去，遺恨於今在子雲。
我生三十猶如此，敝篋毛錐秃萬枝。握手别無言可贈，登科一事不須遲。
何日論文酒一巵，窮愁難作送行詩。生花筆是君家物，好與青蓮手共持臨别贈以湖筆。

古寺

地有前朝寺，無墻門洞開。庭荒花是菜，山遠樹如苔。佛坐代僧守，鳥飛驚客來。殘碑秋草外，斜日一枯槐。

張竹樓同年來津需次未一年歸去索詩送别

沽上逢君作吏來，一城烟月共徘徊。狂奴欲向張顛問，何苦粗官屈此才。
出岫雲還鳥倦飛，炎風伏雨一人歸。趨班聽鼓非吾事，重踏槐花入棘圍。
一年詩酒儘綢繆，臨别依依爲我留。我醉竟思前導去，月明騎鶴下黄州。
飄然一片楚江雲，送客亭邊正夕曛。几度攀條留不住，杏花時節再逢君。

道光甲辰假館邯鄲沽上同人惜別作餞途中書此寄懷

敝車揮汗到邯鄲，回首鄉閭思渺漫。清簟疏簾人笑傲，炎風伏雨客平安。十年詞賦樽前別，千里雲山馬上看。惆悵故園諸酒伴，紅橋何日跨歸鞍。

邯鄲雜詠

趙都極目太荒凉，雪洞天橋迹渺茫。剩有叢臺遺址在，行人猶説武靈王。叢臺在邯鄲東北城隅上。

山禽來去野花香，村落蕭條木葉黃。風景全無天子氣，令人千載笑王郎。王郎村在城南十餘里。

一條陋巷近茅庵，聞説相如此駐驂。廉藺旌旗都不見，紛紛車馬在城南。藺相如回車巷在南城内。

青樓歌舞近如何，黧面蓬頭曳綺羅。輸與城西橋下水，照眉曾見麗人多。城西北有水，名照眉池，上有艷妝樓，皆趙武靈王遺址，相傳宫人梳洗處。

零星廢塚在田園，斷碣西風鳥雀喧。旅館凄凉人落魄，几回沽酒吊平原。城東北有村名叢塚，皆趙古墓，樂毅墓石碑猶在。

陌上秋風冷暮雲，舊栽桑處剩斜曛。驅車只恐羅敷笑，何事斯人謁此君。羅敷，邯鄲人，城西北二十餘里名羅敷村，羅敷墓在焉。

城南城北路如弦，撲面車塵遠接天。多少人騎白花駱，直無一箇李青蓮。

何止繁華瞥眼過，并無高士共悲歌。茅齋自倚邯鄲枕，惟有還鄉夢最多。

寄梅莊兄代柬

到家纔兩月，此別更銷魂。我又邯鄲道，君將白下門。關心思故國，引領賀新婚時方爲少梅侄授室。再攬春風轡，簪花醉弄孫。

屈指論群從，全家盡可憐。兩人如好友，一第各中年。貧況慚名下，鄉愁落枕邊。二分煙月裏，何日對床眠。

寄秦誼亭同年

沽上煙波酒共傾，饑驅千里愧蠅營。往來故國如流寓，多少名流餞遠行。一夕聚談皆快事，半生知己盡多情。憐君一樣隨風絮，辛苦郵亭管送迎。

桃花寺

籬外魚罾曬夕陽，水村風景似江鄉。春風飲馬桃花寺，一樹垂楊斷井旁。

由潞河入都誼亭招飲繪秋林野屋圖見贈自題

蕭條旅館傍燕山，林木秋風水一灣。過客不知忙底事，窗中人與白雲閑。

癸丑三月與秦誼亭葉子佩陳韻卿王五橋城外野游天忽雨雪歸寓飲酒誼亭繪圖醉後偶題

蒼翠連雲樹色稠，山青如畫帝王州。只餘橋畔人三兩，點綴城南作野游。

感事述懷四首

烽煙直撲海西頭，惡浪鯨鯢踞上游。寒夜雷轟村柝寂，長河尸雜斷冰流。舟車几見天兵降，宵旰誰紓聖主憂。倘許請纓投筆去，寸丹自不爲封侯。

地與皇都已齒唇，聖心盼捷責絲綸。溫言三錫頒黄鉞，努力群言答紫宸。仰屋頻年悲壯士，環城一水謝波臣。秋泛河决城，西南數十里巨浸，真天險也。饑驅我尚辭家去，不是桃源避亂人。

千里孤軍賊計疏，跳梁原不識兵書。殲渠謀或探囊易，饋餉慚無儋石儲。諸將干戈愁杜甫，一編風雨夢穰苴。出門每遇鄰翁問，説仗天威即掃除。

粤氛瞥眼到津門，虎旅相隨萬馬屯。裂眦仰天饞虜肉，嘔心沿路哭忠魂。飄零書劍慚卑賤，收拾山河奉至尊。只恐等閑頭白了，食毛何日報君恩。

由潞河入都車中作

蕭蕭松柏路西東，斜日燕山一望中。誰有黄金思市駿，獨搔白首嘆飄蓬。闌珊羽檄長途雨，冷落星旗戍幕風。褒鄂墳荒秋草没，我來何處拜英雄。

和梅夢吉茂才兼寄其兄小樹

簾前稚子掃莓苔，剥啄聲頻忙去開。擁彗大呼非俗客，單衫小扇送詩來。

新詩糊壁百回吟，不散梁間雅頌音。七十二沽煙月裏，鍾期才聽伯牙琴。

梅福詩仙槖筆游，雁行詞賦并千秋。竹間樓上佳公子梅樹君先生著《有欲起竹間樓詩稿》，一代風騷又點頭。

學步懷人月在天，詩成高卧北窗前。夢中載酒騎驢處，一樹梅花兩少年。小樹、夢吉昆仲，續起梅花詩社。

五十初度述懷

百年過半是今年，一擲如梭歲月遷。慘淡鄉雲孤枕畔，縱横卷軸客窗前。登樓別緒愁王粲，倚榻詩情想惠連誠之弟時客西河。風雨聯床沽上好，還家誰助買山錢。

蝸廬無事可銷憂，薄醉村醪笑未休。索債有人來唾面，謀生何處不低頭。供家錢少干妻怒，堆案書多替子愁。我欲扶兒呼阿買，光甌子與光鑾侄，時年皆十六。携琴同上海邊舟。

少小曾多翰墨緣，臨風想像盡纏綿。逢人大老誇詞賦，結社名流費酒筵。坐擁群書當弱冠，强登一第到中年。天涯存殁諸知己，皓首思量倍惘然。

賃廡移家東復西，華門處處認鴻泥。後生求我供薪米，少作由人付棗梨。櫪下長鳴千里馬，枕邊起舞一聲鷄。循陔忽慟椿萱謝，反哺烏私暮夜啼。道光辛丑壬寅，先嚴、先慈相繼見背。潘岳無端又悼亡內子丁氏隨没，饑驅千里覓黄粱。甲辰、乙巳、丙午，三年假館邯鄲。叢臺登覽懷陳迹，滏水行吟立夕陽。孤客思鄉愁姊妹，適張室姊，適李室姊，適饒室妹，家皆寒士。嬌兒依嫗唤爺娘。客邯鄲時，光甌甫四齡，依老媪居。淹留自倚盧生枕，未獲封侯夢一場。

三年落魄住邯鄲，一舸歸來又跨鞍。丁未復館通州之張家灣，今八年矣。帝里雲連楊柳驛，潞河風起蓼花灘。命窮敢説除官易，骨傲常愁入世難。多累向平猶未了，封胡羯末又號寒。未奏燕然勒石勛，敢誇筆陣掃千軍。飄零自嘆吴中乞，駑鈍難空冀北群。蒿目頻年思賈誼，嘔心五夜泣劉蕡。而今舊學都荒廢，慚愧頭銜號廣文。

十年辛苦困風塵，欲傍燕山老此身。鹿豕偕游誰識我，琴書無恙共依人。未能富貴歸鄉里，尚有文章動鬼神。咸豐辛亥，潞河旅邸忽有鬼祟，有無故自戕垂斃者，又有無故雉經者。予爲文禱於土地祠，祟遂絶，文載集中。苜蓿一盤風味好，桃源何處悵劉晨。

風雨瀟瀟滿目秋，出門惘惘自搔頭。路旁蹀躞銜枚馬，海上零星轉粟舟。餘子飛騰驚電掣，故交離散謝風流。騎驢來去長安市，斗酒難澆萬斛愁。

朝晴凍雀傍檐飛，招飲頻來客款扉。豪氣已隨華髮變，狂談不與素心違。停杯酩酊依花睡，秉燭敧斜踏雪歸。壯不如人今漸老，算來四十九年非。

題梅小樹梅花香裏覓詩痕册子

冰天雪地月昏黃，路入羅浮處處香。鶴與梅花同一笑，林逋今世又詩狂。

闈中題壁

春闈燭又燼三條，閑倚風檐望斗杓。漫説逢時多卜式，只愁聞喜盡顔標。儒冠俯仰憂天下，矮屋文章答聖朝。簾内諸公持玉尺，量才皆可奏簫韶。

江湖滿地盡千戈，齷齪文場涕淚多。裂眦不遑愁下第，側身何止盼登科。酒酣燕市心雖壯，花看長安鬢已皤。我是劉蕡從此去，茫茫煙水荷漁蓑。

廿載飄零筆未投，春風來去不勝愁。命窮最短書生氣，身賤難紓聖主憂。過眼科名多已貴，撫膺衰病復何求。孤寒千百誰韓范，暗裏朱衣快點頭。

龍門深鎖待晨鷄，一片鱗鱗瓦屋低。蓬巷癡兒想金帖，棘籬多士望雲梯。樓高北斗鼉頻吼，槐拂西山鳥未啼。排悶詩無溫飽志，塗鴉閑掃壁間題。

華光鼐集

華光鼐◎原著
羅海燕◎整理

東觀室詩遺稿

叙

十年前，余與孫綉山、張芝山、邹琴溪、馮杏林、周邑山同少梅更番唱和。余最喜少梅少年秀出，诗格淳雅，一种清淑湿润之氣撲人眉宇，求之塵俗，真罕覯也。嗣是托迹京華，閱歷益彌，詩律日臻精密，每一篇出，諷誦不能釋手。甲辰，复随侍庭训之任開原，地處邊塞，日落落寡合，凡境過之求，無不以詩舒其沈鬱綿纏，詩境因之遞進矣。语云：『詩窮而後工。』少梅雖工詩，豈終困家者哉？

六月十四日，雨窗漫筆，鄭學川再書。

叙

錦囊妙句讓君收，詩興年來乏唱酬。百錬精神渾如鐵，一編吟得自成秋。關山有幸添游屐，湖海何時理釣舟。滿紙家愁谁領略，膺正家学渺難儔。

丙辰六月十日，挑燈奉題少梅吟兄大集，同業弟鄭學前甫草。

叙

丙辰夏，過津門阻雨，少梅弟爲之下榻，因示予以詩。予读之，覺清入肺腑，擬賦一章以爲續貂计。奈搜索枯腸，竟夜不能成一字。或者聞鈞天之奏，聽者聾耳不佳，何竟無一字也。然隔窗聽雨，剪燭淡心，即境即詩也。何以詩發？

冉國氏。

叙

髫年携手共游黌，詩酒論交見性情。一曲能翻新樂府，五言築就古長城。抱來明月心俱朗，修到梅花骨亦清。自昔才人難久屈，漫因落拓感浮生。

讀東觀室詩草率成一律，即以録呈少梅仁弟大人斧正，種竹山人未完草。

叙

我愛壽眉子，人清詩亦清。一枝仙吏筆，無限寫深情。朗月懷中抱，春風袖底生。君家真巨富，百萬擁書城。

少梅仁兄大人誨正。弟于世蔭初稿。

叙

携來一卷几回吟，如此才華孰賞音。爲製錦囊藏好句，莫教容易到鷄林。

不作雕虫技，揮毫見性真。客中增感慨，塞上困風塵。身詎耽詩瘦，家緣積卷貧。一編披讀處，字字蕊珠新。

俚句奉題少槑表兄大人大集并正，弟饶東蘆初稿。

敘

聽橋姻世臺青照：尊大人遺稿已浣誦一過，敬將清稿草稿附记小印，可以照抄，仍恐有重複者，尚須逐次分年開一題目編好再繕爲宜。弟之原序及楊醉六先生序，均可先繕。至於題詞再爲斟酌。當日各友吊挽詩可附卷尾。專泐奉繳即新。查照順府文祉。里弟璐頓首。

敘

秋風蕭瑟響□旌，□絶澠泮盛舊情。遼塞西來空草色，潞河東去咽潮聲。□魂白屋雲常住，□恨黄□劍時鳴。剩有一編存正雅，蝤軒□日□□□。

題東觀室遺藁。香吟楊光儀。

敘

人琴廿載寂無聲，剩有遺編了一生。銕嶺黄沙驅健筆，金臺凉雨伴長檠。身無厚福宜多病，天与奇才足盛名。何事遽抛塵網去，吟餘時作不平鳴。

奉題東觀室遺稿。時戊寅仲春，志青孟繼壎未定草。

敘

門對漁洋宅，□□渤澥國。□□□聽雨，□□□□□。檐鳥憐新乳，瓶花□□□。□編重展讀，想像鳳□□。

雨夕重讀東觀室遺集即書□聽橋表弟，筱藩初稿。

叙　讀華少梅東觀室遺稿感賦二章

凌霄彩華亘長虹，春夢鶯花一瞬空。嘔血苦吟追李賀，出關奇氣憶終童。文章獨採聲華外，遼海親承色笑中。何意高才天竟忌，難禁筠樹□秋風。謂于筠庵、梅小樹。

老梅奇崛□未妍，開到新枝瘦□仙。東觀殘編憐病骨，維摩癯影悟詩禪。千秋倦□闕心事，廿載難忘握手緣。余与少梅雖生同里閈，於楊香吟盧上□一握談。此日索題逢子敬，幾人後裔似君賢。聽橋爲少梅家嗣，風雅嗜占，頗能世其家學，誠少年中之翹楚也。時癸未重陽後二日題于崇文黃華坊之署齋。

曼生郭恩第甫草。前章『春夢』改『春日』，次章『殘編』改作『殘書』。

序

詩亦文也，而異於文，能文者固不必皆能詩也。然士果以千古自期，學非世俗學，文非世俗文，有真才，有真性情，何患不能詩？予也，村中老塾師耳，狂妄不自量，恣意吟哦，自怡自賞，朋好四三人，相與酬倡，未敢索賞音於朋好之外，而同邑同時之詩人，抑亦未暇咨訪也。詩人梅小樹，予四三朋好中之一人也，喜予詩，有作亦必示予。居城中文雅地，虛心結交衆詩人，得一詩人，輒語予，而其所極傾心者，則曰華少梅。少梅年少卓犖，工詩，兼治古文，尤好采輯先輩詩文。客歲於舊書肆中，得予先王父少作詩稿，俾小樹付予，予心感之，因介小樹往謝。時少梅方養疴不出户，而齋中書未嘗束，硯未嘗乾也，相見如平生歡，坐談竟日，茅塞頓開。其識見之遠大、意氣之肫誠，有非他人所可及者，遂與訂交。夫予也，固村中老塾師耳，平居自怡自賞，而究未敢自信，擬將拙稿繕録，乞少梅爲我删定。予且漸與衆詩人聯屬之，而予之詩友，豈僅一梅小樹哉？而少梅今則死矣。或謂少梅之病，由於雕刻之勞心其病，而遂長眠也由於久病仍勞心。嗟乎！然乎哉？今之孳孳爲利者，其勞心較少梅爲甚。今之病而將死，猶耿耿於利且汲汲於身後之利者，其勞心較少梅爲尤甚。彼或身其康疆，或涉於危而勿樂有喜，人欽之且天佑之，而少梅竟如是焉。嗟乎！然乎哉？少梅弟文珊，亦雋才也，編其兄之遺稿，寄予選定。予謂讀少梅詩，摯性真情，胥流露於筆墨之間，而清新蒼秀，傳誦之作居多，不必以工拙計也。然則少梅之詩，非猶龍氏所云『死而不亡者』耶？少梅既亡，小樹又將遠游。予之詩友，皆落落如晨星，更不禁感慨係之矣。爰書此以爲序。

咸豐七年丁巳十一月，醉六楊慎恭。

序

大雅不復作矣，流俗爭慕時榮，率降心於制藝，而於古人風雅之宗，渺不知其所在。一二有志之士，殫心稽古，群相誚爲不達時務。或有初學吟詠，未窺涯涘，動以名士自居，與人以不可近，良可慨也。吾津爲文士藪，前輩風流雲散，斯時欲求閉門蒐討，殷勤於詩古文詞，卒寥寥不數睹。甚矣，風雅之難也。華子少梅，青年績學，爲詩人華梅莊之冢嗣。憶梅莊從游先君子門，余方弱冠，嗜韻語，深得切磋力。維時少梅甫垂髫，天資秀發，出語驚人，共嘆爲偉器。余自丁酉歲隨先君子任北平，梅莊亦遠客金陵。十餘年間，音問間或一通，而迢遞雲山，不無惓悒。甲辰秋，余奉諱旋里。次年春，梅莊亦由金陵赴試禮闈回津。僅一晤，即匆匆別去。少梅自髫年入泮後，已客京華，攻舉業。兩代知交，未能常相聚首。離別之感，較昔倍增。嗣後余又客常山，聞梅莊銓選瀋陽學博，少梅亦趨侍任所，音問久稽。丙辰秋，由保陽回里，知少梅已於乙卯赴秋闈。試後回津，偶得咯紅之疾，遂趨訪。相晤猶能力疾談詩，暢伸積愫。雖梅莊遠隔遼東，而月夕花天，得少梅昆仲分箋疊韻，雛鳳聲清，無忝家學，切磋之益，不減當年。所尤難者，病骨支床，手不釋卷，每念津門先輩古文可傳者多，日久恐歸湮没，同乃弟問山廣爲搜輯。一年之内，卷高盈尺，鈔録之苦，編訂之勞，日不憚煩，可知志存千古，固以詞翰爲性命者也。方期調養漸瘥，副余厚望，乃長虹未吐，遽赴玉樓。嗚乎！少梅死矣。夫使天假之年，老其嶔奇磊落之長才，得盡其表揚古今之夙願，出其所作，挽頹風，振流俗，爲廟堂選，爲里黨光，視純盜虚聲、營營於利禄者，豈不偉歟！然而干戈滿地，奔競成風，與其生不逢辰，何若早辭世網，死何必爲少梅惜哉！問山同胞痛切，急將所遺《東觀室詩草》示余曰：『此先兄半生心血，不忍久湮，惟君素所傾心，擬乞删訂，俾此卷常留天壤，先兄亦可以瞑目泉臺矣。』余不揣謭陋，校閲再四，復質於詩友楊君醉六云：『少梅詩境出性靈之真，見其詩如見其人。』編既而爲之序，故余不復綴，僅即我兩代相交之深、相知之切，畧述顛末，以罄余之悲悼云爾。

咸豐丁巳十一月下浣，梅寶璐小樹拜題於聞妙香館。

塞上曲二首

大地動秋色，男兒賦遠征。病烏嘑曠野，疲馬戀邊城。雲擁月無迹，風搜沙有聲。腰傍羅按：《華氏家集》本作『間』。懸寶劍，常作不平鳴。

雲入大荒流，笳聲起戍樓。還家今夜夢，出塞故鄉愁。志已從戎定，身期報國留。遥憐閨閣裏，應悔覓封侯。

同鄭文波西沽小飲歸途有作

羅按：《華氏家集》本題爲『郊飲歸詠』。

買醉歸來負手行，雨餘天氣嫩凉生。夕陽欲下無人管，老樹寒蟬送一聲。

雪夜

寒夜悄不寐，孤衾凍如鐵。荒城柝聲死，冷巷人迹絶。側聞隔牖竹，忽被風吹折。微植既如此，吾生貴持節。羅按：底本『微植既如此，吾生貴持節』一句加圈點。况廼際玄冥，故羅按：底本『故』字改爲『胡』。爲苦蹉跌。老鶴夢初熟，古梅萼應裂。動静兩茫然，聲銷復迹滅。院宇一何清，窗櫺一何潔。明朝開門時，頓訝山容别。

春柳四首用袁簡齋先生韻

羅按：底本『四首用』三字改爲『追步』。

東皇雨露被恩先，正是燕南二月天。水底閱人如隔世，風前話別感經年。羅按：底本頷聯十四字加圈點。新愁歷亂隋堤舞，夢舊夢依稀漢苑眠。寄語青驄游賞客，不須重過夕陽邊。

作態依依欲渡河，萍蹤飄泊奈愁何。煙沈灞岸春無影，月落谿橋水不波。莫被輕狂誤年少，敢因搖曳怨風多。羅按：底本頸聯十四字加圈點。迎來送往君知否，三疊陽關倚笛歌。

千條萬縷不勝情，聽到驪歌暗自驚。徒事垂青成底用，漫教飛白誤浮生。斜陽古渡行人杳，細雨長亭酒客迎。記否年時攀折處，几回翹首望春明。

天教日麗與風柔，無限春光聚樹頭。碧草暗侵煙外路，青旗低颺水邊樓。羅按：頷聯十四字加圈點。腰肢細裊頻牽恨，眉黛輕舒不縮愁。一片纏綿真意態，萍因絮果几時休。

題畫

夜雨暗虛窗，秋蟲鳴破壁。中有未眠人，辛苦一鐙剔。

獨坐

閉門無客到，獨坐竟何爲。偶對丰簾月，閑吟一卷詩。空階黃葉墮，秋思白雲知。羅按：底本『秋思白雲知』五字加圈點。此夜蕭條甚，無言羅按：底本原作『聊』，據批改。看斗箕。

彈棋

羅按：底本原作『彈棋柬孫繡山』，據批改。

棋子落丁丁，閑愁寄一枰。兩心多運化，全局尚分明。院静人無語，窗虚夜有聲。輸贏非異事，休作不平鳴。

讀陳雲伯先生詩集夢中若有所遇詩以紀之

羅按：底本原作『連日讀陳雲伯先生歌道堂詩夢中若有所遇得詩一首』，據批改。

碧城館主鎮江東，結想徒勞寤寐中。兩岸樓臺湖水白，丰船花月海雲紅。不逢阮籍誰知己，受知儀徵相國。羅按：底本頷聯十四字加圈點。除却吴剛少折衷詩宗梅村祭酒。我亦君家詩弟子，夢魂一例被春風。羅按：底本尾聯十四字加圈點。

登舟早發

殘月落秋水，西風吹客衣。榜人初解纜，楊柳劇依依。一葉飄然去，休教壯志違。離家三十里，回首看朝暉。

陶然亭用杭大宗先生前游韻

羅按：底本原作『陶然亭用杭大宗先生原韻』，據批改。

蘆花瑟瑟浄迴瀾，彷佛嚴陵七里灘。人立亭心發長嘯，滿林秋色不勝寒。

秋暮

羅按：底本原作『秋暮作』，據批改。

搖落增余感，拈毫得句幽。苔痕丰階冷，蟲語一園秋。往事隨流水，浮生几釣舟。空庭無客到，獨自發吟謳。

水西莊行

羅按：底本鄧文波批此詩云：『此篇氣機流走，格調鏗鏘。筠庵鑒賞處，先得我心。文波。』

煙水蒼茫古章武，風流雲散歇歌舞。千秋名勝藉人傳，百載風騷振斯土。當年寓客孰稱雄，淵雅尤數慕園翁。羅按：底本開篇三句加圈點。闢地水西資游眺，名聞海内聲隆隆。亢宗更有蓮坡子，徵歌選勝接踵起。紅棠一樹泣杜鵑，八載羈棲花影裏。龍頭名譽擅華年，磊磊難教世網牽。疑是六如身化後，息機從此耽林泉。羅按：底本此句加圈點。歸來漫掃羊求徑，選材重理斯園勝。廣開壇坫設賓筵，交游不惜脱驂贈。鼓歌弦管無冬春，歡呼月夕更花晨。攬翠軒中臨書稿，藕花香裏寄吟身。層臺俯瞰風帆影，一犁春雨田千頃。畫舫曾緣泊月横，梨雲低壓珠簾冷。羅按：底本『鼓歌弦管無冬春……梨雲低壓珠簾冷』加圈點。秋風吹上菊花枝，呼童折簡招所知。置酒東籬互酬唱，襟懷卓犖饒丰姿。一門群從盡英特，拔幟騷壇無不克。香閨兒女更情深，謳吟亦解耽翰墨。維時適啓鴻詞科，江南江北名彦多。門臨衛水當孔道，冠蓋如雲喜經過。贈鞭投轄無虚日，題襟争羨文通筆。新詞譜出絶妙箋，夜雨寒鐙勤采輯。那知人世几滄桑，都付東流問渺茫。延攬何如孔北海，逢迎不讓鄭南陽。百年興廢遞推嬗，園林轉瞬烟雲變。舊時亭榭半荒蕪，低徊尚使游人戀。羅按：底本『那知人世几滄桑……低徊尚使游人戀』，加圈點。從來萬事等香消，空負元龍一世豪。月泉樓閣長荊羅按：底本原作『榛』，據批改。棘，玉山池館飛蓬蒿。墜緒茫茫難嗣美，扶持風雅知誰在。即今過客訪遺蹤，惟有河流終不改

除夕

羅按：底本原作『除夕和漁莊從叔韻』，據批改。

桃符重换送殘年，每到今宵意黯然。胸有牢愁須縱酒，眼看交好祇論錢。羅按：底本頷聯十四字加圈點。烹茶剪燭留佳客，羅

按：底本原有註『時文波過談』，據批删。掃地焚香謝俗緣。避債臺高那得築，鴻音望斷秣陵煙江南久無信至。

白蓮

羅按：底本原爲『白蓮一首』，據批删。

淺碧鮮紅襯野塘，更從水面識輕妝。月臨曲沼秋無語，風蕩深陂夜有光。天地空明得清氣，丰姿修潔散餘香。旁觀莫笑孤高甚，犖被人呼作六郎。羅按：四本尾聯十四字加圈點。

美質無瑕可琢磨，亭亭玉立影婆娑。湖光稠疊拖秋葉，花態輕盈倚素羅。絶世聰明净冰雪，半生閲歷感風波。羅按：底本頸聯十四字加圈點。縱然溷迹泥塗裏，其奈纖塵不染何。

秋日北上

秋色動蘋末，征人去故鄉。鞭絲懸馬首，樹杪挂殘陽。羅按：底本頷聯十字加圈點。風捲邊沙白，塵消塞草黃。前途須努力，羞灑淚千行。

寄鷓邨

羅按：底本原作『寄鄭文波鷓邨』，據批改。

憶昔識君日，于今已十年。荒郊閑散步，老屋夜攤箋。契合如吾輩，相交信夙緣。沽西一壺酒，曾醉菊花天。

秋風遲鯉信，忽忽動兼旬。對月思良友，長吟遣病身。新愁前夜雨，舊社隔年塵。無限蒼涼意，相將寄海濱。

落落几同調，惟君知我深。徒虚觀海約，未遂壯游心。薄俗嗤狂態，浮名老泮林。城東樓百尺，何日共登臨。

梅影續梅花詩社題

羅按：底本原爲『梅影四首續梅花詩社題』，據批改。

月色昏黄蕩夕陰，梅花開處夜沉沉。羅按：底本衍『夜』字，徑删。庭中瘦影誰賓主，天上清光自古今。羅按：底本頷聯十四字加圈點。悟到前身都是夢，姿雖絶世不須尋。多情繪出欹斜態，對爾焚香理素琴。月下

一聲野雀下寒塘，無限詩懷入渺茫。影落江湖留幻迹，春回天地几斜陽。生無俗骨何湏浣，能附清流不礙狂。羅按：底本頸聯十四字加圈點。怪底孤山林處士，輕舟鎮日任徜徉不。水邊

玉骨冰肌絶點塵，夢回紙帳盡合春。一鐙寂寞得生氣，四壁模糊現化身。羅按：底本頷聯十四字加圈點。夜静誰參空色相，窗虚獨具冷精神。千枝萬朵憑誰寫，羅按：底本衍『朵』字，徑删。祇有寒檠是解人。燈前

寒梅弄影曉窗東，玉鏡奩開景不同。花解傳神呈妙相，人從對面識春風。羅按：底本『人從對面識春風』七字加圈點。離奇縱出方圓外，丰韵仍歸朗徹中。一樣淡妝供領略，那堪重憶壽陽宫。鏡中

前詩意有未盡復成四首

羅按：底本原作『前詩意有未盡復得四首』，據批改。

老梅開向月明中，瘦影參横處處同。滿地寒雲成幻境，一叢香雪動春風。凉蟾暈去花如水，倦雀歸來夢亦空。何必徐熙施妙手，閑庭畫意本天工。月下

一枝摇曳影徘徊，老幹羅按：底本作『古蕚』，據批改。何時傍水栽。斷岸雪晴春意足，野橋風定夕陽來。臨流姿態都生活，絶世丰神不染埃。羅按：底本『絶世丰神不染埃』七字加圈點。看遍寰區難着脚，此身只合住蓬萊。水邊

春到山家夜掩門，燈前顧影坐黄昏。神傳阿堵香留梦，寒閃孤檠玉有魂。羅按：底本頷聯十四字加圈點。一味模糊參妙相，十分

消瘦悟靈根。逋仙眷屬多清福，漫與群芳共等論。燈前

古鏡分明現化身，妝臺春曉不生塵。洞開嫵媚宜秋水，閱盡繁華是美人。心迹雙清無俗相，羅按：底本衍『調』，據批刪。丰姿對面見全神。菱花恥作趣時態，風格依稀似采蘋。鏡中

又絶句四首

春在梅花第几枝，傳神忽值月明時。空庭夜氣清如洗，移上闌干雀不知。羅按：底本三四句加圈點。月下

不在山崖即水隈，一枝摇曳脱凡埃。臨流别具嬋娟態，疑是湘君入梦來。水邊

夢回紙帳對銀釭，瘦影横斜夜氣降。骨格清高神寂静，故宜相伴在寒窗。燈前

奩開秋水隔塵封，縞袂仙人一笑逢。閑對妝臺扶不起，冰姿裊裊月溶溶。鏡中

都門書懷

一巾落拓走風塵，溷迹燕臺志未伸。經世才疏甘作客，傳家詩好不妨貧。羅按：底本頸聯十四字加圈點。蕭騷緑鬢愁中老，黯淡青袍物外身。多少幽懷何處寫，恐教奇語太驚人。

歲暮雜感

羅按：底本原爲『歲暮雜感録二』，據批刪。

南山有仙菊，佳色秋方展。羅按：底本首二句十字加圈點。北山有喬羅按：底本作『壽』，據批改。松，亮節冬方顯。矧茲樗散材，難邀塵世眄。當其未更事，自命良非淺。天地爲吾廬，悠悠容偃俛。弱冠遇宗匠，黌宫膺妙選。炫世恥虚聲，持躬敦實踐。悔無貞

亮羅按：底本作『潔』，據批改。操，顛倒随風轉。近兹三四年，觸物動乖舛。玄陰不待人，凄然生百感。

憶自去鄉土，倏忽已經年。覊栖京國間，故我總依然。秋風不得志，孟冬始言旋。家計日蕭索，詎免百憂煎。季子歸自秦，阿嫂不見憐。羅按：底本句前有鄭文波批語，但不可辨。羞澀看囊物，零落陰符篇。歷觀古賢達，大半由飢寒。羅按：底本『季子歸自秦……大半由飢寒』，加圈點。

晚宿石橋沽

羅按：此詩前有鄭文波批語：『此下歸後卷。』

麥畦夾道緑平鋪，風景真堪入畫圖。一様津門好明月，今宵來照石橋沽。

香豆澗道中

環郵一水最澄清，砌石爲堤固若城。緑樹紅橋相掩映，令人疑在畫中行。

白沙嶺望海

插空高嶺白于沙，有客觀濤暫駐車。天際片帆真似葉，迷茫猶辨影欹斜。

臨榆道中

輪蹄催趁晚風驕，地曠人稀驛路遥。此去奉親兼避亂，出關争得不魂銷。

出山海關

天開險隘着塵寰，左界蒼溟右枕山。馬上有詩吟不得，輕風細雨過雄關。

馬上口占

立馬懸崖意氣豪，中原回首没蓬蒿。天公特灑随車雨，不使緇塵點敝袍。

紅墻子遇雨

山路巉巉憶五丁，出關翻是夢初醒。驅車直抵紅墻子，夜雨蕭疏不忍聽。

冒雨曉行

密雲几樓上重岩，好雨随風響轡銜。但得羅按：底本作『願』，據批改。田家沾溉普，何妨濕透舊青衫。

望海店觀海

店名望海謝陳陳，入饌鮮魚味較新。島嶼帆檣頻指點，慈航不渡宦游人。羅按：底本第四句加圈點。

南風吹水滴塵襟，西望煙沽感最深。海上鍾期杳難遇，有人待鼓伯牙琴。

甘草嶺

烹茶最便門當灶，敗紙全無風透櫺。土嶺高低排對面，衹今不見草青青。

雨中涉大凌河

紛紛行李覓人馱，風雨連天湧巨波。水長三分行不得，牽車争過大凌河。

大石橋戲詠

絲弦弹得客心焦，有字無聲韵不調。土飯塵羹難下箸，登車飛過永安橋。

遼海屯遇雨

稼穡桑麻細討論，登盤色色不離豚。今宵未稳征人梦，風雨凄凄遼海屯。

鐵嶺道中

朝霞捧日照山塍，破曉登車熱不勝。羅按：底本衍『熟』字，據批删。鉄嶺至今何處問，倚城荒塔尚崚嶒。

柴河待渡

柴河待渡水淙淙，聒耳村農笑語哤。隔岸人家深樹裡，濕雲低護讀書窗。羅按：底本衍『窗』字，據批删。

饒荻生表弟寫余詩成帙率然而作

羅按：詩前有鄭文波批語：『此四首歸第三卷。』

閉門風雨故人疏，席帽于今懶上書。剩有名心消未得，狂歌檢點十年餘。

記曾投筆擬從戎，盡付煙消火滅中。今日閑窗尋舊迹，文章何處哭秋風。用成句

風塵憔悴老愁顔，一卷吟成稿未删。此際不堪重展讀，故鄉疑在梦中還。

漫言瘦島與寒郊，語不驚人手倦鈔。故紙被君收拾去，一鐙如豆試松膠。

甲寅五月隨侍家君之任遼東將發里門友人鄭文波于筠庵置酒作餞并有詩贈行客中書此分寄

京國飄零感故知，還家又值亂離時。牢愁滿腹誰堪語，我輩傾心不在詩。一紙軍書天外至，三旬逆旅夢中思。布衣兩字足千古，且把浮名讓健兒。

聽唱驪歌黯愴神，話餘臨去尚逡巡。高懷直可傾頹俗，交誼終能配古人。風鶴驚心猶昨夢，雪鴻回首總前因。離情那許雄關阻，一海茫茫待問津。

秋風曾記卸帆時，舊雨深情酒一卮。萬事蹉跎惟我輩，百年珍重此交期。纔看劫裏逃烽燹，又向尊前話别離。君尚醉鄉吾就道，恐教熱淚灑臨歧。

當年携手下紅塵，拚向空山寄此身。風雪連天仍過我，功名滿地總輸人。貧難縱飲何妨醉，交到忘形始覺真。夢裏相逢應一笑，漫因岑寂怨沈淪。

開原寫望

慕容曾此建都京，千五百年几易名。一水澄泓接遼海，萬山突兀壓邊城。黄塵擁塔日無色，白骨聚沙風有聲。莫向戍樓高處望，中原烽火尚從横。羅按：底本頷聯、頸聯、尾聯加圈點。

獨立

蒼莽天涯色，紛紛解客顔。昏鴉盤古木，落日枕羅按：底本作『繫』，據批改。遥山。獨立真寥寂，無言自往還。家書重叠寄，曾否達鄉關。

聽雨

畿南山右與遼東，骨肉分飛落拓同。二十年來身世感，一時都在雨聲中。

感事四首

海内妖氛熾，封疆此最完。時平邊備弛，兵減戍樓殘。深邃金銀窟，流凶晝夜盤。將軍曾奏凱，回首萬山攢。

是否開平裔，身卑智益昏。賫糧資鼠食，設宴學鴻門。赤手能擒賊，黄金欲市恩。兩端持令尹，功罪那堪論。

一意求消弭，凶徒膽愈豪。穴中邊月冷，塞上陣雲高。和議憑需索，拘官想遁逃。可憐空納賄，性命等鴻毛。

竟獻頭顱去，何人釀亂萌。有心殲小醜，無計出奇兵。焚掠將盈野，倉皇但閉城。旁觀休掉舌，徒使恨難平。

客況

蕭條夜色一窗含，客況嘗深我漸堪。古木昏鴉驚陣陣，空房飢鼠枉眈眈。還家有夢須防羅按：底本作『妨』，據批改。醒，經世無才莫縱談。儘意安眠休對月，恐隨清影到西南。

絶句

雲影白依塔，山光緑過城。清河流不盡，總是别離聲。羅按：底本全詩加圈點。

凉信

極邊凉信早，黄葉一庭秋。忽起天涯感，難禁旅客愁。西風堪縱酒，落日罷登樓。群動晚來息，河聲入夢流。

聞七夕病中作

雙星嘉會成千古，一月秋光抵萬金。贏得連朝天氣好，不彈别淚劇情深。
薄霧輕雲盡掃開，河橋又見鵲飛回。我今卧病扶難起，欲向黄姑乞藥來。

病起有述

一病纏綿今始瘳，西風吹下古營州。客中飲藥都成醉，塞上看山易感秋。萬里平沙非故國，百年落日几登樓。神清骨瘦詩懷健，擬向句驪作壯游。

聞説

聞説舊游地，争端起市廛。屢更今日法，不見昔時錢。至計仍無補，民生劇可憐。薊門煙樹好，曾否似當年。

秋夜雜感

秋風吹客不成眠，迢遞音書望眼穿。白屋有誰增絮被，青燈依舊照蒲編。一家骨肉拋三地，九省烽煙倏五年。羅按：底本頸聯十四字加圈點。海内于今無謝傅，蒼生只合任顛連。

望家書

有客望家書，輾轉夜不寐。群籟暗中消，萬慮枕邊萃。憶自去鄉里，酷暑正薰熾。豈憚跋涉艱，總爲衣食累。流光不待人，倏忽炎凉異。出關五作書，胥托親朋致。鄭重抵千金，平安珍兩字。如何四月久，不見一書至。世豈有殷羡，浮沈等兒戲。不則阻雄關，不則滯郵吏。雄關稽覈嚴，納賄終能出。郵吏軍書忙，片紙終堪試。匪無商販客，致糧來異地。匪無握管人，阿叔同予季。或已在長途，迢迢勞雁使。或尚未對函，乏便仍宜遲。望空結遥想，此事良非易。

懷沽上諸子四首

羅按：詩前有批：『此止存。此首題須再移。』

關塞荒凉絶賞心，每聽風雨憶知音。羡君誼比交游重，愛我情同骨肉深。東海萍浮踪落落，北堂萱老德愔愔。西南消息今何似，古畫奇書莫浪尋。鄭文波

當年吟社散如雲，伯樂清談久未聞。滿座高朋曾醵飲，兩間老屋快論文。頻施絳帳因將母，不負青鐙合讓君。豈止騷壇稱健將，崚嶒賦筆更超群。孫繡山

十年依舊魯諸生，壯志銷磨愈不平。白髮祗今猶作客尊甫擢翁，青衫自昔與同盟。羅按：底本句前批語：『情真語摯。』艱難家計如懸罄，磊落雄心欲請纓。記否雨餘風定夜，滿天星斗酒人迎。于筠庵　羅按：底本頷聯、頸聯、尾聯加圈點。

天真爛漫數侯芭，風度翩翩本舊家。筆埽千軍雙管下，文傾一邑萬人誇。罇前笑傲常縈夢，別後丹鉛想倍加。遼海雲山沽水月，相期携手話京華。侯小瀛

無題

袖手看雲立，無言待鳥歸。羅按：底本首兩句十字加圈點。閒愁追往事，瘦骨怯新衣。遠塞涼風早，遥天夕照微。秋蠅麾不去，猶自向人飛。羅按：底本尾兩句十字加圈點。

野望

關山塞草緑成圍，野圃人家晝掩扉。怪底桔橰聲不起，滿城秋雨菜花肥。羅按：底本尾句七字加圈點。

中秋對月放歌

秋風吹客到塞北，天時人事劇蕭瑟。出關三見月輪高，最是今宵難抛得。鎮日浮雲湛太虚，安得長風爲拂拭。空庭散步負手歌，回頭瞥見炊煙直。屢勤露禱盼清光，翻恨殘陽偏遲匿。滿城暮色空濛濛，壓塞奇山黯然黑。但覺夜氣襲裾襟，延立久之無消息。回酌濁酒不成歡，孤輪疑被邊疆勒。醉餘仰天發嘯長，昏鴉驚散千林墨。萬翅盤空若大帚，撥開塵氛何迅疾。須臾東方一樓黄，精神抖擻情飛逸。霧靄蕩漾似有聲，未上欲上互吞蝕。俄驚飛彩射半天，晶球擁出琉璃質。不見雲行見月行，萬里蒼茫同一色。却思飢走去故鄉，風潮五載客京國。或樓矮屋氣不揚，或鬭俗務情彌塞。百年能得几回看，此夕對之如舊識。我欲將心把向君，爲傳罪言香案側。憶昔道光三十載，今上皇帝初御極。四方快睹新政頒，誰知太平難粉飾。初聞湘漢奏凱歌，旋看兩粤軍書亟。祇因封疆意不和，特召丞相爲大帥。慎重頒授内府刀，生殺有權統歸一。况復籌餉屢調兵，征車載道紛如織。久負清望荷

主知，洗眼争看斯人出。藐焉群醜敢負隅，聚而殲旃百無失。那期徘徊三月久，竟縱飢鷹脱矰弋。自此海内遂騷然，九省烽煙誰綜悉。如謂造物羽驕矜，官不修職民何慝。即使愚氓果無知，不死凶荒死掊克。孰非食毛踐土人，喪心昧理甘從賊。倘問何人釀亂萌，功罪模糊尤難測。中原民困何日蘇，遍地妖氛几時熄。月裏姮娥笑不言，霜華如淚沾胸臆。

同邑徐太守埥穆游戎大本死事

一時肝膽竭精誠，千載枌榆仰姓名。鼠伏合圍中路發，隻身却敵大刀横。戰酣銅柱孤軍没，氣撼金陵萬馬驚。地下同鄉應聚首，忠魂兩兩笑相迎。

秋感六首

麟在荒郊鳳在笯，年華流水暗中徂。三邊樹色迎凉早，半夜河聲到枕孤。竟視月明同骨肉，那堪風景憶江湖。壯心既醉何關飲，笑煞王敦玉唾壺。

琴劍飄零寄帝都，驚人時事不模糊。周官至計籌三黼，漢室奇勛建五銖。大賈逍遥俱歇業，小民懵懂尚征租。皇躬自此焦勞甚，億萬生靈仰廟謨。

破研崎嶇受墨粗，頻遭惡歲畫荒蕪。因人俯仰羈王粲，與俗浮沈愧孔扶。夢裏還家空惘惝，酒邊論事要糊塗。傳聞烽燹連鄉里，落魄歸來認故吾。

炮火連天近郭邪，兵戈滿地是萑苻。黄金短盡英雄氣，白戰空將歲月輸。狂去苦無人詬駡，貧來甘受鬼揶揄。危城賴有同袍在，草木回春萬骨蘇。

剩有詩腸尚未枯，中多奇鬼笑相呼。一家飢走慚鳩婦，千里鄉音問雁奴。且侍老親居遠塞，漫隨弱弟話歸途。寒厨暫見炊煙裊，几處將軍慶大酺。

荒衙鐙火怨啼烏，一葉驚秋落井梧。報德心長頻涕淚，謀生才短累妻孥。西山烈士曾枵腹，南海鮫人尚泣珠。無限蒼涼家國感，男兒底事飯雕胡。

八月廿三日始得家書知仲弟問山新購先曾祖詩画長幀是乾隆丁未爲同年馮公前邨作者迄今六十有八年率然成詠

征鴻日盼好音來，乍展猶煩夢裏猜。千里有書邊路迥，一家無恙客顏開。狂隨弱弟爭同看，静把遺詩想厚培。不是居貧偏嗜古，先人手澤要收回。

有感

秋色莽關河，頻年盼止戈。封書將夢去，對酒奈愁何。大漠人煙少，西風客思多。分明恩怨在，寶劍夜深磨。

秋暮雜詠

萬感因秋起，蒼然暮色中。短垣衰草白，荒塔夕陽紅。客况憑詩遣，愁懷借酒攻。南天烽正急，未敢説窮通。

客迹常疑戍，人煙不滿城。荒畦分野色，老樹聚秋聲。羅按：底本頷聯十字加圈點。舊恨黄龍在，新愁白髪生。古今同一瞬，熱淚漫縱横。

鄉信几時到，幽懷何處尋。高堂今夜夢，絶塞故園心。一塔掛殘照，千家急暮砧。凄然秋滿目，負手獨沈吟。

冷暑夜遲遲，休歌遠別離。功名消壯歲，風雨負良時。燈影清隨夢，茶香濇入詩。羅按：底本頸聯十字加圈點。拈毫成短句，好醜畏人知。

詠雁寄問山

邊風凄緊塞雲涼，歸路迢遥秋更長。萬里難分賓主迹，百年讓此弟兄行。爾如小住聯今雨，我有空書寄故鄉。莫向西南翹首望，海天愁思正茫茫。

雜詩

流年彈指惜匆匆，冷暑蕭條四壁空。几處寒衣猶未寄，滿城磓杵下西風。
天涯懷抱向誰開，獨步空庭日几回。邊塞人家炊正熟，萬鴉飛趁夕陽來。
客中愁樂總無端，衣食全家藉此官。木葉盡凋冰已結，九秋天氣劇荒寒。
新衣笑我瘦堪憐，鐙火晶瑩照獨眠。何事枕邊頻反側，中原烽火又經年。羅按：底本三四句十四字加圈點。

重九

秋深大漠劇荒涼，壓塞奇山盡改妝。借得黄花邀客賞，醉敲烏帽笑詩狂。一庭風雨酬佳節，五載登臨總異鄉。極目天涯愁底用，茫茫今古几重陽。

不寐

竭來荒塞易悲歌，半載光陰一刹那。詩思何曾秋後減，鄉愁偏是枕邊多。群鴉警夜風生樹，獨雁横空月渡河。羅按：底本頸聯十四字加圈點。鄭文波批：『警句得未曾有。文波。』剔盡寒檠渾不寐，少年豪氣任消磨。

早起書所見

出門正西笑，詩思落天涯。霜氣收孤塔，林光隱泉鴉。墻低常覆草，院静不飛沙。鱗瓦空濛裏，晨炊動几家。

恭步大人原韻

茫茫何地著煙霞，漫詡藏書富五車。共道鄭虔能述古，不聞王昶戒持家時兩叔久無信至。墻磚得氣皴成雪，窗紙經宵凍有花。獨抱冬心耐岑寂，此身端合住冰衙。

立冬晨起口占

天涯忽送不周風，鳥語依檐到處同。千里夢回邊徼外，一年秋老客愁中。安排爐火添茶具，檢點池水補画工。此後鄉心何所寄，萬山無語斷歸鴻。

無題

鎮日重陰掃不開，晚來清景實佳哉。半庭白草隨風偃，萬里黄雲擁月來。徒肆大言非長者，不諳時務豈通才。無端忽憶班超語，投筆心情絶可哀。

偶成

羈懷消未得，信步看東山。廢圃霜痕積，空城日氣環。鷄聲上矮屋，人語隔通闤。渾忘峰巒在，西風吹客顔。向夕砧聲急，飛來勢未降。林疏風瑟瑟，河近水淙淙。鴉點昏能陣，蛛絲冷入窗。誰家閑弄笛，凄切不成腔。

得問山和詩再叠前韻寄之

開緘佳句極蒼凉，信共春來日正長。歎我徒存鴻鵠志，望君早列鷺鴛行。願將慈母迎官舍，莫使嚴親老異鄉。持此相期各努力，几回搔首問茫茫。

宦海

宦海真難測，窮冬尚有波。瓜期促如此，梓里感云何。同郡張某時爲府丞，復州張景雲者儒業而賈行，與聯譜謀署此缺，許瓜分焉，故家大人有調騐之事。羅按：底本註作『同郡張某時爲府丞，老而貪』，據批删。冰雪前途少，風塵俗吏多。奉省吏治之壞，爲天下第一。當路率皆旗員，故廢墜尤甚。由來邊鄙地，原不稱弦歌。

與桂農弟夜話三叠前均

雪窖冰天月色凉，客窗翦燭坐更長。早窺臣海波千尺，漫灑窮途淚兩行。半載萍飄來遠塞，一官匏繫去他鄉。世情險阻休輕怪，徒使旁觀歎渺茫。

詠盧生事四疊前韻

笑他世態變炎凉，那有閑心較短長。一味臨淵徒羨釣，十年種樹始成行。浮生富貴争俄頃，亂世功名入夢鄉。粱熟邯鄲應就道，不須伏枕感蒼茫。

夜興五疊前韻

春入邊關夜不凉，茶清于水味偏長。功名未遂甘雌伏，形影相依有雁行。殘燭照人書作羅按：底本作『伴』，據批改。枕，好風吹我夢還鄉。何當携手西南去，一葉扁舟下混茫。

早起口占六疊前韻

寒戀重衾耐曉凉，北窗高枕夢初長。殘年買酒難成醉，静夜抄詩不計行。燈火有情如舊友，雲山雖好是他鄉。板扉乍啓間舒望，几樓炊煙入溟茫。

得家書有感從弟小石事賦此寄懷七疊前韻

傳聞事業已荒凉，一紙書來感最長。白髪堪增游子恨小石祖母年八十餘，黄金難鑄丈人行。羅按：底本有註，因批塗抹而不可辨。好從憂患求良友，莫爲飢寒棄故鄉。珍重年華勤勉力，謀生有路不茫茫。

憶京師舊游八首

京國嗟游子，飄零已四年。浮名抛白業，故物剩青氈。懊惱劉蕡策，蹉跎祖逖鞭。有家歸未得，能不受人憐。

塵海茫茫裏，謀身計亦窮。歧途逢舊雨，旅館話秋風。把酒思題鳳，揮毫氣吐虹。送君蓬島去，此别惜匆匆。

長安居不易，賃廡暫藏身。竟夕設風月，相形忘主賓。熱腸偏愛我，傲骨耻依人。大筆淋漓處，街頭艷買春。

一卷題襟集，惟君好句多。窮愁聊復爾，吟興近如何。文采傾心領，清言抱膝歌。至今寧受里，風雨几經過。

老向天涯走，相逢笑口開。偶隨黄葉去，爲訪碧雲來。野卉風塵賞，甘棠嶺嶠栽。鄰封有兄弟，快展不羈才。

咄咄二三子，栖遲古刹中。叩門無俗事，入座有春風。推食解衣共，携游秉燭同。人生行樂耳，何必問窮通。

舊是韓門士，重尋翰墨緣。愛才真若渴，交道竟忘年。早許青燈伴，頻教絳帳懸。臨行無限意，猶贈辦裝錢。

異地苔岑合，依依話未休。西風吹潞水，獨客下扁舟。一飯思難報，千金誼可投。他年重聚首，展卷雪鴻留。

次桂農韵

羅按：底本作『次桂農詩韵』，據批删。春到天涯感昔游，栖遲冷署且埋頭。乱山殘雪三更夢，老屋孤燈百種愁。但得聯床尋好句，何須投筆志封侯。囊空莫笑無他物，多少新詩此内收。

除夕寫懷叠韻四首

一樣春風判海天，每逢今夜倍凄然。客懷衮衮銷何處，鄉夢依依醒隔年。卧榻烹茶添獸炭，破窗翦燭拂雲箋。空囊頗覺增羞澀，聊把新詩當俸錢。

椿庭咫尺隔南天，憶到萱闈思渺然。何事堪稱虛壯歲，不才無術慰高年。全家引領探微禄，遠客歸心繫寸箋。半載宦游成画餅，可能了却辦裝錢。

遼海燕山各一天，狂奴故態尚依然。白眉指顧搏千里，緑鬢蕭疏已卅年。醉詠崔塗殘雪句，夢尋蕭貫衍波箋。莫州睽隔并州遠，珍重竹林萬選錢。

爆竹聲喧欲曙天，喃喃稚子意欣然。一身代我忙通夕，萬事辜君恕少年。得有閑時須畫荻，絶無寄念但吟箋。料應紅燭高燒處，親爲攤分壓歲錢。

乙卯元日試筆

扶桑藹藹上朝暾，爆竹聲中静掩門。萬丈文光射牛斗，十分春色滿乾坤。欲尋往事開詩卷，却爲新進憶酒樽。轉盼天涯芳草緑，歸來不是舊王孫。

乙卯落第後歸里

猶是嶔崎歷落身，可憐猿鳥不相親。灌夫罵座狂應減，蘇季歸家病豈真。浪得虚名多豎子，眼前舊雨半陳人。埋頭拼向空山老，愁撫鉛刀淚滿巾。

楊大桐生别十年矣兹閲致家叔書獲悉近狀津門舊友半似晨星每當鐙灺酒闌未嘗不翹首西望也思美人而不見待把袂于何年聊賦短章藉申積愫云爾

杜陵入蜀久無書，彈指光陰十載餘。落月几回添我夢，浮雲何處駐君車。憶從舊雨分襟後，怕到清風拂面初。爲報故人休繫念，一氈仍戀病相如。

書謝忠愍公傳後

謝安經濟竟通神，百萬蒼生繫此身。屈指儘多敢死士，傷心俱是再來人。誓師慷慨籌先箸，殉國羅按：底本批：『國字平抬。』凄涼愧後塵。一紙不堪重檢讀，天涯有客爲沾巾。

一枝秃管几徘徊，舊事重題絶可哀。九月霜寒軍報緊，七星風動畫旗開。何期蛟舞鴻嗷際，竟有狼奔豕突來。咫尺天羅按：底本批：『天字平抬』威資保障，涓羅按：底本作『捐』，據批改。埃孰是不羈才。

黑夜喧傳劇點兵，至今念及尚心驚。軍無勁旅危如卵，志切同袍固若城。那有火攻紓上策，全憑水勇振先聲。同僚詎乏匡時略，鶴立鷄群自不平。

賊騎如雲旌旆揚，獨流纔破勢披猖。漫漫水國成戎國，草草文場入戰場。鵝鸛迎風千里捲，豺羅按：底本批：『犲，空不寫。』據文義，徑改。狼滿道一身當。劇憐舊日攀條處，楊柳依依總斷腸。

炮羅按：底本批：『駁，空不寫。』據文義，徑改。火連天兵氣深，倉皇携手共登臨。腐儒争獻平戎策，稚子都存蕩寇心。寒柝繞城秋瑟瑟，疏鐙夾巷夜沈沈。英雄詎肯無功老，一片風聲雪滿簪。

杏花邨

清明微雨洒芳原，羅按：底本作『微風細雨正清明』，批初改作『微風細雨洒平原』，又註：『平字複。』據批後改。草草尋春易斷魂。楊柳依稀多近水，杏花籬落自成村。紅邊旗引平橋路，香裏僧歸古寺門。悵望欲尋沽酒處，笛聲吹破晚烟痕。

桃花水

一谿新水漲桃花，有客臨流望眼賒。逝者如斯消歲月，仙人何處訪烟霞。春潮拍岸飛紅雨，柔艣横波放釣槎。我本迷津正須問，隔林應是阮劉家。

老將

厮養盡從征，將軍志未成。戰袍留血迹，後輩振威名。健飯弓猶挽，談兵劍欲横。封侯無骨羅按：底本作『首』，據批改。相，羞説請長纓。

老僧

已晤三生果，憑参一指禪。目昏神氣静，髮秃頂光圓。入定留凡骨，傳燈遺暮年。蒲團應坐破，不語即生天。

感事

無端烽火照江南，固壘深溝戰未酣。自是少年不得志，枉教等輩著奇男。

樓船直到石頭城，賊勢披猖几日平。可惜六朝金粉地，衹今惟有血縱横。

傳聞道路盡烽羅按：底本作『風』，據批改。煙，稿筆依人倏一年。滿目干戈何日熄，夜來魂夢繞江天。

一聲哀角頓生愁，遍地寒鴉噪未休。城下要盟嗟計左，黄金無數付東流。

冬日雜詩

一任冰霜緊，頻將傲骨皴。家貧茶款羅按：底本作『欵』，據批改。客，病久藥欺人。壯志銷中歲，狂談累此身。昂藏腰下劍，未必老風塵。

高枕夢初驚，宵光分外清。林曦涼有暈，檐鳥凍無聲。埽榻塵心净，垂簾道念生。後凋松柏在，莫負歲寒盟。

曉寒禁未起，初日到階除。煮茗清詩骨，焚香理道書。邊關游子共，樽酒故人疏。頗覺閑雲好，遥空任卷舒。

破屋三間聳，扃扉冷不知。鄰鷄騰午唱，野羅按：底本作『野』，批初改『檐』。復批：『擬仍作野馬。』據復批，不改。馬亂晴絲。活火消鑄焰，寒冰涸硯池。紙鳶風乍起，又是夕陽時。

不作窮途哭，聊爲斫地歌。打窗殘雪少，繞屋晚烟多。有客圍爐坐，何人秉燭過。夜長清似水，未可任蹉跎。

向夕寒威重，蒼然夜色昏。餓鴟啼別院，凍犬卧當門。白酒新愁遣，青氈舊物存。所懷良不惡，世俗那堪論。

布被眠幽室，埋頭境已非。小窗燈影瘦，冷巷柝聲稀。健鼠空梁踞，驚烏黑夜飛。禦冬無旨蓄，何以慰庭闈。

歲月堂堂去，流光不暫停羅按：底本作『留』，據批改。。朔風摧老屋，敗羅按：底本訛字，據批改。葉舞空庭。枯坐誰堪語，愁城我慣經。吟懷何處寫，落筆涕羅按：底本作『凍』，據批改。先零。

一病

一病纏綿累此身，忍將樗散怨沈淪。十年未醒黃粱夢，匹馬曾驅紫塞塵。狂到杜陵方客蜀，窮如張禄始歸秦。天涯豈乏真知己，不作攀藤附葛人。

鎮日

拋殘筆墨廢書田，欲訪丹方避世緣。鎮日悠悠無箇事，茶鐺藥裹付長年。

孤吟

俗客久不至，閉門春色深。破琴一再鼓，塵世少知音。鳥語静中適，茶時味外尋。眼前有真樂，擁鼻且孤吟。

感賦

衾寒于鐵室如冰，屈指誰爲耐久朋。半世疏狂餘破帽，十年潦倒負寒燈。耽貧歲月都忘老，守拙情懷竟類僧。絶口不談家國事，狂瀾既倒更何憑。

題美人舞劍圖

奕奕寒光若有神，畫中現出女郎身。儂家亦具英雄氣，不作長齋繡佛人。

夜詠

遣愁無詠且高歌，風雪蕭蕭唤奈何。展卷怕逢俗子至，開樽難得故人過。乾坤有恨時光老，江漢無聲戰骨多。獨卧空齋渾不寐，一燈聊伴病維摩。

集司空表聖詩品題梅小樹丈夢游香國記後

羅按：底本作『集司空表聖詩品題梅小樹世叔夢游香國記後』，據批改。

坐中佳士，明月前身。體素儲潔，絶愛淄磷。花覆茅檐，眠琴緑陰。匪几之微，匪神之靈。可人如玉，脱然畦封。俱道適往，神化攸同。霧餘水畔，白雲初晴。楊柳樓臺，蓬蓬遠春。幽行爲遲，計思匪深。相去几何，妙不自尋。識者期之，如見道心。碧山人來，令色絪緼。如逢花開，如瞻歲新。金樽酒滿，流鶯比鄰。如將有聞，悠悠天鈞。終與俗遠，冷然希音。荏苒在衣，妙契同塵。似往已迴，觀化匪禁。獨鶴與飛，横絶太空。晴雪滿竹，時見美人。生氣遠出，古鏡照神。載瞻載止，若爲平生。飲之太和，良殫美襟。薄言情悟，如寫陽春。欲返不盡，大河前横。汎彼浩劫，好風相從。握手已違，時聞鳥聲。

歌風臺

大風一曲劇蒼涼，吊古人來感慨長。臺上英雄悲擊筑，沛中父老快稱觴。敵當破後思良佐，酒到酣時戀故鄉。回首舊宫無片瓦，寒鴉荒草伴斜陽。

釣魚臺

不斷灘聲七里流，高臺終爲客星留。神仙自昔連婚娶，天子當年共唱酬。隔岸烟波羅按：底本訛作『破』，據批改。通鷺渚，浮家身世托羊裘。一竿釣盡秋江水，紅蓼陰中發醉謳。

與孫永修丈有游盤之約近復與之學琴

羅按：底本脱『孫』字，據批補。

養晦經年燕處巢，閉門歲月未經抛。應時偏帶秋冬氣，耐久無如貧賤交。棄置毛錐容我懶，安排棋局看人敲。他時若蠟游山屐，琴匣詩囊共一挑。

和筠菴

滿天霜氣逼人寒，四壁蕭然俯仰寬。世外烟霞供嘯傲，病中歲月雜悲歡。門無熱客聯鑣至，家有奇書據案觀。最羡階前榆莢樹，冬來節錯復根蟠。

述懷

老親遠宦在他鄉，慈母頻拈襪綫長。問撫病軀呼負負，難將愁緒問羅按：底本脱『問』字，據批改。蒼蒼。一鐙羅按：底本作『燈』，據批改。吊影撑詩骨，四海論交剩熱腸。塵念名心俱埽却，不堪回首少年場。

消寒雜詠

半間老屋小于舟，那有新寒上敝裘。多少積懷消未得，拈毫且向静中求。
生成傲骨太嶙峋，困厄難將壯志伸。嘔血經年身未死，從今不作熱中人。
一枕蘧然任所之，醒來翻恨夜遲遲。殘更欲斷月初墮，正是曉鐘將動時。
塵世紛紛愧不如，年華回首惜居諸。焚香埽地渾閒事，獨坐荒齋看道書。
斗室蕭然四壁空，病懷不復問窮通。傳家剩有玲瓏石，抛向嚴霜烈日中。
小樹經霜態也奇，依人檐下總非宜。偶然野鳥瞥空落，偷向窗前借一枝。
名心俗慮盡堪捐，獨立空階思渺然。三兩兒童紛聚語，紙鳶風起夕陽天。
一片寒氈仍我戀，半瓶殘酒問誰開。大聲撼地朔風吼，疑是飛蝗入境來。
不羈才是九秋鷹，雲路誰登最上層。猶是昔年舊庭院，小窗閑煞讀書燈。

故人茶話坐三更，瘦骨蹣跚懶送迎。敗紙驚風作蟲語，夜深猶聽斷腸聲。

何必禦寒資酒力，偶因撥火悟詩心。殘宵清夢還無著，一擊遠鐘獅子林。

爐熖茶烟鐙影昏，梅花無處覓吟魂。擁衾凍似襹褷鶴，風雪蕭蕭夜打門。

文波促余養痾水月庵兼訂海上之游

城居閉門久，晨興市聲闐。餓骨死不值，嚴冬誰爲憐。故人海上來，丰采殊翩翩。入室且視疾，寒暄語都蠲。擲袖出新句，滿紙騰雲烟。詩筆益磊落，詩旨何纏綿。伊邇有古刹，迺在城南偏。漸與闤闠遠，野水相回旋。幡影月下重，鈴語風中傳。院宇僻且潔，履境空塵緣。曲折最幽處，高聳屋數椽。鐘魚渺不至，一榻爲君懸。寒夜道心净，清晝俗累捐。習静自怡悦，勿藥沈痾痊。君曷往觀乎，賃廡移居便。我猝聞此語，神采爲颯然。逕欲囊琴去，塵世無成連。高蹈慕古人，吾其東海邊。

輓賀亶臣

京國三年别，傷心竟古人。醉辭燕市酒，魂返鏡湖春君爲季真後人。久客誰知已依崇觀察幕下兩年，長貧累此身。象坊橋畔柳寓京師象來街最久，千載爲傳神。

高館傍修竹，嚴冬夜氣清。爲余懸短榻，與爾伴孤檠。庚戌、辛亥間，與君同榻夜談。壯志聞鷄舞，雄文倚馬成。祇今風雪裡，寂寞讀書聲。

一自靈椿萎，旋將玉樹摧。君于甲寅冬丁外艱，服未滿而君殁。素車何處哭，丹旐几時來。未秩銷中歲，君選六安州吏目，未赴任。文星黯上臺。遼東如化鶴，顧影亦堪哀。君曾省令叔于瀋陽。

奇疾猝然遘，倉黄藥不靈抵寓一日即殁。裁書嗟未達，予秋杪猶作書。通候不知，已于中秋後一日謝世。落筆涕先零。逆旅抛遺稿，空帷剩弱齡君僅遺一女尚幼。元方俱遠道兩兄宦游未歸，誰爲吊伶仃。羅按：詩前批：『此首删。』又批：『此首擬删，存三首可也。』

題小樹丈金陵雜感詩後

羅按：底本作『題梅小樹丈金陵雜感詩後』，據批改。

金粉樓臺劫火紅，舊游如夢羅按：底本作『梦』，據批改。惜匆匆羅按：底本作『匆匆』，據批改。。南朝無限蒼凉感，盡赴先生一筆中。

一自鯨波湧羅按：底本作『踞』，據批改。石頭，鳥啼花落几經秋。傷心最是秦淮水，潮打空江不忍流。

記得漁洋曾有句，數株衰柳黯銷魂。衹今殘照西風裡，不復依依白下門。

雲箋幅幅盡堪珍，一卷投來墨色新。怪底短歌哀艷甚，梅花社裏舊詩人。

漁莊叔夜得風號二句命足成之

樂志逍遥自在身，偶然出語必驚人。風號聲似江翻浪，月暈光疑鏡掩塵。奇句忽從天外至，詩懷難得夢中真。劇憐南阮耽吟久，一樣埋名愛隱淪。

和小樹丈保陽題壁元韻

羅按：底本作『和梅丈小樹保陽題壁元韻』，據批改。

頻年浪迹走天涯，翹望燕臺別恨賒。斷梗何心逐流水，吟箋有淚染桃花。杜陵入蜀空憂國，王粲登樓更憶家。濠上游觀徒寄耳，一竿誰解釣琵琶。

一聲驪唱愴吟魂，漏盡鐙殘被未温。若把浮生參絮果，不應絶代老蓬門。青衫憔悴黯無語，紅袌娉婷香有痕。猶記臨歧堅後約，此中哀怨待重論。

樓閣凌虛説慣經，癡迷太甚亦通靈。歡塲草草誰同夢，色界茫茫我獨醒。世外塵音增繾綣，簾中鬟影隔瓏玲。多情最是章臺柳，盼到秋來眼倍青。

遠天衰草落霞紅，一點芳心脉脉通。野館怕聞胡撥動，客途愁説阮囊空。緑珠飲恨酬知已，紅拂傾身托侍中。回首舊游如夢裏，聊將囈語寄朦朧。

附原作并序　梅寶璐小樹

甲寅春，驅車燕趙間，途次北河客邸。有抱琵琶而來者，破瓜年妙，亸柳腰纖，蓉媚涵秋，棠嬌怯雨，而容華絶代，楚楚堪憐，知非久耽風月者。醉聆一曲，薄贈纏頭。秋初有涿鹿之行，復值北河相見，若不勝情。詳詢梗概，自云：『吴姓，小字韻仙。本秣陵良家子，倏遭離亂，誤墮煙花。今春正月，由濟南淪落此間。蝶擾蜂喧，性難消受。自春仲遇君，識非薄倖，柔腸一樓，每爲君縈。惟念情天路闊，孽海波深，君肯憐香，妾求脱苦，幸弗以閑花野草，葑菲見遺。』苦語悲哀，聞之酸鼻。時以囊空脱底，管禿無花，欲期桃葉來迎，轉嘆萍蹤無定。重承厚愛，勉畣徐圖。豈知雲縱無心，花偏解語。春風未度，几令鸚鵡舌乾；鄉澤微沾，漫道胭支色淺。至於翦髮矢志，嚙臂要盟，此固情所難禁，勢所難已者也。今春三月，槖筆西來，擬紆道再訪天臺，冀伸前約。至則痕留眉月，影絶芳塵。相傳客冬移籍保陽一帶，有云琵琶别抱者，有云玉骨長埋者。疑似相參，莫知究竟。沿途密訪，音耗杳然。嗟乎，花原薄命，已嫁東風；柳總多情，空勞西向。恨鑄錯之有鐵，嘆藏嬌而無金。春影鏡中，淚痕衫上。回憶挑鐙顧曲之時，對月盟心之會，撥弦珠落，脱口檀霏，玉軟煙偎，香温蝶戀。生怕情長夢短，忍教雨殢雲尤。則雖婉轉嬌嘁，釵横鬢亂，而芳心欲碎，終未敢一赴陽臺。斯又惟我憐卿，微卿亦莫能諒我者矣。孰意人間艷福，真箇難償。一載睽違，不轉瞬而雲飛香散。已焉哉，青絲猶澤，紅粉成灰，隻影蓬飄，離痕山叠。從此天留恨補，月仗愁圓。心傷杜牧之詞，音絶韋孃之曲。剩有情絲未斷，曷禁淚墨交揮。勉賦俚章，并志顛末。所願同情者，必有同慨，應無以癡迷滋誚金玉爾音也。

經春客子走天涯，芳草連雲去路賒。浪迹已隨風裏絮，美人遥隔鏡中花。青衫黯淡誰知已，紅粉飄零舊有家。好覓昔時留戀處，羈懷重與訴琵琶。

清歌一曲暗銷魂，豆蔻吹香著體温。絶代可憐人似玉，重來空見月當門。紅塵無地埋情種，畫壁留詩寫淚痕。知否潘郎憔悴甚，爲卿顛倒向誰論。

劫墮烟花詎慣經，雲和几欲殉湘靈。蓮當未老心先苦，柳爲多情眼獨醒。密語綰成金絡索，柔腸撥碎玉瓏玲。思量舊事難排遣，愁對西山萬疊青。

分明誓約感嗁紅，回首瑶臺信莫通。艷骨易消風月裡，濃情不在雨雲中。滴殘蠟淚胭支冷，磨遍菱花粉黛空。是我負卿卿負我，一場春夢兩朦朧。

讀邑前輩詩各系短章得二十首

東海有狂客，著詩四千首。耻鶩魚鹽利，甘效牛馬走。興盡賦歸來，賣田具杯酒。龍東溟

張顛工草書，蕭然塵壒外。早歲負盛名，閉門謝冠蓋。一鵠摩長空，悠悠響天籟。張笨山

一卷杜陵集，游篋隨所止。蜀中肯負笈，歷下曾索米。却金謝故人，高誼動朱邸。黄六吉

伯鸞高隱流，塵俗無其偶。聯吟方外交，屢向田盤走。結廬沽水邊，詩情滿户牖。梁崇此

谷齋舊家子，弱冠鏖文戰。延譽藉公卿，召對通明殿。數奇被放歸，江海扁舟泛。朱陸槎

嗜古得奇癖，癡名溢鄰里。四十貢成均，五十抱硯死。然諾抵千金，封識投知已。周月東

讀書有夙慧，髫齡名頗噪。著作几等身，閉門寡所好。墮世四十載，烟霞恣嘯傲。胡象三

萬里賦鵬摶，居士年正少。未讀上清書，遽赴修文召。一卷青蜆詩，今古誰同調。丁名揚

黄竹老布衣，飄然脱塵網。海嶽恣游遨，萬里獨來往。賚志羅浮山，千秋勞夢想。金芥舟

先世遷家難，遷徙來沽水。痛定不成詩，苦語雜仙鬼。林於起悲風，偃蹇西園裏。查立功

傳人不在貌，英年富文藻。賈生書已上，甘向林泉老。力追正始音，典籍恣探討。于虹亭

楚三磊落人，廉隅峻如砥。手斷誓不書，一官等敝屣。載誦竹床詩，清風振桑梓。張楚三

五載令吴江，訟庭寂無事。微過被嚴譴，殊少怨尤意。羊祜罷官時，士民爭墮淚。沈存圃

懶芋本將種，偏解弄柔翰。吸盡錦江水，風采一時冠。哀怨凄以深，倚弦皆可按。章壽人

康侯孤介士，遭時動坎坷。僻性嗜聲律，一唱無人和。窮愁始著書，廿卷真奇貨。康道平

沽上有僞樵，狂不拘行檢。酷好淳化帖，大筆肆濡染。錦囊篇什多，竟被書名掩。喬五橋

吴興沈氏子，英姿殊越衆。釋褐年最早，讀書期有用。三齊與八閩，到處騰輿頌。沈秋瀛

宛陵巍清望，騷壇執牛耳。垂老就蓿盤，門墻富桃李。風雅振斯人，高山欽仰止。梅吟齋

濁世何翩翩，羅胸無不有。往來秦楚交，推解遍林藪。鰥居近十年，忍續鸞凰偶。劉韻湖

范丹無立錐，韓偓多綺語。一枝五色筆，飄飄天外舉。墓木忽已拱，英魂在何許。董梧侯

歲暮遣興和筠菴

桃符催换逼殘年，遼海音書尚杳然。誰信空囊無長物，漫誇破壁有新篇。孤檠凍結三更蕊，茗碗香留半榻烟。賦就小詩聊遣興，莫將笑語狎群仙。

看遍

市聲如沸隔通闤，貧病侵人鬢欲班。一徑朔風摧瘦骨，半窗冷月照愁顔。少年占盡老年福，有事争如無事閑。看遍塵寰徒擾擾，者番幽緒倩誰删。

和侯小瀛

談兵説劍兩無成，老向寒窗寄此生。萬卷藏書容我讀，滿腔熱血爲誰傾。壯懷牢落銷殘臘，往事凄涼付短檠。塵世紛紜漫開口，相逢休作不平鳴。

答筠菴

風雪蕭齊酒一樽，少年意氣几分存。羡君時有客盈座，笑我家無僮應門。破榻酣眠嫌夜短，敝裘偷典喜冬温。白衣蒼狗須臾事，話入崎嶇淚暗吞。

除夕偶成和漁莊叔韻

茶香鐙影送陳年，今夕無詩總歉然。得句聊爲醫俗藥，埋名何用買山錢。抛來歲月真忘老，話到升沈各有緣。一醉屠蘇都不計，吟肩斜聳向遥天。

除夕題梅花香裏覓詩痕册子爲小樹丈作

梅丈繪圖今廿年，滿紙珠玉紛盈前。奚僮除夕走相示，傳語命我題詩篇。我聞斯圖名最久，挑鐙展玩忍釋手。當頭明月證前身，一鶴盤空一鶴守。夜色迷茫景横斜，林中仿佛詩人家。高懷早已抗千載，妙詠不待矜八叉。香雪漫漫繞寒霧，招尋疑入孤山路。凍痕著手都成春，是梅是詩真難悟。遥欲訪君淺水邊，餞歲守歲兩茫然。荒城爆竹聲亘天，醉我以酒酬以箋。狂談顛倒無聊賴，壯心飛出蒼烟外。我是耽吟賈閬僊，一杯願向梅花酹。

早春書懷四首

東風吹夢墮天涯，有客孤吟感歲華。壯志羞同樊噲伍，狂談擬學禰衡撾。三冬無雪詩情減，半世多愁酒量加。看遍塵寰難著脚，欲從何處訪烟霞。

江漢頻年盼止戈，請纓無路奈貧何。時來荒徑新知少，春到蓬門生計多。遼海雲深遲旅雁，金臺草長卧明駝。何當放羅按：底本作「廖」，據批改。棹東溟去，滿目蒼茫發浩歌。

數椽寥落子雲居，鎮日盤桓興有餘。看劍每增知己恨，閉門惟覺故人疏。文園病後疑中酒，賈誼憂來懶上書。搔首問天天不語，東南消息近何如。

茗碗薰鑪寄此身，圖書繞榻紙爲屏。删餘詩草頭應白，開到梅花眼孰青。一事無成虚壯歲，十年作客愧荒經。幽懷擬向徽弦譜，衹恐蕭條不忍聽。

病中憶親

脱略衣冠意太疏，此身偃蹇問誰知。文章有價期名世，兄弟中年各廢書。一曲清琴人定後，半天凉月雁來初。遥知冷暑春深日，把酒登盤盡野蔬。

節過花朝風日和，迢迢歲月付弦歌。王敦對酒心先醉，潘岳閒居鬢易皤。那有方書驅病豎，恨無寶劍斬愁魔。老親欲作歸田賦，争奈蕭條生計何。

送杏艖師之任永寧

一聲驪唱下燕臺，三晋雲山倦眼開。争説蒼生望霖雨，爲娱白髮出蒿萊。憂時久裕匡時略，論世誰爲曠世才。此去定知游宦好，太行秋色撲人來。

廿年寄迹古金臺，桃李陰濃到處開。斯世何須求杞梓，此身本合住蓬萊。功追漢魏方爲學，名重王侯始算才。更有杜陵尤刮目，濟時日望好音來。

訪古何論禁火臺，臣心似水膜都開。三年報最名書策，兩代承歡衣舞萊。化雨濡霑迎竹馬，春風吹植到樗才。西河教澤今猶昔，可許侯芭負笈來。

和孟小帆元韻

一擲年華等逝波，枯腸喋血費搜羅。識從矮屋傾心久，賞到焦桐熱淚多。健筆如君真磊落，豪情似我未消磨。劍光終有飛騰日，漫學王郎斫地歌。

蟬

何來樹底謦聲圓，知是前谿噪晚蟬。高柳陰疏唫曉露，古槐風静咽秋煙。暗催好夢閨中覺，遠徹斜陽分外鮮。愛爾生成高品格，一枝常抱懶涼天。

對月有憶

把酒何愁夜寂寥，海門湧出月輪高。偶移花影無人管，爲暢詩懷有客邀。四壁寒蛩喧永夕，半階冷露坐清宵。冰姿玉魄雖堪賞，不及揚州廿四橋。

螢

月落敞朱扉，流螢閃閃飛。身仍依草際，火亦類星暉。帶露光偏濕，迎風勢更微。陳編如可讀，借爾伴書幃。

西沽即事

秋色從西來，折柬招良友。三五皆少年，出郭争携手。相將過河梁，舉目盡畦畝。蝶颭路旁花，蟬咽風前柳。買醉不知處，隴上遇田叟。田叟掀髯笑，酒肆前村有。彳亍古道中，微雨蕩塵垢。野館入幽境，傾樽酌大斗。談笑座生風，斜陽翳林皋。酩酊問歸路，狂態驚鷄狗。抵家酒未醒，凉月上東牖。拉雜以成詩，重集待重九。

蟹火

瘦蟹滿汀洲，寒光逐水流。餘暉明鷺渚，遠火照漁舟。出使字鰲字俱空不寫使長江面，横行古渡頭。雙鰲兼八跪，煙外任沈浮。

羅按：底本詩前批：『使字、鰲字，俱空不寫。』

重陽登清虛閣

携友登高意興幽，相將緩步上重樓。白雲低處人家少，惟有煙波萬古流。

雪

老樹花開彈指中，斜飛密灑勢無窮。一天圖畫雖堪賞，滿地瓊瑶總是空。郫酒已增前日價，書鐙纔定昨宵風。兒童贏得眉尖喜，笑説荒檐被絮蒙。

半啓柴關對雪暉，寒林失色暮鴉歸。人家此際皆清白，世態何由辨是非。萬點瑶章迎月舞，一團粉蝶趁風飛。豁然忽覺心開朗，不獨梅花樹樹肥。

戲詠泥美人

誤墮風塵劇可憐，殘脂剩粉亦新鮮。從知自古傾城邑，一入泥塗不值錢。

雨夜

古屋一燈明，深宵大雨行。勢如銀漢倒，聲似怒蛙鳴。四海誰知已，高眠獨有情。披衣時起坐，秋況覺羅按：底本訛作『賞』，據批改。凄清。

讀畫

一卷常從破壁横，山光韶秀水晶盈。會當心領神怡處，雲樹風濤盡有聲。

秋日郊游

秋原入望最蕭條，如此風光未易描。一片寒雲隨雁遠，半空落葉背人飄。晚煙影裡藏茅屋，衰柳陰中過石橋。眺罷歸來詩興好，滿窗新月色偏饒。

寄友

無聊忽憶識君時，歷歷前游最可思。秋眺荒郊曾買醉，冬烘老屋且談詩。人情冷暖三杯酒，世事遷移一局棋。迢遞鴻音杳不至，何年重與話襟期。

待雪

四野凍雲合，檐端鎖不開。梅花獨含笑，早晚鶴飛來。

羯鼓

園林猶未發新紅，不用金鈴護几叢。羯鼓催開花似錦，餘音裊裊画欄東。羅按：底本詩前批：『此首删。』詩尾批：『鼓音似不得言裊裊。』

餳簫

春風又到賣餳時，吹起簫聲入耳奇。紫韻紅腔街外弄，深閨有客動遐思。

夢中和胡小帆蒼江惜别詩

落葉紛紛向客投，此行差喜是良謀。怪來詩思清如水，不爲蒼江惜勝游。

題畫

呼童攜酒過前川，隔岸人家應未眠。長嘯一聲山月墮，昏鴉無數起林邊。

和仲彭詩步韻二首

羅按：底本詩前批：『此二首删。』

潛龍無計耐天寒，一被常教炕上蟠。待到春深應起蟄，騰雲致雨不愁難。

室冷衾凉夜氣寒，耻同蛇伏共蛟蟠。先生不愧南陽葛，魚水何憂遇合難。

無題

重門深掩最清幽，舊雨來尋不肯留。報説郎君歸去了，嬌鶯宛轉半含羞。

送竹谿伯之任桂陽

握手河梁別，西風柳萬行。青氈留故物，白首去他鄉。雲氣堆篷背，潮聲擁夕陽。秦淮卸帆處，聽雨話聯床時家君僑寓白下。

七夕後三夜偶成

羅按：底本詩前批：『此首删。』

院宇蕭條寄此身，秋風又是一番新。不妨家計輸錢虜，竟使淫蛙惱病人。隔壁偶聞花聚語，繞庭惟有月相親。瘦餘傲骨崚嶒甚，腦滿腸肥總後塵。

有感

羅按：底本詩前批：『此首删。』

欲從水月學蛟蟠，冒雨衝風不憚寒。一瓣心香參佛果，半瓶丹粒慰親歡。食無兼味持身儉，衣不趨時著體寬。顧影自憐還自羡，大家莫作士人觀。

草廬

天地茫茫一草廬，壯懷如蠖不能舒。置身千載難求友，閉户三年懶著書。漫向荒檐賦窮鳥，誰憐涸轍有枯魚。東塗西抹成何事，翹首燕臺吊望諸。

自警

羅按：底本詩前批：『以下二首皆删。』

我亦堂堂七尺身，不才何以慰雙親。坐荒歲月都忘老，甘把流光讓與人。

病中作

行藏慎秘送流年，傲骨都爲陋習遷。抛却眼前真道理，萬緣俱滅學參禪。

輓詩并序　梅寶璐小樹

嗚呼！少梅死矣！憶自去秋丙辰羅按：底本『丙辰』二字刪。遠客回津，聞君抱咯紅之疾，頻來問候，猶能强支病骨，與我論詩。每當月夕風晨，與令弟文珊壎篪互奏，分箋疊韻，頗慰下懷。復蒙代編先君子遺稿，採入《津門文鈔》，摯意深心，志存千古。雖嘔盡心肝，未嘗釋手，知君固以詞翰爲性命者也。方冀調養漸痊，副我厚望，乃秋風乍厲，遽赴玉樓。嗟乎！狂瀾既倒，變態紛呈，風雅浸衰，功名傀儡。與其生不逢辰，何若早辭世網？死又何必爲君惜哉！獨是椿萱并寿，棣萼联辉，羅按：底本『椿萱并寿，棣萼联辉』八字刪。氣亘長虹，室餘弱息，英年遽殞，情何以堪？嗚呼！少梅死矣！敗葉驚霜，幽蘭萎露，即日長埋地下，何時再晤人間？舊感黄壚，悲增鄰笛，招魂空賦，和淚爲詩。

西風吹折玉林枝，悵觸衷懷不自持。數到難回休論命，病成莫救况傷時。青雲未展凌霄志，白髮偏增遠道悲。乃翁梅莊學博時宦遼東，兩載未能相見。羅按：底本『梅莊學博』四字刪。縹渺蓉城如可住，秋紅萬里繫相思。

清淚無多又哭君，眼前知已几人存。歲寒交誼偕松竹，幽艷才華失李温。碧水丹山虚後約，琴囊詩卷共銷魂。不堪再過論懷處，冷雨凄風日又昏。

輓詩　楊光儀香吟

嗟嗟小林死，我病在床猶未起。今君復長眠，我病且無買藥錢。一病纏緜故人故，坐看歲月如流去。况君與我病少同，何不共向人間更小住。少微星隕海之濱，騷壇風月慘不春。此日再來東觀室，斯人不見空沾巾。枯梧掛壁藥鑪冷，射窗斜日光耿耿。阿弟爲我出遺詩，展卷鬚眉來俄頃。憶自訂交丙午秋，感君屢作他鄉游。匆匆離聚二十載，忽驚跨鶴緱山頭。吁嗟乎，死何悲，生何樂。惟有當年車笠心，風凄雨晦終不没。哭君未已欲問君，地下新交今几人。此去若逢黄叔度，道我支離病骨貧益貧。

輓詩并序　于士祜筠菴

君其死矣，我何生爲。回首曩時都成夢境，勉强拈毫，淚隨管下。天之喪君，天之喪我也。嗚呼！

沈沈落月穿屋梁，西風蕭瑟催晨光。新愁舊恨觸緒起，振衣出户獨彷徨。突遇郭子向予道，文星朝隕詩人亡。念君染疴逾二載，確信此語非荒唐。憶昔訂交在年少，同心臭味芝蘭香。歌樓舞苑逞逸興，秋月春花入醉鄉。有時清談罄懷抱，滿天風雪夜連床。有時慷慨論時事，拔劍斫地氣昂藏。泮水之芹同采摘，青雲有路期翱翔。斯世賞音無牙曠，猶期偕隱水一方。一事無成君竟死，故人棄我何匆忙。入門難弟向予揖，壎篪聲斷增悲傷。登堂稚子向我拜，麻衣如雪含凄凉。猶是昔時讀書處，如何不聽聲琅琅。圖史狼籍紛盈几，瑶琴弦冷斜掛墻。肺肝嘔出成李賀，半生心血餘詩囊。故物仍存人已杳，令予觸目摧肝腸。撫棺長慟几欲絶，嗚呼天道何茫茫。

跋

伯兄光鼐，字伯銘，號少梅，又號壽眉。幼聰慧，十歲學爲詩，出語已驚流俗。年十七，與鄭文波、于筠安諸公結社聯吟，於是詩日夥，而詩境亦日進。越二歲甲辰，受知於王愛堂宗師，補諸生，一時文名噪津邑。乙巳，嫂氏來歸。丙午秋，試薦而未售。時館家芳庭家，誦讀之餘，嘗抄撮邑先輩詩，每至夜分不輟。庚戌，客京師，館賀星槎刺史家。辛亥秋，歸里。壬子秋，偕鼎元應試。既下第，兄寓居京師。癸丑八月，歸。是年冬，粤匪擾津邑，兄目睹耳聞，無不寄之於詩，而詩境變矣。甲寅夏，隨侍家大人赴任開原，紀行詩頗多。乙卯，病初愈，由開入都應試，計路程一千七百餘里。暑天山路，殊不易行。兄身體虚弱，復加之以數十日勞乏之苦，遂抱咯血之病。至都，病稍愈。時鼎元已於六月入都，施捨會晤，見兄精神尚好，勉入秋闈，偕鼎元歸津。報罷，病益深。病中編《詩草》四卷，復偕鼎元編《津門文鈔》三十二卷。暇復學琴，良友來訪，輒正坐焚香，鼓彈一曲，興趣怡然。雖雨天風夕，良朋滿座，流連不去。鼎元追隨於後，值兄勞倦時，輒勸兄稍息，而兄恃强不以爲苦也。病遂時作時止，心竊憂之。迨至丁巳夏，病漸重，而鼎元憂之亦益切。博訪醫家，僉謂難愈。鼎元朝夕相依，方寸已亂，方冀調養靜攝，人定勝天。俾鼎元長承誨訓，孰意天不余畀，竟使兄於八月十三日溘然逝世。鼎元此後常爲無兄之人矣。嗚呼，痛哉！時家大人遠宦奉天，弱弟隨侍於任，侄輩皆幼。鼎元年少，家貧而同居，族人竟無一與議者。所有一切斂殯之事，竭盡心力，大費支持，□知能慰見于九泉下也。羅按：自『時家大人遠宦奉天……九泉下也』一段底本删。

兄生平好學，雖酒後睡餘，手一編勿輟也。讀書精細，過目不忘，每與友人談論典籍，輒能知其事在某書第几卷中。按書校閱，不爽毫釐。廣交游而不濫。訓弟輩嚴，鼎元獲益尤多。二十年來，粗識事親修身之道、讀書明理之方，未敢稍滋罪戾者，皆兄諄諄所教誨者也。兄生於道光六年丙戌，年三十二歲，詩清新秀逸，可傳者多，其全篇編入詩草，而零章斷句猶多可存，七言如『一劍難酬知己淚，十年虛抱濟時心』『作書偏帶山林氣，煑茗都成風雨聲』『家無生計愁何補，身爲耽詩病易侵』『行藏未卜狂宜減，閱歷方深詩漸多』『燕趙古多慷慨士，乾坤今有亂離人』『半榻香煙尋舊夢，一簾秋雨動新愁』『常貧歲月都忘老，久病情懷半似僧』『濕雲繞樹隨風散，積潦侵階帶月流』『半世疏狂餘破帽，十年潦倒負寒鐙』『千里冷官秦博士，十年清夢魯諸生』『無計禦寒資酒力，偶因撥火悟詩心』，五言如：『年華秋色老，風雨客懷孤』『遠林浮海氣，落日澹秋光』『秋鐙耿獨夜，歸雁戾遥空』『野渡横秋水，荒籬倚夕陽』『風兼秋葉起，雲帶晚鴉歸』『雨收花有韻，風定樹無聲』。皆詩稿未載者，附録於此。同懷弟鼎元敬識。

通四晴雲公支華氏宗譜詩文輯録

華　堂◎原輯
羅海燕◎整理

修輯《通四晴雲公支華氏宗譜》序 華世奎

自宗法廢而譜學興。譜也者，發乎情，止乎禮，世愈亂而用愈大者也。我華氏受姓於春秋，宋譜則始於趙宋。先世自南齊孝祖公世居無錫，爲無錫人，厥後遷汴四世。宋既南渡，三一公復歸於錫，是乃華氏統譜第一世。祖歷七世，分通、奇十五大支。我通四支，至九世祖栖碧公，子孫益繁衍，又析爲小支若干。我天津分支，不過小支中一小支耳。支派既繁，大小支裔多於統譜之外，别立支譜。我十世祖晴雲公後裔，鄉居業農者多，離鄉久者又散漫，猝難縱迹，以是支譜闕焉未修。族弟叔琴引爲大憾，一日自錫北來，謂世奎曰：『吾有志支譜久矣，遠徵曲訪，促促至今，猶十不八九。世變亟遲，無復遲矣，將卒成之。』奎曰：『善。』亟舉吾從祖梅莊公所輯天津分支單行譜、吾父屏周公又尾而續焉者授之。而歸不一載，蘇浙构釁。甲子秋，兵事熾，無錫適當其衝，焚掠誅求，慘毒無人理。時方救生避死之不暇，遑問其他。今年四月，忽走書來報曰譜成矣，屬爲序，并以其所自爲序及凡例見示。展而誦之，體嚴而義正，語重而心長，几無復置辭之地。雖然叔琴之苦心、毅力，正有不容没者。方在國家無事，聖教昌明，人無異學，學無異説，所謂情無異情，所謂禮無異禮，一家如是，家家如是，當是時人不慮無家，家不慮無譜。迨世風一變，異學遂盛，異説遂張，家族舊制遂不可行。無何父子異爨、兄弟鬩墻者，比比皆是。遠而宗族，途人而已。内無情，外無禮。久之，父子兄弟亦途人而已。當是時，家雖有譜如無譜然，人雖有家如無家然，家雖有人如無人然，於是人道絶，天下大亂。大亂之後，天下容有完善之家。我家亦家也，且十倍百倍於人之家，可懼也。然而家有我，我有責，我即有權可爲也。語焉有弗通，履焉有弗遍，此譜之所由作歟。且夫峻堤防於盛漲之時，不能不爭旦夕之功也；拒烈焰於狂風之下，不能不奮雷霆之鋭也。欲善其家而不早爲計，吾恐族愈大，丁愈多，情愈涣，知禮愈難，惑邪説愈易。近則相欺也，相慢也，相爭相奪也，愈擾攘不休；遠者愈遠愈相忘不相顧，其不隨俗變化者几何矣。非敢謂正家之道一譜盡之也，是亦先其所急，俾受而讀者，無遠無近，咸瞭然一本之親長幼尊卑之序，不覺油然生愛，肅然起敬，自戢其偷薄趨競之心，忠厚遺風庶几不墜。抑又有説焉，自學校廢經不讀，循是以往，竊恐國無識字之人。不於此時觀譜之成，後之人有欲爲之而不能者矣。即不然不於此時先爲之備，後之人有雖能焉，而無從爲之者矣。天意不可知，設亂不數年即定，所慮誠不必如此之深；設亂不百年而不定，所顧亦不及如此之遠。萬一至其時，其風雖邈，其事可行，其情可合可離，其禮可存可廢，則我祖宗所創而垂者，與我子孫所承而接者，今其樞紐也。蓋一髮繫千鈞之重矣。緯絶而經不屬，璞缺而玉不完，不我咎，將誰咎？此又激於守先待後之誠。雖極之顛沛流離，猶復日夜黽勉從事，而不敢斯須濡滯者也。鼓鼙喧於門，毫楮瘁於室。吁，苦矣，然而其功偉矣、烈矣。故曰：『譜也者，發乎情，止乎禮，世愈亂而用愈大也。』或曰『南有統譜，北有單行譜足矣，汲汲支譜胡爲』者。曰：『不然。譬之統譜，海也。支譜，江河也。單行譜，溝瀆也。循序遞進者，理也。萬流成匯者，勢也。是三者相輔而行，缺一不可。而盡情盡禮之微意，則并無異同、廣狹於其間。』嗟乎，自元明以來，人稱家族模範者皆曰『無錫華氏』。迄今敬祖敦宗，煌煌盛舉，踵而行者，代不乏人，日增而月進，我輩輾轉遷在遠者，求仿效一二而不可能。即今編訂校讎諸役，猶是始終坐享其成，未嘗效尺寸微勞，與叔琴少分責任。是則奎五夜彷徨，撫衷滋愧者也。若吾弟叔琴者，亦卓然可以風矣。

乙丑六月，二十七世孫世奎謹序。

修輯本支宗譜序 華堂

自乾隆壬戌子宏公修輯大統譜之後，迄今百九十年矣，通奇十五支，除兩支失傳外，餘十二支均合全支修輯。惟我通四一支，丁口既繁，支派愈多。一支之下，分爲小派十有二。此十有二派之中，惟三省派已修兩次，山桂、怡隱、澹然、公悌、樂農、淳七均修一次，餘尚缺如。我晴雲公支於光緒庚子年由先父與族叔鍾靈發起修輯，苦於年久失修，各派散處地點，無從追考，因此中止。然先父於譜事固未嘗一日忘也，每届春秋祭掃，追念本支譜牒失修，必蹙然動容，諄諄以克成其志爲訓，堂志之不敢忘。惟念修輯必從采訪入手，采訪必從調查各派住所入手。凡見家乘中有載晴雲公後裔之住所者，隨時摘記。凡遇各省各縣之同宗者，無不詳詰其支派，得一嫡支，欣然以爲樂。積二十年之搜羅，得晴雲公嫡派之住所若干處。歲壬戌，先父年逾八秩，堂以譜事商諸族叔鍾靈，先兄寶善、族兄蓉鏡、族侄厚生等，公請怡隱派二十七世保真與本支二十七世雲階，擔任采訪事宜，而由堂綜其成。議既定，先父爲之怡然，乃不數月而先父棄養矣，彌留時猶以未見譜事告成爲憾。計自壬戌秋間開始采訪，迄甲子而稿成。正在校對間，而江浙戰事發生，未几而先兄作古，未几而齊氏集大兵於無錫，焚掠七晝夜，携稿奔避，倖免遺失。喘息既定，不得不亟亟付印，校對一切，仍由保真主其事，而雲階爲之助。至是而始覺若釋重負，顧私心仍有所未愜者。時閱百九十年之久，其間輾轉遷徙，不知凡几。今所訪得者，不知十之四五或六七也。且有訪得地址而無從証明。其爲嫡派者，有明知其嫡派而與統譜不能銜接者，凡此皆不敢附會列入。然因采訪不周，遷延又遷延，大懼人事有變遷，時局有滄桑。即如此譜之開始著手，迄今而先父先兄已均謝世，錫邑已兩遇兵燹，故明知其闕漏甚多，不得不作一結束，俾後之人有志續輯者不致愈遠而愈無稽考。至文字之欠飾，因各派除天津一支外，餘皆務農經商，故來稿文義不能一致。嗟乎！我華氏素以敦宗睦族爲家規，如義莊及各墓祭田，均經數百年而不廢。故支譜亦得次第續修。同光年間，蕩口貞固公支後裔，尤爲竭力提倡。年來綱常廢弛，溯曲忘祖者，比比皆是，追想我三十年前之華氏，亦不免今昔之感。今之人喜言服務社會，而不知社會者由宗族所積而成拋，棄宗族而競社會，則亦忘其本矣。譜既成，記其始末。如此而不禁感慨系之。

民國十四年歲次乙丑四月，二十七世孫堂謹序。

舊序 華仁夫

吾華氏宗譜之不修也，蓋自遠祖彥謀、聽竹修之，而迄今已寥寥。百餘年無繼之者，自吾爲孝廉時，則有志焉，而擇可與共事者，吾從弟曰夢豸號熙吾者。余嘗私語弟曰：『此事非吾兩人莫任。凡采訪剞劂之費，悉出自吾。弟曰：『兄有火症，恐不任勞，其纂輯校正，願罄竭其愚，俟兄宦游歸而卒業焉。』兩人心相盟甚固也。歲甲辰，余分守建武，閲五年，轉貳吴興守，便道歸吾，二人又相約如初。不意更兩月，弟豸一疾奄逝。余大傷悼，嘆曰：『譜之役，更將與何人共事乎？』會有同支族祖肖愚者，亦雅有修譜志。己酉之夏，過吳興官署，謂余曰：『修譜之難，難於搜訪耳。吾留心者數年而力不繼，蓋苦無主其事者，幸而完冲有此舉也，夙願可酬矣。』於是五七年間，咨詢博訪，近自鄰邑，遠而隣境，又遠而異省，水陸之勞、舟軍之費，不憚艱辛，而於支派源流，始得其概肖。愚雖未嘗學問乎而能慷慨任事，知其所重若是，則自乃祖御史東窗公以忠誠正直顯，而培養一脉所從來矣。是舉也，務明宗系，匪狥私情。屬本宗者，貧賤必收；若冒姓者，富貴必拒。庶几可以稱信史。辛亥冬，族叔御史公本素，諱玄禔者，適丁內艱歸，見而嘆美，慨然欲以爲己任，乃未几亦卒，不果。余喟然嘆曰：『是譜將終輟乎？何宗祖之無靈也！吾責將誰諉？』我雖衰憊，猶足鼓吾餘勇；吾雖無餘貲，猶當省他妄費以專力於所重。更有族弟心谷諱師召者，捐貲以助剞劂之費。甲寅之秋，閉户發憤，盡取祖傳譜牒，上自東湖、山心、栖碧、貞固、彦謀、聽竹諸祖。所輯宗譜與夫正續《傳芳》《黄楊》等集，一一檢閱而采録之。遵舊傳，以孝子爲始祖。而南渡以後，則從原泉始焉。原泉而下，七世功德、行誼，爲吾家積慶之源，無一敢缺。後之德行表表者，則雜採郡邑志以參家乘，而與舊傳相鱗次焉。或者可以稱完譜矣。噫！吾宗之盛雅，爲三吳所首推，然未知其所盛也，以爲是生齒繁而貲業廣乎？非也。以爲是縉紳奕葉、閥閱顯著乎？似矣，而亦未也。蓋自孝祖以令範垂世，而子孫代不失敦厚淳龐之遺令。按譜而求名賢高士，相望於册，文章節義，耿耿不磨。其所以獨鍾於造化，積培於祖宗者，豈僅數十百年之事而已也？故余之系於譜前者，先傳德行，次以詩文，次以功業，又次以節烈，乃及科甲，而另叙仕宦。既以見吾家之盛，具諸懿美，而亦以見吾宗所重有在此而不在彼者也。昔譜作於東湖山心者，則曰山心東湖；譜在彦謀、聽竹者，則曰彦謀、聽竹；譜在會通者，則曰會通譜。譜以人名，見譜之所關最大，匪其人不可任也。是譜而傳於後，不識可稱完冲譜否乎？惟是藉華衮之章，以弁其首，則庶几吾之名與譜俱有所托以不朽矣。敢九頓以請。

萬曆乙卯夏六月，十八世孫仁夫謹識。

舊序 華惟偉

夫萬物本乎天，人本乎祖，如樹木然，由根而幹，由幹而枝，由枝而葉，雖年代久遠，實同氣脉相傳也。我華氏之寄籍於紹興，迄今十世矣。其先爲錫山之望族，聞之先人曰：

宗十公之由錫遷浙也，蓋有大不得已者焉。當洪武初年，厚四公爲怨家攻訐，身繫囹圄，興六、興九諸公奔走救援，不避艱險，亦几遭不測矣。幸而明祖赦宥，得保生全興。九公昆弟俱不肯仕進，樂志以承親歡。建文時，靖難兵起，無錫幸免蹂躪。至永樂間，隆亭事發，雖旋即昭雪，而同族皇皇宗十公，微服渡江，埋名技術，往來於諸暨、餘姚間，十餘年不遑寧處。愛山陰城南跨湖橋，群峰環翠，一水瀠泓，爲賀季真鑒湖遺迹，遂移家於此。娶某氏，生子二：長守一公，次守二公。守一公生子二：長永清公，次永安公。天順時，遭家多難，永清公復遷居於會稽山中，所謂東擔山也。永安公轉徙上虞，有梁湖莊黄家涇分支。永清公再傳而後，子姓繁衍，散居他邑。有業商賈者，致良田數千頃。天落村，其最著者也。嘉靖以來，有策名仕版者，而官階不顯。天啓後，皆肥遯不仕。大清定鼎，重睹太平，族人又有徙居北方者，俱不可考。惟東洲公本支尚在會稽百餘年矣。永清公之再遷也，隱於荒山空谷，惟恐人知，將錫山舊譜佚失。是以先代諸公名諱無徵者數世。於今田宅盡鬻，書籍無存，僅留本支世系一圖。圖中載惟偉高、曾以上行第次序甚繁。今則自我祖以下，生存者不及十人。嗚呼！良可悲矣！倘不及今詮次世系，則後世子孫益難考證。爰撰輯崖略，自栖碧公以前，無譜可溯，今以栖碧公爲第一世祖。不知者，闕如也。録成帙以留示後昆。若云修譜，則吾豈敢？

時雍正元年癸卯春三月，十四世孫惟偉葦人敬書。

舊序 汪海平

從來鄉黨風俗之美，其端先肇於一家，而家庭之風俗，必以敬祖考、厚宗族爲本。《記》曰：『親親故尊祖，尊祖故敬宗，敬宗故收族。信斯主也，則譜牒之脩爲汲汲矣。』《周禮》：『小史奠繫，世辨昭穆。蓋古人重宗法，國與家必世詳其譜。』如范宣子述其先世，自唐虞以前，歷歷可數。如此，雖傳之千百世，不得紊其昭穆也。厥後封建廢，宗法亡，士大夫各自譜其家世。自晋魏迄隋唐，選舉尚門第，設官專職，譜系尤重。然皆矜世族，誇閥閲，以冀當途之物色。甚者流爲禁婚、賣婚之弊，無益於敬祖考、厚守族，又安望其風俗之美哉？

余自丁酉館於堰下華氏，於今十年，竊異其家敦推讓，里無喧攘，農者耕，士者讀，節儉自守，各安其業向，所謂鄉黨風俗之美。不意於晚近中得之閭巷之間，是必有所本矣。叔孫豹有言曰：『太上有立德，其次有立功，其次有立言。』吾邑右族，華推首望。南齊孝子諱寶，以孝開基而《傳芳》《慮得》諸集，又諄諄於孝弟貞烈之間，三致意焉。至若元明以來，凡邑之大徭役、大凶荒，立剔弊救民之功者，華氏蓋十八九矣。其爲德於鄉，歷世不衰，天亦隱厚其子孫，使食其報，故吾邑之村居，十室之邑，必有華氏。華氏所居之地，數世必興，正如江河之水，其源自昆侖、岷蜀，邐迤數千里，派衍支流，襟帶州郡，所滙之處，不爲具區，必爲洪澤，豈如溝渠行潦之無所自哉？堰下之族出自通四晴雲派，其十六世祖企東公始遷于兹，傳十餘世。世修隱德，族益繁而業益昌，然距統譜之脩已有百四十餘載。子姓之不得列名者已五世，裔孫春泉君大懼世久失修，支世紊亂，因輯共始遷以來本支之族婚官有狀、邱墓有圖，彙成一册，題曰《堰下華氏家乘》，屬余一言以序之。嗚呼！君可謂得其本矣。今夫閭巷之徒擁厚貲，謀封殖，矻矻孜孜，日不暇給。至若敬祖考厚宗族之事，忽焉不加輕重於其心，甚或以爲迂遠而無益於事。而春泉君獨切於敬祖收族，一以敦本爲急務。其用心於輓末俗振頹風，豈淺鮮哉！宜其鄉黨風俗如此之美也。余不文而以通家，固不得辭。顧其作譜之法，一遵統譜舊例，其禮樂簪纓之盛，前賢論之已詳，余無容贅也。余所論者，即因前人所稱之盛，導其源流，以遺其子孫，俾世守其風俗，且知族之所由盛，非特矜世族、誇閥閲而已。而予且將以論華氏者諷斯世也。是爲序。

時道光二十有六年丙午冬十月，汪海平敬撰。

舊序華長卿

三代以來，胙土命氏，因以爲族。自宗法廢而氏族湮，子孫莫識其宗祖。公侯之後，降爲輿臺，不數傳而澌滅矣。苟遺德尚存，支庶必有能振起者。然先世之爵里，往往無徵，譜牒不修故也。夫敦族誼而興孝弟，莫善於宗譜一書。家有宗譜，雖百世猶沆瀣一氣。宗譜亡，即五服未盡者，視同路人矣。我華氏自益先公由浙遷津，舊譜佚失。可知者，僅據仲山公口授公衡公《譜系》一册，其中不無闕譌。洎雲章公戊辰續修，因仍未克考訂。長卿曩竊有志焉，而未逮也。丙午夏，自金陵泛舟至浙，渡錢塘，登會稽，訪先代塋墓於東擔山。中山去紹興城東六十里，地殊幽僻，族人零落殆盡，或遷徙他邑。僅存童稚二人，一依寡母，一寄養於戚屬。家貧，爲人耕作，破屋數椽，中供木主，於積塵敝篚，得《譜系》一卷，乃雍正癸卯葦人公紹興譜也。譜載由無錫遷紹者，爲永清公之祖。以順公初居山陰之鑒湖，再傳至永清公，復遷於會稽東擔山，且接續錫山，得數世名諱。敬謹鈔出，以爲重修稿本。歸舟路經金匱之蕩口，又得與舊族諸君聯叙譜誼，承惠宗譜并先世遺集、文獻略、貞節略，又鈔寄天津北支譜畧，於是由紹遷津者可徵，由錫紹遷者亦可徵。焚香盥手，敬録成帙。今而後芝草有根，醴泉有源，溯千五百餘年以上至孝子公，可謂報本追遠矣。孝子公祖徐陵亭侯，而閩中譜又祖漢終陵侯。世代荒遐，姑弗錫之。三一公爲第一世焉。夫先王親親之道，莫先於教家，而教家之急務，在於修譜。今之治家者，營田產，筮仕宦，或牟利於商賈，其敦宗睦族之義，闕焉不講，甚至陵侮詬慢，直奴僕之不若，可慨已。長卿廼獨跋涉數千里，克償夙志，據無錫、紹興諸譜，芟繁就簡，輯成一書。遠者不敢濫，近者不敢缺，名曰《天津南支宗譜》，有敬慎之意焉。紹興分支有工部派，後遷定興，而天津先我來居者，又友怡翼派，別爲北支，恐紊我遷紹之緒耳。若夫惇本收族，所以承先澤而貽子孫者，又不僅在修譜一事也。

道光二十有六年，歲次丙午十一月既望，第二十五世孫長卿謹序。

舊序 顧夔

余居京師時，與同年生華舍人文榕游最稔。舍人貴家子，性倜儻。余時過從其家，得觀其譜牒，知其先出於宋戴公。戴公之子食采於華，實爲華氏得姓之始。靖康南渡，徙無錫，其後簪纓世胄，代有可考，蓋其所從來遠矣。家居後，家捷三時時過余。捷三，名諸生，館於後崗華氏，因知愚谷及其猶子晋齋、芝菴、調三之爲人。捷三之言曰：『華氏多賢。』愚谷芝庵調三承其先人遺業，得温飽，無豪侈之習。今梓其家譜，出貲無少吝，而晋齋則力任纂輯之設。』工將竣，介某請序於先生，先生其弗辭。余因索其譜而觀之，知其先爲無錫分支，無錫第一世爲原泉。原泉傳十世，有遷於松之杜浦亭者，名規，字太行，有贅於松之趙友同家者，名興信，字仲諾，則遷松之始祖也。遷松之後，太行公下有三派，一南橋，一上海，一華亭，而皆出於杜浦亭，是爲杜浦亭支。興信公下亦有三派，一川沙，一後崗，一金滙塘，而皆出於金滙塘，是爲金滙塘支。愚谷叔若侄爲興信後裔，念本支子姓繁衍，遷徙無定，後將有視若行路者，因與晋齋謀，廣搜博采，凡八閲寒暑而蕆事。余唯尊祖故敬宗，敬宗故收族。余昔爲宣城校官，游於涇，見其著姓若胡若朱者，皆聚族而居。歲時祭饗，少長畢集，竊心焉慕之。然大江以南，人稠土窄，無山林邨堡之固，故即顯官名族，亦皆散處於數十百里之間。然則敬宗收族之義，唯家乘是賴。李厚庵曰：『聚族之道，聖人所尚。不忘本之誼，君子所先。人皆不忘所生，自然風俗淳厚。』旨哉言乎！其華氏諸賢之謂乎？余故因捷三之請，而弁其首。

時道光二十八年，歲次戊申夏六月，華亭舊史氏顧夔熙裳拜撰。

凡例

一、此譜專脩晴雲府君一支，即統譜所稱堠陽松江金滙塘二派也。查晴雲府君子四人興禮、興義、興敏、興信。興禮之子分爲三派：宗皋爲西房派，宗夔爲後房派，宗稷爲南房派。宗契贅南塘鄧氏不另列支派，今附入南房派中。興義爲東房派，今分其子四派：宗震爲東房派一，宗節爲東房派二，宗益爲東房派三。宗恒無傳。宗巽爲東房派四。興敏之子分爲二派：宗升爲姚墅派，宗頤爲天津派。興信之子分爲二派，宗綱、宗經居山東，俱無考。宗紀爲金滙塘派，宗綸爲中橋派。

一、歷代祠墓向有圖而未全并不詳細。隆亭五墓，步數向遵學瀚祠墓，始末載入，旋經三省支鴻模捐資，由本支堂按墓清丈重繪墓圖，刊印祠墓圖。考兹擇其有關係者録入列諸卷首。

一、統譜雖有各支總圖，而以下分派，概不註明，難於檢尋。今仿本書例，冠以世系總圖，復於分派處逐一註明，以便一覽瞭然。歐陽氏所謂『各詳其系，各承其所自出』者，此也。統譜所稱總圖者，今改名總表。

一、統譜原泉公以上，至孝祖，向不詳列，今照三省公支譜，在本書内録一始祖孝子世系圖，示因委窮源之意。至孝祖以上，難於徵明，未敢妄載。

一、宗譜世表内例載事實，而我家歷祖嘉言懿行不可勝書，今略照文獻表所載録入，其余事實詳載《傳芳集》者，兹不備録註明。《傳芳集》有傳，有墓志，有墓表等文，以便尋覽，然遺漏尚多，祈各房廣爲搜輯，以冀增入。

一、宗譜例書名號、官爵、科第及生卒年月、配氏、葬處、子嗣。弘治以前舊例皆然，今譜詳略各殊，以各派修輯非出一手。失載者姑俟續增，至配氏載某公之女某，某之胞姊妹，女嫁某氏某，概依來稿照録，俾於本宗盡追遠之誠於外氏，篤親親之誼。

一、次房祧大房仍書以某某子，某某嗣，以示大宗爲重之義。

一、統譜於出嗣者，但書几子嗣兄後，或嗣弟後，而所後之下註嗣兄子，或嗣弟子，俱不載明，未免混淆。今於本生下註几子某嗣某後，於所後下註以某子某爲後，互相證明，較爲醒目。舊譜亦更正，以歸一律。間有舊譜混淆，無從考覈者，姑仍其舊。

一、子一者註子一某，子二者註長某、幼某，子三者註長某、次某、幼某，子四者註長某、次某、三某、幼某。其餘子多者準此。天綫上標題如長次幼三子嗣，去長子者但題次子幼子嗣，去次幼子者準此。現丁之子不註幼。

一、異姓過房，原無入譜之例，鳳超公譜不載，英玉公譜另附於後，今仍遵英玉公例，註明本姓，倘無從徵實者，註明他姓及養子以示分別。子弘公云：『若徑從芟削，恐相沿既久，迷其本來，而後人無從考證，反有亂宗之懼。』此言良然，一統譜例不書殤第生卒年歲，來稿不詳，或註夭，或註早亡，其間是殤與否，或已成人，介在疑似，礙難删削，故概註早卒，惟確知爲殤者附註於下。

一、夫婦同穴者書合葬，不同穴者但書葬。葬父塋、葬祖塋而無昭穆位次者書祔葬。夫卒婦存者葬書配氏。前婦卒夫存者書先葬。惟來稿不甚清楚者，多無從一一分晰，姑但書葬。

一、婦女以貞節得旌者悉載，然蓬門荼苦，淹没者不少。二十世以上，年代遼遠，僅書守節。二十世以下，有年歲生卒可考合例者，今當代報請旌。其餘無從考覈者，但書守節，待旌以彰。從一之義，尚恐遺漏，俟各派報明續補。

一、生女原無入譜之例，兹因守貞未字祔葬祖塋，將生年卒月葬處一一附註於父下，以備後人稽查。

一、封贈詔旌及恩錫等字，在前清時俱抬寫名。犯御名廟諱有恭代者，如玄作元之類，現在國號既更，當爲更正。

一、名犯祖諱者，例應更名入譜。吾族丁口浩繁，其間叠字重名不知凡几，至本支近祖名號尚多，干犯并犯孝祖諱者亦不少。今悉以音同者易之。

一、生卒年月，舊譜不載。今照來稿，有則悉載，或書年月，或書甲子，一概照録，以歸一律。

一、來稿有生卒與壽數不符者，有一朝無此干支者，有弟反生於兄前者，有山與向不符者，種種舛譌，不可已枚舉，未便擅易，應請各支自行查明更正。

一、遷徙必書，以防散佚。統譜所載地名不甚詳細，今每卷首面註明居處以便後日續脩有可稽考。惟統譜所載地名今無現丁脩入者，概註明民國某年訪過無考。或遷徙，或流落，俱不可知，容再補入。

一、出繼他姓必註明，以冀日後歸宗。自幼出家者，遵統譜例，註明於本人名下。

一、生卒有無從訪問者，或記生而不記卒，或有年而無月日，俱俟續考。

一、松江支譜向有鴻山公七賢圖像附刊譜中，惟以華歆之像改爲華覈，已失舊觀。茲照鴻山公原刻七賢圖像增入華覈遺像，并附入通四子舉栖碧、晴雲公等遺像。長源所謂『真有攬千古於一時，聚百世而同堂』也，信夫。

一、松江支譜，向有《世系小傳通考》一卷，茲照三省支《鴻模考正》録入。

一、新祠墓圖附刊譜中，以備查考。

一、遵舊譜，凡子孫不肖，或爲人僕，即爲刊去以示儆戒。

一、《傳芳集》向有專業，惟三省支鴻模脩輯南塘子所公支譜譜傳合刻，茲照南塘子所公譜例，自孝祖以下一一梓入，不敢删除。

一、《傳芳》目録中注(子)者見子弘公《傳芳六集》，注(增)者前有此文而今增入。如見史册、郡邑志，或見各鈔本之類是也。注(時)者見時萁公《傳芳二集》。注(鴻)者見鴻山公《傳芳三集》。注(鳳)者見佩揚公與鳳超公同輯《傳芳四集》。注(新)者近時新撰諸作有《六集》與二三四集互見者，注近不注遠，非遺舊也。

一、此支自乾隆壬戌統譜後，迄今閱百五十年之久，人皆務農，兼遭兵燹，又年湮代遠，采訪綦難，再三根究，或與舊譜不接，惟實有確據者始爲修入。其餘支派，雖的不敢妄爲系入。

一、此支子姓不多，間有無嗣之家，或木主尚存有考諱而奉祀無名者，有某氏而夫配不載者，有諱字有生卒而世數墓辨者，屢費推求，至爲棘手，删之不忍，系則無由，不得已另編一卷名曰《備考》，以示同本無遺之意。

一、本支均屬寒素，丁捐爲難，一概未取。惟領譜時，酌收紙張印刷費。

一、宗譜向不載服制圖，而世人每多疑訛。至本宗緦祖之間及妻爲夫族服，出嫁女爲本宗降服，外親服等不知者，往往舛錯。兹於徐乾學《讀禮通考》中摘録《今律圖》附刊於後，與宗譜相輔而行，藉資考證。

一、此譜采訪，着手於民國十一年八月，因失修年久，各處搜尋來稿遲誤，加以時事迭變兵灾，中止延至十四年二月始克付印。故譜中生卒先後變遷，無從修正，只得均從采訪時原稿照録，閱者諒諸

纂修宗譜源流

《第一集》：通八支八世孫椿字山心元，至正初年輯。

我華氏之有譜始此。

《第二集》：奇五支八世孫晞顔字東湖輯，未竟。

通四支十世孫悰韡字貞固，明洪武戊辰續成。

《第三集》：通七支十二世孫靖字彦明，正統癸亥輯。

向係寫本，至此始刻，名《隆亭華氏世譜》初刻。

《第四集》：通六支十三世孫珵字汝德與弟珏字汝和，明弘治甲寅一作丁巳同輯。

《第五集》：通四支十三世孫守正字愛菊輯，弘治甲子兄子燧字會通，仲子德字西野，續成，名《會通譜》二刻。

《第六集》：通四支十三世孫守吉字聽竹輯成於弘治甲子，行於嘉靖戊子一作癸巳，名《聽竹譜》三刻。

《第七集》：通六支十六世孫謨字梧泉，誠字後橋萬曆辛巳一作丙子輯四刻。

《第八集》：通四支十六八世繼祖仁大字肖愚完衡萬曆戊申甲寅輯五刻。

《第九集》：通四支十八世孫允誠字鳳超輯，侄孫毓琮字佩揚順治乙酉續成，名《佩揚譜》六刻。

《第十集》：通九支十八世孫應璋字英玉康熙甲戌一作乙亥輯，名《英玉譜》七刻。

《第十一集》：通八四支二十一四世孫希閔、孳亨字芋園、子宏乾隆壬戌輯，名《子宏譜》八刻。

芋園公譜序云：『自山心至英玉，凡十一輯而七刻。』今并子宏譜，而僅十一集，其間似少一集矣。大抵以聽竹譜於弘治甲子已與會通譜并出，至嘉靖癸巳經聽竹公叔子輝等增輯而又爲一集云。此録三省支譜

協脩宗譜名號

東房派十六世繼祖字肖愚，萬曆三十七年戊申輯本派。

金滙塘派二十世嗣昌更名起隆，字蘇次，號隱濱，康熙三十四年乙亥輯本派。

西房派二十世國震字廷選，乾隆七年壬戌輯本派。

南房派二十二世永定字德慶，號慧學，乾隆七年壬戌輯本派。

東房派二十一世麟經字聖成，乾隆七年壬戌輯本派。

東房派二十二世璋字玉章，乾隆七年壬戌輯本派。

金滙塘派二十二世克觀字于賓，乾隆七年壬戌輯本派。

纂修房譜名號

東房派二十四世漌字春泉，道光二十六年丙午輯本派

天津派二十世詮字公衡輯本派

天津派二十二世惟偉字葦人，雍正元年癸卯輯本派。

天津派二十三世雯字雲章，嘉慶十三年戊辰輯本派。

天津派二十五世長卿榜名長懋，字梅莊，道光二十六年丙午輯本派。

天津派二十六世承彦字屏周，宣統元年己酉輯本派。

金滙塘派二十五世式古字愚谷。

金滙塘派二十五世式穀字鹿苹。

金滙塘派二十六世棣字滋庵。

金滙塘派二十一世時惠字潤遠，乾隆二十九年甲申輯本派。

金滙塘派二十六世士林字黍谷，道光二十八年戊申同輯本派。

協脩房譜名號

東房派二十四世銓字泰安，道光二十六年丙午輯本派。

東房派二十五世湘字粱輈，道光二十六年丙午輯本派。

東房派二十五世紹麟字石香，道光二十六年丙午同輯本派。

現居地名現丁細數

西房派：現丁二十五。

堠陽西頭巷。

後房派：現丁二百七十。

宋村李家橋在塘頭。

許家闕前江陰東門外，出城約一里許。

北陳巷。

高田上。

胡巷上在無錫北門外寺頭鎮。

靖江生祠堂離靖江城二十里左右。

萬安橋西塊在浙江城內。

錫城西門內。

湖甸上在蘇州閶門外。

南塘頭。

南房派：現丁二百四十六。
倪家橋在膠山之北近東湖塘。
黃泥灣在膠山之北近興塘。
坊前。
北陳巷。
寺頭。
顧貞橋在堠陽之南。
石塘橋。
金巷。
營橋下在無錫老縣前。
鳳光橋無錫城内。
青菓巷無錫城内。
成堰橋無錫城内。
棉花巷無錫西門。
沙巷無錫南門外，伯瀆橋左右。
陳巷上在前王。
許巷在前王之南。

東房派一：現丁一百六十五。

亭子橋在無錫東門外。

堠陽横街上。

華家橋在滸墅關興賢橋下塘，約五里。

甘露市橋北首。

七房巷。

望亭河北街後頭。

大墳頭浜日在望亭河北。

張宜橋在望亭河南東面約六七里。

金墅新橋頭楊樹港。

東房派二：現丁二百另一。

書院衖口無錫城内。

財神衖大街無錫城内。

金山頂在黄埭東南蠡口西北。

堠陽。

黄土塘。

倪家橋在黄埭之北約五六里。

劉家莊。
江陰河塘橋。
堰下。
打狗橋。
東門派三：現丁十二。
坊前。
東門派四：現丁無。
無考。
姚墅派：現丁無。
無考。
天津派：現丁一百四十五。
天津。
河南新鄉縣。

金滙塘派：現丁一百另二。

金滙橋舊譜載金滙塘在閔巷對岸，約離十餘里，近南橋鎮。

撥賜莊在黄浦港之閘堪向東南，約二十餘里。

香花橋在松江西門。

川沙華家村離川沙城四五里，在東門外。

後岡離松江二十餘里，由佘來廟至張堰即附近亭林市。

河涇灣在後岡附近。

中橋派：現丁九。

中橋在無錫城西門外五六里。

查見現丁共一千一百七十五丁。

祠記 華渚

《小雅》云：『吉蠲爲饎，是用孝享。』又云『祝祭於祊，祀事孔明。先祖是皇，神保是饗。孝孫有慶』，蓋言孫子之於祠祀勿可替也。然宗法廢，而冀神罔時怨，神罔時恫，得乎哉？至我孝祖祠，列諸郡典，而肅皇帝朝，許士庶亦得祭始祖，教民追孝也。則凡祭有其廢之，莫敢舉也，有其舉之，莫敢廢也。録孝祖祠，我華祖之自孝子也。夫孝教之所由昉也。先儒鉅公之作，亦將以風厲天下，有不僅爲華氏稱揚先德也。其載入本書者不録，録承事宗祠，蓋明宗其繼別子者，親親也，追遠也，仁也。録貞固先賢祠，賢賢也。猗蘭困於谷風，雖死不改香，故知仁義不必附高位，在下而振久而彌聞，雖日後胤克紹衣德歟。而旨郡邑父老諸生口者垂二百七十年也，報本私也，徵眾公也，故曰『賢賢』也。弁以三祠事述者何？總詞也，可以觀德，可以觀變矣。嗚呼！苟涓縝澗溪沼沚之毛，蘋蘩薀藻之菜，能不動心于神所憑依，松桷旅楹乎哉？録祠堂一篇，人自是愧祭寢矣。凡我小宗之必有祠也，《慮得集》之垂訓弗替也，由是鵝湖之風之古也。嗚呼！高曾以還，靈風肅然，毋忽几筵。惟謹。

華氏三祖述 華希閔

始祖宋公子考父説、錫山始祖南齊孝子寶、隆亭始祖宋承事郎原泉，其始宋公子説何也？曰得姓之始也。按《春秋傳》，桓二年立華氏也。注疏引世本云：『督，宋戴公之孫，考父説之子。』蓋説食采於華，子孫因以華爲氏。説子几人，傳不載。督之傳，督之不幸也，餘無譏焉。舊譜不列督，良非無意，然猶列耦以傳，貴之也。獨不思耦，乃督曾孫歟？是故，祖考父而宗法有所始矣。春秋時，宋衛齊各有以名著者，晋魏間聞人尤多，孰是爲吾所自出者，概從其略，缺疑之義云爾。於義安，於情亦安。

其始孝子何也？曰無錫華氏之始也。按《南齊書》，寶，晋陵無錫人。今子孫居錫者，繩繩蟄蟄，衣冠孝友之風，千年不替，謂非孝子之遺澤乎？

其始三一承事何也？曰譜牒可稽之始也。按舊譜，孝子十八世孫榮仕宋太宗，爲主爵都尉，遷居汴，四傳而承事扈蹕南渡。歸無錫，居邑之隆亭，曷不始都尉也？考宋太宗去高宗百五十年，而都尉與承事曾祖、曾孫耳，以三十年一世之例計之，恐不足信。又宋朝無主爵都尉之官，蓋吾華氏自南齊後千餘年潜德不耀，至南渡後始有譜牒可稽，則始其可稽者耳。按《京江華氏譜》，以榮爲居汴之祖，至元孫而扈蹕南渡，較錫譜多一代，則其參差也可疑。始承事而譜牒不留纖毫疑似矣。孝子後十七世及都尉，子若孫名與官爵，皆舊譜所無。永樂間奇一支，漢卿序中創見，佩揚譜削之，極快人意也。

孝祖祠始末 華方苞嗣甲

晉義熙十三年丁巳，孝祖父殁於王事。

齊高祖建元三年辛酉，詔表門閭去義熙丁巳六十四年。

唐武宗會昌元年辛酉，因基建祠去齊建元一百二十年。

後周太祖廣順元年辛酉，祠廢去唐會昌一百十季。

宋太宗淳化二年辛卯復建去廣順四十年。

宋徽宗重和一年祀圯去淳化一百二十八年。

宋高宗紹興十一年辛酉重建去重和二十季。

宋末王彬復建。鄭元祐、高明記。

元至治元年辛酉，松隱二十七世孫諱琇，字奇五，慶四子建趙孟頫題序去紹興一百八十年。

元至正十七年丁酉燬于兵。

元至正二十三年癸卯東湖二十八世孫諱晞顏，奇五子，字以愚復建周伯琦篆署，去丁酉四十三年。

明景泰七年丙子重修。顏肅記去癸卯九十三年。

成化二十年甲辰守正三十三世字愛菊修。孫仁記去丙子二十八年。

弘治十七年甲子七月聽竹字守吉三十三世孫子燀近齋等重建。徐海記去甲辰二十年。

嘉靖四十三年甲子，察字鴻山三十六世孫請之朝，而祭有田，議之族而享有配。

萬曆元年癸酉，詔天下旌孝。提學御史謝廷杰疏請，有司致祭，列之國典，春秋罔缺自建元辛酉旌表至是一千九十年。

本朝康熙十五年丙辰八月朔，璘選等具呈奉啓孝恭、孝繼、孝三公神主于成志樓配享去義熙丁巳至是一千二百六十年。

康熙二十五年丙寅，王澄凝修新建銓部鳳超公祠于孝祖祠之右，并建旌節陳碩人饗室於成志樓後。二十六年丁卯仲春上丁日，奉兩主人祠。至雍正七年己酉八月初六上丁日，移建旌節陳祖妣祠于鳳超公祠之基，而銓部鳳超公祠移建于大廳之右。

孝祖祠事述 華允誠

孝子旌於齊建元三年，其後子孫恒祠祀之。元至正間，二十七世孫琒字厚珍，號松隱，即奇五。以舊祠隘陋，稍爲旁拓。至正丁酉，兵亂，子孫散處辟地，祠亦燬。後五年，琒子晞顔字以愚，即東湖謀於衆，擇地創祠，篆額勒石。景泰乙亥，廬陵顔侯肅來莅事，首訪及此，命子姓葺祠，每歲春秋，一展敬焉。弘治癸亥三十三世孫守吉號聽竹議大新祠宇，捐田五百畝供祭事，餘以贍族之貧者。會病不果，命諸子燠號裕齋、熚號近齋輩卒成之，并得請于朝，建祠祭祀，立田如議，成於弘治甲子。後有樓三楹，顔曰『成志』。其後守吉曾孫察字子潛，號鴻山。一加修葺，迄於今祠浸圮，三十八世孫允誠號鳳超等，復倡率鼎新之，凡閲月而告戚焉。

嗚呼！祠之廢興，豈不誠子孫之責歟？

孝祖祠考 華學瀚

我孝祖自齊建元三年，奉詔表厥閭，邑人即所居立祠祀焉，此祠之始也。歲久祠圮，唐武宗會昌元年辛酉復因基建祠，至後周廣順元年祠廢。宋太宗淳化二年辛卯復建，徽宗重和一年又廢。高宗紹興十一年辛酉更建，宋末復廢。自齊建元辛酉至宋末，歷四百四十八年，祠凡三廢興。嗣後復有三賢、三孝二祠。三賢，湛茂之李公垂陸鴻漸也。三孝，薛天生、劉懷允，暨我孝祖也。歲久亦廢。元至治間，裔孫奇五處士君，諱琒字厚珍，始於泉之東偏建祠，以祀孝祖。籍良田以供祀事，吳興趙孟頫題其額。又於隆亭所居别樹屋以承先祀，浙江行省左丞周公書其門曰『齊孝子之祠』。至正丁酉，兵革薦興，居民廬舍殘燬無遺，兩祠俱廢。處士君子諱晞顔字以愚，奉先人顛躓竄伏五年於外，獲歸桑梓而先人已棄世矣。痛惟前業未復，乃聚族而謀之，相地之良，手翦棘茨，拾瓦礫，埽煤燼，决壅途，爲居若干，楹制儉以質，弗侈而華。番陽周公伯琦復篆其額曰『齊華孝子之祠』，乃未久而祠又廢。孝祖三十四世孫諱守正字愛菊，復倡群族，鳩工庀材，建堂三間，中奉孝祖神主，兩旁各一間，爲藏碑之室，廳五間，東西過道各二間，廳之前立一亭於中，而引泉以爲池，砌石以爲橋，外則碑亭門觀巍然焕然。歲傭一人守之。肇工於明成化甲辰冬十二月，訖工於乙巳秋八月二十有五日。落成，郡侯孫公諱仁爲之記，且曰：『天祚明德，當久而勿替，乃百餘年間又復傾圮，土垣四頹，鳥矢鼠迹交其中，游蔓且侵棟矣。孝祖三十五代孫諱燠字裕齋曰：『祠壞如此，非子孫之責乎？然事關風化，弗敢專也。』乃遣弟諱煇字近齋、侄諱謹字一桂疏請於朝，略曰：『先孝子實孝行淳篤，載於《南齊史》者甚詳，祠歷年所，惟守令之賢是賴。今祠且壞矣，先臣守吉號聽竹嘗欲徹而新之，且議割常稔田五百畝俾歲入以供祭享修葺之費，餘則贍乎族人。事未及上齎志而終，兹敢上請，庶几表先孝子，且以表先臣者。』詔從之，於是盡革固陋，聿建新規，中峨祠堂以居像，高廣完緻，視昔倍之。祠前浸石池二以盥以滌，又前屋横之，豁其中楹以通道。祠陰聳巨樓以藏祭器，且以燕毛，名成志樓。匝樹堅垣，不甓而石，以爲久計。弘治甲子七月，祠成。又閲月而後樓成。建祠之盛，古未有也。嗣後雖或漸圮，學士諱察號鴻山修之，封君諱敷施號受菴又修之，然皆仍舊貫不改作焉。成志樓者，成先志也，爲楹三，崇二十有七尺，前瞰原野，却臨名泉，周覽顧望，盡林巒之美。藏祭器於斯，會宗族於斯，講信修睦，敬恭神明，處士志也。其子燠等克成之，故曰成志樓也。時三一、貞固兩祠尚未有建，裔孫學士諱察，以我華之望於錫，自孝子始，望於隆亭，自三一始，望於鵝湖，自貞固始。今惟孝子有祠奉祀，而三一則奉祧既遠，墓復無徵，貞固則墓雖有祭，主亦奉祧，水木之思，不能無憾。謀之諸父昆弟，以三一、四二、五八、貞固作四主列之昭穆，配享孝子，或以功德，或以無墓，各有義存。後裔孫諱允誼字龍超，又以孝祖弟諱寬有二子，曰恕，曰慤，孝祖以慤爲嗣，雲仍累世，皆其後裔。今孝祖專祠奉祀，職在有司，而孝祖父、孝祖弟，俎豆無聞，於理未洽。率宗人具呈邑侯，擇八月二十一日祭告孝祖，奉啓孝孝祖父、恭孝孝祖弟、繼孝孝祖嗣三木主於成志樓，合三一、四二、五八、貞固共七主，分三龕雁行而立。春秋祭孝祖後，設祭品三桌合奠焉。作配享議，先府君跋其後曰：『享議雖定，抑有商者。三一、四二、五八、貞固四主，向學士鴻山公列孝祖昭穆，配享孝祖。後配享禮廢，四主藏成志樓。今奉啓孝、恭孝、繼孝三主於樓，凡七主而祭止三席，分合之間，義禮何居？先靈恐有未妥者。竊以三一以下四主，鴻山本因三一、貞固，肇啓華宗，奉祧不祀。四二、五八，墓無可徵，故附祀孝祠。今三一，隆亭有專祠，貞固，鵝湖有專祠，似宜奉二主歸本祠，四二、五八宜奉安於三一祠昭穆，春秋配享三一。而成志樓止奉啓孝、恭孝、繼孝三主，庶理洽情盡。列祖在天之靈，其大安之，敬以質之當事者。』今雖未能如先府君之議，而司祭裔孫敷賁字需正爲增入四席，每主各設卓祭焉，亦事之權宜者。

春草軒者，節母夫人陳氏祠也。母爲子舉府君元配，府君年二十有六而卒，母夫人纔二十八耳。舅姑問所志，慨然涕泣答曰：『兒生三歲而夫鋭志出仕，不意早世。古人有言「豈以存亡易心哉」，誓守遺孤以待其成立。況有大人可恃，斷不負之於泉下也。』府君歿後更三十一寒暑，有司以貞節聞於朝。元至正二年，詔表其門曰『貞節華婦陳氏之門』，里曰『旌節里』，享年七十有四而卒。雖嘗奉旌而未有專祠，祀貞女浦氏祠。皇清康熙癸亥，裔孫王澄字何思，號凝修將以其祖鳳超公諱允誠入祠，配享孝祖。宗族請先建節母祠，乃爲楹三於堂廡，僉以其地卑隘且逼祠門，節母神主宜内而不宜外，遂於祠之陰、成志樓之後，墾地別搆一室，迎木主入祠祀焉。今亦春秋享祀，從祀孝祖，祭品亦司祭者主之。祠名春草軒者，栖碧府君諱幼武，奉母之居。母夫人晚年以病失明，府君朝夕不離左右，母子相依其中，有融融泄泄之樂。祠仍舊名，志母夫人之節及府君之孝也。銓部祠者，吏部鳳超先生諱允誠之祠也。先生以戊子殉國難，族人仰其忠節，於康熙丙辰年，奉木主迎入貞固遷祖祠，配享遷祖。己未年，孫王澄成進士。時新奉皇綸，弛殉難之禁，崇獎忠節，孫王澄濕情各憲，祈請憲旌，建祠于孝祖祠之右偏，裂石垣，搆堂三楹，以奉銓部。先府君以銓部宜專祠，不宜分割孝祖廟，於禮不合。又平日與凝修交最深，宗廟大典不可不争，貽書致之曰：『孝子祠在惠山之麓，歲久易湮，屢建屢廢。有明弘治間，我先祖奉政公偕諸父伏闕上書，詔下禮官，具如所請。於時以千金爲修葺費，盡革固陋，高廣完緻，視昔倍之，匝樹堅垣，不甓而石，以爲久計。南餘數址，芃芃松柏，神所憑依，歷二百年矣。銓部先生耿節孤忠，與孝祖後先輝映，則建專祠固宜，乃割祖祠之半，鋤其喬木，毀其堅垣，別開腰門，并居一面之尊以祀銓部，恐非所以崇奉祖考、安慰先賢之禮也。銓部勁節丹心，彪炳人間，固爲邦家之光，若其列於孝祖廟，則猶然子孫也。子孫附祭祖廟，則惟配享侑食於旁已耳。謂宜建專祠於祖祠之外，别求隙地，營造堂構，俾兩祠相望，比於父子異宫之禮，庶於尊親之道兩無損也。且邇者建節母陳夫人祠於祠之左偏矣。節母於銓部，祖母也。銓部之忠，非有加於夫人之節也。銓部當一面之尊，而使祖母以一隅列寢門之外，銓部之靈，必有大不安者。《禮》曰：「宗廟有不順者爲不孝。」魯文公二年，躋僖公於閔公之上，《春秋》譏之。宗廟禮法所在，幸覈之古典，酌其事宜，以崇祖考，以慰先靈。不然將存其説以質諸當代知禮君子，其是非必有定論也。』凝修得書，即將節母祠移入於内，銓部祠亦擬改建，時以新選麗水令，迫於赴任。答書有『暫借三年，當求别地創建專祠』等語。而凝修以疾卒於官。至今猶仍故址，不無遺憾云。

成志樓祝文

維年月日裔孫等，敢昭告于先祖啓孝府君、先祖恭孝府君、先祖繼孝府君，曰：忠以事君，孝以事親。惟德格天，孰先敦倫。永懷我祖，殞身王事，忠以教孝，大啓後嗣。伯守父命，之死靡二。季衍厥緒，善承兄志。祇父恭兄，事惟一致。有子克家，繼承大宗。令聞弗墜，益熾而隆。子孫繩繩，敢忘祖德。肅將粢醴，庶其來假。謹以三一承事府君、四二承事府君、五八承事府君。明學博東湖府君、明徵孝廉貞固府君，配尚饗。光緒辛巳，增入千三府君、萬十一府君、慶三府君、慶四府君、慶五府君、慶七府君、慶十府君配享。光緒己丑，又增入四一府君、聽竹府君配享。

孝子祠歲祀祝文吴寛

維年月日裔孫等，謹以牲醴庶羞之奠，敢昭告於先祖孝子府君曰：仰惟純孝，著於南齊。聖朝秩祀，古典是稽。凡我後人，咸叨遠庇。耕食蕃昌，敢忘所自。物知報本，人當祀先。於禮爲宜，奉祀有田。百世相承，以孝爲訓。錫類之恩，永延後允。尚饗！

跋語 文徵明

國家之制，凡先賢秩於祀典者，必欽降祝文，有司奉以行事，若未經奏請，有司自行崇祀，或鄉人私祀則皆臨時撰著。初無定祠也，華孝子祠雖經奏請，亦惟子孫崇報之私，於有司無與。然比於鄉人，私祀又有不同者。故先師吳文定公特爲撰祝文，時公以禮部尚書掌詹事府事，兼翰林院學士，專掌帝制。此文雖不出欽定，其視臨時自製，亦有間矣。祠之建，昉於文遠昆季，實推原其父聽竹府君之意而作。聽竹嘗修世譜，至是煇復嗣葺之，遂以祝文冠於首簡，俾子孫時奉以行事。以徵明嘗出公門下，使疏其本末如此。若夫建祠之事與夫葺譜之義，一時諸公論次已詳，茲不復云。

歲祀儀注 通贊在東，引贊在西照《慮得集》參用

通序立：與祭子孫對面拜揖；就位主祭者出班立堂下拜跪所降神鞠躬盥手

引詣香案前由東階上：跪：上香：酹酒：俯伏：興：平身不揖：復位由西階下

通參神鞠躬：拜連四拜：興：平身：初獻禮

引詣香案前：跪：獻酒如有偏桌，再呼分獻，以下準此

通主人以下皆跪

引讀祝：俯伏：興：平身不揖：復位

通鞠躬：拜連二拜興：平身：亞獻禮

引詣香案前：跪：獻酒：俯伏：興：平身不揖：復位

通鞠躬：拜連二拜興：平身：三獻禮

引詣香案前：跪：獻酒：俯伏：興：平身不揖：復位

通鞠躬：，拜連二拜興：，平身：，終獻禮

引詣香案前：，跪：，獻茶：，侑酒：，進羹膳：，俯伏：，興：，平身不揖：，復位

通辭神鞠躬：，拜連四拜：，興：，平身

引焚楮幣主祭者向燎炉一揖，轉身仍向上

通禮畢：，揖

以下祠墓祭儀注俱照此此録《報本紀略》。

孝子祠有司春秋致祀事述

有明萬曆元年癸酉歲，提學御史謝廷杰奉敕書課郡邑計吏，以郁邑有孝子、悌弟、貞婦、順孫於格應旌者，俾具行實以告，并修祀前賢，用作新民。於是，無錫諸生尤瓚等詣郡邑，言按《晋》，華寶義熙年間，時方八歲，父豪戍長安，臨行囑曰：『還爲汝冠汝婚。』向後咸陽不守，豪没於忠。寶年七十，恪遵父言，鄉人見問，輒慟彌日，終其身雙髽頹然。歷載信史，屢詠詩章。南齊建元，旌閭表揭，延及唐宋，祀典具存。降自元季、國初，漸浸湮没乏饗。又考寶因邑近太湖，泛溢時作，捐貲築捍，水患以寧，即今華坡，稱頌不置。瓚等委承修史，深切欽崇。謹按《祀典》，忠臣孝子，理應致享。又按《禮記》，禦灾捍患，合祀報功。如華寶者，以孝行則百世所宗，以奠民則千載攸賴，其爲合祀何疑？且齊國偏安尚隆旌典，唐宋凉德猶祀有司，矧如我明極一統永清之純盛乎？敬備行實，采擇轉奏。於是郡大夫請諸御史，御史稽志籍有徵，諸生言不妄，疏於朝。得俞旨，案行無錫，列祀典，春秋致祀。其明年春二月上丁巽日戊申，常州府通判掌無錫縣事任邦實、縣丞王冠等，奉部頒祝文，以羊一豕一詣祠祭告。其祝文之辭曰：『維年月日，直隸常州府無錫縣知縣某人等，謹以牲醴庶羞之儀致祭於南齊旌表華孝子之靈。曰：惟公天植至性，彝倫是敦。弗冠弗婚，惟父一言。宋既代晋，劉復爲蕭。舉世滔滔，實秉其操。用世之才，鄉邦是試。爰築華坡，萬世之

利。旨酒潔牲，瞻拜公祠。誰無君父，能不興思。尚饗！』

按邑志云，華坡在慧山第一峰下，晋華寳所築。今考第一峰下無坡形者，惟護雲關前平坦數十丈似之。

旌節祠官祭祝文

維年月日，無錫縣知縣、金匱縣知縣某某，致祭於旌表元貞節夫人陳氏之靈，曰：惟靈梁溪首節，華族發祥。喪耦於二十八齡，投釵從一。考終於七十四歲，歸璧完貞。始而誓志淵冰，惟恐田廬失墜。繼而撫孤成立，式瞻似續繁昌。春草春暉，備受荻丸之教。旌門旌里，無慚綸綍之榮。上追孝祖以重光，下啓忠孫而濟美。代崇高節，歲受明禋。尚饗！

旌節祠祝文

惟年月日裔孫等，謹以庶羞之奠，敢昭告於先祖妣貞節陳夫人之靈，曰：吁嗟我祖，早世就殞。遺孤六齡，堂上雙親。我華之危，一髪千鈞。仰惟夫人冰霜其操，金玉比貞。事聞於朝，表厥閭門。婦節母儀，照耀丹青。實惟母恩，以引以翼。實惟母德，子孫千億。我稌我畬，我黍我稷。我黍既升，我稷既盛。爲酒爲漿，挈我稻粱。上報母德，俎豆生光。尚饗！

追祀啓孝府君公呈

通族生員華璘選等，呈爲祖祀已崇，前徽未顯，懇天賜批奉主入祠，以妥先靈，以洽輿情。事帝王孝治天下，首隆報本之條。學校禮重人倫，尤厚祀先之典。此祖德必本宗功，子述必崇父作。未有厥子春秋馨享，厥考歲時餒廢者也。璘選等世籍簪纓，代承閥閱，裔出南齊孝子華諱寳之後。寳皆東晋厥考華諱豪之支，出戍長安，臨行有戀子冠婚之囑。没身王事，終天貽孺嬰角丱之悲。矢斯孝志，誓死猶童。自南齊旌孝以來，固已貽祀千秋，永垂奕禩矣。但子也皓髪霜嚴，享蘋蘩而有耀，父也血寒沙磧，淒魂魄以靡依。揆之木本水源，固宜推崇先哲。況夫矢忠秉義，實堪獎勸後賢。雖天朝樽俎，不敢上邀崇祀之隆，而私室豆籩，何妨時薦同堂之饗。若或遺厥父而耑享特祠，寧不念先人而大傷孝志？今願從孝子祠中，奉啓孝府君神位于後寢，春秋丁祭之日，孝祖辱邀天臺衣冠牲俎之榮。明晨繹祭之期，孝考即獲子孫沼沚湘錡之獻，但公祠進主，舉行必稟天臺。錫衮在公，輿頌咸傳恩賜。伏乞父母老師推孝子尊親之誠，鑒繩孫追祖之志，特賜批允，以便奉主入祠，庶光前裕後，祀典聿興，耀祖揚宗，恩沾無任矣。爲此通族連名具呈，須至呈者，縣批准送入祠。康熙十五年六月□日具。

追祀三祖記略 華璘選　華國球

先孝子，晋人也，奉父臨別數言，遂終身不忍冠娶，至齊得表門閭，歷代崇祀。尚矣，然猶有闕焉者。孝考未遑追祀，按之不先父食之義，在孝子必且惻然不安，且稽諸《南史》，孝子父諱豪，義熙中從劉裕征姚泓於西川，克之後復爲赫連勃勃所寇，西川陷，竟没於王事。《記》曰：『以死勤事則祀之。』若孝考者，雖使特膺祀典宜矣，矧私祀乎？至考家乘，孝子之弟諱寬。孝子既不娶，則以弟之次子諱慤者爲嗣。今雲礽奕奕，皆其裔也。獨不得侑坐別寢，一享子孫之拜獻乎？本生之謂何？其忍置之。昔賢族龍超公謂：『宜於成志樓上爲三龕，孝考居中，孝子暨孝子弟左右配享。每歲春秋官祭之翼日，子孫私祀焉。』竊謂今日宜仿而行之，但孝子舊有定位應如制。若論當年定嗣，繼禰也即爲繼祖。繼祖者爲大宗，誠重之矣。是宜晋孝子之子一位庶几似續昭，而一堂之聚順如睹，則不惟繼孝子者慰，而孝子之心慰，并孝考之心亦與俱慰。後之子孫，其有溯厥源流而思宏懿緒於將來，以求無忝者，或由是而興起乎？爰謀之通奇各支宗長，僉曰可。遂諏吉以成禮云。

康熙丙辰八月，裔孫璘選同弟國球百拜謹述。

追祀三祖記略跋 華麟

按嘉靖時，鴻山公建議以三一、四二、五八、貞固四主配享孝祖，後配享禮廢，四主藏成志樓。今奉啓孝孝祖父、恭孝孝祖弟、繼孝孝祖嗣三祖於樓，共七主分爲三龕，即於上戊日合祭，廣追遠之思，舉久曠之典，善矣。抑有商者，方鴻山時惟孝子有祠，故以四主附祀。今三一，隆亭有專祠，貞固，鵝湖有專祠，似宜奉二主歸本祠，四二、五八奉安於三一祠昭穆，春秋配享三一，而成志樓專奉啓孝、恭孝、繼孝三主，似尤盡善，敬以質諸宗長。

丁巳孟秋裔孫麟識。

華氏三祠事述 華渚

我華氏錫人也，華氏有三祠咸在錫，曰南齊華孝子祠在惠山之麓，曰宋承事郎三一府君祠在隆亭之陽，曰明徵孝廉貞固先生祠在鵝湖之湑，皆私祠也。私祠曷述乎？爾報德也。德者，性之所至也，孝德之本也，由一家而天下，由一世而百世，子孫本之以悠久，王朝本之以風勸也。孝祖事載《南史》，祠不知建於何代。粵稽志載，唐已因之矣。《志》曰當惠山第二泉上游，東偏三十步，有四賢祠祀劉宋司徒右長史湛茂之名挺、南齊孝子華寶、唐中丞李紳、桑苧翁陸羽云。按《新志》云：先是二泉亭之上有陸子祠祀唐陸羽，繼增祀華寶、湛挺、李紳爲四賢祠。明天順末，以華有專祠，減爲三賢祠。又曰華孝子別有祠，在第二泉下游五十步，子孫世世祠祀。祠址，孝子故居云。厥後屢圮屢新，在元至元間，邑人王彬復倡建祠於故址，爰特祀我孝祖，進士永嘉高明記之。溯齊建元三年，表孝子門閭，至此已越八百有餘歲矣。其後四十年，至治間，孝子二十七世孫集賢院清逸處士琫新之，翰林學士趙孟頫題署。其後四十年，至正癸卯歲，琫子晞顏重新之，江浙行省左丞相周伯琦篆署，翰林編修唐肅記之。當三一府君之居隆亭也，前之三世遷汴。三一府君者，孝祖二十世孫也。當靖康之變復還無錫，實惟我華氏始遷之祖。今我華氏祖孝子而宗三一，三一府君之功造。我華氏，於繼別爲宗，所爲百世不遷者也。雖家國不同制，而禮緣人情，于義，承事宜有祠也。貞固府君之居鵝湖也，于承事爲九世孫，于華爲小宗。繼自今，雲礽似續，簪纓裔裔，實惟府君是肇。府君之賢，《慮得集》見之矣。傳列儒林，祀升瞽宗，明德蓋宏遠哉。崇德報本，子孫於府君宜專祠也。嗚呼！當嘉靖癸亥歲，貞固六世孫翰林學士察謀之父兄宗族，敬以三一府君、貞固府君主，列之昭穆，配享孝祖矣。其後三十年，萬曆甲午歲，承事十七世孫夢麒等，立祠于隆亭，以祀三一府君，爲我華氏宗祠云。承事十五世孫參政啓直，并記祭田事宜刻石。其後又四十年，崇禎癸酉歲，貞固八世孫兵部職方員外郎允誠，合宗人度地於南延區延祥鄉清字圩崇祠，以祀我貞固先生。祠成，其明年丁丑三月八日，奉主以入。嗚呼！韙哉！竊惟祀典與世準，世隆而祀典隆，世降而祀典降。先王之世，無論貴賤，人人得緣等盡其孝，宗法存也。秦好尊大，制黔首毋特祀，即卿大夫過抑殺，嫌其比於上，家不復廟矣。嗟乎！君子之澤五世而斬，又安得謂百世不遷乎哉？雖然，五世而祧者，親盡故無上祀之制，百世不遷者，德至，故廣達孝之仁。《傳》曰：『積德厚者流澤遠。』我孝祖越八百年所而祠興，一徵矣；承事府君越四百五十年而祠肇建，再徵矣；貞固府君越二百五十年而祠繼創，三徵矣；其間建廢蓋與世準，子孫因焉。嗟乎！是未可易言也。今貞固主之遷于武陵舊址也，祠時世廢耶？子孫廢之耶？猶巋然在望也。所弗忍言，而緬惟我孝祖祠之因於會昌，廢於廣順，復於淳化，圮於重和。紹興其再造也，至元其中興也，至治至正子孫其世守也。明興，始修于景泰六年，再修于弘治十七年，再修于嘉靖四十三年，又請之朝而祭有田，議之族而享有配。及萬曆紀元之歲，列之國典，邑大夫主祭而春秋罔缺，故知德也者，禮之本也。孝也者，德之本也。達禮於宗廟，必達仁于子孫。子孫不得而保，則宗廟不得而饗，故必有德焉，以行于古今者在也。貞固之德邵矣，其上之視孝祖吾，吾蓋知其千有餘歲，其揆一也。自今日而後之，吾又知其久而彌光，不以天下一時之亂，遂弃德而不饗也。雖祀典隆降蓋與世準，所謂洋洋于古今者不可泯也。作三祠事述，吾有以俟後之善繼志事，并告於今之同吾世者。

庚寅歲仲春丁日，裔孫渚謹識。

集祭田說 華學泉

吾華之有大五墓也，自宋迄今，年逾五百，代歷四朝。當元季兵燹之餘，我貞固府君整理而修葺之，嗣後歷世祖考皆善承厥志，樹碣石，置祭田，以故五墓之守，傳世勿替。自祭田失守而瞻埽無人，不肖子孫從而侵蝕之，墓木之拱者，析爲斧薪，五墓几於不保矣。比年來，子孫之賢者不得已創爲輪舉之説，每歲一人爲之主，其願與者納金於主人，然集分既苦，其難輪值，莫肯爲繼。今吾族不下萬人，而墓祭時舉時廢，譬如人有子孫數十輩，其父母無常供，左支右絀，奔走湊集，常患不給，父母雖食，有不下咽者矣。況又一舉而輒廢，今茲前載，祭埽缺然，而厚本墳盗樹之事，又見告矣。不及今整頓，再傳而後，蕩爲荒郊，鞠爲茂草，爲人子孫，忍坐視而不早爲之慮乎？今公議集祭田五十畝，每分擇子孫之賢者董其事，春秋兩祭外，餘則以俟不時之修葺。歲立簿以覈其出入，其所集田細數，勒石隆亭祖祠，以垂永久。如此，則春秋祭掃，子孫得以時到墓，一以展仁孝之志，一以杜不肖之心，則先靈可妥，世墓可保矣。敬議。

掌祭田記 華文炳

我孝祖之有祭田也，肇自明弘治甲子。處士聽竹公遺命諸子，割延祥腴田五頃以供歲祀，積餘粟以供貧族，見宗伯林公《孝子祠祭田記》中。其後，萬曆甲午，邑諸生澄川公創立南渡始祖祠，又公集祭田百畝供祠祭費，兼掃宋元五墓，見副使裕菴公《始祖祠祭田記》中。聽竹之田拜疏於朝，獨捐膏腴五百，而不假助於人，藹然孝義之心，何其盛也？然自弘治甲子迄正德，不過一二十年，而孝祖之祭舉輟不常已，見學士鴻山《配享碑記》。此五頃之田，其孰主之而孰廢之耶？澄川之田擇賢者遞掌之，又以田號銀數勒而登諸石，期世世遵守，無有所墜，慮何周也？然自萬曆甲午迄今百年間，已無有人能考其田，知其事，所謂勒諸石而垂不朽者，今且殘碑斷碣俱無復存。其又孰主之而孰廢之耶？夫創設祭田與守之孰難，則必創之難矣。然往往前人創之，後人不克守之。人之賢不肖相越，豈不遠哉？前人創之，不能必後人守之。所恃爲之法以善其後，而法常不足恃。往者，聽竹之田獨捐，故獨主之而廢。澄川之田衆集，故遞掌之而亦廢。聽竹之田，丘號不登於册，故廢而莫考其廢之由。澄川之田，勒其號於石，廢其田而并廢其石，今亦莫考其碑之在。故人與法貴相輔而行也。嗚呼！古今來惟范文正義莊之設，歷千百年不廢。彼豈不以其人哉？使聽竹之田，皆擇其子孫之賢者世掌之，其田至今存可也，使澄川之田皆擇通族之賢者遞掌之，其田亦至今存可也。澄川之田，今不可知其何以廢。吾獨怪聽竹曾孫學士之賢且貴，其父奉政公親偕諸父伏闕上書，而不能留五百畝之膏腴，比隆於范氏，知其人論其世，其亦有不勝慨者乎。嗟夫！自聽竹田廢而孝祀几於不供矣，然後聽竹曾孫學士偕其猶子鴻臚公出而振理之，復設祭田三十二畝，傳四世而三十二畝者又几廢。然後鴻臚曾孫斧正出而清理之，又捐里田四十畝，并入祭田，以供孝祭，則猶遵聽竹之志也夫。自澄川田廢，而始祖祠祭闕如，五墓几於不保矣。然後裕菴曾孫麗水公偕族人爲輪舉之說，又十餘年。然後族之孝義者復議集祭田以供祠墓祭，則猶同澄川之志也夫。丙子秋，墓田既集，合族人於孝祖祠，并祭田丘號而勒諸石，立法爲永保計。祭田世堂於西房，而通族司其出入。墓田遞掌於通族，而西房主其出入。西房者，聽竹子孫。祖父有世守祠墓之功，故族人推之，而又推族之賢者互相保任，其所以爲之法者美矣，備矣。雖然，法之行豈不以其人哉？苟主之得其人，雖行之百世，無弊可也。苟非其人，法其可恃耶？是不能無望於後之人矣。

孝祖祭田始末 華贊孝

孝祖祠祭田之設，始自弘治中聽竹府君遺命諸子割田五百畝供祀事，且以贍族。嘉靖癸亥，學士鴻山公撰《配享碑記》已有『舉輟不常，祠亦寢圮』之語，則五百畝之廢，又在學士公之前。學士公偕侄鴻臚少泉公重葺祖祠，復設祭田三十二畝。又，前此未有官祭，元谷公官儀曹始得請旨允行春秋致祭，此西大房一分祭田之緣起也，向係東亭掌管。順治九年斧正公清理祭田，稚武公交出協之公接管。其札有『此西房祖先一段孝思』云云。斧正公以三十二畝不足以供辦糧祭之費，議將里田補入，稚武公復歸，出二十八畝，銀三十二兩，交協之公刷换南延田畝。康熙三十五年，通族於祖祠中議，將孝祠祭田西房輪管，五墓祭田各分輪管。象五公撰《祭田記》，泐石祠中。乾隆十二年，通族又於祖祠立議，因鄉城迢隔，不無耗費，議定景雲南延分管。嗣因有分子孫，彼此牴牾，通族議交義莊經營。迄今數十年，經理裕如，各無争執。誠恐以後子孫不知孝祠祭田原委，且忘義莊經理之善也，故書其大略如是。

時在道光六年六月既望，裔孫贊孝謹識。

議掌祭田約 華士炎宫遠

孝祖祠之向有祭田也，始于通四支裕齋、近齋兩公。先是其尊人聽竹公欲建孝祖祠，立祭田，有志未遂而卒。長子慎齋公先父亡故，聽竹遺命裕齋、近齋兩人。觀本書吴一鵬《建祠歸迹記》便知。裕齋、近齋走京師拜疏，得建祠，割田五百畝，供祭祀，贍貧族，以成父志。時弘治甲子年事也。其田出於一人，故其掌也通族不得而主之，其廢也通族亦不得而禁之。今已蕩然無復存者。嘉靖癸亥，鴻山公率兄子少泉公復設祭田三十二畝，傳至曾孫而又几廢失。若吾一世祖三一府君之有祭田也，始于通四支豫庵公。有《祭田記》云：『萬曆甲午春，議立家廟，創置祭田百畝，擇賢者遞掌之，藉其入供祭祀兼掃宋元五墓。』其田出於通四鵝湖一支，載在本書。先時因孝祖祠祭田廢，即移一世祖祭田所入以供孝祖祠春秋祭，而一世祖祠祭，或曠年不舉，或几年一舉，通族懈弛。而向之百畝，未及五十年而又盡廢。至豫菴公曾孫凝脩成進士，倡集祭分，每年一舉，繼而族之人以集分非久計，議置祭田以供孝祖、一世祖祠祭、五墓祭。斧正、長卿、守固等出而清理，以芝臺、循古兩公捐以里田四十畝增入，合前所存瘠田，計合七十畝有奇。復議再置田三十畝，永喜公派出田十五畝，樂勤公派出田十五畝，補足前數。又有松江派裔孫星源字玉明出田二十畝，連原祭田共一百二十畝田。既出於公，則其輪掌值祭。與夫完糧當役收租之法，必皆一出於公然後可。若非出於公，則雖掌之者絲毫不染，必不能以服衆。衆不服，勢必至於散。嗟嗟！廿年之散者而集之，累年所集者而仍散之，將來祠墓之祭尚忍言乎？今約于八月二十三日，凡吾通四子孫届期齊集始遷祖祠内，將現今所集及原祭田字號田租逐一開出，一半以供孝祖祠祭，一半以供一世祖祠祭及五墓祭。酌定公法，勒石以垂永久。幸甚！幸甚！

康熙三十五年八月通四永喜支膠山派樂勤支椿桂山派晴雲支松江派三分公約 華汝高

自明以來，惠山祠祭，五墓墓祭，俱西房承值。蓋因鴻山發迹，相沿以後，鵝湖繼之。三十五年，須正侵漁祭祖，通族覺察，公憤不服，以致鳴官。自後天逸等從中調處，酌議祠祭西房承值，墓祭通族輪流承值，其祭田有力者掌管。每年一祭，發祭費銀十兩、舟金三兩，以作與祭者舡錢，永爲定式。若祠祭春秋兩次有不成禮處，通族攻擊西房墓，祭或有不成禮處，西房攻擊通族，皆此一議起。見其文雖未經刊刻，存之以知其繇。

乾隆元年清和月望後三日，裔孫汝高謹識。

祭田興廢考略 華嘉植

明弘治間，聽竹公諸子遵父遺命，捐田五百畝，供祠祭，贍貧族，未久而田廢。嘉靖癸亥，鴻山公諱察率兄子少泉公諱承業等，復設祭田三十二畝。傳至曾孫，田亦廢。順治壬辰，少泉公孫諱敷藻字斧正議以里田四十畝增入，又合前所存瘠田，總計七十畝有奇，輾轉管理，賢否不齊。至乾隆十二年，通族公議景雲田組三十畝石，城居子孫管理，專任葺祠。延祥田租四十石零，鵝湖子孫管理，以供祭費。各辨各餉，族眾公舉殷實謹飭者經管，五年輪換，如有出納不公被眾糾者，不拘五年，即時更換，有議單刊刻。現在義莊經管祠田。自乾隆十九年，原交如似馨、蘭、忠等號田租四十五石六斗二升，又補交清字號，續置忠、清、川、蘭等號，又奇五支捐下初字號，大其田租一百石三斗一升八，合麥十九石八斗零。糧單印冊，契券租簿等件，存貯義莊。書塾經管祠田。慕、女、伯、比、仁、諸、儀、次、懷等號田租，計共四十九石五斗四升，麥九石一斗七升二合。又帶管祠基、遐字號平田糧三畝一分四釐三毫上岸二畝四分一釐三毫，下岸七分三釐。又節愍公墓羌字號山糧四畝二分。糧單印冊，契券租簿等件，存貯書塾。道光十九年，立公議，義莊帶管祠田，租息盈餘如滿五百千，即應存典生息。俟有腴田，或相當市房，即須動用置買，不准私借於人，議單一存義莊，一存書塾。道光二十六年，典買書院衡大街市房一所，每年收息并入書塾帶管祠田帳內，作修祠之費。義莊、書塾兩處，每年春秋祭祠日，將收付細數，實貼永錫堂，以憑族中稽覈。

祭田興廢考略 華文柏

《禮》曰：『士有田則祭，無田則薦。』蓋祭之興廢，係田之有無也，而田之可久可大者，恃保守之得人耳。我華祠墓皆有祭田，其年遠而無可稽者，固勿論矣。考孝祖祠自元至治間七世孫厚珍琫重建祖祠，籍良田以供祀事，乃未久而旋廢，迄明弘治甲子聽竹君守吉割常稔田五百畝，以供祭享、修葺之費，餘以贍族，而亦散佚無存。嘉靖癸亥，學士鴻山公偕侄少泉鴻臚復立田三十二畝，沿及百載，又几廢失。至國朝順治間，長卿、守固、斧正公等清理歸祠，益以芝臺、循古兩公捐以里田，得成七十餘畝，然其間不無瘠肥更變，族衆責成西房一分管理。逮乾隆十二年，族人公議田則西房先世獨捐，而租宜通族擇賢輪管，遂將景雲租三十餘石之近城者，交城居子孫管理，延祥租四十石交鵝湖子孫管理。詎經管延祥租之人，乃非良善，其田几至廢墜，故於乾隆十九年，公議將延祥租交與義莊主事遞修，司事去惡、端木掌管。自是，歷年租息，開除公項，及義學提去一千千文，所有贏餘，即行續置腴田。又奇五支東湖先生後裔捐租十石，共積成八十餘石。道光二十年，先府君因經管歲久，欲將田租交出，公議接管，以昭至公，而族人公論，以義莊掌理八十餘載，有盈無虧，增置田產，毋得輕議交出，致變舊章。是以仍歸義莊掌管，立議爲憑。茲自二十年，迄今咸豐己未，復有羨貲，續置租三十七石。又少平公諱嘉植手置得錫城北門市屋一所，在書院衖口大街計費一千二百餘千，是皆延祥田之所贏也。至於景雲租三十餘石，以及揚名租二十石通八支履祺公捐泰伯鄉租，而豫原、文友易瘠爲良，故有此租，向附義學經管，今仍其舊。然此租息，支值祠中修葺之費，是有未有餘存耳。此孝祠祭田之所以久大也。噫！爲子孫者自宜協力同心，以期世守弗墜焉。

祭田興廢考 華學瀚

《禮》曰：『士有田則祭，無田則薦。』蓋祭之興廢，係田之有無也。尚矣，我華三祠皆有祭田。其遠而無徵者，已不可考。孝子祠迭廢迭興，至弘治甲子春聽竹公諸子及孫，遵父祖遺命拜疏更建，其時割延祥腴田五百，供祠祭、贍貧族，乃未久而田已廢。據學士公《配享碑記》云，弘治末，拜疏更建，用修歲事。正德以來，舉輟無常，祠亦浸圮。嘉靖癸亥，察率兄子承業鴻臚公，字少泉等，復加葺焉。歲享之儀，始有定式，庶几勉承先志云云。夫自弘治甲子，越嘉靖癸亥不，過六十年，又當學士公之貴而富、富而賢，而田之廢者何耶？今典籍云亡，老成凋謝，於所不知，蓋闕如矣。癸亥歲，學士率鴻臚公復設祭田三十二畝，皆延祥腴產。傳至學士曾孫祓，產落田廢，祀典不復舉行，而祠亦日壞矣。皇清順治壬辰，裔孫敷藻字斧正同族人孝義者，如貢士諱臨亨字長卿，封君諱瓏號守固等，自有司，復祀典，理祭田，而豪腴已失，償以隆亭之田，而田腴者瘠，佃良者頑矣。供祭不足，而國之稅糧出於是，祠之修葺出於是，斧正議以里田增入。夫里田者，學士公子芝臺公主之，鴻臚少泉公獨出田五十畝，以甦里甲追呼之困者，後亦爲祓所廢。斧正爲鴻臚公孫，索鴻臚公里田爲祭田，祓復償以東亭之更瘠者。時裔孫勉字協之亦竭力襄事，請以隆亭之瘠變易延祥之腴，然較鴻臚公舊額已虧五之一矣。合前所償，隆亭田總計七十畝有奇，推封君守固掌之。越期年，封君以田屬西房，仍歸斧正。斧正歿，封君諱敷施號受菴掌之，封君歿子碩稼字巽若、碩宮字萬若掌之。六年之間，迭遇歉歲，以力不能支，願公之達尊。諸達尊皆曰：『此西房田也。昔封君守固掌期年而以西房故遽還之，今又誰代焉？』時封君受菴弟敷錫字建正病甚，衆强起之，曰：『君家之祭田，君家祖父之孝思也。子孫不守而誰守之？』敷錫拜受命。敷錫歿，敷賁掌之六年，亦願公之族人。族人終以田出西房子孫，宜世其業，擇西房之子孫稍能勝任者分掌之，而推族之賢者司其出入焉。南渡始祖祠建於萬曆甲午年，十八世孫澄川諱夢麒董其事，爲堂三楹，中藏木主，堂前又列屋五間，以居供祭之子孫，以貯守祠之奴隸。祠成，集祭田百畝，擇賢者遞掌之。藉其所入供時祭費，餘以時葺理兼掃宋元五墓，植其封木。十五世孫參政裕菴公諱啓直記其事，且云以田號銀數勒而登之石，然自萬曆甲午至崇禎甲申不過四十年，澄川建祠後又十有七年而歿，計澄川歿身之年至甲申鼎革僅二十有三年耳，而祠祀久廢，祭産蕩然。康熙癸卯春，祠已將傾，神龕不全，窗櫺盡毁，先府君倡宗人修祠，惟見土垣四頹，即殘碑斷碣，亦無有存焉者。豈其委諸草莽歟？抑當時僅存其記，或未勒之石歟？澄川子孫又復式微，不可記憶。回首滄桑，浩嘆長空而已。先府君同諸族好義者，相與竭蹶從事，悉仿貞固處士祠舊制，重立神龕，作萬年臺，窗櫺復置，土垣盡易，中通其門，列兩石於傍，傭一人守之，歲給以廩粟。矢願復祭田一二十畝，而祭田卒不可復。又念祠祭、墓祭不可久廢，嘗謂瀚等曰：『吾觀老佛者流，纖無補於名教，且争雄競侈，殿宇嵯峨，金碧輝映，爲其徒者旦暮頂禮，和有不誠，則心恧恧然，而四方佞諛祈福者流，方且捐摩頂踵，傾貲財，竭帑藏以謟事而不足。矧吾承事府君，扈蹕南渡，肇啓家聲，子孫千億，而祠宇聽其傾蕪不祀，几同餒鬼。水木之思，甯不惻然？吾雖貧窘，當勉力歲修春秋二祀，譬諸愚夫愚婦之佞佛者，積終歲之勤苦，登山入寺，傾其所積，則心泰然，吾亦如是而已。』先府君獨支墓祭者六年，後裔孫懋民字昭大隨先府君設祭者又三年，裔孫一鳳字時鳴號仁操又獨任一年。康熙丙辰，裔孫王澄字凝修始倡宗人集分輪舉，然亦每歲止一祭，而祭田終不可復。凝修殁後，又二年，而裔孫允藻字天逸始同司祭孫敷賁及瀚等，倡集祭田，心力殫瘁，僅得三十畝有奇。尚望後之子孫，竭力永守，以承先祭，而先府君若志亦得稍慰泉下云。

處士貞固府君祠，建於崇禎癸酉年。八世孫兵部職方司員外郎鳳超公諱允誠，合宗人度地於南延區延祥鄉清字圩，崇祠以祀我貞固先生。祠成，其明年丁丑三月八日，奉主以入，爲堂三楹，左右舍各一。堂前有享堂五楹，祭則子孫肅拜於庭下，祭畢則子孫會燕於享堂。又東西二廂各三楹，爲齋廬庖湢，門庭高聳，歷階而升，門左右各列屋二，居守祠者。其制視隆亭始祖祠有加焉，又集延祥腴田二十畝供春秋二祭費，俾子孫世守之。嗚呼！我遷祖當兵革播遷之餘，喘息僅存，未有寧宇，而薅徑誅茅，首營祖祠，以奉四代神主。栖神有龕，藏器有櫃，陞降有階，序立有所。時祭參謁，一如朱子家禮之儀。其於報本追遠之心，抑何隆也？今子孫聚處無慮百千，雲仍似續簪纓繼起，孰非府君積德累仁所致哉？府君殁後二百餘年而始議建祠，何遲遲也？雖然，匪獨建祠之難，所以保此祠者實難。自豫如公建祠後几五十年，孫凝修成進士，其子孫猶能守其墓田。春秋享祀，歲時率宗親子屬，奠於堂下，踖踖恂恂，有序有節，則豫如公錫類之功，不與府君而俱遠哉？康熙丙子，祠已漸圮，豫如孫淵上字睿思復加葺焉，廟貌如故。嗚呼！可謂能繼序之子孫矣。

隆亭始祖祠始末

明萬曆二十二年甲午，十七世孫夢麒倡議創建。

大清康熙十四年乙卯，二十二世孫麟修。

康熙五十四年乙未，二十三世孫維祺擴門道三楹。

雍正十一年癸卯，二十一世孫元瑛改建饗堂三楹，顏曰燕宗。

乾隆二十四年己卯，二十一世孫元方重建後楹。

乾隆五十七年壬子，二十三孫掄、玟重建。

歲祀祝文

維年月日裔孫□同通族長幼，謹以潔牲粢盛醴齊致祭於一世祖考三一承事府君、一世祖妣楊安人，二世祖考四二承事府君、二世祖妣呂安人，三世祖考五八承事府君、三世祖妣胡安人之靈，曰：仰惟吾祖，奕世載德。仁孝是敦，禮義是力。梅里之聚，實惟隆亭。用造厥家，子繼孫繩。善積於先，慶垂於後。本固根深，枝蕃葉茂。撫時追遠，肅薦明禋。神其來格，降福孔殷。尚饗！

始祖祠祭田記 華啓直

家之有祭田，禮歟。曰禮也，蓋仿圭田之意創焉。圭者，潔也。以奉祭祀，人主所以恤人臣之私，而不必人人之盡展其私。

君子念其身所自出，朝夕不忘報本之思，故薦之時食矣，建之祠矣。而薦或浸至於替，祠或浸至於圮，故設之田，以計久遠，志不忘也。吾華氏之始祖者何？華之先，由春秋至孝子以行旌，事載《南齊史》。孝子十八世孫諱榮，仕宋，家汴梁，傳三世爲原泉府君，於靖康間，扈蹕南渡，復還無錫，家梅里之隆亭，是府君實我南渡之始祖也。一傳爲二世祖諱曄，再傳爲三世祖諱天錫，相繼敦詩書，崇信義，咸有潛德，乃世遠墓無可徵，每春露秋霜瞻拜無從。夫志祊者觸感蒺藜，重本者興思屺岵。水木之想，人人寧一息忘乎？萬曆甲午春，議建立家廟，創置祭田百畝，擇賢者遞掌之，籍其所入供祠祭費，餘以時葺理兼祭掃宋元五墓，植其封木，世世遵守，無有所墜。侄孫夢麒字澄川等，首任其勞，請余紀其事。余自南渡爲十六世孫，幸始祖之德，表揚於四百載之後，而又樂族人盛美，再睹行葦之風，敬以田號銀數，勒而登諸石。自今子孫，歲時畢集，顧瞻祖武，起敬起孝，思登斯祠，與斯祭者，皆吾祖之體也。於是乎長幼尊卑之有序，於是乎詩書孝弟之相率，於是乎死生患難之相扶，人習於業，毋嬉而辱其先，家講於讓，毋戾而戕其本。千百萬禩，彬彬興起，得無與畦雲隴月，斯田俱不朽哉。若祠之記，有太史言在。

重修隆亭始祖祠堂啓 華麟

人生於天而本於祖。祖者，身所由來也。而爲華氏子孫，其受祖廕，更不同他姓。大江南北，執途人問之，知爲華氏輒改容而禮，以爲此望族子弟也。蓋五百有餘年於茲矣。仰惟三一承事府君，立德立功，肇啓門户，貽謀宏遠，垂裕無窮。萬曆甲午歲，嗣孫夢麒等倡宗人建祠隆亭之陽，置祭田百畝供祠祭費，餘以時葺理，兼掃宋元五墓，報本也。其後祭田不知廢於何年，祀典久缺，管祠乏人，神龕不全，几筵并損，廊柱攲頹，行道爲之嘆息。子孫寧不傷心？伏念府君當宋南渡，自汴還錫，艱難拮据，創立家聲。後裔昌衍不啻千億，以府君爲第一世，誠水源木本也。乃子孫之殷厚者，廣厦曲房，從容游息，即食貧居約，亦必庭户完飾，棲止優游，而府君盈丈祠堂，風雨飄摇，傾倒在邇。且列祖自千三承事以下，有墓可守子，孫得以時展敬，而府君墓無可徵，春露秋霜，瞻拜無從。神之所依，惟茲一祠，聽其毀壞，能無恫懷？及今勉商修葺，稍復祭田一二十畝，因前似易爲功，眾擎似易爲力，使棟宇重新，歲祀再舉。先靈永妥，後慶彌遐。凡我宗人，諒有同心。敬啓。

按始祖祠實與墓相表裏，蓋因一世、二世、三世墓無可徵，故特建始祖祠於墓左。子孫春秋掃墓，得以展祭始祖，而二世、三世皆附祭焉。但焉久傾圮，先府君於康熙乙卯春，集群工相度，僉云約費五十餘金，而告諸通族，應者寥寥。先府君蹶然起曰：『祠將仆矣，時不可待也。吾其破產以從事。』抑當時有指墓木之枯者爲言曰：『若取償於此則易辦。』先府君又艴然曰：『如此則後將有借端修祠，斬伐封樹者，吾不能禁之，而顧作之俑乎？』遂決意破產，庀材鳩工，諸族好義者又公助之，凡半年而告成，且將集祭田爲永久計，而天奪之年，遂齎志以歿也。悲夫！

重修隆亭始祖祠記 華孳亨

一世祖宋承事三一府君，諱原泉，自汴歸錫，卜居隆亭，積善垂裕。今子孫千億，簪纓奕世，皆承府君遺澤，允爲百世不遷之祖。萬曆甲午，裔孫夢麒等即故居西建專祠，置祭田百畝，兼祭埽宋元五墓，去府君之世已四百餘年，抑何遲哉？亨少讀先王父募修一世祖祠啓，慨然念自甲午以來，未五十年祭田已盡失，未百年祠且頹壞，又何速也？非由司祭者不得其人以至此歟？自王父時稍稍修葺，集同志數人，醵金以祭。又十餘年，裔孫振聲遺命二子捐上腴田二十畝，通四支復公集田四十餘畝，擇本支一人遞掌之，然後歲祀無缺，而祠宇卑隘，尚仍其舊。觀瞻不嚴，燕饗無所，司祭者率四五年一易，以不侵漁爲稱職。佃僕因緣爲姦，又五墓數有公費，贏餘至鮮。雍正癸丑，裔孫元瑛始掌其籍，鋭釐宿弊，賦額無虧，五墓細故，以時消弭，數歲晏然。爰積所入，佐以私稿，搆饗堂三楹，基限於地弗可擴，而規制閎敞。登斯堂者疑基倍往日，若寢若垣若門，因其舊而新之。若左廡若甬道若屏墻若岸若塲，舊所未有，咸煥然改觀。歐陽所謂盛美之事，須其久而後大備者非歟。向以二世、三世祖祔祭祠中，而木主未立，至是始爲二龕，奉主入焉。不欲獨擅其美，遍告通族，共襄厥成。既成，計田所餘若干，捐貲若干，募金若干，并書諸籍。裔孫思温實董其事。嗟夫！事非惟其成之難，其守之殊不易。昔夢麒倡建是祠，使繼起者皆如夢麒之心，可永保於今日。今元瑛之心，猶夢麒也。使繼起者，皆如元瑛之心，將永保於世世。此非異日司祭者之責乎？裔孫啓直嘗記祭田云『祠記，有太史言在，今無聞焉』。元瑛懼其久而漸廢，命亨爲文，將勒諸石以告來者。夫不苟爲一時計，思垂諸無窮。君子之用心，類如此。先是裔孫中嵩募重建春草軒，元瑛首捐若干以倡。今復力營是祠，其報本尊祖之心靡間，遠近深可嘉也。亨既樂觀其成，且亟欲一言以勉異日司祭者，乃爲之記。

乾隆庚申四月望日，二十四世孫孳亨敬識。

清字四百六十五號二十四畝五分七毫；四百六十八號五畝二厘九毫；四百六十九號二畝三分二厘二毫；老義莊四畝九分；旺祭七分五釐九毫；固本五分四釐二毫；旺祭十八畝六釐七毫；春義莊八分；芬祭四分一釐；墓祭一畝；華義田八分；丁一畝三分七釐一毫；徐朗亭五分四釐；蘭記一分四釐；四百七十號四百六十六號六畝九分四厘六毫；又一分五釐；春義莊八分；旺祭全祠基；須崇義一畝；四百七十二號；四百六十七號四畝四分八厘五毫；安；二分八釐；旺祭一畝四分一釐五毫；祠祭一畝四分八釐四毫；丁近周三分；選祭七分八釐；承緒九分九釐一毫；殷；八分；殷；七分七釐壽；田一畝；殷；一畝一釐。

祠在鵝湖始遷祖祠東，光緒己卯，本支裔孫集貲創建，捐數不敷，虧絀甚鉅，均由老義莊墊出，春秋祭費，亦暫由老義莊經理。俟議集祭田，以垂久遠。

歲祀祝文

惟年月日裔孫□同通族長幼，謹以牲醴庶羞之奠，敢昭告於元薦授進義校尉晋寧等處屯田總管七世祖考通四府君，七世祖妣王太碩人之靈，曰：我華之興，繄織孝子，派别支分自公輩始。四支尤盛，人文蔚起。惟公之德，代生蘭芷。惟公之澤，不遺葑華。子孫繁昌，耕鑿皆是。己卯之冬，共謀肇祠。作廟翼翼，材呈楠梓。庚辰之夏，觀成有喜。載潔粢盛，載陳酒醴。爰報我公，公神如在。愾乎是聞，對越尺咫。謹以元授都功德使司都事八世祖考子舉府君，詔旌貞節八世祖妣陳太夫人，明處士九世祖考栖碧府君，九世祖妣鄧太碩人，繼祖妣顧太碩人配。尚饗！

墓記 華渚

述曰：蓋聞劉向諫起昌陵，嘗稱殷湯無葬處，帝王之史猶不能記。山陵寢園。以待來世。而况於予無聞庶士，能以區區蕪陋之詞，冀培松楸之不凋乎哉？雖然，斯固孝子慈孫之所不能已者。孔子葬母於防，曰：不可以無識也。』此記墓之所繇起也。適吴，展季札葬處曰：『嗚呼！有吴延陵季子之墓。』此表墓之所繇昉也。予墓記之述，所以不能已也。然記墓，亦僅記吾祖以上，不蓋概之族者何？世既降，既不得若古之治墓，族葬如周官之制，則亦不得盡記同族墓兆，亦勢然也。此概載之列傳後，某葬某原云，亦庶乎其可考矣。

宋元五墓總考

五墓基址遼濶，接壤處轇轕甚多。鳳超公《傳芳集》内，載有四址丈尺。子宏公《傳芳集》内，載有辦糧畝數。從前所刊圖考，即據此爲準。惟與給帖内所載五墓糧數，微有不符。年湮代遠，四址不無變遷。先後丈見步口，略有多寡。此即不符之所由來與。茲經督同官丈書暨本圖糧書地保，逐墓清丈。四址步口，據實更正。統計各墓積步，覈諸現辦糧數，間有缺少。除厚本墓收還被僭一畝有零外，其餘不足之地，想因沿河坍坭，多年剥削所致。今將各墓畝數，統以現在印單所載爲準，并將現在丈見步口附載圖後。俾閲者一望而知現在辦糧若干，現在積步若干，及糧多於地若干。子宏公《傳芳集》所載畝數，仍附註於下，以資參觀而存其舊。至附葬諸穴，燕宗祠屏間所書者，舛誤不少。特將載入宗譜者，逐一查明更正，或據碑文增改，但間有殘碑斷碣，不能檢識。而譜牒又未載入者，知尚不免闕略，拾遺補漏，是所望於後賢。

五墓祭田緣起

五墓祭田，始自十八世孫夢麒通四晴雲派，字澄川。集田百畝，未五十年而盡廢。厥後二十一世孫振聲晴雲派，字玉鳴，遺命二子捐田二十畝。又通四後裔，公集田四十餘畝。共合祭田六十二畝三分一釐六毫，即歸通四裔孫掌管，三年一巡。自同治元年，二十七世孫沅洲永喜支，字芸莊接管。延至光緒二年，始行交出。今仍遵舊例，三年一巡。又有護墳田二十二畝三分七釐九毫，除撥墳丁所種八畝四分三釐二毫，及華氏義冢二畝一分六釐一毫，其餘十一畝七分八釐六毫，計租額十二石九斗五升，歸東亭裔孫收管。將所收租息，賞給墳丁年米之用俗名年夜飯米。其銀漕仍歸蕩口所管五墓祭田内開支，糧單亦存蕩口，歸經管五墓祭田者輪年收存。

歲祀祝文

維□年□月□日，裔孫□等敢昭告於四世祖考千三承事府君、四世祖妣袁太碩人之靈，曰：氣序流易，時惟季春。雨露既濡，瞻埽封塋。不勝感慕，謹以潔牲粢盛醴齊，用申祇薦。尚饗！

修理隆亭五大墓記略 華堂

邱墓之存廢，基於子孫之有無賢否，或不數年而漸替焉，或不數十年而漸替焉。嘗見道旁古冢，碑石殘缺，牛羊踐牧，禾黍離離。檢視碑文之官爵姓名，想其生前聲望，固非没没無聞者。曾几何時，已爲墟矣。無他，子孫無人，或子孫不賢而有若無也。吾家五墓，自宋元明以迄今日，碑碣依然，松楸無恙，固由子孫繁衍，得以世守勿失，尤賴代有人焉。以敬宗追遠爲己任，得使千秋祭掃，歲歲不廢，此則所謂子孫之賢者矣。遠者不可考，邇如通四支十八世澄川公、二十一世玉鳴公，先後集捐田畝，爲五墓祭掃之資。後之經管是田者，又能世世保守，主任祭掃之職務。此皆保墓之賢子孫，而吾族所崇拜者也。顧田少墓鉅，歲入租息，除供漕賦祭費外，所餘無多。每屆修理，以限於經費爲憾。年來各墓四址，多被田鄰侵占，加以石工頽敗，荆棘載道，屢擬修整，苦乏巨貲。歲己酉，爲二十五世族祖鴻模古稀之年，文孫士巽兄弟擬循俗稱觴。族祖以事屬浪費，移筵資爲修理五墓之需，即於是春擇吉動工。禀縣給示，并諭丈書暨糧書地保。按糧清丈，被侵者隨時收還立界。庚戌二月，墓工竣，而春水暴漲，濬河之舉，因之中止。辛亥正月，始將河工續辦，逾月蕆事。是役也，爲時閲兩載，需費一千六百串有奇。在墓督工者，爲二十六世族叔福淵、二十七世族兄禎祥，均能實心任事，不辭勞瘁。每修一墓，族祖必親莅察看。若者如何修舊，若者如何更新，雖風雨寒暑，未嘗稍懈。計自動工以迄竣事，履墓者凡十有數次，人咸稱其慷慨解囊，獨力修墓爲不可及。竊謂如族祖之年逾古稀，尚能步巡各墓，親自督修，尤爲可敬可法。噫！吾於此而有感矣。今之人往往高言曠達，謂枯骨無靈，蔑視先人之邱墓，譏祭掃爲多事，殊不知所貴有先人邱墓，而必於春秋致祭者，本非爲枯骨有靈，所以求媚祈福也，夫亦曰敬宗睦族而已。遠年先祖，數典易忘，有祭掃則及時瞻拜，自生追慕之思。族大丁繁，或不相衷腸，有祭掃則會晤有期，得免疏遠之弊。古者有墓大夫，掌凡邦墓之地域而爲之圖，令國民族葬，而掌其禁令。《傳》曰：『古人生族居，死族葬，同體不忍離也。』可見古先王重墓之意。同體且不忍離，况爲我一本所自出乎？蓋社會之始，本不過一血族小團體耳。久之而其力彌張，組織彌固。乃由血族而氏族，而部族，而民族，於是集合而爲國家。故法學家之言曰：『國家者，一家族之集合體也。』血族團體，爲人類集合之要素。祭祀者，即爲結合血族團體之要素。我華氏世世子孫，能如族祖之注意祖塋，則我華氏之血族團體，庶不致有涣散之一日乎。」

宣統三年春三月，通四支晴雲派二十七世堂謹記。

宋元華氏五大墓記 華渚

吾華之先，居無錫四十世矣。孝祖爲晋人，《志》曰：『孝子終惠山之陰，墓在南。』然今記墓，自宗元以下，孝祖祠有祭，墓無封也。嗟乎！圭田無征，墓地不請，封建井田之治也。封建廢而大夫無家，井田廢而士庶人無土，乃得世私地域、族葬云乎哉。

我祖宋承事郎三一府君，首基隆亭，在北延景雲之中，去無錫城東北十餘里梅里鄉。梅里半曰北延區，半曰景雲區。而隆亭者中之，去隆亭東北二百步，曰黃門塘，得華氏祖塋。宋承事郎千三府君偕配袁葬云，爲地一十八畝有奇，東北距河，見形之若樛流者矣。稽其登築，是在宋嘉熙間。去隆亭之西，一衣帶水，望厓高岸，夷上灑下不湑。西有畝邱，曰隆亭大墳，縱横六十三畝，平廣方直，形若旟旐，是爲宋將仕郎君選府君墓，配鄧合兆，元翰林學士趙孟頫表。又去隆亭之東南，見水雍雍，流狹而長，滌如也。跨水相望里許，曰厚本，爲元起濱慶五府君配袁墓，周廣四十三畝，元侍講學士揭奚斯銘。又去厚本之東南一里，曰冷村，三面距河，處士德珍府君配王墓在焉，地二十三畝，南至河九十九步，東西至河各三十七步，志銘出元秘書監參政江夏郡公黃溍氏。從冷村上折而北過堠陽，渠水過辨，平地隆通，曰羅村。羅村壽山有三垣，中垣元子舉淳二府君，配旌節陳夫人。穆一垣靖孝處士栖碧府君，前配鄧，繼配顧。昭下一級一垣，明徵孝廉貞固府君配錢。銘子舉府君墓者，黃溍。銘旌節陳夫人墓、栖碧府君墓者，都昌令俞貞木。銘顧碩人墓、表貞固府君墓道者，太子太保陳鎰。銘錢碩人墓者，翰林五經博士王進。墓方二十三畝，西望隆亭去一里，南望厚本去一里，西北望黃門塘亦去一里。其祔葬黃門塘墓者，元贈清逸處士厚珍公配浦，明學博東湖公配錢。祔葬隆亭大墳者，宋朝奉郎慶三公配戴，元桂軒公配周，指泉公配王，處士梅嶺公配鄧，梅所公配錢，玉山公配于，宋提領原珍公配浦，玉溪公配鄒，山心公配鄒，處士賓陽公配楊。祔葬厚本者，源湜公配貞諱節樓碩人。祔葬冷村墓者，處士子所公配錢。羅村壽山，祔葬東垣者，穆一穴伯諄公配顧。昭下一級一穴，樂農公配吕。穆下二級一穴，源長公配鄒。鄒，固烈婦也，事載《無錫縣志》。祔葬西垣者，孝子思舉公配錢也。黃門塘、西隆亭、羅村，隸北延區。厚本、冷村，隸景雲區，皆屬爲梅里鄉。載惟三一府君，至不肖渚，凡十九世，四傳爲千三，五傳爲君選，六傳爲起濱，七傳爲德珍，八傳爲子舉，九傳爲栖碧，十傳爲貞固。

貞固府君，渚之九世祖也，恭維列祖，受生於梅里，歸復於梅里，生死别處，不别陵阜，終始殊居，不殊陟項。有松柏之廕焉，有穹碑之表焉，有亭堂之妥焉，洋洋萬古宅乎，豈盡地靈也哉？當勝國之末季，兵燹之餘，鞠爲荒翳，貞固府君曰：『易墓，非古也。然予觀秦漢後之治墓，雖不設墓大夫，掌邦墓之地域，爲之圖而授之兆。然子孫賢者，追慕祖先，則爲守墓禁，巡墓厲，如周官之制。人豈有非之者哉？墓亦一家之事，歷年久，子孫不省，謂賢何？』于是于皇明洪武戊辰歲，周省列墓，則先之隆亭之報親，及大墳黄門塘曰東隆亭，報親菴名即以名墓，次堠陽之厚本，冷村之善慶，羅村之壽山。春秋二省，爲保兆域之舊。與其樹數，載之家訓。而子樂農公，實相協崇葺，既墉且宫。夫自宋之嘉熙，歷洪武之戊辰，將一百六十年，墓之得無恙也，斯其一振也。

厥後貞固五世孫封主事三山公，立傳碣諸隴上，置墓田展省有賴。貞固六世孫學士鴻山公，修題表柱，衛植靈木。於五墓之陘，其平也，廣與崇方。五墓之涂，其坎也，倚與梁濟。東北至堠山，至鵝湖。西南至伯瀆，至惠山，皆盡力焉。以故世守，爲中翰芝臺公。漢璵、心谷、稚武、稚文氏，皆學士訓也。三山鴻山，再振于正德嘉靖間矣。天啓以來，貞固八世孫鳳超叔氏，實監職焉。叔氏語予曰：『五墓之守，自宋迄今，世代几更，松楸無改，是固有由然者。子爲文記之。』予竦然進，惶然不敢。吾聞之葬者，藏也。一藏不復見也，其何以頌我十世以上之祖墓乎？叔氏曰：『勉哉！』予又竦然進，攸然思也。竊惟我貞固府君之居延祥也，卒乃反葬於梅里，此太公五世葬周之禮也，仁也。夫禮不忘其本，自仁率親，等而上之至於祖，雖百世不遠也。抑聞之，古者墓無祭，官有世禄，則有圭田。有圭田，則明祭祀，而神安于家廟。故不墓祭者，魂氣依于廟，不依于魄也。今也大夫無家，無家則無廟，無廟則主不安，祭禮不明。而人死皆司於葬，三代不墓祭之説，不可通于今。大夫且然，况士庶人乎？夫魂氣失生人之依，而從魄于地，爰取吉壤地靈之氣，以達于天。山川之光，上應星辰，則祖先之不惟魄是安也，而神亦是依，豈僅過墓而哀者乎？而式者乎，不得已也，斯隆之矣。《傳》曰：『作樂於廟，不聞於墓。哭泣於墓，不聞於廟。』今也哭於斯，聚族姓於斯，伸報本之誠，非所謂亡於禮者之禮歟？以斯知墓之不可不重也，不可不深長思也，通於祭墓之意而記墓。故自五大墓之聚者梅里，從梅里以下，遞記鵝湖之椿桂山云。茲與躬展五墓，識樹捫碣，相彼山川，圖列家乘，則有族子佩揚氏。佩揚，貞固府君十世孫也。

華氏世墓録序 薛敷教

甚哉，俗化之浸淫乎下也。余讀華豫菴先生世墓記，有深慨焉。人心之不同，如其面焉。賢者不待勸施，於祖宗水木本源，彌遠彌敦。不賢者雖令之而未必從。然秉彝均好，觸於義或亦不得不然，斯維世君子所爲坊也。華氏始祖在南齊有孝子寶，至今巍然動人。在宋，有三一承仕歸隆亭，子孫繩繩。裔孫三樂君，謂祭有田，幸不乏祀，乃先人丘壠蕪翳於荒榛野草間，良亦後人之責。故自三一承事而降，代紀其所，奔走經營，減墓上之税額，而令易辨。永言孝思，三樂有焉。嗟乎！使天下人人如君，豈有望坵木思以爲薪，睹杯土而思發其所藏，若陳無已之所嘆者。然後知薄俗雖淪，有一人焉爲之挽其頽而風千禩，未爲不可。余素仰止豫菴，且因女弟歸華，聞於永綏者甚詳，輒列其大都如此。至墓之纖委，具在豫菴翁記中。

萬曆辛丑四月五日，晉陵薛敷教書於崇正堂中。

世墓記 華啓直

古者葬必以封以殖，墓所由來矣。顧遡古而今，名阡望隴，指不多屈。至晚近所稱鉅族著姓，墓不數傳，即傳而抔土之外，犁相屬也，固其先之所積，不足以垂後庇遠，夫亦乏賢子孫世之哉。吾華氏之先，較他姓最著，然自晋孝子而近，又以徙汴無要稽。自三一承事諱原泉，由汴還錫梅里之隆亭。三一以降，始有宋千三承事諱智者，四世祖也，葬隆亭之東，爲華菴墓。有宋萬十一將仕諱詮者，五世祖也，葬隆亭之西，逼武侯廟而墓。六世祖元慶五監税墓，則曰厚本庵。七世祖元通四總管墓，則曰冷村庵。八世祖元都事墓，則曰羅村壽山。而明栖碧貞諱固，二先生附焉。墓各有享堂，有豐碑，有林千章，大者可合抱。五墓相望，鬱爲佳城，總計若干畝。勝國來以世宦故，不隸征税。明高帝握符御宇，制度宏濶，征不及古墓。肅宗之世，屬邑丈量，仍賴我先大夫瑞州守余溪公。我伯兄學士鴻山公，洎族諸縉紳先生，請以免。今天子嗣服，爲萬曆辛巳歲，宰臣再倡清田議，丈量檄海内，一時騷然。有司斤斤奉三尺惟謹，而窺瞯者，多越制羅古墳廟爲悦。直時宦游雲貴間也，族諸孫朝紳，世居隆亭，省諸墓，私自念曰：『請不可再矣。科從輕，其庶几乎？』則走以告中書仲亨，仲亨偕族搢紳而下，具請以華通奇爲户，得照墩額受徵。科糧凡若干，然糧輕則易辦，而族屬繁衍，不無偏枯，脱不支且有取償於墓者。歲乙酉，直倦歸湖上，而朝紳以相語也，則又率諸族人，鋮置辦糧田若干畝。華故有役田，而墓地之科徵，田租之入，官税之出，概附之。詳爲先世計，亦不欲遺後人憂也。夫地屬於公，而侵漁以杜，糧取諸豫，而催科不擾。爲子若孫者，非甚不肖。吾華之墓，其永永保哉。綏靈綿澤，族有同心。修葺保護之費，仲亨居多，而奔走經營之勞，朝紳爲最。又明年丁亥秋，朝紳將買石爲記，而請之啓直。直曰：『夫地之徵也，公憑在也糧之供也。族議在也，何記之藉？又何直記之藉？』朝紳曰：『吾懼夫歲久人易，諸不足憑，而不肖或攙其間，因緣爲蠹，思樵其上而犂其傍，他姓之傳而坏土者可虞也。』直因謂之曰：『夫祖若宗，非吾與爾之可私，舉千百族人共之也。非吾與爾今日族人之可私，舉百千祀之族人共之也。後之視今，猶今之視昔。得無有如今日之倡義者，繼而葺之乎？而忍一朝廢乎？有其廢之，則自絶於祖宗，而不稱子孫者也。直何能懸空言？而令後世之必如今日耶。雖然，吾就吾孝子而下，三一諸先公之所積，可自信其保之永永無虞也。』即書畀朝紳勒石。

東亭祠墓 曹薪城

三一之祠，建在東亭。以孝以享，追遠於庭。下而歷祖，卜安其靈。墟墓相依，昭若列星。考其世系，宋元之際。東兮西兮，輿圖恢麗。厚本冷村，遞有次第。壽山最後，祖孫承繼。塋城纍纍，松柏葱葱。五墓連屬，七代其中。嗟彼荒壟，荆棘蒙叢。惟兹厚德，氣象加雄。有源者水，有本者木。既濡春露，具陳肴蔌。蕭光艾火，瞻其煜煜。子孫雲集，罔不祇肅。

古松柏詠謁東亭祖墓作 文桂子同

東亭有祖墓。溯自宋元始。閱歷千百年。未嘗廢祭祀。子孫可萬人。拜揖紛如蟻。鬱鬱松柏林。如入深山裏。百尺蒼翠枝盤旋又伏起直上干青雲。虬龍出地底。風雪常消磨。青葱總如此。百卉有冬春。松柏無生死。果爾本有心。豈被俗塵滓。具此高古情。其誰不仰止。

本府呈詞

無錫縣廩增附生員華文麟等呈，爲稽舊規遵新例酌處墳糧以便輸納事：麟等祖遺墳五所，創自宋元，經今五百餘載。嘉靖三十三年，本縣丈田，蒙照先朝古墓，糧差，依舊免科。近蒙清丈田地前墳概行開報，切思祖宗墳墓，冢有千餘，後嗣星分，藉無統紀。設或陞科，糧難歸一。況墳係荒郊，地同山垮。若不上鳴，誠恐耆老圖書人等混開田額。後難分辯。伏乞天臺，遠稽舊規，近遵新例，酌古準今，糧從輕減。麟等只得苦𧯶館穀置買公田，議立華通奇爲户，供辦糧差，庶舊規守而法有餘仁，新例遵而民無重累。存殁沾恩，後先感德。爲此激切連名具呈。萬曆九年十一月日准。

府批抑縣審果，古塋照例議派繳。

陞科垮糧帖

直隸常州府無錫縣，爲稽舊規，遵新例，酌處墳糧，以便輸納事。蒙本府批發本縣廩增附生員華文麟等，連名呈詞前事。蒙批仰縣審果古塋，照例議派繳，遵依查議問。又蒙批發糧户華通奇，爲遵例入額，以全古典，以垂永惠事。蒙批抑歐生簿查勘報，隨該本官行拘里排曹林化等面審。結稱華通奇古墓五所，共計一百六十六畝六分二釐四毫，應照墩垮則例陞科。備由呈報。蒙批仰縣照墩垮則例陞科繳，蒙此行間。遵將前項批呈，具由完繳外，擬合就行爲此帖給本呈前去，會同該管區書，即將糧户華通奇。所呈前項墳墓五所，計該一百六十六畝六分二釐四毫，每歲科糧，照依墩垮斗則并派。辦納糧差，須至帖者。

右帖給糧户華通奇准此。

萬曆十一年十二月初四日，典吏馮春承。

䤦置五墓辦糧公議

立議族長漸逵等，有宋元祖墓五所，相傳係先朝古墓，概不科糧。萬曆九年，天下清丈，族輝侄仲亨等，奉例陞科垺糧一百六十六畝六分二釐四毫，編入華通奇户辦糧，給帖存照。逵等念族丁星散，糧難分派，又家偏累一家，今通族倡議出銀八兩四錢，置買忠字七百四十五四十六兩號平田四畝二分九毫，一并收入華通奇户，附華役田後，徵收租米租麥，以供前項糧米糧銀。此舉上爲國賦，下慰先靈。務期世世相守，不得變更。衆議允協，立此爲照。

萬曆十三年七月□日立議

五墓垺一百六十六畝六分二釐四毫，該平米三石三斗三升六合。忠字號平田四畝二分九毫，該平米八斗二升八合。二項共該平米四石一斗五升，每年租米四石三斗，租麥八斗。抵辦前項糧差。

華氏家傳 俞貞木

按華氏系出子姓，周封微子於宋，傳十世是謂戴公，生考父説，食采於華，始以邑爲氏。五世孫耦爲宋司馬，世居大梁，至漢魏爲著姓。居江南者諱覈，吴封徐陵亭侯。後居晋陵者諱豪，晋義熙末戍長安，歿於其事。生寶、寬。寶承父命，至年七十不冠不娶，是爲南齊孝子，其居惠山第二泉之傍，故有山曰華里，川曰華陂。今三賢祠，即孝子故址。嘗聞汴尚有華姓，亦同族竊惟孝子之後，仕唐仕宋，居汴居吴者固多。今之居無錫者，盖孝子之裔也，惜乎上世譜牒未之詳焉。粤自宋紹興間，有居隆亭者諱原泉，是爲始遷之祖，生三子：�、曄、晰。暎之後微晳則至孫而止。曄生天錫，天錫生智，智生三子，而子孫遂蕃衍焉。今圖以曄爲二世，天錫爲三世，智爲四世。智之子：長彦昌，次詮，次謙，爲五世。彦昌傳至玄孫而衰。詮仕宋爲將仕郎，立志宏遠，存心仁愛，知後裔蕃衍，務農拓産，以期望之，營塚地于孔明祠，西廣袤百畝，世號大墳，後葬焉。生五子：友諒、詵、友聞、友龍、一雷，是爲六世。謙之後，亦不振。友諒宋朝奉郎，詵元大中大夫常州路總管，友聞嘗於晨興望所居之東南，有佳氣蔚蔚然自下而升，俟而得之于堠陽之地遂遷居之，元初仕爲無錫税務提領，終歲即休官而歸，躬勤稼穡，務行德義，宗族日多，閭閻成市，男勸之耕，女勸之織，儉素相先，習俗敦美，自家及鄉，人皆化之。友龍元將仕郎，累官通泰屯田提舉。一雷濂溪書院山長。友諒生珦、瑺、琪、珹、瑛。詵生琪、璟、琇。友聞生瑜、璞、璹。友龍生琳、珪。一雷生玠、璋。是爲七世。璞有賢德，孝弟寬厚，樂善好施，居家恭儉，作事可法，家業益廣，道誼逾隆，後人仰慕焉。嘗以某僧薦授晋冀總管，慚懼而辭，或勸之官，終不應而鄉人稱之，必曰總管云。珙、玠、璟、璹、珪，咸有才學，顯登仕途。琇少而儒雅，動循古禮，江浙儒司以有道舉教諭，不受，後集賢院授以清逸處士之號。璞生鉉、鎮、鎬、鈞、鏐、鎡。琇生晞賢、晞晋、晞顔。是爲八世從弟兄。凡若干人顯者彌衆，惟鉉都功德司都事早卒，娶陳氏，諱明淑，嚴謹而好禮，即誓不貳志，撫孤業，守慶婦道，母儀有足稱者，至正初旌表於門號華節婦。晞顔少入國子監，學問該通，既歸省親，以世途梗阻，遂不復出。洪武初，辟爲府學訓導，尋以老病亂，録《傳芳集》藏於家，隱居東湖之上，學者稱爲東湖先生云。鉉生幼武，晞顔生汝立，是爲九世。幼武痛念其父早世，奉其母能盡孝養之道，性至慈善，忠信篤敬，爲宗族鄉黨所稱。雅好吟詠，有《黄楊集》六卷，號栖碧老人。汝立，早喪母，事父能孝，事後母能順，務以悦親，亦可謂善養者也。幼武生完㦦、悰韡、恭韡、同韡、隆韡、文韡。汝立生謨諒謐，是爲十世。悰韡生興仁，是爲十一世。興仁生常生，是爲十二世。繼兹以往，其世澤蓋未艾也。僕幼嘗識東湖而獲承教，且締交于悰韡昆季，故得其兩房相續爲詳，其他則備載于悰韡所修宗系圖及支序譜。悰韡字公愷，夙抱痼疾，栖遲林下。而志於先業云。

南史孝義傳南齊書亦有傳文同故不録　李延壽

華寳，晋陵無錫人也。父豪，晋義熙末，戍長安。年八歲，臨别謂寳曰：『須我還，當爲汝上頭。』長安陷，寳年至七十不婚冠。或問之，寳輒號慟彌日，不忍答也。同郡薛天生母，遭艱菜食。天生亦菜食，母未免喪而死，天生終身不食魚肉。又同郡劉懷允，與弟懷則，年十歲，遭父喪，不衣絮帛，不食鹽菜。齊建元三年，并表門閭。

江南通志・孝義傳

華寳，無錫人。父豪，義熙末，戍長安。寳年八歲，臨行謂曰：『我還爲汝上頭。』長安陷，寳年至七十不婚冠。或問之，不忍答，輒號慟彌日。齊建元三年，詔表門閭。

常州府志・孝友傳

華寳，無錫人。父豪，義熙末，戍長安。寳年八歲，謂曰：『須我歸，冠汝。』長安陷，豪死。寳年至七十不冠，亦不婚。或問之，輒號慟彌日，不能答。齊建元間，旌其閭。明天順辛巳，邑令李公葉建祠于慧山，并薛天生劉懷允祀焉，名曰『三孝』。

延陵先賢傳歐陽東鳳

萬曆中，潜江歐陽公來守常州，復龍城書院故址爲先賢祠，自延陵季子以下六十九人，考其行事，人著爲傳，《華孝子傳》

列第五，録於左：

孝子名寶，無錫人。父豪，晋義熙末，戍長安。寶時年八歲，父臨别謂寶曰：『須我還，爲汝冠。』及長安陷，父殁。寶哀毁，至七十不冠不婚。人問之，不忍答，輒號慟彌日。齊建元初，詔表之。

論曰：予讀《華孝子傳》，不奇其事而傷其情。彼其問之不忍答也，懇懇由衷悃矣。若徒以七十不冠，釣奇也者，吾弗謂孝矣。

邑志·孝友傳

華寶，父豪。晋義熙末，戍長安。時寶年八歲，豪臨行謂寶曰：『須我還，當爲汝上頭。』長安陷，豪殁。寶年至七十不婚冠，或問之，輒號慟彌日，不忍答也。建元三年，與同郡薛天生、劉懷允并表門閭。

華孝子傳書後 華長源

孝祖爲徐陵亭侯五世孫，生於晋，長於宋，殁於齊，卒年八十有六。遵父一言，而終身不冠不娶，視其時之朝爲君臣，而暮爲仇敵者何如哉？資産冠於錫邑，今慧山西偏，乃居宅故址，而二泉即厨之汲井也。觀所築華坡，至今民賴其益。列諸祀典，血食無窮宜也。《傳》中『號慟彌日不忍答』七字，請諦思之。康熙甲申中元後一日裔孫，長源百拜識。

述孝賦 華渚

昔晋范宣子自叙其姓氏相傳之盛，魯穆叔猶少之曰：『此所謂世禄，非可謂不朽也。』夫不朽者何？立德、立功、立言而已。三者有其一，則足以顯祖考，榮後嗣焉。古我先孝子於華爲始祖，後以孝子顯，亦遂顯華氏。夫孝德之本也，教之所由生也，則孝子尤爲立德之至者哉。著雍之歲春月吉日，渚登祠百拜，累息屏營起而賦焉。其辭曰：

有殷氏之遺封兮，傳國都于商邱。歷十世以分姓兮，氏族著于《春秋》。爰景王之重光兮，周景王二十五年辛巳，春秋魯昭公二十二年，書華定亥奔楚，歲在辛曰重光。紀晋義熙而遡周。義熙，晋安帝年號。越年之九百二十有奇兮，誕生予孝祖曰某。祖既承此幼美兮，惟父言之是綬。登有錫以西望兮，古諺曰：「有錫天下兵，無錫天下寧。」手拱木而瞻斗。日月忽其晦蝕兮，豺虎入中國而獰吼。當鎮惡之擊涇上兮，荓號起雨。王鎮惡自秋社西渡渭逼姚難時，大霖雨，渭水漲，難陣涇上，鎮惡敗之。荓翳，雨師名。阿薄子之授首兮，泓俘妻子虜。魏遣將娥青救姚泓、劉裕，斬其裨將阿薄子，進攻長安。泓將妻子詣壘門而降，裕盡殺之。山中人猶孺齒兮，冀日返于予父。豈慮有買德之猾兮，而勃勃之爲猰㺄也。劉裕克長安，留子義真守焉，赫連勃勃之臣王買德曰：「劉裕以亂攻亂，使弱才小兒守之，非經遠之計也。青泥、上洛、南師衝要，宜斷其去來之路，然後杜潼關，塞崤險，長安可襲矣。」勃勃從之，遂襲長安。曰歲疆圉之不辰兮，義熙十三年丁巳，歲在丁曰疆圉。勇士喪元而餘怒。築青泥之去路兮，買德斷青泥，沈田子逆戰不利。敗卒棄兵而失伍。鳥飛飛以不下兮，獸亡群而失岵。哀高邱之草短兮，孰道路之同土。噫！予祖之不天兮，隱哀號而擊額。顧望無所瞻見兮，或揞揞其如枕格。揞音安，揞揞，欲卧也。枕格如以榜格，不能自安也。延頸仰天兮，晝光寒而夜霸。霸魄同月，體黑者謂霸。影跙跙而獨行兮，心餉結而不斁。耳鼈靈之聲喈兮，玄妻互迷於黃石。鼈靈之鳥，其聲哀切。玄妻，言姣好眩人。黃石，言堅貞不移也。嗟嗟往謂歸冠兮，父醮之。父不歸兮顠鬢白，既耄且髾兮啜其泣，何高冠之岌岌？廢威儀以不知兮，孰侵辱之而於邑。善窈窕之多好兮，故左右此盼睞。結修髯之嵯峨兮，閑内則而願妃。禮不冠以不婚兮，眷中情而長嘅。欲愁悴而垂老兮，又安知夫淑女之爲配。衆訊容以不瘖兮，欲解憂而父在。届尊壽而不覺兮，忽移影於易代。爰黑龍之四見兮，彼劉寄之應東渤。元熙元年，黑龍四見東方，劉裕出東海之應。旋星孛于虚危兮，空西殿之月闕。星孛虚危、虚二星，主死喪。危三星，主墳墓。永初三年，武帝崩于西殿。追永初以及昇明兮，宋始于永初，終于昇明。永初，武帝年號。昇明，順帝年號。其間革孽之倏忽。時賤名簡以閑日兮，競巧令之孔壬。朝司馬而夕劉兮，又聽蕭齊之玉音。苟嗜鼎臠而快鼂飽兮，胡爲事君而一心。國命视之嬰兒兮，父子異體而殊族。祖曰予生之初幸識父兮，恨不相隨執戈走棃野。死諒不得葬兮，愧古孝子之飛土逐宍古肉字也。冷奈之何兮，雲泱鬱以陰風吹。天地父母無聲兮，有弟繼祖以繼禰。身無子而有子兮，千秋萬古其本支。今紀年之千百有奇兮，當齊重光而旃時。齊建元三年辛酉，歲在辛，曰重光。日朝月夕兮，猗百世其祠。案柏杉檣榮然兮，蘿麗之葳蕤。屋有榮而枚枚兮，桷梠齊平而旅旅。枅曲旋而殖殖兮，櫨斗完好而序序。墻藩實實以有侐兮，謹古乃峙。麗碑隆隆以勒文兮，論德若誄。當蕭李之簪筆兮，并恭書于正史。既高惠之揆址兮，聿修祖於遠祀。茲守土者嘆仰進爵以前兮，音符瑟鼓以式人士。乃具粢盛，乃登膻香。毛炰佐以血膋兮，柔毛間以鬣剛。疏趾并以明視兮，芹韭襍以尹商。榛栗薦以俊味兮，香萁和以椒漿。儀修飾以遵禮兮，予思成以自將。甘醴灌以神降兮，明燭告虔而曰事。猗與魂氣無不之兮，享桂酒而恒坐。天地之性恒不死兮，或留象而聲過。精誠之徹霄霏兮，皆人思念之所致。顧下俯予之子姓兮，獨何冥冥其來遲。嗟爾今世對越兮，曷云通微而忘明德之所自。祇肅聲聞如躋當時兮，宜家世而世守叶。衆曷視乎幽幽？左劉右薛爲友兮，劉懷胤、薛天生，同旃孝子。雲杳靄而符瑞。死者不能假生人之形以見兮，叫呼仿佛而嘿然自得。何累易八姓而不泯兮，殷然返本而歆黍稷。逞雄梟桀日以月悔兮。至死且不滿百。妄謂薇赫與天連兮，何氏鐵而餌貘。勃勃，匈奴左賢王，去卑之後，改姓赫連，曰：『王者繫天爲子，是爲薇赫與天連。』又以鐵伐爲氏，欲子孫剛鋭如鐵皆堪伐人也。貘，猛獸，專食銅鐵。龐亂鉤裂諸夏兮，二十五年而斫磔。初，勃勃僭號龍昇元年歲丁未，至第五子赫連定，滅于魏歲辛未，共二十五年。思當時之謂愚依人兮，表獨立乎山之岡。遠人忽報以滅夏兮，雖刃不手而意將。慨乎憮世而聊叩叩兮，來案風以鳴篁。古有衣卯綣領以王天下兮，則不冠者庶几上游乎羲皇。亂曰：孝矣哉！受命自天知生生兮，無忝所生其惴惴兮。赫奕日星雷風吹兮，穢累彯匿三綱位兮。守厥遺操永錫類兮，千秋萬古道不貳兮。

華孝子祠記 鄭元祐

惠山崒起卒平壤，數十百里之間。雖無複嶺重岡、深林邃谷，然共爲山陂陁而起伏，青潤而迂互。其傅山而居者，惠山寺最爲深宏。而天下第二泉，實發源於寺之西南巖石之罅。泉之色紺白如鉛，凡掘地無不得泉，或者謂山中空。山之腹，皆乳水也。疑其初必有卓特之士居之，而地志以爲寺本華孝子所居。孝子名寶，當晋之時，其父豪，從軍出征垂行，屬其子曰：『必俟我歸，爲汝冠。』時實方八歲。而父竟歿軍中，比孝子漸長成，念其父之言，終身不冠。既老，猶髫髻肩垂，至不娶以没齒。人有問之者，必慟哭以對。或勸之娶，則亦慟哭以謝之。年七十八以壽終，於是稱之曰華孝子。夫孝子之卓行章章如是。寺既孝子故居，更今千有餘年。寺祠亭以報施者迹相接，而孝子祠祀，乃獨缺焉，非所以彰孝行。尊先民也。吴人王文質喜游息山中，深惟孝子之懿純，其精神往來雖未必恒在是，然孝爲百行之宗，雖世降俗薄，而人心之所固有者，豈終泯泯然澌盡也？於是文質謀於孝子之里人某某等，皆大喜，合其所捐貲，建祠於廡下。約歲時酌泉以薦茗，采山以實豆，瞻拜儀容，挹其純行懿德，庶乎有以使人興起。《詩》曰：『孝子不匱，永錫爾類。』其斯之謂歟。

華孝子祠記跋 華雲

嘉靖初，吾姻友梅村曹君于德，以給事中奉使關西，與御史東萊藍君玉甫同事。暇日，玉甫手一卷曰：『内有鄭元祐《華孝子祠記》，公鄉先哲事也，敢以爲贈。』于德喜曰：『華，余姻也。其家乘及邑志，皆遺此文。懷將持而歸之，俾刻石祠下，以終嘉貺。』時則總制石淙美生楊公，見而題之，以美其事云。久之，于德出守永平過家，與雲道其事，鋭意許見還。至甲辰之冬，其家嗣太學上舍子榮，始慨然歸我曰：『吾翁諾且二十年矣。矧公之叔子，又吾姊之夫耶？』雲遂拜而受之，刻石置祠下焉。夫文獻之重也久矣，孝子府君，晋人也，至齊旌門，故址在惠山下第二泉左。今其地猶名華坡，而祠祀孔嚴，邦人風之。此文在藍，不過古人一名筆。在曹，不過前哲一故事耳。其得與失，無大損益。而在我，不甚重哉。然二君公物之心一也，一愛其地，一愛其人，則又不無親疏輕重焉。《詩》曰『維桑與梓，必恭敬止』，玉甫之謂也。『孝子不匱，永錫爾類』，于德之謂也。一事而集衆善，雲則何以承之？《詩》曰『中心藏之，何日忘之』，雲之謂哉。元祐，字明德，別號尚左生，遂昌人。元初徙錢塘，再徙姑蘇，嘗寓錫，此文蓋爲吴人王文質作也。元末兵亂，余先世多避地他郡，先德之湮，若不知焉者。而哀哉征夫，朝夕不暇，此何時也。文質乃率吾里人某某者，損貲建祠，薦享成禮，復請鄭公作記。意若急務然，何哉？孔子曰：『斯民也，三代之所以直道而行私而已也。藍卷中，尚有遂昌山人送行詩、范文正公竇禹鈞陰德記等文，乃割而改裝之，而納之子榮，不欲奪所好也。也。』民之秉彝，好是懿德。轉移感動，實維其時。豈有民和孝弟，而復有背畔其長上者哉？王君之舉大矣，又不獨吾宗一家之

嘉靖丙午四月望日，裔孫雲識。

華孝子故址記 高明

惠山寺之西偏，當泉水之上，有三賢祠。按志書，今祠址，華孝子所居宅也。初祠久廢，吴人王彬始復倡建。既成，則以三賢事刻石，且曰：『初址，實孝子故居。孝子之事，不以歿而不著。』復礱其碑陰，以紀其事，章善也。按《齊史》，孝子名寶，晋義熙末。始八歲，父豪，戍長安，且行謂曰：『須我還爲汝冠。』後長安陷，父歿，寶奉命至七十不冠婚。或問之，不忍答，輒號慟彌日。建元三年，詔表其門閭。史載孝子事若此。蓋自西晋以來，尚無虚，賤名檢，教弛法斁，波流風靡，而孝子獨能篤至行，終始不渝。其誠意惻怛，可以貫金石，干雲霓，若與宇宙日月同其久。於此見天之降衷，人之秉彝，不以衰世末俗而有異也。孝子，晋人，而志謂『齊孝子』者，蓋孝子生於晋，長於宋，歿於齊，當其一身而天下三易姓。是時居朝廷有爵位者，朝事司馬氏，夕事劉氏，朝事劉，夕事蕭，恬不爲怪。而孝子奉父命一言七十餘年，未嘗斯須忘，以至歿身不替，使當時有爵位者，其奉君命，恪官守，亦咸若華氏子，則晋不當爲宋，宋不當爲齊。而孝子宜不曰『齊孝子』也？凡游於兹者，憇幽林，酌清泉，臨風覽古，懷三賢之高風，慕孝子之至行。其素有志者，宜加奮勵。其未能者，則澄思革心，勉追遐躅。是則所以樹碑之意云爾。夫人，性一耳。有爲者亦若是，吾徒宜毋自怠。

重建華孝子祠堂事述 惠連

孝子祠者，齊孝子華公之祠也。華氏系出宋戴公，自考父説食采於華，始以邑爲氏。源遠流分，譜軼莫詳。其後世之江南者

曰覈，仕吴以文學，人爲秘府郎，遷中書丞，封徐陵亭侯。子孫始居晋陵之無錫曰豪，晋義熙末，戍長安。子寶年八歲，臨别謂曰：『須我還，當爲汝上頭。』長安陷，寶年至七十不冠婚。或問之，輒號慟彌日，不忍答也。南齊建元三年，詔表其閭，曰孝子之門，詳見《南史》。其後子孫，世世祠祀之。皇元至治間，處士君琫以舊祠隘陋，更廣而新之，籍良田入以供祀事，吴興趙魏公孟頫爲題其額。歲時君幅巾深衣，率宗親子屬，奠於堂下，踖踖恂恂，有序有節，禮益嚴謹。不幸至正丁酉，兵革薦興，邑之居民室廬殘燬無孑遺，故祠亦廢。處士君之子晞顔、華昌君奉避地中吴，間關百罹，左右就養無違，以至於歿。至庚子春，始獲携稚耄歸鄉里。而處士君即世，蓋三年矣。晞顔重惟前業久隳，而孝子之祠弗繼，日夜痛心疾首，志忽忽若有遺忘。惟以情事未申爲不慊，對親姻故舊，言輒仰天而吁曰：『即不獲身先奉孝子祠，死不瞑目也。』乃聚族而謀之。於是相地之良，手翦棘茨，拾瓦礫，埽煤燼，决壅塗，爲屋若干楹。既塓既留，不礱不磨。制儉以質，弗侈而華。番陽周公伯琦復篆其額曰『齊華孝子之祠』。將勒石以貽永久，乃以屬惠連：『晞顔始克歸奉孝子祠祀，願先生叙次之。』俾吾友薛毅夫得以達之京師而謁記焉。所以牽率鄭重，不知其過者。以薛君乃吾孝子，同傳薛天生後，同德經義，世契故也。連惟晞顔先君處士蓄書教子，行甚方，言若不出口，閨門之内，有禮有義，能奉孝子祠甚虔。而子又克孝，能述其父之事。經之營之，以卒成之。其爲讀書慕義，獨異於流俗。所好潜遯荒野，彈琴賦詩，若將終身，使以所學見諸設施，其爲知所先後也必矣，遂爲粗述梗概，幸立言君子，哀而聽之，以成其志，以圖其不朽焉。處士君號松隱，集賢院褒贈清逸處士。

至正二十二年四月望日述。

重建華孝子祠堂事述跋 華汝高

松隱以孝行立德，東湖即仰體親心。隨事盡孝，修舉祠宇，特一端耳。其曰：『日夜痛心疾首，志忽忽若有遺忘。』對親知故舊言，輒仰天而吁，一種懇惻之情，與孝子不忘父命，其精誠殆曠世而相感乎。汝高謹識。

南齊華孝子祠記　唐肅

至正二十三年，肅旅吴門。晋陵之士華以愚，過而請曰：『晞顔之遠祖諱寶者，在南齊時與同郡薛天生劉懷允，皆以孝行著稱。故吾邑惠山，舊有三賢祠，廢於宋，復於今。改元初，有永嘉高明所爲碑文。吾先人又於隆亭所居别樹屋以承先祀，而江浙行省左丞周公書其門曰「齊華孝子之祠」。丁酉之變，隆亭惠山兩祠俱爲瓦礫。晞顔奉先人，顛連竄伏，五年於外。暨獲歸桑梓，則先人已棄諸孤而即世矣。晞顔痛惟故業之未復，其所當先者莫此若。爰率族人而營搆之，兹幸完矣，敢求紀其歲月。庶几晞顔生得躬祭奠，死得見先人於地下。且俾後之人，知所以繼承也。』肅聞之，矍然而興曰：『以愚其賢乎！顧肅淺於文辭，何足記此？』明年春，以愚復來，請益勤，辭益弗獲，乃執筆以記焉。按李延壽傳孝子事，言孝子晋陵無錫人，生晋末，父豪爲兵，當戍長安，囑孝子曰：『須我還，與汝冠。』孝子至七十不冠，或問之，輒號慟彌日，後終於齊。建元間嘗詔表其門閭云。蓋長安於晋末，屬後秦姚泓。義興十三年，劉裕率諸將克之。裕留子義真居守，而以王鎮惡、沈田子等爲輔。繼爲夏主赫連勃勃所寇。孝子之父計死是難，亦可謂隕於忠矣。而孝子操獨行若此，歷晋而宋，歷宋而齊，竟總角以老，不求用於亂世。吾以爲孝子非特不忍死其父，而且知出處之義，宜其支裔蕃永，蒸嘗靡絶。至以愚益能勤於追遠，興既墜而勸將來者，炳炳如也。嗚呼！孝子之孝固矣。今以愚續先人之志，而祠孝子則又以愚之孝也。以愚之孝，延之於後，則一門孝子，將不匱矣。是不可以不記。肅所惜者，三賢之中，惟華氏之後有人。而劉、薛二族，無聞於今是。故其祠事，遂廢不振，何華之幸，而劉薛之不幸歟。雖然，三賢之名豈以祠之存亡？而有傳浴場主之異，特爲世教計，則宜致意於斯耳。牧是邦者，考地志，訪前脩，必有能爲彼二子念者。吾尚俟之。以愚之先人，名琈，字厚珍，自號松隱。

太歲甲辰正月既望乙亥日記。

南齊華孝子祠記跋華守方

當第二泉上，吾遠祖華孝子故址，上有三賢祠，祀湛茂之、陸羽、李紳也。泉之東偏，别祠以祀吾祖。其薛、劉二孝子，先與吾祖同傳，祠無與焉。今記中誤謂薛、劉同吾祖爲三賢，偶失詳考耳。今欲正之，而先輩名翰，不敢輒改，謹識於左。成化庚子夏仲月嗣孫守方識。

題華孝子祠堂鄭後莫彦

南齊華孝子之孝行，載于傳記，播于詠歌，炳燿今古。愈遠而傳愈不朽者，人所喜談而樂道故也。余謂孝子者，善事父母之謂。孝子生八歲，而父行戍不歸，獨能佩服臨别時待我歸冠之語，遂至七十猶角卯。烏乎！借其父不歿，或三四年，或五六年而歸，命孝子冠，俾孝子承顔悦色於侍旁，則扇枕温被之勤，冰魚雪笋之奉。事親之必善，大有可稱。又奚止不冠一事耶。雖然，承顔侍旁者，子職之常，待命而冠者，人事之變。孝子能持孝於事之變，則於子職之常者，不待言而可知也。烏乎！孝子之心，曰惟父之歸，而不知其歿之已久也。曰俟父之命以冠，而不覺其鬢之已皤也。服膺一言，以終其身。彼受教而忘簡，聽言而觸屏者，滔滔皆是也。又孰爲振頹靡而扶世教也哉？我思古人，伊華孝子。

洪武壬子正月吉日，謹書于毗陵官舍。

建祠歸迹記吴一鵬

常之無錫惠山第二泉之側，故有華孝子祠。歲久且壞，其三十五代孫煥曰：『此非爲子孫之責乎？然祠關風化，不敢專也。』乃遣弟燀疏請于朝，其略曰：先孝子寶，孝行淳篤，載於《南齊史》者甚詳。祠歷年所，惟守令之賢是賴。顧今祠且壞矣，先臣守吉嘗欲徹而新之，且議割常稔田五百畝，俾歲入以供祭享脩葺以費，餘則贍乎族人。事未及上，賫志而終。兹敢上請，庶几表先孝子，且以慰先臣者。詔從之，燠得報喜甚，乃遂告於邑侯徐君。君曰：『此盛舉也，其可緩乎？』遂復白於郡侯連公，會連公擢鹽運使以去，而秋官郎中楊公繼之，先後作興，如出一轍。而祠遂告成，規制有加，觀者起慕，於是華孝子之名，益著於天下矣。燠以書來請予記其事。嗟夫！天下之事，豈易成哉？其建白於郡若邑者，雖出於子孫之私，然或阻撓焉，亦時有之。是舉也，恩出於上，而爲有司者，乃復欽承於下。樂助成之，遂使爲其子孫者，得逭其責，以衍孝思於無窮，其功詎可忘耶？此記之所由作也。雖然，豈專於華氏一家而已？蓋孝，天性。達之人人，由一家而天下，由今日而百世。雖遠而爲風勵者，蓋亦無不在焉。三君子之功，於是爲大。連公名盛，直隸永年人。楊公名二和，江西進賢人。徐君名海，浙江常山人。皆以名進士爲良有司於東南郡邑，其善政類可書者，此特其作興一事也。

題華孝子碑後 顔蕭

華孝子故址，在惠泉東。舊有祠，祠有碑，記其事，歲久湮没。鄉之耆欲重葺之，以勵風俗，備以聞縣。余既令其族姓，出貲葺祠於舊所，仍命式勒其文於石。會有來諗者曰：孝子尊父命不寇可也。不。娶無後，可乎？余曰：『孝子之心，誠孝矣。尚何言？當晋之季，南北分裂，君臣父子之義乖，守其命而不忘者，能几何人？孝子以幼而受命，老而不違，是固賢矣。古禮不冠則不娶，歸而冠娶，實吾父命。長安天遠，音問不通，吾惟冀吾父之歸。而或得如所命耳，歲月云邁。不幸終天。又何忍遽違命而自冠且婚耶？蓋其心惟知有父命，而不計其身之有後矣。况考其家乘，孝子以弟寬之子慤爲嗣，謂其不爲後計可乎？孝子之心，誠孝矣。尚何言？且古之不告而娶者，以無命也，權也。孝子之固守慶而不冠婚者，以有命也，經也。蓋孝無定名，惟義所在。使當是時，受命於君父者，皆如孝子之没世不忘，則其家必不失墜，國必不分裂，綱常之義明，而世道豈不隆盛矣乎？余於此勵風俗，殆亦宜。諗者曰：『唯。』故書於碑後。

華孝子碑後跋馮善

大明仁宗昭皇帝在青宫時，被召，過滁州，問醉翁亭記故事，無復遺迹，乃嘆守臣之不得人。以其視故事且漠然，爲政可知矣。今觀本縣華孝子祠，歷千餘年，寥寥無繼舉其事。以爲錫類之勸者，其與醉翁亭輕重何如也，况其遺址反祀三賢。微進士高明撰記，几不墜於無稽乎。雖賴有其記，無繼舉者，則亦同歸於淪胥以没矣。景泰乙亥，廬陵顔侯肅來知縣事，首訪及此。每歲春秋蒸嘗，舍菜而一展敬。邑之士庶，修禊登高，觴酒賦詩，時一瞻仰，足以觀感而化民俗。宜有奮勵追躅之人，豈但修舉故事哉？此非守令之得人，曷克臻此？倘我昭皇帝觀斯事於兹，必錫褒嘉，不但興滁上之嘆而已。千載之下，風教賴以不墜，其在兹乎？

華孝子祠記王華

華孝子寶，生晋義熙間，南史載其事。孝子生八歲，父遺戍長安，謂孝子曰：『須吾還冠汝。』父竟死不返，遂終身不冠，亦不娶。年七十餘，以弟寬之子爲後。舜不告而娶，君子以爲大孝。孝子守其父命，至終身不冠娶，人不能無疑於其説也。屈原自沈以死，揚雄譏之，朱仲晦曰：『屈原之忠，忠之過也。屈原之過，過於忠也。』夫亦孝子之謂也歟。孝子，故錫人，錫之華氏，皆孝子之後。殷大昌衍，獨盛於他族。惠山之麓舊有祠，自孝子之殁，千百餘年，而禋祀無替。當孝子之生，其時王公大人，有子若孫，氣勢百倍孝子者何限？然皆淪廢湮滅，而孝子獨以其一念惻怛，卒能享有無窮之祀。孝道之大，其施諸後世而無朝夕也，固如是哉。弘治癸亥，華氏之三十三世孫曰守吉者，謀脩孝子祠，以敦祖睦族，事未舉而殁。明年甲子，其子煥煇燿勛孫謹成父之志，乃大新祠宇，捐膏腴之田五百畝，以供祀事，而以其贏賑族之乏。於是孝子之事，益大彰顯。而守吉父子之名，翕然不愧其家世。蓋華氏之以孝義相承，信乎其流澤之遠也。煥等既得請其事於朝，復以狀幣來丐予記。夫孝子之孝，守吉父子之賢，皆有勵於世，不可以辭爲也。於是乎書。

賢孝祠記 咸瀾

君子施政於天下，垂教於後世，無非欲人賢與孝也。賢以重名教，孝以勵風俗，名教不淪，風俗不偷，則政施於天下，教垂於後世，豈無所補哉？無錫爲江南巨邑，風俗淳厚，尤重名教。邑有山曰惠山，山之麓有三賢三孝二祠，三賢湛茂之、李公垂、陸鴻漸。湛爲長史，有聲南朝。李爲相國，嘗讀書山中。陸爲隱士，品泉爲天下第二。人皆以賢稱。三孝，薛天生、劉懷允、華寶。薛以母遭喪菜食，未免喪而死，終身不食魚肉。劉十歲遭父喪，不衣絮帛，不食鹽菜。華奉父一言，終身不冠娶。齊建元間，咸旌其閭，以名教所重，風俗所繫，故邦人祀之。祠廢宣德正統間，巡撫尚書周公忱，命建祠祀陸，以其品泉也。知縣顏肅重建孝子祠祀華，重孝也。天順已卯，大尹鄞城李君葉、貳尹餘姚邵君桂，相繼來莅邑政，訪前賢遺迹。致仕教諭馮善告以二祠之詳，乃相與慨然曰：『賢與孝，同一稱也。何湛、李、薛、劉之不與焉？遂捐俸增建，以侈其規，進湛、李於陸祠，以申尊賢之義。復薛、劉於華祠，以爲錫類之勸。邵君與予有舊好，馳書徵文記其事。惟道在天地間，亘古而墜。其或顯或晦者，由人之行不行耳。蓋賢、孝，一道也。二君子推是道以及於錫民，而民心其心，感其化，景前人之賢，迹前人之孝，使道晦而復顯，澤流而益遠。名教豈小補哉？風俗豈小補哉？於是乎記。

惠山四賢祠記 馬治

惠山寺四賢祠，在第二泉發源東偏三十步。所謂四賢者，劉宋司徒右長史湛茂之，南齊孝子華寶，唐中丞李紳，桑苧翁陸羽也。寺故有三賢祠，其址視志書，臨長史宅，爲孝子故居。而孝子不與祠，非特華氏子孫以爲慊，其於理有不當然者。元亡，寺爲兵廢，祠亦隨燬。皇明以孝治天下，所在更化，寺將復新。孝子之後有曰晞顔者，無錫文獻之家，乃率先其族子弟，以請建四賢祠於山中故址，增孝子，其位列李陸上，以世先後，否名爵也。觀夫晞顔此舉，亦豈有直私於孝子之故哉？實乃補夫山中故事之缺遺，公乎州里崇賢之論也。夫四賢者，出處顯默之詳，策名行事之概，似固難爲後世議。若長史舍宅爲寺，中丞讀書山中，桑苎往來第品泉水，士大夫清塵雅望，與山俱高。三賢自皆各有所尚，然而虎門龍争之際，南北分裂，而乃童然一翁，終身之慕，不冠不娶。如華孝子者，千載而下，遽欲匹諸簪纓之賢，而祠能無異乎？蓋亦盍思當其時，表其門閭之故，所以裨益名教，風勵天下後世者。增高是山，又莫賢於孝也。晞顔之意，所以不敢自嫌，而直請焉，誠謂是歟。或曰：『四賢之後，在今惟華氏。湛、李、陸之後，惡在其人，方之於祠，詎非有若不足？』然其事邇在山林者，自足賴以傳述不熄。祠之廢興久近，皆人事乎。抑將委諸其運乎？要之公論一興不可刻也已。大凡訪古山中者，登高而望太湖之風波，渺東海之烟雲，徘徊此祠，掬清泉翳嘉林，笑談詠歌，茶甌酒壺，鐘梵簫鼓，醒醉雜沓之間，男游女觀，巖芳澗實。時節風物之美。熙熙然，幸皆與太平之鎖地者，豈獨錫一邑之人？東西南北之往來，顧瞻前賢，蓋亦有感而興起者乎。于以見四賢祠不徒作也。寺記桑苎翁舊載華陂爲孝子所築，唐李延壽有華孝子傳。茲又繫於孝子者，以晞顔增祠之禮新，非略於湛李陸氏也。晞顔字以愚，同建祠宇者。

華孝子祠祭田記 林瀚

《禮》曰：『士有田則祭，無田則薦。』蓋祭之興廢，繫夫田之有無也。尚矣。錫山華處士守吉，遠祖寶，當南齊建元中，以孝旌於時。自後邑人建祠惠山泉左，像而祀之。歲久漸圮，其裔孫晞顔，嘗一新廟貌。而春秋享祀，尚未有常規者，無田故也。又再傳至守吉，有志於此，未就而卒。遺命諸子燠輩，割延祥鄉腴田五百畝，以供孝子祠歲祀，積其餘粟，分周族之貧者，百有餘竈。守吉藹然孝義之心如此。燠偕煇、勛諸弟，恪遵父命，遂於弘治甲子春，上其事於朝，詔下禮官，如其所請行之。士林聞者，罔不嘖嘖稱嘆，以爲虞周淳風，復見於今。非聖天子以孝治天下，其感化人心，未必若是之速也。夫古之士，祭田惟以供時享，而周族中貧者，或有未及。至宋范文正公仲淹，則置義田千畝，以贍族人，婚嫁喪葬，悉有所給。錢公輔記之詳矣。天下後世，咸景仰不已。逮我朝正統中建安楊文敏公，成化中宜興徐文靖公，皆割已田，毋慮八九百畝，并建義莊，以祀祖，以贍族。其宅心猶范公也。邇年致政太守，長水陳宗器，亦割已田三百畝，以爲是舉。其宅心，猶楊公也，猶徐公也。守吉之心，其古今諸兮之心乎？蓋尊祖宗而祀不廢，濟宗黨而貧有資。孝心也，義心也，皆良心也。以此持身，奚患不修？以此治家，奚患不齊？使措之於用，又奚患民風不古，民性不復也哉？世有争據田業，雖百畝十畝，尚累年交訟不息。使聞華氏之風，吾知將爲虞芮閒田，而良心自萌耳。其邑先達，致政大方伯陳公朝用，重其孝義之舉，乃緘書授華之乃孫謹、誥二俊士，持至金陵示予，請記其事。予考之於古，惟一范公焉。訪之於今。僅見楊、徐、陳三公焉，復見守吉之父子焉。嗚呼！孝義，人心所同然，何古今概不多見耶？大抵士之貧者，有是心而無是田。富者，有是田而無是心。華氏父子，蓋有是田有是心，而放夫古禮者也。况窮而在下，視達而有禄之諸公，尤其難者。卓然拔乎流欲遠矣，予亦因是而有感焉。位雖列於六卿，而世業田地，自先大夫相承，爲畝不上四百。族中貧者，視華氏亦衆。祠塋之祭，雖有圭田四五十畝供之，然無廣積，可以周族，恒付之一慨而已。華之子孫，當世守而勿失。俾孝義家訓，大聞於四方，則風俗之淳。豈獨錫山一邑爲然哉？

孝子祠祭田記 華學泉

歲甲申之六月，裔孫汝修請割膏腴二十畝以益孝祖祠祭田。先是舊有田若干畝，春秋享祀外，所餘無几。其祠宇之刓弊，神像之剥落，橋梁、池沼、樓垣之頹壞，司祭者苦於無儲。率因循歲月，或不得已出私財佐之，常苦不繼。君益田二十畝，計收粟若干石，歲歲積之，以資修葺之費，誠盛舉也。於是裔孫修昌等謀於衆曰：『是不可無以詔來世。』乃語學泉俾記其始末。學泉竊惟我孝祖自晋末迄今，千二百餘年，廟貌儼然，蒸嘗勿替，固徵祖德之綿長，而亦賴有賢子孫爲之設祭田，以供享祀，時修葺，故久而益光。然祭田之設，亦几經廢興。今其瘠而僅存者，慮不足以保先祠，惴惴焉朝夕廟墜是懼。而汝修獨能割其所有，附益而充斥之，以無憂不足，可不謂之賢矣哉。而其賢更有大過人者，君有田若干頃，其平時自奉菲薄，而豐於祭享，厚於族黨。鄰里屬有疾，屏醫藥不御，曰：『死生，命也。吾順受之而已。』乃悉哀其産有二子，長嫡授之若干畝，次側出者半之曰：『使吾子稍給饘粥足矣。』乃割出四十畝以爲本支先世祭田，而以二十畝益孝祖祠祭田之不足，餘田若干畝以贍宗族、婣親之貧無告者。寒助之衣，飢助之粟，喪助之棺，子孫不得衣食其中。各立之簿，召司祭者及宗黨而籍記之。嘻，異矣！人情厚封殖，樹田產，莫不敝敝然，勞精竭神爲子孫計，累百千萬億，而不知止。然而多藏厚亡，一二傳後子孫蕩然無有存者。君產不踰中人，而割其膏腴以供祭祀，瞻貧族不欲子孫之有，餘財以損其智而益其過，其賢于人遠矣。夫設祭田以追本始祖孝也，施及媢族仁也，嫡庶有別禮也。不貪其生，不私其子，非智而明於大義者，又孰能乎？一事而四德備矣。而君之子能承父志，以克相其成，是皆宜有傳也。君長子，名希閔。次子，名希閎。希閎方九齡，希閔以篤學好善聞於鄉，識者以爲君仁孝之所致云。是用牽連書之，俾劖諸石。

重修華孝子祠記孫仁

成化戊戌冬，予奉命來守常郡。明年，以公事至屬邑無錫，而游邑之惠山寺。寺之東，乃南齊華孝子所居故址也。舊有祠，祠有碑，歲久湮没。予因考郡志，孝子姓華，名寶，世家錫。晋義熙末，甫八歲，父豪戍長安，且行，顧謂寶曰：『我還。爲汝冠。』後長安陷，豪卒。寶至七旬弗冠婚，或問其故，寶號慟不忍答。立弟寬子愨爲後。建元間，八旬餘，詔表其門閭。嗚呼！我皇明百餘年來，民殷物阜，老佛者流纖無補於名教，且爭雄競侈，殿宇嵯峨，金碧輝映。而華氏孝子，當晋之季，風節頽靡之時，獨能恪守慶父命，終始不渝，其誠可以動天地。其堅可以貫金石，其流風餘韻，可以敦澆振漓。顧乃不爲之立祠，使聲迹泯然，與草木同朽，首名教者孰得逭其責哉？况華氏爲族，甚眾且殷。予於是進華氏群族而諭之，俾協謀同力，務成厥祠。華守正等，孝子三十世孫，雖親屬疏遠，皆知尚義，輒倡郡族鳩工度材，建堂三間。中奉孝子神主也，兩旁各一間，爲藏碑之室。廳五間，東西過道各二間，廳之前立一亭於中，而引泉以爲池，砌石以爲橋，外則碑亭門觀，巍然焕然。歲傭一人守之。肇工於成化甲辰冬十二月既望，訖工於乙巳秋八月廿又五日也。落成，守正等拜予求記。予觀孝子，奮乎數十世之上，又有賢子孫生於數十世之下，登科第，陟要津。衣冠儒林者，代不乏人。《書》曰：『德垂後裔。』孝子以之立祠奉祀，宜也。嗚呼！此祠既立，近而吾常五邑之民，遠而鄰郡遐邦之地，咸知有義。而不知有身，知有父，而不知有妻子，人人勵行，比屋可封，未必不由聞孝子之風而興起焉者，則於名教豈無少補哉？是爲記。賜進士出身中憲大夫知常州府事新淦孫仁識。

孝子祠配享記 華察

吾華之先，自南齊孝子，世爲錫人。後有諱榮者，仕宋，因家汴。至承事三一府君，靖康間，復歸至錫，家梅里之隆亭，族衍以大，遂稱隆亭華氏。四傳爲監税府君，勝國初，徙堠陽，又稱堠陽華氏。又四傳爲貞固處士，國朝洪武間，再徙蕩口，讀書好禮，益振家聲，而簪紱蕃畬之盛，甲諸華矣。孝子故有祠，弘治末，曾大父聽竹處士遺命諸子疏於朝，嘗一新之。吴文定公爲著祝文，用修歲事，載在家乘。正德以來，舉輟無常，祠亦浸圮。嘉靖癸亥，察率兄子承業等，復加葺焉。歲享之儀，始有定式，庶几勉成先志矣。載惟三一至察，凡十有六世，自四世而下，皆有墓在，每春秋展祭，不敢廢禮。獨三一與子四二、孫五八，時方草昧，繼遭兵燹，其墓湮失，蓋自貞固所著《慮得集》中，已莫可知矣。嘗聞祖宗功德，有百世不遷之主，雖古今家國不同，而禮緣人情，可以義起。我華氏之望之錫也，自孝子始。望於隆亭也，自三一始。望於蕩口也，自貞固始。以功德論之，皆當百世不遷者也。今惟孝子有祠奉祀，而三一則奉祧既遠，墓復無徵。貞固則墓雖有祭，主亦奉祧。水木之思，不能無遺憾焉，於是謀之諸父昆弟。敬以三一、四二、五八、貞固作四主，列之昭穆，配享孝子。或以功德，或以無墓，各有義存。非所謂亡於禮者之禮歟？《傳》曰：『萬物本乎天，人本乎祖。』斯舉也，將少伸報本之誠，且以補前人之所未備。凡我子孫，其善繼之哉。

華氏祠堂記 姚光孝

昔聖人之制禮也，所以教民養生送死之道。慎終追遠之節，纖悉備具。而其報本反始之心，尊祖敬宗之意，人得盡其心焉。然古之廟制不傳，而士庶之家，亦有所不得爲者，遂使報本反始之心，無以展白。而尊祖敬宗之意，亦淪胥而不行矣。迨至宋朝文公朱子，推明聖人製禮，斟酌古今禮俗之宜，爲祠堂之制，使上下咸得爲之。且曰：『君子將營宫室，先立祠堂於正寢之東。製祭田，具祭器。主人晨謁於大門之内，出入必告，朔望必參。』其禮簡而詳，其意周而密。既不逾於古，而又宜於今。上至公卿大夫，下及士庶之家，皆得行之，而有以盡夫報本之心也。噫歟！休哉！洪唯聖朝太祖高皇，以神武定天下，以文德安社稷。臨御之初，詔諭天下，其冠婚喪祭，一依文公家禮。人之從容者衆，知禮者寡，遵而行之几人哉？無錫華公愷氏，系出南齊孝子寶之後，詩禮故家也，爲人端雅恪謹。正家以禮，嘗立祠堂，以奉四代神主。其子伯訓能讀父書，不墜厥緒。顧舊祠朽敝撤而新之，軒楹垣壁，朴素明潔，栖神有龕，藏器有櫝，陞降有階，序立有所，時祭參謁，一如家禮之儀。永樂丙申秋，托太醫院御醫趙友同屬余爲之記，將載諸石以昭示於無窮。余謂人生於天，而本乎祖，成形於父。則祖考者，吾身之所自出，可不思以報之乎？事死如事生，乃所以報之也。世之人美宫室以安身，而祖考之神無所製，盛肴羞以宴樂，而祖考之祭放而不修。若此者，豈可同日而語哉？祠堂實權輿於公愷，垂四十餘年，始重搆于伯訓。種德樹義，以貽厥孫。昭孝垂休，以培其本。是皆不可以無述。若其世系名節，有華氏《傳芳集》家譜存焉，余故不及也。公愷諱悰韡，號貞固，行厚二。伯訓，名興定。自其始祖三一丞事，至是凡一十一代云。伯訓子若孫，又能克篤前烈，勿替而引之。將見瓜瓞之蕃，則不止於今日矣。

時永樂丙申秋八日既望。

重建華孝子祠記 徐海

無錫去邑治之西，五至許，而近爲慧山。山之東麓，孝子祠在焉，蓋其故居址也。孝子事載《南史》，有可考者。要之，其自髫年受遺命，至終身不忍冠娶。律以舜娶不告，曷云其宜？然以吾不可，學舜之可，是則孝子已矣。且當其時典午失馭，僭叛蜂起。爲臣子者，视棄其君父命若弁髦，然而孝子獨砥柱其間，其於世教何如哉？予以菲才試政茲邑，唯重本敦風是先。聽决之暇，間訪所謂孝子祠者，而謁焉。顧荒隘寥寂，土垣四頹，鳥矢鼠迹交其中，游蔓且侵棟矣。予不安之，以爲與孝子弗稱，既而刮蘚剔垢，摩挲故碑。其一則景泰丙子前令顔公自記其作興之事，其一則成化己亥郡侯孫公又作興之，而記亦所自爲也。予益用内惕，以爲風勵之道，愧於孫、顔，抑又異夫今之諸華族懋以繁。其簪紱於朝，雄貲於鄉者相望，曾是孝子而不祀忽諸何也？惟我在，將必有感慕而興者矣。值予奏績北上，未遑於勸。及還，則果有諸華。曰燠、煇、燿、勛、謹者，跪進曰：『惟先人守吉遺命，新孝祖祠，籍腴田千畝之半，供祀周族。今既拜疏得命矣，惟事主於邑。其奚敢專擅，謹用伏請。』予曰：『此吾意也。惟慎惟豐，以成爾考之志，以昭乃孝祖之風概。』及上請於今郡侯楊公，命之亦如予。於是盡革故陋，聿興新規，中峨祠堂以居像，高廣完緻，視昔倍之。祠前浸石池二，以盥以滌。又前屋横之，豁其中楹以通道。祠陰，聳三樓以藏祭器，且以燕毛。匝樹堅垣，不甓而石，以爲久計。此皆昔未之有者也。於戲！孝子於是乎益耀，而慧山者亦於是乎增重矣。方落成，予與寺丞君文光入觀而嘉之。文光曰：『祠之成，我華之式，實公之績也。當無記乎？』煇等因拜請如孫、顔故事。予謂是舉也，費非公帑，力非公工，非我督責，而克自興起，績於何有？然成其美，不沮其義，則楊侯與予之心，猶孫、顔耳。夫下之崇向，瞻諸上人，惟樂與以一言，則庶乎觀感者，皆知孝子足重。而風勵所及，不止於諸華焉耳。於是乎記。

正德丙寅，賜進士文林郎知無縣錫事三衢徐海伯容撰。

華孝子祠碑 尹臺

往予過無錫，登憩惠山之麓，低回留之不欲去。蓋矑其上，有華孝子祠云。稍問邑而得其事，心益嚮往之。噫嘻，久哉！余之慨然乎是已，其奚宜弗論著。按志孝子名寶，生晋義熙末，甫八歲，父豪隸戍長安，撫謂曰：『俟吾還，冠汝。』其後長安陷，父竟殁不歸。孝子號慟屢絶，終其身不忍冠娶。齊建元三年，詔表厥閭，邑人即所居立祠祀焉。或疑孝子棄冠娶，致迄無後，若未可爲世訓者。乃後先君子，推其心置辨，以爲孝子惟知有父之命，故不復顧身之冠娶，是非充不忍違之實，而能遂其心之所欲自盡與。蓋伯夷重父命，則逃宗國若敝屣。屈原愍其君愚蔽，則寧懷沙自湛不少悔。彼固所謂求仁得仁，必若是志乃慊焉爾。

矧孝子有弟之子爲嗣，即惡可云無後，而安得復訾病之？余既不能疵其説矣，乃獨有感於天之道焉。考史，是時正宋裕伐姚秦而克長安，大驅晋甿，往戍守，計其人肝腦是役，紛籍不能勝數。裕以百戰雄威，虐而使之，若衝風之蕩游塵。人視天之道何如哉，豈知不轉眦間，裕子孫屠刳於逆篡之相，尋燼滅，至靡噍遺。乃孝子後裔，播衍大江東南，振蟄相仍歷千二百餘年，愈久而其蕃愈競。簪紱所襲承，廩帑所墆藏，雲晟播溢吴列縣諸巨宗，未睹或𢦏及焉。則孝德之貫穹厚，通神明，其善祥積降，久鬯流莫知所止極也。豈人力之可與耶？始孝祠祀中廢，吴人王彬特爲倡建，元進士高明首記石。入我明，錫令顔肅重修舉復斫文志。後弘治間，華氏之裔煇等，疏其父守吉初志聞朝，得撤祠葺新之。又割腴田五頃，籍祠以供祀事。至嘉靖癸亥，裔孫翰林學士察重加修葺，牽其族子姓舉歲祀焉。今上元年詔天下旌孝義，學士諗邑在校士白提學御史新建，謝君廷杰肇著令春秋有司致祭。學士念賢觀風，使表著之功，在風化甚裨助，不可無鎸樹示久遠，於是走幣來徵余文，而曰碑且具。余少從學士游，最昵，矧故詳孝子事。今老矣，得附名是祠，惡可以弗文拒。乃既叙撰復學士，而又爲迎享送神詩，俾工歌肄以佐來祀者，而并鑱附焉。其辭曰：窈何深兮崇祠，羌誰葺之兮孝子尸斯。倚巃嵸兮抗瀺灂，俯清泠兮耀丹臒。靈之來兮夷猶，痗予懷兮鬱煩憂。乘緒風兮駕雲旗，導赤輿兮驂兩螭。亂蠡湖兮百瀆，倏而降兮忽若遺。靈連蜷兮既留，芳菲兮襲道周。采白華兮溪沚，眺南陔兮瞻北邙。撫桂席兮奠椒漿，靈方格兮欻褰裳。佩芃蘭兮曳角觿，爛昭昭兮未央。蹇誰要兮雲中，入天門兮游無窮。愍予跂兮延佇，耿莫泄兮勞懭忡忡。貽我豐稼兮多黍稌，蟬冕祼升兮紛并趨。嘏命祝兮眾心懌，祀始今兮欽無極。

萬曆二年歲次甲戌春二月既望，賜進士出身、資善大夫、南京禮部尚書、前翰林院侍講學士、掌院事、同修國史會典、兼理誥敕經筵官，永新尹臺撰。

重修華孝子祠記 陳弘謀

惠山麓，華孝子祠，建于宋時王彬，廣闢於孝子之裔孫琇。後遭兵，重建於其子晞顔。明弘治間，裔孫燠等復葺之，堂階整肅，祭器畢具，數百年于茲矣。中翰華君希閔，孝子四十一世孫也，念自前明鼎新以來，閱世既久，正廳三間，日就頹圮，非補葺之功可治，乃撤其朽壞，崇其基址，而復新之。鳩工庀材，經始于壬午之春閱秋冬而告竣。爰備牲牢，以禮祭享。子孫之與斯祭者，仰棟宇之輪奐，俯階除之完固，油然生奉先思孝之心焉。余時方移節湖南，過錫三宿，中翰率其族具圖呈請爲記。余維孝子事實，載在《南史》，其祠之倡始興修，具前賢碑記，無事贅述。考之邑乘，華氏爲錫之望族。列祖以來，忠孝節義，鐫於祠額者。四方游士，景行仰止焉。今中翰能承其世澤，聿修祠宇，益信孝子之食報。源遠流長，所謂克昌厥後，保世滋大者，可於茲驗之也。余嘗語司牧者，道民莫先興行，當表其地之先哲遺徽，以爲之型。而又必其鄉之碩士，率祖攸行，以爲之倡，則移風易俗，不肅而成。余官江左數年，無能副聖天子化民之至意。今中翰之請，而即以其孝思布告於邑族。俾遠邇聞風興起，或亦可少償余之未逮也夫。

乾隆壬午嘉平月，太子少傅、兵部侍郎兼都察院右副都御史，總理量儲，提督軍務，巡撫江蘇等處地方，調任湖南巡撫，軍功加一級，又加二級，陳弘謀撰。

成志樓記 楊循吉

夫孝以繼志爲大，爰稽古人，若南齊華孝子先生，以一言受遺，終身不冠，其至行遂顯聞天下，蓋可徵已。後千餘年，事有適類而行之者，吾又於聽竹處士守吉之子燠、煇、爟、勛等見之。其迹異，其心同，不害其爲同也。處士孝子三十三世孫，初惠山祠壞，思欲新以已費，且捐田五百畝供祀事，因以瞻族，志未行，會卒。諸子奉行惟謹，而煇尤致力，至走京師，拜疏以聞。下有司得建祠，祭祀立田，法具如故議。弘治甲子七月，祠堂成。又閱月，作後之樓成。凡爲楹三，其崇二十有七尺。前瞰原野，却臨名泉。周覽顧望，盡林巒之美。藏祭器於斯，會宗族於斯。講信修睦，敬恭神明，處士志也。嗚呼，孝哉！《書》不云乎：『若考作室。』既底法，厥子乃弗肯堂。矧肯構，蓋言相繼之難如此。雖然，後之能繼，恒視其前，莫或啓之，何德之化？夫處士以孝友之道啓其家，久矣。其身殁也，不令而行，職由此乎？聿觀爾祖，取則不遠。其奉言不貳，得事死如生之道，一而已矣。繼自今，其務協心永計，以迓承天寵。毋侵田，毋沮令，毋遏懿舉，斯豈惟處士之志，抑華之賴。敢書以爲勸。

重建成志樓記華希閔

祖廟之制，前堂後寢。堂以奉神主，寢藏衣冠。祭畢則燕於寢，禮也。惠山之麓，有始祖孝子祠。祠後樓焉，宜寢。而樓之也何居？蓋孝子因父一言，終身不冠不婚，其心豈嘗一日忘父哉。子孫祠孝子，而因私謚孝子之父曰啓孝先生，孝子之弟諱寬曰恭孝先生。恭孝之子，後孝子者諱慤曰繼孝先生。各設木主而皆祀之，推孝子志也。顧與孝子并祀于祠，則于祀孝子之意不專。而祀于寢，則又無寢也。爰爲之樓，而奉三主于其上，而下則當寢焉，所謂禮以義起者歟。是義也，發于通四支三十四世孫諱守吉，且嫌舊祠庳隘，謀更建焉，未成而遽殁。其子爃、煇、燿、勛等繼成之。煇尤力至伏闕上請，得旨允行，命有司歲祠孝子，而復其祠之祖樓成名曰成志，昭守吉之志。而煇等成之，亦成孝子志也。時弘治甲子至天啓間，樓圮，重修之。歷今百有餘年，復壞。余于雍正巳酉年，撤而新之，廣袤如其舊，而加崇者七尺。經始五月，落成八月，凡費白金二百一十三兩有奇。守吉十世孫奉其先人與曾公諱治，命以歷年所積祭田羡粟百石佐余，盖亦克成父志者。當樓始成時，禮部郎楊公循吉記之。稱樓瞰原野，俯名泉，顧望盡巒林之美。夫過墓生哀，入廟思敬。樓雖美，以妥祖先之神可也，子孫豈于廟寢選勝哉？誠如守吉以下，念念不忘先人志而謀所以成之。則登斯樓也，瞰原野而知山之有基，俯名泉而知水之有本。孝友之心，必有油然自生者。巒林之美，未嘗非成志之一助也。樓既成，有泉泓然出于其後。因規池壘石，蒔桂杏几本。或曰二泉，故名孝子泉。兹亦泉之支流也。

四一伯禄兩府君附祀記華學炯

粤稽吾華，系出微子十傳。至宋戴公，生子考父説，食邑於華，始以爲氏。自考父以迄南齊孝子府君，譜牒詳明，俱可考證。孝祖世居無錫，其十八世孫諱榮，由錫遷汴。逮第四世孫諱原泉，行三一，於南宋靖康間扈駕南渡。復歸無錫，爲隆亭始遷祖。府君生子三人。長諱瑛，行四一。次諱曄，行四二，爲烔之二世祖。三諱哲，行四三。惟四一、四三兩府君，我支大通譜俱載，五世四世無傳。於光緒丁亥年，我支二十七世孫繩武，偕二十八世孫備諴游幕浙寧，共襄楊伯新觀察鳌務，遇有我族名志青者，爲寧郡庠生，稱爲四一府君後。歷序世次，始知三一府君之二十五世孫也。詳述四一府君之子伯禄府君，於南宋時，由錫遷寧，遂家焉。彼支祠有孝子府君，暨三一府君神位。繩武備諴，亦曾與祭。本源具在，粲然可考。其後科甲叠興，爲寧郡巨族。志青歷稽祖訓，於水源木本之思，誠爲懇摯。彼知無錫爲始祖所居，安能忘本，故於是年秋季奉尊長命，偕弟侄等專誠來錫，遍謁祠墓。敬告我支通奇十五房長幼，欲將四一、伯禄兩府君配享惠山隆亭兩祠，以明大宗未墜之義。我堂侄翼綸亦喜玉成其事，是年未即舉行。今於本年三月，志青航海而來，敦請我支四二府君各後裔，議定章程。遂於是月十六日。敬將四一府君神位，奉安惠山孝祖祠成志樓昭位。十七日，又將四一、伯禄兩府君神位，配享隆亭始祖祠。我支子姓來送者，不下二百餘人。禮成而退，誠盛典也。志青商諸鄞鎮兩支各房下集資捐置田租十石零，捐入孝祭帳中，再置田租九石九斗零，歸入隆亭祠墓公帳。兩宗田畝，以備每年祭費。惜乎翼綸已故，不克躬逢其盛，殊深感慨。烔不揣固陋，謹叙顛末，用付貞珉，以垂不朽云。

光緒十五年巳丑春三月記。

東湖先生從祀孝子祠記 華守謨

惠山之有我祖齊旌孝子祠，舊爲有司建也。後嗣重建，始于東湖公。舊爲三孝祠也，捐田奉爲專祠，始于貞固公。貞固公之志，子孫成之，以訖于今。而東湖公之迹泯焉，考之郡邑志，以文學稱，及其軼事，善寫歲寒松。考之家乘，公所著有《東湖詩文集》《傳芳集》。《傳芳集》則家劍光先生續之，其他手澤遺文無有存焉者矣。及讀其裔孫杰所重訂溯源編，公之詩文，略見一斑。而公之報本追遠，有難於貞固公者。元明鼎革，兵燹流離。惠山隆亭之祠，廢而復興。三孝四賢之風微而重顯，公之力也。自公以孝弟教家，文學起家，其後蹇齋、鴻山兩公以名宦稱。鳳超、燕超、龍超三公，以理學著，以忠節顯。至於我朝，尚義好修之士，接武而興，皆東湖、貞固兩公開之也。其守先待後，足以爲法，皆當俎豆弗替。貞固公既從祠惠山，而東湖公缺焉。乾隆六十年春二月，諸宗長奉東湖公木主祀成志樓。蓋公之志，先貞固而成者也，位於貞固公之上，以世次也。從祠既定，其裔孫捐田拾畝於公祠，且謝諸宗長曰：『後嗣不能振揚東湖公之德，而宗長爲之微顯闡幽，與貞固公并祀。其子孫感且不朽，宜記之以不忘宗長尚德之公心，爲吾家百年之盛事。』宗長咸曰：『今日之舉，以明積厚流光，雖久而不没也。』東湖之德，始祖監之，宗族仰之。而今有後輯其手澤而傳之，其宜從祀也信矣。其靈與先孝子同陟降於二泉之間也久矣，豈以世遠風微而數典而忘之哉？是書從祀之歲月以爲記。

時在嘉慶元年二月吉日。

東湖先生配享成志樓碑記華守謨

從來子孫之蕃衍昌熾，由祖宗積善之餘慶啓之也。而祖宗之俎豆馨香，亦由子孫不匱之孝思以永之。族祖奇五公之季子曰東湖先生，篤學文，善山水，敦本樹德。元末，始祖孝子祠以兵毁，重建之。明初，就常州學博，歸隱東湖，望重林泉，著有《東湖集》，又輯宗譜《傳芳集》。郡邑志載《隱逸苑傳》中。昔柳下季述先生制祀而及前哲令德之人，蓋東湖之宜在祀典久矣。按孝子祠在惠山之麓，自毁於兵。至東湖之重建，相去六年耳。其時群雄方擾，干戈戢，正間關避地，播遷喘息之餘，而於始祖之祠，掃除其頽垣敗瓦。而經營相度，汲汲如此，非所謂孝思不匱者耶？且東湖我祖貞固公同時，皆敦宗盟，重祭祀，其所著《傳芳集》又與《慮得集》并爲家珍。其後理學文章，忠孝節義，諸君子雲騰鵲起，後映前輝，皆昉諸此。貞固公久已從祀成志樓，而東湖闕如，得無有歉於子孫之心。其十五世孫名杰字仁山者，永言孝思，追維源本，既整理先塋七所，而復其墓者凡十有四世。又重修秦塘涇溯源祠，復建蹇齋先生祠。重訂溯源編，以爲家乘。因請於族之尊長，蠲吉於乾隆乙卯春仲戊祭之辰，奉東湖先生木主，配享成志樓。以齒序位貞固公上，禮也。事既竣，仁山復肅諸尊長而言曰：『吾華自孝祖以下，至宋元五墓，歷久而烝嘗不廢者，惟田是。昔東湖之考清逸處士，嘗有田奉始祖祀，見惠連《重建孝子祠述》中，不知廢於何年。杰雖綿力，勉率三弟烈、熙、照，割田租拾石入祖祠，以助修祠祭之供。敢以爲請。』諸長者既許其請，而謂守謨曰：『補祀東湖，崇德也，宗族之公心也。捐租入祠，繼志也，杰之計久遠也。不可以弗記。』屬守謨記之，謨謹述東湖之德，而識其從祀之歲月著於篇，畀杰勒諸石，以示世世子孫。

乾隆癸卯科鄉貢進士、通四支二十三世族孫，守謨撰。賜進士出身翰林院庶吉士、通四支二十四世外孫，蔡維鈺書。

聽竹府君配享成志樓記 華開驥

《傳》曰：『有功德於民，則祀之。明乎國家報功旌德，所以慰幽靈而勸來茲也。』國既如此，家何不然？我華孝祖祠，創始於唐，遞及五代元明，廢興不一。凡子孫之建立者，泐之元石，彰彰可考。例得傍祠配享，蓋亦猶報功旌德之意。十三世祖聽竹府君，於有明弘治間，遺命諸子，捐延祥鄉田，供祠贍族，得請於朝，詔立祀典，此祠後成志之樓所由建也。迨後鴻山、少泉兩公，承府君意，復置祭田，以給祠中歲事修葺之費，至今罔替。惟府君配享之典，缺焉未議。開驥志之不敢忘。會光緒己丑，四一公後裔志清，自甌東來修族誼，詣祠瞻謁，并請於族，奉四一公主入祠配享。開驥因念府君，遺庥篤慶，建祠置田，俾得五百年來俎豆罔替。堂構常新，雖孝祖之靈有以詔之，未始非府君之追揚先烈，以佑啓我後人也。告之通族，僉以府君功德，允宜從祀。因於是日，奉府君主於成志樓之右楹。所以昭功德，亦成先志也。竊以開驥經理府君墓祭，三十餘年，葺其享堂，培其宰樹，幸苟完善。今歲府君支譜，又幸將告成，故備書於此。俾後之子孫，有所考焉。

時光緒乙未正月日，二十六世裔孫開驥謹識。

始祖祠詩

迎享送神詩 尹臺

窈何深兮崇祠，羌誰葺之兮孝子尸斯。倚寵樅兮抗瀺灂，俯清泠兮耀丹雘。靈之來兮夷猶，痗子懷兮鬱煩憂。乘緒風兮駕雲旗，導赤輿兮驂兩螭。亂蠡湖兮百瀆，倏而降兮忽若遺。靈連蜷兮既留，芳菲兮襲道周。采白華兮溪沚，眺南陔兮瞻北屺。撫桂席兮奠椒漿，靈方格兮欻褰裳。佩芃蘭兮曳角觿，爛昭昭兮未央。蹇誰要兮雲中，入天門兮游無窮。惄予跂兮延佇，耿莫泄兮勞觿觿。貽我豐稼兮多黍稌，蟬冕裸升兮紛并趨。嘏命祝兮眾心懌，祀始今兮欽無極。

題南齊華孝子小像 姜宸英

孝子諱寶，父豪，晉義熙末，戍長安。時孝子年八歲，臨別謂曰：『須我還。當爲汝上頭。』既長安陷，孝子七十不婚冠。有問者，輒號慟彌日。按史，劉裕以義熙十三年秋八月至潼關，命王鎮惡大破姚丕軍，遂入長安。其年十二月，裕將東還，三秦父老留之不得，以弱子義真都督雍涼秦州軍事，留鎮之。豪戍長安，當以此時。既而沈田子以掩殺王鎮惡伏誅，長史王修被讒死，群情解體。夏王勃勃遂進據咸陽，走義真，積人頭爲京觀，號髑髏臺。此十四年十一月事也。豪豈以此時陷没而不得還耶？從此中原分裂，生靈塗炭於戰爭。又百餘年，然後合而爲一。其遺禍烈矣。劉裕之罪，可勝誅乎？而孝子之所痛者，特其父也。然自古篡竊之臣，若王莽、操、懿父子，俱未嘗親殺其故主也。至零陵賊殺，自後禪授之際，習以爲常。裕之子孫，亦嘗身罹其毒，而君臣之道苦矣。獨孝子終身思父不婚冠，此其所關於人倫甚大。蓋與晉徵士之風，異事而同軌者也。嗚呼！忠孝名節者，國之大綱大常，而人類之所以不滅。顧失之上而得之於下，豈不尤可貴重歟？南齊時，同郡有薛天生、劉懷允兄弟，皆以孝行旌，然予獨以孝子之所遇，有足感者。故疏其事於像左，且繫之以詩。

平朔門前萬馬迴，長安歡動聲疾雷。羌人反接渡江來，南朝太尉作事乖。心圖九錫苦欲回，十三兒子何爲哉。兩雄攫拿鬥不開，忠臣斷頸起禍胚。赫連隤師山崩摧，參軍馬背馱嬰孩。草間求活真駑才，人頭作山高崔嵬。三軍同時横暴腮，傷心極望髑髏臺。髑髏臺上悠悠魂，七十無家難具論。一朝旌旗忽南卷，百年星日當晝昏。小人憶父心煩冤，父老哭君聲暗吞。白頭舉事何紛紜，衡平陵畔夜啼鵑。君親大義死不泯，赫哉孝子誰等倫。東籬之外五柳門，宋齊轉眼俱埃塵。忠孝歷刼無沈淪，君不見此圖惝怳正氣存。

晉孝子華公贊 邵寶

奉父一言，終身不易。彼哉人臣，寧獨無職。南史有傳，聞古今志。繫之晉，謂之公心。

題華孝子祠詩

其一 丁輔

孝子聲名舊，流傳奕世芳。淳風終不泯，雅操久彌章。川岳含精氣，乾坤著耿光。雲仍并簪紱，自是慶源長。

其二 韓誠伯

珍重南齊華孝子，片言父命死無忘。白頭總角當年異，青史垂名後代芳。落日啼猿松隱去，西風衰草華坡荒。雲孫自是英賢士，早晚遺基復畫堂。

其三儲惟德

孝子祠堂几廢興，隆亭别祀見雲仍。七旬未冠常流涕，一語終身竟服膺。地鎖烟霞猶可認，名儕劉薛幸同稱。我來細讀南齊傳，更酌寒泉薦菊英。

其四周衡

憐君失怙早，豈願孝名傳。念父行時約，終天悵莫湔。不婚甘獨處，總角至稀年。情比王裒慘，清同靖節堅。高風千載下，遺廟亂峰前。涕淚枯蒼柏，精誠格上天。殘碑文字古，時祭子孫賢。吊古重來此，題詩一惘然。

其五顧諒

西風短轡出遲遲，爲謁南朝孝子祠。白髮滿頭猶未冠，苦心千載不勝悲。寒烏夜宿庭前樹，衰草秋連冢上碑。我亦平生有深感，長歌獨漉涕交頤。

其六翟克讓

孝子精誠蓋古今，淋浪清淚日沾襟。嚴親見約歸時冠，總角懷思百歲深。蘇武固持還漢節，伯夷端有耻周心。九龍名族今全盛，喬梓參天萬木陰。

其七顏肅

山靈翊運久祕錫，天下泉品差第一。舊時隱者何處尋，花林草樹春陰。文饒鼎食昔稱侈，水驛致遠乃如此。華坡猶傳孝子名，高風凛凛揚古今。君父之命不忍背，使我頑懦知深誨。

題華孝祠

其一 沈周

孝子祠前春日低，西檐素壁我留題。入雲古樹無人伐，個個乳鶯來上啼。

其二 孫慎行

泉流决决遶祠過，千載思親奈若何。惟有白雲迴望處，年年山色印清波。

題華孝子祠詩

其一 王永積

衆流深淺樹高低，無數詩人置品題。獨上義熙山下路，空林惟有杜鵑啼。

其二 前人

曲澗時聞屐齒過，思親不見奈親何。稀齡弱冠終天恨，怕聽秋風起緑波。

其三 蔡維鎔

望九龍兮蒼翠，列堂構兮宏開，肇南齊兮著孝。終身孺慕兮，令人從之而溯洄。

恭謁孝祖祠追慕前徽敬賦

其一 華璘選

奕奕名巒九點青，千秋白髮迥儀型。烈追西蜀冰霜燦，思重南陔涕淚零。松檜有根偏自茂，蘋蘩無恙久逾馨。衹今舊址流風遠，移孝還須佩一經。

其二 前人

五季紛紛謔浪頻，天經何處繫君親。一言曾佩臨岐約，千載流傳仗節人。血染金川青史耀，聲標錫嶺絳筵新。清池幸有源堪遡，成志樓頭薦几巡。

謁孝子祠敬賦

其一 華方苞

流芳忠孝史恒青，萬古常昭作典型。先世克全徽已遠，承將未備涕猶零。臣忠殉難堪崇祀，子孝推恩宜并馨。成志樓頭商往事，愜情雖創亦爲經。

其二 前人

遡源橋上往來頻，瞻仰依依一本親。皓首儼臨稱孝子，捐軀王事是何人。國恩祀典雖仍舊，成志深情用鼎新。體我先靈甘旨意，清醪同日酹三巡。

題孝祖祭田詩二首 華允誼

順治壬辰長卿守固斧正等倡復祭田感而賦此。

吁嗟我皇祖，篤孝扶天經。痛父垂別言，服膺凜趨庭。念之血時碧，七旬靡改更。白髮綰童丱，如溯悲風鳴。精神徹金石，典禮訖有成。至性乃爾爾，古今豈殊情。

仰維古先哲，緩急事有經。經始行禮祠，况乃贊厥成。有田供黍稷，嗣守應勿更。祗瞻廟貌赫，雍愉忻在庭。肅肅煙霜古，滮滮泉澗鳴。靈馭森翱翔，曷以喻我情。

題孝祖祭田詩和龍超先生韻

其一 華臨亨

野栖罕縈慮，幽求在大徑。仰瞻孝祖祠，草莽黯然成。衣冠雖已易，仁孝不爲更。一朝振典禮，師尹賓于庭。廟貌恍如赫，山靈隱欲鳴。及爾游觀者，千載不勝情。

其二前人

孝子堅孺慕，一心天地經。奕世留生像，形依性矯成。君父道常在，俎豆禮無更。蒼松萬古意，源水宛中庭。駿奔欣葛藟，笙簧葉鳥鳴。何時冠冕續，鉅典一生情。

其三前人

疇先多仁者，祀先崇禮經。孝祖明禋遠，躬耕佐乃成。拊心千古血，泯棼任几更。留此几筵在，馨香散滿庭。春草含煙碧，秋風帶木鳴。赫若靈存著，何物寫遥情。

其四前人

圭田自古制，草野識遭經。王風不可再，家模早紹成。食新發深感，物重豈容更。長此執籩豆，肅爾儼趨庭。以待後君子，班班佩玉鳴。偏多作者慮，緊我獨無情。

和龍超先生題孝祖祭田詩一首華日躋

禋祀欣逢異代榮，拜瞻儀像肅心情。遺言悽矣猿啼咽，華髮蕭然風木鳴。俎豆只今崇孝德，衣冠千古祝宗祊。趨翔此日憑樽罍，黍稷能炊不糁羹。

孝子祠四詠王教

成志樓

東麓高樓紫翠重，于今太守愧無功。還將千古弦歌意，醉倚南薰向此中。

孫澤池

何處堪承世德深，方池一浚百年心。微風直轉吴淞水，欲雨遥連越海陰。

溯源橋

是水源頭路不迷，直從江外溯南齊。觀風有客過橋去，不爲尋詩到日西。

遺蔭樹

落日空山緑樹明，誰家培得更風聲。所思千載吾安寄，莫訝攀條漫折榮。

孝子祠四詠華恩

成志樓

百尺孤高倚碧岑，今人仰止昔人心。千年白鶴歸來後，窗外松聲月滿林。

承澤池

鑿就天工一鑒明，惠泉分入此池平。承流世世無休匱，恬淡寒光到底清

溯源橋

池間叠石架爲梁，梁下源源活水長。上溯源頭於此始，因兹一脉永流芳。

遺蔭樹

森森喬木雪霜姿，柯葉承恩雨露滋。根據九龍遺世遠，密陰重覆子孫枝。

謁孝子祠五絶句 華鑰

孝感千年廟貌開，乾坤孤譽尚昭回。自甘遺命終吾分，不數南齊用世才。

成志樓

危檻敞虚白，晴宇延春熙。望望萬山小，停雲焉所如。

承澤池

一泓惠泉側，百年春雨深。幽期攬新霽，明月滿烟潯。

溯源橋

流水激清湍，高山振遺響。何斯鑿靈源，應在南齊上。

遺蔭樹

山深闇清晝，春水密芳蘿。林卧空啼鳥，繁陰逸思多。

重瞻華孝子祠侯位

無錫多佳勝，南齊孝子祠。溯源橋是路，承澤水爲池。百尺樓成壯，千章樹蔭奇。攀躋再何日，聊爲寫篇詩。

謁孝子像華孳亨

兒啼幽咽和岩泉，撫首牽衣景邈然。隻影夢隨函谷月，兩髦留得義熙年。

題華坡春雪馬治

坡在惠山第一峰下，晋孝子寶所築。今考第一峰下無坡形者，惟護雲關前平坦數十丈似之。見《邑志》。

華坡春水緑漪漪，二月西山雪後時。舊宅重尋孝子傳，新年又赴故人期。鶴鳴竹日當窗淡，僧定茶烟出閣遲。我欲重修清净業，泉頭來謁四賢祠。

孝子祠四詠 邵寶

成志樓

孝子千年兒，慈孫百世心。辛勤堂且構，重屋倚叢林。

承澤池

世德來何遠，人將比惠泉。小池成匯澤，一浚一淵然。

溯源橋

水源窮不盡，日日潤之濱。伐石爲橋處，應知此是真。

遺蔭樹

故國占喬木，栽培奕世心。君家三兩樹，春晚古祠深。

孝子祠四詠和二泉先生韻 錢仁夫

成志樓

像設嚴時祀，前人有此心。樓高與祠稱，金碧暎禪林。

承澤池

遠接南齊派，清分錫谷泉。源源來不竭，家慶未同然。

溯源橋

架石通祠路，窮源自水濱。遥遥無阻隔，一脉認來真。

遺蔭樹

瞻同桑梓植，存有恭敬心。兼許行人息，緑陰深復深。

孝子祠四詠 楊文

成志樓

達孝亘古今，繼志而述事。事成志亦成，君子有孝子。卓哉華氏祖，南齊肇宗祠。源遠流愈長，祠廟荒孰理。中興聽竹翁，尋源作賢裔。立宗念甫深，重構擬宏啓。賫志忽全歸，有兒承令緒。一疏達九重，危樓擁祠起。層出九隴齊，凌空回古制。此意諒無涯，高山同仰止。

承澤池

九龍噴涎沫，派派行地中。山陽孝祠祀，世澤同此鐘。地靈人益杰，奕葉傳天衷。穴地成習坎，漱玉流淙淙。不盈亦不歉，雲影天光重。總角卯雙雪，涵我太古容。此心昭罔極，生氣春融融。民彝諒難泯，四海涯涘同。矧茲君子澤，前啓後乃從。請看世復世，舊宅新廟崇。

溯源橋

二泉有靈秘，深濬潛龍淵。池沼通畜泄，一脉流永年。潺潺漱祠石，如洗孝子顏。略彴跨池過，尋源得淵源。源遠同世系，千載何綿延。祠嘗歲躬奉，昭穆來後賢。環橋采蘋藻，池毛薦新鮮。游梁入坎陷，一竇闖九泉。山下出泉處，當我孝子前。此源長混混，白日行青天。

遺蔭樹

至孝通神明，千古名崒嵂。肇禋表錫山，清廟山陽出。廢久今復興，世澤罔休畢。廟門嘉木陰，松柏參秀鬱。豈古昔人培，本固枝愈密。勁節貫四時，霜風詎能屈。恍疑孝子樓，廕遺先代物。成志還滙源，慶鐘有深窟。賁彼花木光，此樹增黼黻。厥紹世世榮，樹德滋不卼。

和守溪花生題華孝子祠詩一首 李旻

新祠祠孝子，相傍惠泉頭。緣樹深連路，青山近遶樓。教忠須本孝，無劣可論優。百世祊田在，年年定有秋。

題華孝子祠和守溪先生韻 錢仁夫

孝子家何在，惠山山下頭。推崇應有廟，燕享可無樓。志在成先切，恩於贍族優。綿綿興嗣歲，端不懈春秋。

成志樓劉纓

華構重翬惠麓前，羡君曾讀梓材篇。孝思匪但追前志，善繼還能跂昔賢。千載蘋蘩將潔祀，四檐松竹更臨泉。明朝我欲西川去，弭節留題爲勉旃。

題邵文莊公孝子四詠卷子并跋陳廷慶

崇祠枕惠麓，翼雲構層軒。古樹上垂蔭，飛流下潺湲。邈哉南齊賢，千載孝澤存。二泉真大儒，達理窮其原。登堂景懿範，詠歎何清温。後暨數詩老，唱和如箎塤。墨彩相映發，有言皆不煩。凡兹藝林物，珍之勝瑤琨。什襲使勿渝，况乎在後昆。我交兩賢裔，醇疋重本根。將以壽諸石，貞亮貽子孫。清芬傳奕葉，餘慶彌德門。即此珍惜意，可令薄俗敦。

右邵文莊公孝子祠四詠，以暨有明諸公題詠之作，凡十五章。此顧君翰得而歸諸華氏者，其裔孫瑞潢、瑞清，將謀勒石。展卷雒誦，謹系以詩。嘉慶十四年端午日，奉賢後學陳廷慶題并跋。

題邵文莊孝子四詠卷子

其一言朝楫

孝爲百行源，古自帝舜始。歷代有傳人，食報在奕祀。前朝最著者，錫出華孝子。潛德蔭後人，行誼紛甗指。惟我姨丈父，義莊建鄉里。贍族今不廢，後嗣隆隆起。卷軸與我觀，昔賢題咏美。小子敢贅詞，展讀球璧視。至今中表家，孝友勤積累。此卷垂千古，孝子長不死。

時嘉慶十四年之冬，言朝楫題於賢宅之問月樓時年七十有一，時嘉慶十四年之冬，言朝楫題於賢宅之問月樓，時年七十有一。

其二 孫原湘

客持一卷來，觸手生古香。卷中何所詠，武陵古祠堂。有明理學儒，鱝鱝邵文莊。吾鄉一詩老，彭城水曹郎。餘子并卓犖，李昏及劉纓。楊文辭意悉古質，筆法考清蒼。流傳藝林久，哲嗣求傍徨。歸璧顧君手，珍襲逾琳琅。昔過惠泉麓，杰構依平岡。云祀華孝子，精禋肇齊梁。明時稍修葺，飛樓聳瑤閶。濬池承德澤，培樹貽來芳。涉境失瞻仰，展卷懷清光。諷玩不忍釋。一一名辭章，匪重名辭章。孝思感人長，惠出石可泐。惠泉水可塞，此卷不可蝕。

跋 侯鳳葆

吾邑舊家，若鄒氏祖道鄉、秦氏祖少游，大都起家兩宋，而華氏獨昉自南齊，蓋孝子之流澤長也。《成志樓》《承澤池》《溯源橋》《遺蔭樹》四詩，邵文莊公吟詠而手書之，諸名賢復繼其後，所謂相得益彰者。言一首，盛稱余家世德末及高忠憲公之性學，蓋先生爲忠憲公高弟，故言之親切，見道如此。文几七百言，金箋正書，字可徑寸，嚴正之氣，溢楮墨間，令人望而生敬。謹什襲藏之，爲世世墨寶，與文莊公此卷并美。鳳超先生成仁後，賜謚節愍，事具欽定勝朝殉節諸臣録，忠以承孝，錫類更宏，與孝子并垂不朽矣。又燕超先生諱允謀，天啓間司鐸寶應，作興讓堂，講學忠憲，有記，見《高子遺書》，及《揚州府志》，苞忝步後塵，于學署作景燕齋，以志景仰。今見此卷，謹牽連書之，綴名簡末，有私幸焉。

嘉慶十五年庚午秋八月同里後學侯鳳苞謹跋。

題邵文莊孝子四詠卷子

其一 齊彦槐

父亡兒不冠，頭白淚沾襟。每過惠山麓，長懷孝子心。世家喬木在，遺澤古池深。莫覽前賢詠，莪蒿久廢吟。

嘉慶二十三年，歲在著雍攝提格冬十二月壬申，特加知州銜知金匱縣事、前翰林院庶吉士，婺源齊彦槐。

其二 江之紀

八齡送父識遺言，七十依然不冠昏。馬角難銷終古恨，鳳超又見象賢孫。今以裔孫明吏部郎節愍公鳳超先生祔祀代更三嬗自晋至齊心無改，祀閲千年胄愈蕃。佳傳吾宗曾并入，不禁懷古意彌敦。吾家孝泌與孝子同列《齊書·孝義傳》。

道光壬辰閏九月二日，婺源後學江之紀敬題。

其三 邵涵初

題詠始文莊，登樓緬肯堂。卷中題詠，以先文莊公四絶句爲倡首。華坡時仰止，數典未能忘。先文莊公《慧山記》云：華坡在慧山下，孝子所築，今爲祠，右成志樓。三孝匹三賢，先文莊公《惠山記》云：尊賢堂在泉上，舊祠陸羽後增華孝子、湛長史、李丞相爲四賢。天順末，邑人以孝子有專祠去之，爲三賢。又載：三孝祠在華孝子故宅，宋王彬重建祀，華孝子與其同旌之薛天生、劉懷胤爲三孝。元至治間，華孝子裔孫琇廣之撤去劉、薛二主。又案：明餘姚戚翰林瀾有《三賢三孝祠記》云：祠廢於宣德間，至正統年，巡撫周文襄命建祠，祀陸羽，知縣顔肅又重建華孝子祠。再至天順間，大尹豐城李君業、二尹餘姚邵君性、致仕教諭馮君善，重修賢孝一祠，進湛、李於陸祠，復劉、薛於華祠，撰記立石於漪瀾堂之左夾室。至景泰間，華孝子後裔思濟重修，仍撤劉、薛二主。淵源溯惠泉，故居遺澤遠，池水自澄鮮。右承澤池池水長承澤，池橋合溯源。橋邊兩螭吻，源吐復源吞。先文莊公《惠山記》云：黿池在華孝子祠。自注云：泉流自下池轉北行，入於黿池。池甃兩螭首，南螭吐，北螭呑，小橋貫其中，北通金蓮池，右溯源橋。喬木千章在，南朝歷古春。本根長蔭庇，柯葉四時新。右遺蔭樹同治甲子三月下澣，邑後學邵涵初敬題，時年七十有三。

題家藏孝祖記元鄭元祐真迹

其一 華文柏

名氏相傳千百年，流芳遺澤頌先賢。六朝事業坡猶在，允構祠堂傍二泉。築坡以捍水患，至今人稱『華坡』。

其二 前人

畢生卯角守遺命。孝行錫山第一人。幸有遂昌留紙墨。果然經五百冬春。提舉遂昌人。

惠山謁孝祖祠堂恭賦 華英

九龍終古擅靈奇，山色溪光繞舊祠。十萬丁繁覘錫類，大宗譜十五支，現丁九萬餘人。二千道遠溯公枝，由晋陵至蒲，二千餘里。時運浩劫欣無恙。髮逆竄擾江南，名勝均遭破毁，惟祠以孝子得全。地擬重來幸有期，英以道光己酉赴浙鄉試場後到謁，今丙午，又以試至。今日婆娑堂下拜，蹉跎空切繼繩思。

謹按：孝子以晋義熙十三年，父豪，殁於王事，孝子年至七十不婚冠。或問之，輒號慟彌日，不忍答也。齊高祖建元三年，詔表門閭，今祠堂即其舊址。由唐宋迄元明，修造重建凡十餘次。萬曆元年，御史疏請有司致祭，列之國典。國朝因而不廢。英於道光己酉展謁之後，迄今二十年，潦倒文場，不克振拔，慚悚之深，感賦律句。而通四支侄孫笛秋刺史，與各支耆碩傳寫之下，擬鎸石嵌諸祠壁，以垂永久。詩之不工，適增罪愧。然以一詩而通兩地之血脉已俾合族知二千里外犹此奇五一支，頗稱繁衍，則因枝葉之遠揚，愈見本根之盤鬱。而孝祖之德不將亘古與九龍争高、梁溪并盛矣乎？

又按：孝祖爲我華氏始出之祖，奇五府君爲奇五分支之祖，方二府君爲來平遷蒲之祖，其事實載在史策、郡邑志及無錫大宗譜，彰彰可考。英嘗兩至晋陵，恭謁孝祖於惠山，寓蕩口華義莊者累月，與族中諸彦碩，展拜東亭、東西二大墓。自宋元迄千餘年發祥垂蔭，子孫蕃衍，簪冕蟬聯，三府君之德澤可謂盛已。兹謹録事實，恭入家乘，以示後昆。木本水源，根深流遠，后嗣子孫讀三祖事實，其孝思尤當不匱也夫。

同治九年八月，遷温州平陽奇五支二十四世裔孫英謹識。

竹柏同根歌惠山祖祠成志樓前文柏

君不見古廟柏淇園竹，飽蝕風霜葉芬馥。并經寒暑見賢貞，未聞兩物同根生。吾祖祠中有竹柏，鬱鬱葱葱具奇格。不惟貞勁有同心，復能交柯收一脉。昭昭祖宗德，嘉植承遺澤。卿雲一片影含春，常倚樓頭翠色新。我欲焚香相禱祝，數千百年長蔭我後人。

謁華孝子祠并吊節愍公鳳超先生王潤生

其一

至孝空千古，南朝第一祠。耆年猶待冠，庸德此稱奇。懿軌齊梅里，高門啓華坡。九龍山峰嵂，大節挺孫技。

其二

汗青自古傳忠孝，忠孝如斯古亦稀。待父百年頭總角，報君九死髮全歸。一家廟壯湖山色，千載名争日月輝。冠冕人倫孫繼祖，華宗奕葉有餘薇。

謁前明吏部考功員外郎華節愍公諱允誠二首張洵佳

門對清溪水一方，森然古柏見祠堂。披肝疏草尚青史，公參温體仁等，又上《三大可惜四大可憂疏》。帶髮頭顱見烈皇。公於順治五年，因不薙髮死。第一清官標姓氏，崇禎初，南御史薦天下清官，四人公居首列。在三大節定存亡。鵝湖支派椒繁衍，畢竟忠良世澤長。

文章精氣露毫端，死節居然似比干。公應科試題係『比干諫而死』句，忠肝烈胆，精氣不磨。望帝英靈啼杜宇，孤臣心事泣郎官。清風椿桂承先澤，大厦梗楠鬱壯觀。祠中楠木廳，輪囷環瑋，近世所無并世雙忠三里内，馬忠肅公世奇住居甘露，與公先後死難。按忠肅公與鳳超先生同題入學，華君子隨曾有雙忠遺文之刻。各留廟貌與人看。

題鵝湖華節愍公贈公天啓四年誥軸册張洵佳

主不論明與昏，國不論亡與存。忠臣不肯事二姓，提頭帶髮叩天閽。偉哉節愍公，大節何嶙峋。贈公不藉封誥重，封誥轉因贈公尊。天啓童昏何足論，尋常制草可以焚。惟此忠孝傳家之故物，可以揭日月炳乾坤光祖宗詔子孫。傳之至今二百七十有八載，當作球圖重器寶貴無比倫。

第一世

三一府君宗譜傳

府君諱原泉，第三一，孝子二十一世孫。孝子世居無錫惠山，至十八世孫榮，仕宋，因家汴梁，實府君之曾祖也。靖康間，府君扈駕南渡，復歸無錫，占籍梅里鄉之隆亭。因上世譜牒，不能考其詳，今畫宗系圖。自宋南渡，以府君爲第一世云。府君爲人倜儻尚氣節，尤樂施與。初自汴還，道遇饑寒者，惻然謂其夫人曰：『吾見其困苦，得不爲之拯恤乎？』遂以囊貲予之，略無吝惜。居家以勤儉自持，教子孫循蹈規矩，有古君子之風。配楊氏。子三：暎、曄、晳。

第二世

四二府君宗譜傳

府君諱曄，三一府君次子，第四二。沉静寡默，奉親事上。脩身齊家之道，迥異流俗。交游儒碩，訓子孫向善背惡。謀生於畎畝，居梅里之隆亭。配呂氏。子一：天錫。

第三世

五八府君宗譜傳

府君諱天錫，四二府君子，第五八。稟性質直，崇尚禮義。家業雖隆，而作事儉素。好讀書，能著述，鄉人稱爲古樸長者。配胡氏。好施予之心，與府君相符，以妝奩之貲几尤縉。命侍婢製衣，以衣無衣者。其後子孫六世之內，前後榮顯者三十餘人。蓋其夫婦積善之驗歟。子一：智。

第四世

千三府君宗譜傳

府君諱智，五八府君子，第千三。志識過人，處事以德義爲先。居家以孝弟爲本，不屑屑於細故，又能施惠及人。由是積善之深，致子孫久而彌昌也。生於宋乾道八年三月十五日，卒於嘉熙三年七月初六日，壽六十八。配袁氏，生于乾道八年十月二十日，卒於淳祐十二年十二月二十日，壽八十一。合葬黄門塘。子三：彦昌、詮、謙。

第五世

萬十一府君宗譜傳

府君諱詮，字君選，千三府君次子，第萬十一。容貌辭氣迴異常人，自幼穎悟，讀書務達奥義。既長，爲鄉之聞人，貲産埒封，爲常郡鉅族之冠。由納粟授將仕郎，主無錫簿。五子益振詩禮之風，華氏之盛，自此始焉。生於宋開禧二年二月十二日，卒于元至元二十二年十月二十日，壽八十。配鄧氏，生於開禧二年七月二十日，卒於咸淳十年五月初一日，壽六十九。合葬隆亭大墳。吴興趙孟頫爲著墓表。子五：友諒、友直、友聞、友龍、一雷。

萬十一府君宗譜傳跋 華孳亨

按本書稱府君敦厚行恒，養衰老，植幼孤，全守節，斂停尸，葬無主柩，成男女逾時不婚者，延醫製藥，以拯貧病。開鄉塾，教農工稚子。置義倉，歲入租四千斛，振全邑之饑乏。而舊傳甚畧，附記於此。裔孫孳亨識。

第六世

慶五府君宗譜傳

府君諱友聞，字起濱，萬十一府君第三子，第慶五。才堪理紛，投艱立辨，嘗以薦署監無錫稅，商不病而課弗虧，行省賢之。平居恂恂愿恪，服勤耕稼，鄉里漸化，無游惰焉。生於宋淳祐二年七月十六日，卒於元皇慶二年十月二十日，壽七十二。配袁氏，生淳祐二年八月初六日，卒於元至順三年七月初六日，壽九十一。合葬堠陽西原厚本之東。子三：瑜、璞、璹。

元故監税華君墓碣銘 揭奚斯

余讀陳方無錫華君善行狀，喟然歎曰：『士患無善可傳，亦患無能書者。或以小善而弗録。乃足爲萬世勸。或以大善而詳言之，乃衆人所能。華君之行，非陳方則亦闇然於世矣。雖欲傳之，孰從而取徵哉？』君諱友聞，字起濱，其先汴人，蓋自漢建安中避兵江南，而家無錫。初居隆亭，今徙堠陽云。曾大父天錫，大父智，父詮，皆以孝義長於一鄉。君兄弟五人，獨敦慤静，固退然若無能者。然不言則已，言則達事而稱情。郡有大訟，或以告君。君即索其情，審其勢，曰：『聽我則然，不聽後當然，且訟終凶。聖人所戒，犯聖人之戒，快一己之欲，大則毁家，小則辱身。果何利爲之？不忍故也。忍則無訟矣，故君子忍之爲貴。』聞者往往自悔自責而止。浙西財賦府，歲役人督其賦，賦無豐凶，必取其盈。而又旁緣者衆，民不能堪，不北走淮，則西走蜀，東入海。一家役，即一家破。而役且及君，君受之不辭。役終更，賦不耗而民不病。天下征商，而無錫課常不登。有言其才於行省者，行省署監無錫税，乃自克以先之。薄征以來之，弊無不除，而商自不欺。惟其不欺，是以弗虧。歲終，同列欲上其贏以爲功。君曰：『幸不致敗，無重貽後人無窮之禍。今歲以爲贏，明歲則以爲常矣。』衆怒，咸欲中以事，遂去之，然計卒不行。而君竟終其身不言禄。有别墅在嚴埭，嚴埭之民，男怠於耕，女怠於織。强者游手末作，冒刑觸法。弱者田蕪杼空，飢寒不給。君乃竭力而耕，教以盡地力，率衆而績，教以勤女工。麥禾倍登，布帛充盈，民皆顧自怨曰：『華君憑藉世業，猶勤若此。我輩生長農畝，乃惰自安。何以爲人？』於是男服稼穡，女事蠶績。數年之間，民物和裕，由君化之也。皇慶二年十月二十日以疾卒，年七十二，葬里之陳村。配袁氏，賢而好施。天曆二年，浙西大飢，出粟三千斛以濟，曰：『此吾夫子之心也。』至順三年七月初六日卒，年九十一。子男：瑜、璞、璹。璞進義校尉晋寧屯田總管。璹以子貴，授承直郎常州路總管府判官壁。女三：婿曰楊，曰鄒，曰陳。孫男十二人：鍈、鉉、鏗、鎮鋭、鎬、鈞、鏐、晟、昇、昪、鎡。鍈，承事郎。琢，州管民提舉。鉉，都功德使司都事。鋭，承直郎同知江浙賦都總管府事。晟，登仕郎，行宣政院都事。昪，嘉定州蒙古教授。女七人，皆嫁士族。曾孫男二十人，女十一人。元孫男十一人，女九人。蓋自君一門五世，男女至八十有六人。禮義相先，榮名相輝，有德以培之也。是故貴者，賤之維也，富者，貧之依也，君子者，小人之歸也。以貴陵賤則危，以富棄貧則離，以君子而絶小人則携，故能使賤不失其所維，貧不失其所依，小人不失其所歸。豈非國家之至幸哉？吾於華君深有感矣。銘曰：才足以致身，政足以化民。而生非不辰，而終乎隱淪以遺後人。

元日奉呈監税翁林子明

歲月從頭又一新，水雲浪迹總成陳。鄉心一夜三千里，客鬢明年六十人。地已回陽寒亦暖，天如佐善屈還伸。從來泰長期君子，可是燈花報喜頻。

人日立春呈監税翁前人

飲罷屠蘇未浹旬，金旛又上鬢邊新。百年易老愁添歲，七日爲人喜得春。甲帳已催詩入夢，辛盤未厭酒濡唇。出門一笑相迎好，但覺東風是故人。

第七世

通四府君宗譜傳

府君諱璞，字德珍，慶五府君次子，第通四。爲人孝弟忠信，樂善好施，居家恭儉，作事可法，貲業益廣，道誼愈隆，後人仰慕焉。嘗以薦授晋冀總管，辭弗就，而鄉人稱之，必曰『總管』云。生宋咸淳元年閏五月二十五日，卒元至順二年四月二十八日，年六十七。配王氏，生景定四年正月十七日，卒皇慶二年七月二十六日，年五十一。葬泠村之原。子六：鉉、鎮、鎬、鈞、鏐、鎡。

元故處士華公墓碣銘 黄溍

華氏之先，出宋戴公。肇自考父，别於大宗。食采於華，以邑爲氏。傳子逮孫，世爲卿士。源遠流分，譜軼莫詳。公之所祖，家始大梁。避兵南遷，常之無錫。實生孝子，克耀潛德。曾大父智，大父曰詮。補將仕郎，遂卒於官。父曰友聞，屬當内附。仕於其州，提領税務。母曰袁氏，實同州人。璞公之諱，其字德珍。幼有美質，不煩師教。平居沈静，寡於言笑。出與事遇，剖析是非。具有條理，無失毫釐。年登六帙，母故無恙。先意承志，惟其所向。兄弟子侄，合食同居。處之盡道，家庭穆如。奴隸有過，亦爲掩覆。托以他事，遣以使去。世降俗弊，豢於富驕。公矯其失，疏食緼袍。薄己厚物，樂施無靳。姻族之貧，時加存問。或辭不答，輒爲愀然。懷金遺之，戒以勿言。貸人以錢，不厚取息。三取其二，人以爲則。推己之善，及乎鄉鄰。敦本抑末，言之諄諄。人有鬥訟，必諭以理。啓其良心，俾寤而止。或以貲産，訴於有司。曰汝姑退，歸而自思。兄弟錢財，孰輕孰重。吾償汝欲，汝毋妄動。其人愧謝，雍睦如初。一家之讓，化行里閭。歲適大祲，民食弗足。時方有詔，以官易粟。公輸所蓄，千石有奇。法當得官，公乃固辭。或挽之行，公曰不可。民命方急，何暇私我。遺榮弗居，浩然而歸。山椒水澨，以敖以娱。浮屠惠師，同飲至醉。曰公欲官，吾力能致。公紿僧言，可仕者時。官非三品，吾有不爲。僧走京師，薦於當路。授公總管，屯田打捕。俾服其職，蒞治河東。晋寧冀寧，爲其四封。寵以右階，進義校尉。秩則三品，视郡長吏。有隕自天，公懼且疑。卒辭不就，老於布衣。至順改紀，二年辛未。四月癸酉，乘化而逝。六十有七，壽匪不多。年不滿百，命也奈何。重紀至元，二年丙子。九月丙午，葬所居里。兆其墓位，冷村之原。有崇一丘，式固且安。同里王氏，公之元配。歿先於公，十有九歲。子男六人，嫡長野仙。以才自致，列於朝班。居功德司，爲其都事。二十有六，華年蚤世。次鎮及鎬，年俱弗長。鈞則未仕，鏐亦早亡。鎡又其次，年方幼稚。其女三人，惟仲前死。餘皆有行，歸於名門。婿鄧大亨，暨錢宗元。孫男七人，十有一女。野仙所生，世嫡幼武。次爲宗道，浤及慶年。次静及潚，裕又次焉。曾孫男八，其女有四。由本而支，緜緜世系。爲之狀者，陳君子貞。以授幼武，使來謁銘。溍弗敢拒，勒此貞石。發其皆潛，昭示無極。

第七世宗譜傳辯華孳亨

吾家自孝子居錫，中間徙汴，宋南渡，自汴復歸。而此文由大梁南遷，始生孝子。揭文安曼碩元揭奚斯，謚文安，字曼碩志監税府君墓，亦云先世居汴，漢建安中避兵家錫。其誤正同。佩揚譜於二銘，稍有删改。今謹録原文，而附辨之如此。又按此銘，王碩人之殁，先府君十九歲。而方雷翁本書府君卒至順二年四月癸酉，王碩人亦卒于是月二十八日。考《元史》，二十八日即癸酉日也，同日而終，理所必無。奇一公祭兄文云『嫂氏久傷于永訣』，則非偕老明矣。《英玉譜》：府君卒皇慶二年七月二十六日，反先王碩人十九歲，其疏愈甚。今彼此互易，適符銘詞。又府君有祭通八弟文，流傳甚久。而府君長通八三載其殁也，年俱六十有七。歲月之訛，類多如此。每思貞固府君《傳芳集》原本不可得見，深爲惋惜也。裔孫孳亨識。

華處士遺事孟橦

處士在里閈，當時富人大家，角立相參錯，一弗與較。事有關衆議，即爲言某宜如是，某宜如是，不爾且有害。衆信服，無或違。里中凡析産，恒請於處士。既析，咸稱其平。或以游獵獲罪其父，處士就與語曰：『爾，人子也。何乃不共子職而從禽獸荒嬉爲？』其人慚且懼，則訢家君顧不我恤，誠無聊。不然，何以樂此。處士曰：『此易事，吾周若，若悖常亂俗，則人所不容。』謝曰：『不敢。』父子遂如初。有涖政未几，從處士貸若干緡錢者，未償而卒於官。處士深憫之，厚其賻而焚其券，復時周其家焉。處士家居簡素，親戚時時過從，飲以茶荈。少焉，出果蓏共食，不過一味。良久，又命酒，一再行即止，無他殽異品。獨悃愊效送迎，語惻惻入人心。彼問此答，未嘗有毫髮間陰。客有揖別，跨驢而敝衣見，亟追止之，遺以錢帛。客頓首謝出望外。處士見人務生産作業，必爲之喜。有蒱博縱飲廢事者，每誚責之，由是悔悟，乃爲貰其所貸，雖緡錢累萬數不吝。孜孜告語，皆扶植有益之説。常曰：『吾終不可獨厚。』族人售田，每命子弟豐其直。不忍之色，見諸顔面。願兼并者即推與之，或相與争所近田。處士曰：『是於吾田亦近。』即割所有以息其争。其有不能自守者，常語人曰：『吾族賴有四處士，尚可維持之也。』蓋處士行第四，故云。常所任使，有功浮於食者，至歲時相勞。必優異之，故人樂爲之用。處士殁已久，其屬語及，猶感泣不忘。論者以爲處士雖有力，其所以服人心者，則以德耳。一時長老聞其風，願以爲子弟，稚弱願以爲父兄。非賢德素著能爾也耶？橦師張存耕先生，今之醇儒也，處士之先君聘爲塾師，處士從賢父師之教，故其賢德懿行如此。讀黄公晋卿所銘，猶未免有遺軼之歎。敢叙一二，以補其遺。庶几他日備載史傳，爲後人勸焉。

府君祭通八弟文 華璞

昔我壯年，凡吾兄弟。未一再從。戢戢如綴。雲行筍立。掩靄屬袂。孰不激昂，翕然砥礪。昆居季出，氣爽神鋭。胡未三紀，髮不成髻。壯者日來，老者日逝。顧瞻左右，痛極難制。行列單薄，視昔若薙。我每指數，尚四三計。况若吾弟，知固其蔕。專氣夜存，功閾象帝。我意他人，澳涊侘傺。倏忽夭折，莫抽其閉。弟乃端居，神明呵衛。允集繁祉，疇敢爲厲。如何蒼天，遂降屯戾。且我高曾，縱不百歲。亦登中壽，奄然甫竁。云胡吾弟，而年弗逮。康健自憲，禍起一蹶。念弟平生，中夷外劌。砉然剞劂，觸事郎詣。奮力飛揚，踵還翻攊。豈不跕跕，卒自凝滯。天地生物，舉有隆替。所以大觀，不役于勢。弟雖往矣，耿耿目際。如聽我辭，如臨我祭。嗒然而化，奚有所繫。奠酒興懷，潸然吾涕。于乎哀哉！

祭兄文 華璹

於乎！在昔先君，鞠我三人。痛長兄之蚤世，惟仲氏之艱辛。賫余生之忝季，承友訓以由遵。惟兄也，下規子侄之善，上奉兹母之純。弗奢弗僭，克儉克勤。創業增光於數倍，生財有道以無倫。宗族推其孝，鄉黨尚其仁。姻戚懷其義，朋友信其真。紀綱家政，几二十春。畏避高爵，逍遥逸民。意騰芳於五桂，奈四隕以相因。嫂氏久傷於永訣，一男獨紹於宗禋。長女婦鄧，而女已繼逝。次息事錢，而婿已先淪。他如孤庶，師誨方親。是皆數之有定，非人力之可臻。弟與侄也，深懷撫援，夙夜惟寅。別音容於六載，長寤寐於形神。眷泠原之剛厚，蔚幽翠於嶙峋。吉既襄於埏，幸嫂兄以同窀。沆瀣洗空於寥廓，驚飈凄緊於蕭辰。酌寒泉而薦菊，寫哀悰之輪囷。儼雙靈而來下，饗蘭藉之氤氲。思夫兄兮左右，滂涕泗於衣巾。

元故都功德使司都事華公子舉府君行述 陳謙

上缺公諱也，先又名鉉，字子舉，姓華氏，常之無錫梅里人也。曾祖銓，宋將仕郎。祖友聞，皇元無錫州税務提領。父，璞，不仕。母，王氏。華於吴爲著姓，世有蓄積。其鄉里宗族，往往以訾相雄長。而公獨鋭志名爵，爲人剛果。明白是非，遇事設施類，慷慨有氣節。自爲兒時，即志所欲往決然去。既至期某日返，人雖苦語，終不可移。稍長，見達官貴人，與應對酬酢，輒色喜，不以少賤自處，有退恧心。達官貴人凡見者，亦自器重之。甫十八九，思所以樹立，如老成人。既冠其視或諷厲事進取，大愜意時已有室家。子女不暇顧，即日具舟楫資糧北走三數千里，至京師求名公卿事之。未几，遇某院使月者罕公某院使脱脱罕公，得出入門下。二公親見其材質，卓卓可成就，以名因推轂，使得由宿衛。進至大末都功德使輩真吃剌思公爲特奏，授都功德使司都事以初調未與散官。官即所謂階也。在朝有知公者，曰都事七品官，不容無階，擬奏授一階不果都功德使司，猶古祠官祝釐之職。國家所重所司，奏事上前都事輒從入爲筆，奏目日望清光沾異渥，亦既榮矣。久之，遽發疾苦，體熱而咳。丞相李公邦寧，領太醫院事，亦雅知公屬同知院事鍾僉院事韓就診，視爲湯液療之。三日，病良已。還白丞相，今都事病去十之七，其餘疾，吾猶能已。具其一其二，則雖俞扁再生，不可爲也，是宜使亟歸，無緩。乃謁告就醫江南。既至家，接親舊勞苦，問答如平生驩。初亦無恙，閱五月竟臚脹而卒。時皇慶元年九月八日也，年二十有六耳。是月十日葬於梅里泠村之原。配陳氏。生男一人：幼武。女二人：長適鄧德章，次適鄒德遠。孫男四人，孫女三人。公之事上也，恭而有度；馭下也，簡而能肅。居内也，不忘正；接外也，不倦勤。至於立身，僅逾弱冠，而丰采著見廩廩。向有爲假之以年，其何所不？至惜哉！公歿時，陳氏年二十八，誓不再嫁，撫六歲孤暨稚弱女。顧育教戒，惛惛焉期負所托。其視幼武嗣續之重，在其一身。雖既壯出入無遠邇，心恒系屬不暫捨。幼武亦不以母愛故，敢縱弛。母子孝慈，志所感觸。疇昔之勤，而至今之不易也。事益以有立，後至元二年，有司以陳氏貞節聞於朝遂命表其閭，有司因名之曰旌節里。其親戚朋黨歎息，言都事公平生跋涉，僅一官而身弗能有。彼造物者吝之耶？今爲婦爲子，相與保守於後者若是，其與之亦既豐矣。初泠村之莊爲墓垣，而公之弟鎮、鏐、女弟某，先後卒，俱厝一垣内，於葬不始法禮。家陰陽家咸以爲言勢不可止，改卜地得之羅村，去舊塋之北僅三里，將以年月日遷焉。幼武念其先人有志弗克暢以歿，今不可使無聞傳於世。而兆次改易，積以歲月，尤易湮昧，尚賴當代大君子爲銘識之。庶永有孝，則以其事來驗。謙於幼武友也，知其舉措不苟。抑嘗聞於其鄉人親戚，歷歷有徵。誠宜爲叙述其説，以告銘公墓者。故述。

至正六年十月十八日，吴郡陳謙述。

元故都功德使司都事華公子舉府君行述跋 華鳳榮

按府君行述，素未刊刻。兹檢尋古册，忽得府君行述一篇，如獲珍寶。雖上有缺文，及字迹霉爛，有模糊之處，然觀府君之生平事略，在當日之情形，不啻悉露于紙上，正於别傳中有未經道及者。爰將録下，補入《傳芳集》中，以冀傳行。時在光緒十年三月既望，裔孫鳳榮拜識。

第八世

淳二府君宗譜傳

府君諱鉉，字子舉，通四府君長子，第淳二。爲兒時，即不凡。既長，慷慨尚氣節。處事剛果明決，一無所撓。族黨務以貲相雄長，府君獨不肯苟循世好，而有志以功名自奮。大父欲成其志，俾北游京師，即日具舟楫竟行。去其家數千里，無少顧戀。公卿咸薦其才，由宿衛投都功德使司都事。都功德使所掌祝釐禬禳，皆朝廷重事。每入對上前，都事輒載筆以從，書其奏目。及所得聖語，雖在庶僚，而日近清光，士林中以爲榮。無何，疾作辭歸，卒於家。生至元二十四年八月二十八日，卒皇慶元年九月八日，年二十六。配陳氏，以節受旌。葬羅村壽山。子一：幼武。

元故都功德使司都事華君墓志銘黄溍

故都功德使司都事華君之子幼武，既求余銘其祖處士公，復介余友陳君謙來諗於余曰：『先君之歿，三十有五年。而冢上之石，未有刻文。今方改卜奉遷，不有以識之，懼歲月浸久，後人不知兆次之變易，或致于湮昧。曩者幸獲私於執事，而托吾祖之不朽。玆不敢以他屬也，是用有請，而不嫌其瀆。惟矜而畀之銘。』余衰年多感，不欲銘其父，又銘其子，而陳君歷援前賢銘人父子者爲比，不容卒辭。按陳君所爲狀：君諱鉉，一名野仙，字子舉。其先自汴徙常之無錫。曾大父諱詮，宋將仕郎。大父諱友聞，仕皇朝爲無錫税務提領。父諱璞，以入粟振荒，當補官，辭不受尋用。薦者特授進義校尉晋寧等處打捕屯田都總管府總管，又辭不拜，人咸稱之曰處士，余所爲作銘者也。母王氏。君自爲兒時，即不凡。既長，慷慨尚氣節，處事剛果明決，一無所撓。意所欲往，人莫能迴。華氏，故大家，宗族鄉黨，率務以貲相長雄。君獨不肯苟循世好，而有志以功名自奮。出與達官貴人酬酢，未嘗以少且賤自處，而有反退恧，見者無不器重之。君大父亦欲成其志，俾北游京師。君即日具舟楫竟行，去其家數千里，無少顧戀。至京師未几，以才受知於月者罕、脱脱罕兩院使。因共推轂，得備宿衛。肇真吃剌思司徒，時爲都功德使，尤見禮遇，奏授使司都事，皇慶元年四月也。國朝之制，由布衣進用者，散階下所居官二等。都事官七品，當冠以八品文階，而銓曹靳弗與。近臣有欲爲之請，而弗果言君亦不以爲歉。都功德使，所掌祝釐禬禳，皆朝廷重事，每入對上前，都事輒載筆以從，書其奏目。及所得聖語，雖在庶僚，而日近清光，士林中以爲榮。居無何，俄患體熱而欬。李梁公以丞相領太醫，亦雅知公，屬其同知院事鍾某、僉院事韓某，親爲診視治療。後三日，病良已。還白梁公，言其病已去者七分，餘三分，則其一猶可爲，其二使俞扁復生，亦無如之何也，宜聽其亟歸。君於是謁告就醫江南，抵家接親舊，相問勞如平時，殊無苦。僅五閱月，而病再作，氣逆臚脹，遂以皇慶元年九月八日卒于家，得年二十有六。夫人陳氏，誓不他適，而保其遺孤。後三十年，有司乃以上聞，而表共門曰貞節，里曰旌節。子男一人，即幼武，時甫六歲，陳夫人念嗣續之重，在其一身，撫育訓誨甚至。幼武亦不敢恃愛而縱弛，恒以其期望者，思無負所托，訖能有立，至於成人。女二人：婿曰鄧德章、鄒德遠。孫男六人，女五人。始君以其卒之月某日，葬于所居梅里之冷村。而君弟鎮、鏐及妹，先後相繼死，并厝一垣内，墓位不與禮合，陰陽家亦以爲忌。夫人嘗卜善地於其西北三里，羅村之原。將改葬，值兵弗果。及夫人歿，亦以兵故，弗克葬。至是幼武，以洪武壬子十二月十九日，遷柩與陳夫人合葬焉。余觀士之有其才，有其志，而不有其命，泯滅無聞者多矣。君雖未壯而卒，弗克究于設施，而化行其家。靡他之節，無愧前古。引而勿替，嗣世有人。潛德幽光，久而彌著尚何憾乎。余不及識君，而陳君之言，可徵不誣。銘諸石，庶以慰君於泉下云爾。銘曰：

君先汴人後南徙，或仕弗顯或不仕。逮君有作承委祉，生蓬盛時有才美。君家系出宋公子，孰無望君復其始。入通朝籍何壯偉，以疾賜告遂不起。三年一飛未渠已，繅籍甫陳璧乃毁。既葬而遷無違禮，龍劍合葳夜虹煒。君其永寧庇後嗣，揚君英聲垂千禩。爲之銘者，太史氏。

旌表華節婦陳氏墓志銘 俞貞木

節婦陳氏，諱明淑，故元都功德使司都事華鉉子舉之妻也。子舉卒，節婦年二十有八。其孤幼武，甫六齡，舅姑嘗問所志，節婦慨然涕泣，答曰：『兒生三歲，而夫鋭志出仕，不意蚤世。古人有言：「豈以存亡而有貳哉？」誓守遺孤，以待其成立。况有大人可恃，斷不負之於泉下也。』舅姑憐其節義，愈加禮之。嘗咨於舅，延老儒以教子，每諄諱訓幼武曰：『爾勉力於學，他日有成，父爲不亡矣。』事舅姑以壽終。節婦爲冢婦，家事無巨細，必親覽手録。性嚴重，晨昏起居有常式，能以禮待人，介婦亦相尊奉。百口同爨，饮食衣服適均，内外敬服，於婚嫁喪祭必豐盛，而自奉則適口體而已。凡宗姻鄉黨，聞有孤貧，必施與無倦。其始能不負其夫，而終能不負其所自誓。都事君殁後三十餘年，有司以貞節聞於朝，表其門曰『貞節華婦陳氏之門』，里曰『旌節里』。當世名公鉅儒，咸著文以述其事。年六十餘，病而喪明，置諸孫於膝下，令口誦書傳故事以自怡。尤鍾愛長孫完韡，以其母鄧氏蚤世，躬自保抱教誨者十五年。其於婦道母儀，蓋無忝焉。家值遺漏，居室貲財燬盡，復遭兵變，辟地東吴，皆自若也。忽遘疾，醫禱罔功。呼其子幼武謂曰：『贫富，命也。安危，時也。老而死，數也。又何憾焉？善訓爾兒，以保全於亂世艱難之中。喪事從儉。』翼日，卒於舟中。達哉斯言！足以見其平生矣。卒之日，至正戊戌三月二日也。以至元乙酉四月六日生，享年七十有四。子男一：幼武。女二：長適鄧，次適鄒。孫男六人，女五人。曾孫男女二十人。初，都事君之葬冷村也，與弟妹同垣，墓位失序。節婦存日，嘗卜地於梅里之羅村築壽山，將改葬而未遑。及節婦殁，以兵故弗克葬，權殯淺土。於是幼武以洪武五年壬子十二月十九日，遷都事君之柩，與節婦合葬焉。嗚呼！爲臣盡忠，爲婦守義，人之大倫也。若節婦也，生能配其賢，殁能守其義，是可銘也已。銘曰：三從之道，守義爲難。夫死不嫁，世教所關。善事舅姑，教兒成立。旌表於門，鄉邦是式。葬從夫穴，梅里壽山。銘焉無愧，刻珉萬年。

邑志・列女傳

都事華鉉，妻陳明淑，年二十八而寡，誓不貳志，撫孤幼武成立。至正間，表其門。幼武作貞節堂奉之，一時名人多題贈焉。蘇州俞貞木志其墓。

貞節堂引 沈粲

無錫梁溪華氏，系出南齊華孝子之裔。世濟其美，聞孫子舉，仕元爲都功德使司都事以歿，時其子幼武，年尚未及齔。孀婦陳甫廿有八，誓死不貳，撫其孤而泣曰：『吾不幸喪而父，子而有成，弗墜先業，吾之願也。』歷年滋久，貞節益著，鄉邦稱之，具其事聞于朝。命下，署其門曰『貞節華婦陳氏之門』，里曰『旌節里』，實元至正二年四月也。陳尚康强無恙，嘗曰：『吾自誓時，豈能必爾之必有立也，田廬之必不失也。今克至此，吾抱孫焉。田宅無廢，而桑梓益茂。而父爲不死矣，爾其念之。』幼武退而取旌褒之辭，而顔其堂曰『貞節』。一時學士大夫若黄溍、干文傳、鄭明德、李祈、貢師泰、危大樸輩，咸爲詩文記銘以美之。遠近傳誦，至今以爲盛事焉。既而族大以懋，克蕃克衍，幼武之孫仲諄、伯訓，皆有賢子，曰思濟，曰仁本，曰思源，以貲税甲於鄉，而貞節堂巋然尚存。伯訓兄弟歲時聚族兹堂，間謂其子侄曰：『華氏之延，若等其可不知所自乎？曾祖母克全大節，大父克篤純孝，當時名公已發揮矣。而吾與若等，獲承緒餘，又可不思表著先德者乎。吾聞賢士大夫，皆樂成人之美，以爲世道勸。苟懇求之，庶乎華氏之子若孫，知嗣續之自，而思有以衍其慶，繼其源，以自勖也。』余聞思濟道其父叔之言爲甚至，而竊歎仲諄伯訓之賢，抑可謂能繩其祖武者矣。惜余文之不深，而不能振之也，遂爲次第其事以爲引。庶乎立言之君子，知其概而廣其傳焉。

宣德七年四月望日書。

貞節堂記王英

華節婦陳氏，元都功德使司都使子舉之妻也。都事君卒，節婦年甫二十有八。子幼武，未及齔。節婦號泣，誓不他適，撫育幼武至有成立，艱苦凡三十餘年。有司上其事，詔旌表其門閭，時至正二年四月也。幼武乃作堂以奉母，顔曰『貞節』，當時諸名公皆爲詩文。今斯堂猶存，諸作者之遺墨尚在，而幼武之孫仲諄、伯訓，欲侈大之，命諸子思濟、思源、仁本來請記。於乎！世道既降，風俗乃漓，忠孝貞烈之行，或鮮能盡。觀節婦誓死守志，以成其子，以全其節，此蓋人之所難能者也。旌厥宅里，播之歌詠，固宜矣。及今孫曾衆多，猶仰承遺德。信乎！節義之澤，有以啓之也。宜侈大之，俾子孫世承休焉，此諄訓之志也。於是爲之書。

宣德壬子夏四月二十有一日書。

貞節堂記干文傳

余昔忝朝迹，預脩宋、遼、金三書，見舊史所載忠臣孝子、義夫節婦，未嘗不起敬起慕，玩繹再三，筆之於册，蓋以其有關於人倫風化也。既歸，里中華子幼武過余，拜且言曰：『幼武不天，先子由都事以疾告歸，卒於家。時幼武未及齔。母陳，甫廿有八，銜哀茹痛，勉畢襄事。撫幼武泣曰：「吾不幸喪吾良人，幸而有子，保養而成就之。俾不墜先業。吾之願也。」其自誓如此。後三十餘年，始終一節。鄉里具其事於州若府，州若府上之風紀之司。覈如所舉，遂聞於朝。至正二年命下，署其門曰「貞節華婦陳氏之門」。一日，母謂幼武曰：「向也吾自誓時，嘗指爾言，是藐焉者，其能有立乎？指室廬田畝言，是輪焉井焉者，卒能守而不失乎？指所樹桑與梓言，吾獲與遺孤見其愈久而愈茂乎？皆未可知也。不自意式克至於今日。惟爾之身，齒壯而嗣蕃，吾抱孫焉。爾宅爾田，不廢且有衍，桑之植加多，梓之材益偉。可不知所自哉？庶几念其始，圖其終。而父爲不死矣。」幼武謹受教，退則以旌其門者，名其堂曰「貞節」。求學士大夫表章之。今翰林侍講學士黄公溍，辱爲之銘。猶未有記其事者，敢再拜以請。』

余既嘉華婦之節、幼武之孝，遂不復辭。考之西漢潁川，俗號難治，强宗大族相與爲奸欺，二千石莫能制，則爲鉦筒鈎距之術，探其姦而窮治之。既而朋黨化爲敵仇，而俗尚告訐矣，於是繼之者病焉，則爲立學官，導以禮讓，而又詳其條教，人便安之。最後王霸至郡，因其迹而大治。孝子悌弟，貞節順孫，日以衆多。郡守聲名聞於朝廷，馴致大用，列於史傳，至今猶想望其風采。嗚呼休哉！無錫吴泰伯延州來季子，恭讓之地也。世道日趨，時不古若。鉦筒鈎距，無亦嘗爲長民者累歟。誣陷斥訐，習以成風。政是以駁，民益以難理。此非布條教，興禮讓，相率以孝弟貞順之時耶。華婦貞節，幼武克孝，甚矣有關於民風也。誠有善勸導人，如次公者焉，必將自華氏母子始。若夫母訓之嚴，家道之正，則幼武前所言，信而有徵。因以記斯堂，并告夫今之長民者。

貞節堂後記 鄭元祐

都功德使司都事無錫華君之室人陳氏，年二十八，喪都事君。君殁，更三十一寒暑，而夫人亦已老矣。至於是，而都事君之貲産薄者厚，遺孤幼者生孫且授室。里父老以夫人之貞節至於是，則可以暴著於天下矣，乃悉其所見貞節之實，言于有司。有司轉以聞于朝省，朝省下其事于無錫州。州爲表其閭里云。都事君少年有大志，一旦捐妻子北上，以才名見知諸公間。當國家崇尚佛乘，徼福受釐之時，都功德使司所由建職。當奏事上前，密邇清光，其貴顯無難者。顧乃抱病南歸，無几何而不禄。方殁時，其孤幼武甫六歲，夫人爲女皆婦昔大家，能痛自刮磨富驕。華既大族，中表内外，無慮數百人。夫人哀死事生，雖纖悉必中軌度。教其子使之循循雅飭，委已於學。夫人每帥婢媵蠶績紉紡，時節晝夜有恒式。不少置。幼武既長，則時勸其母且少休。夫人則曰：『民勞則善心生。季孫母，吾師也。』功武齒日長學日進，思所以奉其母者無不至，於是扁其室曰『節堂』。嘉議大夫禮部尚書致仕干公，爲作《貞節堂記》。其於夫人潔白之懿行，堅凝之苦節，稱頌贊述，蓋已無乎不備，然而幼武猶屬後記於遂昌鄭元祐。今夫馭車以行陸，操舟以涉川。其始也有兢慎之心，無銜橛之患，何往而非安坦之途？及乎中道，操者肆馭者倦，而始有不虞矣。故曰：『行百里者半九十。』今夫人之粹德懿行，雖禀於天者使然。要自都事君之歿三四十年之間，終始一揆。其於貞節，固將照映今古。幼武之於斯堂也，每於歲時，率其親友，奉觴再拜爲夫人壽。其驩欣悦懌之意，上有以裨民風，下有以範薄俗。夫豈易易於言者所能既哉？昔李文公傳高愍女楊烈婦，屬辭不愧史遷。今公記斯堂也，何以異乎？若夫後記之作，則歐公之門有徐無黨在。幼武，字彦清。

至正九年春二月記。

貞節堂詩序 鄭雍言

女之節，猶士之廉，在理當然也。然世降俗偷，人心不古，有夫死骨未寒，而輒改醮者，此節婦之名所由興哉。曰貞者，堅守之謂，石可轉而此心不可轉，金可革而此心不可革。所謂貞節也，堅貞之節，窮天地而不壞，貫日月而同明。昔梁之令女、衛之共姜，雖歷千百世之遠，其名烏可得而泯哉？常州無錫，有華母陳，爲元都功德使司都事子舉之配也。年二十有八，而都事公歿。子幼武方齠齔，守節不貳。子既成立，而復有孫。孀居三十餘年如一日，朝廷特旌異之，以爲世道勸，故所居有貞節堂之扁。一時名公鉅儒，無不歌詠其美。此至元之壬午，至今又九十餘載矣。其玄孫思濟仁本重新斯卷，而搢紳君子，復發揮之如前日事。吁！此貞節之不可泯之明徵也歟。凡有作而不關乎世教者，雖作無益也。諸君子之作，聯珠貫璧，無非所以嘉貞節而振頽俗。世之人因是卷而咸興起其仁厚之風。其爲世教勸，豈小小哉。余故序其卷末，使華氏子孫，知世澤之隆，皆前人節義之所由衍也。於是乎書。宣德七年壬子七月既望書。

貞節堂詩序 李祈

華，常之名族也。貞節堂，則華氏母陳夫人所居也。華氏固名族，至子舉尤儁茂明爽，以薦舉受知武宗朝，得出入宿衛左右。未几，授都功德使司都事。又未几，以病告歸歸五月而卒，得年二十有六。陳夫人，其配也。夫人既畢喪，遂矢死不忍棄华氏。當都事君卒時，夫人年甫二十有八，人皆難之。夫人鞠躬盡瘁，撫其六歲孤幼武，閔閔焉以望其成。育其襁負女二人，孳孳焉以待其長。而勤勤焉以綜理其家事，恒恐墜失，以遺死者羞。如是者凡三十餘年，而志愈明，操愈勵，人愈信之不疑。故其事得以白於官，以轉聞於朝廷，朝廷下有司表其門曰貞節。幼武於是思有以昭寵光而怡慈顔，爰作堂以事夫人，而以其所以表其門者名之。朝之名公卿，與四方之賢士，咸謂華氏有賢母子，乃作爲貞節堂時，以稱道其事，而屬序於祈。祈謂詩之有繫於風化尚矣。昔吾夫子取當代列國之詩而去取之。苟有能守節服義，以自著見者，咸得收録，不在删逸之數。當是時，周室雖衰，而先王之遺風餘澤，尚存而未泯，人心世道，去三代盛時尚近。而夫子乃拳拳焉於是乎取，豈非以其有繫於風化者大歟？去古愈遠，人心之離，世道之降日益甚。於此有人焉，能爲人之所難爲，以暴白於世，則士君子且將亟亟稱道以成其美，而况乎有若陳夫人者？以茕茕一婦人，而能守志厲操，保全終始，使死者無憾於九原，生者有賴於永世。夫豈非士君子之所宜嘉稱而樂道之者哉？吾嘗觀世之人，尚聲色事游燕，治一亭一圃，以自娱樂。而好事者，且巧飾游辭，過爲虚美，以誇大之，而况斯堂之美之實哉？雖然，詩之作不作，於斯堂固無與焉。然使善觀者，於是而有感焉，則羞惡是非之心，油然以生，而貞節之風，可以次第而起。夫豈非人心世道之所賴耶？吾固以爲斯堂之詩，其所繫者大，故爲序之。

至正十有一年，歲在辛卯秋七月既望序。

節婦贊 危素

華婦氏陳，蚤失所天。被服斬衰，寅奉几筵。歲歷二紀，涕泣漣漣。撫其孤遺，保厥宅田。哀動鄰里，遵禮弗愆。旌門著令，繇役斯蠲。相爾貞節，壼範克全。太史述贊，百世其傳。

貞節堂銘黄溍

節婦陳氏，無錫華君子舉之室也。子舉弱冠登纖，未至立年而遽不禄。節婦甫二十有八，自誓靡他，今三十餘年矣。節婦既老，而子舉之遺孤幼武，亦克自勵爲佳士。有司既表其門曰貞節之門，幼武即以此扁其堂，徵銘於余。蓋凡可以顯其親者，無不爲也。銘曰：婦不二天，人道之常。節至於苦，亦何可長。惟甘於節，百年一日。恒其德貞，斯婦之吉。行脩於家，匪蕲人知。扶善導民，是在有司。爰旌其門，表於州里。華榜大書，彤管有煒。化行俗美，比屋可封。罔俾柏舟，專美國風。我銘斯堂，光照令譽。壽考維祺，永保貞固。

題貞節卷後卜祖仁

余嘗讀《鄘·柏舟》之詩，反覆味其辭。審其音，知其志，確乎其不可奪。序者以爲共姜自誓也，豈不信然？婦人喪夫，而自謂未亡人，言亦待死而已矣。降及後世，風移俗薄。踐二庭，更二夫者，恬不爲怪。悲夫！此貞節堂所以作也。長於詩者，咸詠歌之，是深有補於風化也歟。

重建春草軒記華孳亨

潞公《春草軒記》附《栖碧府君傳》後，凝修公始以軒爲祠，而未有記。今所記節母祠也，宜附於此。

春草軒者，栖碧府君奉母陳夫人之所。采貞曜詩，以草自況，以春暉比母也。母舊有祠，在孝子祠東隅。康熙丁卯，裔孫王澄改建於成志樓之後，而顔以舊軒名，志不忘也。軒前後左，并址樓，歲罕見日，霖雨則水浮數寸。澗自西南來，灌注衝激。垣墻屢頹，黝昧湫隘，座生苔蘚。子孫展祀之下，顧瞻咨嗟。今夏四月，裔孫中嵩謀擇地而遷。元瑛首捐二十五金以倡，繼者次第麇集。乃度於孝子之右，構屋三楹。堂高於昔三之一，廣倍之。庭之廣如堂，修則兩堂之深，繚以周垣，塏爽宏敞。未百日而祠告成。既成，族人展拜，相與鼓舞歡喜，幸母在天之靈庶妥。於斯嘉中嵩勇於從事，元瑛等同心飲肋。庶几各展寸草之心，以報答春暉之義。顧謂亨不可無述，亨於是重有感焉。方都事府君早世，未几姑歿，舅且老，一子甫六齡。母以冢婦庀家政，鉅細咸有條理。樂善好施，能使數里之内，不憂飢寒。嗟乎！人知席素封之業，守從一之義。曰爲婦者，當如是耳。然徒貞静自淑，非有過人之才，則耽耽者方踵於户，八世之業隳矣。非有培養深厚之德，則天之眷吾家有時而盡，曷以致今日乎？是非惟孤子身被春暉，而凡爲母之後裔，皆如草之油油以生，萋萋以滋。母去今已三百七十二年，而春暉之涵煦後人者，未有已也。昔元張潞公翥撰有《春草軒記》，明文待詔徵明隸書以鋟於石，將列諸祠，弗果。亨竊不自揆，輒爲蕪詞以補其闕。其鳩工庀材，始終襄茲役者，裔孫登也。

雍正己酉七月上浣十六世孫，孳亨敬識。

第九世

栖碧處士壙志銘 俞貞木

處士姓華氏，諱幼武，字彦清，號栖碧，世爲常之無錫人。曾祖考諱友聞，元仕無錫州税務提領。祖考諱璞，潛德弗仕。考諱鉉，元仕都功德使司都事。妣陳氏，寡居三十餘年，有司以貞節上聞，表其門里。處士性温厚而孝。自六歲喪其父，事母甚恭謹。幼時，嘗戲於庭，聞母語及平生事，乃竊聽之，遂捐所戲而號慟。母遽引入問之，具言所聞痛切，於是母亦爲之泣下，家人嗟異之既長。奉其祖篤孝敬，祖亦鍾愛之，每與人言，必指之曰：『他日繼我者，在此孫也。』及祖卒承重，哀痛如禮。事其仲父如父，因顔其堂曰順德。一門共爨，怡怡如也。仲父既殁，群從昆弟欲析産異居。處士聞而歎曰：『何苦若是？吾豈較乎？且財有盡而義無窮，吾惟長者之命是聽。』其昆季或有所争，皆弗與競。每作詩遺之，使之自愧，終弗辨也。訓子孫必稱祖德，凡所經營一遵祖訓。嫁女則手書《女誡》以授之，使執婦道。母年逾六旬，因病喪明，處士傾貲脩藥，不能愈，日增憂苦。母曰：『吾老矣，當自遣，無足憂也。』於是常召親姻與其母敬愛者，歡會無虚日，惟冀母之忘其疾苦耳。歲癸巳，家燬於火，處士適在郭，聞之，亟問母安否，即騎馳歸，見母無恙，心始釋然，他不問也。其後仍構貞節堂、春草軒以奉養，時母年已七十矣，力可以娱其親者，無不爲之，尤篤於尊賢親友。侍講黄文獻公晋卿、承旨張潞公仲舉、尚書干公壽道、翰林段公吉甫、李公一初、著作李公季和、遂昌鄭明德、京口陳子貞、吴郡陳子平、方外張伯雨，皆忘年折節與交，處士皆以嚴事之，故其學日益進，名聲藉藉諸公間。宗黨咸推抑之，其家居豈弟，下至臧獲，亦罕逢其怒。能者任之，拙者矜之，未嘗顯言其過，使之懷愧耻也。見寒餒無依者，輒戚戚然。識與不識，必思濟之。於宗姻故舊，歲時贈遺有常。凡有寄托於處士者，終身不渝也。性不嗜酒，而喜待賓。雖稠人廣衆，必酬酢盡歡而後已。朋游或有援之仕者，力辭不就。母亦因都事君出而嬰疾，每不喜遠游，况嗣續之重，在處士一身。一則承順親志，二則其天性恬澹。亦不汲汲進取，晚年辟地姑蘇，客居旅邸，於賙恤亦隨力施之不倦。嘗語諸子曰：『我見義不爲，則心不遑安。』又曰：『我遇艱險，初無所思，一聽於天，幸亦無甚患也。』其心志概可見矣。雅好吟咏，自壯至老不衰，暑寒憂樂不廢，有《黄楊集》若干卷藏於家。生大德丁未十月六日，卒洪武乙卯正月十八日，年六十九。以二月二十日，葬梅里鄉羅村之原，其自卜也。娶鄧氏，先四十年卒。繼顧氏，肅恭閨閫，勤儉克家，賢而能相夫，奉姑幸順。子男七人：完韡、悰韡、恭韡、同韡、隆韡、恒韡、文韡。惟恭韡早卒，恒出繼徐氏。女五人：如貞婿錢明善，松貞婿陶宗毅，桐貞早卒，守貞婿楊儁，原貞婿徐翼。孫男十五人，女七人，曾孫男女若干人。嗚呼！處士之先世，貲雄於鄉，或仕或隱，積善好施，殆非一人。至處士讀書好禮，謙退若儒生，蓋不以富而驕逸也。孝義之行，人所共推。雖其才不見於用，而卒能保身令終足矣，况有子孫繼述哉？後若干年，完韡奉其執友教諭吕君志學之狀，來徵志石，乃叙而銘之。銘曰：

嗟君煢煢早失怙，鞠育撫養藉賢母。詩禮教誡敬遵祖，迨夫成人友是輔。博學善藏類良賈，澹然衡襟倦進取。吟哦詩章窮纂組，宫商相宜見辭吐。厥德允脩蹈規矩，不奢不驕人莫迕。孝義之行若陽煦，壽考以終在衡宇。子克承家有餘祜，羅村之原曰堅土，深藏固密永終古。

邑志・孝友傳

華幼武，字彥清。父鉉早卒，母陳以節著。幼武幼與群兒戲於庭，聞母語生平事，輟戲而泣。母問之，具道母言痛切，於是母亦泣。事其祖若仲父至孝，群從未嘗析産異居。母老喪明，曲爲承順，以舒其鬱。及母得旌，搆貞節堂、春草軒以居之，晨夕左右終其身。幼武工翰墨，以詩聞於時，與鄭元祐、王逢、陳基輩友善。春草軒成，四方名流題詠甚富，士大夫艷稱之。子悰韡，見《隱逸傳》。

春草軒記 張翥

華爲毗陵望族，都事君子舉，初以才薦，得宿衛武宗朝。勤敏靖共，著稱環列，一命爲都功德使司都事。居無何，告病南歸。歸五月而卒，年二十有六。夫人陳，長君二歲而寡。一子幼武六歲，二女復幼。乃自誓不再適，屏膏沐，躬饋祀。其事舅姑，盡敬養之孝。其待姻族，盡惇睦之愛。其治家業，盡艱難之勞。使都事君之緒，有引無替。而是藐諸孤，教撫成立爲賢子。子復四孫，皆嶄嶄知讀書。歲時奉觴，前爲壽。夫人神清氣强，宴怡以樂。州里父老，相與歎美。爲狀其實，有司以聞。後至正二年，中書表其門曰貞節，里曰旌節。嗚呼！天於貞賢之報，信必至此而後申之也。惟幼武每痛先人之早世，其嗣續几絶。微夫人將無以至於今休，乃構堂曰貞節，軒曰春草。堂則夫人居之，軒則幼武奉親之所周旋也。於是翰林黄公晋卿爲銘於堂。顧謂是軒，不可以無記，來請余文。余觀夫天地之間，茫然而生，廡然而滋者，惟草爲多。而爲物固微也，方其土膏脉發，句折萌達。執非春陽之所育，暉光之所被，而一寸之心，亦得夫天地之心以生。則是草宜亦有報春暉之心矣。彼葵藿之傾太陽，君子謂其向之者誠，而况人乎？况於孝子慈孫乎？昔孟東野發興於慈母之綫、游子之衣，而致意於『難將寸草心，報得三春暉』之語，深得古風人之旨。讀是詩者，孝感之心盎油然而生矣，然以規游子可也。今幼武家居奉母，雍雍軒中，而猶有取於此。則其報親之心，無窮期也。無窮期也，心果止是乎哉？必也，孝子潔白，如雅之白華。使其身立，其名揚，其親顯。所以期於子者，又在乎此。不既重且遠歟，幼武起而謝曰：『然。』遂爲之書。

春草軒詩序 陳謙

春草軒者，梅里華幼武奉母夫人之所也。夫人陳姓，歸華氏。甫五年，其夫子舉，入京爲都功德使司都事，以疾歸而卒。夫人誓守志不移，後三十年，朝廷從有司請，爲表其宅里，至是夫人年已逾六十矣。其事具今翰林直學士黄公所爲都事府君墓志銘及國子博士張公所著軒記。謙客幼武所，知其本末益詳。一日值夫人生朝，與宴席。酒半，幼武舉盃至余，以酒酹地，爲余言。幼武生六歲而孤，賴吾母至今日。今吾見四人，長者年且十八矣。今日安得不爲吾母罄歡？雖然，吾又何以報吾母恩？余聞之戚然，感且歎曰：『貞哉！華母。賢哉！幼武也。』既搢紳先生咸爲詠歌，其所謂春草軒者，而幼武必欲得余文，叙其所爲作之意。余舊讀孟郊詩，壯其辭，意其爲人甚偉。而昌黎韓愈，亟道其古貌古心，至低頭拜東野，若願交而不可得者。然及觀遺史所譏棄置看花等語，則其於榮名得失，蓋淺之爲丈夫。居一尉，迺不克盡職。或假設他吏分俸，窘不自容。又有如叢書所云，則注措施設。宜與平生文翰，若見稱於韓者不侔，每令人惘惘。至讀《游子篇》，始得其所用心。曰忠孝臣子之大節，郊之於母如此。其肯不忠於君，而怠於官，苟於得失也耶？然則韓子非妄説人明甚，而二書之言近誣矣。嘗試詠其詩，僅三數十字，而慈母之恩，人子之念，遠而邇，壹而至，婉而不詘。春陽百草，天和周流，出於人心之藹然不容自已者。啓之一時，而動乎百世，雖金鏗竹幽，不足以寫其情。殆所謂一唱三歎，有遺音者，軼凱風而出其右矣。竊恐後之人，弗之能繼也。今幼武乃能朝夕於斯，炯乎其衷，質諸神而無昧。推此志也，其事當一出於忠孝，不使少有咈於其親之心。百行有原，而會通在是。蓋有郊之譽，而無其毁。以今視古，凡爲之形於聲詩，發於翰墨，類非安説人者已。余素喜古樂府，正以其得性情之真。天機翕張，浮慝不作，用力少而感人多。此古詩人之旨趣，僅存於千載之下者。他日一有感觸，客衣春草，尚能爲華氏賦之。

華氏粹墨軒記吴寬

無錫華氏有《傳芳集》，予嘗閲之歎曰：『渢渢乎！何一家文詞之盛如此。』然必有可以紀述者，否則士大夫不暇於此矣。蓋於貞節堂，知華氏之有婦。于春草軒，知華氏之有子。有婦而貞，有子而孝，人道之大端盡矣。於此而無紀述，於文詞乎何貴？貞婦爲元功德使司都事子舉之妻陳氏，孝子爲陳氏之孤幼武。而當時爲之紀述者，則禮部尚書干公文傳、翰林學士黄公溍、參知政事危公素、翰林承旨張公翥、太常博士胡公助、江淛儒學提舉楊公維禎，其尤著者也。幼武四傳爲思濟，益念先德，思所以表揚之，而當時爲之紀述者，則禮部尚書王公英、大理少卿沈公粲、太常少卿鄭公雍言、國子祭酒陳公詢、武功伯徐公有貞，其尤著者也。歷世既久，遺墨宛然，實與華氏并傳于大江之南。思濟之子守方，既盡取他作，并刻之以成，所謂《傳芳集》矣。顧其間貞節、春草，嘗失之他氏而復焉者。于是守方之孫璧，字允章者，爲之懼。特作屋貯之，而題曰粹墨軒，使來求予記其事，蓋予亦見人家之藏墨妙者矣。客至每出而誇之，以爲奇玩，然于其家世，漠乎不相涉也。有如華氏今日之所藏者乎？借有之，或其事不足重，亦惟爲人一賞之資而已。有如華氏先世之可傳者乎？則凡登是堂，發其遺墨而覽之者，不惟見允章之賢，而貞婦孝子之爲人，亦若見之，將必正襟肅容，罔敢褻易。有不泚然其顙，惕然其心而感發者乎？吾是以書之。

華彦清妻顧安人墓碣銘陳鎰

毘陵栖碧先生華彦清之配顧安人歿後，閲五十年，其孫興定始述事狀，以書來京師，請曰：『惟我先祖妣，實克相我先大父，訓我先考釀仁蓄義，世守弗失。今宗族之盛，子孫之蕃者，其來有自。第祖妣歿時，不幸先考已先棄世。襄事罔克周旋，墓上之石，迄今未有刻辭。執事幸爲我成之。』余與華氏有交親之雅，于安人淑德懿行，雖不獲目擊其盛，然嘗聞其内外宗姻家，每舉爲婦女法，用是有徵，敢受狀而經緯焉。安人氏顧，諱淑貞，世居錫邑膠山鄉上舍里，爲晋元公裔孫天祥之女也。母，□氏。安人自午達時即知孝敬，父母特鍾愛之。相攸久難其人，年逾二十，尚未受聘。時彦清失偶，其母貞節夫人聞其賢，遂聘爲配。貞節夫人性嚴謹，内範肅然。安人入其門，服習若性成，無毫髮違矩矱。夫人晚年喪明，安人日邀親姻，相聚談笑，以娱樂之，夫人若忘疾然。如是者，終夫人之身不怠。夫人殁，哀毀骨立，居喪盡禮，人多其孝。彦清雅好文學，所與游者皆一時名人。户屨恒滿，賓厨之奉，極力營辦，雖勞不辭，以故彦清無内顧之憂，得專志于學。令名藉藉聞搢紳間，實内助有道也。平居自奉極儉約，至于宗黨有飢乏婚喪，助彦清周之，惟恐後。撫育前室之子，及庶子庶女，無異己出，皆訓飭有成。君子謂有孟母之風云。安人生于元大德丁酉，殁于皇明洪武戊寅，葬于邑東羅村壽峰之原。合栖碧兆也。子男六人：完韡、悰韡、恭韡、同韡、隆韡、文韡。孫男十四人，曾孫男三十三人。於乎！若安人，爲女爲婦爲母，率有儀法，可謂賢矣。并興定于先世塋墓，領貲修葺，復惓惓請文以壽先德，可謂孝矣。并宜書之，以示後裔。系以銘曰：惟婦之道，盛衰攸繫。安人允賢，慶鍾後裔。世業克昌，世德弗墜。有石勒銘，流芳千祀。

栖碧軒記 陳方

浙西之地，水多山少，常於浙西數郡之間，而山尤少。自晋陵并西而南，蜿蜒靡迤，或起或止，至無錫而山之最著者，惠山也。然無重巒叠嶂之紆互，深谿巨壑之險阻，崒然起於平地，如奔鯨逸馬，不可羈而留也，餘則散於四封之中，瓜蔓相接。大率隱隱皆培塿形，孤勢薄他郡之山，可孩而撫之。又自惠山之東，沃壤夷衍，相去三十里而遠，其山之匹於惠者，曰堠山，亦無曲折之美，窈窱之雄，直望之而可喜耳。距兩山之所向，其地曰梅里，華君彦清家焉。始余之未識彦清也，有人持其《栖碧軒詩》一大軸，從余觀之。余見其所圖之水石清美也，喜曰：『無錫之山，有是哉。』余昔過其境，而見者甚少而淺近，未有如圖之清美者也。近年，余爲其家童子師，由是問所謂栖碧者，然後怪其所居之平且曠也，何取於李白『問余栖碧山』之詩？彦清謂余曰：『古之高人逸士，野居而洞處者，未必皆山也。使可耕之地，可安之廬，長林美竹，雜花豐草，而得與世相忘是矣。奚俟夫山之深且秀哉？夫栖於山者，又未必皆知山之爲可樂。如知山之可樂，則居雖無山，常若居於山也。况吾居之西，則惠山界其右，東則嵊山峙其左。雲霏朝夕之變態，風雨晦暝之異狀，未嘗不接於吾目也。夫於山之尤少之地，而有以映帶於户限之前。則栖碧之名，不爲虛也。然則在山者不見山，惟置身於其外者能見之。若栖碧者，其能見於山之外者歟。』余知彥清之志者也，聞其言而是之。彥清因請余記，於是乎書。彥清名幼武，孝謹而和易，雅好文章，與余友。

後至元二年十月一日記。

送華彥清還長洲詩序 鄭先又名思先

浙西土沃民富，大家巨室，亡慮千百，然俗尚奢靡，率以高宮室，美裘馬，盛妾御，廣筵宴，歌舞游獵爲事。苟有讀書尚義，慕賢好禮者出，則群聚而笑之，甚則至于怒而排之。吁！可哀已哉。常爲浙西甲郡，華氏爲常鉅族。彥清則華氏讀書尚義，慕賢而好禮者也。余自齠齔，在先人側，聞先人道華君賢，而未獲識之。丙午冬，彥清由吳門避地來海虞，適與同室居，朝夕相接，情甚歡。疇昔彥清好作詩，雖病臥，未嘗輟吟，是以更唱迭和，靡有虛日。至其諸子弟，亦皆循循雅飭，遵尚禮法。二季子從余游，尤敏于學，則意清義方之訓，蓋有素矣。少有休暇，則詢余以邑之賢士大夫，訪之。故居六更月，而士之交于彥清者半矣。彥清雖處患難，而其慕賢好禮之志，未嘗少衰，賢士大夫亦未嘗不加敬焉。設使向之聚笑怒排者遇之，得不與之俱化哉。明年五月，彥清復歸長洲之舊寓，于是率能詩者，歌詩以送之。詩既成帙，繫之以文。余聞彥清夙喪其先君子。母夫人陳氏，守節自誓，有共姜之風。有司嘗旌表其門閭，彥清因名其堂曰貞節，軒曰春草。時太史黃公、翰林張公、尚書干公，咸有著述焉。彥清之賢，宜有本矣。昔孟母有三遷，而軻遂成大儒，彥清今賢若是。三遷之教，其庶几無闕也歟。雖然彥清諸子，或冠或壯，以彥清義方之訓若是，他日宜又有賢如其父者矣。我知華氏之族，日昌大而繁衍。天之所以報夫積德者，有限量哉。彥清優游暮年，適意書史，雖鄉井未復，有累于心，寧不以此而自樂哉。余于彥清爲父子交，且甚相知，故書以爲彥清別。

祭仲孫婦鄧氏 華璹奇一公

於乎汝母，緊我侄女。歸于鄧門，實始生汝。汝歸于華，配我侄孫。宋鄭之姻，世遠益敦。汝舅我侄，不幸蚤世。在堂惟姑，佐餕弗替。慈德婉客，展也閫儀。宜爾室家，子息似之。去夏汝疾，汝母尤厲。母念汝危，汝憂母逝。母也云亡，汝弗能起。泣血被床，亦甚于死。丙子之秋，汝病莫瘳。醫控其能，巫竭其投。命也奈何，孰不爲慟。梧雨泣隨，蘋風悲送。呱呱幼子，擗踊摧裂。煢煢良人，吊影嗚咽。肥羜載俎，旨酒在尊。歸斯享之，靈其如存。

黄楊集叙言 華允誠

《黄楊集》者，九世祖栖碧府君詩稿，而陳子貞先生以命篇曰：『庶俾無厄閏云爾。』夫黄楊厄閏，物理有宜然者。詩與學損益進退之故，於斯焉取之。烏知厄之者，非以奥其膚，宜其隔，老其稚，而新奇於耳目者，徒易欣易斁不易久也。古今名能詩者，無若李杜。於夜郎，於夔，均厄矣。而李少遜者，以爲才使情一往而深，非以見才而一歸於厚。忠愛悱惻之致，蓄於心衝於口，篇有之，句有之，字有之。麥秀黍離之歌，悲憤遥唫，逾於痛哭，杜之所以獨至也。府君甫六歲，方兒嬉，聞母夫人悼往事，知所言痛切，輒號慟。其至性惻惻有過人者，即無厄於閏之根。而其後績學博聞，日新富有，流離播遷之際，匪名賢不親。至碁酒談笑之中，而風期日上，動忍增益，天人交砥，卒以自成。其爲詩者，何莫不繇是也？於兹集見性情之用深，而朋友之益宏。一以信心，一以觀世，庶几得之。不然，如口實杜詩者，日饗山珍海錯，而橄欖回甘。舌根未有甜相，即厄閏之言等於説夢爾。是集也，子虚既梓行於萬曆之戊午，又重梓於今。一若三復而不忘者，其亦有戒心也夫。守制九世孫允誠稽顙敬題。時崇禎歲在辛巳春仲年，通家子文寵光謹書。

題黄楊集 陳繼儒

栖碧先生有《喜雨謡》，謝隱微道人自序，爲後至元二年也。又十二年至正辛卯，潁州兵起。癸巳，泰州兵起。先生故居始燬去，而之毗陵震澤間。數徙無定，間關羈旅，必挾策自隨，不廢哦咏。會我高皇以乙未自和陽渡江，先生知聖人已出，姑隱身遯世，待天下之清。一時高賢相將避地者，皆樂與先生游。如陸天游、張伯雨、倪元鎮、楊鐵崖諸公，無不招携盤薄，結契煙霞。故先生道晦而名尊，體安而色泰。愛爲詩歌，閑整舒暇，無離憂孤憤少役曳於胸懷。若陳子直所論《黄楊集》是也，子貞題先生不以閏厄，似未知先生者。以先生才，不仕□元，爲逸民、義士，寧厄於位。且豪於貲，足聚鄉保，酬死士，捍其室家，乃散金捐産，旅困不悔，寧厄於時。余聞之，世重黄楊，以其無火水，試之則沉。先生十載艱危，如三歲閏一，五歲閏再。茀閼其聲光，不隨炎滅，厄何傷？至今三百餘年。考德論世，猶想見先生以至孝事母，以高節砥行，以大智全身，以詩文垂後，厚積而發，代有聞人。自學士公遞傳子虚，文心慧業，世承風雅，將後序而傳之。余誦先生之詩，想先生之遇。先生以黄楊傳也，黄楊以子虚傳也夫。

癸酉春日，華亭陳繼儒題於晚香堂。

黄楊集序 陳方

詩由日鍛月鍊然後工，亦由隨事感發，肆然爲之，然後熟。辟之水，愈汲則愈混，混來而莫之遏也。華彦清氏愛詩甚篤，而奪於多事。予來此二年矣，見其録成帙者，未肆然而爲之也，因戲題其端曰『黄楊集』。世傳黄楊之爲木，遇閏歲則厄而不長。彦清能不爲閏所厄，則干霄聳壑，予將承其餘陰之下矣。彦清勉乎哉！谷陽陳方題。

續黃楊集序 陳謙

始予至無錫，與華彥清伯仲論詩。舉能知所鄉背，得他人一章一句，吟諷未絕口，固已懸衡於胸中矣。至其精詣，或有布章所宜左辟者。私心異之，未嘗以語人也。一夕燈下坐語，彥清出一帙示予。觀之，則所鈔杜子美近體詩也。隨其行濶狹，用朱書小字，夾註殆遍。其説曰：『某爲對起對結者，某爲散起散結者，或緣某句應某字，或由某意發某語。脉絡有自來，枝葉有所傅著。』問之，則默然良久，曰：『此陳君子貞筆也，惜乎其不能終是帙而往矣。』久之，彥清有所述，又出以示予。往往與前所論説，若注杜詩者合。予然後知彥清，非漫焉而賦者也。彥清於伯仲中，又獨喜下筆，於人盡商訂。此其詩雖頗艱得，而稱量隱栝，曲盡其所用心，以故子貞題其集曰黃楊，蓋勉其無厄閏云。至辛卯歲，稍爲疾疢苦，家居無事，益以詩自娱。其意謂有肆然爲之之漸，以無負乎子貞之所期望者。輒別具一集屬予序焉，予獨謂：『黃楊，楊之族也。楊爲木，喜近水，發榮滋長。朝而尺，夕而尋，若易易然者。就其文理堅緻，膏液純足，充然固，龐然厚。自根株而條葉，一無所散耗者，唯黃楊爲然。使是木也，捨共質性之至充，而有慕於他楊之易茂，不几乎持千金之璧，以易瓦缶者之爲哉？』甚矣，兹木之退乎閏者，乃所以進乎閏也。名集黃楊，固當於是，仍題黃楊集而歸之。

是歲爲至正十一年十一月十三日也，吴郡陳謙書。

鋟梓黃楊集引 呂緯文

栖碧先生姓華氏，諱幼武，字彥清，無錫之梅里人。世有隱德而好施，鄉人賴之。早失怙，母陳氏守節，元至正初，旌表其門。先生奉養盡事親之道，嗜學禮士，真實不倦，誠素和惠，待下慈愛，未嘗愠色。家素多貲，泰然不以富爲驕。後燬於兵，坦然不以貧爲戚。尤工於詩，吟咏情性，造次不輟。年六十九，病卒于家。詩凡六卷，名黃楊集。緯文從游既久，得其稿於其子公愷。敬請鋟梓，以廣其傳云。門人呂緯文敬識。

黄楊集後序俞貞木

作詩難，觀詩尤不易。詩有境與物、事與意之分，然境物易狀，而事意難工。惟杜工部善寫境狀物，莫不曲盡，紀事托意，莫不詳切。後有作者，豈能過之？今觀栖碧翁之詩，一以工部爲法。凡其爲語，皆有來自，必準則而步驟之，可謂善觀古人之詩矣。然世爲鉅室，而不以紈綺奪其志。即其蚤歲，固已以詩鳴。中更變故，遷徙不常。雖顛沛造次間，必以詩見之，且句不苟造，章不漫成。鍛鍊組織，務去其粗鄙，而求其雅麗。不溺於富貴穠茂，不偏於山林枯槁。長篇大什之春容，短唫絶句之潔凈，其苦吟有人所不及者。今豈易得哉？翁既没，其仲子公愷手編其遺稿示余。因俾其外孫楊繹重爲繕寫，門人吕緯文鋟木而廣其傳。吁！翁自癸巳歲，無錫之故宅既燬再遷，而值兵燹後，移家蘇城之東門，繼遷海虞邑中後，又遷吴江之金徑、長洲之周莊。晚而還鄉，將復理田園，惜未及而逝，然其處患難流離，未嘗廢吟咏，愈老而愈工，則其胸中不以窮通得喪易其志，概可見矣。况有子有孫，躬耕而樂道，隱居以繼志，則翁亦何憾耶？視曩年富貴之人，湮没而無聞者，何足算也？余於是重憾慨焉。翁華氏名幼武，字彦清，爲無錫人。栖碧，其自號云。

洪武丁卯閏月廿又三日，包山樵人俞貞木序。

重刻黄楊集後跋華察

七世祖栖碧先生有遺稿，曰《黄楊集》若干卷，藏於家，其詳具載前後序中。蓋古之所謂逸民，窮而工於詩者也。《明詩選粹》《皇明詩鈔》，與《錫山遺響》，雖互取數首，而傳之未廣，人鮮得而見之。今按察使是堂俞公，欲編輯《盛明百家詩》，上自縉紳，下至韋布，罔不搜括。察乃於所藏集中，手録諸體，凡百二十有八首，以備采擇，非敢有所可否於其間也。第《百家詩》，卷帙浩繁，一時未易就緒，兹本恐其久而散失，因屬兄子承業，鋟梓以傳，蓋不敢没先人之善云爾。顧察無似，嘗備員舘職，餘二十年，不能爲先生作一逸民傳，纂入國史，用垂不朽，而區區表揚之志，僅止於斯。不亦可愧也哉？

隆慶二年歲在戊辰夏六月既望，翰林院侍讀學士裔孫察薰沐百拜書。

重刻黄楊集序孫弘祖

夫人有遠體，尤有遠致，致正自難有意無意之間，一似蘭之挹露，柳之籠煙，芙蓉之映波，朝朝暮暮，生物之相吹以自點綴，而不覺其翛然遠也。今觀棲碧華翁不其然乎？翁少孤，屹自成立。自事母外，靡不以好士爲務，始素封而屣脱，既兵燹而甑墮，不毫毛挂其胸懷。爾時如黄文獻、張潞公、布衣陳子平、方外張伯雨之流，皆樂與之游。洋洋灑灑，亦紀亦歌。其奉母有春草軒，取東野寸草報春暉之句。自居有栖碧軒，取太白問『余何事栖碧山』之句。嗟乎！可想见其致矣。迨讀翁所爲《黄楊集》，雖余素不解詩，不敢孟浪品題先輩。第其中致語良多，如『漁父休歌水清濁，高人不與世浮沉』云云。何必解人，乃絶倒也。嗟乎！又可想見其致矣。余祖聽雪公於元泰定間，雅志恬曠，不樂仕進。國初，辟署華亭縣學，與楊鐵崖、陶南村友善，嘗題其齋曰聽雪，而豫章胡大司成爲之記。儻亦與翁同志云。翁事王父暨母孝，撫群從昆弟，友宗姻故舊。間好行其德，不第以詩人目之，抑詩者持也，持人性情。三百之蔽義歸無邪，可不謂致所自來歟。余客子虚許兩年習其門風，并習其祖先遺集。

嚮頃重刻翁集，屬余序之。夫碎金斷璧，自是王謝家物。而不有賢子孫，將毋作堂前之燕乎？子虚致足多也。

戊子秋日，長水孫弘祖題於鵝湖之松石間。

黄楊集後跋華五倫

陳子貞先生題十一世祖栖碧翁集曰《黄楊》，蓋勉其無厄閏云。陳子平先生又曰：『黄楊文理膏液，既充且龐，不似他楊易茂，其退乎閏者。乃其進乎閏也。』善哉乎！兩先生之言。顧倫聞之，楊横樹之即善爲滋灌。其抒爲詩詞，由根而莖而葉，歷歲綿遠，景光不渝。子若孫可無誦其詩，而知其人歟。兹集先學士有手抄，吾曾祖少泉翁刻而藏之家塾，倫懼後之人不復睹其全也，爰覓原集彙爲四卷，授之梓人與抄本并存云。裔孫五倫薰沐百拜書。

第八世淳二府君諱鉉配元旌貞節陳夫人

貞節篇 曾堅

齊姜爾毋譁，衛姬爾勿諠。屏爾妖以艶，聽我貞節篇。貞節出東南，高門裔雲連。門上懸大字，敕書下天邊。門中建大宅，堂宇何穹然。幽窗疏而間，燠室静且便。琴瑟既不御，絲麻仍在前。嚴嚴白髮母，膏沐久棄捐。趨庭子若婦，婦順子更賢。愉顔奉甘旨，禮節能周全。清晨具殽食，烹膾赤鯉鮮。毋乃太姬裔，豐容比飛仙。皇畿功德府，夫子贊其權。中道折比翼，寒霜凛炎天。臨河洗紅粧，對日擿金鈿。何以喻貞心，南山石非堅。歲運忽推改，於今三十年。天道有顯報，母壽名既傳。作歌在京師，庶以風八埏。

貞節詩

其一 貢師泰

清風被芳甸，白日照華堂。堂中有令母，孤貞厲冰霜。紅顔忽已萎，白髮壽而康。方伯陳懿範，熙朝錫褒章。凱風傷衛母，伯舟誓共姜。皇皇太史書，千載同耿光。

其二 楊鑄

錫山有荼還可茹，錫山有蘖誰云苦。人生最苦定如何，試聽我歌歌華母。良人早歲事君王，可憐玉樹颯凋傷。春天淚灑梨花雨，秋夜魂銷蘭葉霜。三十餘年懷苦節，兩鬢青絲已成雪。紫誥金花聖主頒，華堂翠榜名郎揭。共姜自誓古稱賢，誰能爲續柏舟篇。何時升堂酌春酒，載詠錫山爲母壽。

其三趙質

喬木錫山陽，高門華氏堂。卜鄰師孟母，自誓比共姜。桂樹春長好，萱花晚更芳。千年劉向傳，竹帛有輝光。

其四鄭以忠

銀臺烟冷鏡鸞孤，翠袖風寒竹色枯。鳳侶去承天上詔，麟兒獨是掌中珠。渠渠已作舊梁棟，井井寧虧昔豆區。賴爾淮陽賢太守，貞名得與古人俱。

其五吴壽仁

蓼莪廢已久，南陔誰復論。有美華君子，扈從爰駿奔。宫車蟄雷殷，周廬列星分。泥潦集秋兩，霜風澹朝暾。一朝忽遘疾，首丘竟逡巡。嗟哉未亡人，號慕徹晨昏。煢煢撫孤弱，今者及抱孫。清朝樹風聲，貞節旌高門。高門非所願，將使薄俗敦。流光弦上箭，千載青史存。

其六閻相如

高天厚地間，惟人與并立。不能明此誠，靈貴乃自失。華氏貞節堂，常人焉可及。夫亡子尚幼，貞志堅若石。今將四十年，所願成一一。誠與天地通，暗助神有力。作詩勉後來，積善事可必。

貞節堂詩

其一 陳鎰

天胡殞此金閨彦，少婦嫠居衆所憐。六歲在懷孤子幼，百年守節寸心堅。門曾旌表清風在，堂有名題懿德傳。不獨後昆遵楷範，鄉邦猶誦柏舟篇。

其二 徐理更名有貞

從一而終維婦節，貞以守之敬罔缺。豈伊厥德有污潔，家道因之以興歇。季姜知禮歇逌櫱。孟母擇鄰軻作哲，夏姬屢醮行無别。僇子戕夫家國滅，福貞禍淫理昭晰。人紀天常所關涉，猗嗟華婦志卓絶。操行終身皎冰雪，所天蚤失泣成血。鞠育遺孤心力竭，孤兒長成復先業。曾元緜緜衍瓜瓞，追惟厥初祀几絶。節婦之德瑞可列，前朝旌門尚昭揭。閭里於今共稱説，我其徵之在史牒，萬古千秋有光烈。

其三 陳詢

堂宏開，扁昭揭，阿母端居守貞節。嬌艷方殷失所天，漸看齒落霜盈顛。不涅不磨心不改，斷機丸膽兒能賢。當時恩詔旌閭里，先達雄篇揚盛美。慈顔雖遠餘慶存，百世還應錫蕃祉。君不見芝蘭玉樹芳滿庭，祥烟瑞靄紛紜凝。

其四 張柷

良人歿去已多年，白首嫠居志益堅。鐵石死心終不改，冰霜清操只依然。璽書褒第先朝命，貞節名堂後嗣賢。千載季姜誰得似，芳聲宜與古今傳。

題華氏貞節堂卷後 項伾

正統丙辰冬，余以國子生擢知無錫縣事，訪諸文獻故家，咸以華氏爲首稱。華氏之彥，曰忌濟、仁本、思源，皆賢直好禮。不狃於流俗富驕紈綺之習，心竊重之。間日，思濟持其高祖母陳氏貞節堂卷，再拜求題。余觀古之賢婦，其節行堅貞，載於簡册者固多。而子孫之蕃衍盛大者，疑不多見。今華氏子孫，詵詵濟濟，引而未艾，則華母蓋不惟節行之貞，尤足以見其德澤之厚也。故表著之，以爲後人勸。復系之詩曰：

獨撫遺孤守故廬，百年志節可誰俱。前朝表異題華扁，烈日争光照里閭。

早歲孀居勵所操，後來蘭玉盡英髦。乃知賢母多陰德，不獨當年節行高。

春草詩

第九世栖碧府君諱幼武，字彥清，早孤，事母以孝稱，築春草軒以奉貞節陳夫人。著有《黄楊詩集》。

春暉美華孝子也 鄭元祐

陽春有暉，物具是依。何獨寸草，春陽載菲。菲菲芳草，沐沐春陽。德澤之溥，寸莫之長。子之於母，其恩莫大。鞠育成人，恩等覆載。兒之出矣，念兒衣單。爲縫爲紉，惟恐或寒。是意之微，孰爲識者。有唐詩人，孟氏東野。華彥清父，奉其母儀。春草名軒，本乎孟詩。嗟彥清父，慨親早寡。奉母斯軒，飲酒伐鼓。有孫在膝，有孫授室。兒在母前，諸孫林立。母喜謂兒，爾父歿時。天高地厚，縈縈孤嫠。安知今日，孫又抱子。是皆爾父，積慶有此。兒聞母言，悲喜盈襟。歌我聲詩，以慰母心。

春草曲 胡助

春風如水流，春草生芳洲。游子有遠志，居人無別愁。居人伊誰華氏子，不出庭闈奉甘旨。可憐游子萍相似，春愁草緑千萬里。兒衣母綫春風吹，春暉滿堂草菲菲。游子歸來慈母喜，階前門草争兒戲。

春草軒辭

其一 楊維禎

春暉庭下春雲暖，春草軒前草長短。中有百歲宜男花，一色青蚨綴枝滿。青蚨子母不斷恩，草有靈芝生孝門。春暉照人春不老，芝草闌干芝有孫。當時夢生芝草緑，瓊圃琅玕棲別鵠。孤兒日長草忘憂，錦棚護兒如護玉。春菲菲，草油油，千金駿馬五花裘。吁嗟兒兮無好游，銅駝陌上春風愁。草萋萋，春杲杲，游子歸來在遠道。庭前何以報春暉，身上青袍照春草。

其二 陳基

當軒不栽花，只種忘憂草。栽花恐傷春，草根草色年年爲親好。東方日出芳菲菲，堂上阿孃堂下兒。兒來爲壽阿孃喜，何用遠游千萬里。春草種易生，春暉報難極。不將春草報春暉，且看春衣舞春日。舞春日，樂未央，阿孃壽隨春日長。教人愛殺雙蝴蝶，歲歲飛來入畫堂。

續游子吟 陳謙

母愛兒，比瑶草，百花原頭春浩浩。結緑懸黎總非寶，朝居目前暮懷抱。頃刻相違作憂惱，兒兮勸爾無出游。忍令母心日夜憂，紉衣一針一度鈎。針綫不比心綢繆，兒嬉鬥草拈春樓。緑縟青葱不堪數，楚人只解歌王孫。萋萋那有子母恩，徂徠松，淇園竹。人言長生勝他木，千年萬年春草緑。

右《續游子吟》一首。按古樂府有《游子吟》，游子移貞曜，蓋擬古而作。彦清邀余賦春草軒詩，以實前序引中語。輒爲題此，爲不敢易舊題云。

春草軒詩

其一 段天祐

春草軒前好花柳，華君奉母來飲酒。吹笙伐鼓歌嬋娟，華君捧觴母長壽。猗嗟世人皆有母，華母辛苦世無有。韶年來登君子堂，縫紩衣裳事箕帚。結縭而後五見春，君子去爲觀國賓。尊章已老兒幼稺，主張門户在一身。星霜荏苒歲年變，君子歸來命如綫。文窗愁絶舞鏡鸞，繡梁悽斷傳書燕。晝日悲號夜飲泣，萬感胸中百憂集。銜哀茹痛强自持，顧護孤兒到成立。孤兒成立稱華君，能詩能禮兼能文。清温甘旨具朝夕，純孝之名鄉鄙聞。德音汪濊降天咫，桓表亭亭樹閭里。從此鄉人謂華君，非有此母無此子。華君拳拳反哺情，四顧世上丘山輕。升堂日誦孟郊句，開軒手題春草名。春陽一日被百草，大蓁小蓁顔色好。華君願作芝與蘭，披秀舒英發天藻。芝爲世瑞蘭國香，采之擷之貢明堂，願言持此報春陽。

其二 潘純

兒居春草軒，母坐貞節堂。貞節日以甘，春草日已長。恩深夜雨潤，愛重朝日陽。青青一寸心，不爲霜露黄。

其三張世昌

人與天地參，所重爲三綱。秉彝均此善，擾擾胡棄戕。猗嗟華氏母，婉娩夙自將。笄年配君子，淑譽流閨房。夫爲京華客，馳騁功名場。妻獨撫孤稚，愁悴銷容光。一朝載疾歸，飲餌瞑弗嘗。生死遽永訣，啼號摧肺腸。感念柏舟誓，守節如共姜。孤兒漸長大，教育遵義方。劬書習禮矩，性行粹且詳。德門天所慶，福澤來滂滂。子心孝不匱，恰愉奉高堂。州府上其事，旌褒稽典常。長吏植桓表，親朋稱賀觴。溪山亦動色，閭里增煇煌。嗟彼寸草心，猶思答春陽。母恩誠罔極，報效寧可忘。睠兹詩禮胄，家法宜允臧。婦能抱貞信，夫死如不亡。子能養親志，慈顔多樂康。盛事播遐邇，頌詠裒篇章。願寄采詩官，百代傳馨芳。俾此春草軒，名齊河岳長。

其四張雨

風月無邊家慶裏，滿庭春草緑芊眠。謝池得句元非夢，孟母遷鄰果爾賢。沈橘井中香不斷，樹萱堂北翠相連。笑看書帶傳書種，箇個萊衣舞壽筵。

其五高明

藿藿庭際草，皜皜陽春輝。淑氣播嘉澤，句萌悉榮滋。元化雖無言，寸草心自知。常恐霜露零，春暉報無時。願言慈母綫，永托游子衣。衣綫有零落，母恩無終期。築室在近郊，開軒面平岡。前楹列賓友，中房鼓琴簧。彩服及春日，奉觴升華堂。醴酒既嘉臬，肴蔬亦芬芳。流景雖易邁，春暉豈能忘。竭此寸草心，以慰慈顔康。

其六李孝光

春草何離離，春陽何遲遲。萬物沐膏澤，百草獨光輝。光輝被下土，天公本無私。男兒生身，長大賢知。母恩未報，何用兒爲。何以報母手中綫，冬温枕席夏揮扇。

其七王逢

隆亭華母長壽考，即所軒居種春草。寸心初存天地先，百葉未與風霜稿。草之在山却甚小，慈竹清陰護來好。錦帷微動博山烟，瑶池飛下西王鳥。我嘗登堂拜母畢，母言初孀近三十。孝經論語親授兒，好禮能詩見今日。人生莫不知愛親，君家歡樂難具陳。烏鳶螻蟻方滿野，膝前魚笋朝朝新。客觴阿母母屬子，有客有兒家不毀。兒持壽觴客載歌，白髪如心照止水。

其八楊鑄

春院多緑芳，延緜蔚如翦。何以比繁猗，青絲染猶淺。拂煙輕黛散，綴露明珠泫。時物正暄妍，景光丰流轉。親年當喜懼，燕處貴愉婉。益爲樹叢萱，憂來庶能遣。

其九宇文公諒

青陽播淑氣，百卉生華滋。光風一披拂，藹藹浮春暉。幽芳澹露曉，秀色含煙霏。乃知造化心，元澤無停機。伊人早失怙，撫育仰母慈。高門賴扶植，况復蕃孫枝。清時表宅里，巨扁揭華楣。開軒俯平緑，每懷貞曜詩。念兹心罔極，欲報心無涯。堂前樹萱草，堂下羅斑衣。願言勤愛日，永與莊椿期。

其十 貢師泰

卷幔見芳草，芊緜如緑雲。庭階初過雨，時復送餘薰。晚酌映瑶席，春衣迷采文。感兹微物意，益得奉殷勤。

其十一 又追和孟郊韻周伯琦

青青軒前草，映我斕斑衣。草香壽酒清，坐客皆忘歸。母德猶春陽，何以延夕暉。

其十二 迺賢

青藹浮江郭，庭階草色芳。晨暉窗自緑，春雨屐生香。弱蔓牽書帶，修莖矗劍鋩。緜緜思遠道，惻惻念衣裳。結搆懷東野，安輿奉北堂。豈須三釜養，自可百憂忘。地近延陵邑，門旌孝子鄉。殷勤張太史，爲播五雲章。

其十三 陳遠

華軒結搆几經春，草色當軒歲新。曉翠冥蒙天外雨，煗香芬馥户間塵。金盃飲後慈顔悦，彩袖翻時樂意真。爲爾題詩倍惆悵，天涯多少遠游人。

其十四 塗貞

每誦《游子吟》，長懷孟東野。寸草媚春暉，還如愛親者。萊衣垂五彩，屢舞對幽芳。褰簾窺秀色，徙履襲微香。弱卉本無情，猶能感滋殖。鞠育天地恩，於人意何極。嗟余違定省，胡乃客天京。顧兹慈母綫，愧爾獨含情。

其十五謝理

高軒麗春景，密草曖含芳。初葉苞新緑，纖莖蔓紫纏。乘風絢餘采，襲露散飛香。何能自爲美，無乃藉春陽。但嗟有容質，無以報恩光。庶願承餘照，不見委秋霜。

其十六韓文瑛

春風草色暎池臺，彩袖將車奉母來。淡淡清暉浮几席，霏霏碧霧裛尊罍。晴萱更向堂陰樹，慈竹還從石上栽。羡爾長吟東野句，天涯游子莫徘徊。

其十七王餘慶

陽光麗群植。奕奕含春暉。生成天地德。寸草乃其微。眇躬何爲者。父母養毓之。恩深其罔極。欲報無窮涯。堂中奉慈顔。堂下舞彩衣。堂前生意足。春草長萋萋。悠哉孝子心。百歲終不移。

其十八黄師憲

母恩浩蕩似春暉。孝子心同寸草微。軒上仍題東野句。階前時舞老萊衣。光風晝轉萱花合。翠色朝凝玉樹依。嗟我京華成久客。歸心正爾念庭闈。

其十九二首閻相如

草有一寸心，人有方寸地。華君名其軒，中有無盡意。陽和遍九垓，草舞春風翠。大視同一仁，與我復何異。情性本天然，孝子心不匱。願將華子誠，永錫及爾類。

錫山華君春草軒，堂前慈竹堂後萱。風聲樹門人不老，陽光燭物天何言。杯行春酒諸親樂，兒著斑衣阿母恩。今日低頭拜東野，孰憐游子似王孫。

其二十金玉

梁溪源頭春色好，萋萋緑遍長生草。堂上阿孃天錫老，堂下兒能愛如寶。阿孃自言逢百罹，苦節獨許冰霜知。幸兒有成女有歸，能令死者猶生時。兒言阿孃恩罔極，欲報春暉那可得。但願年年春草碧，爲著斑衣舞春日。

其二十一范成

東風吹處緑無涯，惟有窗前意思佳。已喜陳根深雨露，合將幽植等瑤華。陸郎自小能懷橘，潘母逢春且看花。堂後牘栽萱百本，詩人尚擬詠天葩。

題華氏第八世陳節母清節堂圖手卷張洵佳

世宗多喬木，華姓實居首。氏族有由開，南齊孝子某。明德紹家風，達人代代有。至今鵝湖濱，獨擅人文藪。我與聯縞紵，來往卅年久。每進通德門，所聞惟孝友。齊梁世澤圖，寶重如瓊玖。賤子賦新詩，巾節不離手。哽噎爲姑祝，甘旨不離口。内則井臼操，外則門閭守。家世更多艱，盤錯皆親受。冷露滴茅茨，清風款户牖。僉曰婦賢哉，讚歎遍童叟。果然後嗣昌，清蔭横千畝。昔爲紡織圖，軋軋寒侵肘。今名貞節堂，圖畫世罕偶。神采現毫芒，丹青炳星斗。應與孝子廬，永永傳不朽齊梁世澤圖首幅畫孝子故廬。

栖碧軒詩

其一 葛軒孫

層軒東西山色青，竹光與之來前楹。閑雲晝垂簾幙影，好風特和弦歌聲。客歸庭院緑陰静，夢斷池塘春草生。何用深居入林壑，此中自足捐浮名。

其二 錢良右

栖碧高軒近堠山，每因幽事日相關。湘簾净隔烟霏外，竹户徐開紫翠間。灌木雨晴啼鳥歇，蒼苔春暖落花閑。定知此地多瀟洒，容我扁舟得往還。

其三 俞鼎元

天風披拂薜蘿衣，雲卧軒窗碧四圍。滿地落花春寂寂，一簾空翠晚霏霏。青蓮居士今何在，芳草王孫竟不歸。寄語東山謝安石，平生雅志莫相違。

其四 僧悟光

新築高軒著隱名，秋陰華構落郊坰。水流自遶樹花徑，雲迹却留梅里涇。翠竹萬竿浮曉緑，蒼山九壟入空青。有時讀罷閑情賦，試向松根斸茯苓。

其五鄭元祐

惠山之東堠山南，但見群木翠毵毵。金波影裏魚鱗屋，玉佩聲中麈尾談。黄漲麥雲迷町畽，紅飛花雨濕烟嵐。桃源春深烟水暮，看弄漁舟令我慚。

其六鄭采

誰有斯人清思長，幽潛百畝樹蒼蒼。開窗翡翠巢枝近，釃酒枇杷結子香。林塘但少元戎駕，松竹無疑給事莊。只有才華人共惜，烏君不見鎮河陽。

次韻懷華彦清陳基

滑滑春泥滿郡城，出門騎馬不堪行。未能學道從緱母，且復忘憂對麯生。流水小池垂釣影，春風深巷賣花聲。停雲賦罷心如渴，安得滄浪濯我纓。

次韻答栖碧先生吴采

嗟君行役尚匆匆，無復看花出瀼東。几夜相思孤月共，何時重與一尊同。城隅水泛桃花浪，岸口春生杜若風。若引扁舟終遠去，且將蹤迹寄漁翁。

送華彦清詩朱熙

携書尋舊隱，泛月到柴關。已遂歸田去，何須衣錦還。古梅宜近水，修竹合依山。擾擾閑花草，東風滿地班。

送華彦清還長洲

其一 金起

榜人理行棹。之子去何之。渡河河水深。登山山嶮巇。行邁誠不易。世道方未夷。駕言往長洲。田彼南山陲。長洲我故里。居彼婁江湄。室廬今何在。燕麥雜兔葵。時危感身世。咄唶令心悲。心悲傷我神。况復離别時。相思匪云遠。後會良有期。音聲如可接。聊以慰我思。

其二 劉文琡

九龍山人雪滿顛，移家又近長洲邊。大兒行酒小兒饌，盤有嘉魚池有蓮。海虞相逢僅一月，河上著書今几篇。買田種蔗有佳境，維舟弋雁終殘年。

其三 方珍

明日移家茂苑邊，故鄉回首思凄然。山陽尚有一區宅，杜曲寧無二頃田。夜雨軒窗勞夢寐，薰風茅屋重留連。閑來渾未忘清事，覓紙題詩動百篇。

其四 黄進德

草堂舊隱堠山南，賓客時來共笑談。花柳村村迷野望，笙歌日日縱春酣。十年漂泊家何在，一夢繁華思不堪。誰謂杜陵愁獨甚，卜居還向百花潭。

其五 鄧士瑛

梁溪望族最稱賢，避地長洲共海天。松菊舊栽陶令宅，圖書重載米家船。薰風華屋成雙燕，穀雨春芽第二泉。回首莫嫌歸計晚，東南有日净風烟。

其六 張著

移家曾近錦帆涇，明日重尋舊草亭。書畫船輕春水緑，江湖夢遠夜燈青。愁來眼底猶兵火，老著天涯自客星。賴有新詩頻得句，淋漓醉墨洒秋屏。

其七 陸景元

栖碧華徵士，何來東海涯。經年長作客，辟地數移家。囊澀惟藏畫，書多只借車。明朝有新句，莫惜寄南沙。

其八 高克輝

亂後移家似轉蓬，更緣多病易成翁。船開白水孤城外，衣濕黄梅細雨中。花下詩篇留客和，窗間棋局與誰同。杜陵極有還鄉思，舊種膏腴在瀼東。

其九 僧如淵

華髮蕭蕭入暮年，南沙累月避烽烟。客嘗滿座孔北海，賦就倚樓王仲宣。借屋先謀開畫壁，移家又上載書船。好懷更在長洲苑，日日題詩五色箋。

其十衛鎬

梁溪溪上華公子，鄉國由來孝義稱。亂後移家依故舊，春深下榻款賓朋。可無棋局同王積，每覺詩篇逼少陵。好去長洲新卜築，扁舟何日興堪乘。

其十一李珏

江湖耆舊半凋零，久聽交游説盛名。方幸承顔愁復别，可能握手語生平。才高一代今誰識，玉立諸郎老更成。慚愧羈栖林下客，臨箋灑墨不勝情。

其十二姚翥

平生不識栖碧翁，移家避地俄相逢。襟懷似欲向人盡，聲價不與凡流同。投老詩篇猶爛漫，遣愁棋局每從容。月明後夜思君處，夢繞婁江江水東。

其十三鄭本

九龍山前華徵士，老去移家避亂離。故國時休戰伐，衡門累月共棲遲。東風花底頻行酒，夜雨燈前對奕棋。正好論交又相别，小窗明月憶君時。

其十四曹克讓

避地南沙擬卜居，相逢愧我百無如。能忘喪亂情懷惡，肯放交游禮法踈。古鼎然香留客共，新詩得句遣兒書。明朝又復移家去，若箇青山好結廬。

其十五顧信

君因避地來川上，我亦思親睇白雲。旅邸笑談多與共，故鄉消息總無聞。索歌行酒當春暮，翦燭敲棋每夜分。如此好懷那忍別，官河船發水沄沄。

其十六繆行

迢遞歸心切，孤舟白鳥前。江鄉梅子雨，官渡柳梢烟。舊業荆榛底，新耕島嶼邊。每憐鄉土異，羈思欲潸然。

其十七朱倫

聞君昔住惠山前，力學奉親人共賢。彩衣上堂日爲壽，青燈註書夜不眠。老去繁瑣華春過眼，年來喪亂雪垂肩。移家又向斜溪去，相送離愁動海天。

其十八殷尋

海虞山下得相逢，驚見森森梓杞叢。萬石家聲憐獨振，竇公隱德許誰同。青山故國烽烟外，白水孤村夕照中。書畫滿船尋舊隱，莫教人識米南宮。

其十九鄭宗

辟地移家海上城，一從相識見高情。玉缸酒熟頻招飲，采筆詩成每共賡。客館正須同夜語，樓船又復向南征。斜溪溪上多佳趣，好寄銀箋慰眼明。

其二十殷輅

政擬交游歲月長，又移孤棹過斜塘。湖村雨積禾苗緑，野渡風含荇帶香。到屋那知身尚客，耕田應與世相忘。江天早晚鱗鴻便，莫惜新詩寄草堂。

其二十一趙文麟

辟地南來托鄭莊，衣冠文物運古動字江鄉。牙籤塵净連床秩，緑綺風薰對客張。松菊舊傳陶徑樂，芝蘭今見謝庭芳。頻來故舊情如玉，遥憶丘園鬢更霜。第二泉頭違茗裹，長洲苑外卜茅堂。管寧豈意遼東老，杜甫能無錦里狂。滿地白雲多種竹，一林膏雨旋移桑。交游莫使長回首，吟得新詩好寄將。

其二十二高廉

舟發平津水荇香，情雖在別不堪傷。行携老稚原非客，居有親知不異鄉。里過鼉時田雨足，路當梅候渚風凉。躬耕願作南陽侶，豈爲安車出草堂。

其二十三 鄭如村

偶於喪亂得相從，豈意交情骨肉同。象管題詩桐葉碧，蠡窗行酒燭花紅。清風池沼堪留夏，細雨帆檣復向東。自是別離心最切，倚樓今夜月明中。

其二十四 唐溥

同是天涯客，分襟倍慘神。歸尋芳草渡，欲見故鄉人。細雨江帆暮，長洲□□春。上卿頒鶴料，應惠白鷗鄰。

挽棲碧先生 鄭如村

憶昨遭逢患難時，傾心能以死生期。孤城百戰同聽捷，窮海千金遠致醫。花底銷閑春對弈，燈前力疾夜論詩。別來遽爾幽明隔，翹首西風涕泗垂。

挽從侄彥清時余卧病不能臨喪 華晞顔東湖公

棲碧吾宗彥，才名夙譽優。蚤孤承母訓，立學企前修。篤志輕豪俠，幽棲樂隱求。清新鮑明遠，純孝庾黔婁。旌表恩波闊，揚輝喜氣浮。衹知娱彩服，未暇狎狐裘。春草顔居室，冰魚具進羞。鄉閭人景慕，朝野日歌謳。汗竹流芳永，庭蘭暎玉稠。時危淹豹霧，産蕩失鳩鈎。浩渺滄波興，優游黄綺儔。渚河凉月棹，江樹暮雲樓。力疾猶相過，爲詩每見酬。擬刊元墓石，數泛剡溪舟。此意尚沈滯，中心積隱憂。吾文雖强作，爾志豈狂謀。爲别才終歲，相思甚九秋。豈期驚夢蝶，無復會盟鷗。玉樹重泉閟，繇鷄遠客留。竹林空太息，蓬蓽轉愁窮。蕭颯悲風動，滂沱淚雨流。他時一卮酒，慟哭酹松楸。

厚本庵覺上人東歸奉酬三十韻華幼武

生無功名志，四方謝經營。守拙在村野，灑掃事墳塋。惟我曾大父，梅里鬱佳城。松楸四十載，枝幹重重生。子孫五世衆，能保枯與榮。林外結精舍，歲時奉粢盛。似非象教力，無以存遠名。惠山前朝寺，寒暑几變更。玉泉蔭翠柏，歷劫無凋零。寺中有尊宿，心比泉源清。感我再三意，瓶錫許暫停。晨鼎香不冷，夕燈火長明。白日禮寶懺，清宵閱金經。逝者安玄宅，生者懷至誠。諒發菩提念，永堅蘭若盟。豈意中土亂，盜賊紛縱橫。軍需日夜急，盡向江南征。道釋與黎庶，差役均重輕。委身任鞭撻，但恐違公程。空門本清淨，深慮禍所嬰。中夜理舟楫，飄然望東行。師固方外士，寄迹如浮萍。寧無所住心，荅此眷顧情。悵望不可及，流淚浩沾纓。嘆彼蛙蚓輩，安能溷滄溟。一朝就泯滅，卷旗韜甲兵。山川不改色，草木咸光晶。官府有餘暇，土田春得耕。萬姓安舊業，租賦庸均平。再期林泉會，猿鶴交相迎。

長廣溪漁翁頌吾祖德感幕成詩華幼武

移舟溯春水，飄搖任所適。直汎長廣溪，治然洗塵迹。前峰雨初竟，空翠若可挹。輕波盪晴景，洸瀁閃金碧。鷗鷺不驚飛，鳧鷖自浮没。浩歌放中沈，俛仰天地窄。顧我塵俗姿，何有山水癖。溪南見漁舍，茅茨半欹側。參差數株柳，青蔭稍蒙冪。繫纜柳樹根，褰裳坐磐石。漁父向我笑，愉悦好顔色。問我從何來，言語若舊識。所居只尺地，三世無改易。昔者盜賊至，蘆葦避鋒鏑。今年八十餘，頗覺少筋力。長年生理處，繞舍菱芡實。南春吹荷花，清香滿吾室。窮冬不知寒，曝背向白日。膝下有長男，夫婦亡疾疫。細女寡少年，守志奉朝夕。一孫與一甥，網罟供衣食。此心百不縈，棺木具已畢。我憶年少時，曾上君子宅。重門使人迷，若與塵境隔。近聞車馬過，烽火成瓦礫。尚念處士翁，四方頌遺德。我種君家田，往往受惠澤。斯人久云殁，斯德猶記憶。常時語兒女，欲報意罔極。斂衽聞此言，惻爾潛歎息。人生宇宙内，繁華竟無益。富貴榮一時，草露朝浙濕。何如養方寸，仁愛布民物。流芳施子孫，百世仰憲則。我祖不可見，我心竟慘慽。回首故園春，潛然淚沾臆。

憶昔華幼武

憶昔堂上親，憂兒孱弱身。兒身今已老，不見堂上親。堂上親，去不返。寸心何以報深恩，天地茫茫恩不斷。

春暉堂華幼武

築得堂成爲奉親，彩衣白髪兩鮮新。及時花發春長在，獻壽杯深客過頻。燕子簾櫳初著雨，宜男庭榭不成塵。韶華一去無顔色，落日東風草似茵。

庚寅留毗陵憶老母病渴憂甚適寄枇杷至感喜而作華幼武

曉窗燈影綴金花，游子思親夢到家。旅食暫違憂藥餌，朋來遥及寄枇杷。香分彩袖慚懷橘，甘入中腸憶奉瓜。拜舞新嘗意何限，北堂萱草緑無涯。

拜隆亭祖墳有感華幼武

古木蒼藤覆石垣，春風秋雨自滋繁。根蟠厚地通山澤，蔓衍餘芳施子孫。墓碣青苔愕櫟道，紙錢寒食杏花村。祇將純孝求冥漠，誠感終須到九原。

春草軒對月華幼武

昔年阿母宴秋期，滿地溶溶月色遲。今夕光輝徒有淚，一天風露不勝悲。良辰荏苒思無極，瘦影伶俜舞向誰。夢出桂華窮碧落，聲容彷佛在瑶池。

感懷華幼武

苦憶家鄉值亂離，燈前揮淚看宗支。秋風百草凋零際，夜雨連城戰伐時。殃及池魚徒有恨，痛憐穴蟻欲何之。吾門積德由來厚，天地休光或可期。

聞諸第争田作詩以勸選刻常州府入邑藝文志華幼武

吾族凋零久，亂離餘几人。不才真可棄，於誼固須親。煮豆情何切，撾身苦自嗔。勖哉千古意，天地尚回春。

夢祝先公華悰韡

一絶趨庭二十年，年年春到倍悽然。光陰有限恩何極，報答無由歲屢遷。夢裏音容渾似昔，人間故舊不如前。覺來猶記承歡處，涕泪交流落枕邊。

夢先公自外而歸華悰韡

燈燭熒煌接父歸，宛然昔日好容儀。解衣盤薄携班杖，放帽寬閑撚白髭。謁廟不忘循禮節，趨庭便欲問書詩。晨鶏唱斷承歡處，不覺潸潸涕淚垂。

壽慈闈八十華悰韡

慈闈八十喜康寧，彩服曾孫又滿庭。曉捧北堂長壽酒，夜瞻南極老人星。吾門積善膺餘慶，來客同歡共百齡。正值昇平風景好，軒前春草日青青。

送張師浩還梁溪憶四弟華悰韡

故人歸興促行程，末風生動客情。今夜梁溪逢舍弟，相思相望月同明。

第十世

處士晴雲府君宗譜傳

府君，諱同韡，字公悦，號晴雲，通四支栖碧府君第四子。爲人端雅莊重，篤於孝友。元季，仲兄公愷，奉二親避難，轉徙蘇松間。府君往來，餽問無缺。洎兵革漸定，謀迎歸里，而舊廬已悉燬。公愷以父命卜居延祥，府君於故居構茅屋三楹，墾田數畝。經營五載，生計粗立，而父病不起，哀慟几絶，殮葬悉與仲均。惟抱恨終天，以迎養之志未遂也。居鄉一以和厚，人咸稱爲長者。生元至正六年四月六日，卒明建文二年，年五十五。配吕氏，繼唐氏。葬父塋之南。子四：興禮、興義、興敏、興信。

第十一世

思學府君宗譜傳

府君諱興義，字仲模，號思學，通四支晴雲府君次子。自幼穎異，篤於孝行。弱冠時，父被誣繫獄，匍匐至京，撾登聞鼓，請以身代，辭甚懇切，宸衷爲之惻然。將旌其行而原其父，會有沮者弗果。既而刻苦燈窗，博學工文，尋繹聖賢爲己之學，欲展所藴，以顯其親，孜孜不怠。暇則賦詩染畫，俱有可觀，尤精岐黄書，人多賴以全活。四方士大夫來交者，户屨恒滿。臨江吴仲權高其誼，籀『思學』二字揭其進修之齋。翰林鄭叔美爲文嘉之，蓋有待乎其成也。然以情事不得申，泱怏於懷，竟以夭殁，年止三十有六。生於洪武十四年九月二十四日，卒於永樂十五年八月初五日。配錢氏。葬壽山先塋。子五：震、節未冠。益、恒幼。巽，殁後四月生。

第十三世

欽取推官東聰府君宗譜傳

府君，諱烈，字武承，號東聰，通四支原謙府君次子。性警敏，髫齓時，讀《易》，過目輒成誦。家世素饒，聲伎服食，足以移人，而府君專務力學。弱冠領鄉薦，甲辰登進士，除廣州府推官。丁外艱服闋，補建昌府，决滯獄悉輸其情。爲巡按御史所獎異，滿三載績歸。途聞母喪，哀毁垂絶。服除，改杭州府，政聲視昔有加，百姓神明。征税海寧，積逋悉完，而人不病。巡按御史以績聞，欽取南道御史，至京，以疾卒。居家父子兄弟間，上無愆度，下無匪儀處，人所難能。盡法持義，爲縉紳所慕仰。生景泰甲戌七月四日，卒成化庚申十一月二日，年四十七。配馬氏，繼吴氏。葬瑯琊瀆。子：游，浴，渠。

第十四世

文清府君宗譜傳

府君諱涇，字文清，號愚逸，通四支省農府君子。幼警敏，爲大父母所鍾愛。父家計中落，内外事一以委府君。府君勉承父志，不以治生廢讀。久之，家業日隆，文譽亦日起。四方賢士，多樂與之游。構舒嘯樓，以延賓客。文莊邵公篁墩程公、族叔誠齋、静庵輩，皆以文學相切磋，而文莊尤相契厚。以女妻府君之季子。嘗以義輸粟，授承事郎秩。鄉黨中多爲周恤，營壽藏於瑯琊瀆之南。適從父東窻公宦殂，先謀襄事遂讓以葬退築於東北隅。其好義大率如此。生正統己未，卒成化壬戌，年六十四。配鄧氏。子三：珪，瓚，珉。

第十六世

奉政大夫起筠府君宗譜傳

府君，諱秉中，號起筠，松江派，伯鱗府君長子。自五世祖興信徙居雲間，至公而始大。公性高廓，不儕於俗。登嘉靖己酉鄉薦，癸丑成進士，司理東昌，有異政。世家子以冤陷辟，人皆袖手，公獨出之。自是東省疑獄，倚公平反甚多。世廟知之，擢入刑垣。言事侃侃，皆中時綮時。分宜擅權威焰正熾，公繼楊忠愍後抗疏劾之人，皆爲公危，已而寢不報，公遂拂衣歸里，閉門養重，無一字入公府。倭寇起分宜所暱，客欲就郡開鎮。公極言亂後孑遺，不堪供億，事遂寢，造福桑梓甚大。公座師徐文貞公，尋當國，倚公甚重，竟筮天山不復出。卒時年僅四十有五，所貽圖書數卷而已。公有文名，所傳《治河策》，當時刻以爲式。子允執諸生，允傳仕雲南藩幕，孫彬蔚至今沿其清白云。

第十六世

文學心古華公傳 高攀龍

公諱登庸，字熙載，喪父古山。公自號心古，幼穎敏，善屬文，鄉進士東田顧公才之館於貳室。試有司，屢蹶。東田公欲爲吹噓，公謝曰：『士以請托成名，弗夫也。』峻却不從。年及壯，始補博士第子員。公至性天植，事後母孝。古山公遺産若干，授公僅三之一，人爲公不平，公夷然不屑也。屬有讒人嗾公訟，公瞿然曰：『此言何爲至我哉？豈吾行有未孚耶？』讒者捫舌退，復密搆其第曰：『而兄異日必有言，胡弗先爲地以弭釁？』後母聞之曰：『無庸，是能孝事我，善撫若輩，異日當藉以卵翼。何釁之弭？』人謂公誠孝所格，有伯夷之風，私號曰少夷。生平不屑屑生産治，其父及後母喪，竭力營辦。業日薄，蕭然閉户，耻向富貴人乞覓。古山公有古畫，售之戚黨，未償值，蓋素封家也。或謂公盍取諸。公笑曰：『窖金兒傲其戚屬，不一臨吾先人之喪，乃以一畫直辱吾杖屨乎？』卒不往。喜爲詩，屬纊前一日，翛然成咏，有『落落近違俗，硜硜苦過方』之句，實逼肖其生平云。年六十有四卒。子二：南、西。高攀龍曰：『古語有之，建大功於天下者，必修之閨門之內。垂大名於萬世者，必行於纖微之事。以吾所傳，心古公皆其閨門中纖微事耳，然足以想見其人。』倘遇於世所謂不爲勢脅，不爲利誘者非乎？晚近世論士，當先小者近者。夫非近何遠？非小何大？不出環堵之室而知天下，固有自矣。

第十七世

述古華公傳 高攀龍

公諱南，字之陽，述古其別號也。爲心古公冢子，心古公飭行嗜學，爲華氏聞人君踵其躅，無忝德焉。幼從心古公，受《尚書》，能解其精義。應童子試，有名數奇不售，旋以病輟學。事心古公色養備至。心古公中年失其偶，顧孺人以公左右致養安之弗再娶。庶弟西，少公五年，心古公命父事其兄，公亦奉命撫之如子弟。性好竺乾氏，年十五遍走名山。公趣之歸，爲娶室，授以所應得産。一切户外事外肩之，不煩弟。弟婦有娠，弟曰：『此爲吾五嶽游累矣，堕之。』公大以爲恨。已復有娠，又謀墮之。公念弟癖，不可口舌爭，乃托爲心古公夢中語。弟爲凛然，卒産一男。撫子婿類如子，室代爲養，師代爲脯。婿德之不置，産不逾中人，而輕財好施。姻戚朋友，往往以公爲外府，屢空終身不厭也。公少病瘵，習養生術，却病甚奇，吴中相傳以爲神爭，求授其秘要。公必擇端人授之，故多不竟授。竟授者，即沉疴立起。生平無雜好，黄庭、二景而外，與客對弈。或吟少陵詩而已。年五十六卒。子三：爾梅、爾杏、爾桂。

貞女傳養愚公女華氏貞蓮字趙之俊

貞女，字貞蓮，通四堠陽支養愚公女，心古公孫女，母吴氏。幼許字同邑趙璧子之俊。之俊夭，訃聞。女年十五，察其意，矢靡他矣。繼有媒妁之言聞於母者，女厲色以死自拒，卒噤而去。父以客游死，擗踴哀號，刲股肉以遥奠。梦寐中恍即音容，覺而像之，惟肖。未几，母病。病亟，念女無所倚，集親長勸之更字，女志益不回。且撫幼弟爾柏，慟曰：『吾父血胤僅此耳，吾將依弟以終身焉。』母亡撫弟，自幼至長，鞠育誨勉，既姊而母，兼父而師。拮据授室，幸育二子。爾柏既用姊教，得一青其衿，既復夭死，益大慟。感勵其婦張氏志節相守，掖兩孤底於成。嗚呼！豈非生人之至艱，而茹荼之至痛者乎？乃其尤難者，趙氏翁耄而無子，貧甚。女以勢不可往，緘紉甘脆，時相問遺。及卒，治斬服哭於喪所，請於趙宗爲立後。此其遠識卓節，蓋又有大過人者，少司空葉閑適先生别有傳，兹特傳其大者。生萬曆丙申六月十二日，今年已逾艾，終不笄云。

第十六世

堰下始遷祖企東公傳 華廷贊

今夫登名山者，必探其派之所由來。涉大川者，必溯其源之所自發。時無古今，人無賢愚，莫不同此心理也。人爲萬物之靈，顧有不探其派，不溯其源，一任其年湮代遠，而至考覈無從哉。此二十六世孫鍾靈、二十七世孫雲階，所以不避勞瘁，不憚跋涉，極意經營，諸事就緒，而更索傳於贊也。贊雖不文，而誼關一本，其何敢辭？按我華自南齊孝祖以來，世修隱德，代爲聞人。傳世二十一，而至原泉公，爲自汴梁遷居無錫之始祖。更傳世十有六，而至公，爲自堠陽房廊橋遷居堰下之始祖。諱逢理，字企東，爲十世祖晴雲公之曷孫，十五世祖東皋公之幼子也。兄弟三人：伯諱逢年，仲諱逢源，叔即公。配倪孺人。生子三：諱曰弘道，曰履道，曰達道。世居堠陽之房廊橋，蓋即十一世祖思學公之舊宅也。生當明季，目擊夫奸佞用事，賢豪避位，知天下之將亂，遂隱居以求志。嘗謂諸子曰：『讀書爲明理，非爲功名也。若沾沾爲富貴計，則失其真矣。』故耕讀終身，不求進取。喜堰下之桑麻掩映，遠絶塵囂，兼以子孫繁衍，人浮於地也，遂遷居焉，相去不過里許耳。至清中葉，增至百有餘丁。小小村落而同姓者十居其九，多以農商立身，以孝友傳家。無求於人，皆足自給。非所謂源遠者流自長，本固者葉自茂耶？嗚呼，盛矣！公葬於本村之西，碑石旁，生大樹一株，蔭庇畝許。百餘年來，暢茂無比，益見公德之足以及遠。子子孫孫，繩繩繼繼，方興而未有艾也。民國十有三年歲次甲子夏六月之吉，貞固怡隱支廷贊眉良拜撰。

企東公像贊華廷贊

讀書明理，非爲求名。出谷遷喬，遠絶市聲。自樂其樂，小隱於耕。冰心一片，如月之明。

倪太孺人像贊華廷贊

持家以儉，相夫以勤。與子偕隱，富貴浮雲。爲宗族倡，荆釵布裙。孟光再世，三黨咸聞。

堰下二十一世祖子文公二十二世祖光昭公二十三世祖若川公合傳華廷贊

曾子曰：『慎終追遠，民德歸厚矣。』我家自孝子公開基，世世謹守，毋敢或失。傳家之寶，厥惟孝友，蓋即本於慎終追遠之意也。而晴雲公支二十六世孫鍾靈，尤能於曾子之訓三致意焉。今歲夏五月，鍾靈命侄雲階，持其二十一世祖子文公三代事略，冒暑而來，請爲立傳，詞意誠懇。贊曰：『不忘神宗，德之厚也。敢不揮汗從事，以爲孝思乎？』公諱霓，字子文，堰下始遷祖，企東公之來孫也。幼聰慧，好讀書，然性恬談不求進取，視富貴如浮雲。半耕半讀，課子課孫，怡怡如也。配楊孺人。生子一：諱世昌，字光昭，立身處世一以子文公爲法，配倪孺人。生子四：長若金。次若川，早卒。三若珍。四若千。皆能孝弟力田，不墜家風。當光昭公承父遺命，以若川公承分之産，歸之於公，永爲春秋祭埽墳墓修葺之用。輪流經管，秉公恪守，至今勿替。化私爲公，慎終追遠，可以風矣。

時在民國十三年歲次甲子六月日，貞固怡隱支二十六世族孫，廷贊眉良謹撰。

第二十三世

錢節母傳 華秉鈞

節母氏錢，爲錢公國祚第三女。少從師學，敏而能勤。熟《列女傳》，背誦不失一字，事親以孝聞。年十八，作配華公若珍，事舅姑無違禮。經紀家政，動合矩度，中外稱賢婦焉。逾三年，若珍公捐館舍，節母搶地欲絶，顧念遺孤生纔鋰有四日耳，不自節哀。是藐焉者，將誰保養而成就之？遂忍死以待，誓不更適。定省之餘，習女紅以供甘旨。亡何舅姑相繼即世，區處喪葬，則又靡不如禮。嗚呼！節母之心苦矣。節母以乾隆三十年七月二日生，卒于嘉慶六年十一月二十七日，年三十七。至嘉慶十七年，有司上其事於朝，得旌如例。孤子名瑾，三傳至曾孫諱焜者，配氏周，亦以節著。其族孫鍾靈撰狀，命侄雲階，丐余爲傳，於是乎書。

秉鈞曰：晚近倫紀夷滅，名節淪喪。婦人自請離婚於官中者，往往而有。而夫死更適，則又習以爲常焉。有繩之以禮者，必且怪駭，以爲迂愚。管子云：『四維不張，國乃滅亡。』嗚呼！禮防既潰，奚所不可？鄭衛靡靡之音，今乃扇及天下也。安得如錢節母者，矢共姜柏舟之操，以風世而勵俗也。此余傳節母之意也歟。

乙丑夏五南渡二十八世孫，貞固支秉鈞謹撰。時年七十有五。

第二十四世

和樂公傳 華秉鈞

公諱銓，字泰安，一字和樂，若千公之仲子。少讀書，穎悟異凡童。既長，篤嗜經史。於載籍多所涉獵，旁及堪輿星卜諸書，皆能窮其義。嘗手録先哲格言，體味而躬行之。尤熟諳譜牒之學，纂脩本支家乘，溯流探源，考訂世系，以永敦睦之風。祖塋有未植碑記者，懼其年代浸遠，後之人弗可稽考。則又爲別其世次，刊諸碑石。其用心亦勤矣哉。公故治形家言，嘗爲其父卜新壤，得吉穴，而同産舅季四人，皆得祔葬昭穆。嗚呼！其孝敬之心至也歟。子二：長方嶽，繼配楊氏出，納貲入太學。次葆森，公晚年篷室曹氏所舉也，以醫稱於時。

秉鈞曰：昔宜聖有言：『孝弟也者，其爲仁之本歟。』夫君子亦仁而已矣。公敏而好學，雖名位不顯於當世，而野服黃冠，隱於窮巷，脩其孝弟，化行於鄉，可謂能行其仁矣。古所稱鄉先生殁可祭於社者，倘其儔歟。余又烏得不爲傳哉？

乙丑夏五南渡二十八世孫，貞固山桂支秉鈞謹撰。時年七十有五。

第二十五世

誥封中議大夫鹽運司運同加二級國子監生月卿華公家傳嚴懋功

公姓華氏，諱拱辰，字月卿，系出南齊孝子寶，爲通四支晴雲公派。曾祖世昌，祖若千。父鈺，字泰山，生子三：長載嶽，次東升，公其季也。自十六世祖企東以下，世居無錫景雲鄉之堰下村。泰山公卒，公年才三齡，太孺人珍愛逾恒。少長，延師於家課之。讀性聰穎，下筆爲文，思致迥絶流輩流師大奇之。旋負笈城中，從薛子憲先生沆游。先生爲潯州知府、道光乙巳進士曉颿太守湘之長兄，根柢深厚，研精詁訓，爲邑名宿，一時賢俊，多出其門。公得良師益友之助，彌深鏃厲，學業乃大進。先生頗激賞之，應郡縣試，屢列前茅。郡試且冠其曹，俛得復失，師友咸惜其數奇，公則殊不介意。庚申難作，蘇常糜爛，流離顛沛，不恒厥居。先是公娶婦嚴氏，與公外家居相近。既因亂，奉母兄率妻子隨婦翁避難於常熟之梅里。洎亂定來歸，而室廬蕩爲灰燼。棲息無所，不獲已遷居於本邑懷上鄉之劉家莊。已則授徒自給，因材施教，循循善誘，審音榷義，洞析秋毫而牖啓良知。敦崇品詣，尤所注意，嘗謂：『在三之義，教及終身，達用之基，肇於明體。余忝爲人師，敢有一息之或懈以誤已而誤人乎？』循是爲教，歷二十年不衰，進取之志，澹焉若忘。雖循例納粟，一試秋闈，非所願也。公天性諄摯，孝親敬兄，篤於友誼。自薛子憲先生以憂時逝世，其子福樘亦殉粵匪難。公每念及，輒爲流涕。蓋公生平學業，得諸薛師居多，其志行亦雅相仿傚。薛公既殁，知己無人。時下風尚，競趨浮薄，几乎無可與言已。既而與姚緝庵孝廉訂交，因及孝廉族人含章、筱湘、翰臣諸明經，契治苔岑，殊爲莫逆。而周西垣茂才程鑄之上舍所，居密邇，往還尤稔。公所論交，率多踐履篤實。湛深經術之士，襟裾促席，吟詠流連，尚論古人，動露擊筑，悲訶之態，酒酣耳熱，慨動於中，而鬚髮亦垂垂白矣。公既以故居就燬，卜宅劉家莊，距堰下殆四十里。兩兄旋歸搆數椽，太孺人南北就養。每遇南歸，公輒以時省视。徒步往返，習以爲常。兩兄奄逝，太孺人痛子過甚，旋即棄養，享壽七十有七。哀毁逾恒，喪葬盡禮。兄嫂喪事，亦以一身肩之。經營窀穸，備極辛勞。撫恤從子女，不啻所生。終歲奔馳，心力交瘁，而病乃因之日深矣。光緒十一年乙酉八月初四日卒，距生于道光十三年癸巳二月十九日，享年五十有三。配嚴淑人，江陰文林鄉、河塘橋五品銜候選、光禄寺署正、崇祀惠山尊賢祠春帆公諱錦標女，有閫德，以勤儉佐公，而能教子以起其家。生子四：鍾靈，國學生，以子咸亨封中議大夫。耀宗，國學生，出繼舅氏嚴韻清後。鍾杰，國學生。鍾秀，候選從九。女一，適吴樹聲。孫三人：咸亨，三品封典鹽運司運同，加二級國學生。鼐，鍾靈出。永亨孫女一，字同邑鹽提舉銜、山東候補鹽大使、辛丑壬寅恩正并科舉人毓芬子止孝，均鐘秀出。曾孫一人，曾孫女一人。嚴懋功曰：『昔人有言，人才之壞，由於師道之失。師道之失，由於蒙養之無基。』不其然乎？公既不得志於時，退而講求經訓，本薛子憲先生之所以相授者授弟子，故凡秉公之教者，靡不蹈矩履規，洞明事理，漸摩濡染。蔚爲人才。至於音義訓詁，疏解明碻，猶其淺焉者也。孟子曰：『其子弟從之，則孝弟忠信。』《易》曰：『蒙以養正，聖功也。』夫通經所以致用，經不通則其用諸世者可知。修齊治平之術，詎不繫乎此哉？而世俗猥瑣鄙陋之士，舍本逐末，輒以迂拘頑固。非薄老成，宜乎人心不古。而世道淪胥，至於斯極也。述公遺事，益不禁感慨係之已。

時在宣統二年庚戌皋夏之吉姻，愚侄嚴懋功頓首拜撰。

華母嚴太淑人家傳 嚴懋功

太淑人姓嚴氏，適於華，五品銜光禄寺署正、崇祀無錫惠山尊賢祠春帆公諱錦標之女，封中議大夫、國子監生月卿公諱拱辰之婦，中議大夫、國子監生孟英先生名鍾靈之母，三品封典鹽運司運、同加二級國子監生咸亨，江蘇省第二届省議員鼐之大母也。署正公世居無錫懷上市之寨門，再遷劉家莊，三遷江陰文林鄉之河塘橋。中議公世居無錫景雲鄉之堰下村，再遷懷上市之劉家莊，而孟英則今又卜居於河塘橋，與外家隔水相望。余亦比閭而處，余於太淑人族姑也。壬戌之秋余以省親旋里，孟英過余，揖余而言曰：『曩者，吾子自西秦游倦歸吴。余以先人懿行，不可無所述，以示子孫，曾累行義乞子傳而彰之。今吾族通四支議修支譜，行奉先人家傳，刊列家乘。獨念先慈辛勤數十年，孝敬淑慎，足爲閨闈令范，而未有所述。負疚實深，子盍爲我補之。』余敬諾。有間，孟英復進曰：『子於吾母知之稔矣，行述未具。子盍述其所知？』余應之曰：『唯。』然余於姑母，奉侍日淺，未獲其詳。君試歷言其概，孟英乃悚然起立而言曰：『吾母性和順，夙嫻姆訓。事外王父母以孝，待舅父舜卿公以愛。姊弟怡怡，日侍庭闈，終其世無間言。王父家本素封，兼營花布藥業，列肆市中，内外食指，恒數十人。吾母佐外王母，處理家務，井井有條，外王母實深倚之。迨于歸吾父，大父已先卒。大母姚太孺人在堂，吾母上事姑嫜，中和妯娌。興吾父舉案相莊，敬順無違。維持家政不異在家，大母尤倚任焉。庚申寇亂，舉家徙避，偕外家同居常熟之梅里。賃舍食息，合兩家而爲一。吾母虛姑嫜父母之間，調停維護，咸得歡心。雖流離顛沛，而禮節未嘗或弛。粤寇既平，室廬蕩然，外王父母不忍吾母之遠離也，因勸吾父奉母兄全家徙居劉家莊。而吾母時往來其間，問省無曠。既而吾兄弟旋長，丁口滋多，室蹙不能容。吾伯父仲父就堰下構屋數椽，歲時迎大母居之。大母南北就養，含飴弄孫，晚境康娱。吾母恒隨吾父就故居省視，孝敬勿衰。大母病歿，哀痛逾恒，喪葬盡禮。吾伯父母、仲父母，又先後逝世，遺孤藐焉。吾母飲食教誨，愛過所生。讀書就業，嫁女娶婦，必令各得其所乃已。即近支遠族比鄰戚鄗，以貧乏告，靡不周恤。不足則稱貸以與之，無德色，亦無倦容，累數十年如一日。仁慈愷惻，天性然也。舅父不禄，年甫二十有八。膝下無子女，吾母既痛念同胞。又恐外王父母之憂傷成疾也，多方慰藉，曲事承顏。外王父議繼姊子爲舅氏後，吾母慨然允之，商諸吾父，命吾仲弟耀宗出繼焉。旋又稟勸外王父納篷室以綿嗣續，外王父從之。始納李氏爲副室，生一子，名翼清，即今仲儀舅氏也。時外王父年已六秩矣。吾父苦讀數奇，不獲一青其衿，類年館穀所入，又不足以供饘粥。爰請諸吾父，命鍾靈習商，經營實業，吾父諾之。既而吾父棄養，外王父母各以老壽，先後考終。吾母愴痛殊甚，精力日衰，遂命吾叔、季二弟均營商業，又時時以儉勤仁厚諄諄訓誡。鍾靈兄弟今日粗有成立，不致辱及先人者，吾母之教也。吾母自遭匪亂，不恒厥居。迨卜宅劉家莊，拮据草創艱苦備嘗。不弟井、臼親操，抒畜牧瑣事，靡不躬親。兒女衆多，未嘗僱用僕婢。吾父久館于外，不問家人生計，内外瑣屑吾母以一身當之。洎周甲以後，家境少裕，諸孫繞膝，而事必躬親，仍以勤苦節儉勖諸媳，始終如一，不以豐悴改其常。廼天不佑善載遘閔凶，光緒二十九年癸卯十月十九日嬰疾遽逝，距生於道光十五年乙未六月十一日，享壽六十有九。此又鍾靈所椎心悔恨，不堪回首者也。吾母生平大略如此。子其爲我述之。』余乃作而言曰：『有是哉！姑母之賢也。君誠善述其親，吾何能有加於是乎？』既諾其請，即次其語以爲傳。太淑人生子凡四：鍾靈居長。次耀宗，國學生，即出繼舅氏者也。次鍾杰，國學生。次鍾秀，候選從九。女一適吴樹聲。孫四人：咸、亨、鼐，均鍾靈出。端、亨、鍾杰出。承、亨，鍾秀出。孫女，適嚴止孝。曾孫四人：毓桂、毓枏、文治、文鴻。曾孫女二人。

論曰：自古人以婦德婦容婦言婦工，爲四德。兼之者，實鮮其人。太淑人孝親愛弟，垂淑問於前，相夫教子，著徽音於後。而周旋於外内之間，調護於患難之際。儉而中禮，仁能及物。婦人懿微，咸萃厥躬。詎第四德之全備哉？求之劉子政《列女傳》中，抑亦無几人也。今世學識競新，嗤婦德爲無裨世道。潰範撤防，不復講求夫禮教。聞太淑人之風，毋亦爽然自失歟。

太歲在玄黓閹茂之陽月穀旦，族侄嚴懋功頓首拜撰。

第二十六世

杏春公暨吴孺人合傳 華國振

公諱耀奎，字杏春，别字士順，國學生。堰下企東公十世孫。考讓德公，妣費孺人。公行居首。襁褓時，即識風丁。時祖姓惠太孺人在堂，珍愛逾恒。公禀承家教，篤于孝友，棄學業醫，爲范晴阜先生高足。行道後，舄履恒滿。配吴孺人，于歸後，夫婦事親，色養兼至，極得堂上歡。平日所獲金，悉數歸公不私蓄。夫唱婦隨，雖弟妹婚嫁，重聘厚奩，各如人意，從無疾言遽色。居祖姓喪，哀毁逾禮。一切經營襄事，不以分責其弟，獨力肩任。仰而敬，俯而和，一門之内無間言，閭里艶稱之。公理劇事繁，積勞成疾，馴至不起。卒于光緒十二年三月初五日，距生于咸豐五年六月二十七日，年三十三歲。孺人遭此大故，痛不欲生。或勸以大局爲重，孺人韙其言，復理家政，日夜從事於針带黹紡績，不肯自安。教子綦嚴，毋稍姑息。至自己之儉約，節衣縮食，更勝於前，惟奉親甘旨。及翁姑之先後喪葬，正無異於夫存日時也。此人所難能而能勉爲其難者如此。生於咸豐四年三月初十日，卒於光緒二十二年四月初三日，年四十三歲。子二：雲階，雲帆。余忝屬族誼，詳悉顛末，敢詮次而爲之傳。

論曰：晚近之世，風俗日漓。綱紀倫常，不可復問。無論貧富之家，每以平等、自由之説，昌言無忌。薄父母，厚妻子，重資財，乘骨肉，比比皆是。甚至有父母昆弟之間，惟婦言之是聽。見其銖錙必較，釀成同室操戈。其一本之誼，视同陌路者有之，目爲仇讎者亦有之。問其痛癢相關之心，固絶無而僅有也。今見華公伉儷遺事，能一家之政，惟孝友于兄弟，此以務本爲心。本也者，孝弟之所由生也。仁也者，孝弟之所由推也。以孝弟之心，能爲仁之本。仁心仁術，身體力行，以親親而仁民，可謂務本之君子矣。近世不多見也，足可風世耳。

時在宣統三年辛亥五月之吉，族末國振渠生拜撰。

鄧節母傳 華秉鈞

鄧節母者，邑之鄧孟巷人。父字緵卿，生以咸豐甲寅二月九日。幼從傅受《列女傳》，於往古賢母令妻懿恭之行，柔嘉之德，輒心焉儀之，長工針黹。年二十四，適華公潤芝。君姑楊氏前卒，事君舅季卿公繼姑氏張，無愆於禮。潤芝數受後母虐，抑鬱飲藥死，距節母來歸未逾年耳。時丁節母歸省於鄧孟巷，聞耗欲殉。事泄得不死，即屏絶鉛華，矢不二志。寄居於湧蓮庵中，茹長齋終其年。雖皈依空門，而堂上甘旨之奉，則又罔或闕遺也。顧念夫未有後，以兄公第三子仁鏡爲嗣，鞠育至於成人，既壯爲授室。舅姑殁，喪葬皆如禮，戚鄙稱賢孝焉。卒時年六十有六，己未十一月二十八日也，爲未亡人者歷四十有一年矣。其從侄雲階持狀乞傳於余，謂將刊諸家乘，昭示來葉，謹爲叙次其略，以著於篇云。

秉鈞曰：余嘗披覽二十一世祖姓貞節陳夫人傳記，竊歎我華之興，蓋有自也。夫陳節母矢衛共姜宗伯姬之操，教孤子成名。鉅人長德，歌詠其事，著於詩篇。三鄙傳爲美談。自是族之窮嫠弱女，被其徽音以貞節旌於里者，代有其人。嗚呼！是亦可光家乘也已。若鄧節母者，雖未荷朝旌，而飲冰茹蘗，始終一節，宜亦有煒彤管矣。故樂爲之傳，稱道其事，以俟夫觀民風者采焉。乙丑夏五南渡二十八世孫，貞固支秉鈞謹撰。時在七十有五。

貞女記 袁詠裳

貞女華姓，字桂英，静山公之長女也。母陳氏，世居坊前。天性純孝，不苟言語，佐母治家。年十五，父殁，母痛不欲生，不飲食者數天。華女進諫之曰：『父亡，固家門不幸事。但諸弟童子無知，無育爲難。我母當節哀順變，教養成立。他年諸弟能爲繼述，皆出於吾母之賜，則父亦瞑目於地下，雖死猶生也。』母韙其言，於是母女經理家政。勤儉耐苦，家本寒素，治生爲難。諸弟年又弱小，境遇艱難，全賴十指以活。平日教養兄弟，寬猛相濟，俱爲樂從。或向母爲女作伐，女堅執不可，以爲非輔母圖生，斷難支持。諸弟亦必不能成立，遂决志居家。日夜從事針黹，不問寒暑，以佐日用之不足。迨諸弟商業學成，次第成立。而女已年逾五秩矣，而仰事俯育，三十年如十日。《語》云：『惟孝友於兄弟。』又北宮之女嬰兒女，撤其環瑱，至老不嫁，以養父母，父老稱其美德。華女其有之矣。予忝屬姻誼，爰記其事，以俟後之採風者。

民國十二年十月日姻世晚袁詠裳起鳳謹撰。

第二十七世

誥授奉政大夫五品銜賞戴藍翎儘先選用訓導附貢生先考見田府君暨誥封宜人先妣朱太宜人行述 華繼昌

嗚呼！天禍不孝，何若是其酷耶。三日之內，叠遘閔凶。胞弟大治於母喪在殯、父疾大漸時，驚痛猝殞。獨不孝偷息人世，不得相從地下。其何以爲人？何以爲子耶？顧先府君與先太宜人生平行事，不敢因昏瞀無狀，而不爲追述，以重罪戾也。府君諱毓慶，小字本蕃，字希古。見田，其又字也。號海粟。爲南齊孝子公四十七世孫，世居華亭之後岡。曾祖考諱俊，祖考諱式玉，俱貤贈奉政大夫。曾祖妣吴氏欽旌節孝，祖妣吴氏俱貤贈宜人。考諱汝梅，誥贈奉政大夫。妣周氏、朱氏、汪氏，俱誥贈宜人。府君年十歲，祖妣朱太宜人棄養，擗踊哭泣如成人。曾祖考妣，諭以勿過悲，自是侍側無泣容。時塾師馮太夫子大鏞，金山老明經也，謂人曰：『此子異日必爲大器。』繼祖妣汪太宜人來歸，事之如所生。弱冠從顧太夫子椿煒游，爲文力追先正。應大觀書院課，院長顧先生夔尤爲括目。入泮後，咸豐壬子己未，兩膺鄉薦。時粵匪踞金陵，久而蘇省無防營，府君憂之。與中表金山吴丈履剛講求有用之學，兼及兵家言。庚申四月，粵匪陷蘇垣，大憲諭民團練自保，土匪擾地方者格殺勿論。時浦南土匪蠢動，吴表丈居後岡西北二里許，大饗鄰右，宣講憲示。府君請於先祖捐千金爲助，遂與表丈定議。奉先伯祖滋庵太府君棣爲團總，推武生夏丈基率壯勇爲練長，上舍孫丈機主册籍爲團佐，選農民樸實勇敢者三百名，陰爲部勒待用。五月十三日，郡城陷，前岡土棍某向羈縣獄至是跳而歸。十六日，糾衆擾後岡市，毀同善堂門窗脅民餽錢。十九日，府君屬夏丈率勇往擒，某率黨以拒，格殺之，衆遂散。是日，有十三四圖土棍兄弟二人糾衆劫某家。二十日，率勇擒獲，解赴黃浦大營。寧紹臺道張公景渠訊明梟示，人心肅然。附近業户，咸願輸資充團費。二十七日，郡城復，署總督巡撫薛公煥、委候補知縣馮大令渭，馳抵亭林，與奉賢知縣顧大令思賢，會辦華奉團練，後岡搜捕土匪餘黨若干名，解訊正法。嗣郡城再陷，浦南無風鶴警，冬業户徵租如常，皆土匪已盡之效也。金山盧農部丈道昌，奉欽差督辦江南團練大臣内閣學士龐公鍾璐札，總辦金山團練，禀請吴表丈幫辦，而府君奉札總辦華金後岡局團練。邑舊分四十餘莊，以莊統圖，至是府君集後岡、前岡、寒字圩三莊，十有八圖，及金山七保廿二、廿五、廿七、廿九四圖，諸父老子弟勸令家出一丁得六千人，申明約束，復與本邑及奉賢金山各團局相聯絡，聲勢益振。辛酉二月，奉賢土匪入城劫獄，府君與吴表丈聞警馳救，賈太守益謙後至，半日見之大喜，有『合郡團練第一』之褒。顧大令欲焚燬首犯家祠及餘匪住屋，府君恐延及其鄰，力勸而止。事定回局，則平湖乍浦已陷。平防副將武烈公黄諱金友率衆至金山衛，巡撫薛公奏留金山防勦檄駐明正庵。三月杪，盧丈派練勇二百名，吴表丈率之，駐庵東廊下鎮。四月初二日，賊竄新倉、衙前，府君與盧丈，迭請金山知縣某大令救應。大令復函，有探聞賊蹤平静，毋庸先事張皇，語堅不應。初四晨，賊大至，府君率勇赴援，偕盧丈禀請黄公督大隊暨各局練勇，擊退廊下賊，并掃毁新倉、衙前賊卡。以書抵金山，拂某大令意。龐公奏金山全境肅清，奉上諭擇尤保奬，府君力辭之。五月初，府君隨黄公規復平湖至廣陳。黄公受狡賊暗鎗，府君保護回舟，至明正庵而殞。八月初四日，賊假官軍裝，襲陷張堰，北竄後岡。府君請前軍門壯果公曾諱秉忠救援。曾公親駐炮船於後岡塘口數日，府君集民團，率以練勇，分守東西柵，隨同官軍，與賊大小接仗十餘次。盧丈亦率勇相犄角，殺賊甚衆。曾公大爲奬勵，府君益感奮，目不交睫者十餘夕。嘗手發洋槍，覺有物飛入目眶，越日，醫以金鈎鈎開目眶，鉗出銅帽四分之一，而目無損。十九日，賊竄柘林、亭林、南橋等處，飽掠回浙。自此，張堰迤南無官軍，賊據衛城出没無時。田禾將熟，鄉民恐刈穫爲艱。賈太守命各團築堰抽二成稻爲團費，府君請築於顔家斷。十月十二日，堰成。今《松江府續志》謂十月十二日賊開通顔斷河，實築堰之日也。時副將某奉督公札營張堰，某恇怯，擬營後岡，會金山知縣陳公紹本至，府君以民情弗順告，乃不果營。迨壬戌二月，縱火朱涇市，引賊入者，即其勇也。馮副將日坤，勇尤不靖，自滬調赴金山，道出後岡。府君供應，一夕與其諸營官握手言歡，部下帖然。賈太守謂府君能馴悍將云。今婁縣知縣張大令紹文方在郡，府君請於賈太守委辦後岡局務，鄉民賴顔家斷堰刈穫，早竣松隱大橋，兩岸搭草舍，設米行者，四十餘家。十二月初二日，賊自衛城大至。府君先置一舟，屬我母奉曾祖母、祖父母率不孝等，移泊松隱，而自與伯祖率團勇居守。伯祖守東柵接，仗時許，被賊斫柵進，頸受重傷，團勇掖之以避。府君守西柵，聞東柵破，遣勇保伯祖北行，府君亦隨至松隱，乘舟赴郡。至明日而奉賢南匯諸城均不守，鄉民避居浦北者多飢寒，獨後岡民携有微資，猶頌築堰功不置。同治元年壬戌四月，蘇城賊大隊來圍郡城。五月初，賈太守用美國人華爾言，焚西城外市廛，府君隨眾避滬，屬志超胞叔父毓材奉曾祖母、祖父母居浦東鹹塘。府君則與我母及不孝兄弟，仍居舟中，以滬上賃值昂也。六月初二日，伯祖創發，壽終舟次，戒勿報官請恤。府君哭之慟。月杪，衛城復，佐飛卿叔父毓鵬送伯祖柩回里安葬。居宅已燬，奉曾祖母以下回寓宅北之店浜。九月十三日，曾祖母壽終客舍，隨祖父視含殮。會衛城紮防營按察劉公郇膏知府君才能札委，至衛城開濠，以勤慎見稱。未几，前金山縣某大令，權華亭篆銜前隙，籤傳府君造團練報銷，多方挫折。賴大憲夙知府君傾家辦團衛鄉報國，有功無罪，卒幸保全。癸亥四月初五日，丁先祖憂。十日内，安祔祖塋前。縣令已故，後任白大令菡雅重府君，就諮地方利弊，言無不從。戚友或以私事乞一言，未嘗應也。甲子五月，顧太世丈乃德自滬携鉅金，爲同仁、輔元等堂，購荒田，發本耕種。其金皆上虞經善士緯所募集，定價場田每石七千，漕田減半，絶買無典契。府君與吴表丈商勸，減價一成，改買爲典，善士從之。府君割産二百石，得錢六百餘千，藉以事育墾荒，葺焚餘老屋，回故里秋成。經善士所置田六千畝，有收者什三四。訪府君及吴表丈，問徵租法，條議以對。善士遍歷柴場、漕涇、亭林、寒字圩等處，獨歎美後岡風俗，謀購地設倉。府君捐業田五畝零，今所建同仁、輔元堂倉房是也。同善堂被燬，經營重建。每歲清明收埋暴棺，府君必親檢，不使一骨或遺。同治三年，邑中辦清糧，以府君任後岡莊董事。自是九年脩海塘，率民赴役。光緒三年脩邑志，任采訪事，又勸捐助脩文廟。十年海氛不靖，奉辦團防。又歷勸順天、直隸、山東、山西、河南諸行省，賑捐，及浚後岡塘等河工。十七年，重編保甲事，事以身先之。歷任大合，皆倚賴焉。同治己丑，胞叔父病故。丙寅秋，不孝繼昌補縣學生。丁卯秋試後，十月晦，繼祖妣汪太宜人棄養，府君以赴試違膝下久不能預爲調護，心抱隱痛，自此絕意進取。戊辰，奉繼祖妣柩，合葬於祖塋。并葬胞叔父，春秋祠祭，一遵朱子家禮。甲戌歲，胞弟大治補縣學生。光緒丁丑歲試，大治補廩膳生。戊寅科試，不孝繼昌補廩膳生，并舉優行，府君益以經明行脩爲勖。府君性介特，不喜廣交，交則始終。無閑，人來謀事，非義者立斥之。諾則視如己事，必求有成而後已。故交得志者，未嘗有所干瀆。晚年，家計日窘而暑藥棉衣，施無稍吝，近地橋梁不憚脩建。生平嫉邪崇正，誠中形外。上海賈明經履上號知人，相聚數日，歎爲一股正氣。經史外兼通醫家，言決人生死不爽，往往以大劑起人沉疴。喜習導引法，行之無閑。嘗遘大病三次，皆自處方。方或出人意表，蓋所習與時賢異也。吴表丈長君道鎔近以《內經》《仲景書》質疑，府君喜後進有同志，盡言無隱。上年冬，忽謂不孝曰：『爾事事須請命於飛卿叔父。』又忽謂太宜人曰：『古人有歲制時制之禮，今俗以閏月製壽衣。明年爾七十適逢閏，盍製壽衣乎？』太宜人笑而頷之。方以爲家庭之恒言，不料府君若有先見也。今年六月晦，府君歸自郡城。時值酷暑，太宜人已病瘧，然仍能起坐，府君脉之無言。閏月初二日，府君亦發热，不孝等請進藥餌，不許。至初五日，暑更甚，太宜人身大熱無汗。至戌時，面忽青，竟棄不孝等而長逝矣。嗚呼！痛哉！府君既爲太宜人視含。初六日巳刻，遷尸樓下，步送不藉扶掖，然身熱愈甚。初七日，太宜人大殮後。不孝繼昌昏仆於地，中夜始蘇。知入夕後，府君目常闔手發痙，左掌心勞宫穴跳動甚，醫言疾不可爲。大治號呼於母柩前，願減己算益父年，嘔血升餘而絕。府君不知也。不孝繼昌既倩人扶掖哭弟，亟往視府君，見家人環榻疾呼，府君張目微應。延至初八日巳時，痰微湧，亦棄不孝而長逝矣。痛哉！痛哉！距生於道光七年丁亥正月二十四日寅時，享壽六十六歲。時炎暑益甚，至初九日亥刻大殮，面不改色，蓋導引之效云。府君先聘顧氏，未婚卒，乃娶太宜人。太宜人，平湖朱氏，考諱方城，登武鄉榜，五品銜即補守備，妣陳氏。太宜人生道光三年癸未十月二十九日寅時，年二十三歸府君。生平無疾言遽色，無藏怒蓄怨。事太姑舅姑以孝，御下以寬，待子婦以慈。不孝繼昌方三歲，卧病外家樓上，睡醒呼母，太宜人遽登樓梯，未盡失足墮地，遍身傷痛數日，尤不孝所痛心者也。先祖棄養時，適避寇初還，家徒壁立。府君治喪葬，太宜人脱簪珥以佐，又盡售嫁衣易粟度日，族黨稱之。享壽七十歲。太宜人生子四：長不孝繼昌，次驥材，三歲殤，三驥良，二歲殤，四大治。不孝繼昌娶婁邑惠氏，生子二：長邦瑞，五歲殤，次文鍾。女一。大治娶同邑壽氏，生子一文錫。女二。文鐘娶同邑顧氏，生女二。文錫未婚。自大治哭母先府君一夕亡，而匍匐苦凷，不孝一人而已。煢疚之痛，視凡爲鮮民者尤酷。追叙先德，語無倫次。伏求當代蓄道能文之鉅公賜之銘誄，不孝子孫孫感且不朽。不孝繼昌泣述。賜進士出身翰林院庶吉士，仇炳臺拜填諱

覺堂華君傳 李法章

錫山華氏，系出南齊旌表孝子寶後，爲江東望族，近世尤多以實業、教育、慈善著稱。法章羈錫久，習聞華君覺堂，治實業，又慈善人也，心欽慕之。君姓華氏，諱寶善，初習制舉業，工詩，精小楷。一應丁酉鄉試，不售則棄去。主辦繭業，得滬商信任，而繳貨敏捷，過秤平允，皆有聲於時。旋允蘇州馬大令容卿經理錢莊，事未即往。族長老子隨孝廉，邀佐保泰典。君踟躕以輕諾爲疑，孝廉立具籃輿，冒風雪，奪君去。辛亥鼎革，無錫設軍政分府，當事者請襄理，君爲手定徵收糧漕成法。嚴知事偉徇縣議會請，委任爲籌辦清糧臨時委員，則辭曰：『吾奚以官爲也？』民國六年，邑紳薛南溟聘任永豐錢莊協理，慘淡經營，不遺餘力。八年冬，廣勤紡織公司營業部乏主任，總理楊翰西延君主其事，以繁劇辭保泰永豐兼職。一志籌畫廠中，歲獲倍豐。廣勤爲錫邑紡織業中堅紗花出入，歲以數百萬，計男女工人數達千五百以上。自廠至城中隔滬甯鐵道，力謀相聯絡。開闢廣勤路，甚脩廣。里中立自治鄉曰廣勤鄉，規模宏遠，美人曾載密勒報，揚其業。顧年來紗業銷數不振，營業驟艱困，君益統敵全局，俾合廠數百人員，仰事俯畜，咸有所取資。已則奔走勞勩。每秋冬，輒駕扁舟往來太倉、常熟間，時或渡江而北，犯風雪行不顧，而體力浸以羸弱矣。君接物誠，遇宗族鄉黨有禮惠。先是江北安東大旱，富紳捐貲賑救，多以安東僻處海隅，爲寇盜出没地，相戒不敢前。君毅然自任，裹糧行，比至散米銀，飢民聚千百羅拜歡呼。既蕆事，有援例列名請保者，君愀然曰：『禹稷已溺已飢，吾不敢望第。利人凍餒，而要挾以爲功，吾不忍爲也。』峻却之。君家舊居邑東鄉之堠陽，族人聚居以百數，多貧寒。君與諸尊長，捐資置興塘義田，釐訂規程，按年發給。尋議積田息，擴建義莊，族人頓失所贍。君更於邑北鄉蠡瀰，別置義田，發給如

舊。有朱氏鄰，因貧貨其屋，既舁神橱出。君蹙然曰：『吾貨人屋，忍使若祖先宗祏失其所。他日吾之屋，苟不幸亦爲豪家所奪。又將何如耶？』亟遣人厚餽以金，諷其勤業焉。邑東北郭外，多無主墳。既塈而遷，君理其骸骨購地葬，年年麥飯紙錢不少缺。居常誡子女曰：『吾人福由命定，不可一時享盡。』又曰：『惡念一起，心術即壞。當惡念初萌時，應如惡惡臭，勿令少有存留。』故其家人無大小，多以慈祥樂善爲懷。甲子八月，君病革，諄諄遺命，猶以擴充興塘、蠡瀫義田，建莊立學，志未竟成爲憾。君一生好善不倦，多此類。二十七日歿，享年五十月七。戚鄙多爲感傷，且有泣下者。丈夫，子一：純安，南洋公學中院最優等畢業，日本大學政治科畢業，法學士，歷充江蘇全省印花稅處蘇州勸銷委員，蘇州關監督兼交涉公署總務科員，輔仁中學教員。近執行本省律師職務。爾雅温文，克紹先志。女子，子三：毓鈞、毓鈔，適同邑姚滌新、侯廷楝。三錚，肄業上海大同大學，和厚粹美，以好學稱。孫二：慶曾、繩曾。孫女一：汾。俱幼。

李法章曰：昔晏子爲齊相，齊國之士待舉火者三百餘人。范文正爲西帥，置義田以養濟其族。君一布衣，不憑藉顯宦之富厚，乃亦集貲散賑，濟食千數百人，復增置義田，以培本贍族，爲晏范之所難是。子輿氏所謂『親親仁民，脩其天爵』者也。錚前在競志女中學，從予脩學有年，勤懇不稍間，因以識君，脩已治家，與推己及物之盛心。今世競言□□久矣，卒之自固秘藏，日事肥已，瘠人以爲樂。聞君之風，其亦奮然興起也哉。

中華民國十三年十月，世愚弟李法章拜撰。

覺堂華公墓表 唐文治

昔之人分士與商爲二，界限綦嚴。今世之士，群趨而爲商，而商亦等儕於士，於是士與商合而爲一。然吾謂士失其爲士，則士行或轉在於商。斯詣也，於吾邑華公覺堂得之。公諱寶善，覺堂其字，江蘇無錫人，系出南齊旌表孝子諱寶後。曾祖諱南祥，字瑞生。祖諱秉智，字哲卿。考諱步錟，字月槎。本生考諱步照，字耀庭，生二子：長即公。季曰堂，字叔琴。公性端重，不苟言笑，接物以誠，有孝行。因伯父月槎公早卒無子，以公爲後。本生椿萱，鍾愛於公，公亦戀親不已。時或驟風暴雨，密雪初下，則必棄百事趨親父室，問今日安否、何如。其性純篤如此，長習制舉業，工詩，精小楷。光緒二十八年，以吏員就試，列二等。蘇撫咨部以典史銓選，旋分浙江補用。大吏一見器重之，禮遇甚至。然公性素曠達，不願沈迹宦海中，乃翩然歸隱於商，兼任保泰典業、永豐錢業兩處經理。歲己未，同邑廣勤紡織公司營業部主任乏人，公應楊君翰西之聘，主其事，精心擘畫。昕夕不怠。嘗曰：『全廠命根，即數百家生活命根。絲毫有間，弊竇叢生。勞苦以益眾，固吾分也。』秋冬時，輒駕一葉舟，往來太倉常熟間，或渡江而北。雖饕風飲雪，旅鬢蕭條，不計也。有棉商貪利市，夤夜袖金來謁，冀啖公。公曰：『昔楊震畏四知，我何敢然？』拒不納。《詩》曰：『不忮不求，何用不臧。』如公者，非所謂商而有士行者耶？初，光緒二十四年，江北安東大旱，邑紳募賑貲，須人賫往，而安東僻處海陬，萑苻出没，眾有難色。公奮然出曰：『汲長孺不視河内火灾，而急振救河南，古今稱爲仁者。救灾如救火，尚恐不濟，豈敢復有疑遲耶？』爰贏粮往，時飢民不食月餘日矣。公一至，羅拜而呼者千百數。公憫然而涕下，博施之而歸。是役也，灾甚而人心不摇，遏亂萌於無形中，緊公之力。大府將列名上聞，公力却曰：『民吾同胞，宜共休戚。因人之凍餒而炫功自售，吾不忍爲也。』邑東偏之堠陽，族人居焉，日益困，公爲置義田，贍其乏，得自給。東鄉坊前公遠祖蓮峰公墓，歲久傾圮，大石欹側，公葺而新之，華表巍峨，松柏蒼鬱，人嘖嘖稱道。昔顧亭林先生謂：『邇來民德之薄，有歲時祭埽，不知先人邱壟者矣。』如公者豈非商而有士行者耶？居恒常以慎獨爲宗旨，座右懸聯云：『世事讓三分，天寬地闊；心田留一點，子種孫耕。』嘗語其子純安曰：『念之惡者，一入靈臺，則心術已壞。若更輾轉自誤，并出諸口，則更不可收拾。故當惡念來時，宜如臨大敵，嚴陣以待，庶盡克己之功。』又因世風日漓，人心陷溺，每以爲慮，曰：『吾國素尚禮教，孔孟之道，如布帛菽粟，終身用之不盡。子孫雖愚，經書不可不讀，非欲其尋章句供捃摭，將使知立身處世之方也。』疾大漸，猶諄以擴充義田，設立義莊，贍族興學，爲純安勖。嗚呼！公之有士行，於茲益信。公生於同治七年戊辰七月十五日，卒於民國十三年甲子二十七日，春秋五十有七。配諸氏，同邑候選清軍府諱大烈女。子一：純安，南洋大學中院畢業生，日本大學法學士。女三：長毓鈞，適同邑工科學士姚滌新。次毓鈐，適同邑東吴大學畢業生侯廷棟。三錚待字。孫二：慶曾、繩曾。孫女一。汾公弟叔琴，任省議員，樂善不倦，相知甚稔。純安肄業南洋大學，時與余有一日之雅。公之卒也，涕泣來徵文。余不獲辭，於是紀公之生平，庶凡爲士者知所勸，凡爲商者知所法云。大清誥授光禄大夫賜進士出身，農工商部左侍郎，署理尚書，唐文治謹撰。

菊堂先生像贊

其一 薛翼運

南齊望族，華坡蜚聲。篤生才哲，中正和平。少勤學術，壯淡宦情。棄儒而賈，貨殖成名。好善不倦，處事以誠。義方教子，讀律意精。孫枝三秀，後起之英。遭時多難，悲憫交并。天胡不吊，遽失老成。風雨如晦，感舊心怦。

其二 楊壽楣

長身山立，古貌清臞。蜚英騰茂，才實啓予。同舟共濟，道以不孤。自展大業，又復裕如。胡年未花甲，而先雪其鬚。胡天之不吊，使我瞻遺像而唏嘘。

其三 章鍾祚

猗嗟先生，錫邑名門。體癯而長，性和以温。遠溯宗派者，知爲南齊孝子後裔，不愧隆亭承事耳孫。近挹悳容者，嘆爲讀書君子之行，隱於億中貨殖之人。孝友篤終身，生計貽後昆。鄙狙儈之譎詐，重法律之精神。惜乎天猶靳其上壽，境遽隔乎音塵。迄今想象先生謦欬者，每多太息於管鮑，何況忝結乎朱陳。

其四 楊壽杓

質頎而瘠，貌温而莊。宅心肫摯，家道大光。有丈夫子，俾爾熾昌。嗚呼！古君子窮則獨善共身歟，鄉先生殁而可祭於社歟。緬典型於梓桑兮，緊山高而水長兮。

其五 張曾樞

猗歟此翁，道德崇隆。神氣清越，局度雍容。韜隱商賈，踞傲王公。澤週三鄙，名高九峰。式仰遺範，霽月光風。

其六 朱恩沐

嗟我同學，又弱一箇。回憶昔年，芸窗共坐。而後而今，風塵看破。代禱蒼天，隠弭兵禍。福轉東南，生靈共荷。默邀冥鑒，以侑以妥。

其七 馮光烈

東郭有賢，而隱於商。才大心細，智圓行方。出任艱鉅，靡用不臧。殫精竭慮，鬢日以蒼。孝友性成，磨而益光。宅心仁厚，愷弟慈祥。澤被灾黎，惠遍窮鄉。詒謀贍族，義粟仁漿。胡靳其壽，帝遣巫陽。載瞻遺像，令我涕滂。

其八 陸澄宙

猗歟華君，性秉温淳。儉以處己，和以接人。吏治才長，厥志未伸。研精貨殖，億中如神。海煽狂飆，道德沈淪。世濁君清，世僞君真。尺波電謝，道貌常存。悠悠遐風，千載如新。

其九文川

分族蕃東郭，人稱積善家。承先能復業，勖後貴無邪。推本綏藟葛，孔懷美棣華。素冠胡忽見，欒棘雪如麻。

雲帆華君哀辭丁國瓚

雲帆華君，爲杏春公季子，於光緒二十六年庚子正月二十三日以疾卒，年二十一歲。嗚呼！天何奪其壽之速也。君幼聰慧，父母皆鍾愛之。年七歲，父殁，哀毁一如成人。十七歲，又遭母喪，號跳擗踊，欲投繯以殉，事泄得免於死。自此抑鬱寡歡，遂成怯症，時咯血盈盞，延綿數載。醫藥鮮效，竟至不起。嗚呼！痛哉！昔在先德，業擅岐黄，活人濟世，是乃仁術，宜其德澤被於後人。矧君年甫逾冠，敦篤孝友，正期發展抱負，顯揚門閭，何圖曇花一現，等於泡幻也。其亦可悲也夫，爰爲辭曰：緬彼瑶草，挺秀敷榮。豈終幽谷，宜爲世崇。齊名元季，頭角峥嶸。自失岵恃，形影相從。遭家不造，夙搆閔凶。高山流水，琴破情鍾。九泉有知，鑒此哀衷。

光緒二十九年秋九月吉日，世弟丁國瓚謹撰。

第二十八世

蔭民府君行述華文鍾

府君諱繼昌，譜名嵩藩，字伯棠，一字蔭民，茂甫其號也，爲南齊孝子公四十八世孫，世居華亭之後岡。考諱毓慶，附貢生，誥授奉政大夫，五品藍翎，儘先選用訓導。聘妣顧氏，誥贈宜人。妣朱氏，誥封宜人。先大父生平行事，暨先世名諱，俱見府君所著先大父行述。府君資禀肫摯，孝友出於天性。幼歲得重闈歡，禀承庭訓，篤志好學。同治丙寅秋。受知於學使鮑公源深，入邑庠。光緒戊寅，學使林公天齡科試招覆。己卯，學使夏同善接試補增補廪。與先叔父潤民公大治，先後食餼於庠，以兄弟爲師友，學益力先。是咸豐之季，府君嘗從前婁令張筱蓉太譜叔紹文治團練殺賊，保舉藍翎五品銜。先大父見田府君傾家辦團，屢割産償夙逋，家漸落。府君力爲撙節，凡廪餼及書院膏火，生徒脩脯所入，供菽水外，悉以充家用。偶值親疾，奉藥先嘗，寢食俱廢，疾止始復初。光緒壬辰閏夏，先大父棄養，距先大母朱太宜人之喪，僅三日。先大母蓋棺時，府君與先叔父皆昏仆於地。府君中夜始蘇，而叔父竟不起。府君疊遭大故，又痛同懷哀毁骨立，殆無人色。以故年未及艾，而精力遽衰。乙未三月，扶先大父母柩合葬於祖塋，葬先叔父廿五圖新阡，兼營生壙。是時適學使者龍公湛霖按郡，不孝補博士弟子員，旋舉優行，府君稍稍色喜。然是歲七月先叔母去世，府君綜理家務，心力尤瘁。撫嫡弟文錫、嫡妹瑞珍各爲選婚士族。府君同産四人，府君居長，次、三殤，與潤民叔父極友愛。先大父母每稱之，里黨無間言。先叔父分産後，積七百金以償夙逋，至先大父棄養，府君則提總田百畝償之。前邑侯葛公培義雅重府君，謂宅心公正，辦事勤能，屬任後岡董事。自是請懲賭博，禁演劇，驅妓船，奉辦保甲團防，浚後岡塘。歷勸各省荒振，及融齋書院、邑廟等捐。事事以身先之。本年浚鄉界涇土重工倍，經費支絀，又值天雨，竭蹶蕆事。適皖南趙嘯湖先生鴻以名進士來宰我邑，前後莅視，深加褒美。府君遜謝曰：『衆力也。』經理同善堂事，每歲清明收埋暴骨，必親檢以致慎。同治甲子三月，先大父以柘林附近遭粤寇後，遍地遺骸，勸資建瘞骨塔一座。挈府君偕往，雲晴日朗，海上忽湧一城雉堞，橫排敵樓。高峙樓四柱嵌空玲瓏，歷歷可數，内外有人影。往還，府君謂先大父曰：『此非所謂海市蜃樓耶？善功所感，精靈亦聚也。』光緒二十年春，顧蓼劬表伯來述骨塔已廢，府君解囊助修。歷年舉行普度醮壇，以慰幽安明承先志也。嘗獨建泰安橋，又助修近地橋梁，以利行人。後岡北市街道久傾，下岸尤窄狹。左濱河，右鄰土阜，每遇天雨人不堪行。府君出資挑濶兩岸，皆築磚街，至今永賴。性樂善，有稱貸者，必量力與之，暑藥寒衣，施與不吝。性介特不喜廣交，交則始終如一。非公事不謁見官長，爲舉業時，即喜閲儒先語録、史漢八家，尤好《東萊博議》。作制藝力追先正，從陳杏生太夫子士翹游甚相得。應書院課，屢置前茅，里中角藝輒首列，兼善試帖散體詩，著有《醉經軒文稿》《試帖筆記》，待刊。手輯《宗譜》一卷。課徒課子文字，必應時改定，無一草率。經史外，旁涉子平書。决人休咎，無或爽。嘗推己造，謂不孝曰：『予年不過五十二歲，過此可以享遐齡矣。孰意竟限於數也？』嗚呼！痛哉！去年六月間，赴學使者署考貢，以丙申補行己丑恩科，入成均試畢，返棹道經惠山，展謁孝子公祠。敬仰先型，低徊不忍去。凡所經歷，每憶昔年與先叔父待、先大父省試所經，輒爲淚下。蓋府君死事，盡思類如此。去年七月，置壽材，製壽衣。本年正月，府君謂不孝曰：『爾夫婦主理家務，當事事請命於爾母。一家和睦，兄弟同心我願畢矣。』以爲家庭之常言，不料若有先見也。三月間，飲食少進，而起居如常。五月十六日，起患嘔噁泄瀉，延醫診治，進以參术等藥。六月中旬，稍痊。廿一，夜寒熱，泄瀉復作。是日，看時憲，書年神方位，若有所會。廿六日，病勢增劇。廿七日，延醫進人參黄連湯，神識忽清，汗大出，熟睡半夜。廿九日清晨，大呼不孝等。延至巳刻，竟棄不孝等而長逝矣。嗚呼！痛哉！猶憶光緒九年秋府君患痿症，兩足不良於行，連進大藥三十劑而痊。十一年冬，府君自外歸，忽患脱力症，氣不絶如樓。先大父診之，脉已伏，進人參附桂湯，即瘥。此次疾作，不若前此危險，而竟不起，皆不孝侍奉無狀，罹此鞠凶。痛哉！痛哉！不孝十三歲，先大父命潤民叔父督課之，家務由府君經理。叔父殉孝後，府君命不孝從顧子振夫子烺奎游，復延師課嫡弟文錫。凡百雜務，皆府君獨力支持，不許不孝等分心於學。府君於出入簿籍，一絲不漏。日中所爲事，約略志之。服御樸素，好飲酒不食美味。每習導引法，行之無間。卒之三日，大殮，炎暑實甚，面不改色，蓋導引之效云。府君生於道光廿六年丙午六月十一日午時，春秋五十有二。娶我母惠氏，婁縣附貢生諱慶霖公長女。生子二：長邦瑞，五歲殤。次即不孝文鍾，娶同邑顧氏。生女二。不孝苫凷昏迷，語無倫次，伏冀當代立言君子俯賜采擇，錫以銘傳，俾光泉壤，不孝世世子孫感且不朽。不孝文鍾泣述。賜進士出身、候選員外郎、四川梁山縣知縣、前翰林院庶吉士顧蓮填諱。

胞弟潤民行略 華繼昌

光緒壬辰閏六月，先妣朱太宜人與先考見田府君，先後棄養，相去祇三日。當太宜人大殮後，府君病驟劇，繼昌昏仆，久而始甦。而胞弟潤民竟以悲憂交迫，一慟遽絶。於是鄉黨之間，同庠之士，寵贈哀輓之詞，至擬諸王戎死孝，臯魚殉親。嗚呼！弟之孝行，蓋已昭然共著矣。顧弟之孝見於平日事親，而推以及於兄爲繼昌晨夕所稔知。且身受而弗能忘者，則猶潛隱未耀。繼昌乃忍聽其泯滅無傳也乎？弟名大治，譜名泰屏，字説霖，小字髦士。潤民，其號也，又號實甫。世系詳先考妣行述。弟之生，後繼昌十有一年，爲咸豐七年五月初四日寅時所直爲丁巳乙巳甲寅丙寅。日者推之，謂當貴壽。六歲時避寇滬上，患天花痘，已而病暑又生瘍，皆危而後安。自是遂鮮病，軀幹壯偉。性既敏，又耐苦、讀。朱凌雲表丈印川授之經，十四歲畢《易》《書》《詩》《禮》，十五讀《春秋左氏傳》。府君間授明人小題制藝，仿效即成篇。十八歲補博士弟子員，二十一歲補增廣生，旋補廩膳生，舉優行。弟性嚴正，不苟笑言，同儕見而敬憚。及侍親側，則婉容和氣。雖呼婢媪，未嘗厲聲色。偶值親疾，躬奉湯藥，往往廢寢食疾止始復初。光緒癸未，府君以太宜人年逾六十，不宜勞井臼，命繼昌兄弟析爨理家政。府君自咸豐之季傾家辨團，屢割産償宿逋，至是家益困。弟乃節儉力行，仰事俯蓄，田租不給佐以筆耕，謀甘旨供親膳。而自與妻子食粗糲啜菽乳，衣履敝薄。恒情所難堪，弟則習爲常。銖寸之積并廩餼及書院膏火，生徒脩脯，悉以所贏奉。府君歲率百餘，金或二百餘金，府君怡然不復以困乏爲慮。此繼昌所自愧弗如者也。繼昌中年多病，家中督課子侄，徵輸租賦與凡百務猥雜。弟一身獨任，使繼昌安心調養。或以事詣郡城，弟常與偕視。繼昌行止坐卧，寒衣飢食，體察戒勉，如護嬰孩。以故繼昌雖病不殆，不至貽二親憂，皆弟之力也。弟於學不事泛濫，少時府君嘗問讀書工夫以何者爲上。弟良久，對曰：『其學爲聖賢工夫乎？』府君嘉其志，授以《小學》《近思録》及儒先性理諸書。即篤嗜不倦，尤好新吾先生《呻吟語》。古文則《史》《漢》《八家》外，尤嗜《東萊博議》。嘗曰：『二吕夫子，鄙生私淑師也。』作制藝，以桐城二方先生爲法。其課徒也，量材善誘，從游者日衆。所課文，皆應時改定。今夏侍太宜人疾少問即握管改生徒文，繼昌勸稍待，則曰：『導初學，思路貴迎其機。過時則格不入矣。』閏六月初五日，太宜人見背。時值酷暑，弟哭踊過哀，飲食不入，形容頓悴。比視含殮畢，入省府君，猶竭力爲府君遷寢室，布卧具，張簾幙。迨聞醫言疾不可爲，則惶急奔跪母柩前，號慟乞援，遂致嘔血悶絶，灌救無效。時初七日戌刻也，年僅三十有六。嗚呼！以繼昌之久病體衰，宜從先親於地下，而留弟任後事。乃猶偷息人世，而弟賦命，當獲壽者，竟以毁卒。弟以孝死，而繼昌顧以不孝生耶？今二親窀穸未安，黽勉以妥先靈者誰與？繼昌分其任耶？弟一子文錫，纔十四歲，業儒。女二，俱未字。教養、婚嫁之事，繼昌將何以盡其責而無負於吾弟耶？惟念弟之至行，宜得當代鉅人長者賜之志銘，以垂不朽。繼昌因自忘婞陋，次其大略如此。兄華繼昌敬述。

文照華生傳 華宗愚

嗚呼，痛哉！余嘗讀《檀弓》卜子夏哭子而喪其明，又《漢史》漢武帝痛子而作思子宮，見父子之愛，根於天性，非尋常死别所可同日語也。况自少至長，未加培植，由病至亡，未盡調護，有若吾族雲階之於亡子文照哉？按文照，名焕生，字慰恃，雲階之子。母倪氏，生素稟柔弱。先後天均不足，讀書聰慧，肄業城鄉學校，均有成績。業習典商，頗知勞苦。年十七，遭母歿，痛不欲生。或勸之，每曰：『《詩》不云「無母何恃」乎？』乃自題其字曰慰恃，蓋即爲此。不料生抑鬱寡歡，遂成虚損。當此之時，適本支脩輯宗譜，雲階偕行采訪，歷蘇松常鎮等處，風塵僕僕，席不暇暖。稽遲時日，未能顧家。迨返里，見生病失於調養，病態變幻，中西醫莫能名狀，攻達難能。而病入膏肓，竟至不起，卒于民國十一年七月十一日，距生于光緒二十九年八月初二日，年二十歲。嗚呼，痛哉！甲子冬，雲階蹙額而來，詳爲余述情由，見其涕泗横流，低徊欲絶，并求余作生傳，以留紀念。余始嘉雲階之志，能公而忘私，既而憫其遇之慘，悲其言之痛，遂慨然曰：『此人情也。此即子夏所以喪明，漢武所以作宫也。』余縱不文，安得不勉從所請，以減其哀思乎？遂振筆疾書，而紀其所述以成篇，蓋亦藉以慰喪明作宫之痛也。歲甲子十月，宗愚廷贊謹撰。

華氏世系小傳通考跋華鴻模

按《松江支譜》，載廷瑞、廷琳兄弟，俱博學，於明萬曆丙寅，輯本支譜系，别爲通考一册，未經付梓印。至康熙間，廷琳之孫長源，重加脩録，去繁就簡，煞費苦心，以列於譜傳之首，然其中舛譌，不可枚舉。因復徧采歷史，及《圖書集成·氏族門》、各家姓氏書并郡縣志録出。自得姓之始迄國朝，在前朝者似已詳備，而在國朝者遺漏尚多，日後再當搜輯。兹命族孫保真校讎繕稿，冠於篇首，而仍以通考名之。蓋不没其前人所由來也。他日付之梨棗，使後之人有所考焉。光緒丁未秋月鴻模謹識。

華氏先賢像記王世貞

華氏之先賢像，存者七人。首爲魏司徒安樂鄉侯歆，少與管寧、邴原齊名，由郡守高第爲相國。禪受之際，以義見色，爵邑不增。今像若寬睟而中毅，然龍德猶未衰乎。其次爲晋上虞令茂、前長岑令耆，皆見蘭亭禊集間。上虞以詩成免罰，長岑得三斗飲，不妨并勝。今像皆郎郎超逸，有永和名士風。又次爲孝子寶，少失父，尋訪不得，遂竟老死不冠娶。孝子，無子，子弟之子。其後最盛，甲天下。今像猶雙髻已老，而有戚其顰若不解者。又次爲宋大理卿希歆、翰林學士戩、參知政事文盛。其人皆揚歷津要，言天下大計，以文學政事終。今像則博大豐腴，先後稱名公卿云。學士鴻山先生，今之最有聞於華者，汲汲其宗文獻，家藏先五像，復於龍瞑蘭亭圖中模上虞、長岑二像，取列傳、告身、論贊之相及者，合爲一卷，而以記屬不佞。世貞曰：『不穀敢以是盡華德乎哉？且夫求千載於遺事而僞得之，猶委曰傳者之末工，而好惡之猶有狗也。求千載於遺言而又僞得之，然猶委曰或門弟子載者之誤。夫形肖至易移也，丹青易陻也，紙素易渝也。不穀敢以是而盡華德乎哉？夫亦志吾羹墻而已。』世貞乃復有請於先生曰：『華之先，不有宋右師元者也耶？即左氏所稱睅其目，皤其腹，于䰄于䰄，將無可摟，而像以爲華始也。』先生笑曰：『不穀固未之及也，雖然以爲遠遠慮誣也。吾亦志吾羹墻而已。』世貞曰：『善』請遂以爲記。萬曆甲戌春二月，大中大夫太僕寺卿門人瑯琊王世貞謹撰。

先賢像記序 華長源

我華之先殷人也，周封微子於宋，傳至戴公次子考父説，食采於華，以邑爲姓。春秋戰國時，世爲宋卿士，居大梁。迨漢興，而華毋害以佐高祖定三秦，功封終陵侯。東漢子期，得仙昌麻山。元化公佗，百歲若少壯，范曄立傳，稱醫聖。族以黃巾作亂，避兵大江之濱，散處於晉陵江都高唐間，功業之著者三人：曰覈，曰融，曰歆。覈仕吳爲秘書郎，遷中書丞，封徐陵亭侯，世居晉陵之無錫。歆入魏爲司徒，曹丕篡漢，進太尉，封安樂鄉侯，此高唐一支也。居江都而仕吳者曰融。融孫譚，仕晉，以功封都亭侯。事皆具載史傳，歷歷可考。無錫之徐陵亭侯四世孫諱豪，即啓孝公也。豪子諱寶，即孝祖，居惠山之麓，奴隸千指，膏腴百頃，所築華坡，至今民賴其益。今祠基即宅之故址，二泉即厨之汲井也。痛父臨別一言，終身不冠不娶。南齊建元三年詔旌其獨行。今惠山寺西偏，廟貌巍然。列祀國典，邑大夫春秋致祭者是也。年八十六而卒，命弟寬仲子慤爲嗣。寬即恭孝公，而慤即繼孝公也。慤兄恕，恕子皎，仕梁爲司空，封江夏郡公。繼孝十八世孫進士榮，爲宋主爵都尉，徙家於汴。又三傳爲三一承事府君諱原泉，靖康間，扈蹕南渡，復歸無錫，以孝弟力田爲本。江南華氏皆祖孝子，而宗三一。舊譜以豪爲第一世，而至三一則爲二十二世。後貞固公畫宗系圖，以南渡復歸錫，遂以府君爲第一世云。今配享惠山孝祖廟，而專祠於隆亭者也。又四傳爲將仕郎萬十一府君益振厥緒，富擬王侯，歲收田租四十八萬石有奇，別庄四十有二。國賦所貢，過州之半。生五子，得十五孫，因分十通五奇之派。今雖雲礽千億，以通奇支派世數遞之，則秩然不紊也。宋元之世，實爲甲族焉。明興，開國勛臣廣德侯高，相傳以爲通二支第九世。淮安侯雲龍，以爲奇四支十世孫。洪武大定之後，謂侍臣曰：『張士誠據蘇，攻久不拔，實無錫莫天祐爲犄角聲援。其糧草何能濟乎？』侍臣言錢糧大半出於華氏。上云：『朕要去望他。』時劉誠意與廣德善，密謂聖上將不利於君家，當自爲計。於是甲第之赫奕者，概焚之，而陰令族人播徙四遠。有司以天灾聞於朝，太祖尚云造化了他。後以胡、藍二獄，二公各以姻黨被誣，莫敢白其冤，竟殲滅無遺，故宗譜於通二支註云此支至九世而絶。奇四支註云此支至十世而絶。蓋諱其事，不敢言也。猶禁錮族人，不許應舉出身。直至英宗朝，始弛其禁，而得以科第顯。方前此之播遷也，不北走魯邦，則南奔浙粤，西竄荆楚，而東入於海。而深山窮谷之間，棋布星散。故宗譜世次下，每註至第几世不知所終者，皆自此也。我松江之派，亦是時分。先是本支通四第十世貞固公，旁通軒岐之學，見天下將動，常奉父兄携弟侄輩，往來雲間。聯姻戚如贅趙友同家者，仲諾諱興信，爲金匯塘一支。太行公諱規，更名岳者，贅都臺浦蘇氏，即杜浦亭一支也。嘗溯三一至今，未滿六百年，而以通奇各派。彙而計之，就族譜所載，現在之指名者萬丁有餘。即我浦亭自太行，至今三百餘年，除分南橋一支，現丁亦二百餘。緬維得姓之始，在周幽平之際，迄今二千三百餘年矣。其滄桑變故，不知凡几，欲覈實而樓悉之，詎可得乎？自漢以前無問矣，即漢季之晋陵高唐江都三支，言之豈千載之久，僅傳此三人而爲三支乎？即僅此三支，何以今日止詳於晋陵，而高唐江都則泯泯無聞。是爲晋陵之華，雖得其概。于天下之華，衹得其一也。即以晋陵言之，則徐陵五世而爲孝子寶與弟寬。豈四傳之内僅此二公汴留錫者，留錫乎？則孝子之裔，雖得其概，尚未得其全。况晋陵之華，闕焉而未得者，更多多也。榮四傳爲承事郎，三一復歸乎？又傳十八世而爲進士榮，豈十八世之遠，僅傳一進士而徙家於汴乎？自此時計之，華之居錫二十餘世矣。豈無遷汴者，遷錫，豈四傳之内，僅有三一乎？豈留汴者乎？即鴻山公家藏遺像，在仁宗朝有大理公，高宗朝有學士公、參知政事公。功烈皆彪炳斯世，而譜則無考焉。則南渡以後之華，始得其略，而靖康以前支派，尤不可得而知也。自是以來，譜牒之修，凡十餘次。江南世家鉅族，惟我華氏，於宗支特爲誠切。如宋元五大墓及慧山隆亭各祠，代有賢士大夫整葺護持，引而弗替。於族譜尤獨詳明，每脩譜時，會集宗賢，不知几經圖維，殫心竭慮，跋涉搜訪而成。然以兵燹之故，其間俟補者，不知所終者，流落無考者比比。不肖於本支之譜，嘗身任其役，備悉諸艱。不過几百丁之衆，而究不無罣漏。吾松一郡，到處皆有華姓，大約昔謂無錫分支。晤對之際，慰依款洽，居然骨肉至情。及究共支派，則茫然無據。間有以親支期功兄弟杈侄，相牴牾而告訴，甚之同室操戈，鬩墻搆禍者，在在皆是也。不肖嘗謂之曰：『天下無二華。』原夫得姓之始，如樹之根、水之源。樹扦接移，植而分株，則每株而千枝萬葉。以各株之枝葉較之，宛然無二者。何也？總不外此一根也。水發於星宿，流溢地中，各自爲江河，則每流而分渚澤溝渠，以及千支萬派無非此水者。因同此一源也。凡我子姓，自俗情觀之，果有智愚之分。自祖宗視之，原無窮達之異。誠能心祖宗之心，法神宗之法，以列祖律己，處家善後之道。如《黄楊》《慮得》《傳芳》諸集中數百年來之徽猷懿行。敦根本，重祠墓。崇信義，惜廉耻。讀書好禮，訓誨子孫。親親有殺，長幼有序。急難相扶，吉凶相恤。在彼無惡謂富貴視貧賤，在此無妒謂貧賤視富貴。各飭廉隅，人思奮勵。尊有德而敬禮其賢，矜其愚而教其不足。有事則商酌，而各盡其忱。同其榮辱，均其欣慼。有釁則曲爲調停，使潛消默奪其嫌疑。斯疏者親而遠者近，高者隆而下者升矣。先儒猶謂民胞物與，而况宗族乎？所謂天下無二華也。若夫錙銖相較，投骨相牙。媢疾眩於心胸，秦越視其肥瘠。隱語相高，小慧自得。鮮廉寡耻，鼓唇相搧。由是以推，則蕭墻盡屬寇仇，非直舟中敵國而已也。

鴻山公刻先賢像記，在蚩蚩者流，罔不訾爲迂遠。然深原其心，誠尊祖敦族之盛心也。真有攬千古於一時，聚百世而同堂者。况九族一體之至意，更有難以言喻者乎？既爲裱輯，復爲是說。書於首簡，以垂於後。甲申仲秋日，通四第二十世長源薰沐拜手敬書於所性居中。

司徒安樂侯華公傳 王安石

公諱歆，字子魚，一代偉人也。漢末爲豫章太守，爲政清静，吏民信愛。後因衆服其德，入朝拜尚書令。陳登曰：『歆，淵清玉潔。』魏文帝受禪，遷司徒，封安樂侯。與管氏擲金割席。爲尚書令，以苦節馳名。公潔净爲心，謙虛成性，通和發於天，挺敏達表於自然。學邁元儒，博通子史。流連文藝，沉吟道奥。古之名士，何以加之？

熙寧二年五月望日，翰林學士兼參知政事臨川王安石撰。

按《三國・吴志》，亭侯諱覈，字永先，仕吴爲秘府郎，中書丞，領右國史。當吴孫休時，聞蜀亡，伏闕上書言：『吴蜀脣齒也，脣亡則齒寒。臣料司馬昭不久伐吴，乞深加防禦。』休從其言，進封徐陵亭侯，遂命鎮東將軍陸抗等，沿江屯兵守禦，而魏兵不敢入境。及吴主皓酗虐無道，寵中常侍岑昏。寶鼎元年，又大興土木，作昭明殿。亭侯皆上書切諫。庚子歲，皓用術士青蓋入洛陽之説，欲起兵襲晋。亭侯諫曰：『用兵審天時，方今成都不守，社稷傾崩。司馬炎正有吞吴之心，陛下宜脩德以安民，若强動兵甲，是猶披麻救火，必致自焚也。』皓怒，不聽。亭侯遂隱居不出，子孫世居晋陵。四世孫豪從劉裕，破赫連勃勃，陣亡。孝子寶感父一言，終身不冠娶，以弟子慤爲嗣。事載《無錫譜志》。

華孝子傳 李延壽

華寶，晋陵無錫人也。父豪，晋義熙末，戍長安。年八歲，臨別謂寶曰：『須我還，當爲汝上頭。』長安陷，寶年至七十不冠婚。或問之，寶輒號慟彌日，不忍答也。同郡薛天生，母遭艱菜食，天生亦菜食，母未免喪而死。天生終身不食魚肉。又同郡劉懷胤與弟懷，則年十歲遭父喪，不衣絮帛，不食鹽菜。齊建元三年，并表門閭。

孝祖爲徐陵亭侯五世孫，生於晋，長於宋，殁於齊，卒年八十有六。遵父一言而終身不冠不娶，視其時之朝爲君臣而暮爲仇敵者何如哉？資産冠於錫邑，今慧山西偏乃居宅故址，而二泉即厨之汲并也。觀所築華坡，至今民賴其益。列諸祀典，血食無窮宜也。傳中『號慟彌日不忍答』七字，請諦思之。

康熙甲申中元後一日，裔孫長源百拜識。

敕大理寺卿華希歆

廷尉，天下之平也。邦憲是司民命所寄，厥任甚重，必惟其人。具官華希歆起自法家，克著顯譽，有明敏之才，足以折獄。然儒者耻爲文吏，而廷尉不用仁人，久矣。末流之弊，至於誦法而不知義，附勢而不知法。罔羅紛張，濫及無辜。朕益厭之。爾德惟一，信道不回。雖古于張，無以遠過。是以命爾，庶天下無復冤民。不然，朕豈以刑獄之事累老成哉？可敕如右牒到奉行。

明道元年十二月五日。

通議大夫華公傳 尹焞

公諱希歆，字師古，少好學通達，遂同上舍出身，授建州政和尉。丁外艱，服除，調南劍州尤溪尉，監泉州石井鎮。召試館，職除正字。丁内艱，改宣教郎，秘書省校書郎，遷著作佐郎，尚書度支員外郎。除撫州守，改嚴州，召爲吏部員外郎，遷大理寺卿。尋遷左史員外郎，除守靖江經略。治聞詔特轉承事郎，進直寶文閣。再任除秘閣脩撰，湖北運副。即知江陵帥求閑，除右文殿脩撰，提舉武夷冲佑觀，除直秘閣，拜通議大夫。公孝友誠篤質直好義意廣而心和强敏而有立。與人友推誠懇惻，由於天性云。

紹興九年十二月日，太常寺少卿崇政殿説書尹焞撰。

宋吏部郎中華巘

士知愛身則知愛，君知馭民則知馭吏，故端静惠和之士，施之内外，無適不宜。朕察汝久矣，今自部使者入爲天官屬。無易其守，以稱朕命。可敕如右牒到奉行。

紹興三十二年八月二日。

翰林學士華公傳 真德秀

公諱轍，字朝端，舉進士第，除大理評事，通判江寧府，遷著作佐郎，召試太常丞，集賢校理，權三司度支判官，除右正言，知制誥，糾察在京刑獄。出知越州，徙知常州，遷吏部郎中，知開封府，遷右諫議大夫，翰林學士兼權吏部，流内銓。公少爽邁，讀書一閲輒釋解。嘗鋤治姦蠹，崇奬賢智，後領開封。人曰：『此常州華公也。』每晨視事，日中則庭無留人。與賓客飲笑終日，京師帖然。每問其佐曰幸告我以過無嫌。雖言有不當，亦降色妥辭以受。政號嚴明，時有縱舍。於良善貧弱，撫恤尤至。爲文章得紙筆立成，知制誥以文學稱天下。

寶慶元年三月望，西山道人真德秀撰。

翰林學士華公像贊

其一 米芾

簡淡英標，端亮節操。正色立朝，仁義負抱。不干榮名，載歷清要。安静無華，隆古之道。

其二 王十朋

潛思力行，任重詣極。德有本原，行無玷缺。學問淵源，研窮典籍。碩望偉才，斯文之質。

敕中書舍人華文盛

文章之變，與時盛衰，譬如八音可以觀政。而况誥命之出，學者所師，號令以之重輕，風俗因而厚薄。本朝革五代積衰之氣，繼兩漢爾雅之文，而大道中微，異端所汩，欲復祖宗之舊，必以訓詞爲先，故難其人，不以輕授具官。華文盛博聞强識，篤學力行，綽有安達之風流。殆聞正始之議論，往就外判。爲朝廷，當潤色其精微，期配昔人，使天下識典型之彷彿，務究所學，朕將覽焉。可敕如右牒到奉行。端平三年九月十三日。

參知政事華公傳 程元鳳

公諱文盛，字世章，試禮部，首選爲江南運幹，除禮部架閣，累遷著作佐郎，轉對言時事，尋權兼兵部郎官，改兼右侍郎。知臺州，大水，悉力撫綏。直秘閣，知婺州，尋召除尚書左丞，遷中書舍人，兼右司諫擢監察御史。時將出師，公言：『修内治，嚴邊備，毋貪近利，毋尚虚名。』進左司諫，兼侍讀殿中侍御史，時又議就鄂建閫，公言：『當建司齊安分上流，淮西、東爲三師，而以江淮大帥總之，招募强壯，大爲捍禦之計。除工部侍郎，兼給事中，仍兼侍郎，上諫言：『憂勤不可弛於宴安，剷切不可銷於便佞。』除諫議大夫兼侍讀，除端明殿學士，同僉書樞密院事。時督府主和，公言：『督府職在督戰不當主和。』拜參知政事，公守法度，抑僥倖，不私親黨，一時善類皆聚朝廷。身居臺輔，家若貧儒，薨於位，詔贈光禄大夫。

咸淳五年三月望，少傅、觀文殿大學士、吉國公程元鳳撰。

參知政事華公贊 方逢辰

禮榜魁名，南州撫字。論奏騰章，匡時至計。樞軸兼持，不逢共志。貴而能貧，清儀棣棣。

古華氏世譜 華渚

華之先，與宋同姓，殷王元子微子之後也。殷亡，微子抱宗器歸周，國於宋宋公爵都商邱，傳十世，是爲戴公。戴公仲子考父説，食采於華，別於大宗，因氏焉。傳四世其見春秋者，曰御事，爲宋司寇。御事子元，爲宋右師。耦爲宋司馬。宋文公四年，周匡王六年也。春，鄭受命於楚伐宋，宋使元將，戰於大棘。文公十七年，楚以圍宋。元夜入楚師，與之盟而退三十里。二十二年，與盟於蜀。定王十九年，宗共公即位。共公六年，元使魯聘共姬。元善楚將子重，又善晋將欒書，兩盟晋楚。共公卒，司馬蕩澤攻殺太子肥。元請討之，攻蕩氏，誅子山，立共公少子成，是爲平公，曰喜。考父五世孫，爲宋司徒。元與魯叔孫僑如，會吴於鍾離。平公五年，與會於戚。十二年，元子閲代元爲有師。閲弟臣，弱其子皋比之室。弱，侵易之也。平公聞之曰：『臣也，不惟其宋室是暴。大亂宋國之政，必逐之。』會國人逐瘈狗，瘈狗入臣室。臣懼，奔陳，曰合比，曰亥。合比以侍臣柳，坎牲埋書，而告平公曰：『合比將納臣族，既盟於北郭矣。』合比奔衛，平公使亥代爲右師。曰椒，曰費，遂皆世官。亥庶兄牼，爲少司寇。椒之孫弱定，費遂之子貙、多僚、登，皆爲卿士。周景王二十三年，宋元公無信多私，而惡華氏、向氏。亥定貙多僚登，誘群公子執之。元公取亥之子無戚定之子啓，盟以爲質。玄定奔陳，登奔吴。又二年，亥定貙奔楚。當新里之戰，華妵居於公里。赭邱之戰，華豹殪於子城右師族也。齊有華免者。當周簡壬十三年，齊爲慶氏難故。齊侯使免以戈殺國佐。華周者，靈王二十二年戰死於莒。衛有華齊者。齊豹之亂，華齊爲公孟縶御。華寅者，乘貳車，蔽靈公以出，是同亥定奔陳之年。其生後先所祖，皆莫能知。漢興，曰華毋害者，以越將從，起留入漢，定三秦，擊臧荼，封終陵侯。傳四代。宣帝時，曰龍者，同劉向、張子僑、柳褒并召，待詔金馬門，終不顯。建昌麻山曰子期者，以仙隱去。東漢愍帝時，曰佗者，沛國譙人，以醫見殺於曹操。自周悼壬元年卒己、亥定奔楚，至漢昭烈帝章武元年辛丑，歷七百三十有九年。華氏之徹侯者僅四世，方聞者僅三人。當漢魏之際，復爲著姓，或在高唐，或在江都，或在晋陵。

居高唐者曰歆，仕漢爲尚書郎，拜豫章太守，歷議郎、參司空軍事，轉侍中。曹丕纂祚，改司徒。曹叡即位，進封博平侯，拜太尉。歆子表，歷太子少傅、大常卿大中大夫，仕晋。表弟博，縣内史博弟周，黄門侍郎。表子廙，太子少傅，進位光禄大夫，開封儀同三司。廙弟嶠，内臺中書散騎著作。嶠弟澹河南尹。廙子混，侍中尚書。混弟薈，河南尹。薈弟恒，尚滎陽公主，拜駙馬都尉，加授金紫光禄大夫，領太子太保。嶠子頤，長樂内史。頤弟徹徹，弟暢，并佐著作郎。澹子軼，江州刺史。混子陶，鞏令，没於石勒。恒子俊，尚書郎。俊子仰之，大長秋。居江都者曰融，仕吴，爲太子庶子。融子諝，黄門郎。諝子譚，仕晋，除尚書郎，封都亭侯，歷鎮東軍諮祭酒，轉丞相軍諮祭酒，加散騎常侍。子：化、茂。化爲征虜司馬，討汲桑，戰没。茂嗣爵爲上虞令。與茂并見蘭亭禊集間者曰耆，前長岑令。居晋陵者曰覈，字永先，吴郡武進人，武進，即晋陵郡。初爲吴上虞尉、典農都尉，以支學入爲秘府，遷中書丞。蜀爲魏所并，覈詣宫門發表曰：『間聞賊衆蟻聚，向西境。西境艱險，謂當無虞。定聞陸抗表至，成都不守。臣主播越，社稷傾覆。昔衛爲翟所滅，而桓公存之。今道里長遠，不可救振失委附之士，棄貢獻之國。臣以草芥，竊懷不甯，謹拜表。』吴主孫皓即位，封徐陵亭侯。寶鼎二年，即晋泰始三年也，吴營新宫，盛夏興作，農守并廢。覈上疏諫，文多載吴志。後遷東觀令，傾右國史。上疏辭讓，吴主曰：『卿精研《墳》《典》，博覽多聞，可謂説禮樂，敦詩書者也。當飛翰騁藻，光贊時事，以越楊、班、張、蔡之儔，顧乃謙光，厚自非薄。宜勉修所職，以邁前賢，勿復紛紛。』吴主以覈年老，敕令草表。覈不敢，又敕作草文，停立待之。覈爲文曰：『咨覈小臣，草芥凡庸。遭眷值聖，受恩特隆。越從朽壤，蟻蜕朝中。熙光紫闥，青瑣是憑。毖挹清露，沐浴凱風。効無絲氂，負闕山崇。滋潤含垢，恩貸累重。穢職被榮，局命得融。欲報罔極，委之皇穹。聖恩雨注，哀棄其尤。猥命草對，潤被下愚。不敢違敕，懼速罪誅。冒承詔命，魂逝形留。』覈前後陳便宜，及貢薦良能，解釋罪過。書百餘上，皆有補益。吴天册元年，晋咸寧元年也，以微譴免。又數歲卒。舊譜載云『吴徐陵亭侯』。古我孝子之高祖，華以孝子顯。祖孝子而上達於徐陵亭侯，近得其宗焉。爰述其畧，其自孝子及渚，歷三十九世，其有考者有傳。其不宗孝子者，概不譜云。

始祖子世系圖 華渚

吾華氏之著於漢末，既三分之，江南之華繇晉陵。考卜之功，於是爲烈。姑溯基始於錫山，著代始於孝祖。蓋以孝子爲祖，自孝祖而下悉譜之。他若黜非其族，慎也。雖然亭侯肇基，貞愍殉國，功德垂諸後世，惡在其不禘哉。由亭候而下，二世失傳。失傳則不可爲典，於是乎祧之。貞愍以孝祖顯，祖孝子即祖貞愍也。貞愍諱豪，死於王事，私尊『貞愍』。貞愍二子：諱寶，諱寬。寶即孝子云居無錫惠山南。寬二子：長曰恕，次曰慜配王氏。慜嗣孝子後，生暵。恕生皎。暵生瑞。瑞生祥。祥生慶。慶生福。福生吉。興吉同世者曰秋。於隋朝亦旌表孝子，有傳。吉生圓。圓生元、明素。元生端。明素生洪。端生永。永生壽。壽生崇。崇生聖。聖生富，富生貴。貴生榮配李氏。榮舉進士，仕宋太宗朝，遷居汴。榮生興。興生良，世官武爵都尉。良生原泉，是爲遷祖。三一承事，宋南渡，承事扈蹕南，占籍無錫隆亭梅里鄉。由孝祖迄都尉良而下凡二十世，具在吏部譜、學士譜。其五代時，有曰温琪者，官至太子太保，載奉政譜。玆不敢附載，無稽也。自南齊建元辛酉，越宋南渡建炎戊申，歷年六百四十有八。華氏或顯或不顯，世居無錫。遷汴者三世，既遷復歸，則尸遷祖，禮也。故祖孝子，宗承事，而世系有考矣。恩不瀆親義不淩節，禮之善經也。或又曰『譜孝子二十世，其諱亦若存若滅』云。歷梁陳隋唐，代無聞人，而何諱之得傳無失也？曰孝子之有祠也，實唯世守。邑志載惠山南晉元康間，田噬於太湖，民廢耕。華孝子寶築堤以捍水患，民乃攸居得食。嗚呼！《祀典》云：『能捍大患則祀之。』固知孝子祠之所由世守也，不僅以孝祠也。椎髻蹙顰者，吾孝祖之遺像。而德隆斐斐，與山川共鬱。確哉，世系之勿失有以也。圖如左。

隆亭五世宗系圖 華渚

粵稽宋高宗建炎元年，即位於應天應天，睢陽也，是在丁未歲。無何，違李綱駐蹕南陽還都汴京之策，用汪伯彥、黃潛善，陰主揚州之議。以故，又明年如杭州，如臨安，至走温州。建炎四年中，人民之奔徙無寧處，我遷祖之始徙隆亭也。儵儵嘒嘒乎哉。傓傓嘒嘒，罹禍毒也。傓，徒的切。嘒，呼惠切。遷祖諱原泉，是爲承事郎。三一府君，子三：長暎，次曄，幼晰。暎四傳而絶。晰三傳而絶。曄是爲承事郎。四二府君，子一：天錫。天錫子智，自遷祖而下，歷四世，并授承事散官。智子三：長彦昌，次詮，幼謙。彦昌九傳而絶。詮是爲將仕郎，萬十一府君。當宋少帝德祐二年，宋亡。是歲丙子，府君年七十有一。自遷祖下，五世居隆亭，歷一百五十年。華之將昌兹江南也，將仕府君始。將仕府君五子、一十五孫，家亦可謂奕奕矣。乃世已淪喪於元，噫嘻傷哉。雖然，猶幸潛處於下，故得免蕩析離居，而世克以衍。當是時，使執圭擔爵於朝，烏能長居兹土哉。圖如左。

五宗通奇世系圖 華渚

將仕郎萬十一府君子五：長友諒，宋徵授朝奉郎。次友直，元大中大夫，常州路總管，兼勸農事。三友聞，無錫縣監税。四友龍，處州路録判，歷官揚通泰三州屯田提舉。幼一雷，濂溪書院山長。嗣自大出，得一十五孫，分十通五奇。朝奉公子五：長珣，通一。次瑺，通二。三琪，通五。四珹，通十。幼瑛，奇四。俱隱不仕。中大夫子三：長珙，通六，宜興茶園所正提舉。次璟，通九，德清茶園所正提舉。幼琇，奇五，以文學徵，不拜，賜號清逸處士。監税府君子三：長瑜，通三，不仕。次璞，通四，徵授進義校尉，晋寧等處打捕屯田都總管府總管，不拜，以處士終。幼璹，奇一，常州路總管府判官。提舉公子二：長琳，通八，宣授進義校尉，淮安路屯田打捕提舉。幼珪，奇二，長興茶国所提領。山長公子二：長玠，通七，平江路儒學正。幼璋，奇三，不仕。由朝奉一世，譜者有五宗。由通一一世，序者有十五族。通二三傳無嗣。奇四四傳曰鉞，從戍沔陽，無考。朝奉公後，傳者三族。昔有虞氏舉十六族，并在高陽高辛。我華氏一本而五宗，顯者代不乏。内之思論獻納，外之展采錯事。其於我明，即未必能賡明良、篚元愷，不亦軌道顯賢乎哉？《詩》曰：『無念爾祖。』又曰：『世德作求。』信能念之求之。勤三綱之嚴，敦六行之善，則雖時丁板蕩，家抵境圮，所謂有三不朽者，能一立焉。其慶流支庶，門閥可繼成也。五宗之人懋乎哉？予小子敢不勉旃。圖如左。

通四族堠陽興四興六松江興八世譜華渚

堠陽，吾家之豐鎬也。通四府君後，歷四世於兹土。貞固府君之奉命卜鵝湖也，其有憂患乎？其奉命守土而勿遷者，晴雲公也。晴雲公後，其伯與仲居堠陽，季卜松江。居堠陽者，再傳曰烈，成化甲辰賜進士出身，三歷推官。通四族由科第顯者，自推官昉也。居松江者，四傳曰秉中，嘉靖癸丑賜進士出身，歷官給事中。通四族由外籍顯者，自給事昉也。

附録一：華氏晴雲派天津支宗譜

宣統元年己酉續輯

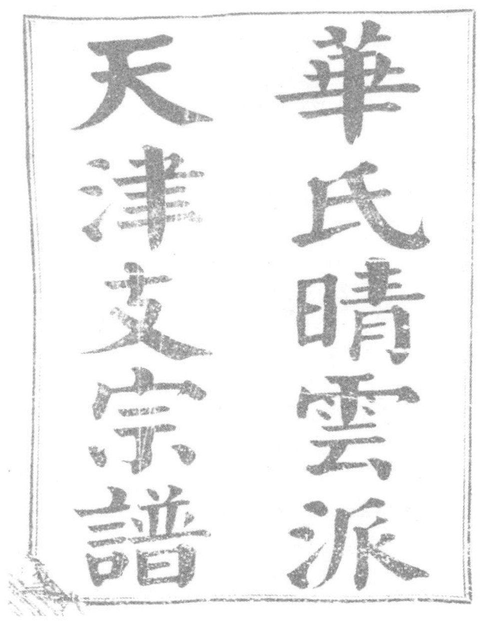

天津華氏宗譜序

三代以來，胙土命氏，因以爲族。自宗法廢而氏族湮，子孫莫識其宗祖。公侯之後，降爲輿臺，不數傳而澌滅矣。苟遺德尚存，支庶必有能振起者。然先世之爵里往往無徵，譜牒不修故也。夫敦族誼而興孝弟，莫善於宗譜一書。家有宗譜，雖百世猶沆瀣一氣。宗譜亡，即五服未盡者，視同路人矣。

我華氏自益先公由浙遷津，舊譜佚失，可知者僅據仲山公口授公衡公譜系一册，其中不無闕謁。洎雲章公戊辰續修，因仍未克考訂。長卿曩竊有志焉，而未逮也。丙午夏，自金陵泛舟至浙，渡錢塘，登會稽，訪先代塋墓於東擔山。中山去紹興城東六十里，地殊幽僻，族人零落殆盡，或遷徙他邑。僅存童稚二人，一依寡母，一寄養於戚屬，家貧，爲人耕作。破屋數椽，中供木主於積塵敝簏，得譜系一卷，乃雍正癸卯菶人公紹興譜也。譜載由無錫遷紹者，爲永清公之祖以順公，初居山陰之鑒湖。再傳至永清公，復遷於會稽東擔山，且接續錫山，得數世名諱。敬謹鈔出，以爲重修稿本。歸舟路經金匱之蕩口，又得與舊族諸君聯叙譜誼，承惠宗譜，并先世遺集、文獻略、貞節略，又鈔寄天津北支譜略，於是由紹遷津者可徵，由錫紹遷者亦可徵。焚香盥手，敬録成帙。今而後芝草有根，醴泉有源。

溯千五百餘年以上至孝子公，可謂報本追遠矣。孝子公祖徐陵亭侯，而閩中譜又祖漢終陵侯，世代荒遐，姑弗深考。即孝子公以次十餘世名諱，亦僅存耳，茲仍以南渡復歸無錫之三一公爲第一世焉。夫先王親親之道，莫先於教家，而教家之急務在於修譜。今之治家者，營田産，筮仕宦，或牟利於商賈，其敦宗睦族之義，闕焉不講，甚至陵侮詬慢，直奴僕之不若，可慨已。長卿乃獨跋涉數千里，克償夙志，據無錫、紹興諸譜，芟繁就簡，輯成一書，遠者不敢濫，近者不敢缺，名曰天津南支宗譜，有敬慎之意焉。紹興分支有工部派，後遷定興，而天津先我來居者又有怡翼派，別爲北支，恐紊我遷紹之緒耳。若夫惇本收族所以承先澤而貽子孫者，又不僅在修譜一事也。

道光二十有六年，歲次丙午十一月既望，第二十五世孫長卿謹序。

紹興華氏宗譜序

夫萬物本乎天，人本乎祖，如樹木然，由根而幹，由幹而枝，由枝而葉，雖年代久遠，實同氣脉相傳也。我華氏之寄籍於紹興，迄今十世矣。其先爲錫山之望族，聞之先人曰：『宗十公之由錫遷浙也。』蓋有大不得已者焉。當洪武初年，厚四公爲怨家攻訐，身繫囹圄。興六、興九諸公奔走救援，不避艱險，亦几遭不測矣。幸而明祖赦宥，得保生全。興九公昆弟俱不肯仕進，樂志以承親歡。建文時，靖難兵起，無錫倖免蹂躪。至永樂間，隆亭事發，雖旋即昭雪，而同族皇皇。宗十公微服渡江，埋名技術，往來於諸暨、餘姚間十餘年，不遑寧處。愛山陰城南跨湖橋，群峰環翠，一水瀠泓，爲賀季真鑒湖遺迹，遂移家於此。娶某氏，生子二：長，守一公。次，守二公。守一公生子二：長，永清公。次，永安公。天順時，遭家多難，永清公復遷居於會稽山中，所謂東擔山也。永安公轉徙上虞，由梁湖莊、黄家涇分支。永清公再傳而後，子姓繁衍，散居他邑。有業商賈者，致良田數千頃，天落村其最著者也。嘉靖以來，有策名仕版者，而宫階不顯。天啓後，皆肥遯不仕。大清定鼎，重睹太平，族人又有徙居北方者，俱不可考。惟東洲公本支尚在會稽百餘年矣。永清公之再遷也，隱於荒山空谷，惟恐人知，將錫山舊譜佚失，是以先代諸公名諱無徵者數世。於今田宅盡鬻，書籍無存，僅留本支世系一圖。圖中載惟偉高曾以上行第次序甚繁，今則自我祖以下生存者不及十人。嗚呼，良可悲矣！倘不及今詮次世系，則後世子孫益難考證。爰撰輯崖略，自栖碧公以前無譜可溯，今以栖碧公爲第一世祖，不知者闕如也。録成帙，以留示後昆。或云修譜，則吾豈敢。

雍正元年癸卯春三月，十四世孫惟偉葦人氏敬書。

第一世

原泉

行三一，孝子公二十一世孫。宋承事郎。靖康間，扈駕南渡，復歸無錫，占籍梅里鄉之隆亭。爲人倜儻，尚氣節，樂施與。自汴還，道遇飢寒者，惻然周之，罄傾其半，所全活者甚眾。居家以勤儉自持，教子孫循蹈規矩，有古君子風。配楊碩人。子三。

第二世

暎

曄

哲

行四二，承事郎，沈静寡言，奉親事上，篤於禮節，慎交游，訓子孫耕讀，戒倖取，絶浮華，修士行於畎畝。配吕碩人。子一。

第三世

天錫

行五八，承事郎，好讀書，多著述，崇尚典禮，閭黨有灾患，起爲捍救。弱者恃其植，悖者畏其正。配胡碩人，克相府君，陰行善，歲製絮衣以燠凍丐，所活千數，死無殮者助棺葬埋。子一。

以上三世生葬地皆闕。

第四世

智

行千三，承事郎，志識過人，處事以德義爲先，居家以孝弟爲本，寒者絮，餓者粟，鄉人俱受其庇。生於宋乾道壬辰三月十五日，卒於宋嘉熙己亥七月初六日，壽六十有八。配袁碩人，生於宋乾道壬辰十月二十日，卒於宋淳祐壬子十二月二十日，壽八十有一。合葬黄門塘。子三。

第五世

彦昌

智子三

詮

行萬十一，將仕郎，無錫縣主簿，幼穎悟，讀書務通奥義，既長，容貌詞氣迥異倫輩，鄉人敬重之。産益拓，歲得租四十八萬有奇，人稱『華半州』。恒養衰老，植孤幼，全守節，斂停尸葬轉柩百數而什倍之。成男女逾時未婚嫁者千計。急人之難得活者無算。延醫製藥，以拯貧病。開鄉塾，教農工稚子。置義倉，歲入租四千斛，賑全邑饑乏。生於宋開禧丙寅二月十二日，卒於元至元乙酉十月二十日，壽八十。配鄧碩人，生於宋開禧丙寅七月二十日，卒於宋咸淳甲戌五月初一日，壽六十有九。合葬隆亭大墳。子五。

謙

第六世

友諒

子五。分通一、通二、通五、通十、奇四支。

友直

子三。分通六、通九、奇五支。

友聞

字起濱，行慶五，爲人敦慤静深，好施與，以人才舉，授無錫州税務提領，薄徵釐弊，商不病而課登，同列欲以羸爲功，持不可，退居以勤儉化其鄉。生於宋淳祐壬寅七月十六日，卒於元皇慶癸丑十月二十日，壽七十有二。配袁碩人，賢而好施，浙西大饑，出奩資粟三千石以濟。生於宋淳祐壬寅八月初六日，卒於元至順壬申七月初六日，壽九十有一。合葬堠陽之厚本墳。子三。

友龍

子二。分通八、奇二支。

一雷

子二。分通七、奇三支。

第七世

瑜

行通三。

璞

字德珍，行通四，進義校尉，晋寧等處打捕，屯田都總管、府總管，秩三品，篤孝弟，平居寡言笑，薄已而厚物，仁讓之化行於鄉里。歲饑，輸粟千石以賑。薦授總管，辭不受。生於宋咸淳乙丑閏五月二十五日，卒於元至順辛未四月二十八日，壽六十有七。配王碩人，生於宋景定癸未正月十七日，卒於元皇慶癸丑七月二十六日，壽五十有一。合葬泠村。子六。

𡎚

行奇一。

第八世

鉉

字子舉，第淳二，由宿衛授都功德使司都事。幼雋爽不凡，既長，慷慨尚節義。生於元至元丁亥八月二十八日，卒於元皇慶壬子九月初八日，壽二十有六。配陳夫人，諱明淑，守節教子，治家有德。元至正二年，詔旌貞節，詳見邑志。生於元至元乙酉四月初六日，卒於元至正戊戌三月初二日，壽七十有四。合葬羅村壽山。子一。

鎮

鎬

鈞

鏐

鎡

第九世

鉉子

幼武

字彦清，號栖碧，第嗣一徵君。事母至孝。元丞相周伯奇徵之仕，不應。至正癸巳，家燬於火，移寓蘇城之東門。繼遷海虞，又寓吴江之金涇、長洲之周莊。雖旅居，施與不倦。明徐天德相國有舊，徵之，一見即歸。賦詩送者，知州朱熙二十六人，皆名士。著有《黄楊集》行世。生於元大德丁未十月初六日，卒於明洪武乙卯正月十八日。壽六十有九。配鄧碩人，生於元大德乙巳二月初七日，卒於元至元丙子七月初五日。壽三十有二。繼配顧碩人，諱淑貞，生於元大德丁未七月十四日，卒於明洪武戊寅十月初四日，壽九十有二。倶合葬羅村壽山。子七。

第十世

完韡

字公孺，第厚一。子二。

悰韡

字公愷，號貞固，第厚二。明洪武十五年，詔徵孝廉通經儒士，辭，徙居鵝湖。子三。

恭韡

同韡

字公悦，號晴雲。第厚四。端雅莊重，篤於孝友，居鄉和厚，人咸稱爲長者。生於元至正丙戌四月初六日，卒於明建文庚辰，壽五十有五。配吕碩人，繼配唐碩人，祔葬羅村壽山南。子四。

隆韡

字公懌。第厚五。子三。

恒韡

文韡

字公悌。第厚七。子四。

第十一世

興孝

興昌

興仁

興叔

字仲諄。第興三。

興定

興禮

字仲祥。

興義

字仲模，號思學。第興六。

興敏

字仲訥。第興九。明洪武中，父被誣繫獄，年才弱冠，隨兄擊登聞鼓，請以身代，辭極懇摯，明祖惻然，命原其父。一時稱雙孝子。配□氏。子二。

興信

字仲諾。

興遠

興達

興述

興福

興壽

興智

興裕

第十二世

宗隆

字山桂。恩例壽官。子五。

宗震

宗益

宗升

字以正。遷居田頭在箬帽頂上。

宗頤

字以順，行十。明永樂間，隆亭事發，遷居浙江，往來於諸暨、餘姚間十數載，始定居紹興山陰之鑒湖，爲遷紹始祖。配□氏。子二。

第十三世

宗隆子五

守方

恩例壽官。

守正

承事郎。

守端

字怡翼。承事郎。

守敬

恩例壽官。

守莊

封户科給事中。

宗震子

軾

字守瞻。

宗益子

烈

字武承。明成化丁酉科舉人，甲辰科進士，江西建昌府推官，浙江杭州府推官，欽取南道御史。

宗頤子二

駰

字守翰，行一。配□氏。子二。

馴

字守良。行二。

第十四世

烱

祐

德

承事郎。

寧

字文安。

杲

字梅心，明弘治壬子科舉人，丙辰科進士，翰林院庶吉士，福建左布政，鄖陽巡撫。

涇

晢

字永清。明天順時遭家難，復遷於會稽東擔山中，樂善不倦，壽臻耄耋。配俞氏，母家上虞。子九。

昱

字永安。遷居上虞。

濱

第十五世

塾

驃騎將軍，浙江都指揮使。

基

奉政大夫。

從智

壽

字允年。

珪

滔

字源長，永清公少子，行九。恬静緘默，不樂仕進。配虞孺人。子六。

紹卿

紹章

仁

任

第十六世

鑰

字水西。明嘉靖壬午科解元，癸未科進士。兵部職方司郎中。

金

字嵩峰。明正德庚午科舉人，辛巳科進士，户部主事，天津兵備道，山東按察司副使。崇祀鄉賢。配孔氏。子二：際良、際豐。

仕

字子學。子一雲龍。

有臨

子二。

存善

行十一。源長公長子。明正德己卯科副榜，選授教諭，授修職郎，封承德郎。尚節義，善承先志，老年好學彌篤，著作甚富，有《周易補注》行世。配夏安人，貞静端淑，靈識超然，偕老百歲，無疾而終，時明萬曆某年正月初二日，鄉人謚曰百全。子四。

第十七世

仕子

雲龍

字與從。

有臨子二

就實

茂實

邑庠生。

存善子四

楠

行十八，鄉謚剛毅。

棟

行二十一，工詩善書，多著述，鄉謚恭定。

材

字養洲，行二十六。明嘉靖辛酉科舉人，中書舍人，工部營繕司主事，署都水司郎中，授承德郎，封奉政大夫。時權奸當國，直言塞路，遂解組歸里，終養雙親。徒抱匡濟之略，未得顯於朝。時論惜之。生於明嘉靖甲申九月二十五日，卒於明萬曆壬子十二月初九日，壽八十有九。配祁宜人，生於明嘉靖丁酉十二月十八日，卒於某年八月二十八日。子五。

橤

字耽醒，行三十七。配羅氏，母家諸墅。

第十八世

維揚

維持

維捍

維援

字萬廉，附監生，明嘉靖間依從祖嵩峰公於天津道署。嵩峰公轉山東副使，留天津，遂家焉。是爲怡翼派天津支始遷之祖。

仁英

仁夫

字完衡。明萬曆壬午科舉人，江西建昌府通判，浙江湖州府同知，著湖州府知府。

夢麒

字東洲，行二十二。邑庠生，鴻臚寺序班，授登仕佐郎，英敏博學，工於詞賦。配朱氏。子三。

夢龍

字近洲，行二十八。明萬曆戊子科拔貢生，四川合州州判，署合州知州，授奉直大夫。少負奇才，博通經史，慷慨有謀略，能濟人之急。生平好游山水，足迹半天下。一官屈於末僚，未能竟其所學。生於明嘉靖三十五年丙辰四月初三日午時，卒於明天啓三年癸亥六月十三日，時壽六十有八，葬會稽。配丁宜人，母家葉家堰，生於明嘉靖三十八年己未四月初八日午時，卒於明萬曆某年十月初四日。時合葬會稽。繼配劉宜人，母家房山，生於明萬曆十四年丙戌十月二十六日戌時，卒於康熙四年乙巳正月初二日寅時，壽八十，葬天津姜家井塋。招近洲公丁宜人魂，合葬於益先公墓上。

夢麟

字聯洲，行三十。恩貢生，工部營繕司副。配毛氏，母家西擔山。子二。

夢祥

字環洲，號兩洲，行三十九。廩膳生，考授翰林院典籍，陞都察院都事，大理寺寺丞。配翁氏，母家諸墅。子二。

夢禎

字雲州，行四十。歲貢生，鄉飲大賓。配魏氏。繼配沈氏。子二。

第十九世

光祚

江西布政使司理問。

仁文

字養和，行二十六。山東莊平縣典史。配葉氏，母家河塔。

仁玄

字濟寰，行三十三。山東臨清州司倉。配沈氏，母家花墟。繼配王氏。子五。

文輝

字南溟，行六十一。郡庠生。

文炳

字益先，行六十七。候選同知，授奉政大夫。少孤，事母至孝。遭明季兵燹，奉母劉宜人避難北遷。順治三年，僑寓順天府之東安縣，遂寄籍焉。康熙二年，卜居天津，是爲晴雲派天津支始遷之祖。半生落拓風塵，艱苦備嘗，所遇多不如意。鼎革後，不肯仕進，常勖子以讀書爲本。性耽書史，以書法名於時。自著楹聯垂後，家傳寶之。生於明萬曆三十五年丁未十二月十八日子時，卒於康熙五年丙午四月十二日寅時，壽六十。配何宜人，母家峽山，生於明萬曆三十六年戊申九月初五日寅時，卒於康熙三十年辛未七月十七日戌時，壽八十有四。合葬天津姜家井塋正穴丁山癸向。子三：琮、璋、璐。次子繼從兄仁昌後。

嵩

字祝萬，行四十七。太學生。配李氏。子一。

岱

字仲山，行五十九。山西臨汾縣縣丞，署臨汾縣知縣，陞東城兵司馬正指揮。配史氏。繼配穆氏、錢氏、李氏。子三。

仁昌

一名彬，字澄宇，行四十五。四川新都縣知縣。配康氏。以從弟文炳次子璋爲嗣。

坤

字太嶽，行四十九。

文顯

字孔徵，行六十九。配張氏。

文耀

字子耀，行七十。

第二十世

朝燁

邑庠生。

朝焕

朝勛

字世奕。康熙己酉科舉人。

夏安

字振生，行一。配丁氏。以弟夏宗長子彰爲嗣。

夏宗

字臺孫，行二。附監生。配祁氏。子二，長子彰繼兄夏安後。

夏泰

字明環，行三。配趙氏。子一。

夏順

字天孫，行四。廩膳生。配丁氏。子三，次子彥繼弟夏化後。

夏化

字雲生。行五。配蕭氏，以兄夏順次子彥爲嗣。

琮

字以錦，行四東。東安縣庠生，天姿豪邁，文有雄偉之氣，屢薦不售，遂肆力於詩、古文詞。遭父喪，哀毀致疾，日飲醇醪，醉後狂歌，聲淚俱下。一夕飲十餘升，大醉而卒。生於明崇禎十二年己卯七月十二日亥時，卒於康熙十年辛亥九月二十七日亥時，壽三十有三。配趙氏，母家古城，旌表節孝，生於明崇禎十二年己卯五月二十五日亥時，卒於康熙四十年辛巳十二月二十七日亥時，壽六十有三。祔葬姜家井塋昭一穴。以弟璐長子存仁爲嗣。

璐

字以佩，行六。東安縣庠生。沈静聰穎，年十五補博士弟子員，文名藉甚。貌魁梧，聲若洪鐘，人咸許爲大器。乃年未三十，父兄相繼殂謝，遂絶意進取。家雖貧，事親甘旨不缺。時居天津宗支不絶如綫，賴公一身維持。宗祧置姜家井塋安葬父母，葬祖母於墓上，伯兄祔焉。生於順治五年戊子八月二十六日午時，卒於康熙四十七年戊子二月初五日申時，壽六十有一。配任氏，母家鄺家岸，生於順治七年庚寅三月十九日酉時，卒於康熙四十九年庚寅正月二十九日午時，壽六十有一。祔葬姜家井塋穆一穴。子二：存仁、秉義。長子繼兄琮後。

廷鎮

字安重，行二。配李氏

銓

字公衡，行六。江蘇吴縣木瀆司巡檢。配王氏，繼配吕氏、陳氏。子二，次子之泰繼弟廷錦後。

廷鉉

字仔侯，行七。福建寧化縣典史。配丁氏。子二。

廷錦

字絅侯，行三。康熙乙卯科拔貢生。配徐氏，以兄銓次子之泰爲嗣。

璋

行二。附監生。

第二十一世

夏安子

彰

字昇如，行一。配馮氏。子五。

夏宗子

彩

行二。配蕭氏。子一。

夏泰子

彪

行三。配王氏。子二。

夏順子二

旰

字百祥，行一。配鍾氏。

杰

字茂之，行三。配趙氏。以從兄彦次子文欽爲嗣。

夏化子

彦

字百成，行二。配王氏。子二，次子文欽繼從弟杰後。

琮子

存仁

字善長，行一。候選州判，敕授徵仕郎。純謹誠樸，持家勤儉，事兩母始終如一。常以不得見以錦公爲憾，兄弟之間，六十年怡怡如也。生於康熙十五年丙辰三月初二日亥時，卒於乾隆二年丁巳七月初九日未時，壽六十有二。配諸氏，敕封孺人，生於康熙十四年乙卯七月初八日酉時，卒於乾隆元年丙辰十一月十四日未時，壽六十有二，祔葬姜家井塋昭二穴。子三：廷棟、廷柱、廷相。次子繼弟秉義後。女一適任。

璐子

秉義

字仲和，行二。候選縣丞，敕授修職郎。賦性静默，寡言笑，不慕榮利，佐伯兄經理家政，豐儉適宜，事業賴以不墜。生於康熙十八年巳未十月初十日丑時，卒於乾隆四年己未四月初十日酉時，壽六十有一。配王氏，敕封孺人，生於康熙十七年戊午五月十四日酉時，卒於康熙五十八年己亥十一月初三日申時，壽四十有二，祔葬姜家井塋穆二穴。以兄次子廷柱爲嗣。側室陳氏生於康熙四十年辛巳二月十九日寅時，卒於乾隆三十六年辛卯正月十二日子時，壽七十有一。子一廷樑。

銓子

之藩

字介臣，行一。配張氏。

廷鉉子二

之范

之溥

廷錦子

之泰

字魯瞻，行二。配孫氏。

第二十二世

惟新
行一。

惟仁
行三。

惟偉
字葦人，行五。子三。

景元
行六。

五世
行九。

惟烈
行二。

惟倫
行四。

新元
行十。

文欽

字翼宸，行八。

之欽

字羽宸，行七。

廷棟

字玉擎，行一。生於康熙三十八年己卯三月十九日子時，卒於乾隆二十七年壬午正月初一日戌時，壽六十有四。配汪氏，生於康熙三十六年丁丑十二月十二日亥時，卒於乾隆二年丁巳十一月二十八日亥時，壽四十有一，祔葬姜家井塋昭三穴。以弟廷柱三子昇爲嗣。

廷相

字志皋，行三。太學生。生於康熙四十六年丁亥二月二十二日□時，卒於乾隆四年己未四月二十八日巳時，壽三十有三。配章氏，旌表節孝，生於康熙四十八年己丑十一月二十八日辰時，卒於乾隆四十九年甲辰三月二十六日申時，壽七十有六。合葬姜家井西塋正穴□山□向□。子一：嶽。女二：長適朱，次適陳。

廷柱

字天峰，行二。候選布政司理問，敕授儒林郎，誥贈奉政大夫。天質純厚，孝弟性成，謙抑退讓，與人無争競，心善擇交，不炫己長，不言人過，喜讀格言、語録，不樂仕進。時宗支單微，獨公子孫蕃衍，識者以爲積德之報。生於康熙四十一年壬午四月十八日卯時，卒於乾隆三十一年丙戌九月十二日寅時，壽六十有五。配王氏，敕封孺人，誥贈宜人，生於康熙三十七年戊寅五月十四日卯時，卒於雍正九年辛亥七月初六日□時，壽三十有四。繼配王氏，敕封孺人，誥封宜人，生於康熙五十六年丁酉十二月初十日丑時，卒於乾隆五十一年丙午二月二十三日申時，壽七十。祔葬姜家井塋穆三穴。子八：發、芝、昇、振、申、蘭、雯、翰。三子繼兄廷楝後。女二：長適王，次適鄭金聲。

廷櫟

字奕山，行五。候選府經歷，敕授修職郎。生於乾隆元年丙辰五月二十五日，卒於乾隆五十三年戊申十二月二十六日，壽五十有三。配方氏，敕封孺人，生於乾隆四年己未五月二十八日，卒於道光五年乙酉五月初六日，壽八十有七。祔葬姜家井塋穆四穴。子二：祝、祐。女一，適何。

袞

第二十三世

必名

必禄

子二。

必壽

昇

字東白，號野雲，行四，太學生，慷爽坦率，善奕，時推爲國手。精岐黄術，迎門請藥者踵相接，刀圭之費，不吝惜，酬以金力，却之。鄉里稱長者焉。生於雍正十三年乙卯七月二十三日午時，卒於嘉慶五年庚申四月十八日戌時，壽六十有六。配李氏，生於雍正十二年甲寅八月初五日巳時，卒於嘉慶七年壬戌八月初五日卯時，壽六十有九。祔葬姜家井西塋昭一穴。子二。衡山次子，繼從弟嶽後。

嶽

字蓮友，行三，又行八。生於雍正十一年癸丑十一月初三日卯時，卒於乾隆四十年乙未十月十五日卯時，壽四十有三。配諸氏，生於雍正十三年乙卯十月十八日丑時，卒於乾隆四十九年甲辰十月十八日巳時，壽五十。祔葬姜家井西塋穆一穴。以從弟昇次子山爲嗣。

發

字上林，行一，太學生。性慈和，晚年抱西河之慟，以憂悸卒。生於康熙五十八年己亥六月二十二日戌時，卒於乾隆四十一年丙申五月二十七日亥時，壽五十有八。配李氏，生於康熙五十八年己亥十月二十四日寅時，卒於乾隆二十八年癸亥十月十二日未時，壽二十有五。繼配陶氏，生於康熙五十八年己亥正月初三日卯時，卒於乾隆五十九年甲寅正月二十七日戌時，壽七十有六。合葬大稍直口塋左一穴，甲山庚向。子二：巖、崙。女一，適章。

芝

字秀三，行二，太學生，貤贈奉政大夫。生於雍正八年庚戌十二月三十日戌時，卒於乾隆二十二年丁丑十月初八日戌時，壽二十有八。配徐氏，旌表節孝，貤贈宜人，生於雍正九年辛亥十月二十八日戌時，卒於嘉慶六年辛酉七月二十日申時，壽七十有一。祔葬大稍直口塋右一穴甲山庚向。子一：峻。

振

字作新，行五，太學生，貤贈文林郎。生於乾隆二年丁己二月初一日戌時，卒於乾隆四十七年壬寅四月二十日辰時，壽四十有六。配胡氏，貤贈孺人，生於乾隆四年己未六月十三日卯時，卒於乾隆三十九年甲午九月三十日寅時，壽三十有六。繼配沈氏，貤贈孺人，生於乾隆十六年辛未五月二十八日辰時，卒於道光十八年戊戌三月初十日子時，壽八十有八。合葬雷家莊塋正穴亥山巳向。子四：崑、岡、岳、嶧。女二：長適陳善，次適貢生陸鴻。

申

字直方，行六，候選從九品，敕授登仕佐郎，貤贈昭武都尉。生於乾隆十三年戊辰十二年初七日丑時，卒於乾隆四十六年辛丑五月二十九日寅時，壽三十有四。配陳氏，敕封孺人，貤贈恭人，生於乾隆十三年戊辰六月二十六日丑時，卒於嘉慶十年乙丑正月十二日亥時，壽五十有八，合葬静海縣小甸村塋正穴丙山壬向。子二：淞、岑。女二：長適五品銜徐堂，次適貢生周得源。

蘭

字省香，號春圃，行七，邑庠生。乾隆丁酉科鄉試挑取謄録，庚子科舉人，充四庫全書館謄録、武英殿校尉，議叙知縣，分發安徽，補全椒縣知縣，歷署含山、當塗、五河等縣知縣，安慶府江防同知，誥授奉政大夫。天才卓犖，至性過人，以孝聞於鄉里。友愛兄弟，重交游，博通經史，酷好《左氏傳》。工詩，善畫，旁及篆隸、射奕，無不精妙。居京師久，所交多海内知名士，詩壇文讌，樹幟一時。校祕閣書多年，學益富。出宰皖江，公慎廉明，江北以循吏稱，不四載以勞瘁卒於官，士民有墮淚者。著有《皖城集》。《畿輔通志》有傳。生於乾隆十四年己巳十一月初一日子時，卒於乾隆五十七年壬子九月十四日未時，壽四十有四。配王氏，誥封宜人，慈和慨爽，料事明察。省香公棄世，撫諸孤，經理喪事，靈輀歸里後，持家勤儉，禦下嚴肅，僕媪無敢偷惰者。老年孫曾繞膝，門庭藹然。生於乾隆十四年己巳三月二十八日子時，卒於道光十五年乙未十月二十三日子時，壽八十有七，合葬汪家莊塋正穴庚山甲向。子四：國、堂、亭、翹瀛。女一：適王鳳翥。

雯

字雲章，號麓堂，行九。布政司理問，加二級誥，贈奉直大夫。生於乾隆十八年癸酉四月三十日□時，卒於嘉慶二十年乙亥五月十二日□時，壽六十有三。配楊氏，誥贈宜人，生於乾隆十五年庚午五月初一日，卒於乾隆五十三年戊申七月二十一日，壽三十有九。繼配楊氏，誥贈宜人，生於乾隆三十一年丙戌十月二十八日，卒於嘉慶元年丙辰六月二十九日，壽三十有一。繼配趙氏，誥贈宜人，生於乾隆三十四年己丑，卒於嘉慶七年壬戌，壽三十有四。繼配劉氏，誥贈宜人，生於乾隆四十五年庚子十月，卒於某年。合葬北斜村塋正穴。子二：均、墀。女五：長適劉德滋，次適陳榮三，三適葛沽高，四適理問盧景輝，五適王爾熾。

翰

字瀛門，行十。生於乾隆二十三年戊寅二月二十三日，卒於道光二年壬午四月□日，壽六十有五。配王氏，生於乾隆二十五年庚辰正月十八日，卒於道光四年甲申正月初四日，壽六十有五。子一：杲。女五：長適李，次適南河主簿宋文成，三適邑庠生朱峨，四適庠生郭，五適李。

祝

字願三，行一。候選布政司理問，敕授儒林郎。生於乾隆二十八年癸未九月十三日，卒於嘉慶十八年癸酉十一月二十九日，壽五十有一。配盧氏，敕封孺人，生於乾隆三十二年丁亥七月初二日，卒於嘉慶七年壬戌三月初五日，壽三十有六。繼配崔氏，敕封孺人，生於乾隆四十五年庚子正月二十五日，卒於道光二十四年甲辰四月初五日，壽六十有五。以弟祐長子靖爲嗣。

祐

字保之，行二。生於乾隆三十一年丙戌六月初一日巳時，卒於嘉慶十八年癸酉十一月二十八日子時，壽四十有八。配陳氏，生於乾隆三十一年丙戌四月初六日寅時，卒於嘉慶十一年丙寅十月二十六日寅時，壽四十有一。繼配王氏，生於乾隆四十九年甲辰十月十四日戌時，卒於咸豐九年己未九月二十九日申時，壽七十有六。子二：靖、端。長子繼兄祝後。女一，適苑。

奎光

字上園。行二。

第二十四世

有徵

子一：宗傳。

又徵

子一：宗顯。

衡

字持平，行三，生於乾隆二十一年丙子三月初二日子時，卒於道光二年壬午六月二十二日巳時，壽六十有七。配李氏，生於乾隆二十九年甲申八月初一日巳時，卒於道光七年丁亥七月二十一日未時，壽六十有四。子二：長桂、長本。女一，適徐樹。

山

字淵源，號静菴，行五，生於乾隆二十九年甲申四月初一日申時，卒於道光元年辛巳七月二十五日酉時，壽五十有八。配朱氏，生於乾隆三十一年丙戌十月十七日戌時，卒於道光十八年戊戌四月十九日巳時，壽七十有三。祔葬姜家井西塋昭二穴。子二：長廕、長序。女一，適張長慶。

巌

字適安，行一，生於乾隆十二年丁卯四月十三日寅時，卒於乾隆四十一年丙申五月初三日亥時，壽三十。配胡氏，旌表節孝，生於乾隆十五年庚午三月二十二日午時，卒於嘉慶五年庚申四月十三日未時，壽五十有一。祔葬大稍直口塋昭一穴。子一，長春。女一，適金漳。

崙

字崑山，行四，生於乾隆二十五年庚辰十月二十一日辰時，卒於道光十二年壬辰七月十八日卯時，壽七十有三。配俞氏，生於乾隆二十九年甲申七月初四日卯時，卒於道光二十六年丙午九月二十八日寅時，壽八十有三。祔葬大稍直口塋昭二穴。子一：長青，早殤。女一，適李。

峻

字介軒，行二，太學生，誥封奉政大夫。生於乾隆二十年乙亥三月初一日巳時，卒於道光二十二年壬寅七月十八日戌時，壽八十有八。配陳氏，誥封宜人，生於乾隆二十五年庚辰十月十七日亥時，卒於道光十五年乙未九月二十四日酉時，壽七十有六。祔葬大稍直口塋穆一穴。子三：長震、長紳、長逵。

崑

字璞齋，行六，生於乾隆三十年乙酉九月二十二日未時，卒於道光四年甲申三月初五日申時，壽六十。配靳氏，生於乾隆三十二年丁亥十二月二十三日戌時，卒於道光二十一年辛丑正月初七日辰時，壽七十有五。祔葬雷家莊塋昭一穴。女一，適張籍書。

岡

字西崑，號允齋，行七，敕封文林郎。生於乾隆三十六年辛卯十月二十五日戌時，卒於道光二十一年辛丑八月初七日辰時，壽七十有一。配吴氏，敕封孺人，生於乾隆三十九年甲午四月二十七日巳時，卒於道光二十二年壬寅九月初五日午時，壽六十有九。祔葬雷家莊塋穆一穴。子二：長忠、長信。女三：長適張承訓，次適李堃，三適饒春萱。

岳

字維崧，行八，太學生。生於乾隆三十九年甲午九月二十二日寅時，卒於道光十年庚寅九月二十六日午時，壽五十有七。配侯氏，生於乾隆四十四年己亥八月二十九日亥時，卒於嘉慶八年癸亥三月二十二日丑時，壽二十有五。繼配胡氏，生於乾隆五十年乙巳二月初一日亥時，卒於同治五年丙寅六月二十一日巳時，壽八十有二。祔葬雷家莊塋昭二穴。子一：登鰲。女二：

長適李樟次，適李聯慶。

嶧

字桐崖，行十三，太學生。生於乾隆四十四年己亥十二月二十二日戌時，卒於道光元年辛巳十月初八日戌時，壽四十有三。配陳氏，生於乾隆四十五年庚子正月初二日寅時，卒於道光十九年己亥二月十五日寅時，壽六十。祔葬雷家莊塋穆二穴。子一：長安。

淞

字筠屏，行十一，太學生。道光壬辰，削髪爲僧，拄錫於京都萬壽興隆寺。生於乾隆四十三年戊戌閏六月二十八日申時，卒於咸豐八年戊午十二月初二日戌時，壽八十有一。配于氏，生於乾隆四十三年戊戌八月十二日巳時，卒於嘉慶十一年丙寅十一月十一日丑時，壽二十有九。繼配陸氏，生於乾隆四十九年甲辰三月二十一日卯時，卒於道光二十八年戊申五月十七日巳時，壽六十有五。祔葬小甸村塋昭一穴。子五：長悆、長忠、長忞、長憙、長憲。女三：長適盧澐，次適張長泰，三適陳義信。

岑

字晴巒，號小山，行十四，候選從九品，敕授登仕佐郎，誥封昭武都尉，覃恩貤贈奉政大夫中憲大夫、資政大夫，恩賞一品封典，誥贈榮禄大夫。生於乾隆四十五年庚子十一月十八日亥時，卒於道光十九年己亥五月十二日亥時，壽六十。配王氏，例封孺人，誥封恭人，覃恩貤贈宜人恭人夫人，恩賞一品封典，誥贈一品夫人，生於乾隆四十七年壬寅五月初一日巳時，卒於道光三十年庚戌二月十一日子時，壽六十有九。合葬汪家莊塋正穴巳山亥兼丙山壬向。子五：長芳、長祥、長治、長熙、長蔚。女一，適杜榮光。

國

字治平，號讓溪，行九，太學生，聰穎厚重，少壯如成人，年十八遭省香公喪，盡哀盡禮，吊者咸稱歎。扶柩旋里後，奉母孝，課諸弟嚴，不數年即卒。識者惜之。生於乾隆四十年乙未六月十一日卯時，卒於嘉慶四年己未十二月十九日子時壽，二十有五。配金氏，旌表節孝，生於乾隆三十九年甲午正月初八日寅時，卒於咸豐七年丁巳三月初九日酉時，壽八十有四。祔葬汪家莊塋昭一穴。子一：長恩。

堂

字錦如，號樹軒，行十，太學生，敕封文林郎，醇謹忠厚，天性孝友。年十六，遭省香公喪，哀毀骨立。佐伯兄奉母北上，勷理家政，克儉克勤。娶沈孺人，相敬如賓。中年悼亡，不再娶。課兒輩讀書嚴，慎交友，口不言人過，無嗜好，無私蓄。卒之日，環堵蕭然。生於乾隆四十二年丁酉六月初十日子時，卒於道光十二年壬辰七月十三日子時，壽五十有六。配沈氏，敕封孺人，端恪静淑，懿德純粹，事姑孝娣姒無間言。工吟詠，喜觀《列女傳》，書得晋唐楷法。生於乾隆四十六年辛丑三月初三日丑時，卒於嘉慶十八年癸酉十二月二十二日未時，壽三十有三。祔葬汪家莊塋穆一穴。子二：長卿、長吉。側室蘇氏旌表節孝生於嘉慶八年癸亥五月二十一日寅時，卒於光緒十一年乙酉四月初五日申時，壽八十有三。遺腹子一：長新。女一，適曹用彬。

亭

字鶴立，號午嵐，行十二，太學生，議叙候選州同，敕授儒林郎。英敏練達，學識過人。遭家難，棄舉子業，出應時務四十年，經理裕如。工詩，有遺稿待刊。生於乾隆四十四年己亥十月十五日亥時，卒於道光二十年庚子六月初一日子時，壽六十有二。配宋氏，敕封孺人，生於乾隆四十二年丁酉七月初五日卯時，卒於嘉慶十七年壬申十二月十四日辰時，壽三十有六。繼配陸氏，敕封孺人，生於乾隆五十六年辛亥八月十三日子時，卒於道光二十四年甲辰正月初七日午時，壽五十有四。祔葬汪家莊塋昭二穴。子一：長庚。

翹瀛

字閬風，號行素，行十五，太學生。肫實謹慎，篤志勵學，屢躓於場屋。持家崇儉自奉，省約如寒素，足以化侈靡之習。生於乾隆四十九年甲辰閏三月初三日酉時，卒於道光二十六年丙午三月二十一日午時，壽六十有三。配劉氏生於乾隆五十四年己酉三月二十一日酉時，卒於道光十八年戊戌閏四月十二日未時，壽五十。祔葬汪家莊塋穆二穴。子二：長慶、長齡。女一，適海寧縣監生楊鳳岡。

均

字宰如，號治齋，行十八，候選布政司理問，敕授儒林郎。生於乾隆五十五年庚戌。道光七年丁亥，浮海至粵東西，不知所終。配楊氏，敕封安人，生於乾隆五十五年庚戌，卒於道光某年。子一：長順。女二：長適蕭，次適戊辰舉人四川酆都縣知縣張紹齡。

墀

字丹崖，行二十二，候選布政司理問，敕授儒林郎。生於嘉慶十二年丁卯三月初六日，卒於同治二年癸亥七月十三日，壽五十有七。配楊氏，敕封安人，生於嘉慶十一年丙寅正月二十二日，卒於同治五年丙寅三月初三日，壽六十有一。子三：長森、長康、長華。女二：長適沈，次適李。

杲

字曉村，行二十一，生於嘉慶二年丁巳□月□日，卒於道光十八年戊戌□月□日，壽四十有二。配樊氏，生於嘉慶二年丁巳□月□日，卒於道光九年巳丑□月□日，壽三十有三。繼配孔氏。子二：長儒、長福。女二：長適江蘇典史宋珩，次適山西典史張霈霖。

靖

字立青，行二十，生於乾隆五十九年甲寅十一月二十八日，卒於同治九年庚午十月二十日，壽七十有七。配黃氏，生於嘉慶六年辛酉二月二十七日，卒於光緒四年戊寅正月初九日，壽七十有八。子三：恩濃、恩榮、森。

端

字正青，行十。生於嘉慶十六年辛未八月二十九日亥時，卒於同治九年庚午五月初十日申時，壽六十。配燕氏，生於道光元年辛巳六月二十一日寅時，卒於光緒二年丙子六月十一日申時，壽五十有六。子四：恩祥、恩普、恩沛、恩瑞。女一適俞。

第二十五世

衡子二。

長桂

字靜谿，行五，生於乾隆六十年乙卯，卒於道光二十六年丙午，壽五十有二。配徐氏。子一：承儀。

長本

字樹之，行九，生於嘉慶六年辛酉，卒於道光十三年癸巳，壽三十有三。配邵氏，女一。

山子二

長廕

字襲文，行八，生於嘉慶二年丁巳閏六月二十七日巳時，卒於嘉慶二十五年庚辰十月二十五日未時，壽二十有四。配王氏，旌表節孝，生於嘉慶二年丁巳十月二十五日辰時，卒於同治二年癸亥八月初四日巳時，壽六十有七。子一：毓奇。

長序

字芳庭，行十，生於嘉慶七年壬戌十二月十八日戌時，卒於同治三年甲子二月初一日丑時壽，六十有三。配李氏，生於嘉慶六年辛酉四月十八日巳時，卒於光緒十五年己丑十二月初一日寅時，壽八十有九。子二：毓秀、承運。女二：長適沈恩臨，次適陸。

巖子

長春

字遲暉，行一，生於乾隆四十一年丙申九月初八日卯時，卒於嘉慶十年乙丑五月十七日未時，壽三十。配葉氏，生於乾隆四十三年戊戌十一月初五日亥時，卒於嘉慶十八年癸酉八月二十八日亥時，壽三十有六。以從弟長震長子承緒爲嗣。女一，適徐士鉉。

崙子

長青

幼殤。

峻子三

長震

字竹谿，行二，縣學庠生，嘉慶丁卯科舉人，道光丙戌科會試大挑二等，選授東明縣訓導，截取知縣，借選湖南桂陽、直隸州州同。歷署臨武縣知縣，桂陽、直隸州知州，欽加同知銜，誥授奉政大夫。生於乾隆四十八年癸卯十一月十五日卯時，卒於咸豐四年甲寅正月初七日時，壽七十有二。配單氏，誥封宜人，生於乾隆四十九年甲辰四月十八日時，卒於道光二十六年丙午五月二十八日寅時，壽六十有三。祔葬大稍直口塋昭三六。子三：承緒、承弼、承志。長子繼從兄長春後，三子繼弟長逵後。女三：長適通州雷樹，次適王蔭培，三適李。

長紳

字蓮谿，行四，縣學庠生。生於乾隆五十三年戊申十月十八日巳時，卒於同治三年甲子十二月二十四日午時，壽七十有七。配張氏，生於乾隆五十三年戊申九月二十三日亥時，卒於道光六年丙戌七月二十一日丑時，壽三十有九。側室張氏生於嘉慶九年甲子四月初六日子時，卒於光緒二年丙子三月十九日酉時，壽七十有三。子二：承祖、承祜。女三：長適孟聯珠，次適李，三適趙新。

長逵

字雲谿，行七，生於嘉慶元年丙辰十二月二十一日酉時，卒於道光十九年己亥十二月初九日卯時，壽四十有四。配陳氏，生於嘉慶元年丙辰二月十一日寅時，卒於道光十九年己亥十一月二十六日卯時，壽四十有四。以兄長震三子承志爲嗣。女一。

岡子二

長忠

字葵生，行一，縣學廩膳生，道光庚子恩科舉人，咸豐癸丑科會試大挑二等，選授三河縣教諭，敕授修職郎，著有《四瓶齋文鈔》二卷、《詩鈔》六卷、《倦鶴龕律賦》四卷。生於嘉慶十年乙丑十月十九日卯時，卒於咸豐八年戊午七月初三日戌時，壽五十有四。配丁氏，敕封孺人生於嘉慶九年甲子九月初八日寅時，卒於道光二十一年辛丑二月十二日申時，壽三十有七。繼配趙氏，敕封孺人，生於嘉慶二十五年庚辰二月十七日申時，卒於同治元年壬戌五月三十日寅時，壽四十有三。合葬趙家莊塋左正穴丁山癸向。子一：光甌。

長信

字誠之，行二，生於嘉慶十七年壬申八月初三日寅時，卒於咸豐七年丁巳八月十八日卯時，壽四十有六。配潘氏，生於嘉慶十七年壬申十月二十一日亥時，卒於光緒十七年辛卯十一月初二日丑時，壽八十。合葬趙家莊塋正右穴。子二：光鑾、光瑞。女一，適王定中。

岳子

登鰲

字荷生，行四，生於道光二年壬午二月二十九日卯時，卒於咸豐六年丙辰六月二十一日戌時，壽三十有五。配王氏，生於道光二年壬午三月十二日戌時，卒於咸豐二年壬子四月二十七日未時，壽三十有一。繼配金氏，旌表節孝生於道光四年甲申四月二十八日卯時，卒於光緒三十一年乙巳三月二十九日寅時，壽八十有二。合葬雷家莊塋。子一：承榮。女一，適劉。

嶧子

長安

字竹生，行十九，府學廩膳生。生於嘉慶十六年辛未七月二十八日卯時，卒於咸豐九年己未六月十九日卯時，壽四十有九。配郭氏，生於嘉慶十四年己巳十月初五日□時，卒於同治元年壬戌五月二十八日□，時壽五十有四。祔葬雷家莊塋穆三穴。子二：寶慶、善慶。女一，適陳。

淞子五

長悆

字雨前，行一，生於嘉慶十六年辛未。配沈氏。

長志

字石田，行二，生於嘉慶十八年癸酉。

長忞

字聖衷，行三，生於嘉慶二十年乙亥三月二十一日寅時，卒於道光二十九年己酉四月二十九日辰時，壽三十有五。配陳氏，旌表節孝生於道光五年乙酉九月十二日□時，卒於光緒二十四年戊戌十二月初五日戌時，壽七十有四。子一：承宗。

長意

字□□，行四，生於嘉慶二十二年丁丑。

長奩

字小屏，行五，生於道光元年辛巳。

岑子五

長芳

字吉人，行二，縣學庠生，誥贈武翼都尉，覃恩貤贈中憲大夫。生於嘉慶十二年丁卯四月初三日丑時，卒於道光二十三年癸卯五月初七日丑時，壽三十有七。配李氏，誥封淑人，覃恩貤贈恭人。生於嘉慶十一年丙寅四月二十二日丑時，卒於光緒五年己卯正月初十日巳時，壽七十有四。合葬汪家莊塋昭一穴。子二：承霖、承訓。

長祥

原名長慎，字薌樵，行三，太學生候選都司，誥授昭武都尉，貤封武翼都尉。生於嘉慶十六年辛未五月初二日卯時，卒於同治十三年甲戌九月二十四日戌時，壽六十有四。配陳氏，誥封恭人，貤封淑人。生於嘉慶十八年癸酉正月初三日寅時，卒於光緒十四年戊子正月十一日戌時，壽七十有六。祔葬汪家莊塋穆一穴。以弟長熙子承烈爲嗣。女三：長適趙璧光，次適王，三適劉恩華。

長治

原名長英，字醒兮，行四，候選縣丞，敕授修職郎，覃恩貤贈奉政大夫、中憲大夫、資政大夫，恩賞一品封典，誥贈榮禄大夫。生於嘉慶二十一年丙子二月二十五日巳時，卒於光緒十二年丙戌十一月二十一日子時，壽七十有一。配姜氏，敕封孺人，覃恩誥封宜人恭人夫人，恩賞一品封典，誥贈一品夫人。生於嘉慶二十二年丁丑九月二十六日辰時，卒於光緒三十三年丁未十月十一日丑時，壽九十有一。祔葬汪家莊塋昭二穴。子六：承瀛、承瀚、承彦、承澐、承謙、承勛。次子繼弟長熙後，五子繼弟長蔚後。

長熙

字敬齋，號竹舟，行九，貤贈中憲大夫。生於嘉慶二十四年己卯十月二十五日戌時，卒於道光二十一年辛丑二月十九日戌時，壽二十有三。配劉氏，旌表節孝，貤贈恭人。生於嘉慶二十五年庚辰十一月二十七日子時，卒於光緒二年丙子二月十五日酉時，壽五十有七。祔葬汪家莊塋穆二穴。以兄長治次子承瀚爲嗣，遺腹子承烈繼兄長祥後。

長蔚

字寶甫，行十，貤贈中憲大夫。生於道光二年壬午十一月二十一日辰時，卒於咸豐四年甲寅六月十六日未時，壽三十有三。配馬氏，貤贈恭人生於道光八年戊子十二月初九日丑時，卒於光緒十七年辛卯五月十五日寅時，壽六十有四。祔葬汪家莊塋昭三穴。以兄長治五子承謙爲嗣。女一適倪增慶。

國子一

長恩

字承沛，號石園，行六，六品銜候選府經歷，敕授儒林郎。生於嘉慶元年丙辰十月二十四日寅時，卒於道光二十六年丙午十月十五日子時，壽五十有一。配金氏，敕封安人，生於嘉慶三年戊午八月初十日卯時，卒於道光二十年庚子六月初九日卯時，壽四十有三。繼配楊氏，敕封安人，生於嘉慶二十二年丁丑七月十八日卯時，卒於咸豐元年己未正月二十六日戌時，壽四十有三。祔葬汪家莊塋昭次三穴。子一：光第。女二：長適唐恩溥，次適陳域。

長卿

榜名長懋，字枚宗，號梅莊，一字錙菴，行十一，縣學增廣生，道光辛卯恩科舉人，甲辰科大挑二等，試用訓導，署房山縣教諭，選授奉天開原縣訓導，欽加國子監學正銜，敕授文林郎，誥封通議大夫。《畿輔通志》有傳。著有《古本周易集注》十二卷、《尚書補闕》一卷、《毛詩識小録》四卷、《春秋三傳異同辨》二卷、《唐宋陽秋》五卷、《説雅》六卷、《史駢箋註》四卷、《歷代宰相表》五卷、《三國兩晋南北朝年表》三卷、《聖廟崇祀圖考》二卷、《正字源》八卷、《石鼓文存》一卷、《漢碑所見録》三卷、《説文形聲表》十五卷、《説文引經考》一卷、《俗音正誤》一卷、《韻籟》一卷、《方興韻編》二卷、《疑年録小傳》四卷、《查初、白張船山年譜》二卷、《姓藪》四卷、《樂譜》二卷、《畿輔人物表》一卷、《津門選舉録》六卷、《西嶽山房文鈔》四卷、《梅莊詩鈔》十六卷、《續鈔》八卷、《朧香館詞鈔》二卷。生於嘉慶十年乙丑八月二十五日午時，卒於光緒七年辛巳二月初九日卯時，壽七十有七。配曹氏，敕封孺人，誥贈淑人，生於嘉慶十年乙丑十二月十六日寅時，卒於同治十一年壬申五月十一日子時，壽六十有八。祔葬汪家莊塋穆次三穴。子四：光鼐、鼎元、觀澄、蓮潔。三子嗣堂弟長庚後。

長吉

字藹士，號筠莊，行十六，縣學增貢生，候選訓導。著有《小游仙館制藝》四卷、《浣石居詩文鈔》四卷。生於嘉慶十五年庚午十月二十三日□時，卒於同治七年戊辰正月十三日□時，壽五十有九。配黄氏生於嘉慶十四年己巳九月初二日□時，卒於同治八年己巳二月十四日，時壽六十有一。祔葬汪家莊塋昭次五穴。子一：光笏。女一，適徐竹垞。

長新

原名長孺，字蓉莊，行三，考取官學生，候補欽天監博士，敕授登仕郎。生於道光十二年壬辰十二月初一日辰時，卒於同治元年壬戌九月初七日巳時，壽三十有一。配朱氏，旌表節孝，敕封孺人，生於道光十二年壬辰五月初二日卯時，卒於光緒六年庚辰四月十四日卯時，壽四十有九。祔葬汪家莊塋昭次五穴。

亭子

長庚

字漁莊，行十五，議叙從九品，敕授登仕郎，誥封奉政大夫。生於嘉慶十五年庚午七月初二日子時，卒於光緒八年壬午九月初三日丑時，壽七十有三。配王氏，敕封孺人，誥贈宜人。生於嘉慶十九年甲戌二月初一日丑時，卒於同治九年庚午七月十九日卯時，壽五十有七。祔葬汪家莊塋穆次四穴。以堂兄長卿三子觀澄爲嗣，妾劉氏。

翹瀛子

長慶

字杏莊，行十四，生於嘉慶十四年己巳二月初二日□時，卒於同治三年甲子十二月二十二日午時，壽五十有六。配朱氏，生於嘉慶十三年戊辰三月二十八日寅時，卒於道光十三年癸巳四月十二日午時，壽二十有六。繼配李氏，生於嘉慶十九年甲戌六月十五日寅時，卒於同治十三年甲戌七月初八日戌時，壽六十有一。祔葬汪家莊塋昭次四穴。以堂侄光第次子世釗爲嗣。女二：長適張，次適婁舉愷。

長齡

字菱莊，生於道光十一年辛卯十月，幼殤。

均子

長順

生於嘉慶二十八年癸未。

墀子三

長森

字雪樵，行二，生於道光三年癸未十二月初三日寅時，卒於光緒三十一年乙巳十二月二十九日酉時，壽八十有三。配劉氏，生於道光四年甲申七月二十二日丑時，卒於光緒三十一年乙巳十一月初十日寅時，壽八十有二。子一：承德。女二：長適陳，次適郭。

長康

長華

字雲孫，行三，天津鎮標即補把總六品銜，敕授武略佐騎尉。生於道光十五年乙未八月十二日，卒於光緒十六年庚寅四月二十三日，壽五十有六。配趙氏，敕封安人道光十七年丁酉七月初三日。生子三：承祐、承祺、承禧。

杲子二

長儒

字純齋，行二，生於嘉慶二十五年庚戌。

長福

行三，生於道光十一年辛卯。

靖子三

恩濃

字春膏，行一，候選從九品，例贈登仕佐郎。生於道光四年甲申十二月初十日卯時，卒於光緒十五年己丑六月二十八日辰時，壽六十有六。配周氏，例封孺人，生於道光元年辛巳六月初七日□時，卒於光緒二十八年壬寅二月初五日□時，壽八十有二。葬天津城南紀家莊塋丁山癸向。子二：守珍、葆珍、次子繼弟森後。

恩榮

字蓮舫，行二，生於道光七年丁亥五月二十五日寅時，卒於光緒十三年丁亥七月二十九日申時，壽六十有一。配陸氏，生於道光十年庚寅十二月初八日巳時，卒於咸豐元年辛酉正月初七日子時，壽三十有二。繼配楊氏，道光十五年乙未正月十八日生。子二：承寅、承清。女一適張。

森

字茂林，行四，府學廩膳生。生於道光十六年丙申九月初八日丑時，卒於光緒十二年丙戌十一月初三日戌時，壽五十有一。配張氏，生於道光十六年丙申七月二十九日亥時，卒於咸豐八年戊午十二月初一日未時，壽二十有三。繼配張氏，生於道光十七年丁酉五月十三日申時，卒於光緒三十三年丁未二月初十日丑時，壽七十有一。以兄恩濃次子葆珍爲嗣。

端子四

恩祥

字履菴，行一，生於道光二十二年壬寅十一月十三日戌時，卒於光緒二十年甲午八月二十七日子時，壽五十有三。配沈氏，生於道光三十年庚戌九月十四日巳時，卒於光緒三十年甲辰四月二十三日丑時，壽五十有四。子一：承修。

恩普

字庚泉，行二，道光二十四年甲辰十二月二十七日生。配米氏，生於咸豐五年乙卯六月十五日寅時，卒於光緒三十三年丁未七月初七日亥時，壽五十有三。子三：承齡、承賢、承翼。

恩沛

字子榮，行三，咸豐三年癸丑六月二十七日生。配張氏，生於咸豐元年辛亥八月初十日巳時，卒於光緒元年乙亥五月十三日卯時，壽二十有五。繼配張氏，同治五年丙寅五月初二日生。

恩瑞

字同善，行四，武庠生。生於咸豐九年己未四月二十四日，卒於光緒三十二年丙午十二月十一日，壽四十有七。配殷氏，生於咸豐年，卒於南京。

第二十六世

承儀

字鳳來。配□氏，現居河南□縣。子二。

毓奇

字掌卿，行一，生於嘉慶二十四年己卯十一月十八日亥時，卒於道光二十一年辛丑九月十八日寅時，壽二十有三。配唐氏，生於嘉慶二十一年丙子八月初二日卯時，卒於光緒三年丁丑七月十八日未時，壽六十有二。子一：世璧。

毓秀

字梅生，行二，國學生候選通判，敕授承德郎。道光九年己丑八月二十七日生。配于氏，敕封安人，生於道光九年己丑二月初八日辰時，卒於道光二十九年己酉正月二十三日丑時，壽二十有一。繼配林氏，敕封安人生於道光十年庚寅九月初四日□時，卒於光緒十九年癸巳九月初三日□時，壽六十有四。以弟承運子世鑾爲嗣。女一適楊。

承運

字心從，行三，生於道光二十一年辛丑二月十八日丑時，卒於光緒二十八年壬寅十二月初十日寅時，年六十有二。娶劉氏，生於道光二十三年癸卯十一月初十日亥時，卒於光緒七年辛巳十一月初八日卯時，年三十有九。子一：世鑾。繼兄毓秀後兼祧本支。女一適王。

承緒

字勤齋，行二，候選鹽知事，敕授修職郎。生於嘉慶十五年庚午八月初四日□時，卒於同治三年甲子七月二十五日□時，壽五十有五。配葉氏，敕封孺人生於嘉慶十六年辛未六月二十三日□時，卒於道光十四年甲午五月初六日□時，壽二十有四。女一適徐。

承弼

原名承紱，字輔臣，行七，生於嘉慶二十四年己卯三月十一日卯時，卒於同治十一年壬申五月二十三日丑時，壽五十有四。配朱氏，生於道光二年壬午八月初三日卯時，卒於光緒十六年庚寅四月初三日子時，壽六十有九。子二：世鏞、世鋭。

承祖

字秋槎，行六，候選縣丞，敕授修職郎。生於嘉慶二十二年丁丑八月三十日寅時，卒於光緒元年乙亥七月三十日未時，壽五十有九。配徐氏，敕封孺人，生於嘉慶二十一年丙子二月二十九日卯時，卒於道光十七年丁酉十月二十九日亥時，壽二十有二。繼配董氏，敕封孺人，生於嘉慶二十四年己卯十月□日巳時，卒於咸豐六年丙辰□月十五日亥時，壽三十有八。繼配楊氏，敕封孺人，生於道光十八年戊戌四月十五日巳時，卒於咸豐十一年辛酉六月十五日戌時，壽二十有四。繼配陳氏，敕封孺人，生於道光十三年癸巳十二月二十九日酉時，卒於同治七年戊辰正月二十日未時，壽三十有六。祔葬大稍直口塋昭五穴。

承祜

字小蓮，行十一，生於道光十三年癸巳正月二十八日亥時，卒於光緒二年丙子十二月二十九日子時，壽四十有四。配楊氏，生於咸豐二年壬子三月十一日□時，卒於光緒三十年甲辰六月十二日卯時，壽五十有三。

承志

字幼竹，行九，生於道光九年己丑六月初四日□時，卒於光緒四年戊寅三月二十一日□時，壽五十。配張氏，生於道光九年巳丑二月十九日□時，卒於同治四年乙丑十二月初三日□時，壽三十有六。

光甌

字幼葵，行二，太學生。生於道光十九年己亥十月二十三日，寅時卒於光緒三十年甲辰五月十二日寅時，壽六十有六。配鄒氏，生於道光二十年庚子十二月十二日亥時，卒於同治四年乙丑十一月二十六日申時，壽二十有六。繼配鄒氏，道光二十七年丁未五月二十日生。子四：世增、世錡、世馨、世輔。三子繼從弟光瑞後。女一適李。

光鑾

字兩坡，行一，生於道光十九年己亥，卒於同治四年乙丑，年二十七歲。

光瑞

字仙洲，行三，五品銜候選巡檢。道光二十六年丙午十一月二十四日生。娶王氏生於咸豐四年甲寅正月十一日酉時，卒於同治十年辛未四月十四日酉時，年十八歲。繼娶朱氏，生於咸豐元年辛亥四月二十日寅時，卒於光緒三十一年乙巳十二月初十日酉時，年五十五歲。以堂兄光甌三子世馨爲嗣。

承榮

字蓮浦，行六，咸豐三年癸丑八月二十九日生。娶李氏，生於咸豐五年乙卯正月二十九日亥時，卒於光緒十九年癸巳五月二十二日亥時，年四十一歲。繼娶高氏，同治十二年癸酉九月初六日生。子三：世銓、世錦、世鎧。女一適梅。

寶慶

善慶

承宗

字芰塘，行七，生於道光二十六年丙午三月十六日寅時，卒於光緒十九年癸巳五月初七日亥時，年四十八歲。娶張氏，生於道光二十八年戊申九月初六日戌時，卒於光緒三年丁丑五月十七日子時，年三十歲。繼娶王氏，咸豐六年丙辰十一月十八日生。子四：世倫、世傑、世僑、世俊。女一：適李。

承霖

原名承業，字菊如，行一，縣學廩貢生，候選縣丞，津防出力，賞戴藍翎，例授修職郎，誥封武翼都尉，覃恩貤贈中憲大夫。生於道光五年乙酉十一月二十一日丑時，卒於光緒五年己卯六月初八日申時，壽五十有五。配劉氏，誥封淑人，覃恩貤封恭人，生於道光七年丁亥五月十五日酉時，卒於光緒二十三年丁酉十二月初五日子時，壽七十有二。祔葬汪家莊塋次昭一穴。子三：世鎔、世鎣、世濬。女三：長適庠生畢秉圭，次適舉人劉恩源，三適杜廷輔。

承訓

一名承先，字詠餘，行二，候選州同，欽加五品銜誥授奉政大夫，覃恩誥贈中二。祔葬汪家莊塋次穆一穴。子三：世銘、世犖、世中。女三：長適石綺文，次適武福辰，三適楊奎年。

承烈

字集芝，行六，太學生，國史館謄録議，叙候選鹽大使，欽加五品銜，誥授奉政大夫。生於道光二十一年辛丑九月初三日午時，卒於光緒二十六年庚子七月二十二日午時，年六十歲。娶喬氏，誥封宜人，生於道光二十一年辛丑正月十七日寅時，卒於光緒二十五年己亥十一月十七日寅時，年五十九歲。祔葬汪家莊塋次穆三穴。子四：世珍、世琯、世瑜、世琦。女六：長適鄭寶鈞，次適周良塏，三適舉人陳錫年，四適李榮勛，五適婁錫麟，六適任福銘。

承瀛

字寶珊，行三，覃恩誥贈奉政大夫、中憲大夫、資政大夫，恩賞一品封典，誥贈榮禄大夫。生於道光十五年乙未正月初二日寅時，卒於咸豐四年甲寅十二月二十二日辰時，壽二十。配張氏，旌表節孝，覃恩誥封宜人，誥封恭人夫人，恩賞一品封典，誥贈一品夫人。生於道光十七年丁酉十一月二十九日酉時，卒於光緒十六年庚寅五月十九日亥時，壽五十有四。祔葬汪家莊塋次昭二穴。以弟承彦子世奎兼祧。

承彦

字屏周，行五，太學生，候選部寺司務，敕授修職郎，覃恩誥封奉政大夫、中憲大夫、資政大夫，恩賞一品封典，誥封榮禄大夫。道光十九年己亥十二月十五日生。娶田氏，母家田家嘴，敕封孺人，覃恩誥封宜人恭人夫人，恩賞一品封典，誥封一品夫人。道光二十二年壬寅八月二十七日生。子一：世奎，兼承兄承瀛之祧。

承澐

字漱石，行七，廩貢生，光緒壬午科挑取謄録，浙江候選，從九歷年，海運遞保同知，改廣東候補知府，賞戴花翎。道光二十八年戊申七月二十日生。娶婁氏，誥贈恭人，生於道光二十八年戊申五月十九日酉時，卒於同治十二年癸酉四月初六日午時，年二十六歲。繼娶孫氏，道光三十年庚戌十一月初三日生。子三：世義、世杞、世椿。女一適金振。

承勛

字秋吟，行九，縣學庠生。光緒乙酉科副貢，河南候補，直隸州州判。咸豐五年乙卯四月二十六日生。娶馮氏，咸豐五年乙卯十月初六日生。子二：世駿、世桐。

承瀚

字廉夫，行四，國學生，貤封資政大夫。生於道光十六年丙申十二月十七日酉時，卒於光緒三十四年戊申七月初一日午時，壽七十有三。配徐氏，貤贈夫人，生於道光十五年乙未九月初十日亥時，卒於同治四年乙丑四月二十日申時，壽三十有一。祔葬汪家莊塋次穆二六。繼配陳氏，貤封夫人，道光二十八年戊申四月初八日生。子五：世蔭、世清、世澂、世賢、世本。女三：長適陸德恒，次適馮熙斌，三適邵瑞捷。

承謙

字益圃，行八，貤封奉政大夫。道光三十年庚戌八月十二日生。娶唐氏，貤贈宜人，生於咸豐元年辛亥正月初一日辰時，卒於光緒五年己卯正月二十七日丑時，年二十九歲。繼娶趙氏，貤封宜人，生於同治元年壬戌九月十九日寅時，卒於光緒二十七年辛丑六月二十三日亥時，年四十歲。女二：長適武世琨，次適邵瑞瑾。

光第

字小石，行三，太學生。生於道光十三年癸巳正月十五日亥時，卒於同治十一年壬申十一月二十六日巳時，壽四十。配張氏，旌表節孝，道光十二年壬辰五月十五日生。子三：世錕、世釗、世欽。以次子世釗繼叔長慶後。女二：長適李鍾俊，次適黄仲倫。

光鼐

字少枚，號伯銘，行一，縣學庠生。著有《東觀室詩文集》六卷，輯有《津門文鈔》三十二卷。生於道光六年丙戌十一月二十九日寅時，卒於咸豐七年丁巳八月十二日巳時，壽三十有二。配姚氏，生於道光七年丁亥十一月初十日丑時，卒於同治六年丁卯五月初八日戌時，壽四十有一。子二：世鐸、世敔。

鼎元

字問三，號文珊，行二，縣學增貢生，刑部司務兼山東司行走，截取同知，分發江蘇。光緒己卯科鄉試，充江南鄉試搜檢官，署蘇州府海防同知。海運保獎，以知府升用，欽加鹽運使銜，誥授通議大夫。著有《津門徵獻詩》六卷、《津門通典》八卷、

《爾雅注》三卷、《儒林傳旁證》六卷、《梓里聯珠集》五卷、《問山詩文集》□卷。生於道光十二年壬辰十一月二十三日午時，卒於光緒二十六年庚子三月十八日未時，壽六十有九。配何氏，誥封淑人，生於道光十一年辛卯三月二十日寅時，卒於光緒十九年癸巳十月初八日卯時，壽六十有三。子二：世彤、世彭。女二：長適高崇禧，次適高崇機。

蓮潔

生於道光乙巳年，幼殤。

光笏

字少筠，行四，生於道光十三年癸巳，卒於咸豐元年辛亥，年一十有九。

光錫

觀澄

字桂農，行五，太學生，刑部司務廳司務兼雲南司行走，截取同知，誥授奉政大夫。生於道光十五年乙未四月初七日申時，卒於光緒三十一年乙巳正月二十三日戌時，壽七十有一。配馮氏，誥封宜人，生於道光十四年甲申六月二十日子時，卒於光緒四年戊寅十一月十三日申時，壽四十有五。繼配李氏，誥封宜人，生於咸豐三年癸丑正月二十九日寅時，卒於光緒二十年甲午十月二十七日午時，壽四十有一。繼配張氏，同治四年乙丑十二月初一日生。子一：世昌。女三：長適李，次幼殤。

承德

字幼樵，行一，生於咸豐元年辛亥七月二十九日子時，卒於光緒三十三年丁未三月二十二日亥時，年五十七歲。娶齊氏，生於同治四年乙丑四月十一日寅時，卒於光緒十七年辛卯三月初七日亥時，年二十七歲。子一：世亨。女一。

承祐

字善卿，行三，天津鎮標千總，同治七年戊辰九月十八日生。娶妻柴氏，光緒三年丁丑七月十九日生。子四：世傑、世保、世仁、臣儒。女一。

承祺

字維齋，行四，候選縣丞。同治十年辛未五月十一日生，娶夏氏，同治十一年壬申七月十一日生。

承禧

字懋齋，行五，五品頂戴候選通判。光緒二年丙子八月十四日生。娶李氏，光緒九年癸未十一月十二日，生子二：世海、世淦。

守珍

字品三，行一，道光二十六年丙午閏五月二十三日生。配黄氏，道光二十四年甲辰十月二十日生，以弟葆珍次子世琨爲嗣。

承寅

字少舫，行八，縣學附生。同治元年壬戌閏八月二十六日生。娶劉氏，生於咸豐十年庚申四月二十二日丑時，卒於光緒十七年辛卯五月十七日亥時，年三十二歲。繼娶李氏，生於同治五年丙寅八月十三日子時，卒於光緒二十六年庚子五月二十九日卯時，年三十五歲。繼娶韓氏，生於光緒四年戊寅九月二十四日辰時，卒於光緒二十九年癸卯七月二十二日卯時，年二十六歲。繼娶吉氏，光緒三年丁丑正月二十九日生。子二：世琳、世璞。女一。

承清

字筱舫，行九，生於光緒三年丁丑六月十四日辰時，卒於光緒二十五年己亥十一月二十七日巳時。年二十三歲，娶顧氏，光緒四年戊寅六月二十二日生。

葆珍

字少林，行二，咸豐元年辛亥九月二十九日生。娶袁氏，生於咸豐二年壬子二月十八日辰時，卒於同治八年己巳十一月初一日未時，年十八歲。繼娶焦氏，生於道光二十九年己酉五月二十四日戌時，卒於光緒三十二年丙午六月初九日酉時，年五十八歲。子三：世琪、世琨、世璐。次子繼兄守珍後。女一。

承修

字緒卿，行四，光緒二十年甲午三月二十三日生。

承齡

字少泉，行一，生於光緒九年癸未八月初四日，卒於光緒三十年甲辰正月二十八日，年二十二歲。娶李氏，生於光緒十四年戊子二月三十日，卒於光緒三十二年丙午八月十七日，年十九歲。

承賢

字少卿，行二，光緒十一年乙酉三月初五日生。娶孫氏，光緒十四年戊子三月二十三日生。

承翼

字墨林，行三，光緒十七年辛卯二月初一日生。娶徐氏，光緒十六年庚寅四月初五日生。

第二十七世

世璧

字新齋，行一，生於道光十六年丙申四月二十八日午時，卒於光緒十三年丁亥閏四月二十一日辰時，年五十有二。娶王氏，道光十五年乙未正月初八日生，以從弟世鑾長子澤清爲嗣。

世鑾

字贊臣，行二，府學庠生。生於同治二年癸亥四月二十六日辰時，卒於光緒二十四年戊戌三月二十二日未時，年三十有六。娶王氏，同治三年甲子八月十八日生。子二：澤清、澤玉、長子繼從兄世璧後、女三：長適王，次適顏。

世鑾

詳見大宗。

世鏞

字少輔，號東序，行一，府學庠生。光緒癸巳恩科舉人，咸豐八年戊午十月初五日生。娶李氏，咸豐十一年辛酉二月十三日生。子二：澤瀍、澤汶。女二。

世鋭

字竹孫，行二，同治元年壬戌十月十九日生。娶崔氏，生於同治二年癸亥四月十五日□時，卒於光緒二十一年乙未九月二十日□時，年三十有三。繼娶徐氏光緒二年丙子□月□日生。

世增

字怡庭，行一，候選從九品，同治九年庚午十二月十五日生。娶趙氏，生於同治九年庚午八月初一日寅時，卒於光緒三十年甲辰十月初六日寅時，年三十六歲。繼娶劉氏，光緒七年辛巳八月十四日生。子三：澤久、澤延、澤永。女一。

世錡

字穀田，行二，縣丞職銜。同治十二年癸酉六月初六日生。娶劉氏，光緒三年丁丑十二月十二日生。子一：澤恒。女三。

世輔

字鶴岩，行五，光緒十一年乙酉正月二十日生，娶朱氏，光緒十年甲申四月十六日生。子一：澤緜。

世馨

字紹舟，行四，國學生。光緒九年癸未二月二十七日生。娶查氏，生於光緒六年庚辰十一月十二日申時，卒於宣統元年己酉九月十一日寅時，年三十歲。繼娶蕭氏，光緒十一年乙酉□月□日生。子一：澤鈺。女一。

世銓

字鐵卿，行三，光緒元年乙亥五月十九日生。娶唐氏，光緒三年丁丑五月十七日生。子二：澤霈、澤霑。

世錦

字秋舫，行六，光緒十一年乙酉九月十五日生。娶唐氏，光緒十三年丁亥六月十一日生，子一澤震。

世鎧

字琴舫，行七，光緒十五年己丑九月十五日生。娶沈氏，光緒十三年丁亥二月二十二日生。

世倫

字叙九，行二，生於同治十二年癸酉六月初二日亥時，卒於光緒三十四年戊申正月十四日辰時，年三十六歲。娶李氏，生於光緒二年丙子十月三十日亥時，卒於光緒二十六年庚子二月初一日辰時，年二十五歲。

世杰

字翰臣，行三，光緒十一年乙酉十二月二十五日生。

世僑

字紫彬，行四，光緒十三年丁亥四月十五日生。

世俊

字季英，行五，光緒十九年癸巳十二月二十四日生。

世鎔

字曙東，行一，太學生候選都司，誥授武翼都尉。生於道光二十六年丙午八月十五日子時，卒於光緒三十二年丙午六月初七日子時，六十一歲。祔葬汪家莊塋又次昭一穴。娶朱氏，誥封淑人，道光二十七年丁未九月初六日子生，正月廿一申時卒。子一：澤溥。女一，適于鳳臺。

世鑾

字仲愚，行四，國學生。生於咸豐五年乙卯二月二十二日卯時，卒於光緒九年癸未五月初一日亥時，年二十九歲。祔葬汪家莊塋又次穆二穴。娶高氏，咸豐元年辛亥十二月二十一日生。子二：澤瀾、澤漪。

世濬

字哲臣，行六，生於同治二年癸亥五月二十八日□時，卒於光緒五年己卯十二月初八日辰時，年十七歲。

世銘

字允卿，行二，縣學庠生，光緒壬午科舉人，癸未考取咸安宮教習，己丑考用敕授修職郎。生於咸豐四年甲寅十一月二十四日未時，卒於光緒五年己卯十一月初五日午時，年二十六歲。祔葬汪家莊塋又次昭二穴。娶陶氏，旌表節孝，敕封孺人，咸豐六年丙辰十二月十一日生。子一：澤洪。

世中

字朗泉，行二十二，保定陸軍學堂畢業生，保送日本仕官學校畢業，宣統己酉欽賞陸軍工科舉人，并授協軍校。光緒四年戊寅十二月十一日生。娶鍾氏，光緒五年己卯十月二十七日生。子一：澤康。

世珍

字聘臣，行五，縣學庠生。生於同治元年壬戌九月初八日子時，卒於光緒九年癸未七月二十五日寅時，年二十二歲。祔葬汪家莊塋又次昭三穴。娶嚴氏，同治元年壬戌二月二十日生。以弟世瑄長子澤潢爲嗣。

世瑄

原名世琛，字獻臣，行八，國學生，候選直隸州知州。同治三年甲子九月十一日生。娶查氏，同治五年丙寅十月二十四日生。子三：澤潢、澤濤、澤澧。長子繼兄世珍後。女三。

世瑜

字瑾臣，行十六，國學生，五品頂戴縣丞職銜。同治十三年甲戌八月二十日生。娶劉氏，同治十一年壬申正月初七日生。子三：澤晉、澤籛、澤昱。女四。

世琦

字宋臣，行二十四，國學生，五品頂戴布政司經歷銜。光緒九年癸未五月十一日生。娶楊氏，光緒十年甲申十一月初四日生。子一：澤昭。

世奎

字壁臣，行七，縣學庠生，光緒乙酉科優貢，特用教職，考取八旗官學教習，內閣中書，癸巳恩科舉人，本衙門撰文，萬壽慶典撰文，國史館校對，方略館校對，委署侍讀，典籍廳幫稿兼管稽查房事務，管理誥敕房事務，文淵閣檢閱，軍機章京，起居注主事，外務部兼行軍機處幫領班，方略館幫提調，户部江南司員外郎兼湖廣司廣東司北檔房行走，軍機處領班，方略館提調，政務處幫總辦總辦，考察政治館行走，賞加三品銜，軍機領班，三品章京，會議政務處幫提調，憲政編查館行走，政治官報局局長，賞加二品銜，恩賞三代，一品封典，內閣閣丞。同治三年甲子五月二十三日生。娶浦氏，同治六年丁卯五月十六日生。子二：澤宣、澤傳。女四：長適祥符馮涚。

世奎

詳見大宗。

世義

字蔭農，行十七，國學生，州同職銜。同治十三年甲戌八月二十七日生。娶王氏，生於光緒三年丁丑正月二十九日丑時，卒於宣統元年二月初一日戌時，年三十四歲。子一：澤耆。女二。

世杞

字楚材，行十八，國學生，江蘇試用主簿，試用同知，賞戴花翎。光緒元年乙亥十一月十一日生。娶李氏，光緒二年丙子十一月初一日生。

世椿

字懋堂，行二十，國學生，州同職銜，北洋大學堂畢業生。光緒四年戊寅六月二十七日生。娶王氏，光緒五年己卯五月二十八日生。子二：澤冀、澤津。

世駿

字遹臣，行十三，國學生，同治十二年癸酉八月初一日生。娶王氏，生於光緒元年乙亥九月二十二日酉時，卒於光緒二十六年庚子六月二十六日戌時，年二十六歲。繼娶朱氏，光緒九年癸未十一月初十日生。子三：澤埏、澤寰、澤全。

世桐

字魯臣，行二十一，國學生，縣丞職銜，直隸高等學堂畢業生。光緒四年戊寅九月二十日生。娶劉氏，生於光緒二年丙子二月二十六日酉時，卒於光緒二十五年己亥六月二十五日丑時，年二十四歲。繼娶王氏，生於光緒四年戊寅五月初五日寅時，卒於光緒三十三年丁未六月初一日卯時，年三十歲。繼娶田氏，母家田家嘴，光緒十六年庚寅三月初四日生。

世蔭

字樾臣，行十，國學生候選巡檢。同治七年戊辰九月二十日生。娶金氏，生於同治十年辛未十月初九日辰時，卒於光緒二十八年壬寅五月二十七日寅時，年三十二歲。繼娶劉氏，光緒六年庚辰二月十七日生。子二：澤淼、澤衍。女二：長適王。

世清

字潔臣，行十二，國學生。同治十一年壬申十月十五日生。娶陳氏，同治十年辛未正月初七日生。

世澂

字子通，行十四，國學生。同治十三年甲戌正月二十三日生。娶楊氏，光緒三年丁丑二月十九日生。子一：澤瀏。女二。

世賢

字希臣，行二十三，光緒五年己卯正月初一日生。娶鄭氏，光緒三年丁丑九月初七日生。

世本

行二十五，光緒十五年己丑五月初三日生。

世錕

字月舫，號劍菴，行一，國學生。生於道光三十年庚戌八月十六日辰時，卒於光緒二十六年庚子三月十二日申時，年五十一歲。娶王氏，咸豐四年甲寅十一月十二日生。以弟世欽長子澤濡爲嗣。

世欽

字敬臣，行六，國學生，候選縣丞。同治七年戊辰十一月十一日生。娶李氏，同治九年庚午五月初一日生。子一：澤濡，繼兄世錕後。女三。

世鐸

一名鐸孫，字聽橋，行二，國學生，充國史館漢謄録，議敘縣丞，敕授修職郎。生於咸豐二年壬子十一月初三日亥時，卒於光緒三十一年乙巳八月初九日亥時，年五十四歲。娶辛氏，咸豐四年甲寅十月十九日生。子二：澤民、澤深。

世敨

一名敨孫，字笠橋，行四，方略館供事，議叙候選巡檢。咸豐七年丁巳十月十七日生。娶邵氏，咸豐十年庚申十月二十九日生。妾李氏。子三：澤厚、澤廣、澤彰。

世彤

字子丹，行五，府學附貢生。同治三年甲子八月二十一日生。娶周氏，同治三年甲子十二月初九日生。子二：澤延、澤溶。女一。

世彭

字子壽，行七，國學生。生於同治八年己巳三月二十一日丑時，卒於光緒二十六年庚子八月二十七日子時，年三十二歲。娶倪氏，同治九年庚午八月二十五日生。子一：澤鎰。

世昌

字符五，行八，光緒十五年己丑三月二十五日生。

世釗

字雲舫，行三，咸豐四年甲寅七月二十三日生。娶李氏，生於咸豐二年壬子十二月十三日□時，卒於光緒十六年庚寅正月二十一日巳時，年三十九歲。繼娶任氏，母家静海縣唐官屯，咸豐十年庚申四月十五日生。子二：澤濬、澤沐。

世亨

字椿亭，行一，光緒十二年庚寅八月十三日生。

世杰

行一，光緒十九年癸巳六月初六日生。

世保

行二，光緒二十八年壬寅三月二十日生。

世健

行三，光緒二十九年癸卯四月二十三日生。

世儒

行四，光緒三十年甲辰十一月十五日生。

世海

行五，光緒三十三年丁未六月二十六日生。

世淦

行六，宣統元年己酉九月初八日生。

世琨

字筱三，行二，光緒十年甲申四月初九日生。

世琳

字蓮孫，行二，光緒十一年乙酉八月初三日生。

世璞

字玉山，行三，光緒十七年辛卯正月初十日生。

世琪

字竹珊，行一，光緒二年丙子八月二十七日生。

世璐

字少堂，行三，光緒十二年丙戌十一月初三日生。

第二十八世

澤清

字澄甫，行一，光緒九年癸未六月二十四日生。娶張氏。

澤玉

字潤田，行四，光緒二十年甲午十一月初三日生。

澤瀍

字□□，行□，光緒十一年乙酉九月初五日生。娶張氏，光緒十三年丁亥七月二十八日生。

澤汶

字□□，行□，光緒二十三年丁酉十月十二日生。

澤久

行一，光緒二十年甲午正月二十日生。

澤延

行二，光緒二十年甲午正月二十日生。

澤永

行四，光緒二十四年戊戌正月十九日生。

澤恒

行三，光緒二十三年丁酉五月二十九日生。

澤緜

行九，宣統元年己酉二月初六日生。

澤鈺

行八，光緒三十二年丙午五月二十七日生。

澤霈

行五，光緒二十六年庚子正月十五日生。

澤霑

行六，光緒三十二年丙午正月二十七日生。

澤震

行七，光緒三十二年丙午二月二十六日生。

澤溥

字伯言，行一，國學生，藍翎五品頂戴，候選縣丞。同治六年丁卯六月二十九日生。娶陳氏，母家青縣，同治五年丙寅十一月二十三日生。子三：克權、克桓、克格。

澤瀾

字與觀，行六，國學生。光緒六年庚辰七月十九日生。娶馬氏，生於光緒三年丁丑十月二十四日子時，卒於光緒二十五年己亥十一月二十二日巳時，年二十三歲。繼娶周氏，生於光緒十二年丙戌十二月初三日子時，卒於光緒三十四年戊申七月初九日子時，年二十三歲。繼娶李氏，光緒八年壬午十一月初三日生。

澤漪

字鶴生，行七，光緒九年癸未正月十九日生。娶楊氏，光緒七年辛巳六月二十五日生。女二。

澤湘

字鵬九，行二，國學生，州同職銜。生同治十一年壬申九月三十日生。娶孟氏，母家山西，敕封安人，生同治十二年癸酉十月初三日申時，卒民國二年癸丑正月二十三日未時，年四十一歲。繼齊氏，母家楊柳青，生光緒十二年丙戌十二月初八日。女一。

澤灝

字次遠，行三，縣學庠生。生同治十三年甲戌五月二十六日。配李氏，生同治十三年甲戌十一月十八日。子四：長克信，次克實，三克專，四克用。

澤康

行十八，光緒二十八年壬寅十二月初六日生。

澤潢

字夢熊，行八，光緒十一年乙酉九月初五日生。娶田氏，光緒十三年丁亥八月十二日生。子一：克莊。

澤濤

行十，光緒十八年壬辰三月十九日生。

澤灃

行十五，光緒二十三年丁酉八月初一日生。

澤晋

行十九，光緒二十八年壬寅十二月三十日生。

澤籛

行二十，光緒三十年甲辰八月二十九日生。

澤昱

行二十五，光緒三十四年戊辰九月初四日生。

澤昭

行二十六，光緒三十四年戊申十二月十二日生。

澤宣

字秩昭，行九，三品廕生，郵傳部七品小京官。光緒十四年戊子十二月十二日生。娶嚴氏，光緒十三年丁亥十二月初一日生。

澤傳

行二十三，光緒三十三年丁未七月三十日生。

澤耆

行十三，光緒二十二年丙申七月二十四日生。

澤冀

行二十一，光緒三十一年乙巳六月初七日生。

澤津

行二十二，光緒三十二年丙午八月十六日生。

澤埏

字潤民，行十一，天津模範小學堂畢業，獎給廩生。光緒十九年癸巳五月初四日生。

澤寰

字光宇，行十二，光緒二十二年丙申二月初九日生。

澤全

行二十四，光緒三十四年戊申七月三十日生。

澤淼

行十四，光緒二十二年丙申十二月初九日生。

澤衍

行十七，光緒二十七年辛丑十月初四日生。

澤瀏

行十六，光緒二十七年辛丑七月十一日生。

澤濡

字東源，行八，光緒二十一年乙未三月初五日生。

澤民

字雨人，行三，生於光緒十六年庚寅十月十三日□時，殤於光緒三十三年丁未十一月初二日酉時，年十八歲。

澤深

字墨齋，行五，光緒十一年乙酉二月初一日生。娶李氏，光緒十年甲申十一月初九日生。

澤厚

字幼橋，行四，生於光緒八年壬午五月初三日，幼殤。

澤廣

字子寬，行九，光緒二十三年丁酉十二月二十日生。

澤彰

行十二，宣統三年四月二十五日生。

澤延

行六，光緒十八年壬辰七月二十四日生。

澤溶

行十一，光緒二十九年癸卯十一月二十九日生。

澤鎰

行十，光緒二十四年戊戌十二月二十四日生。

澤濬

字雲生，行一，國學生。同治八年己巳十月十一日生。娶宋氏，生於同治十二年癸酉□月□日□時，卒於光緒二十五年己亥十月二十五日□時，年二十七歲。繼娶汪氏，生於光緒七年辛巳正月十六日□時，卒於宣統二年庚戌九月□日□時，年三十歲。子二：克勤、克誠。女一。

澤沐

字紹周，行二，同治十一年壬申五月二十八日生。娶王氏，光緒二年丙子五月初四日生。子二：克讓、克明。

二十九世

澤溥子三

克權

字士衡，行一，光緒十五年己丑八月初六日生。娶梁氏，光緒十五年己丑五月二十九日亥時生，三十一年二月十八日戌时卒。

克桓

行二，光緒二十一年乙未十月二十四日巳時生，二月初四日丑時卒。

克格

行三，光緒二十三年丁酉四月初五日生。

澤灝子二

克信

行四，光緒二十五年己亥八月十八日生。

克實

行八，宣統元年己酉五月初四日生。

澤沅子一

克定

行七，宣統元年己酉五月初二日生。

澤洪子二

克倉

行五，光緒二十六年庚子六月二十一日生。

克恒

行六，光緒三十一年乙巳十月初十日生。

澤潢子一

克莊

行九，宣統□年□月□日生。

澤濬子二

克勤

行一，光緒二十五年己亥十月初九日生。

克誠

行二，光緒二十九年癸卯九月二十四日生。

澤沐子二

克讓

行三，光緒三十二年丙午八月十七日生。

克明

行四，光緒三十四年戊申十月初四日生。

三十世

三十一世

三十二世

華氏先代世系備考

第一世

考父説

宋戴公子食采於華，因以邑爲氏。

第二世

公孫商

考父少子，避太宰之難，出奔曹，生子歸父。

第三世

歸父

少長於曹。宋桓公即位，召歸於宋，復爲華氏，仕宋爲司城。生子忌父。

第四世

忌父

爲宋司徒。生子椒。

第五世

椒

宋司馬。生子四：長魋，次皇父爲宋司寇，次偃，次皋。

第六世

偃

生子費遂。

第七世

費遂

爲宋大司馬。生子三：長貙，爲少司馬。次多僚，爲御士。次登。

第八世

登

宋大夫。後奔楚。有子曰鱄。

第九世

鱄

仕楚，爲縣公。生子二：長秀。次蚡，蚡爲下大夫。

第十世

秀

爲楚鄍尹。生子經。

十一世

經

楚州公。生子二：長逵，爲楚羅尹。次羽。

十二世

羽

仕楚爲裨將軍。生子景之。

十三世

景之

一曰敬止，世爲楚將。生子尚。

十四世

尚

生子子堅。

十五世

子堅

生子奉。

十六世

奉

生子勝。

十七世

勝

仕秦，爲會稽守。生子毋害。

十八世

毋害

以樾將從漢高帝起留，入漢，定三秦，擊臧荼。六年七月封終陵侯，食七百四十户。孝文帝四年薨，謚曰齊侯。子勃嗣。

十九世

勃

襲封終陵侯。孝文帝後元年薨，謚曰共侯。子禄嗣。

二十世

禄

襲封終陵侯。孝景帝四年，坐出界耐爲司寇有罪國除禄。生子告。

二十一世

告

於陵大夫。宣帝元康四年，詔復其家。告之孫頎。

二十三世

頎

武陵太守，遂家焉。是爲武陵郡望。頎九世孫覈。

三十三世

覈

仕吳，爲東觀令，領右國史秘府郎，遷中書丞，封徐陵亭侯，以直諫著。始居晉陵之無錫。事載吳志本　傳。玄孫豪。

三十七世

豪

晉義熙末，從劉裕破後秦姚宏於長安。裕留子義真居守。夏赫連勃勃寇陷長安，豪歿於王事。子二：寶、寬。

三十八世

寶

八歲，父戍長安，謂曰：『須我還爲汝冠。』及父歿，遂終身不冠。娶南齊，建元三年旌表門閭，壽八十有六。時稱爲真孝子。事載《南史》本傳。墓在龍山南。弟寬，以仲子慤承其後。

三十九世

慤

生於宋孝文元嘉八年辛未，世守孝子公祠墓。傳十六世孫榮。

五十五世

榮

幼聰慧，八歲能文，十歲明《春秋》，十六歲舉進士，授員外郎，仕宋太宗朝，官至主爵都尉，生子興。

五十六世

興

官主爵都尉，遂家汴梁，生子良。

五十七世

良

官主爵都尉，生子原泉。

附録二：現存華氏家族論著匯目

華氏家集

華氏爲中國文獻大族，藝文之盛，留存之多，庶几爲歷代之最。筆者在整理《天津華氏家族文學總集》的過程中，有意或無意查閲或過目此類者甚夥。數年來，欲將之彙編成叢書，但時間、精力和財力有限，時時生出撼山難之感。又恐此舉終不能達成，現僅將目力所及之華氏家族論著臚列於此，且標註書名、作者、朝代、卷數以及收藏地等。需特别説明者，目前所録僅爲部分，非歷代華氏家族論著之全部。僅供參考，爲求研究者能略得按圖索驥之便。

一、華先生中藏經：八卷，〔漢〕華佗撰，明末刻清補刻本，藏首都師範大學圖書館。

二、後漢書注：一卷，〔晋〕華嶠撰，清道光間（一八二一—一八五〇）甘泉黄氏，刻本（補刻），藏北京大學圖書館。

三、華氏新論：一卷，〔晋〕華譚撰，清光緒九年（一八八三）長沙，刻本，藏北京大學圖書館。

四、翠微北征録：十二卷，〔宋〕華岳撰，清光緒二十五年（一八九九）貴池劉氏唐石簃，刻本，藏北京大學圖書館。

五、翠微南征：十一卷，附校勘記：一卷，〔宋〕華岳撰，民國二十四年至民國二十五年（一九三五—一九三六）上海商務印書館，影印本，藏武漢大學圖書館。

六、翠微南征録：十卷，卷首：一卷，〔宋〕華岳著，清光緒十五年（一八八九）文萃堂，活字本，兩册（一函），藏中國人民大學圖書館。

七、翠微南征録：一卷，〔宋〕華岳撰，清乾隆六年（一七四一）中国嘉善曹氏二六書堂，刻本，一册，藏美國哈佛大學圖書館。

八、秋浦雙忠録：四十卷，〔宋〕華岳撰，一九二〇年貴池劉氏唐石簃，刻本，六册，藏厦門大學圖書館。

九、雲溪居士集：三十卷，〔宋〕華鎮著，民國二十三年至民國二十四年（一九三四—一九三五）上海商務印書館，影刻本，十册（一函），藏河南大學圖書館。

一〇、洞玄靈寶自然九天生神章經注：三卷，附音釋，〔元〕華陽複撰，明正統十年（一四四五），刻本，藏四川大學圖書館。

一一、華氏黄楊集：一卷，〔元〕華幼武撰，明隆慶間（一五六七—一五七二），刻本，藏北京大學圖書館。

一二、黄楊集：三卷，〔元〕華幼武撰，明萬曆四十六年（一六一八）刻本，清同治（一八六二—一八七四）刻本。

一三、黄楊集：二卷，〔元〕華幼武撰，存裕堂，刻本，兩册，藏華中師範大學圖書館。

一四、黄楊集：三卷，補遺一卷，附録一卷，〔元〕華幼武撰，清同治十三年（一八七四），木活字本，兩册，藏蘇州大學圖書館。

一五、栖碧先生黄楊集：兩卷，補遺一卷，附録一卷，〔元〕華幼武撰，清嘉慶元年（一七九六）詒穀堂，刻本（補刻），兩册（一函），藏北京大學圖書館。

一六、祓褐先生詩文稿：六卷，〔明〕華善述撰，藏北京大學圖書館。

一七、過宜言：八卷，附録一卷，〔明〕華夏撰，民國年間（一九一二—一九四九）四明張氏約園，刻本（重印），藏南京大學圖書館。

一八、海運説：一卷，〔明〕華乾龍撰，清道光十三年（一八三三）太倉東陵氏，刻本，藏北京大學圖書館。

一九、華比部集：一卷，〔明〕華雲撰，明隆慶間（一五六七—一五七二），刻本，藏北京大學圖書館。

二〇、華鳳超先生年譜：二卷，卷首一卷，卷末一卷，〔明〕華衷黄述略，刻本，一册，藏華中師範大學圖書館。

二一、華學士集：一卷，〔明〕華察撰，明隆慶間（一五六七—一五七二），刻本，藏北京大學圖書館。

二二、皇華集：五卷，〔明〕華察等撰，明萬曆十八年（一五九〇）序刊本，刻本，一册（一函），藏南開大學圖書館。

二三、皇華集類編：十卷，首一卷，末一卷，〔明〕華察撰，清光緒三年（一八七七）梁溪華氏自怡小築，刻本，四册，藏吉林大學圖書館。

二四、嘉靖二十二年應天府鄉試録，〔明〕華察、閔如霖主修，二〇一〇年寧波出版社，影印本，藏北京大學圖書館。

二五、兩廣紀略：一卷，〔明〕華復蠡著，都城琉璃廠，鉛印本，藏河南大學圖書館。

二六、慮得集：四卷，附録二卷，〔明〕華宗韡撰，清同治十一年（一八七二），刻本，一册（一函），藏中國人民大學圖書館。

二七、閩事紀略：一卷，〔明〕華廷獻撰，鉛印本，藏華中師範大學圖書館。

二八、閩游月記：二卷，〔明〕華廷獻著，上海錦章圖書局，石印本，藏河南大學圖書館。

二九、文篆清娱：二十八卷，〔明〕華國才編，藏北京大學圖書館。

三〇、吴中勝記，〔明〕華鑰撰，清順治三年（一六四六），刻本，一册，藏美國哈佛大學圖書館大學圖書館。

三一、西樓遺稿詩：一卷，群賢餘韻一卷，湖橋題詠一卷，〔明〕華世楨撰，清嘉慶二十四年（一八一九）小緑天，刻本，一册，藏吉林大學圖書館。

三二、新刻乙丑科華會元四書主意金玉髓：十四卷，〔明〕華琪芳撰，明中国金陵書林張少吾，刻本，十册，藏美國哈佛大學圖書館。

三三、巖居稿：八卷，〔明〕華察撰，光緒元年（一八七五），刻本，兩册，藏華中師範大學圖書館。

三四、幽堂實照：八卷，〔明〕華湘撰，清（一六四四—一九一一），抄本，六册（一函），藏南開大學圖書館。

三五、粤中偶記：一卷，〔明〕華復蠡撰，清（一六四四—一九一一），刻本，藏北京大學圖書館。

三六、〔蕩口〕華氏西房支譜：不分卷，〔清〕華贊孝纂輯，清道光六年（一八二六），活字本，四册，藏吉林大學圖書館。

三七、〔道光甲午科華定祁〕福建鄉試朱卷，〔清〕華定祁撰，清道光十四年（一八三四），刻本，一册（一函），藏北京大學圖書館。

三八、〔鵝湖〕華氏山桂公支宗譜：十二卷，首末各一卷，〔清〕華文柏等重輯，清同治十一年（一八七二）詒穀堂，刻本，十册，藏吉林大學圖書館。

三九、［鵝湖］華氏通四興二支宗譜：三十卷，首一卷，〔清〕華國桀重修，清光緒二十五年（一八九九）聽彝堂，活字本，十六册，藏吉林大學圖書館。

四〇、［鵝湖］華氏通四興二支宗譜：三十卷，首一卷，〔清〕華季宣等纂修，清光緒二十五年（一八九九）聽彝堂，活字本，十六册，藏吉林大學圖書館。

四一、［鵝湖］華氏宗譜：十二卷，卷首一卷，卷末一卷，〔清〕華學烈等輯，清同治十一年（一八七二）華氏詒穀堂，刻本，十册（一函），藏復旦大學圖書館。

四二、［勾吴］華氏本書：五十四卷，首一卷，末一卷，〔清〕華渚纂述，清光緒三十一年（一九〇五）存裕堂義莊，活字本，八册，藏吉林大學圖書館。

四三、［光緒］青陽縣志：十二卷，圖一卷，〔清〕華椿等修，清光緒十七年（一八九一），活字本，十二册，藏武漢大學圖書館。

四四、［光緒］青陽縣志：十二卷，圖一卷，〔清〕華椿等修，一九八五年臺灣成文出版社，影印本，六册，藏吉林大學圖書館。

四五、［光緒丁酉科］江蘇選拔貢卷，〔清〕華彦鈺撰，清光緒二十三年（一八九七），刻本，一册，藏蘇州大學圖書館。

四六、［光緒丁酉科華學涑］順天鄉試朱卷，〔清〕華學涑撰，清光緒二十三年（一八九七），刻本，一册（一函），藏北京大學圖書館。

四七、［黄岡］華氏家譜：二十九卷，華師慎總修，一九九三年黄岡（湖北）睦族堂，平版印本，三十六册（六函），藏北京大學圖書館。

四八、〔江蘇無錫〕華氏宗譜：不分卷，〔清〕華重民纂修，刻本，兩册，藏吉林大學圖書館。

四九、〔乾隆〕亳州志：十六卷，〔清〕華度主修，清乾隆三年（一七三八），刻本，八册（一函），藏復旦大學圖書館。

五〇、〔無錫〕勾吴華氏本書：存四十七卷，前一卷，〔清〕華渚撰，清光緒三十一年（一九〇五）無錫（江蘇），木活字本，八册（一函），藏北京大學圖書館。

五一、〔無錫〕華氏通十支宗譜：二十二卷，〔清〕華錦球撰，民國三十四年（一九四五）無錫（江蘇）培元堂，木活字本，二十二册（三函），藏北京大學圖書館。

五二、〔無錫〕華氏通十支宗譜：八卷，卷末一卷，〔清〕華嗚珂修，清咸豐四年（一八五四）無錫（江蘇），木活字本，十一册（一函），藏北京大學圖書館。

五三、〔無錫〕華氏通四公悌公支宗譜：五卷，首末各一卷，〔清〕華鴻模纂修，清光緒二十六年（一九〇〇）存裕堂，活字本，四册，藏吉林大學圖書館。

五四、〔無錫〕華氏通四三省公支傳芳集：十五卷，末一卷，〔清〕華鴻模修，清光緒八年（一八八二）無錫（江蘇）存裕堂，木活字本，八册（一函），藏北京大學圖書館。

五五、〔無錫〕華氏文獻略：一卷，〔清〕華嘉植修，清道光十二年（一八三二）無錫（江蘇），刻本，一册（一函），藏北京大學圖書館。

五六、〔無錫〕華氏宗譜：十二卷，卷首一卷，卷末一卷，〔清〕華翼綸纂修，清同治十一年（一八七二）治穀堂，刻本，十册（一函），藏北京大學圖書館。

五七、〔無錫錫山〕華氏通九支宗譜：二十八卷，附文獻考、傳芳集十卷，〔清〕華立均修，清光緒三十年（一九〇四）無錫（江蘇）惇叙堂，木活字本，二十八册（四函），藏鄭州大學圖書館。

五八、[增註]字類標韻：六卷，〔清〕華綱輯，清光緒二年（一八七六），鉛印本，兩册，藏吉林大學圖書館。

五九、百色志略：一卷，〔清〕華本松撰，清光緒十七年（一八九一）上海著易堂，鉛印本，藏北京大學圖書館。

六〇、編註本草駢文便讀：十一卷，〔清〕華壎輯，清同治十一年（一八七二）中国華氏，抄稿本，十六册，藏美國哈佛大學圖書館。

六一、持庵詩：四卷，〔清〕華焯撰，民國十二年（一九二三）海粟廬，刻本，四册（一函），藏北京大學圖書館。

六二、春秋疑義：二卷，〔清〕華學泉撰，清嘉慶十九年（一八一四）真意堂，刻本，一册，藏吉林大學圖書館。

六三、澹園文集：二卷，詩鈔一卷，附有懷堂詩鈔一卷，御製集石鼓文詩音釋考異一卷，石鼓文字句異同一卷，〔清〕華玉淳撰，民國十四年（一九二五），木活字本，一册（一函），藏復旦大學圖書館。

六四、東使紀事詩略，〔清〕華峰撰，清同治五年（一八六六），刻本，一册，藏北京大學圖書館。

六五、董理文字之我見，〔清〕華學涑撰，清（一六四四—一九一一），石印本，五十二葉（一函），藏北京師範大學圖書館。

六六、二柳村莊吟社詩，〔清〕華文彬輯，清道光咸豐間（一八五一—一八六一），刻本，一册，藏蘇州大學圖書館。

六七、防海形勢考：一卷，〔清〕華湛恩撰，清光緒十七年（一八九一）上海著易堂，鉛印本，藏北京大學圖書館。

六八、防海形勢考：一卷，〔清〕華湛恩著，清光緒三年（一八七七）上海著易堂，鉛印本，河南大學圖書館。

六九、逢原齋文鈔：四卷，補遺一卷，〔清〕華文漪撰，清道光六年（一八二六），鉛印本，一册（一函），藏南開大學圖書館。

七〇、奉直大夫吏部員外郎豫如府君年譜：二卷，卷首一卷，〔清〕華衷黄述略，藏北京大學圖書館。

七一、福建城守紀：二卷，〔清〕華廷獻撰，清光緒間（一八七五—一九〇八），石印本，一册，藏吉林大學圖書館。

七二、綱目志疑：一卷，〔清〕華湛恩著，清道光間（一八二一—一八五〇）吳江沈氏世楷堂，刻本，藏遼寧大學圖書館。

七三、高忠憲公年譜：一卷，〔清〕華允誠撰，民國二十年（一九三一）上海中華書局，鉛印本，藏北京大學圖書館。

七四、公孫子注解：一卷，〔清〕華杰撰，清乾隆三十八年（一七七三）劍光閣，刻本，一册，藏吉林大學圖書館。

七五、關中金石記：八卷，〔清〕華沅撰，清乾隆經訓堂，刻本，八册，藏蘇州大學圖書館。

七六、廣事類賦：四十卷，〔清〕華希閔著，清康熙三十八年（一六九九）三月劍光閣，刻本，十册（一函），河南大學圖書館。

七七、國文探索一斑，〔清〕華學涑著，民國十年（一九二一）天津博物院，影印本，一册，藏華中師範大學圖書館。

七八、海粟廬叢書：九種，〔清〕華焯輯，清（一六四四—一九一一）崇仁華氏，刻本，十四册（兩函），藏北京大學圖書館。

七九、杭城再陷紀實：一卷，〔清〕華學烈撰，藏北京大學圖書館。

八〇、後漢三公年表：一卷，附三國紀年表一卷，〔清〕華湛恩撰，民國九年（一九二〇）徐紹棨，刻本（據清光緒間廣雅書局彙編重印本），藏遼寧大學圖書館。

八一、華長治、姜氏祖父母遺事存略：一卷，〔清〕華世奎撰，民國十四年（一九二五），石印本，一册，藏華中師範大學圖書館。

八二、華承彦府君行述一卷，田太夫人行述一卷，〔清〕華世奎修纂，民國七年（一九一八），石印本，一册，藏華中師範大學圖書館。

八三、華氏傳芳集：十三卷，〔清〕華孳亨輯，〔清〕乾隆八年（一七四三）無錫，刻本，九册（一函），藏南開大學圖書館。

八四、華氏奇五支重訂溯源編：三卷，〔清〕華方苞輯，清乾隆五十一年（一七八六）繩武堂，刻本，一册，藏吉林大學圖書館。

八五、華氏算學全書：九種，〔清〕華蘅芳、華世芳著，清光緒二十三年（一八九七）上海文瑞樓，鉛印本，八册，藏北京師範大學圖書館。

八六、華氏潭子頭門樓下支譜，〔清〕華鈞謀纂修，清咸豐元年（一八五一）佑啓堂，活字本，四册，藏吉林大學圖書館。

八七、華氏通四晴雲公支宗譜：十三卷，卷首三卷，卷末一卷，〔清〕華堂照輯，民國十四年（一九二五），刻本，十二册夾板一付，藏華中師範大學圖書館。

八八、華氏通四怡隱公支宗譜：十五卷，〔清〕華開驥輯，清光緒二十五年（一八九九），活字本，六册，藏蘇州大學圖書館。

八九、華氏新義莊事略，〔清〕華孟秋，清光緒二十七年（一九〇一），刻本，兩册，藏蘇州大學圖書館。

九〇、華氏義田事略：不分卷，〔清〕華進思撰，清同治四年（一八六五），刻本，兩册（一函），藏復旦大學圖書館。

九一、華氏貞節略稿：不分卷，〔清〕華文彬撰，清嘉慶十八年（一八一三），刻本，一册，藏吉林大學圖書館。

九二、華氏宗譜，〔清〕華長卿修，〔清〕宣統元年（一九〇九）天津，鉛印本，一册（一函），藏南開大學圖書館。

九三、畫説：一卷，〔清〕華翼綸撰，民國七年（一九一八）上海神州國光社，鉛印本，藏北京大學圖書館。

九四、惠文閣詩集：二卷，〔清〕華熙曾撰，清宣統三年（一九一一），木活字本，一册，藏華中師範大學圖書館。

九五、慧命經，〔清〕華陽撰，清光緒間（一八七五—一九〇八），刻本，一册，藏蘇州大學圖書館。

九六、積較術：三卷，〔清〕華蘅芳撰，清同治間（一八六二—一八七四），刻本，一册，藏南京師範大學圖書館。

九七、寄巢游草：五卷，〔清〕華本松撰，稿本，五册，藏中山大學圖書館。

九八、江防形勢考：一卷，〔清〕華湛恩著，清光緒三年（一八七七）上海著易堂，鉛印本，藏河南大學圖書館。

九九、江蘇省蘇州市善本書目録，華開榮編，一九八〇年蘇州市圖書館，油印本，兩册，藏南京大學圖書館。

一〇〇、節愍華公允誠年譜：二卷，首一卷，末一卷，〔清〕華衷黄述略，清光緒間（一八七五—一九〇八），刻本，一册，藏吉林大學圖書館。

一〇一、借雲館曲譜：二卷，〔清〕華文彬輯，藏北京大學圖書館。

一〇二、金匱縣輿地全圖，〔清〕華湛恩撰，清光緒三十四年（一九〇八）鵝湖華存裕堂義莊，石印本，六册（一函），藏中國人民大學圖書館。

一〇三、津門徵獻詩：八卷，〔清〕華鼎元輯，清光緒十二年（一八八六），刻本，四册（一函），藏中國人民大學圖書館。

一〇四、警睡編：二集十八卷，〔清〕華榮萱編輯，清光緒六年至十七年（一八八〇—一八九一），鉛印本，六册（一函），藏中國人民大學圖書館。

一〇五、警睡編初集：四卷，二集：二卷，〔清〕華椿撰，清光緒間（一八七五—一九〇八）上海洋珍藝書局，鉛印本，五册，藏吉林大學圖書館。

一〇六、開方古義：二卷，〔清〕華蘅芳撰，清光緒八年（一八八二）梁谿華氏，刻本，一册（一函），藏復旦大學圖書館。

一〇七、離垢集：二卷，〔清〕華喦撰，清（一六四四—一九一一），抄本，兩册，藏中山大學圖書館。

一〇八、離垢集：五卷，〔清〕華喦撰，清道光十五年（一八三五），刻本，兩册（一函），藏南開大學圖書館。

一〇九、離垢集補鈔：一卷，〔清〕華喦撰，民國六年（一九一七）上海聚珍仿宋印書局，鉛印本，一册（一函），藏北京大學圖書館。

一一〇、理董文字之我見：不分卷，〔清〕華學涑撰，民國（一九一二—一九四九），刻本，一册（一函），藏山東大學圖書館。

一一一、荔雨軒詩集：三卷，〔清〕華翼綸撰，清光緒三年（一八七七），刻本，一册，藏華中師範大學圖書館。

一一二、荔雨軒文集：六卷，續集八卷，詩集十二卷，詩餘一卷，〔清〕華翼綸撰，清光緒九年（一八八三），刻本，六册，藏蘇州大學圖書館。

一一三、論世八編，〔清〕華慶遠撰，藏北京大學圖書館。

一一四、論語説：二卷，〔清〕華梅撰，清光緒二年（一八七六）一笑山房，刻本，兩册，藏吉林大學圖書館。

一一五、〔無錫〕梅里鄉隆亭華氏通四三省公支宗譜：十四卷，首末各一卷，〔清〕華鴻模等重輯，清光緒七年（一八八一）

存裕堂，活字本，六册，藏吉林大學圖書館。

一一六、梅莊詩鈔：十六卷，〔清〕華長卿著，清同治八年（一八六九）東觀堂，刻本，四册（一函），藏北京大學圖書館。

一一七、孟東野詩文繫年考證，〔清〕華忱之編次，民國三十年（一九四一）大興華氏，油印本（藍印），一册（一函），藏北京大學圖書館。

一一八、孟郊年譜：一卷，〔清〕華忱之編，民國二十九年（一九四〇），鉛印本，一册（一函），藏北京大學圖書館、南開大學圖書館。

一一九、明集雜識：一卷，〔清〕華鳳卜撰，民國二十九年（一九四〇），油印本，一册，藏吉林大學圖書館。

一二〇、南皮張氏雙烈女廟碑，〔清〕華世奎書，拓本，一册（一函），藏河南大學圖書館。

一二一、南宗抉秘一卷，〔清〕華琳撰，屏廬叢刻本。

一二二、寧海縣志：十二卷，卷首一卷，〔清〕華大琰纂，清康熙十七年（一六七八），刻本，十册，藏美國哈佛大學圖書館。

一二三、歐陽文忠公年譜一卷，〔清〕華孳亨編，昭代叢書本。

一二四、琵琶譜：三卷，〔清〕華文桂輯，藏北京大學圖書館。

一二五、憩游偶考：一卷，〔清〕華湛恩著，清道光間（一八二一—一八五〇）吴江沈氏世楷堂，刻本，藏遼寧大學圖書館。

一二六、秦書八體原委，〔清〕華學涑輯，民國十年（一九二一）天津天津博物院，影印本，兩册，藏華中師範大學圖書館。

一二七、秦書集存，〔清〕華學涑集，民國十一年（一九二二）天津博物院，石印本，一册，藏北京大學圖書館。

一二八、清代奇案殺子報全傳，〔清〕華涵芳輯，一九八七年，影印本，一册，藏厦門大學圖書館。

一二九、秋羅曲：一卷，〔清〕華諟撰，清末，石印本，一册（一函），藏復旦大學圖書館。

一三〇、秋蘋印草：二卷，續二卷，〔清〕華文彬鐫，清嘉慶道光間（一七九六—一八五〇），鈐印本，四册（一函），藏北京大學圖書館。

一三一、趣園存稿：四卷，〔清〕華廷杰撰，清（一六四四—一九一一），刻本，兩册，藏華中師範大學圖書館。

一三二、趣園存稿奏疏：四卷，尺牘一卷，詩集二卷，雜文一卷，〔清〕華廷杰撰，清咸豐年間（一八五一—一八六一），刻本，四册，藏中山大學圖書館。

一三三、冉經草堂詩鈔：二集，〔清〕華光楣撰，清道光九年（一八二九），刻本，兩册（一函），藏北京大學圖書館。

一三四、山左金石志：二十四卷，〔清〕華沅、阮元同撰，清嘉慶儀徵阮氏，刻本，八册，藏蘇州大學圖書館。

一三五、尚書補闕：一卷，〔清〕華長卿集注，清咸豐元年（一八五一），刻本，一册（一函），藏天津師範大學圖書館。

一三六、聖哲嘉言類纂：初編二卷，續編二卷，〔清〕華文祺撰，民國二十五年（一九三六），鉛印本，一册，藏蘇州大學圖書館。

一三七、數根術解：一卷，〔清〕華蘅芳撰，清季，刻本，一册（一函），藏復旦大學圖書館。

一三八、水道總考：一卷，〔清〕華湛恩撰，清光緒十七年（一八九一）上海著易堂，鉛印本，藏北京大學圖書館。

一三九、説鈴抄：八卷，〔清〕華繼輯録，清乾隆十八年（一七五三）保元堂，刻本，四册（一函），藏復旦大學圖書館。

一四〇、思闇詩集：二卷，〔清〕華世奎撰，民國三十二年（一九四三），石印本，一册（一函），藏南開大學圖書館。

一四一、算草叢存：二卷，〔清〕華蘅芳撰，清光緒二十二年（一八九六），石印本，一册（一函），藏復旦大學圖書館。

一四二、算法須知，〔清〕華蘅芳輯，清光緒十三年（一八八七），刻本，一册，藏北京師範大學圖書館。

一四三、綏遠墾務計劃，〔清〕華嚴編，民國二十年（一九三一）綏遠墾務局，鉛印本，一册，藏北京大學圖書館。

一四四、泰西通史上編，〔清〕華文祺等譯，清光緒二十八年（一九〇二）文明書局，鉛印本，四册，藏蘇州大學圖書館。

一四五、天津華氏南宗支譜：不分卷，〔清〕華長卿修，清道光二十六年（一八四六），木活字本，一册（一函），藏南開大學圖書館。

一四六、天津華碩卿先生詩草遺稿：不分卷，〔清〕華碩卿撰，民國三十年（一九四一）天津華以愘等，刻本，一册（一函），藏中國人民大學圖書館。

一四七、天津文鈔：七卷，〔清〕華光鼐輯，一九九一年北京中國書店，影印本，四册（一函），藏浙江師範大學圖書館。

一四八、天文地球圖説：五卷，〔清〕華蘅芳撰，清光緒二十四年（一八九八）文淵山房，石印本，四册（一函），藏復旦大學圖書館。

一四九、天下形勢考：一卷，〔清〕華湛恩撰，清光緒十七年（一八九一）上海著易堂，鉛印本，藏北京大學圖書館。

一五〇、天心正運：四卷，〔清〕華湛恩編，清道光十五年（一八三五），刻本，四册（一函），藏北京大學圖書館。

一五一、文字系：十五卷附董理文字之我見一卷，〔清〕華學涑撰，民國二十八年（一九三九）天津市教育文化振興委員會，石印本，九册（一函），藏中國人民大學圖書館。

一五二、五代春秋志疑，〔清〕華湛恩撰，清光緒間（一八七五—一九〇八），鉛印本，一册，藏南京大學圖書館。

一五三、勿自棄軒遺稿：一卷，〔清〕華嶸著，民國十五年（一九二六）雲南圖書館，刻本，藏河南大學圖書館。

一五四、西藏問題，〔清〕華徵雲撰，一九三〇年上海大東書局，鉛印本，一册，藏南京大學圖書館。

一五五、錫金團練始末：不分卷，〔清〕華翼綸撰，抄本，一册（一函），藏中國人民大學圖書館。

一五六、錫金志外：五卷，〔清〕華湛恩纂修，清道光二十三年（一八四三），刻本，四册（一函），藏北京大學圖書館。

一五七、錫山繡工會記述彙編：一卷，〔清〕華文川輯，民國三年（一九一四），鉛印本，一册（一函），藏復旦大學圖書館。

一五八、先考屏周府君行述：一卷，〔清〕華世奎述，民國十年（一九二一），石印本，一册，藏北京師範大學圖書館。

一五九、閑吟處詩鈔：四卷，〔清〕華文桂撰，清道光十二年（一八三二），刻本，一册（一函），藏復旦大學圖書館。

一六〇、閑吟處詩鈔：六卷，〔清〕華文桂撰，清道光十五年（一八三五），刻本，兩册，藏蘇州大學圖書館。

一六一、辛丑日記不分卷，〔清〕華學瀾撰，民國二十五年（一九三六）排印本。

一六二、行素軒算稿：五種，〔清〕華蘅芳撰，清光緒八年（一八八二）梁谿華氏，刻本，六册（一函），藏北京師範大學圖書館。

一六三、行素軒文存：一卷，詩存一卷，〔清〕華蘅芳撰，清光緒間（一八七五—一九〇八），刻本，一册，藏吉林大學圖書館。

一六四、學算筆談：十二卷，〔清〕華蘅芳撰，清光緒二十八年（一九〇二）善成堂，石印本，六册（一函），藏北京師範大學圖書館。

一六五、學算筆談：六卷，〔清〕華蘅芳撰，清光緒間（一八七五—一九〇八），刻本，三册（一函），藏復旦大學圖書館。

一六六、演算法須知：不分卷，〔清〕華蘅芳撰，清光緒八年（一八八二）願學齋，刻本，一册，藏南京師範大學圖書館。

一六七、一葉秋盦外集：扶頭別唱一卷，饞愁子一卷，送酒鈎一卷，掃愁帚一卷，〔清〕華諟撰，清光緒二十六年（一九〇〇），刻本，一册（一函），藏復旦大學圖書館。

一六八、易知編：不分卷，〔清〕華益亭撰，清咸豐九年（一八五九）知愚自愧齋，翻刻本，一册，藏中山大學圖書館。

一六九、挹青軒詩餘：一卷，自怡録一卷，〔清〕華浣芳撰，清康熙間（一六六二—一七二二），刻本，合一册，藏吉林大學圖書館。

一七〇、韻籟：四卷，〔清〕華長忠撰，清光緒十五年（一八八九）華氏松竹齋，刻本，兩册（一函），藏北京大學圖書館。

一七一、增補字類標：六卷，〔清〕華綱撰，清光緒間（一八七五—一九〇八）廣州鴻經閣，刻本，兩册，藏澳門大學圖書館。

一七二、增訂歐陽文忠公年譜：一卷，〔清〕華孶亨著，清光緒二年（一八七六），刻本，河南大學圖書館。

一七三、增廣事類賦：四十卷，〔清〕華希閔著，清嘉慶二十二年（一八一七）劍光閣，刻本，六册（一函），藏河南大學圖書館。

一七四、增注字類標韻：六卷，〔清〕華綱撰，清宣統元年（一九〇九）廣州麟書閣，活字本，兩册，藏中山大學圖書館。

一七五、重訂廣事類賦：四十卷，〔清〕華希閔著，清嘉慶二十二年（一八一七），刻本，十册（一函），藏河南大學圖書館。

一七六、梓里聯珠集：五卷，〔清〕華鼎元輯，清（一六四四—一九一一），抄本，一册（一函），藏南開大學圖書館。

一七七、醉花吟草：二卷，〔清〕華琴珊著，民國七年（一九一八），鉛印本，一册，藏華中師範大學圖書館。

一七八、河北省立天津圖書館書目，華鳳蔔編，民國三十五年（一九四六）天津河北省立天津圖書館，油印本，十五册（兩函），藏南開大學圖書館。

一七九、華氏晴雲派天津支宗譜：二卷，華紹慧修，天津存裕堂，鉛印本，兩册（一函），藏南開大學圖書館。

一八〇、蘇州市古籍善本書目録：不分卷，華開榮等編，一九八〇年，油印本，兩册，藏吉林大學圖書館。

十年前，余嘗整理華氏家族華承彦、華世奎著述，結爲《華世奎集·華承彦集》，出版發行後社會反響良好。期間又陸續發現其他華氏家族文獻，數量甚夥。令余震驚者有三：一是華氏家族文脉綿長不絶，二是華氏家族著述宏富，三是華氏子弟特重傳承家風。文字、文獻者，家族興盛之表徵而已。究其深，論其廣，實乃中國好家風之與時俱進以及中華優秀傳統文化之賡續傳承。中華文脉歷千年而不絶，且日愈興盛，其中鉅家大族厥功亦至偉。是故又不憚繁重，於《天津華氏家族文學總集》又加系統整理。

『天下無二華』，既言其華氏一家，亦可謂我中華一族。現整理《中國歷代地方總集》，而由《天津華氏家族文學總集》入手，因其家族繁盛、著述繁多，更有因一人而一家，因一家而一族，因一族而一國，因一國而天下之用意在焉。所謂『中華文脉』者，非空洞之語，其根於中華大地，繫於炎黄子孫，存於歷代文獻，而見於百姓日用常行與成事立業。由文獻而傳承精神，由精神而發揚事業，使中華民族能繼往開來、守正創新。此爲文獻整理之宗旨所在。

其間，頗得師友襄助。華克純、華紹棟及華世奎再傳弟子孫國勝諸先生尤多援手，萬分感激。天津社會科學院學術委員、天津社會科學院出版社編輯於此書或建議或校對，真誠敬業，更致不盡謝忱。

做好古籍工作，將祖國寶貴之文化遺産保護好、傳承好、發展好，於賡續中華文脉、弘揚民族精神、增强國家文化軟實力、建設社會主義文化强國，意義重大。是書略盡微薄也。

癸卯年冬月，羅海燕於天津。